SUSAN ELIZABETH PHILLIPS

Verliebt, verrückt, verheiratet

Buch

Jeder, der Molly Somerville kennt, hält sie für reichlich kapriziös. Freundlich ausgedrückt ... Aber als sie nach dem Tod der Eltern ein 15-Millionen-Erbe ausschlägt, zweifeln ihre Mitmenschen endgültig an Mollys Geisteszustand. Aber Molly ist einfach rundum zufrieden mit ihrem Leben: Sie fühlt sich wohl in ihrem chaotischen Loft, sie liebt ihren Pudel und ihre kreative – wenn auch nicht lukrative – Arbeit als Kinderbuchautorin. Zugegeben: Es war nicht immer leicht, im Schatten der schönen, begabten Schwester Phoebe heranzuwachsen. Doch heute haben sich die Schwestern von Herzen gern, und Molly findet es ziemlich spannend, mit der Besitzerin der erfolgreichsten Football-Mannschaft Amerikas verwandt zu sein. Mollys Welt ist also in Ordnung – wenn ihr nicht ständig dieser Kevin Tucker auf den Geist ginge. Kevin – unverschämt attraktiv, Ferrari-Fahrer und Pudel-Hasser – ist der heiß geliebte Quarterback der Chicago Stars, der Mannschaft von Mollys Schwester. Und in deren Ferienhaus prallen die beiden Hitzköpfe dann auch eines Tages zufällig wieder aufeinander – eine Begegnung mit wahrhaft heißen Folgen ...

Autorin

Mit ihrem unnachahmlichen Witz, ihrer romantischen Wärme und ihrem unwiderstehlichen Temperament stürmen Susan Elizabeth Phillips' Romane seit Jahren die internationalen Bestsellerlisten. Auch in Deutschland hat sich die Autorin eine riesige Fangemeinde erobert. Phillips lebt mit ihrem Mann und zwei Söhnen in der Nähe von Chicago.

Von Susan Elizabeth Phillips im Blanvalet Taschenbuch:

Bleib nicht zum Frühstück (35029) · Küss mich, Engel (35066)
Träum weiter, Liebling (35105) · Kopfüber in die Kissen (35298)
Wer will schon einen Traummann? (35394)
Ausgerechnet den? (35526) · Der und kein anderer (35669)
Dinner für drei (35670) · Vorsicht, frisch verliebt (35339)
Frühstück im Bett (35830) · Komm und küss mich (36023)

Susan Elizabeth Phillips

Verliebt, verrückt, verheiratet

Roman

Ins Deutsche übertragen
von Anke Knefel
und Kattrin Stier

BLANVALET

Die amerikanische Originalausgabe erschien unter dem Titel
»This Heart of Mine«
bei William Morrow, HarperCollins Publishers, Inc., New York.

Umwelthinweis:
Alle bedruckten Materialien dieses Taschenbuches
sind chlorfrei und umweltschonend.

Der Blanvalet Verlag ist ein Unternehmen der
Verlagsgruppe Random House.

Einmalige Sonderausgabe Mai 2005

Umschlaggestaltung: Design Team München
Umschlagfoto: IFA-Bilderteam (it-Stock)
Druck: GGP Media GmbH, Pößneck
Titelnummer: 36261
VB · Herstellung: Luise Wagner
Made in Germany
ISBN 3-442-36261-X
www.blanvalet-verlag.de

Für Jill Barnett,
die beste Ehestifterin
von allen

1

Daphne das Häschen bewunderte gerade ihren glitzernden lila Nagellack, als Benny der Dachs auf seinem knallroten Mountainbike vorbeiraste und sie beinahe über den Haufen fuhr. »Du raubst einem wirklich den letzten Nerv!«, schrie sie hinter ihm her. »Wird Zeit, dass dir mal jemand die Luft aus den Reifen lässt.«

Trubel um Daphne

An dem Tag, als Kevin Tucker sie beinahe umbrachte, beschloss Molly Somerville, unerwiderter Liebe ein für alle Mal abzuschwören.

Sie hatte sich darauf konzentriert, die vereisten Stellen auf dem Parkplatz der Chicago-Stars-Zentrale zu umgehen, als Kevin in seinem nagelneuen feuerwehrroten 140 000-Dollar-Ferrari wie aus dem Nichts auf sie zugeschossen kam. Mit quietschenden Reifen röhrte das schnittige Auto um die Ecke, dass der Schneematsch nur so spritzte. Sie entging dem schleudernden Hinterteil nur durch einen beherzten Sprung auf die Kühlerhaube eines parkenden Wagens – es war der Lexus ihres Schwagers –, rutschte ab und landete wutschnaubend auf allen Vieren.

Nicht einmal gebremst hatte der Arsch!

Molly starrte böse den schnell entschwindenden Rücklichtern hinterher und rappelte sich zähneknirschend auf. Dreck und grauer Schneematsch klebten am Bein ihrer sündhaft teuren »Comme des Garçons«-Hose, ihre Prada-Tasche war völlig zerknautscht und über ihre italienischen Stiefel zog sich eine lange Schramme. »Du eingebildeter Bastard von einem Quarterback«, zischte sie und schnappte nach Luft. »Kastrieren sollte man dich.«

Er hatte überhaupt nicht bemerkt, dass er sie beinahe umgebracht hätte, nicht einmal gesehen hatte er sie! Das war nichts Neues. Kevin Tucker hatte sie während seiner gesamten Karriere im »Chicago Stars«-Football-Team noch nicht einmal bemerkt.

> Daphne klopfte den Staub aus ihrem flauschigen weißen Fell, wischte den Dreck von ihren glänzenden blauen Pumps und beschloss, die schnellsten Rollerblades der Welt zu kaufen. Sie würde es Benny auf seinem superschnellen Mountainbike schon zeigen ...

Molly spielte sogar kurz mit dem Gedanken, mit dem klapprigen VW-Käfer, den sie nach dem Verkauf ihres Mercedes erstanden hatte, hinter Kevin herzujagen. Doch selbst sie mit ihrer blühenden Fantasie hatte Schwierigkeiten, sich dabei ein triumphales Finale vorzustellen. Während sie auf den Haupteingang des Gebäudes zusteuerte, schüttelte sie angewidert den Kopf. Dieser rücksichtslose oberflächliche Typ hatte sowieso nur Football im Kopf. Jetzt reichte es, sie musste es sich endlich abgewöhnen, diesen Typen aus der Ferne anzuhimmeln, sie hatte die Nase voll von unerwiderter Liebe.

Obwohl es mit Liebe eigentlich nichts zu tun hatte, eher mit einer lächerlichen Schwärmerei für diesen Schwachkopf, die man einer Sechzehnjährigen vielleicht nachgesehen hätte, nicht aber einer intelligenten Frau von siebenundzwanzig, einer angeblich überdurchschnittlich intelligenten, wohl gemerkt.

Diese Intelligenz schien sich in gewissen Momenten einfach abzuschalten.

Ein warmer Luftstrom traf sie, als sie die Glastüren mit dem stolzen Vereinslogo, drei Goldsternen in einem himmelblauen Oval, aufstieß und die Eingangshalle betrat. Sie kam längst nicht mehr so oft hierher wie noch zu ihren Highschool-Zeiten. Schon damals hatte diese Umgebung sie befremdet. Als hoffnungslose Romantikerin versank sie lieber in einem guten Buch oder verlor sich in einem Museum, als sich für Kontaktsportarten zu interessieren. Natürlich war sie nach wie vor überzeugter Stars-Fan, doch waren es eher Familienbande als sportliche Begeisterung, die sie dazu brachten. Schweiß, Blut und das Geräusch aufeinander prallender Schulterpolster waren ihr so fremd wie ... nun ja ... Kevin Tucker.

»Tante Molly!«

»Na endlich, wir haben schon auf dich gewartet!«

»Rate mal, was passiert ist!«

Sie lächelte ihren beiden hübschen elfjährigen Nichten entgegen, die mit wehenden blonden Locken auf sie zustürmten.

Tess und Julie sahen aus wie Miniaturausgaben ihrer Mutter Phoebe, Mollys älterer Schwester. Sie waren eineiige Zwillinge und sahen sich zum Verwechseln ähnlich, auch wenn Tess in Jeans und einem übergroßen Stars-Sweatshirt steckte und Julie in schwarzen Caprihosen und einem pinkfarbenen Pullover. Beide waren sehr sportlich, Julie war eine begeisterte Ballettratte, Tess tat sich eher in Mannschaftssportarten hervor. Bei ihren Klassenkameraden waren die beiden lebhaften, stets gut aufgelegten Calebow-Schwestern sehr beliebt, nur ihre Eltern hatten schlaflose Nächte, weil sie vor kaum einer Herausforderung zurückschreckten.

Auf halbem Wege blieben die Zwillinge plötzlich wie angewurzelt stehen. Was immer sie Molly gerade noch erzählen wollten, schien mit einem Schlag weggewischt, als sie ihre Haare sahen.

»Oh mein Gott, sie sind rot!«

»Total rot!«

»Ist ja cool! Warum hast du uns nichts davon gesagt?«

»War so eine plötzliche Eingebung«, erwiderte Molly.

»Ich werde meine Haare genauso färben!«, verkündete Julie.

»Das ist sicher keine so gute Idee«, sagte Molly schnell. »Also, was wolltet ihr mir gerade erzählen?«

»Dad ist ja soo wütend!« Tess riss dramatisch die Augen auf.

Julie versuchte ihre Schwester noch zu übertreffen. »Er und Onkel Ron haben sich mal wieder mit Kevin gestritten.«

Molly spitzte die Ohren, obwohl sie eben noch beschlossen hatte, ihrer unerfüllten Liebe zu entsagen. »Was hat er denn angestellt? Außer dass er mich eben beinahe überfahren hätte.«

»Ehrlich?«

»Halb so wild. Nun erzählt schon.«

Julie holte tief Luft. »Er war Fallschirm springen in Denver, einen Tag vor dem Spiel gegen die Broncos!«

»Oh je ...« Molly ahnte Böses.

»Dad hat es gerade herausgefunden und ihm eine Strafe von zehntausend Dollar aufgebrummt.«

»Wow!« Soviel sie wusste, war es das erste Mal, dass Kevin zu einer solchen Geldbuße verdonnert worden war.

Der Quarterback hatte sich kurz vor dem Trainingscamp im Juli leichtsinnigerweise dazu hinreißen lassen, an einem Amateur-Motocross-Rennen teilzunehmen, bei dem er sich ein verstauchtes Handgelenk zugezogen hatte. Da es ihm gar nicht ähnlich sah, seinen Einsatz auf dem Spielfeld zu gefährden, hatte man Nachsicht geübt, allen vo-ran Dan, der Kevin sonst nur als vollendeten Profi kannte.

Das änderte sich allerdings, nachdem Dan zu Ohren gekommen war, dass Kevin während der regulären Spielsaison zum Drachenfliegen ins Mountain Valley gefahren war. Kurz darauf hatte der Quarterback sich dann den schnellen Ferrari-Spider zugelegt, mit dem Molly gerade auf dem Parkplatz so unsanft Bekanntschaft gemacht hatte. Dann hatte die Sun-Times letzten Monat berichtet, Kevin habe Chicago am Montag direkt nach der Spielbesprechung verlassen und sei für einen Tag nach Idaho zum Helicopter-Skiing in einem abgelegenen Teil des Sun Valley geflogen. Da Kevin dabei ohne Verletzung davongekommen war, hatte Dan ihn lediglich verwarnt. Doch das Fallschirmspringen hatte das Fass jetzt offensichtlich zum Überlaufen gebracht.

»Dad schreit ja oft rum, aber bei Kevin hat er sich bisher immer zurückgehalten«, berichtete Tess. »Und Kevin hat zurück gebrüllt, er wüsste schon, was er täte, er hätte sich nicht verletzt, und Dad sollte sich aus seinem Privatleben raushalten.«

Molly verzog das Gesicht. »Ich wette, das hat deinem Vater gar nicht gefallen.«

»Er ist danach erst richtig laut geworden«, erzählte Julie. »Onkel Ron hat versucht, die beiden zu beruhigen, doch dann kam der Coach dazu und fing auch noch an herumzuschreien.«

Molly wusste, wie sehr ihre Schwester Phoebe lautstarke Auseinandersetzungen verabscheute. »Und was hat eure Mutter gemacht?«

»Sie hat sich in ihrem Büro eingeschlossen und ganz laut Alanis Morissette gehört.«

Wahrscheinlich das Beste, was sie in dem Moment tun konnte.

Da kam Mollys fünfjähriger Neffe Andrew laut trampelnd angerannt und bog pfeilschnell, beinahe wie Kevins Ferrari, um die Ecke. »Tante Molly! Weißt du was?« Er warf sich um Mollys Knie. »Alle haben geschrien und meine Ohren tun weh.«

Da Andrew nicht nur das gute Aussehen seines Vaters, sondern auch sein dröhnendes Organ geerbt hatte, bezweifelte Molly, dass er wirklich gelitten hatte. Sie strich ihm über den Kopf. »Das tut mir Leid.«

Er sah mit weit aufgerissenen Augen zu ihr hoch. »Und Kevin war so wütend auf Dad, Onkel Ron und den Coach, dass er das Wort mit Sch … gesagt hat.«

»Das hätte er nicht tun sollen.«

»Sogar zweimal!«

»Du liebe Zeit!« Molly unterdrückte ein Lächeln. Bei den vielen Stunden, die sie in der Zentrale eines Football-Teams der National League verbrachten, war es unvermeidlich, dass die Kinder von dem wenig zimperlichen Ton, der dort herrschte, mehr mitbekamen, als einem lieb war. Innerhalb der Familie jedoch herrschten strenge Regeln, der Gebrauch von Schimpfwörtern wurde konsequent geahndet.

Sie verstand sich selbst nicht. Das Schlimmste an ihrer Schwärmerei – ihrer früheren Schwärmerei – war, dass sie sich ausgerechnet in Kevin, den oberflächlichsten Typen auf Erden, verguckt hatte. Football war das Einzige, was ihn interessierte. Football und eine endlose Schlange gesichtsloser Models aus aller Welt. Sie fragte sich, wo er diese Frauen immer wieder auftrieb. Über NoPersonality.com?

»Hallo, Tante Molly!«

Anders als ihre Geschwister kam die achtjährige Hannah nicht im Laufschritt auf Molly zugerannt. Molly hatte alle vier Kinder ins Herz geschlossen, aber dieses verletzliche mittlere Kind nahm einen besonderen Platz ein. Sie besaß weder die athletische Stärke noch das grenzenlose Selbstvertrauen ihrer Schwestern, sondern war eine romantische Träumerin, eine hoch sensible, fantasiebegabte Leseratte, mit großem Talent zum Zeichnen, ganz wie ihre Tante.

»Dein Haar gefällt mir.«

»Danke.«

Ihren aufmerksamen grauen Augen entging auch nicht Mollys schmutzige Hose.

»Was ist denn mit dir passiert?«

»Ich bin auf dem Parkplatz ausgerutscht, halb so wild.«

Hannah knabberte an ihrer Unterlippe. »Haben sie dir schon von dem Streit erzählt, den Kevin und Dad hatten?«

Sie schien etwas aufgelöst und Molly ahnte auch, warum. Kevin war häufiger bei den Calebows zu Gast, und wie ihre dumme Tante hatte sich die Achtjährige unsterblich in Kevin verliebt. Doch anders als bei Molly, handelte es sich bei Hannah um wahre Liebe.

Andrew umklammerte noch immer ihre Knie und so streckte Molly ihrer Nichte ihren Arm aus und zog sie an sich. »Jeder muss für das, was er tut, auch die Folgen tragen, Süße, das gilt auch für Kevin.«

»Was glaubst du, wird er jetzt machen?«, flüsterte Hannah.

Molly war sich ziemlich sicher, dass er sich mit einem seiner Models trösten würde, die über minimale Englischkenntnisse, dafür aber umso beeindruckendere erotische Fähigkeiten verfügten. »Bestimmt geht es ihm wieder gut, wenn er sich erstmal beruhigt hat.«

»Ich habe Angst, dass er etwas Dummes macht.«

Molly strich eine braune Locke aus Hannahs Stirn. »So etwas wie Fallschirmspringen einen Tag vor dem Spiel gegen die Broncos?«

»Wahrscheinlich hat er gar nicht darüber nachgedacht.«

Sie bezweifelte, dass Kevins kleines Hirn in der Lage war, über etwas anderes als Football nachzudenken, doch diesen Gedanken behielt sie lieber für sich. »Ich muss noch kurz mit deiner Mom sprechen, dann können wir beide fahren.«

»Nach Hannah bin ich dran«, erinnerte Andrew sie und gab endlich ihr Bein frei.

»Keine Angst, das habe ich nicht vergessen.« Die Kinder durften abwechselnd bei ihrer Tante in der winzigen Eigentumswohnung übernachten. Normalerweise kamen sie am Wochenende zu ihr, nicht wie heute an einem Dienstag. Doch Hannahs Lehrer hatten am nächsten Tag eine Fortbildung, und Molly hatte gedacht, ihrer Nichte würde ein bisschen Zuwendung außer der Reihe gut tun.

»Hol schon mal deinen Rucksack, es dauert nicht lange.«

Sie ging einen langen Flur hinunter, vorbei an unzähligen Fotos, auf denen die Geschichte der Chicago Stars dokumentiert war. Als Erstes kam das Porträt ihres Vaters. Sie bemerkte, dass ihre Schwester die schwarzen Hörner, die sie vor langer Zeit auf seinen Kopf gemalt hatte, etwas aufgefrischt hatte. Bert Somerville, der Gründer der Chicago Stars, war schon seit vielen Jahren tot, aber die Erinnerung an seine Grausamkeiten lebte in beiden Töchtern weiter.

Dann kam ein Bild von Ron McDermitt, seit ewigen Zeiten Direktor der Stars, die Kinder nannten ihn Onkel Ron. Phoebe, Dan und Ron hatten hart daran gearbeitet, den aufreibenden Job, ein NFL-Team zu leiten, mit dem Familienleben in Einklang zu bringen. Dabei hatte es im Laufe der Jahre einige Umstrukturierungen gegeben, eine davon hatte Dan zu den Stars zurückgebracht, nachdem er eine Weile woanders tätig gewesen war.

Molly machte einen kurzen Abstecher in die Damentoilette. Sie legte ihren Mantel ab und warf im Spiegel einen kritischen Blick auf ihre Frisur. Der fransige Kurzhaarschnitt brachte ihre Augen gut zur Geltung. Doch damit nicht genug, hatte sie ihre dunkelbraunen Haare zu einem grellen Rotton färben lassen. Sie sah aus wie ein Kardinal.

Zumindest gab die Farbe ihren sonst eher unauffälligen Zügen ein bisschen mehr Leuchtkraft. Nicht dass sie sich über ihr Aussehen beschweren wollte. Ihre Nase war in Ordnung und ihr Mund auch, sie passten zu ihrer Figur, nicht zu dick, nicht zu dünn, und zu ihrem gesunden sportlichen Körper, für den sie dankbar war. Ein Blick auf ihre Oberweite bestätigte ihr, womit sie sich schon vor langer Zeit abgefunden hatte: Für die Tochter eines Showgirls war sie etwas zu kurz gekommen.

Ihre Augen dagegen waren etwas Besonderes, sie bildete sich gern ein, dass ihr sanfter Schwung ihr etwas Geheimnisvolles gab. Als Kind hatte sie einen Halbunterrock über die untere Hälfte ihres Gesichtes gezogen und so getan, als sei sie eine wunderschöne, verschleierte arabische Spionin.

Seufzend versuchte sie, den Dreck von ihrer betagten Comme-des-Garçons-Hose zu reiben und wischte ihre geliebte, wenn auch schon etwas abgenutzte Prada-Tasche ab. Nachdem sie ihr Bestes getan hatte, nahm sie den braunkarierten Mantel, den sie im Ausverkauf bei Target erstanden hatte, und ging zum Büro ihrer Schwester.

Es war Anfang Dezember, und einige Mitarbeiter hatten die ersten Weihnachtsdekorationen hervorgekramt. An der Tür zu Phoebes Büro klebte eine Karikatur von Santa Claus in einem Stars-Trikot, die von Molly stammte. Sie streckte ihren Kopf durch den Türspalt. »Hallo, Tante Molly ist da!«

Ihre goldenen Ohrringe klimperten, als ihre ältere Schwester, das blonde Supermodel, ihren Stift hinwarf. »Gott sei Dank, ein bisschen gesunder Menschenverstand ist genau das, was ich jetzt – Oh, mein Gott! Was hast du mit deinem Haar gemacht?«

Mit ihrer atemberaubenden Traumfigur, ihren bernsteinfarbenen Augen und der Wolke hellblonder Haare sah Phoebe aus wie eine Marilyn Monroe, die es geschafft hatte, die Vierzig zu überschreiten. Obwohl Molly Mühe hatte, sich Marilyn Monroe mit einem Marmeladenfleck vorn auf ihrer Seidenbluse vorzustellen. Egal, was sie mit sich anstellen würde, sie würde nie so hübsch werden wie ihre Schwester, aber das machte ihr nichts mehr aus. Nur wenige Menschen wussten, wie unglücklich Phoebes Traumfigur und ihre Schönheit sie früher einmal gemacht hatten.

»Bitte, Molly … nicht schon wieder.« Bei dem sorgenvollen Blick ihrer Schwester verwünschte Molly sich insgeheim. Sie hätte einen Hut aufsetzen sollen.

»Entspann dich, es wird nichts passieren.«

»Wie soll ich mich entspannen? Jedes Mal, wenn du deine Frisur radikal veränderst, haben wir wieder einen dieser *Vorfälle.«*

»Über diese *Vorfälle* bin ich längst hinweg.« Molly schnaubte. »Diesmal hat es rein kosmetische Gründe.«

»Ich glaube dir einfach nicht. Bestimmt hast du wieder irgendeine Verrücktheit vor, oder?«

»Habe ich nicht!« Wenn sie es nur oft genug behauptete, würde sie vielleicht auch sich selbst davon überzeugen.

»Erst zehn Jahre alt«, murmelte Phoebe wie zu sich selbst. »Die intelligenteste und bravste Schülerin der Klasse. Dann hackst du dir von heute auf morgen deine Ponyfransen ab und wirfst eine Stinkbombe in den Essraum.«

»Nichts weiter als das chemische Experiment eines begabten Kindes.«

»Dreizehn Jahre alt. Still. Lernbegierig. Kein einziger Ausrutscher seit dem Vorfall mit der Stinkbombe. Dann fängst du plötzlich an, dir klebriges Gel ins Haar zu kämmen, und als Nächstes packst du Berts College-Trophäen zusammen und bestellst die Müllabfuhr, um sie abtransportieren zu lassen.«

»Als ich dir davon erzählt habe, hat die Geschichte dir aber sehr gefallen, gib's nur zu.«

Doch Phoebe war gerade dabei, in Fahrt zu kommen, sie würde jetzt gar nichts zugeben. »Vier Jahre vergehen. Tadelloses Benehmen, die reinste Musterschülerin an der Highschool. Dan und ich haben dich aufgenommen, in unsere Herzen geschlossen. Du stehst kurz vor dem Schulabschluss, bist dazu auserwählt, die Rede bei der Abschlussfeier zu halten. Du hast eine Familie, die dir Halt gibt, Menschen die dich lieben … Du bist Vizepräsidentin der Schülervertretung, warum hätte ich mir also Sorgen machen sollen, als du dir plötzlich orange und blaue Strähnen ins Haar färbst?«

»Es waren die Schulfarben«, sagte Molly schwach.

»Ich bekomme einen Anruf von der Polizei, meine Schwester – meine strebsame, intelligente, Mitbürgerin-des-Monats-Schwester – habe absichtlich während des Mittagessens nach der fünften Stunde Feueralarm ausgelöst! Oh, nein, mit kleinen Streichen gibt unsere Molly sich nicht mehr ab! Sie ist auf dem besten Wege kriminell zu werden!«

Es war das Erbärmlichste, was Molly je gemacht hatte. Sie hatte die Menschen, die sie liebten, betrogen und selbst nach einem Jahr court supervision und vielen Stunden Gemeindearbeit nicht erklären können, wie es dazu gekommen war. Erst später, als sie an der Northwestern University studierte, hatte sie es selbst verstanden.

Es war im Frühling, kurz vor den Abschlussprüfungen. Molly fühlte sich rastlos und unkonzentriert. Statt zu lernen hatte sie stapelweise Liebesromane verschlungen, gezeichnet, stundenlang im Spiegel auf ihre Haare gestarrt und sich nichts sehnlicher als eine Frisur im Stil der Prä-Raphaeliten gewünscht. Auch dass sie ihr ganzes Taschengeld für Hairextensions ausgab, änderte nichts an dieser Unruhe. Dann entdeckte sie eines Tages, als sie den College-Buchladen verließ, in ihrem Portemonnaie einen Taschenrechner, für den sie nicht bezahlt hatte.

Immerhin war sie schon vernünftiger als damals in der Highschool, drehte auf dem Absatz um und gab ihn zurück. Dann machte sie sich auf den Weg zum Büro der Studentenberatung.

Phoebe sprang von ihrem Schreibtischstuhl auf und riss sie aus ihren Gedanken. »Und letztes Mal …«

Molly zuckte unwillkürlich zusammen, obwohl sie wusste, dass Phoebe jetzt zum Ende kommen würde.

»... das letzte Mal, als du deine Haare verunstaltet hast – dieser scheußliche Kurzhaarschnitt vor zwei Jahren ...«

»Er war modisch, nicht scheußlich.«

Phoebe knirschte nur mit den Zähnen. »Das letzte Mal, als du etwas Derartiges getan hast, hast du fünfzehn Millionen Dollar weggegeben!«

»Nun, ja ... aber das hatte nichts mit dem Haarschnitt zu tun.«

»Ha!«

Zum fünfzehnmillionsten Mal erklärte Molly, warum sie es getan hatte. »Berts Geld hat mich erdrückt. Ich musste die Vergangenheit ein für alle Mal loswerden, damit ich endlich ich selbst sein konnte.«

»Und arm wie eine Kirchenmaus!«

Molly lächelte. Phoebe würde es nie zugeben, aber im Grunde verstand sie sehr gut, warum Molly ihr ganzes Erbe aufgegeben hatte. »So schlimm ist es nun auch wieder nicht. Kaum jemand weiß, dass ich mein Geld weggegeben habe. Sie halten mich nur für exzentrisch, weil ich einen alten VW-Käfer fahre und in einem Wohnklo mit Küche wohne.«

»Du liebst deine kleine Wohnung.«

Molly versuchte nicht, das abzustreiten. Ihr Loft war das Wertvollste, was sie besaß, und dass sie die monatlichen Raten selbst verdiente, machte sie glücklich. Nur jemand, der ohne ein eigenes Heim aufgewachsen war, konnte verstehen, was es ihr bedeutete.

Sie beschloss, das Thema zu wechseln, bevor sich Phoebe weiter Gedanken um sie machen konnte. »Die Rasselbande hat mir gerade erzählt, dass Dan Mr. Oberflächlich eine Zehntausend-Dollar-Strafe aufgebrummt hat.«

»Du solltest ihn nicht so nennen. Kevin ist nicht oberflächlich, er ist nur –«

»Wahrnehmungsgestört?«

»Wirklich, Molly, ich verstehe nicht, warum du ihn so verachtest. Ihr beide habt doch in den letzten Jahren nicht mehr als drei Worte gewechselt.«

»Und das mit voller Absicht. Menschen, die nicht einmal bis drei zählen können, gehe ich lieber aus dem Weg.«

»Wenn du ihn nur besser kennen würdest, hättest du ihn genauso gern wie ich.«

»Ist es nicht faszinierend, dass er immer irgendwelche Mädels anschleppt, die der englischen Sprache kaum mächtig sind? Aber sonst könnte ja vor dem Sex so etwas Lästiges wie eine Unterhaltung entstehen.«

Jetzt musste Phoebe doch lachen.

Molly teilte fast alles mit ihrer Schwester, aber ihre heimliche Schwäche für den Quarterback der Stars hatte sie ihr nicht anvertraut. Es wäre zu beschämend, außerdem würde Phoebe es Dan erzählen, bei dem sofort sämtliche Alarmglocken schrillen würden. Was seine Schwägerin betraf, gingen seine ausgeprägten Beschützerinstinkte regelmäßig mit ihm durch. Er ließ nicht zu, dass Molly auch nur in die Nähe der Spieler kam, es sei denn, sie waren glücklich verheiratet oder schwul.

Als hätte er ihre Gedanken erraten, stürmte Dan plötzlich ins Zimmer, groß, blond, gut aussehend. Daran hatte auch das Alter nichts geändert. Selbst die eine oder andere Falte, die in den zwölf Jahren, die sie ihn mittlerweile kannte, in seinem männlichen Gesicht hinzugekommen war, ließ ihn nur interessanter aussehen. Er war jemand, der allein durch seine Präsenz jeden Raum sofort ausfüllte. Er strahlte das unerschütterliche Selbstvertrauen eines Mannes aus, der genau wusste, wofür er stand.

Als Phoebe die Stars geerbt hatte, war Dan Cheftrainer. Unglücklicherweise verstand sie nicht das Geringste von Football, und er hatte ihr auf der Stelle den Krieg erklärt. Sie hatten sich dermaßen in die Haare gekriegt, dass Ron McDermitt Dan sogar einmal suspendiert hatte, weil er

Phoebe übel beschimpft hatte. Aber es hatte nicht lange gedauert, da war der ganze Zorn verraucht und machte Gefühlen ganz anderer Art Platz.

Für Molly war die Liebesgeschichte zwischen Phoebe und Dan so etwas wie der Stoff, aus dem die Träume sind. Schon vor langer Zeit hatte sie beschlossen, wenn sie nicht das gleiche Glück hätte wie ihre Schwester und ihr Schwager, lieber ganz darauf verzichten zu wollen. Es musste schon die einzig wahre große Liebe sein – doch dass sie ihr begegnete, schien ebenso unwahrscheinlich wie die Hoffnung, dass Dan Kevins Geldstrafe wieder aufheben würde.

Ihr Schwager legte automatisch einen Arm um Mollys Schultern. Wenn er mit seiner Familie zusammen war, legte er immer irgendjemandem den Arm um die Schulter. Es versetzte ihr einen schmerzhaften Stich ins Herz. Eigentlich war sie in den letzten Jahren mit ein paar anständigen Typen zusammen gewesen, bei dem einen oder anderen hatte sie sich sogar eingebildet, richtig verliebt zu sein. Aber sobald ihr klar wurde, dass keiner von ihnen es auch nur annähernd mit ihrem Schwager aufnehmen konnte, war Schluss für sie. Mittlerweile bezweifelte sie, dass es jemals einem Mann gelingen würde.

»Phoebe, ich weiß, du magst Kevin, aber diesmal ist er wirklich zu weit gegangen.« Immer wenn er sich aufregte, kam sein unverkennbarer Südstaatenakzent besonders durch, und jetzt triefte er nur so vor Zuckersirup.

»Das hast du beim letzten Mal auch gesagt«, erwiderte Phoebe. »Außerdem magst du ihn auch.«

»Ich verstehe es nicht! Die Stars sind doch das Wichtigste in seinem Leben. Warum setzt er bloß alles daran, seine Karriere aufs Spiel zu setzen?«

Phoebe lächelte milde. »Das weißt du wahrscheinlich besser als wir. Soviel ich weiß, hast du vor meiner Zeit auch gern mit dem Feuer gespielt.«

»Du musst mich mit irgendjemandem verwechseln.«

Phoebe lachte und Dans Gesicht verzog sich zu jenem vertrauten Lächeln, das Molly schon unzählige Male gesehen hatte und um das sie ihre Schwester schon ebenso viele Male beneidet hatte. Sein Lächeln verschwand. »Was hat er nur, ist er eigentlich vom Teufel geritten?«

»Teufelinnen«, berichtigte Molly. »Mit ausländischem Akzent und enormen Brüsten.«

»Das gehört zum Leben eines Footballspielers nun mal dazu«, warf Phoebe ein.

Molly hatte plötzlich keine Lust mehr, über Kevin zu reden, und hauchte Dan einen Kuss auf die Wange. »Hannah wartet auf mich. Ich bringe sie euch morgen am späten Nachmittag zurück.«

»Pass auf, dass sie morgen früh nicht die Zeitung in die Finger bekommt.«

»Keine Sorge.« Hannah litt jedes Mal, wenn die Presse über die Stars herfiel, und Kevins Strafe würde sicher hitzige Diskussionen nach sich ziehen.

Molly winkte zum Abschied, schnappte sich Hannah und küsste die anderen Kinder zum Abschied. Auf dem East-West-Tollway staute sich schon der Berufsverkehr, sie würden sicher mehr als eine Stunde bis Evanston brauchen, der alten North-Shore-Stadt, in der sie studiert hatte und jetzt auch wohnte.

»Slytherin!«, schimpfte sie, als ihr irgendein Mistkerl die Vorfahrt nahm.

»Dreckiger, verfluchter Slytherin!«, echote Hannah.

Molly lächelte in sich hinein. Die Slytherins waren die bösen Kinder in den Harry-Potter-Büchern, Molly hatte den Ausdruck kurzerhand in einen allgemein beliebten Fluch verwandelt. Belustigt hatte sie festgestellt, dass zuerst Phoebe und dann sogar Dan begannen, ihn zu benutzen. Während Hannah munter drauflos plapperte und von ihrem Schulalltag erzählte, schweiften Mollys Gedanken immer wieder zu ihrem Gespräch mit Phoebe ab, und zu den ersten Jahren, in denen sie in den Genuss ihres Erbes gekommen war.

In seinem Testament hatte Bert Somerville seiner Tochter Phoebe die Chicago Stars hinterlassen. Was von seinem Grundbesitz nach ein paar Fehlinvestitionen noch übrig gewesen war, ging an Molly. Da Molly zu der Zeit noch minderjährig war, hatte Phoebe den Erbanteil ihrer Schwester verwaltet und es geschafft, dass die Summe am Ende auf fünfzehn Millionen Dollar angewachsen war. Mit einundzwanzig und einem soeben erworbenen Diplom in Journalismus, hatte Molly ihr Erbe angetreten, eine Luxuswohnung an Chicagos Gold Coast gekauft und beschlossen, das Leben zu genießen.

Die Wohnanlage war steril und unpersönlich und ihre Nachbarn allesamt wesentlich älter als sie, doch Molly merkte zu spät, dass sie einen Fehler begangen hatte. Sie kleidete sich in Designerklamotten, überschüttete ihre Freunde mit Geschenken und gönnte sich selbst einen teuren Wagen. Nach einem Jahr musste sie jedoch wohl oder übel einsehen, dass sie für das müßige Luxusleben der Reichen nicht geschaffen war. Sie war zu sehr daran gewöhnt, hart zu arbeiten, sei es an der Uni oder in den Ferienjobs, die Dan ihr aufgezwungen hatte. Als ihr eine Stelle bei einer Tageszeitung angeboten wurde, griff sie zu.

Damit hatte sie zwar etwas, das sie beschäftigte, doch die Arbeit war zu wenig kreativ, als dass sie sie wirklich ausgefüllt hätte. Es kam ihr vor, als würde sie eine Rolle spielen, anstatt das Leben wirklich zu leben. Sie beschloss zu kündigen, um endlich an dem romantischen Romanepos zu schreiben, von dem sie immer geträumt hatte. Doch sie beschäftigte sich immer intensiver mit den Geschichten, die sie sich für die Calebow-Kinder ausdachte. Geschichten um ein kleines, niedliches Kaninchen, das nach der letzten Mode gekleidet war, in einem Cottage am Rande des Nachtigallenwaldes wohnte und sich selbst ständig in Schwierigkeiten brachte.

Sie hatte begonnen, die Geschichten zu Papier zu bringen, dann fing sie an, sie mit lustigen Bildern zu versehen. Sie benutzte Feder und Tinte, kolorierte ihre Entwürfe mit leuchtenden Acrylfarben und erweckte Daphne und ihre Freunde zum Leben.

Sie war hoch beglückt, als Birdcage Press, ein kleiner Chicagoer Verlag, ihr erstes Buch, *Daphne sagt Hallo!*, kaufte, wenn auch der Vorschuss gerade eben reichte, um ihre Portokosten zu decken. Immerhin hatte sie endlich ihre Nische gefunden. Sie musste sich um Geld keine Gedanken machen, deshalb erschien ihre Arbeit ihr eher wie ein Hobby als wie eine ernst zu nehmende Berufung. Die Unzufriedenheit blieb. Sie wurde immer ruheloser. Sie fing an, ihre Wohnung zu hassen, ihren Kleiderschrank, ihre Frisur … Da half auch kein Aufsehen erregender Bürstenhaarschnitt.

Es war wieder mal Zeit für einen Feueralarm.

Da sie jedoch aus dem Alter raus war, saß sie plötzlich ihrem Anwalt gegenüber und erklärte ihm, dass sie ihr gesamtes Vermögen in einen Fond fließen lassen wollte, der minderbemittelten Kindern zugute kommen sollte. Er fiel aus allen Wolken. Sie aber war zum ersten Mal, seit sie einundzwanzig geworden war, glücklich und zufrieden. Phoebe hatte sich beweisen müssen, als sie die Verantwortung für die Stars übernommen hatte, eine solche Gelegenheit hatte Molly nie gehabt. Bis jetzt. Als sie die Papiere unterschrieb, fühlte sie sich beschwingt und wie von einer schweren Last befreit.

»Bei dir gefällt es mir so.« Hannah seufzte, als Molly die Tür zu ihrem Loft im zweiten Stock, nur ein paar Schritte vom Stadtzentrum von Evanston entfernt, aufschloss. Auch Molly stieß einen kleinen zufriedenen Seufzer aus. Auch wenn sie nicht lange weg gewesen war, genoss sie es jedes Mal wieder, in ihr eigenes Heim zurückzukommen.

Für die Calebow-Kinder war Tante Mollys Loft der coolste Platz auf Erden. Das Gebäude aus dem Jahr 1910 hatte zunächst einem Studebaker-Händler gedient, später wurden Büros daraus, dann ein Lagerhaus, bis es vor ein paar Jahren renoviert und zu einem Wohnhaus umgebaut worden war. Mollys Wohnung hatte vom Boden bis zur Decke reichende Fenster, freiliegende Rohre und Leitungen und rohe Ziegelwände, an denen sie einige ihrer Zeichnungen und Bilder aufgehängt hatte. Es war die kleinste und günstigste Wohnung im ganzen Gebäude, doch die über vier Meter hohen Decken ließen sie luftig und weiträumig erscheinen. Jeden Monat, wenn sie den Scheck für ihre monatliche Rate abschickte, küsste sie den Umschlag, bevor sie ihn in den Briefkasten steckte. Ein albernes Ritual, dass sie konsequent beibehielt.

Die meisten Leute glaubten, Molly hätte noch Anteile an den Stars, nur wenige ihrer engsten Freunde wussten, dass sie nicht mehr die wohlhabende Erbin war, für die sie gemeinhin gehalten wurde. Sie besserte das schmale Einkommen, das die Daphne-Bücher ihr einbrachten, durch Artikel für eine Mädchenzeitschrift namens *Chik* auf. Selten blieb am Ende des Monats genug übrig für den einzigen Luxus, den sie sich gern gönnte – teure Kleidung und Bücher –, aber das machte ihr wenig aus. Sie kaufte nur noch Sonderangebote und nutzte die Bibliothek.

Ihr Leben gefiel ihr. Wenn ihr auch nie die große Liebe begegnen würde, so war sie doch mit einer lebendigen Vorstellungskraft ausgestattet und einer reichen Fantasiewelt, aus der sie ihre Kraft schöpfte. Sie konnte sich nicht beklagen und hatte keinen Grund zu fürchten, dass es zu unvorhergesehenen Ausbrüchen ihrer alten Ruhelosigkeit kam. Ihre neue Frisur war schlicht eine modische Angelegenheit.

Hannah warf ihren Mantel in die Ecke und kniete sich hin, um Ruh, Mollys kleinen grauen Pudel, zu streicheln, der ihnen zur Begrüßung entgegensprang. Ruh und Känga, der Pudel der Calebows, waren Nachkommen von Phoebes geliebtem Pu.

»Na, kleiner Stinker, hast du mich vermisst?« Molly legte ihre Post weg und drückte Ruh einen Kuss auf seinen weichen grauen Dutt. Ruh erwiderte die Begrüßung, indem er über Mollys Kinn leckte und sich vor ihr ausstreckte, um sein beeindruckendstes Knurren hören zu lassen.

»Oh ja, wir sind beeindruckt. Nicht wahr, Hannah?«

Hannah kicherte. »Er tut noch immer gern so, als wäre er ein Polizeihund.«

»Der mutigste Hund in der Truppe. Kränken wir ihn lieber nicht, indem wir ihn daran erinnern, dass er ein Pudel ist.«

Hannah wuschelte durch Ruhs Fell und ging neugierig zu Mollys Arbeitsplatz im Wohnzimmer. »Hast du wieder neue Artikel geschrieben? ›Prom-Night Passion‹ fand ich klasse.«

Molly lächelte. »Bald.«

Den Gesetzen des Marktes gehorchend trugen die Artikel, die sie für *Chik* schrieb, recht gewagte Titel, obwohl der Inhalt eher zahm war. In »Abschlussball mit Nachspiel« war es um die Folgen von Sex im Auto gegangen, »Von der Jungfrau zum Vamp« handelte von Kosmetik und »Wilde Mädchen« berichtete von vier Mädchen beim Campingurlaub.

»Zeigst du mir deine neuen Skizzen?«

Molly hängte ihre Mäntel auf. »Ich habe noch keine, ich arbeite gerade an einer neuen Idee.« Manchmal begann ein neues Buch mit flüchtigen Skizzen, manchmal mit Text. Und heute hatte sie ihre Inspiration direkt aus dem Leben gegriffen.

»Oh bitte, erzähl!«

Meist tranken sie zuerst einen Tee, wenn Hannah sie besuchte. Molly ging in die winzige Küche gegenüber ihrem Arbeitsplatz und setzte Wasser auf. Direkt darüber auf der Galerie war ihr Schlafplatz, von dem man den gesamten

Wohnbereich überblicken konnte. Dort stapelten sich ihre Lieblingsbücher in Metallregalen: ihre geliebten Jane-Austen-Romane, zerlesene Bände von Daphne Du Maurier und Anya Seton, alle frühen Bücher von Mary Stewart, neben Victoria Holt, Phyllis Whitney und Danielle Steel.

Auf den schmaleren Regalen standen Taschenbücher in Doppelreihen – historische Schwarten, Liebesgeschichten, Krimis, Reiseführer und Ratgeber. Außerdem ihre Lieblingsklassiker, Biografien berühmter Frauen und ein paar von Oprahs weniger deprimierenden Buchclub-Auswahltiteln, von denen Molly die meisten schon entdeckt hatte, lange bevor Oprah sie der ganzen Welt anpries.

Ihre liebsten Kinderbücher bewahrte sie in einem Regal direkt neben ihrem Bett auf. Ihre Sammlung umfasste alle Eloise-Geschichten und Harry-Potter-Bücher, ein paar Judy Blume, Gertrude Chandler Warners *The Boxcar Children, Anne of Green Gables,* ein bisschen *Sweet Valley High* zum Spaß und die zerfledderten Barbara-Cartland-Bücher, die sie entdeckt hatte, als sie zehn war. Es war die Sammlung einer begeisterten Leseratte. Oft machten es sich die Calebow-Kinder mit einem Stapel Bücher auf ihrem Bett bequem und versuchten zu entscheiden, welches sie als Nächstes lesen wollten.

Molly nahm zwei zerbrechliche chinesische Teetassen mit hauchdünnem Goldrand und lila Stiefmütterchen. »Heute habe ich beschlossen, dass mein nächstes Buch *Trubel um Daphne* heißen soll.«

»Erzähl!«

»Also … Daphne spaziert nichts ahnend durch den Nachtigallenwald, als plötzlich Benny auf seinem Mountainbike angerast kommt und sie beinahe über den Haufen fährt.«

Hannah schüttelte angewidert den Kopf. »Dieser blöde, eingebildete Dachs.«

»Genau.«

Hannah warf ihr einen unsicheren Blick zu. »Ich finde, jemand sollte Bennys Mountainbike klauen. Dann könnte er nichts mehr damit anstellen.«

Molly lächelte. »Im Nachtigallenwald wird nicht gestohlen, erinnerst du dich? Das hast du schon einmal vorgeschlagen, als es um Bennys Jet-Ski ging.«

»Ja, schon.« Ihr Mund verzog sich zu einer trotzigen Linie. »Aber wenn es Mountainbikes und Jet-Ski im Nachtigallenwald gibt, warum sollte es dann nicht auch Diebe geben? Außerdem macht Benny so etwas nicht mit Absicht. Er ist nur ein bisschen frech.«

Molly dachte an Kevin. »Von Frechheit zu Dummheit ist es manchmal nur ein kleiner Schritt.«

»Benny ist nicht dumm!«

Hannah sah sie verstört an und Molly wünschte, sie hätte ihren Mund gehalten. »Natürlich nicht, er ist der schlauste Dachs im Nachtigallenwald.« Sie wuschelte ihrer Nichte durchs Haar. »Lass uns unseren Tee trinken, danach gehen wir mit Ruh am See spazieren.«

Erst spät am Abend, nachdem Hannah über einer zerlesenen Ausgabe von *The Jennifer Wish* eingeschlafen war, kam Molly dazu, ihre Post durchzusehen. Sie legte die Telefonrechnung beiseite und riss abwesend einen offiziell aussehenden Umschlag auf. Als sie den Briefkopf las, wünschte sie, sie hätte sich die Mühe nicht gemacht.

> GESUNDE KINDER FÜR EIN GESUNDES AMERIKA
> Radikale Homosexuelle haben Ihre Kinder im Visier! Die unschuldigsten unserer Mitbürger werden zu übler Perversion verführt. Schuld daran sind obszöne Bücher und unverantwortliche TV-Shows, in denen dieses abartige und moralisch abstoßende Verhalten verherrlicht wird …

GESUNDE KINDER FÜR EIN GESUNDES AMERIKA, kurz GKFEGA, war eine Organisation mit Sitz in Chicago, deren Mitglieder seit kurzem mit irrem Blick in sämtlichen lokalen Talkshows auftauchten und durch ihr paranoides Geschwätz die Leute von ihrem Verfolgungswahn zu überzeugen versuchten. Wenn sie ihre Energie wenigsten für etwas Sinnvolles eingesetzt hätten, zum Beispiel dafür zu sorgen, dass Kinder keine Waffen in die Hände bekamen. Angewidert warf sie den Brief in den Müll.

Molly nahm eine Hand vom Steuerrad und kraulte Ruhs Fell. Am frühen Nachmittag hatte sie Hannah zu ihren Eltern zurückgebracht und war jetzt auf dem Weg zum Feriendomizil der Calebows in Door County, Wisconsin. Es würde spät werden, bis sie dort ankam, aber die Straßen waren frei und ihr machte es nichts aus, bei Dunkelheit zu fahren.

Sie hatte sich ganz spontan zu ihrer Reise in den Norden entschieden. In ihrem gestrigen Gespräch mit Phoebe war etwas hochgekommen, das sie mit aller Macht versucht hatte zu verdrängen. Ihre Schwester hatte Recht. Ihre neue Haarfarbe war nur ein Symptom für ein tieferes Problem. Die alte Ruhelosigkeit hatte sie wieder erfasst.

Natürlich verspürte sie nicht mehr den Drang, einen Feueralarm auszulösen, auch ihr Geld wegzugeben war keine Alternative mehr. Das hieß jedoch nicht, dass ihr Unterbewusstsein nicht doch einen Weg finden würde, Chaos zu stiften. Sie hatte das unbehagliche Gefühl, von einem Ort magisch angezogen zu werden, den sie glaubte, längst hinter sich gelassen zu haben.

Sie erinnerte sich an die Worte eines Psychologen vor vielen Jahren an der Northwestern University.

»Als Kind haben Sie geglaubt, Sie könnten Ihren Vater dazu bringen, Sie zu lieben, wenn Sie alles taten, was er von Ihnen verlangte. Wenn Sie gute Noten mit nach Hause brachten, sich anständig benahmen und alle Regeln genau befolgten, würde er Ihnen die Anerkennung schenken, die jedes Kind braucht. Aber Ihr Vater war zu dieser Art von Liebe nicht fähig. Bis etwas in Ihnen überschnappte und Sie das Schlimmste anstellten, was Ihnen einfiel. Diese Art von Rebellion war sogar gut für Sie, sie hielt Sie am Laufen.«

»Das erklärt aber nicht die Sache in der Highschool«, wandte sie ein. »Da war Bert schon tot, und ich lebte bei Phoebe und Dan. Die beiden liebten mich. Und was ist mit dem Ladendiebstahl?«

»Vielleicht mussten Sie Phoebes und Dans Liebe auf eine Probe stellen.«

Irgendetwas in ihr war zusammengezuckt. »Wie meinen Sie das?«

»Der einzige Weg für Sie herauszufinden, ob sie Sie wirklich bedingungslos liebten, war, etwas Furchtbares anzustellen, um zu sehen, ob sie dann immer noch zu Ihnen halten würden.«

Und sie hatten zu ihr gehalten.

Warum also verfolgte ihr altes Problem sie immer noch? Sie wollte keine neue Unruhe in ihrem Leben. Sie wollte ihre Bücher schreiben, sich mit ihren Freunden treffen, mit ihrem Hund spazieren gehen und mit ihren Nichten und Neffen spielen. Doch in den letzten Wochen hatte sie gespürt, wie sie immer ruheloser geworden war, und ein Blick auf ihre roten Haare, die in der Tat grauenhaft aussahen, sagte ihr, dass sie wieder einmal kurz davor war, alles aufs Spiel zu setzen.

Diesmal jedoch würde sie vernünftig sein, sich für eine Woche oder länger in Door County verkriechen und warten, dass der Anfall von selbst wieder vorbeiginge. Welche Gefahren konnten dort oben in der Einsamkeit schon auf sie lauern?

Kevin Tucker hatte gerade vom letzten Footballspiel geträumt, als ihn irgendetwas aus dem Schlaf riss. Knurrend wälzte er sich aus dem Bett, versuchte sich daran zu erinnern, wo er war, auch wenn ihm das nach der Flasche Scotch, die er sich kurz vor dem Einschlafen genehmigt hatte, einigermaßen schwer fiel. Normalerweise war Adrenalin sein bevorzugtes Rauschmittel, doch heute Abend war ihm eher nach Alkohol gewesen.

Da hörte er wieder dieses Geräusch, ein Kratzen an der Eingangstür, und plötzlich erinnerte er sich. Er war in Door County, Wisconsin, die Stars hatten ihre spielfreie Woche und Dan hatte ihm ein Zehntausend-Dollar-Bußgeld aufgebrummt. Danach hatte der Hurensohn ihn in sein Ferienhaus verbannt, bis er seine Sinne wieder beisammen hätte.

Mit seinen Sinnen schien alles in Ordnung, nicht aber mit der Hightech-Alarmanlage der Calebows – immerhin versuchte soeben jemand, in ihr Haus einzubrechen.

2

Er ist der begehrteste Typ an deiner Schule? Wen interessiert's. Das Einzige, was zählt, ist, wie er dich behandelt.

»Verbrennt man sich an heißen Typen die Finger?«

Molly Somerville für *Chik*

Da erinnerte er sich plötzlich. Er war so mit seinem Scotch beschäftigt gewesen, dass er vergessen hatte, die Alarmanlage einzuschalten. Eine glückliche Fügung. Jetzt kam doch noch etwas Abwechslung in diese Einöde.

Im Haus war es kalt und stockfinster. Er schwang seine nackten Füße von der Couch und stieß gegen den niedrigen Tisch. Fluchend rieb er sein Schienbein und humpelte zur Tür. Was sagte es über sein Leben aus, wenn ein kleines Handgemenge mit einem Einbrecher zum Höhepunkt der Woche wurde? Hoffentlich war der Kerl wenigstens bewaffnet.

Im letzten Moment wich er einem dunklen Schatten, vermutlich einem Sessel, aus und trat auf etwas kleines spitzes, wahrscheinlich einen der Legosteine, die überall herumlagen. Das großzügige, luxuriös ausgestattete Haus lag mitten in den Wäldern von Wisconsin, auf drei Seiten war es von hohen Bäumen umgeben. Der hintere Teil des Grundstücks grenzte an den vereisten Michigansee.

Verdammt, es gab wirklich nicht den kleinsten Lichtschimmer. Tastend ging er dem kratzenden Geräusch nach, und als er fast vor der Haustür stand, hörte er das leise Klicken des Schlosses. Langsam öffnete sich die Tür.

Befriedigt registrierte er den Adrenalinstoß, der seine Lebensgeister weckte. Mit einer geschmeidigen Bewegung riss er die Tür auf und packte die Gestalt davor am Kragen.

Der Typ war ein Leichtgewicht, er flog ihm geradezu in die Arme.

Und nach dem Schrei zu urteilen, den er ausstieß, als er auf dem Boden aufschlug, war er noch dazu schwul.

Leider hatte er einen Hund dabei. Einen großen Hund.

Kevins Nackenhaare sträubten sich, das tiefe Knurren eines zum Angriff bereiten Hundes ließ ihm das Blut in den Adern gefrieren. Bevor er reagieren konnte, hatte sich das Vieh schon in seinen Knöchel verbissen.

Mit der Reaktionsschnelligkeit, die ihn zu einer Legende gemacht hatte, stürzte er zum Lichtschalter und bereitete sich gleichzeitig darauf vor, die Knochen seines Fußgelenks krachen zu hören. Mit einem Schlag war die Eingangshalle hell erleuchtet, und er erfasste die Situation: Der Hund war kein Rottweiler, und auf dem Boden lag kein ängstlich wimmernder Mann.

»Oh, Scheiße …«

Auf dem Boden vor seinen Füßen kauerte eine kleine, schreiende Frau mit der Haarfarbe eines Feuermelders. Und das, was an seinem Knöchel hing und Löcher in seine Lieblingsjeans riss, war ein …

Er weigerte sich, den Namen der Hunderasse auch nur zu denken.

Alles, was sie auf dem Arm getragen hatte, als er sie gepackt hatte, lag rundherum verstreut. Während er versuchte, den Hund abzuschütteln, blickte er auf Bücher, Zeichenmaterial, zwei Päckchen Butterkekse und Pantoffeln mit einem rosa Kaninchenkopf auf den Zehenspitzen.

Endlich gelang es ihm, den knurrenden Hund loszuwerden. Die Frau rappelte sich auf und nahm Kampfhaltung an. Er wollte gerade seinen Mund aufmachen und eine Erklärung abgeben, als ihr Fuß hoch schnellte und sich in seine Kniekehle bohrte. Er klatschte wie ein nasser Sack auf den Boden.

»Verdammt … dafür haben die Giants eine ganze Dreiviertelstunde gebraucht.«

Die Frau hatte immerhin ihren Mantel angehabt, als sie auf den Boden geschlagen war, zwischen ihm und dem harten Schieferboden war nur eine dünne Jeans. Er stöhnte und rollte sich auf den Rücken. Sofort sprang das Tier auf seine Brust und kläffte ihm seinen Hundeatem ins Gesicht, die Zipfel seines blauen Hundehalstuchs schlugen ihm um die Nase.

»Sie wollten mich umbringen!«, kreischte die Frau, dass ihre kurzen feuerroten Haarbüschel zuckten.

»Nicht mit Absicht.« Er wusste, er hatte sie schon mal irgendwo getroffen, aber ihm fiel beim besten Willen nicht ein, wo. »Könnten Sie Ihren Pitbull zurückpfeifen?«

Ihr Schreck hatte sich in blanken Zorn verwandelt und sie fletschte ihre Zähne genau wie der Hund. »Komm her, Ruh.«

Das Tier knurrte und kletterte von seiner Brust. Es traf ihn wie ein Schlag. Oh, Scheiße … »Sie sind, äh, Phoebes Schwester, nicht wahr? Ist mit Ihnen alles in Ordnung« – er suchte verzweifelt nach ihrem Namen – »Miss Somerville?« Angesichts der Tatsache, dass er mit einer zerschmetterten Hüfte und Bisswunden im Fußgelenk auf dem Schieferfußboden lag, fand er seine Frage ungemein höflich.

»Das ist schon das zweite Mal innerhalb von zwei Tagen!«, schrie sie.

»Ich erinnere mich nicht –«

»Das zweite Mal! Sind Sie schwachsinnig, Sie blöder Dachs? Ist das Ihr Problem? Oder sind Sie einfach nur ein Idiot?«

»Also ich, – haben Sie mich etwa einen Dachs genannt?«

Sie blinzelte irritiert. »Dackel. Ich sagte Dackel.«

»Na, dann ist es ja gut.« Leider entlockte sein lahmer Witz ihr nicht das leiseste Lächeln.

Der Pitbull hatte sich hinter sein Frauchen verzogen. Kevin rappelte sich hoch und rieb sein Fußgelenk. Er versuchte sich daran zu erinnern, was er über die Schwester seiner Chefin wusste, doch das Einzige, was ihm einfiel, war, dass sie eine von diesen Intellektuellen war. Er hatte sie schon ein paar Mal in der Stars-Zentrale gesehen, immer das Gesicht in ein Buch vergraben, aber ihre Haarfarbe war ganz sicher eine andere gewesen.

Kaum zu glauben, dass sie mit Phoebe verwandt sein sollte, sie hatte nicht das Geringste mit ihr gemeinsam. Sie schien irgendwie nichts sagend flach, und Phoebe war eher kurvenreich, sie war klein und Phoebe groß. Im Gegensatz zu ihrer Schwester hatte sie keine Lippen, die geformt waren, als wollte sie einem unter der Bettdecke schmutzige Wörter ins Ohr raunen. Ihr Mund sah aus, als würde sie den ganzen Tag Leute in der Bibliothek zur Ruhe ermahnen.

Auch ohne diesen Stapel Bücher, den sie mit sich herumschleppte, hätte er sofort gewusst, dass sie die Art Frau war, für die er gar nichts übrig hatte – viel zu intelligent und viel zu ernst. Außerdem gehörte sie wahrscheinlich zu denen, die sich gern reden hörten, ein weiterer Minuspunkt. Der Fairness halber musste er ihr jedoch zugestehen, dass sie wunderschöne Augen hatte. Eine auffallende Farbe, irgendwo zwischen Blau und Grau, und sie hatten denselben aufreizenden Schwung wie die Augenbrauen. Als sie ihn weiter wütend anfunkelte, trafen sich diese wunderbar geschwungenen Augenbrauen direkt über der Nasenwurzel. Das hatte ihm noch gefehlt. Phoebes Schwester. Und er hatte geglaubt, die Woche könne nicht mehr schlimmer werden.

»Alles in Ordnung bei Ihnen?«, fragte er noch einmal.

Diese blaugrauen Augen nahmen exakt die Farbe eines Sommernachmittags in Illinois an, kurz vor einem Tornadoalarm. Es war ihm gelungen, jedes Mitglied der Familie, die die Stars regierte – vielleicht mit Ausnahme der Kinder –, gegen sich aufzubringen. Er schien ein ausgesprochenes Talent dafür zu haben.

Da war schnelle Schadensbegrenzung angesagt und auf seinen angeborenen Charme konnte er sich noch immer verlassen. Er schenkte ihr sein strahlendstes Lächeln. »Ich wollte Sie nicht erschrecken. Ich dachte, Sie wären ein Einbrecher.«

»Was machen Sie hier?«

Ihr schriller Tonfall verriet ihm, dass er seinen Charme vergeblich versprühte.

Sicherheitshalber behielt er ihr Kung-fu-verdächtiges Bein im Auge. »Dan schlug vor, ich sollte doch einige Tage hier verbringen, um über ein paar Dinge nachzudenken …« Er machte eine Pause. »Was eigentlich überflüssig war.«

Sie schlug auf den Lichtschalter, woraufhin ein paar rustikale Wandstrahler aufflammten und die Eingangshalle bis in den letzten Winkel erleuchteten.

Das Haus war im Blockhausstil gebaut, doch mit seinen sechs Schlafräumen und zwei Stockwerke hohen Decken, die bis in die frei liegende Dachkonstruktion reichten, hatte es wenig Ähnlichkeit mit einer entlegenen Holzfällerblockhütte. Großzügige Fensteröffnungen ließen den Wald ringsherum wie einen Teil der Innendekoration erscheinen, und in dem riesigen Kamin am Ende des Raumes hätte man einen Büffel grillen können. Die ausladenden, dick gepolsterten Möbel konnten der Beanspruchung durch eine Großfamilie Stand halten. Auf der einen Seite führte eine geschwungene Treppe in den zweiten Stock auf eine Galerie.

Kevin bückte sich, um ihre Sachen aufzusammeln. Er warf einen Blick auf die Kaninchenpantoffeln: »Macht es Sie nicht nervös, die Dinger hier während der Jagdsaison zu tragen?«

Mit einem Ruck riss sie sie ihm aus der Hand. »Geben Sie her.«

»Ich hatte nicht vor, sie zu tragen. Wäre ein bisschen

schwierig, von den Jungs den nötigen Respekt zu bekommen.«

Sie verzog keine Miene, als er sie ihr reichte. »Es gibt ein Lodge nicht weit von hier. Ich bin sicher, Sie werden dort für die Nacht ein Zimmer finden.«

»Es ist etwas spät, um mich rauszuwerfen. Außerdem war ich eingeladen.«

»Es ist mein Haus. Sie sind hier nicht länger willkommen.« Sie warf ihren Mantel über eins der Sofas und verschwand Richtung Küche. Der Pitbull kräuselte seine Schnauze und reckte seinen Troddelschwanz, als wollte er Kevin den erhobenen Mittelfinger zeigen. Erst als er sicher war, dass seine Bemerkung angekommen war, stolzierte er hinter seinem Frauchen her.

Kevin folgte ihnen. In die Wände der geräumigen, anheimelnden Küche waren maßgeschneiderte Schränke eingebaut, bei Tageslicht konnte man aus jedem Fenster auf den See blicken. Sie ließ ihre Pakete auf eine fünfeckige Insel in der Mitte fallen, um die sechs Hocker gruppiert waren.

Ihre Kleidung zeugte von modischem Geschmack, musste er zugeben. Sie trug eine eng anliegende schwarze Hose, dazu einen übergroßen metallicgrauen Pullover, der ihn an eine Rüstung erinnerte. Mit ihrem flammend roten Haar sah sie aus wie Johanna von Orleans auf dem soeben entzündeten Scheiterhaufen. Seltsamerweise schienen ihre offensichtlich teuren Klamotten schon leicht abgetragen. Hieß es nicht, sie habe Bert Somervilles Vermögen geerbt? Kevin hatte zwar selbst mittlerweile auch finanziell ausgesorgt, doch er war zu Geld gekommen, lange nachdem er erwachsen geworden war. Nach seiner Erfahrung wussten die Menschen, die schon mit Reichtum groß geworden waren, nicht, was es hieß, hart zu arbeiten. Dieses versnobte reiche Mädchen machte da sicher keine Ausnahme.

»Äh, Miss Somerville? Bevor Sie mich rausschmeißen …

ich wette, Sie haben die Calebows nicht davon unterrichtet, dass Sie herkommen wollten, sonst hätten sie Ihnen gesagt, dass das Haus bereits belegt ist.«

»Schon verstanden.« Sie warf die Kekse in eine Schublade und schloss sie mit lautem Knall. Dann musterte sie ihn von oben bis unten. Zitternd vor Wut. »Sie können sich wohl nicht an meinen Vornamen erinnern?«

»Natürlich weiß ich Ihren Vornamen.« Er kramte verzweifelt in seinem Gedächtnis. Vergeblich.

»Wir sind uns mindestens schon dreimal vorgestellt worden.«

»Was völlig überflüssig war, da ich ein ausgezeichnetes Namensgedächtnis habe.«

»Für meinen offenbar nicht. Sie haben ihn vergessen.«

»Das habe ich nicht.«

Sie starrte ihn prüfend an, doch er war es gewöhnt, unter Druck zu handeln, und er hielt ihrem Blick stand.

»Mein Name ist Daphne«, sagte sie schließlich.

»Da sagen Sie mir nichts Neues. Sind Sie immer so paranoid, Daphne?«

Sie schürzte nur verächtlich ihre Lippen und murmelte etwas in sich hinein. Er hätte schwören können, wieder das Wort »Dachs« herauszuhören.

Kevin Tucker wusste nicht einmal ihren Namen! Lass es dir eine Lehre sein, dachte Molly, als sie auf diese gefährliche Herrlichkeit vor sich blickte.

In dem Moment wurde ihr klar, dass sie sich vor ihm schützen musste. Zugegeben, er sah wirklich umwerfend gut aus. Wie viele andere Männer auch. Natürlich hatten nicht alle diese besondere Kombination aus dunkelblondem Haar und strahlend grünen Augen. Und nicht viele hatten diesen Körper, gut gebaut und durchtrainiert, wobei er alles andere als bullig wirkte. Aber schließlich war sie nicht so blöd, auf einen Mann hereinzufallen, nur weil er aus einem tollen Körper und einem hübschen Gesicht bestand und der, wenn er wollte, ungemein charmant sein konnte.

Nun, vielleicht war sie so blöd, doch immerhin war sie sich über ihre Dummheit im Klaren.

Auf keinen Fall sollte er sie für einen seiner schmachtenden weiblichen Fans halten. Sie würde ihm die eiskalte Schulter zeigen. Dafür musste sie sich nur Goldie Hawn in *Overboard* vorstellen. »Trotzdem werden Sie leider gehen müssen, Ken. Oh, Entschuldigung, ich meine natürlich *Kevin.* Das war doch richtig, oder?«

Sie hatte wohl doch etwas übertrieben, sein Mund verzog sich zu einem leichten Grinsen. »Wir sind uns mindestens dreimal vorgestellt worden. Daran sollten Sie sich doch erinnern.«

»Ach, man trifft ja so viele Footballspieler, und ihr seht alle gleich aus.«

Sie sah, wie eine Augenbraue nach oben schnellte.

Damit war für sie das Thema erledigt, es war schließlich schon spät, und sie konnte es sich erlauben, sich großzügig zu zeigen, wenn auch nur auf betont herablassende Art. »Meinetwegen können Sie heute Nacht bleiben, aber ich habe zu arbeiten. Deshalb werden Sie morgen leider ausziehen müssen.« Sie sah durch das Fenster auf seinen roten Ferrari, der direkt vor der Garage parkte, deshalb hatte sie ihn nicht bemerkt, als sie vor dem Haus gehalten hatte.

Er ließ sich demonstrativ auf einem Stuhl nieder, als wolle er ihr zeigen, dass er nirgends hingehen würde. »Was arbeiten Sie denn?« Es klang, als könne es sich nicht um besonders ernst zu nehmende Arbeit handeln.

»Je suis auteur.«

»Eine Autorin?«

»Soy autora«, wiederholte sie auf Spanisch.

»Das ist doch kein Grund, Ihr Englisch aufzugeben.«

»Ich dachte, Sie verstehen mich dann vielleicht besser. Ich habe da so etwas gelesen …«

Kevin war vielleicht etwas oberflächlich, aber dumm war er nicht, und sie befürchtete, vielleicht etwas weit gegangen zu sein. Leider kam sie gerade erst richtig in Fahrt. »Ich bin fast sicher, Ruh hat sein kleines Problem mit der Tollwut überstanden, aber vielleicht sollten Sie sich doch lieber impfen lassen, sicherheitshalber.«

»Sie sind immer noch wütend, weil ich Sie für einen Einbrecher gehalten habe, nicht wahr?«

»Entschuldigen Sie, ich verstehe Sie ganz schlecht, wahrscheinlich eine leichte Gehirnerschütterung von dem Sturz.«

»Ich sagte, es tut mir Leid.«

»Ja, das sagten Sie bereits.« Sie räumte ein paar Stifte beiseite, die die Kinder auf der Theke liegen gelassen hatten.

»Ich werde mal nach oben gehen und mich hinlegen.« Er stand auf und ging zur Tür. Dann drehte er sich noch einmal um und wies auf ihr Haar. »Seien Sie ehrlich. War es so etwas wie eine Fußballwette?«

»Gute Nacht, Kirk.«

Als Molly ihr Schlafzimmer betrat, merkte sie erst, wie schwer sie atmete. Nur eine dünne Wand trennte sie von dem Gästezimmer, in dem Kevin schlafen würde. Sie spürte ein Kribbeln auf ihrer Haut und den unwiderstehlichen Drang, ihre Haare mit einer Schere zu bearbeiten, obwohl da eigentlich nicht mehr viel zu bearbeiten übrig war. Sie war drauf und dran, ihm gleich morgen seine natürliche Farbe wiederzugeben, doch diese Genugtuung würde sie ihm nicht gönnen.

Sie war hierher gekommen, um auszuspannen, nicht um neben der Höhle des Löwen zu nächtigen. Sie raffte ihre Sachen zusammen. Ruh dicht auf den Fersen eilte sie hinunter in das große schlafsaalähnliche Eckzimmer, in dem sonst die drei Mädchen schliefen, und schloss die Tür hinter sich ab.

Sie lehnte sich an den Türrahmen und versuchte, sich zu entspannen. Ihr Blick schweifte über die schräge Decke des Raumes und die kleinen Mansardenfenster, die zum Tagträumen einluden. Zwei Wände waren mit Szenen aus dem Nachtigallenwald bemalt, sie erinnerte sich noch, wie sämtliche Familienmitglieder ihr dabei abwechselnd im Weg gestanden hatten. Jetzt fühlte sie sich schon viel besser, und morgen früh wäre er verschwunden.

An Schlaf war allerdings nicht zu denken. Warum hatte sie Phoebe nicht gesagt, dass sie vorhatte hier hoch zu fahren, wie sie es sonst immer tat? Weil sie weiteren Bemerkungen über ihre Haarfarbe und Warnungen vor irgendwelchen Vorfällen aus dem Weg gehen wollte.

Sie wälzte sich im Bett herum, sah immer wieder auf die Uhr und machte schließlich das Licht an, um ein paar Ideen zu ihrem neuen Buch zu skizzieren. Aber es half nichts. Normalerweise fand sie das Geräusch des Winterwindes, der um das solide Blockhaus fegte, beruhigend, doch heute Nacht stachelte er sie eher dazu an, sich die Kleider vom Leib zu reißen und zu tanzen, das brave, strebsame Mädchen hinter sich zu lassen und ihren wilden Trieben freien Lauf zu gewähren.

Sie warf die Decke zurück und sprang aus dem Bett. Trotz der Kühle im Zimmer fühlte sie sich erhitzt und fiebrig. Sie wünschte, sie wäre zu Hause. Ruh öffnete schläfrig ein Auge und klappte es wieder zu, als sie zu der gepolsterten Bank in einem der Mansardenfenster ging.

Eisblumen überzogen die Fensterscheiben, draußen tanzte der Schnee in feinen weißen Bändern durch die Bäume. Sie versuchte, sich auf die Schönheit der Winternacht zu konzentrieren, doch immer wieder sah sie Kevin Tucker vor sich. Ihre Haut prickelte, ihre Brüste bebten. Es war einfach erniedrigend! Da saß sie nun, eine intelligente Frau – um nicht zu sagen hoch intelligent – und war besessen wie ein sexhungriger Groupie, auch wenn sie noch so sehr versuchte, es abzustreiten.

Oder war es die perverse Form einer weiteren Persönlichkeitsentwicklung? Immerhin ging es bei ihrer Besessenheit nur um Sex und nicht um die große Liebe, die sie niemals erleben würde.

Obwohl es vielleicht sicherer war, von der großen Liebe zu träumen. Dan hatte Phoebe das Leben gerettet! Die romantischste Geschichte, die Molly sich nur ausmalen konnte, doch sie fürchtete, es hatte in ihr unerfüllbare Erwartungen geweckt.

Also gab sie den Gedanken an die große Liebe doch wieder auf und konzentrierte sich vorerst nur auf Sex. Ob Kevin wohl Englisch sprach, wenn er es tat, oder hatte er ein paar passende fremdsprachige Sätze auswendig gelernt? Mit einem lauten Stöhnen vergrub sie das Gesicht in ihrem Kopfkissen.

Als sie nach ein paar Stunden Schlaf aufwachte, blickte sie hinaus in einen kalten grauen Morgen. Kevins Ferrari war verschwunden. Gut so! Sie ging mit Ruh kurz nach draußen, bevor sie duschte. Während sie sich abtrocknete, summte sie betont fröhlich ein Liedchen über Pu der Bär vor sich hin, doch als sie eine abgetragene graue Hose und den Dolce & Gabbana-Pullover überstreifte, war es mit ihrer aufgesetzten guten Laune auch schon vorbei.

Was war nur los mit ihr? Sie hatte ein wunderbares Leben. Sie war gesund. Sie hatte viele gute Freunde, eine fantastische Familie und einen witzigen kleinen Hund. Und es machte ihr nichts aus, ständig pleite zu sein, für ihre Wohnung gab sie gern den letzten Penny her. Sie liebte ihre Arbeit. Ihr Leben war perfekt. Mehr als perfekt, jetzt wo Kevin Tucker endlich weg war.

Angewidert von ihren Launen schlüpfte sie in die pinkfarbenen Pantoffeln, die ihr die Zwillinge zum Geburtstag geschenkt hatten, und tapste mit den wippenden Kaninchenköpfen auf ihren Zehen nach unten in die Küche. Ein schnelles Frühstück, und dann nichts wie an die Arbeit.

Sie war gestern Abend zu spät angekommen, um noch einzukaufen. Also kramte sie eine Packung Dans Pop-Tarts aus dem Schrank. Gerade als sie sie in den Toaster stecken wollte, fing Ruh an zu kläffen. Die Hintertür ging auf und herein kam Kevin, voll beladen mit Plastiktüten aus dem Supermarkt. Ihr idiotisches Herz setzte einen Schlag aus.

Ruh knurrte, aber Kevin ignorierte ihn. »Guten Morgen, Daphne.«

Ihr Freudenschrei verwandelte sich umgehend in Ärger. *Slytherin!*

Er ließ die Tüten auf die Insel in der Mitte fallen. »Die Vorräte wurden etwas knapp.«

»Was macht das schon? Sie reisen doch ab, schon vergessen? *Vous partez. Salga*«, fügte sie mit besonderer Betonung hinzu und stellte befriedigt fest, dass sie ihn damit verärgerte.

»Es wäre keine gute Idee jetzt abzureisen.« Mit einem kräftigen Ruck drehte er die Milchflasche auf. »Ich habe keine Lust, es mir mit Dan noch mehr zu verscherzen, also sind Sie diejenige, die abreisen muss.«

Genau das hätte sie tun sollen, aber ihr gefiel sein Ton nicht und so ließ sie ihrem Ärger freien Lauf. »Das steht völlig außer Frage. Als Sportler werden Sie das nicht verstehen, aber ich brauche absolute Ruhe, ich muss nämlich tatsächlich *denken*, wenn ich arbeite.«

Die Beleidigung war ihm sicher nicht entgangen, aber er ignorierte sie. »Ich werde hier bleiben.«

»Ich auch«, gab sie ebenso starrsinnig zurück.

Man merkte ihm an, dass er sie am liebsten im hohen Bogen rausgeschmissen hätte. Aber er konnte nicht, immerhin war sie die Schwester seiner Chefin. Er schenkte sich betont langsam ein Glas Milch ein und lehnte sich an die Küchentheke. »Das Haus ist groß. Dann teilen wir es uns eben.«

Sie wollte ihm schon sagen, das könne er vergessen, dann würde sie lieber abreisen, als etwas sie zurückhielt. Vielleicht war es gar nicht so verrückt, wie es klang. Vielleicht war es sogar der schnellste Weg, sie von ihrer fixen Idee zu befreien, wenn sie jeden Tag den Mistkerl hinter der schönen Schale vor Augen hätte. Schließlich war es nie Kevin als menschliches Wesen, sein Charakter, gewesen, was sie an ihm interessiert hatte, dafür kannte sie ihn viel zu wenig. Nein, es war allein das äußere Bild von seinem aufregenden Körper, den betörenden Augen, seiner alles beherrschenden Männlichkeit.

Sie sah zu, wie er sein Glas Milch hinunterspülte. Ein Rülpser. Das würde schon genügen. Sie fand nichts abstoßender als einen Mann, der laut rülpste, oder sich im Schritt kratzte, oder schlechte Tischmanieren hatte. Oder diese Verlierertypen, die versuchten, eine Frau zu beeindrucken, indem sie mit einem dicken Bündel Geldscheine herumwedelten, die von einer dieser abartigen Geldscheinklammern zusammengehalten wurden.

Vielleicht trug er ein Goldkettchen. Molly schüttelte sich. Damit hätte sich die Sache von selbst erledigt. Oder er war ein Waffennarr. Oder er schaffte es aus hundert anderen Gründen nicht, an das durch Dan Calebow gesetzte Maß heranzureichen.

Ja, tatsächlich, es gab unzählige Fallen, in die Mr Kevin-ich-bin-viel-zu-sexy-für-meine-betörend-grünen-Augen Tucker noch hineintappen konnte. Ein Rülpser, ein Schrittkratzen oder auch nur der leiseste Schimmer von Gold an diesem hinreißenden Hals …

Sie merkte, wie sie lächelte. »Einverstanden, Sie können bleiben.«

»Danke, Daphne.« Er hatte sein Milchglas geleert, allerdings ohne zu rülpsen.

Sie musterte ihn mit schmalen Augen und sagte sich, dass sie schon halb gewonnen hatte, solange er sie Daphne nannte.

Sie trug ihren Computer nach oben auf die Galerie und stellte ihn auf den Tisch neben den Skizzenblock. Sie würde weiter an *Trubel um Daphne* arbeiten oder an ihrem *Chik*-Artikel »Knutschen im Auto – wie weit darf ich gehen?«

Sehr weit.

Dies war eindeutig der falsche Zeitpunkt, um irgendetwas über Sex zu schreiben, selbst wenn es sich um einen harmlosen Artikel in einer Teenagerzeitschrift handelte.

Von unten hörte sie die Geräuschkulisse eines Footballspiels. Kevin hatte anscheinend Videos mitgebracht, um seine Hausaufgaben zu machen. Sie fragte sich, ob er jemals ein Buch aufschlug, sich einen guten Kinofilm ansah oder etwas machte, was nichts mit Football zu tun hatte.

Sie versuchte, sich auf ihre Arbeit zu konzentrieren, legte einen Fuß auf Ruhs Fell und blickte aus dem Fenster auf die wütenden Schaumkämme, die das bedrohlich graue Wasser des Michigan Sees kräuselten. Vielleicht sollte Daphne spät in der Nacht zu ihrem Cottage zurückkehren. Alles war dunkel. Und als sie hineingehen wollte, sprang Benny hervor und …

Sie musste endlich aufhören, ihre Geschichten allzu autobiografisch werden zu lassen.

Nun gut. Sie klappte ihren Skizzenblock auf. Daphne könnte beschließen eine Halloweenmaske aufzusetzen, um – nein, das hatte sie schon in *Daphne und ihr Kürbis* getan.

Zeit, eine Freundin anzurufen. Molly nahm das Telefon und wählte die Nummer von Janine Stevens, einer ihrer besten Schriftstellerfreundinnen. Obwohl Janine eher für Jugendliche schrieb, hatten sie die gleichen Ansichten über Bücher und tauschten oft Ideen aus.

»Gott sei Dank, dass du anrufst!«, rief Janine aus. »Ich habe schon den ganzen Morgen versucht, dich zu erreichen.«

»Was ist passiert?«

»Eine Katastrophe! Eine von diesen Frauen mit wirren Haaren von GKFEGA war heute Morgen in den Lokalnachrichten und schimpfte und zeterte, dass Kinderbücher angeblich dazu missbraucht würden, Homosexualität zu propagieren.«

»Warum kümmern die sich nicht um ihr eigenes Leben?«

»Molly, stell dir vor, sie hielt ein Exemplar von *I Miss You So* hoch und sagte, das sei ein Beispiel für diesen Schund, der Kinder zur Perversion verführe!«

»Oh, Janine ... das ist ja schrecklich!« *I Miss You So* handelte von einem dreizehnjährigen Mädchen, das erleben musste, wie ihr künstlerisch begabter älterer Bruder von den anderen Kindern als schwul beschimpft wurde. Es war wunderbar geschrieben, einfühlsam und aus tiefstem Herzen.

Janine schnäuzte sich. »Meine Lektorin hat mich gleich darauf angerufen. Sie wollen abwarten, bis die Aufregung sich wieder gelegt hat, und haben meinen neuen Roman um ein ganzes Jahr verschoben!«

»Aber du hast ihn doch schon vor fast einem Jahr fertig gehabt!«

»Das interessiert sie nicht. Ich kann es einfach nicht fassen. Meine Verkäufe hatten gerade richtig angezogen. Wenn ich jetzt warte, ist die ganze Luft wieder raus.«

Molly tröstete ihre Freundin so gut sie konnte. Als sie aufgelegt hatte, war sie zu dem Schluss gekommen, dass GKFEGA eine größere Bedrohung der Menschheit darstellte als irgendein Buch.

Unten hörte sie Schritte und stellte fest, dass der Videofilm nicht mehr lief. Immerhin hatte ihr Gespräch mit Janine sie davon abgehalten, über Kevin nachzudenken.

Eine tiefe männliche Stimme dröhnte zu ihr herauf. »He, Daphne! Wissen Sie, ob es hier in der Nähe einen Flugplatz gibt?«

»Flugplatz? Ja, der Nächste ist in Sturgeon Bay. Das ist …« Sie riss ihren Kopf hoch. *»Flugplatz!«*

Sie schoss von ihrem Stuhl hoch und stürzte ans Geländer. »Sie wollen doch nicht etwa wieder Fallschirm springen!«

Er legte seinen Kopf schief und sah zu ihr empor. Selbst mit Händen in den Taschen wirkte er noch groß und blendend wie ein Sonnengott.

Willst du nicht endlich mal rülpsen?

»Warum sollte ich Fallschirm springen? Dan hat es mir verboten.«

»Als ob Sie das davon abhalten würde!«

Benny trat in die Pedale seines Mountainbikes, schneller und schneller. Er achtete weder auf den Regen, der auf die Straße im Nachtigallenwald fiel, noch auf die riesige Pfütze direkt vor ihm.

Sie rannte die Treppe hinunter, obwohl es bestimmt besser gewesen wäre, so viel Abstand wie möglich zu ihm zu halten. »Tun Sie es nicht. Es hat die ganze Nacht gestürmt. Es ist viel zu windig.«

»Das klingt ja geradezu verlockend.«

»Ich versuche gerade, Ihnen klar zu machen, dass es gefährlich ist.«

»Aber das macht es doch besonders interessant.«

»Bei dem Wetter werden Sie niemanden finden, der Sie fliegt.« Schade, dass eine Berühmtheit wie Kevin die Leute dazu bringen konnte, alles für ihn zu tun.

»Ich denke nicht, dass es schwer wäre, einen geeigneten Piloten zu finden. Wenn ich vorhätte, Fallschirm zu springen, heißt das.«

»Ich rufe Dan an«, drohte sie. »Ich bin sicher, es interessiert ihn, zu erfahren, wie leicht Sie Ihre Strafe nehmen.«

»Jetzt machen Sie mir aber Angst«, sagte er gedehnt. »Ich

wette, Sie waren früher eine von diesen kleinen Zicken, die sofort zum Lehrer gerannt sind, wenn die Jungs etwas angestellt hatten.«

»Leider hatte ich nie das Vergnügen, da es keine Jungen an meiner Schule gab, bis ich fünfzehn war.«

»Sie sind das Kind reicher Eltern, nicht wahr?«

»Reich und verwöhnt«, log sie. »Und was ist mit Ihnen?« Wenn sie versuchte, ihn ein bisschen zu unterhalten, vergaß er vielleicht die Sache mit dem Fallschirmspringen.

»Mittelstand und alles andere als verwöhnt.«

Er wirkte immer noch ruhelos. Während sie noch nach einem neuen Gesprächsthema suchte, fiel ihr Blick auf zwei Bücher, die vorhin noch nicht auf dem Couchtisch gelegen hatten. Sie sah etwas genauer hin, das eine war der neue Scott Turow, das andere ein ziemlich wissenschaftlicher Schinken über den Kosmos, den sie erst angefangen, und dann doch wieder beiseite gelegt hatte, um sich etwas Leichteres zu suchen. »Sie *lesen?«*

Seine Mundwinkel zuckten, als er sich auf eins der Sofaelemente lümmelte. »Nur, wenn ich niemanden finde, der es für mich tut.«

»Sehr witzig.« Sie ließ sich am anderen Ende der Couch nieder, die Entdeckung, dass er gern Bücher las, stimmte sie nicht eben fröhlicher. Ruh blieb an ihrer Seite, bereit sie zu beschützen, falls es Kevin in den Sinn käme, sich wieder auf sie zu stürzen.

»Also, ich muss sagen, Sie sind nicht ganz so intellektuell … minderbemittelt, wie es den Anschein hat.«

»Das hätte ich gern für meine Pressemappe.«

Sie schien einen guten Köder gefunden zu haben. »Wenn es wirklich so ist, warum machen Sie dann immer wieder solchen Blödsinn.«

»Was zum Beispiel?«

»Na, Fallschirm springen etwa, Helicopter-Ski. Dann war

da noch dieses Motocrossrennen direkt nach dem Trainingscamp.«

»Sie scheinen ja bestens über mich informiert zu sein.«

»Nehmen Sie es nicht persönlich, aber Sie gehören nun mal zum Familienunternehmen. Abgesehen davon weiß ganz Chicago über Sie Bescheid.«

»Die Medien machen doch aus jeder Mücke einen Elefanten.«

»Eine Mücke würde ich das nicht gerade nennen.« Sie schüttelte ihre Kaninchenpantoffeln ab und zog die Füße unter sich. »Ich verstehe es nicht. Sie waren immer das Musterbeispiel eines professionellen Sportlers. Sie fahren weder betrunken Auto, noch prügeln Sie Frauen. Sie sind immer der Erste beim Training und auch der Letzte. Keine Skandale um Glücksspiele oder kleine Kavaliersdelikte, nicht einmal viel übles Gerede. Und dann, wie aus heiterem Himmel, flippen Sie aus.«

»Ich bin nicht ausgeflippt.«

»Wie würden Sie es denn nennen?«

Er musterte sie mit schiefem Blick. »Die haben Sie hergeschickt, um mich auszuspionieren, oder?«

Sie lachte, obwohl es ihrer Rolle als reicher Schlampe schadete. »Ich bin der letzte Mensch, dem einer Teamangelegenheiten anvertrauen würde, eher der Hofnarr. Kommen Sie schon, Kevin, Hand aufs Herz, ich werde niemandem ein Wort verraten. Was ist los mit Ihnen?«

»Ich brauche nur gerade mal ein bisschen Abwechslung, und dafür werde ich mich nicht entschuldigen.«

Doch das reichte ihr nicht, sie bohrte weiter. »Machen Ihre Freundinnen sich denn keine Sorgen um Sie?«

»Wenn Sie etwas über mein Liebesleben wissen wollen, fragen Sie nur. Dann kann ich Ihnen endlich mit Vergnügen antworten, dass Sie sich um Ihre eigenen Angelegenheiten kümmern sollen.«

»Warum sollte mich Ihr Liebesleben interessieren?«

»Das frage ich Sie.«

Sie betrachtete ihn gelassen. »Ich habe mich nur gerade gefragt, ob Sie Ihre Frauen in internationalen Katalogen finden. Oder vielleicht aus dem Internet? Ich weiß, es gibt da diese Gruppen, die einsamen Amerikanern helfen, ausländische Frauen zu finden, ich habe ihre Bilder gesehen. Russische Schönheit, einundzwanzig, spielt am liebsten nackt Klavier, schreibt in ihrer Freizeit erotische Romane und möchte ihre Zuckerstange mit einem Yankee-Lolly tauschen!«

Doch anstatt beleidigt zu sein, lachte er nur. »Ich habe auch amerikanische Freundinnen.«

»Das dürften nicht allzu viele sein.«

»Hat Ihnen schon mal jemand gesagt, dass Sie ziemlich neugierig sind?«

»Ich bin Schriftstellerin. Das gehört zu meinem Beruf.« Vielleicht bildete sie es sich ein, aber er schien etwas ruhiger geworden zu sein. Also bohrte sie weiter. »Erzählen Sie mir von Ihrer Familie.«

»Da gibt es nicht viel zu erzählen. Ich bin ein PK.«

»Profiküsser? Protziger Klotz?«

Er grinste und schlug seine Beine auf dem Rand des Couchtisches übereinander. »Pfarrers Kind. In der vierten Generation, je nachdem, wie Sie zählen.«

»Oh, ja ich erinnere mich, davon habe ich gelesen. Vierte Generation, alle Achtung.«

»Mein Vater war methodistischer Pfarrer, Sohn eines methodistischen Pfarrers, der wiederum der Sohn eines der ältesten methodistischen Wanderprediger war, die das Wort Gottes in die Wildnis brachten.«

»Daher also Ihr Hang zu waghalsigen Unternehmungen, kein Wunder, wenn Sie von diesem Wanderprediger abstammen.«

»Mit Sicherheit habe ich es nicht von meinem Vater geerbt.

Ein toller Typ, aber nicht das, was man einen Draufgänger nennen würde. Eher ein Intellektueller.« Er grinste. »So wie Sie. Nur höflicher.«

Sie überhörte den Seitenhieb. »Lebt Ihr Vater noch?«

»Er starb vor knapp sechs Jahren. Als ich geboren wurde, war er schon einundfünfzig.«

»Und Ihre Mutter?«

»Sie starb vor eineinhalb Jahren. Sie war auch schon etwas älter. Eine begeisterte Leserin, Leiterin einer historischen Gesellschaft, die sich mit Ahnenforschung beschäftigte. Die Sommer waren die Höhepunkte im Leben meiner Eltern.«

»Nacktbaden auf den Bahamas?«

Er lachte. »Nicht ganz. Wir fuhren immer alle zusammen zu einer Ferienanlage für Methodisten im nördlichen Michigan, die seit Generationen im Besitz unserer Familie war.«

»Ihre Familie besaß eine Ferienanlage?«

»Ja, mit Holzhütten, einer Kapelle für den Gottesdienst und allem, was dazu gehört. Ich musste dort jeden Sommer verbringen, bis ich fünfzehn war, dann habe ich mich geweigert.«

»Ihre Eltern haben sich sicher gefragt, was sie da nur ausgebrütet hatten.«

Sein Blick verschloss sich. »Jeden Tag. Was ist mit Ihnen?«

»Ich bin Waise.« Sie sagte es leichthin, wie immer, wenn sie gefragt wurde, doch wie immer spürte sie einen Kloß im Hals.

»Ich dachte, der alte Bert hat immer nur Tänzerinnen aus Las-Vegas-Shows geheiratet.« Die Art, wie sein Blick von ihren roten Haaren zu ihrer eher bescheidenen Oberweite wanderte, verriet ihr, dass er erstaunt war, wie wenig Paillettengeglitzer anscheinend in ihre genetische Erbmasse geraten war.

»Meine Mutter war Tänzerin im The Sands. Sie war Berts dritte Frau und sie starb, als ich zwei war. Sie wollte nach Aspen fliegen, um ihre Scheidung zu feiern.«

»Sie und Phoebe haben nicht dieselbe Mutter?«

»Nein, Phoebes Mutter war seine erste Frau, eine Tänzerin im The Flamingo.«

»Ich habe Bert Somerville nie kennen gelernt, aber nach allem, was man so hört, war er kein leichter Mensch.«

»Glücklicherweise schickte er mich ins Internat, als ich fünf Jahre alt war. Davor erinnere ich mich nur an eine Flut höchst attraktiver Kindermädchen.«

»Interessant.« Er ließ seine Füße vom Tisch rutschen und griff nach seiner silbernen Revo-Sonnenbrille. Molly konnte sich einen neidischen Blick nicht verkneifen.

Zweihundertundsiebzig Dollar bei Marshall Fields.

> Daphne nahm die Sonnenbrille, die aus Bennys Tasche gefallen war, setzte sie auf und beugte sich vor, um ihr Spiegelbild im Teich zu bewundern. Parfait! (Sie fand immer, Französisch war die beste Sprache, um ihr Aussehen zu beschreiben.) »He!«, rief plötzlich Benny hinter ihr. Plop! Die Sonnenbrille rutschte ihr von der Nase und fiel in den Teich.

Kevin erhob sich vom Sofa, der ganze Raum schien plötzlich aufgeladen von seiner Energie.

»Wohin wollen Sie?«, fragte sie.

»Raus. Ich brauche frische Luft.«

»Raus, wohin?«

Er klappte betont langsam die Bügel seiner Sonnenbrille zusammen. »War nett, mit Ihnen zu plaudern, aber ich habe erst mal genug von den Fragen der Geschäftsleitung.«

»Aber ich habe Ihnen doch gesagt, ich gehöre nicht zur Geschäftsleitung.«

»Sie sind doch finanziell an den Stars beteiligt, für mich gehören Sie deshalb zur Geschäftsleitung.«

»Also schön, dann möchte die Geschäftsleitung wissen, wo Sie jetzt hin wollen.«

»Ski laufen. Haben Sie damit ein Problem.«

Sie nicht, aber sie war sicher, dass Dan etwas dagegen haben würde. »Es gibt hier nur eine einzige Alpinpiste mit einem Höhenunterschied von weniger als fünfzig Metern. Das ist doch für Sie keine Herausforderung.«

»Verdammt.«

Sie unterdrückte ein Grinsen.

»Dann gehe ich eben Ski wandern«, überlegte er. »Hier oben soll es ein paar Weltklassetouren geben.«

»Dafür liegt nicht genug Schnee.«

»Dann werde ich eben diesen Flughafen finden!« Damit verschwand er zum Garderobenschrank.

»Nein! Wir werden – wir werden eine Wanderung machen.«

»Wandern?« Er sah sie an, als hätte sie einen vogelkundlichen Spaziergang vorgeschlagen.

Ihre Gedanken rasten. »Es gibt da einen wirklich tückischen Weg am Rande der Felsen. Er ist so gefährlich, dass er bei Wind oder dem kleinsten bisschen Schnee geschlossen wird. Ich kenne einen Schleichweg, auf dem wir ihn erreichen. Aber Sie müssen sicher sein, dass Sie das auch wirklich wollen. Er ist sehr schmal und wahrscheinlich vereist. Schon der kleinste Fehltritt kann den sicheren Tod bedeuten.«

»Sie erfinden das alles doch nur.«

»So viel Fantasie habe ich gar nicht.«

»Sie sind Schriftstellerin.«

»Ja, aber Kinderbücher sind völlig gewaltfrei. Wenn Sie hier den ganzen Morgen rumstehen und quatschen wollen, ist das Ihre Sache. Aber mir ist nach einem kleinen Abenteuer.«

Endlich hatte sie ihn überzeugt.

»Also, dann, nichts wie los.«

Sie hatten viel Spaß auf ihrer Wanderung, obwohl Molly nie den gefährlichen Weg fand, den sie Kevin versprochen hatte – wahrscheinlich weil sie ihn tatsächlich erfunden hatte. Auf dem felsigen Abhang, an dem sie entlangkletterten, war es bitterkalt, ein eisiger Wind blies ihnen entgegen. Er konnte sich also nicht beklagen. An besonders vereisten Stellen streckte er ihr sogar ab und zu seine Hand hin, aber darauf fiel sie natürlich nicht herein. Stattdessen warf sie ihm einen herablassenden Blick zu und verkündete schnippisch, er müsse schon selbst zusehen, wie er fertig würde, sie könne ihm nicht jedes Mal, wenn er ein bisschen Eis sähe und zitternde Knie bekäme, unter die Arme greifen.

Er hatte nur gelacht und war auf einen Hügel aus rutschigen Felsbrocken geklettert. Bei dem Anblick – er vor dem wintergrauen Wasser des Sees, den Kopf zurückgeworfen, während der Wind seine dunkelblonden Haare zerzauste – war ihr schier das Herz stehen geblieben.

Danach vergaß sie für den Rest des Weges ihren aufsässigen, schnippischen Tonfall, und sie hatten sich eigentlich viel zu gut unterhalten. Als sie wieder vor dem Haus ankamen, klapperten ihre Zähne vor Kälte, dafür wurden andere Stellen ihres Körpers von einem heißen Feuer verzehrt.

Er schüttelte seinen Mantel ab und rieb sich die Hände. »Jetzt könnte ich ein heißes Bad vertragen.«

Sie könnte gut seinen heißen Körper vertragen. »Lassen Sie sich nicht aufhalten. Ich muss wieder an meine Arbeit.« Als sie nach oben auf die Galerie eilte, fiel ihr ein, was Phoebe ihr einmal gesagt hatte.

Wenn du so aufgewachsen bist wie wir, Molly, sind oberflächliche Sexaffären Gift für dich. Wir brauchen tiefe, wahre Liebe, ich spreche aus eigener Erfahrung, wenn ich dir sage, dass man sie nicht findet, indem man von einem Bett ins andere hüpft.

Molly war nie von einem Bett ins nächste gehüpft, sie wusste, dass Phoebe Recht hatte. Aber was sollte eine siebenundzwanzigjährige Frau mit einem gesunden Körper machen, wenn die einzig wahre Liebe weit und breit nicht in Sicht war? Wenn Kevin sich auf ihrer Wanderung wenigstens als dumm und oberflächlich erwiesen hätte, aber er hatte nicht einmal über Football geredet. Stattdessen hatten sie über Bücher gesprochen, das Leben in Chicago und ihre gemeinsame Begeisterung für *This Is Spinal Tap.*

Sie konnte sich nicht auf Daphne konzentrieren, also klappte sie ihren Laptop auf, um mit ihrem Artikel »Knutschen – wie weit darf ich gehen?« voranzukommen. Aber das Thema deprimierte sie nur noch mehr.

In ihrem ersten Semester an der Northwestern hatte sie die Nase voll davon, darauf zu warten, dass ihr die große Liebe über den Weg lief. Also beschloss sie, sich mit dem netten Jungen zufrieden zu geben, mit dem sie seit einem Monat zusammen war. Doch es war ein Fehler gewesen, ihre Unschuld an ihn zu verlieren. Die Affäre machte sie nur noch niedergeschlagener und sie wusste, dass Phoebe Recht gehabt hatte. Für gelegentliche Sexaffären war sie einfach nicht geschaffen.

Ein paar Jahre später war sie wieder davon überzeugt, dass sie lange genug mit einem Mann zusammen war, um einen erneuten Versuch zu starten. Er war intelligent und charmant. Als die Geschichte vorbei war, hatte sie Monate gebraucht, um ihre Enttäuschung zu verarbeiten.

Seitdem hatte sie mehrere gute Freunde gehabt, aber keine weiteren Liebhaber. Sie hatte versucht, ihre sexuellen Triebe so gut es ging mit viel Arbeit und guten Freunden zu unterdrücken. Keuschheit mochte altmodisch sein, aber purer Sex bedeutete für eine Frau, die erst mit fünfzehn gelernt hatte, was Liebe ist, eine emotionale Katastrophe. Warum also dachte sie immer noch darüber nach, und ausgerechnet jetzt, wo Kevin Tucker in ihrer Nähe war?

Weil sie auch nur ein schwaches menschliches Wesen war, und der Quarterback der Stars ein äußerst verführerisches Zuckerstück, ein wandelndes Aphrodisiakum, eine Art erwachsener Barbie-Ken. Sie stöhnte, starrte auf ihre Tastatur und versuchte, einen klaren Gedanken zu fassen.

Gegen fünf hörte sie, wie er das Haus verließ. Um sieben hatte sie ihren Artikel fast fertig. Leider hatte das Thema ihre Hormone erst recht in Aufruhr gebracht. Sie wollte Janine anrufen, aber ihre Freundin war nicht zu Hause. Also ging sie nach unten und starrte in den kleinen Wandspiegel in der Küche. Wenn es nicht schon so spät gewesen wäre, hätte sie etwas mit ihrem Haar unternehmen können. Vielleicht würde sie es einfach nur schneiden. Der Bürstenschnitt von vor einigen Jahren war gar nicht so übel gewesen.

Warum musste sie sich immer wieder selbst belügen? Er war grauenhaft gewesen!

Statt zur Schere zu greifen, entschied sie sich für eine Lean-Cuisine-Mahlzeit und aß an der Küchentheke. Danach grub sie die Marshmallows aus einer Packung Rocky-Road-Eiscreme und ließ sich mit ihrem Zeichenblock vor dem Kamin nieder. Sie hatte letzte Nacht nicht besonders gut geschlafen und schon bald wurden ihre Augenlider schwer. Als Kevin kurz nach Mitternacht auftauchte, schreckte sie verschlafen hoch.

»Hallo, Daphne.«

Sie rieb sich die Augen. »Hey, Karl.«

Er hängte seine Jacke auf eine Stuhllehne. Sie stank meilenweit nach Parfüm. »Die muss ich wohl erst mal auslüften.«

»Ja, das würde ich auch sagen.« Sie spürte, wie die Eifersucht in ihr hoch kroch. Während sie über Kevins verführerischen Körper und ihre eigenen Komplexe gebrütet hatte, hatte sie eine wichtige Tatsache völlig übersehen: Er hatte nicht das geringste Interesse an ihr gezeigt. »Sie müssen sehr beschäftigt gewesen sein«, bemerkte sie. »Das riecht nach einer explosiven Mischung. Aber alles Hausmarken, oder haben Sie irgendwo noch ein Au-pair aufgetan?«

»So viel Glück hatte ich leider nicht, alles Amerikanerinnen und alle redeten zu viel.« Er warf ihr einen viel sagenden Blick zu.

»Und ich wette, die meisten Wörter hatten mehr als eine Silbe. Sie haben jetzt wahrscheinlich Kopfschmerzen.« *Reiß dich zusammen!* Er war nicht so dumm, wie sie es gerne hätte, und wenn sie ihre Zunge nicht im Zaum hielt, würde er schnell merken, wie sehr sie an seinem Privatleben interessiert war.

Er wirkte gereizt, aber nicht verärgert. »Wenn ich mich mit einer Frau treffe, möchte ich mich gern entspannen. Ich will dann nicht über die Weltpolitik debattieren oder über das Ozonloch, und ich mag es auch nicht, wenn Leute mit zweifelhafter Körperhygiene pausenlos schlechte Gedichte rezitieren.«

»Schade, genau das sind meine Lieblingsbeschäftigungen.«

Er schüttelte nur den Kopf, stand auf und streckte seinen schlanken Körper Wirbel für Wirbel. Sicher langweilte sie ihn. Wahrscheinlich weil sie ihm nicht die Meilensteine seiner Karriere heruntergebetet hatte.

»Ich lege mich lieber hin«, sagte er. »Ich will morgen in aller Frühe los. Falls wir uns nicht mehr sehen, danke für die Gastfreundschaft.«

Sie täuschte ein Gähnen vor. »Ciao, Baby.« Er musste rechtzeitig zum Training zurück sein, aber deswegen war sie nicht weniger enttäuscht.

Er grinste. »Gute Nacht, Daphne.«

Sie sah ihm nach, als er die Treppe hoch ging. Wie sich die Jeans um seine Oberschenkel spannte, um seine schmalen Hüften, und sich die Muskeln unter seinem T-Shirt abzeichneten ...

Mein Gott, wie sie ihm hinterher geiferte! Und sie gehörte zur intellektuellen Elite dieses Landes!

Vor allem aber war sie aufgewühlt und ruhelos, rasend unzufrieden mit ihrem ganzen Leben.

»Ach, zum Teufel damit!« Sie warf ihren Zeichenblock auf den Boden, sprang auf und rannte schnurstracks ins Badezimmer, um ihr Haar unter die Lupe zu nehmen. Sie würde es einfach abrasieren!

Nein, lieber nicht. Sie wollte keine Glatze und sie würde sich dieses Mal nicht dazu hinreißen lassen, verrückt zu spielen.

Zielsicher steuerte sie auf die Videosammlung zu und förderte schließlich ein Remake von *The Parent Trap* zu Tage. Das Kind in ihr liebte es zuzusehen, wie die Zwillinge ihre Eltern wieder zusammenbrachten. Der andere Teil von ihr liebte Dennis Quaids Lächeln.

Das gleiche schiefe Grinsen wie bei Kevin.

Entschlossen zog sie seine Football-Kassette aus dem Videorekorder, legte *The Parent Trap* ein und lehnte sich wohlig zurück.

Gegen zwei Uhr morgens hatten Hallie und Annie ihre Eltern erfolgreich wieder vereint, doch Molly war noch genauso ruhelos wie vorher. Sie zappte zwischen alten Filmen und Werbesendungen hin und her, bis sie plötzlich den vertrauten Titelsong von *Lace, Inc.* hörte.

»Lace is on the case, oh, yeah … Lace can solve the case, oh yeah …« Dazu tanzten zwei verführerische Detektivinnen über den Bildschirm, Sable Drake und Ginger Hill.

Lace, Inc. war als Kind eine ihrer Lieblingsserien gewesen. Sie wollte immer Sable, die smarte Brünette sein, die von Mallory McCoy gespielt wurde. Ginger war die rothaarige Sexbombe und Karatemeisterin. *Lace, Inc.* war eine dieser Shows gewesen, in denen die Frauen hauptsächlich mit den Hüften wackeln, aber das hatte Molly damals nicht gestört.

Sie wollte nur sehen, wie ausnahmsweise einmal Frauen irgendwelche üblen Kerle zur Strecke brachten.

Im Vorspann tauchte erst Mallory McCoy auf, dann Lilly Sherman, die Ginger Hill spielte. Molly setzte sich auf, als sie sich an einige Gesprächsfetzen erinnerte, die sie irgendwann bei den Stars zufällig mitgehört hatte. Demnach sollte es irgendeine Verbindung zwischen Lilly Sherman und Kevin geben. Sie wollte damals ihr Interesse nicht so offen zeigen und hatte nicht nachgefragt. Jetzt sah sie sich die Schauspielerin genauer an.

Die eng anliegende Hose, das Schlauchtop und die Schuhe mit den hohen Absätzen waren zu ihrem Markenzeichen geworden. Ihr langes rotes Haar wellte sich verführerisch über die Schultern, und sie blickte mit ihren Schlafzimmeraugen direkt in die Kamera. Selbst nach all den Jahren sah sie mit der altmodischen Frisur und den riesigen Goldohrringen immer noch umwerfend aus.

Lilly Sherman musste heute um die Vierzig sein, wohl etwas zu alt, um eine von Kevins Gespielinnen zu sein. Was hatten sie nur miteinander zu tun? Vor ein paar Jahren hatte sie ein Foto von der Schauspielerin gesehen, auf dem sie ganz schön zugenommen hatte. Doch sie war immer noch eine attraktive Frau. Vielleicht hatten sie doch etwas miteinander gehabt?

Molly drückte auf die Fernbedienung und landete bei einer Kosmetikwerbung. Genau was sie brauchte, eine gründliche Generalüberholung.

Sie schaltete den Fernseher aus und ging nach oben. Sie war sich nicht sicher, ob eine Generalüberholung ihre Probleme beseitigen würde.

Nach einer heißen Dusche schlüpfte sie in eins der irischen Leinennachthemden, die sie sich zugelegt hatte, als sie noch eine reiche Erbin war. Darin fühlte sie sich immer wie eine Heldin aus einem Georgette-Heyer-Roman. Sie nahm ihren

Notizblock mit ans Bett, doch der Schaffensdrang, den sie am Nachmittag verspürt hatte, schien verflogen.

Ruh schnarchte am Fußende, und Molly versuchte, sich einzureden, dass sie auch gleich einschlafen würde. Vergebens.

Sie könnte ihren Artikel noch überarbeiten. Auf dem Weg zur Galerie, wo ihr Laptop stand, warf sie einen kurzen Blick ins Gästebadezimmer, von dem aus eine zweite Tür direkt in ein Schlafzimmer führte. Diese Tür stand einen Spaltbreit offen.

Es zuckte in ihren ruhelosen Beinen, und sie ging hinein.

Ein Louis-Vuitton-Waschbeutel stand neben dem Waschbecken. Sie konnte sich nicht vorstellen, dass er ihn selbst gekauft hatte, sicher ein Geschenk von einer seiner fremdländischen Geliebten. Sie trat etwas näher und entdeckte eine rote Zahnbürste mit frischen weißen Borsten. Er hatte sogar die Zahnpastatube wieder zugemacht.

Mit der Fingerspitze fuhr sie über den Deckel eines Deosprays und griff nach einem Aftershave in einer teuer aussehenden Flasche aus mattiertem Glas. Sie schraubte sie auf und schnüffelte vorsichtig. Roch es nach Kevin? Er gehörte nicht zu den Männern, die sich mit Duftwassern überschütten, und sie war ihm nicht nahe genug gekommen, um es eindeutig festzustellen. Doch irgendetwas Vertrautes war an dem Geruch, sie schloss die Augen und sog ihn tief in sich hinein. Ein Schauer überlief sie, und sie stellte die Flasche zurück. Dann warf sie einen Blick in den offenen Waschbeutel. Neben einer Flasche Ibuprofen und einer Tube Neosporin lag Kevins Super-Bowl-Ring. Er hatte die Auszeichnung gleich zu Anfang seiner Karriere gewonnen. Es überraschte sie etwas, dass dieser Championshipring so nachlässig zwischen seinem Waschzeug herumlag. Doch wie sie Kevin einschätzte, würde er keinen Ring tragen, den er gewonnen hatte, als ein anderer in charge war.

Sie wollte sich schon wieder umdrehen, als sie noch etwas entdeckte.

Ein Kondom.

Na und? Natürlich hatte er Kondome dabei, wahrscheinlich einen ganzen Vorrat. Sie sah es genauer an. Ein ganz normales Kondom. Und warum starrte sie es so an?

Das war doch krank! Schon den ganzen Tag hatte sie sich aufgeführt wie eine Besessene. Wenn sie sich nicht langsam zusammenriss, würde bei ihr doch noch eine Sicherung durchbrennen wie bei der durchgeknallten Glenn Close.

Sie zuckte zusammen. *Entschuldige, Daphne.*

Ein Blick. Das war's. Sie würde nur einen kurzen Blick auf ihn werfen, während er schlief, dann würde sie gehen.

Vorsichtig schob sie die Schlafzimmertür etwas weiter auf.

3

Spät in der Nacht schlich Daphne mit der Furcht erregenden Halloweenmaske auf ihrem Kopf in Bennys Dachshöhle …

Daphne und ihr Kürbis

Ein schwacher Lichtschimmer fiel aus der Eingangshalle auf den Teppich. Molly erkannte die Umrisse eines Körpers unter der Bettdecke. Der Reiz des Verbotenen ließ ihr Herz schneller schlagen. Zögernd machte sie einen Schritt nach vorn.

Sie fühlte sich von dem gleichen gefährlichen Impuls angetrieben wie damals mit siebzehn, kurz bevor sie den Feueralarm auslöste. Sie trat noch etwas näher heran. Nur ein kurzer Blick, dann würde sie gehen.

Er lag auf der Seite, mit dem Rücken zu ihr. Sein Atem klang tief und regelmäßig. Sie erinnerte sich, dass in alten Western der Revolverheld schon beim kleinsten Geräusch aufwachte, und stellte sich vor, wie Kevin mit zerwühlten Haaren einen Colt auf ihren Bauch richten würde.

Sie würde einfach so tun, als schlafwandle sie.

Seine Schuhe standen neben dem Bett. Sie schob einen vorsichtig mit dem Fuß beiseite. Es raschelte leise, als er über den Teppich rutschte, aber Kevin wachte nicht auf. Sie schob den zweiten Schuh aus dem Weg. Er rührte sich immer noch nicht. So viel zu Revolverhelden.

Ihre Handflächen wurden feucht. Sie wischte sie an ihrem Nachthemd ab. Dabei stieß sie leicht gegen das Fußende des Bettes.

Er schlief wie ein Murmeltier.

Jetzt würde sie gehen.

Sie versuchte es, doch ihre Füße brachten sie auf die andere Seite des Bettes, wo sie ihn von vorn sehen konnte. Der kleine Andrew hatte auch so einen tiefen Schlaf. Man hätte ein Feuerwerk neben ihm abschießen können, ohne dass er davon aufwachte. Ansonsten hatte Kevin Tucker wenig Ähnlichkeit mit Andrew. Sie studierte sein makelloses Profil, starke Stirn, ausgeprägte Wangenknochen und eine gerade, perfekt proportionierte Nase. Als Footballspieler hatte er sie sich bestimmt schon einige Male gebrochen, aber das schien keinerlei Spuren hinterlassen zu haben.

Was sie da trieb war eine furchtbare Verletzung seiner Intimsphäre. Unverzeihlich. Dennoch konnte sie sich kaum zurückhalten, ihm seine wuscheligen blonden Haare aus der Stirn zu streichen.

Eine perfekt geformte Schulter wölbte sich über der Bettdecke. Am liebsten hätte sie darübergeleckt.

Jetzt ist es so weit! Ich habe den Verstand verloren. Es war ihr egal.

Sie hatte das Kondom noch in der Hand und Kevin Tucker lag da unter der Decke – nackt, wenn man von der entblößten Schulter schließen konnte. Und wenn sie sich einfach zu ihm legte?

Undenkbar.

Wer würde schon davon erfahren? Wahrscheinlich wachte er nicht einmal auf. Und wenn? Er wäre der Letzte, der in alle Welt hinausposaunen würde, dass er es mit der sexwütigen Schwester seiner Chefin getrieben hatte.

Ihr Herz raste, sie fühlte sich schwindelig. Hatte sie wirklich ernsthaft vor, es zu tun?

Es würde kein Nachspiel verwirrter Gefühle geben. Wie auch, wenn sie nicht einmal die leiseste Hoffnung auf die wahre Liebe hegte? Und was er von ihr denken würde …

Schließlich war er es gewöhnt, dass die Frauen sich ihm scharenweise an den Hals warfen, es würde ihn kaum überraschen.

Sie sah den Alarmknopf direkt vor ihr an der Wand hängen und ermahnte sich, ihn ja nicht zu berühren. Ihre Hände zitterten, ihr Atem kam flach und stoßweise. Sie sah sich am Ende ihrer Willenskraft. Sie hatte die Ruhelosigkeit satt. Sie hatte es satt, ihre Haare zu verunstalten, nur weil sie nicht wusste, wie sie ihre Probleme unter Kontrolle bringen sollte. Verlangen und Entsetzen vor dem, was sie da tat, trieben ihr den Schweiß aus allen Poren, als sie ihre Kaninchenpantoffeln abstreifte.

Zieh sie sofort wieder an!

Sie hörte es nicht. Zu laut schrillte der Feueralarm in ihrem Kopf.

Sie ergriff den Saum ihres Nachthemdes, zog es über den Kopf und stand da, nackt und zitternd. Entsetzt sah sie zu, wie ihre Finger sich in die Bettdecke gruben. Als sie die Decke zurückschlug, sagte sie sich noch, dass sie es auf keinen Fall tun würde. Doch ihre Brüste prickelten, ihr Körper schrie vor Verlangen.

Sie ließ sich auf die Matratze sinken und schob ihre Beine unter die Decke. Oh Gott, sie tat es wirklich. Splitternackt lag sie mit Kevin Tucker unter einer Decke.

Der gab ein leise schnarchendes Geräusch von sich und rollte sich auf die andere Seite, wobei er einen Großteil der Bettdecke mitzog.

Sie starrte auf seinen nackten Rücken und wusste, dass sie gerade ein Zeichen des Himmels bekommen hatte. Jetzt war der Moment zu gehen!

Stattdessen schmiegte sie sich an ihn, presste ihre Brüste an seinen Rücken und atmete seinen Duft ein. Da war es … ein leichter Hauch seines Aftershaves. Wie lange schon hatte sie einen Mann nicht mehr so berührt.

Er bewegte sich, zuckte im Schlaf, murmelte wie im Traum etwas vor sich hin.

Das Schrillen der Alarmglocke wurde lauter. Sie legte ihren Arm um ihn und streichelte seine Brust.

Nur eine Minute, sagte sie sich, dann würde sie gehen.

Kevin spürte die zärtliche Hand seiner alten Freundin Katya auf seiner Brust. Eben noch hatte er in der Garage neben dem ersten Auto, das er je besessen hatte, mit Eric Clapton zusammengestanden. Eric hatte ihm Gitarrenunterricht gegeben, doch anstatt auf einer Gitarre, hatte er versucht, auf einer Laubharke zu spielen. Als er aufsah, war Eric verschwunden, und er fand sich mit Katya in diesem seltsamen Umkleideraum wieder.

Sie streichelte seine Brust, und er merkte, dass sie nackt war. Die Gitarrenstunde mit Eric Clapton war sofort vergessen, das Blut begann in seinen Leisten zu pulsieren.

Er hatte schon vor Monaten mit Katya Schluss gemacht, aber jetzt musste er sie einfach haben. Sie hatte eine Schwäche für billiges Parfüm, viel zu penetrant. Vielleicht war es etwas voreilig gewesen, ihr deswegen den Laufpass zu geben, denn jetzt duftete sie zart nach Zimtbrötchen.

Ein sehr angenehmer Geruch. Erotisch. Brachte ihn zum Schwitzen. Er konnte sich nicht erinnern, dass er sie jemals so aufregend gefunden hatte, solange sie zusammen waren. Sie hatte überhaupt keinen Humor, war die ganze Zeit nur damit beschäftigt, ihr Make-up aufzubessern. Doch jetzt wollte er sie plötzlich, jetzt sofort, in dieser Sekunde.

Er wälzte sich zu ihr herum, umschloss mit beiden Händen ihren Po. Er fühlte sich ganz anders an. Fleischiger, weicher. Er sehnte sich nach ihr, und sie roch so verdammt gut, jetzt eher nach Orangen. Ihre vollen Brüste streiften seine Brust – warme, weiche, saftige Orangen –, er spürte ihre Lippen auf seinem Mund, ihre Hände waren überall. Spielten mit ihm, strichen sanft über seinen Körper, fanden schließlich seinen Schwanz.

Er stöhnte laut auf, als sie anfing, ihn zu massieren. Er roch ihr Verlangen und wusste, er würde sich nicht mehr lange halten können. Sein Arm wollte ihm nicht gehorchen, doch er musste sie einfach fühlen.

Sie war feucht, süßer, zerfließender Honig.

Er unterdrückte ein Stöhnen und rollte sich über sie. Drang in sie ein. Es erschien ihm enger als sonst. Seltsam.

Sein Traum begann sich zu verflüchtigen, nicht aber seine Lust. Er glühte wie im Fieber. Der Geruch nach Seife, Shampoo und Frau raubte ihm beinahe die Sinne. Er stieß in sie hinein, wieder und wieder, es gab kein Zurück mehr. Er zwang sich, für einen kurzen Moment die Augen zu öffnen … und wollte nicht glauben, was er da sah!

Er steckte bis zum Ansatz in Daphne Somerville.

Vergeblich versuchte er, ein Wort herauszubringen. Zu spät – sein Blut pulsierte, sein Herz raste, er spürte das Rauschen in seinem Kopf und explodierte.

In diesem Moment gefror alles in Molly. Nein! Noch nicht!

Sie fühlte, wie er erzitterte. Dann sackte er mit seinem ganzen Gewicht auf sie, drückte sie tief in die Matratze. Viel zu spät kam sie wieder zu sich.

Er wurde schlaff. Wie ein nasser Sack ruhte er auf ihr, eine tote, sinnlose Last.

Es war vorbei. Viel zu früh! Und sie konnte ihm nicht mal vorhalten, der mieseste Liebhaber der Geschichte zu sein, denn sie hatte genau das bekommen, was sie verdiente: nämlich nichts!

Er schüttelte seinen Kopf, um wieder zu sich zu kommen, riss sich von ihr los und schleuderte die Bettdecke beiseite. *»Was zur Hölle machen Sie da?«*

Sie wollte ihn anschreien, was für eine Enttäuschung er

doch gewesen sei, aber noch viel lauter wollte sie sich selbst anschreien. Wieder einmal hatte man sie dabei ertappt, wie sie den Feueralarm ausgelöst hatte, allerdings mit dem Unterschied, dass sie nicht mehr siebzehn war. Sie fühlte sich alt und geschlagen.

Abgrundtiefe Beschämung stieg in ihr auf. »Schla-schlafwandeln?«

»Schlafwandeln, *dass ich nicht lache!«* Er sprang mit einem Satz aus dem Bett und stolzierte ins Bad. »Rühren Sie sich ja nicht von der Stelle!«

Zu spät erinnerte sie sich daran, dass Kevin den Ruf genoss, äußerst nachtragend zu sein. Deswegen war letztes Jahr ein Rückspiel gegen die Steelers zu einem wahren Blutbad geworden, das Jahr davor hatte er sich auf einen dreihundert Pfund schweren Verteidiger der Vikings gestürzt. Sie krabbelte aus dem Bett und suchte verzweifelt nach ihrem Nachthemd.

Wüste Verwünschungen drangen aus dem Badezimmer.

Wo war ihr Nachthemd?

Wie ein nackter Racheengel schoss er ins Schlafzimmer. »Wo zum Teufel haben sie dieses Kondom her?«

»Aus Ihrem – Ihrem Waschbeutel?« Endlich hatte sie ihr Leinenhemd entdeckt, riss es an sich und presste es an ihre Brust.

»Aus meinem Waschbeutel?« Er rannte zurück ins Badezimmer. »Sie haben es genommen, aus meinem – Scheiße!«

»Es war ein – ein Impuls. Ein – ein Schlafwandelunfall.« Sie ging auf Zehenspitzen rückwärts Richtung Tür, doch er war schneller, packte ihren Arm und schüttelte sie.

»Haben Sie eine Ahnung, wie lange das Ding schon da drin war?«

Bei weitem nicht lange genug! Oder sprach er von dem Kondom? »Was wollen Sie damit sagen?«

Er ließ ihren Arm fallen und wies Richtung Badezimmer.

»Ich will damit sagen, dass es schon eine Ewigkeit da drin war und dass das verdammte Ding *gerissen* ist!«

Exakt drei Sekunden verstrichen, dann gaben ihre Knie nach und sie sank auf den nächsten Stuhl.

»Nun?«, bellte er.

Ihr verwirrtes Hirn arbeitete auf Hochtouren. »Machen Sie sich keine Sorgen.« Erst jetzt bemerkte sie, wie feucht sie zwischen den Beinen war. »Es ist der falsche Zeitpunkt im Monat dafür.«

»So etwas wie den falschen Zeitpunkt gibt es nicht.« Er trat auf den Schalter der Stehlampe und erleuchtete mehr von ihrem sehr durchschnittlichen, sehr nackten Körper, als ihr lieb war.

»Bei mir schon, da bin ich zuverlässig wie ein Uhrwerk.« Sie hatte keine Lust, mit ihm ihren monatlichen Zyklus zu erörtern. Sie umklammerte ihr Nachthemd und fragte sich, wie sie es überstreifen könnte, möglichst ohne noch mehr von sich preiszugeben.

Doch weder seine noch ihre Nacktheit schien ihn im Mindesten zu interessieren. »Wie zum Teufel sind Sie auf die Idee gekommen, in meinem Waschbeutel herumzuschnüffeln?«

»Er – äh – stand offen und ich habe einfach nur zufällig hineingesehen, und –« Sie räusperte sich. »Wenn es schon so alt war, warum haben Sie es dann immer noch mit rumgeschleppt?«

»Habe ich eben vergessen.«

»Das war aber ziemlich dumm von Ihnen.«

Seine bestechend grünen Augen nahmen einen mörderischen Ausdruck an. »Wollen Sie jetzt etwa mir die Schuld zuschieben?«

Sie atmete tief durch. »Nein, nein, natürlich nicht.« Jetzt war nicht der Zeitpunkt, sich feige aus der Affäre zu ziehen. Sie musste den Tatsachen ins Auge sehen. Sie stand auf und zog ihr Nachthemd über den Kopf. »Es tut mir Leid, Kevin.

Aufrichtig Leid. Ich neige in letzter Zeit etwas zu Verrücktheiten.«

»Ich habe keinen verdammten Schimmer, wovon Sie da reden.«

»Ich entschuldige mich. Es ist mir äußerst peinlich.« Ihre Stimme zitterte. »Nein, peinlich ist wohl kaum der richtige Ausdruck. Ich schäme mich zutiefst. Lassen Sie uns bitte – lassen Sie uns die Sache vergessen.«

»Das könnte Ihnen so passen.« Er griff nach einer dunkelgrünen Boxershort auf dem Fußboden und zog sich an.

»Es tut mir Leid.« Sie war ja bereit, zu Kreuze zu kriechen, aber scheinbar nützte es nichts. Da kehrte sie wieder die lebensüberdrüssige, verwöhnte Erbin heraus. »Um die Wahrheit zu sagen, ich fühlte mich etwas einsam, und Sie waren gerade verfügbar. Außerdem sind Sie als Playboy bekannt. Da dachte ich, es würde Ihnen nichts ausmachen.«

»Ich war verfügbar?« Die Luft im Raum knisterte wie aufgeladen. »Wissen Sie überhaupt, was Sie da sagen? Wie würde man es wohl nennen, wenn die Situation umgekehrt wäre?«

»Ich verstehe nicht, worauf Sie hinaus wollen.«

»Wie würde man die Sache nennen, wenn ich beschließen würde, bei Ihnen ins Bett zu kriechen, einer nichts ahnenden, wehrlosen Frau?«

»Es wäre –« Sie zupfte nervös am Saum ihres Nachthemdes. »Oh, natürlich, ich verstehe, was Sie meinen.«

Er funkelte sie aus schmalen Augen an, seine Stimme klang gefährlich leise. »Vergewaltigung würde man es nennen.«

»Sie wollen doch nicht im Ernst behaupten, ich hätte … ich hätte Sie vergewaltigt?«

Er erwiderte kalt ihren Blick. »Doch, das will ich.«

Dass es so schlimm kommen würde, hätte sie nicht gedacht. »Aber das ist ja lächerlich. Sie haben doch mitgemacht!«

»Nur weil ich geschlafen habe, außerdem dachte ich, Sie wären jemand anders.«

Das saß. »Ich verstehe.«

Er ließ sich nicht beirren. Sein Ausdruck verhärtete sich nur noch. »Sie mögen es vielleicht nicht glauben, aber ich bevorzuge es, eine Beziehung zu haben, bevor ich mit jemandem ins Bett gehe. Und ich lasse mich von niemandem benutzen.«

Und genau das hatte sie getan. Sie hätte heulen können. »Es tut mir so Leid, Kevin. Wir wissen beide, dass mein Benehmen ungeheuerlich war. Können wir es nicht dabei belassen?«

»Mir bleibt wohl nichts anderes übrig«, stieß er hervor. »Ich werde mich wohl kaum der Presse zum Fraß vorwerfen.«

Sie machte einen Schritt zur Tür. »Ich werde niemals ein Wort darüber verlieren, zu niemandem, das müssen Sie mir glauben.«

Er starrte sie nur angewidert an.

In ihrem Gesicht zuckte es. »Es tut mir Leid. Wirklich.«

4

Daphne sprang von ihrem Skateboard und kniete sich tief ins hohe Gras, um in das kleine Nest zu sehen.

Daphne findet ein Babyhäschen (erste Notizen)

Kevin fiel zurück in die Pocket. Fünfundsechzigtausend schreiende Fans waren von ihren Plätzen aufgesprungen, doch eine tiefe Ruhe hüllte ihn wie in einen Kokon ein. Er dachte weder an die Fans, noch an die Kameras oder die Reporter von Monday Night Football in ihrer Box. Er hatte nur im Kopf, wozu er geboren war – dieses Spiel zu spielen, das einzig und allein für ihn erfunden worden war.

Leon Tippett, sein Lieblingsreceiver, lief seine Runde, wie man es nicht besser von ihm hätte erwarten können, machte sich frei, bereit für jenen süßen Augenblick, in dem Kevin den Ball in seine Hände versenken würde.

Dann, in Sekundenschnelle, kippte das Spiel. Die gegnerischen Saftys tauchten wie aus dem Nichts auf, um den Pass abzufangen.

Er spürte das Adrenalin in seine Adern schießen. Er war weit hinter der Anspiellinie und brauchte dringend einen weiteren Receiver, doch Jamal lag gerade am Boden und Stubs wurde von zwei Mann gedeckt.

Briggs und Washington durchbrachen die Linie der Stars und hielten direkt auf ihn zu. Dieselben Feuer speienden Monster, in Gestalt von Tampa Bay Defensive Ends, hatten ihm im letzten Jahr die Schulter ausgekugelt, doch Kevin machte keine Anstalten, den Ball abzugeben. Mit der gleichen Unverfrorenheit, die ihm in letzter Zeit so viel Ärger eingebracht hatte, blickte er nach links, machte dann eine scharfe, blinde, unvernünftige Wendung nach rechts. Er brauchte eine Lücke in dieser Wand aus weißen Trikots. Er verlangte nach einer Lücke. Und fand sie.

Mit der unglaublichen Wendigkeit, die zu seinem Markenzeichen geworden war, schlüpfte er hindurch. Briggs und Washington griffen in die Luft. Er wirbelte herum und schüttelte einen Verteidiger, gute achtzig Pfund schwerer als er, ab wie eine lästige Fliege.

Ein weiterer Cut. Dann ein Jitterbug. Dann dampfte er los.

Außerhalb des Spielfelds wirkte er groß und breit, mit seinen ein Meter neunzig und den knapp neunzig Kilo Muskelkraft, die er auf die Waage brachte. Aber hier im Lande der Riesenmutanten war er klein, fast grazil, und unglaublich schnell. Seine Füße flogen über den Kunstrasen. Das Flutlicht verwandelte seinen goldenen Helm in einen Meteor, sein blaues Trikot in ein Banner des Himmels. Ein Gesandter Gottes, ein Auserwählter unter den Menschen. Er brachte den Ball über die Goal Line in die End Zone.

Als der Linienrichter schon seinen Touchdown anzeigte, stand Kevin immer noch.

Nach dem Spiel wurde bei Kinneys gefeiert, und sobald Kevin den Raum betrat, wurde er von seinen weiblichen Fans umlagert.

»Fantastisches Spiel, Kevin.«

»Kevin, *querido*, komm hierher!«

»Du warst einfach unglaublich! Ich bin noch ganz heiser vom Schreien.«

»Warst du aufgeregt, als du ihn reingebracht hast? Mein Gott, natürlich warst du aufgeregt, aber wie hat es sich angefühlt?«

»Felicitación!«

»Kevin, *chéri!*«

Auf seinen natürlichen Charme konnte er sich verlassen, nach allen Seiten lächelnd bahnte er sich einen Weg durch seine Verehrerinnen, bis er alle außer den beiden Hartnäckigsten abgeschüttelt hatte.

»Bei dir müssen die Frauen hübsch sein, dürfen aber nicht viel reden«, hatte die Frau seines besten Freundes kürzlich noch festgestellt. »Und da die meisten Frauen nun mal nicht besonders schweigsam sind, hast du dich auf ausländische Schönheiten mit begrenztem englischen Wortschatz verlegt. Ein klassischer Fall von Angst vor zu viel Nähe.«

Er erinnerte sich, wie er sie träge von oben bis unten gemustert hatte. »So, meinst du? Dann hör mir mal zu, Dr. Jane Darlington Bonner. Du redest auch zu viel, aber du kannst so viel Nähe von mir haben, wie du willst, ein Wort genügt.«

»Nur über meine Leiche«, hatte ihr Mann Cal quer über den Tisch dazwischengerufen.

Cal war sein bester Freund und Kevin zog ihn gern auf. Das war schon so gewesen, als er noch dessen neidischer Backup war. Mittlerweile jedoch hatte Cal sich vom Football verabschiedet, um sich als Internist in einer Klinik in North Carolina niederzulassen.

Kevin konnte nicht aufhören zu sticheln. »Das ist eine Frage von Prinzipien, alter Mann. Hin und wieder muss ich es mir einfach beweisen.«

»Nichts dagegen, aber beweis es dir mit einer deiner Frauen und lass meine aus dem Spiel.«

Jane hatte nur gelacht, ihrem Ehemann einen Kuss gegeben, ihrer Tochter Rosie eine Serviette gereicht und ihren jüngsten Sohn Tyler auf den Arm genommen. Kevin konnte sich ein Grinsen nicht verkneifen, als er sich an Cals Antwort erinnerte, nachdem er sich über die Post-it-Zettel auf Tylers Windeln gewundert hatte.

»Ich will nicht, dass sie immer auf seine Beine schreibt.«

»Kann sie es immer noch nicht lassen?«

»Arme, Beine, das arme Kind sah aus wie ein wandelndes wissenschaftliches Notizbuch. Aber es ist schon besser geworden, seit ich ihr diese gelben Klebezettel in alle Taschen stecke.«

Jane war bekannt dafür, dass sie zerstreut überall irgendwelche komplizierten Formeln notierte.

»Einmal hat sie auf meinen Fuß geschrieben. Weißt du noch, Mommy? Und ein anderes Mal –«, meldete Rosie sich zu Wort.

Dr. Jane brachte sie umgehend mit einer Hähnchenkeule zum Schweigen.

Da riss ihn eine hübsche Französin zu seiner Rechten aus den Gedanken. *»Tu es fatigué, chéri?«*, rief sie ihm über die Musik hinweg zu.

Fremdsprachen waren ihm immer leicht gefallen, doch er wusste aus Erfahrung, dass es von Vorteil sein konnte, wenn er es sich nicht allzu sehr anmerken ließ. »Danke, ich möchte im Augenblick nichts essen. Komm, ich möchte dich Stubs Brady vorstellen, ich glaube, ihr zwei habt 'ne Menge gemeinsam. Und – Heather, richtig? – mein Freund Leon beobachtet dich schon den ganzen Abend mit lasziven Blicken.«

»Was für Blicke?«

Es war Zeit, ein paar von diesen Hühnern loszuwerden. Auch wenn er Jane gegenüber niemals zugegeben hätte, dass sie Recht hatte, was seine Auswahl von Frauen betraf. Im Gegensatz zu einigen seiner Teamkollegen, bei denen es nur Lippenbekenntnisse waren, gab er tatsächlich alles für das Spiel. Er hatte sich nicht nur mit Leib und Seele, sondern auch mit ganzem Herzen dem Football verschrieben. Eine Frau hätte darin gar keinen Platz mehr gehabt. Hübsch aber anspruchslos, etwas anderes konnte er nicht gebrauchen, und die Ausländerinnen, die er traf, waren für seine Zwecke genau das Richtige.

Bei den Stars zu spielen war alles, was für ihn zählte, und er würde nicht zulassen, dass sich irgendjemand dem in den Weg stellte. Er liebte sein blaugoldenes Trikot, mit dem er das Spielfeld im Midwest Sports Dome beherrschte, und vor allem genoss er es, für Phoebe und Dan Calebow zu arbeiten. Vielleicht lag es daran, dass er in einer Pastorenfamilie aufgewachsen war, dass er es als eine Ehre empfand, ein Chicago Star zu sein, das hätte er nicht bei jedem Team der National Football League so empfunden.

Wenn man für die Calebows arbeitete, war die Achtung vor dem Spiel wichtiger als die bottom line. Bei den Stars duldete man keine Schlägertypen oder Spieler mit Starallüren, und im Laufe seiner Karriere hatte Kevin schon mehr als einmal erlebt, dass ein Spieler, der vielleicht ein großes Talent sein mochte, aber vom Charakter her nicht Phoebes und Dans Ansprüche erfüllte, schnell wieder an ein anderes Team verkauft wurde. Kevin konnte sich nicht vorstellen, jemals für jemand anderen zu spielen, und wenn er eines Tages seine Aufgabe bei den Stars auf dem Spielfeld nicht mehr erfüllen konnte, würde er sich aufs Trainieren verlegen.

Trainer der Stars.

Doch in dieser Saison hatten sich schon zwei Dinge ereignet, die seinen Traum in Gefahr bringen konnten. Das Erste ging allein auf sein Konto, dieser verrückte Leichtsinn, der ihn kurz nach dem Trainingscamp gepackt hatte. Er hatte immer schon eine Schwäche für halsbrecherische Aktionen gehabt, aber bis dahin hatte er es immer geschafft, derartige Aktivitäten in die spielfreie Zeit zu verlegen. Die andere, schwer wiegendere Sache war Daphne Somervilles nächtlicher Besuch in seinem Schlafzimmer, der seiner Karriere womöglich mehr Schaden zufügen könnte als Fallschirm springen oder Motocrossrennen.

Er hatte schon immer einen extrem tiefen Schlaf gehabt, und es passierte häufiger, dass er wach wurde und gerade dabei war zu vögeln. Allerdings hatte er sich seine Partnerinnen bisher immer selbst ausgesucht. Ironischerweise musste er eingestehen, dass er – wenn ihre Familie nicht gewesen wäre – ihr durchaus hätte verfallen können. Vielleicht war es nur der Reiz der verbotenen Frucht, aber er hatte die Zeit mit ihr sehr genossen. Mit ihrer spitzen Zunge hielt sie einen ganz schön auf Trab, und selten hatte ihn eine Frau so zum Lachen gebracht. Auch wenn er versucht hatte, es sich nicht anmerken zu lassen, hatte er sich dabei ertappt, wie er sie mit seinen Blicken verfolgte. Diese Selbstsicherheit einer Tochter aus reichem Hause, mit der sie sich bewegte, reizte ihn. Ihr Körper war vielleicht nicht makellos, aber alles saß an der richtigen Stelle, wie er sehr wohl bemerkt hatte.

Trotzdem war er auf Abstand gegangen. Sie war die Schwester seiner Chefin, und er hatte sich geschworen, von Frauen, die mit dem Team in Verbindung standen, die Finger zu lassen – ob es sich nun um Töchter des Trainers, Sekretärinnen im Büro oder Cousinen von Kollegen handelte. Aber man sah ja, was einem alles passieren konnte, trotz aller Vorsicht.

Wenn er nur daran dachte, spürte er, wie die Wut wieder in ihm hoch kochte. Nicht einmal der beste Quarterback aller Zeiten wäre den Calebows wichtiger als ihre Familie, und wenn sie jemals herausfänden, was geschehen war, wäre er derjenige, den sie zur Rechenschaft ziehen würden.

Sein Gewissen drängte ihn, sie so bald wie möglich anzurufen. Nur um sicher zu gehen, dass ihre nächtliche Eskapade keine unerwünschten Folgen gehabt hatte. Sicher würde es keine geben, beruhigte er sich, und er durfte sich keine Gedanken darüber machen, jetzt schon gar nicht, denn er konnte sich nicht die kleinste Ablenkung leisten. Am Sonntag würden sie um die AFC Championship spielen, da durfte sein Spiel nicht die kleinste Schwäche aufweisen. Sein größter Traum würde in Erfüllung gehen: Er würde die Stars zum Super Bowl bringen.

Doch sechs Tage später hatte sich dieser Traum in Luft aufgelöst. Und er konnte niemand anderen als sich selbst dafür verantwortlich machen.

Nachdem sie Tag und Nacht geschuftet hatte, beendete Molly ihre Arbeit an *Trubel um Daphne* und gab das Manuskript in derselben Woche zur Post, in der die Stars die AFC Championship verloren. Fünfzehn Sekunden vor Spielende hatte Kevin Tucker beschlossen, nicht auf Sicherheit zu spielen und mitten in eine doppelte Deckung geworfen. Sein Pass wurde abgefangen und die Stars verloren mit einem Field Goal Rückstand.

Molly hatte sich gerade eine Tasse Tee gemacht, um sich an diesem eisigen Januarabend etwas aufzuwärmen. Eigentlich musste sie noch ihren Artikel für *Chik* beenden, doch anstatt ihren Laptop anzuschalten, nahm sie ihren Notizblock zur Hand, um ein paar Ideen zu ihrem neuen Buch, *Daphne findet ein Babyhäschen,* zu Papier zu bringen.

Als sie sich gerade an ihren Schreibtisch gesetzt hatte, klingelte das Telefon.

»Daphne? Hier ist Kevin, Kevin Tucker.«

Tee schwappte auf ihre Untertasse, und das Blut wich ihr aus den Adern. Sie war einmal verliebt gewesen in diesen Mann. Jetzt reichte der Klang seiner Stimme, um ihr einen Heidenschrecken einzujagen.

Sie zwang sich, tief durchzuatmen. Da er sie immer noch Daphne nannte, hatte er offensichtlich mit niemandem über sie gesprochen. Gut so. Sie wollte nicht, dass er über sie sprach, nicht einmal denken sollte er an sie. »Woher haben Sie meine Nummer?«

»Ich habe sie mir von Ihnen geben lassen.«

Das hatte sie doch tatsächlich vergessen. »Ich, äh – Was kann ich für Sie tun?«

»Die Saison ist vorbei, und ich werde die Stadt für eine

Weile verlassen. Ich wollte nur sicher gehen, dass es keine unerwünschten Folgen gegeben hat bei – dem, was passiert ist.«

»Nein, es hat keine Folgen gegeben. Natürlich nicht.«

»Dann ist es ja gut.«

Trotz des eisigen Tonfalls hörte sie seine Erleichterung heraus. Gleichzeitig fiel ihr ein, wie sie die Sache ein für alle Mal beenden konnte. Sie zögerte keine Sekunde. »Ich komme gleich, mein Schatz!«, rief sie einer imaginären Person zu.

»Ach, ich verstehe, Sie sind nicht allein?«

»Nein, bin ich nicht.« Dann rief sie in den Raum: »Ich bin gerade am Telefon, Benny. Ich komme sofort, Sweetheart.« Sie verzog das Gesicht. Hätte ihr nicht ein besserer Name einfallen können?

Ruh kam aus der Küche getrottet, um nachzusehen, was los war. Sie umklammerte den Hörer noch fester. »Nett, dass Sie angerufen haben, Kevin, aber es war wirklich nicht nötig.«

»Dann ist ja alles –«

»Danke, es geht mir hervorragend, aber ich muss jetzt wirklich gehen. Das mit dem Spiel tut mir Leid. Und danke für den Anruf.« Als sie aufgelegt hatte, zitterte ihre Hand immer noch.

Soeben hatte sie mit dem Vater ihres ungeborenen Babys gesprochen.

Sie legte ihre Hand auf den noch flachen Bauch. Sie hatte immer noch nicht ganz verdaut, dass sie tatsächlich schwanger war. Als ihre Periode nicht pünktlich eingesetzt hatte, hatte sie es zunächst auf zu viel Arbeit und Stress geschoben. Doch ihre Brüste waren zunehmend empfindlicher geworden, sie hatte eine leichte Übelkeit verspürt und vor zwei Tagen hatte sie dann endlich einen Schwangerschaftstest gekauft. Das Ergebnis hatte sie derart in Panik versetzt, dass sie gleich darauf einen zweiten gekauft hatte, um ganz sicher zu gehen.

Kein Zweifel, sie erwartete ein Baby von Kevin Tucker.

Doch ihre ersten Gedanken hatten nicht ihm gegolten, sondern Phoebe und Dan. Die Familie war der Dreh- und Angelpunkt ihres Lebens, und keiner von ihnen könnte sich vorstellen, ein Kind ohne den anderen aufzuziehen. Die Nachricht würde sie treffen wie ein Schlag.

Als sie dann schließlich an Kevin dachte, wusste sie, dass er nie etwas erfahren durfte. Schließlich war er ihr willenloses Opfer gewesen, und natürlich würde sie die Konsequenzen ganz allein tragen.

Es wäre nicht einmal besonders schwierig, ihm alles zu verheimlichen. Die Saison war zu Ende und die Wahrscheinlichkeit, dass sie ihm zufällig über den Weg laufen würde, war äußerst gering. Und wenn das Training im Sommer wieder begann, würde sie sich eben von der Zentrale der Stars fern halten. Außer auf ein paar Teampartys bei Phoebe und Dan war sie ohnehin selten mit den Spielern zusammengekommen. Vielleicht würde Kevin irgendwann hören, dass sie ein Baby bekommen hätte, aber nach dem Anruf heute Morgen, musste er glauben, sie sei mit einem anderen Mann zusammen.

Durch die Fenster ihres Lofts sah sie in den Winterhimmel. Es war nicht einmal sechs und schon dunkel draußen. Sie streckte sich auf dem Sofa aus.

Bis vor zwei Tagen hatte sie nie darüber nachgedacht, allein erziehende Mutter zu werden. Sie hatte überhaupt nicht daran gedacht, Mutter zu werden. Jetzt konnte sie an nichts anderes mehr denken. Die Ruhelosigkeit, die immer tief in ihr drinnen gepocht hatte, war wie weggeblasen. Zum ersten Mal in ihrem Leben hatte sie das ungewohnte Gefühl, dass alles genauso war, wie es sein sollte. Endlich würde sie eine eigene Familie haben.

Ruh leckte ihre Hand. Sie schloss die Augen und gab sich den Tagträumen hin, die jetzt, da sie den anfänglichen Schock überwunden hatte, ihre Fantasie beherrschten. Ein kleiner Junge? Oder ein Mädchen? Ihr war beides recht. Sie hatte genügend Zeit mit ihren Neffen und Nichten verbracht, um sicher zu sein, dass sie für beide eine gute Mutter sein könnte und sie dieses Baby wie eine Mutter und ein Vater lieben würde.

Ihr Baby. Ihre Familie.

Endlich.

Sie streckte sich wohlig, zufrieden mit sich und der Welt bis in die Zehenspitzen. Das war es, was sie all die Jahre gesucht hatte, eine eigene Familie. Sie konnte sich nicht erinnern, sich jemals so friedlich gefühlt zu haben. Sogar ihr Haar war weicher geworden, nicht mehr brutal kurz geschnitten, auch die Farbe hatte zu ihrem natürlichen warmen Braunton zurückgefunden. So wie es ihr am besten stand.

Ruh stupste mit seiner feuchten Schnauze gegen ihre Hand.

»Hast du Hunger, mein Kleiner?« Sie stand auf und wollte gerade in die Küche gehen, als das Telefon wieder klingelte. Ihre Knie begannen schon wieder zu zittern, doch es war nur Phoebe.

»Dan und ich hatten eine Besprechung in Lake Forest. Wir sind jetzt ungefähr beim Edens und haben Hunger. Hast du Lust, mit uns bei Yoshis zu essen?«

»Gute Idee.«

»Großartig, also dann in einer halben Stunde.«

Als Molly auflegte, versetzte ihr die Erkenntnis, wie sehr sie die beiden verletzen würde, einen schmerzhaften Stich. Sie wusste, wie gern die beiden sie glücklich sehen würden, wie sehr sie ihr wünschten, dass sie jemanden fand, den sie aus tiefstem Herzen liebte und mit dem sie eine Familie gründen würde. Aber den wenigsten Menschen war ein solches Glück beschieden.

Sie schlüpfte in ihren schon etwas abgetragenen Dolce &

Gabbana-Pullover und einen figurbetonten, knöchellangen tiefschwarzen Rock, den sie im letzten Frühjahr bei Fields zum halben Preis ergattert hatte. Kevins Anruf hatte sie ganz nervös gemacht, sie schaltete den Fernseher ein, um auf andere Gedanken zu kommen. In letzter Zeit hatte sie sich angewöhnt, die Wiederholungen von *Lace, Inc.* zu gucken. Die Serie weckte alte Erinnerungen an die wenigen angenehmen Augenblicke ihrer Kindheit in ihr.

Sie rätselte immer noch über Kevins Verbindung zu Lilly Sherman. Phoebe würde es wissen, aber Molly wollte seinen Namen lieber nicht erwähnen, auch wenn Phoebe keine Ahnung hatte, dass sie in Door County mit ihm zusammengetroffen war.

»Lace is on the case, oh yeah ... Lace can solve the case, oh yeah ...«

Gleich nach dem Vorspann kam Werbung, dann sah man Lilly Sherman als Ginger Hill in knappen weißen Shorts über den Bildschirm hüpfen, ihre Brüste quollen aus einem giftgrünen Bikinioberteil. Das rostrote Haar umspielte ihr Gesicht, goldene Ohrringe streiften ihre Wangen und ihr verführerisches Lächeln versprach sinnliche Freuden.

Die Kamera fuhr zurück, und man sah beide Detektivinnen am Strand. Im Kontrast zu Gingers gewagter Aufmachung trug Sable einen Badeanzug mit hohem Beinausschnitt. Molly glaubte sich zu erinnern, dass sie damals angeblich auch privat befreundet waren.

Der Summer ertönte. Sie schaltete den Fernseher ab und öffnete ihrer Schwester und ihrem Schwager die Tür.

Phoebe küsste sie auf die Wange. »Du siehst blass aus. Geht's dir auch gut?«

»Das macht der Januar in Chicago. Da ist doch jeder blass.« Molly drückte ihre Schwester eine Sekunde länger an sich, als nötig gewesen wäre. Celia, die Henne, eine mütterliche Bewohnerin des Nachtigallenwaldes, die gluckenhaft über Daphne wachte, hatte sie eigens für ihre Schwester geschaffen.

»Hey, Mizz Molly, wir haben dich vermisst.« Wie üblich umarmte Dan sie so kräftig, dass ihre Rippen knackten.

Als sie seine Umarmung erwiderte, dachte sie, wie glücklich sie doch sein konnte, dass sie die beiden hatte. »Seit Neujahr sind gerade mal zwei Wochen vergangen.«

»Und zwei Wochen, dass du das letzte Mal zu Hause warst. Phoebe wird allmählich hysterisch.« Er warf seine Jacke über die Sofalehne.

Molly nahm Phoebes Mantel und grinste still in sich hinein. Dan ging immer noch davon aus, dass Mollys Zuhause bei ihnen war. Er hatte nie verstanden, wie wichtig ihre eigene kleine Wohnung für sie war. »Dan, erinnerst du dich an das erste Mal, dass wir uns trafen? Ich versuchte dir einzureden, Phoebe würde mich schlagen.«

»Wie könnte ich so etwas vergessen. Ich weiß noch genau, wie du gesagt hast, sie sei nicht wirklich böse, nur ein bisschen verdreht.«

Phoebe lachte. »Ja, die guten alten Zeiten.«

Molly sah ihre Schwester liebevoll an. »Ich war eine solche Nervensäge, es ist ein Wunder, dass du mich nicht geschlagen hast.«

»Die Somerville-Töchter mussten eben ihren eigenen Weg finden, um zu überleben.«

Eine von uns hat ihn immer noch nicht gefunden, dachte Molly.

Ruh vergötterte Phoebe und sprang sofort auf ihren Schoß, als sie sich setzte. »Ich bin froh, dass ich Gelegenheit hatte, deine Illustrationen für *Trubel um Daphne* zu sehen, bevor du sie abgeschickt hast. Der Ausdruck auf Bennys Gesicht, wenn er mit seinem Mountainbike in der Pfütze ausrutscht, war einfach zu schön. Hast du schon Ideen für ein neues Buch?«

Sie zögerte. »Ich bin noch in der Denkphase.«

»Hannah konnte sich kaum fassen vor Glück, als Daphne Bennys Tatze bandagierte. Sie hatte bestimmt nicht damit gerechnet, dass Daphne ihm verzeihen würde.«

»Daphne ist eben ein sehr großherziges Kaninchen, obwohl sie eine rosafarbene Schleife benutzte, um ihn zu verbinden.« Phoebe lachte. »Benny sollte sowieso mehr auf die weibliche Seite in sich hören. Ein wunderbares Buch, Molly. Es gelingt dir immer, eine kleine Lektion fürs Leben darin zu verpacken und trotzdem witzig zu bleiben. Wie gut, dass du zum Schreiben gefunden hast.«

»Es ist genau das, was ich immer schon tun wollte. Ich habe es nur lange nicht bemerkt.«

»Dabei fällt mir ein – Dan, wusstest du eigentlich –« Sie brach ab, als sie merkte, dass Dan nicht mehr im Zimmer war. »Ach, er ist sicher ins Bad verschwunden.«

»Ich habe seit mindestens drei Tagen nicht mehr sauber gemacht, ich hoffe es ist nicht allzu –« Molly hielt den Atem an und wollte ihm schon nacheilen.

Zu spät. Dan war schon wieder zurück – mit den beiden Schachteln, die er im Abfalleimer erspäht haben musste. Er trug sie vor sich her, als habe er soeben ein paar hoch explosive Handgranaten in seinen großen Händen.

Molly biss sich auf die Lippen. Sie hatte es ihnen noch nicht sagen wollen. Mit dem Scheitern der Mannschaft in der AFC Championship hatten sie gerade genug zu tun und brauchten sicher keine weitere Enttäuschung.

Phoebe konnte nicht sehen, was ihr Mann da in der Hand hielt, bis er eine Packung in ihren Schoß fallen ließ. Langsam nahm sie sie hoch und legte eine Hand an ihre Wange. »Molly?«

»Ich weiß, du bist siebenundzwanzig«, begann Dan, »und ich dringe ungern in dein Privatleben, aber ich muss dich fragen, was das hier bedeutet.«

Er sah so aufgebracht aus, dass Molly sich am liebsten in den Sofakissen verkrochen hätte. Er selbst war mit Leib und Seele Vater, und er würde sicher mehr Probleme haben, ihre Entscheidung zu akzeptieren, als Phoebe.

Molly nahm ihm die Packung aus der Hand und legte sie beiseite. »Setz dich doch erstmal.«

Er ließ sich langsam neben seiner Frau aufs Sofa sinken. Phoebe suchte instinktiv seine Hand. Die beiden gemeinsam gegen den Rest der Welt. Manchmal fühlte Molly sich abgrundtief einsam, wenn sie sah, welch tiefe Liebe die beiden verband.

Sie setzte sich ihnen gegenüber auf einen Stuhl und brachte ein unsicheres Lächeln zu Stande. »Es fällt mir nicht leicht, euch das jetzt zu sagen. Ich erwarte ein Baby.«

Dan zuckte zusammen, und Phoebe lehnte sich an ihn.

»Ich weiß, es ist ein Schock, und es tut mir Leid. Aber das mit dem Baby tut mir nicht Leid.«

»Sag mir bitte, dass es vorher eine Hochzeit geben wird.«

Dans Lippen hatten sich kaum bewegt, und wieder einmal wurde sie schmerzhaft daran erinnert, wie unbeugsam er sein konnte. Wenn sie jetzt nicht hart blieb und dagegen hielt, würde er sie niemals in Ruhe lassen. »Keine Hochzeit. Und kein Daddy. Und daran wird sich auch nichts ändern, also freundet euch am besten gleich mit dem Gedanken an.«

Phoebe blickte sie jetzt völlig verstört an. »Ich – ich wusste ja gar nicht, dass du mit jemandem zusammen bist. Sonst hast du mir doch immer davon erzählt.«

Molly musste verhindern, dass sie weiter bohrte, deshalb sagte sie schnell: »Ich teile vieles mit dir, Phoebe, aber nicht alles.«

Dans Gesichtsmuskeln begannen gefährlich zu zucken. »Wer ist es?«

»Das werde ich euch nicht sagen«, entgegnete sie ruhig.

»Das ging ganz allein von mir aus, nicht von ihm. Ich will ihn nicht in meinem Leben haben.«

»Du hast ihn verdammt noch mal lange genug in dein Leben gelassen, um schwanger zu werden!«

»Dan, bitte.« Phoebe hatte sich noch nie von Dans aufbrausendem Temperament einschüchtern lassen, ihre einzige Sorge galt Molly. »Triff keine übereilten Entscheidungen, Moll. Wie weit bist du denn?«

»Sechste Woche. Und ich werde meine Meinung nicht ändern. Es wird nur mich und das Baby geben. Und euch, hoffe ich.«

Dan sprang auf und wanderte nervös auf und ab. »Du hast ja keine Ahnung, in welche Lage du dich da bringst.«

Sie hätte darauf hinweisen können, wie viele Tausend allein stehender Frauen jedes Jahr Babys bekamen und dass seine Ansichten vielleicht etwas überholt waren, aber sie kannte ihn gut genug, um zu wissen, dass sie bei ihm damit auf taube Ohren stoßen würde. Stattdessen konzentrierte sie sich auf die praktischeren Aspekte.

»Ich kann euch natürlich nicht davon abhalten, euch Sorgen zu machen, ich erinnere euch nur daran, dass ich weitaus besser in der Lage bin, ein Kind zu haben, als die meisten allein erziehenden Frauen. Ich bin fast dreißig, ich liebe Kinder und bin emotional ausgeglichen.« Und es war das erste Mal in ihrem Leben, dass sie das wirklich von sich behaupten konnte.

»Außerdem bist du die meiste Zeit pleite.« Dan hatte einen verkniffenen Zug um den Mund.

»Meine Daphne-Bücher verkaufen sich langsam besser.«

»Sehr langsam«, bemerkte er.

»Außerdem kann ich mehr freie Aufträge annehmen. Und ich muss nichts für die Kinderbetreuung zahlen, weil ich von zu Hause aus arbeite.«

»Kinder brauchen einen Vater«, beharrte er.

Sie stand auf und trat zu ihm. »Sie brauchen vielleicht ein männliches Vorbild in ihrem Leben, und ich hoffe, dass du das sein kannst, denn einen Besseren kann ein Kind sich kaum wünschen.«

Gerührt schloss er sie in die Arme. »Wir wollen doch nur, dass du glücklich bist.«

»Das weiß ich. Und dafür liebe ich euch auch.«

»Ich will doch nur, dass sie glücklich ist«, wiederholte Dan gegenüber Phoebe, als sie nach einem etwas angespannten Abendessen nach Hause fuhren.

»Meinst du ich nicht? Aber sie ist eine erwachsene Frau, und sie hat ihre Entscheidung getroffen.« Voller Sorge zog sie ihre Stirn in Falten. »Alles, was wir jetzt tun können, ist, sie zu unterstützen.«

»Es muss irgendwann Anfang Dezember passiert sein.« Dans Augen verengten sich zu gefährlichen Schlitzen. »Eins verspreche ich dir. Ich werde den Kerl finden, der ihr das angetan hat, und dann reiße ich ihm den Kopf ab.«

Das war jedoch leichter gesagt als getan, und die Wochen verstrichen, ohne dass Dan der Wahrheit einen Schritt näher gekommen war. Er erfand irgendeinen Vorwand, um Mollys Freunde anzurufen und mögliche Informationen aus ihnen herauszuquetschen, doch niemand wollte sich daran erinnern, dass sie zu besagter Zeit mit einem Mann zusammen gewesen war. Er versuchte das Gleiche bei seinen Kindern, ebenfalls ohne Erfolg. Aus lauter Verzweiflung heuerte er ohne Wissen seiner Frau schließlich sogar einen Privatdetektiv an, sie hätte ihm doch nur geraten, sich lieber um seine Angelegenheiten zu kümmern. Am Ende zahlte er eine nicht unbeträchtliche Summe, für das, was er ohnehin schon wusste.

Mitte Februar fuhren Phoebe und Dan mit den Kindern für ein verlängertes Wochenende zum Snowmobilfahren ins

Door County. Sie hatten Molly eingeladen, sich ihnen anzuschließen, doch sie entschuldigte sich mit einem dringenden Abgabetermin bei *Chik*. Doch Dan vermutete richtig, dass sie nur weiteren Vorhaltungen aus dem Weg gehen wollte.

Am Samstagnachmittag, als er gerade mit Andrew aus dem Schnee zurück war, und sie in der Garderobe ihre nassen Sachen auszogen, kam Phoebe zu ihnen.

»Na, hat es Spaß gemacht, mein kleiner Wildfang?«

»Ja!«

Dan grinste, als Andrew auf Strümpfen über den nassen Boden rannte und seiner Mutter stürmisch in die Arme fiel, wie er es immer tat, wenn er einen von beiden länger als eine Stunde nicht gesehen hatte.

»Das freut mich.« Sie drückte ihm einen Kuss aufs Haar und schob ihn Richtung Küche. »Du hast bestimmt Hunger. Der Cider ist schon heiß, Tess gibt dir sicher etwas davon.«

Als Andrew davonstürzte, stellte Dan fest, dass Phoebe in ihrer goldfarbenen Hose und dem schmeichelnden braunen Pullover zum Anbeißen aussah. Er wollte sie gerade an sich ziehen, als sie ihm einen gelben Kreditkartenbeleg unter die Nase hielt. »Das habe ich oben gefunden.«

Er erkannte Mollys Namen.

»Es ist ein Kassenzettel von dem kleinen Laden unten in der Stadt«, sagte Phoebe. »Sieh mal auf das Datum.«

Er verstand immer noch nicht, warum sie so aufgeregt war. »Na und?«

Sie ließ sich gegen die Waschmaschine sinken. »Dan, genau um die Zeit war Kevin auch hier.«

Kevin verließ das Straßencafé und ging die Cairns Esplanade hinunter zu seinem Hotel. Palmenwedel schwangen in der sanften Februarbrise, im Hafen tanzten die Boote auf dem Wasser. Nach fünf Tagen Tauchen in der Coral Sea, mitten unter den Haien am North Horn des australischen Great

Barrier Reef, genoss er das Gefühl, wieder zurück in der Zivilisation zu sein.

Cairns an der Nordostküste von Queensland war der Ausgangshafen zu den Tauchfahrten. Es gab einige gute Restaurants und Fünf-Sterne-Hotels am Ort, und Kevin hatte beschlossen, noch ein paar Tage auszuspannen. Die Stadt war weit genug weg von Chicago, dass er kaum Gefahr laufen würde, zufällig einem Stars-Fan zu begegnen, der ihn fragen konnte, warum er im letzten Viertel einer AFC-Championship in die doppelte Deckung geworfen hatte. Anstatt die Stars zum Sieg zu führen und ihnen die Teilnahme am Super Bowl zu sichern, hatte er seine Teamkollegen im Stich gelassen. Und selbst in einer Schule von Hammerhaien zu schwimmen half ihm nicht, die Sache zu vergessen.

Eine dieser heißen australischen Bräute mit schulterfreiem Top und knallengen weißen Shorts verschlang ihn von oben bis unten mit ihren Blicken und lächelte einladend. »Brauchst du eine Fremdenführerin, Yank?«

»Nein danke, vielleicht ein andermal.«

Sie zog ein enttäuschtes Gesicht. Vielleicht hätte er auf ihre Einladung eingehen sollen, doch komischerweise ließ ihn diese Art von Abenteuer momentan völlig kalt. Selbst auf die Annäherungsversuche der attraktiven blonden Doktorandin, die auf dem Tauchboot gekocht hatte, hatte er nicht reagiert. Obwohl das verständlich war, schließlich war sie eine von diesen intelligenten, anspruchsvollen Frauen.

Als ein Schauer dicker Regentropfen über ihm niederging, fiel ihm ein, das sie sich in Queensland mitten in der Monsunzeit befanden. Er beschloss, im Fitnessclub des Hotels etwas zu trainieren und dann vielleicht für ein paar Runden Blackjack ins Casino hinüberzugehen.

Er war gerade dabei, seine Sportsachen anzuziehen, als jemand energisch an seine Tür klopfte. Er öffnete. »Dan, was machst du denn –«

Weiter kam er nicht, da schnellte ihm schon Dan Calebows Faust entgegen.

Kevin taumelte zurück, stieß gegen die Couch und stürzte zu Boden.

Er spürte, wie das Adrenalin in seine Adern schoss, schnell und heiß. Er sprang auf, bereit, Dan auseinander zu nehmen. Dann zögerte er, nicht weil Dan sein Boss war, sondern weil er jetzt den Ausdruck blanker Wut in dessen Gesicht bemerkte. Irgendetwas war furchtbar schief gegangen. Da Dan sich nach dem letzten Spiel verständnisvoller gezeigt hatte, als Kevin es eigentlich verdient hatte, konnte es nichts mit seinem misslungenen Pass zu tun haben.

Obwohl es ihm völlig gegen den Strich ging, nicht zurückzuschlagen, zwang er sich, seine Fäuste herunterzunehmen. »Ich hoffe, du hast einen wirklich guten Grund hierfür.«

»Du Mistkerl. Hast du wirklich geglaubt, du könntest einfach so davonkommen?«

Bei der Verachtung, die in dem Blick seines Gegenübers lag, zog sich in ihm alles zusammen. »Davonkommen?«

»Es hat dir wohl überhaupt nichts bedeutet!«, schnaubte Dan.

Kevin hielt seinem Blick stand und wartete ab.

Dan kam auf ihn zu, der bittere Ausdruck um seinen Mund vertiefte sich nur noch. »Warum hast du mir nicht gesagt, dass du im Dezember nicht allein in unserem Haus warst?«

Kevins Nackenhaare sträubten sich. Vorsichtig wählte er seine Worte. »Ich fand, dass es nicht meine Sache war, Daphne hätte euch sagen müssen, dass sie auch da war.«

»Daphne?«

Jetzt reichte es aber, Kevin konnte sich nicht länger zurückhalten. »Es war doch nicht meine Schuld, dass deine verrückte Schwägerin plötzlich aufgetaucht ist.«

»Du weißt nicht einmal ihren verdammten Namen?«

Dan sah aus, als wollte er sich im nächsten Moment wieder auf ihn stürzen, und Kevin hoffte beinahe, er täte es. »Schluss jetzt! Sie sagte, ihr Name sei Daphne.«

»Na schön«, schnaubte Dan verächtlich, »ihr Name ist Molly, du Armleuchter, und sie erwartet ein Kind von dir.«

Kevin fühlte sich, als habe er die schlimmste Abfuhr seines Lebens erhalten. »Wovon redest du eigentlich?«

»Ich rede davon, dass ich die Schnauze voll habe von hoch bezahlten Sportlern, die meinen, sie hätten das Gott verdammte Recht, überall wo sie auftauchen, uneheliche Kinder zu hinterlassen.«

Kevin wurde übel. Als er angerufen hatte, hatte sie ihm versichert, dass es keine Folgen gegeben hätte. Außerdem war ihr Freund bei ihr gewesen.

»Du hättest wenigstens so viel Anstand haben können, einen verdammten Gummi zu benutzen!«

Sein Gehirn arbeitete auf Hochtouren, um keinen Preis würde er die Schuld auf sich nehmen. »Ich habe noch vor meiner Abreise aus Chicago mit Daphne – äh, deiner Schwägerin – gesprochen und sie hat mir versichert, es sei alles in Ordnung. Vielleicht solltest du dieses Gespräch lieber mit ihrem Freund führen.«

»Sie hat im Moment anderes zu tun, als sich einen Freund zuzulegen.«

»Sie hat es euch nur noch nicht gesagt. Du hast diese Reise umsonst gemacht. Sie ist mit einem Typen zusammen, der Benny heißt.«

»Benny?«

»Keine Ahnung, wie lange sie schon zusammen sind, aber ich schätze, er ist für ihren jetzigen Zustand verantwortlich.«

»Benny ist nicht ihr Freund, du arroganter Hurensohn, Benny ist ein verdammter Dachs!«

Kevin starrte ihn an. »Jetzt noch mal ganz von vorne, bitte.«

Molly parkte ihren Käfer hinter Phoebes BMW. Als sie ausstieg, landete sie beinahe auf einem schmutzigen vereisten Schneehaufen. Das nördliche Illinois erstarrte unter der eisigen Kälte und so wie es aussah, würde der Frost auch noch eine Weile andauern. Ihr machte es nichts aus, Februar war immer die beste Zeit des Jahres, um sich mit dem Computer und einem Skizzenbuch in die Sofaecke zu kuscheln, oder einfach nur seinen Tagträumen nachzuhängen.

> Daphne konnte es kaum erwarten, dass das Baby alt genug sein würde, um mit ihr zu spielen. Sie würden Röcke tragen mit kleinen glitzernden Perlen und sich gegenseitig bewundern: »Oh, là là, du siehst hinreißend aus.« Dann würden sie auf Benny und seine Freunde Wasserbomben werfen.

Obwohl Phoebe als moralische Unterstützung mitgekommen war, war Molly froh, dass sie ihre Rede beim literarischen Lunch hinter sich gebracht hatte. Lesungen vor Schulkindern genoss sie immer sehr, aber vor Erwachsenen eine Rede zu halten, machte sie jedes Mal nervös, vor allem jetzt mit ihrem etwas unberechenbaren Magen.

Ein Monat war vergangen, seit sie entdeckt hatte, dass sie schwanger war, und mit jedem Tag wurde das Baby realer. Sie hatte nicht widerstehen können und einen kleinen Jeansoverall gekauft, und sie konnte es kaum abwarten, Schwangerschaftskleidung zu tragen. Aber im dritten Monat wäre das wirklich etwas übertrieben gewesen.

Sie folgte ihrer Schwester in das weitläufige, großzügig angelegte Landhaus. Dan hatte es schon vor seiner Heirat mit Phoebe besessen, und es war für ihn selbstverständlich gewesen, dass mit seiner frisch angetrauten Braut auch Molly in das Haus einzog.

Ruh stürmte ihnen entgegen und knurrte zur Begrüßung,

während seine wohl erzogene Schwester Känga gemessenen Schrittes hinter ihm hertrottete. Molly hängte ihren Mantel auf und begrüßte die beiden. »Hey Ruh. Hallo Känga, meine Süße.«

Woraufhin beide Pudel sich auf den Rücken rollten und am Bauch gekrault werden wollten. Während Molly sich zu den Hunden beugte, bemerkte sie, dass Phoebe ihren Hermès-Schal in die Tasche von Andrews Jacke stopfte.

»Was ist los mit dir?«, fragte Molly. »Du warst den ganzen Nachmittag schon so abwesend.«

»Abwesend? Wieso?«

Molly zog den Schal hervor und hielt ihn ihr unter die Nase. »Andrew hat schon mit vier aufgehört, Frauenkleider zu tragen.«

»Ach, ja. Ich glaube –« Sie brach ab, als sie Dan bemerkte.

»Was machst du hier?«, fragte Molly. »Phoebe sagte, du wärest auf Reisen.«

»Das war ich auch.« Er gab seiner Frau einen Kuss. »Bin gerade zurückgekommen.«

»Hast du in diesen Klamotten geschlafen? Du siehst ja furchtbar aus.«

»Es war ein langer Flug. Komm bitte mit ins Familienzimmer, Molly.«

»Sofort.«

Gefolgt von den Hunden ging sie in den rückwärtigen Teil des Hauses. Das Familienzimmer war Teil eines Anbaus, der entstanden war, als die Calebow-Familie begonnen hatte zu wachsen. Viel Glas und einladende Sitzecken, einige mit Lesesesseln oder einem Tisch, an dem Hausaufgaben gemacht oder gespielt werden konnte. Eine mit modernster Technik ausgestattete Musikecke enthielt alles von Raffi bis Rachmaninow.

»Wo warst du eigentlich? Ich dachte, du wolltest –« Mollys Stimme erstarb, als sie den großen dunkelblonden Mann in einer Ecke des Raumes bemerkte. Die grünen Augen, die sie einst so anziehend gefunden hatte, funkelten sie unverhohlen feindselig an.

Ihr Herz begann zu rasen. Er wirkte ebenso übernächtigt wie Dan, er war unrasiert. Trotz der sonnengebräunten Haut sah er nicht aus wie jemand, der gerade von einem erholsamen Urlaub zurückgekehrt war. Er wirkte im Gegenteil gefährlich angespannt, als würde er jeden Moment explodieren.

Ihr fiel wieder ein, wie zerstreut Phoebe den ganzen Nachmittag gewesen war, ihr verstohlener Gesichtsausdruck, als sie sich nach Mollys Rede kurz in den hinteren Teil des Raumes zurückgezogen hatte, um mit ihrem Handy zu telefonieren. Dies war kein zufälliges Zusammentreffen. Irgendwie mussten Dan und Phoebe die Wahrheit herausgefunden haben.

Phoebes Stimme klang gezwungen ruhig. »Setzen wir uns doch erst einmal.«

»Danke, ich stehe lieber«, meinte Kevin verkniffen.

Übelkeit, Wut und panische Angst mischten sich in ihr. »Ich weiß nicht, was hier gespielt wird, aber da mache ich auf keinen Fall mit.« Sie wollte sich auf dem Absatz umdrehen, doch Kevin stellte sich ihr in den Weg.

»Denk lieber gar nicht erst daran.«

»Das hier hat nichts mit Ihnen zu tun.«

»Da habe ich aber anderes gehört.« Seine eisigen Blicke durchbohrten sie wie grüne Eiszapfen.

»Dann haben Sie sich verhört.«

»Molly, setz dich bitte hin, damit wir die Angelegenheit besprechen können«, bat Phoebe. »Dan ist bis nach Australien geflogen, um Kevin zu finden, und das Mindeste, was du –«

Molly wirbelte zu ihrem Schwager herum. »Du bist nach Australien geflogen?«

Er begegnete ihr mit einem ebenso sturen Blick, wie damals, als er ihr verboten hatte, das College etwas aufzuschieben, um mit dem Rucksack durch Europa zu reisen. Aber sie war schon lange kein Teenager mehr, der sich seine Bevormundungen gefallen lassen würde.

»Du hattest kein Recht dazu!« Außer sich stürzte sie quer durch das Zimmer auf ihn zu.

Sie war niemals gewalttätig gewesen, man konnte nicht einmal behaupten, dass sie ein hitziges Temperament hätte. Sie liebte Kaninchen und Märchenwälder, chinesisches Porzellan und nostalgische Leinennachthemden. Noch nie hatte sie jemanden geschlagen, und schon gar nicht jemanden, den sie liebte. Mit geballten Fäusten ging sie auf ihren Schwager los.

»Wie konntest du nur?« Der erste Schlag traf Dan mitten auf den Brustkorb.

»Molly!«, hörte sie ihre Schwester aufschreien.

Dan starrte sie nur entgeistert an. Ruh begann zu bellen. Wut, Angst und Schuldgefühle ballten sich in ihr zusammen. Dan wich zurück, doch sie holte erneut aus. »Das geht dich verdammt noch mal nichts an!«

»Molly, hör sofort auf!«, schrie Phoebe.

»Das verzeihe ich dir nie.« Sie schlug noch einmal zu.

»Molly!«

»Es ist mein Leben!«, schrie sie, während Ruh bellte wie von Sinnen. »Haltet euch da gefälligst raus!«

Bevor sie wieder ausholen konnte, wurde sie von zwei starken Armen umklammert. Ruh heulte auf. Kevin hielt sie fest im Griff. »Jetzt beruhigen Sie sich endlich.«

»Lassen Sie mich los!« Sie stieß mit ihrem Ellbogen nach ihm.

Er stöhnte leise, aber hielt sie weiter fest.

Ruh stürzte sich auf seine Ferse.

Kevin schnappte nach Luft und Molly schlug um sich.

Er fluchte.

Dan eilte ihm zu Hilfe.

»Zum Teufel noch mal!« Ein schriller Ton zerschnitt die Luft.

5

Manchmal braucht man dringend einen Freund,
und ausgerechnet dann ist niemand zu Hause.

Einsame Tage für Daphne

Mollys Trommelfell platzte beinahe von dem ohrenbetäubenden Geräusch der Spielzeugtrompete, in die ihre Schwester aus Leibeskräften hineinblies.

»Das reicht jetzt!« Phoebe marschierte wütend auf sie los. »Molly, du stehst im Abseits! Ruh, lass los! Kevin, nimm deine Hände weg! Und jetzt bitte alle *hinsetzen!*«

Kevin ließ seine Arme sinken. Dan rieb sich die Brust. Ruh gab Kevins Hosenbein frei.

Molly fühlte sich elend. Was genau hatte sie eigentlich bezwecken wollen? Sie wagte nicht, den anderen in die Augen zu sehen. Der Gedanke, dass ihre Schwester und ihr Schwager mittlerweile wahrscheinlich wussten, dass sie Kevin im Schlaf überfallen hatte, war mehr als niederschmetternd.

Doch sie trug die Verantwortung für alles, was geschehen war, und konnte jetzt nicht einfach kneifen. Sie tat, was Daphne in so einer Situation getan hätte, nahm zum Trost ihren Hund auf den Arm und trug ihn zu dem Sessel, der von allen am weitesten entfernt stand. Er leckte ihr mitfühlend übers Kinn.

Dan nahm auf dem Sofa Platz, mit demselben sturen Gesichtsausdruck, der eben noch ihren Ausbruch ausgelöst hatte. Phoebe hockte neben ihm und blickte drein wie ein besorgtes Las-Vegas-Showgirl in Mamas Klamotten. Und Kevin –

Seine Wut schwebte wie eine drohende Wolke im Raum. Er stand neben dem Kamin, die Arme vor der Brust verschränkt, die Hände unter die Achseln geklemmt, als müsse er sie mit aller Macht darin hindern, sich auf sie zu stürzen. Wie hatte sie nur jemals eine Schwäche für einen so gefährlichen Typen haben können?

Da wurde ihr zum ersten Mal ihre Lage bewusst: Phoebe, Dan, Kevin – und sie. Die Erschafferin von Daphne dem Kaninchen musste gegen die NFL antreten.

Ihr blieb nichts anderes übrig als in die Offensive zu gehen. Sie würde zwar als absolute Schlampe dastehen, aber es war das Beste, was sie für Kevin tun konnte. »Lasst es uns kurz machen. Ich habe noch andere Dinge zu erledigen und dies ist einfach zu langweilig, um viele Worte zu verschwenden.«

Eine dunkelblonde Augenbraue zuckte beinahe bis zum Haaransatz.

Phoebe seufzte. »Gib dir keine Mühe, Molly, so leicht lässt er sich nicht abschrecken. Wir wissen, dass Kevin der Vater deines Babys ist, und er ist hier, um über die Zukunft zu sprechen.«

Sie fuhr herum und sah ihn an. Er hatte es ihnen nicht gesagt. Phoebe hätte nie so gesprochen, wenn sie gewusst hätte, was Molly getan hatte.

Seine Augen verrieten nichts.

Warum hatte er geschwiegen? Sobald Dan und Phoebe die Wahrheit erfahren hätten, wäre er aus dem Schneider gewesen.

Sie wandte sich an ihre Schwester. »Die Zukunft hat nichts mit ihm zu tun. Die Wahrheit ist, dass ich –«

Kevin machte einen Satz nach vorn. »Hol deinen Mantel«, schnauzte er. »Wir machen einen kleinen Spaziergang.«

»Ich will aber –«

»Jetzt, auf der Stelle!«

So gern sie dieser Begegnung aus dem Weg gegangen wäre, es wäre sicher einfacher mit Kevin unter vier Augen zu sprechen als vor der versammelten Calebow-Mafia. Sie setzte ihren Hund auf dem Teppich ab und stand auf. »Du bleibst hier, Ruh.«

Phoebe nahm den winselnden Pudel hoch.

Kerzengerade, als hätte sie einen Besen verschluckt, stolzierte Molly aus dem Zimmer. In der Küche holte Kevin sie ein, packte ihren Arm und zog sie zur Garderobe. Er drückte ihr Julies lavendelfarbene Skijacke in die Hand und schnappte sich selbst Dans braunen Dufflecoat. Dann stieß er die Hintertür auf und schubste sie unsanft vor sich her nach draußen.

Molly zog die Jacke über und versuchte vergeblich, den Reißverschluss zu schließen, der eisige Wind drang durch ihre dünne Seidenbluse. Kevin machte sich nicht einmal die Mühe, seinen Mantel zu schließen, obwohl er nur einen leichten Sommerpullover und eine dünne Baumwollhose trug. In der Hitze seines Zorns schien er die Kälte gar nicht zu bemerken.

Sie kramte nervös in Julies Jackentaschen und fand eine alte Strickmütze mit einem verblichenen Barbieaufnäher. An der Spitze baumelten die Überreste eines silbrig glitzernden Pompons an einem dünnen Faden. Sie stülpte sich das Ding kurzerhand über den Kopf. Er zog sie auf einen Steinplattenweg, der Richtung Wald führte. Sie spürte, wie der Ärger von ihm abfiel.

»Sie hatten nicht vor, es mir zu sagen, nicht wahr?«, begann er.

»Ich sah dazu keine Veranlassung. Aber ich werde *ihnen* alles erzählen. Das hätten Sie schon tun sollen, als Dan auftauchte, dann hätten Sie sich den langen Weg sparen können.«

»Ich kann mir seine Reaktion lebhaft vorstellen. Es ist

nicht meine Schuld, Dan. Deine untadelige kleine Schwägerin hat mich vergewaltigt. Ich bin sicher, er hätte mir aufs Wort geglaubt.«

»Jetzt wird er es glauben. Es tut mir Leid, dass Sie solche – Unannehmlichkeiten deswegen hatten.«

»Unannehmlichkeiten?« Er schleuderte ihr das Wort wie einen Peitschenhieb ins Gesicht. »Das ist wohl kaum der geeignete Ausdruck.«

»Ich weiß, und ich –«

»Für eine reiche verwöhnte Gans wie Sie mögen es vielleicht Unannehmlichkeiten sein, aber im richtigen Leben –«

»Ich verstehe! Sie waren nur das Opfer.« Fröstelnd zog sie ihre Schultern hoch und vergrub die Hände in den viel zu kleinen Taschen. »Ich muss mit der Situation fertig werden, nicht Sie.«

»Ich bin niemandes Opfer!«, knurrte er.

»Ich habe die Situation ausgenutzt, also trage ich auch allein die Verantwortung für die Folgen.«

»Bei den Folgen, wie Sie es so schön nennen, handelt es sich nebenbei bemerkt um ein menschliches Wesen.«

Sie blieb stehen und sah ihm in die Augen. Der Wind blies ihm eine Haarlocke in die Stirn. Mit unbewegter Miene erwiderte er ihren Blick. Seine allzu makellosen Gesichtszüge verhärteten sich.

»Das ist mir sehr wohl bewusst«, sagte sie. »Und Sie müssen mir glauben, dass ich es in keiner Weise darauf angelegt hatte. Aber jetzt bin ich nun mal schwanger und ich will dieses Baby unbedingt.«

»Ich nicht.«

Sie zuckte zusammen. Natürlich wollte er kein Kind. Doch seine zornige Ablehnung traf sie mit solcher Wucht, dass sie schützend die Arme vor der Brust verschränkte. »Dann haben wir doch überhaupt kein Problem. Ich brauche Sie nicht, Kevin. Wirklich nicht. Und ich würde es sehr zu schätzen wissen, wenn Sie die ganze Sache einfach vergessen könnten.«

»Glauben Sie tatsächlich, ich würde so etwas tun?«

Für sie war es eine rein persönliche Angelegenheit, doch für ihn stand seine berufliche Karriere auf dem Spiel. Die Stars waren sein Leben, das war allgemein bekannt. Phoebe und Dan waren seine Bosse und noch dazu die beiden einflussreichsten in der NFL.

»Sobald ich meiner Schwester und Dan gesagt habe, was wirklich passiert ist, sind Sie aus allem raus. Es wird Ihre Karriere nicht berühren.«

Seine Augen verengten sich zu schmalen Schlitzen. »Sie werden ihnen überhaupt nichts sagen.«

»Natürlich werde ich das!«

»Halten Sie Ihre Klappe!«

»Geht das vielleicht gegen Ihren verdammten Stolz? Soll niemand wissen, dass Sie das Opfer waren? Oder haben Sie solche Angst vor ihnen?«

Seine Lippen bewegten sich kaum. »Sie wissen nicht das Geringste von mir.«

»Immerhin kenne ich den Unterschied zwischen richtig und falsch. Was ich getan habe, war falsch, und ich werde es nicht noch schlimmer machen, indem ich Sie in die Sache mit hineinziehe. Ich werde jetzt wieder reingehen und –«

Er erwischte sie gerade noch am Arm und schüttelte sie. »Jetzt hören Sie mal gut zu, ich habe einen Jetlag und keine Lust dies zweimal zu sagen. Ich habe in meinem Leben schon einiges verbockt, aber ich habe nie ein uneheliches Kind in die Welt gesetzt, und ich werde jetzt nicht damit anfangen.«

Sie riss sich los und verschränkte abwehrend die Arme. »Ich werde das Baby nicht abtreiben, falls Sie das vorschlagen wollten.«

»Wollte ich auch nicht.« Sein Mund verzog sich zu einem bitteren Strich. »Wir werden heiraten.«

Sprachlos starrte sie ihn an. »Aber ich will nicht heiraten.«

»Dann sind wir schon zu zweit, wir werden es auch nicht lange bleiben.«

»Ich werde doch nicht –«

»Sparen Sie sich Ihren Atem. Sie haben mich reingelegt, Lady, und jetzt stelle ich die Bedingungen.«

Normalerweise ging Kevin gern in den Tanzclub, doch jetzt wünschte er, er wäre zu Hause geblieben. Obwohl seit seinem Zusammentreffen mit dem Calebow-Clan gestern Nachmittag schon einige Zeit vergangen war, war er nicht in der richtigen Stimmung, all die Leute zu sehen.

»Kevin! Huhu!«

Ein Mädchen mit glitzernden Augenlidern und einem hauchdünnen Fummel rief ihm über den Lärm etwas zu. Im letzten Sommer waren sie für ein paar Wochen zusammen gewesen. Nina? Nita? Er erinnerte sich nicht mehr, es war auch egal.

»Kevin! He, Kumpel, komm her, ich spendiere dir einen Drink!«

Er überhörte die Zurufe und bahnte sich durch die Menge einen Weg Richtung Ausgang. Er hätte gar nicht erst herkommen sollen. Er wollte jetzt niemanden sehen, geschweige denn irgendwelche Fans, die sich über das verlorene Meisterschaftsspiel unterhalten wollten.

An der Garderobe verlangte er seinen Mantel. Der eisige Wind, der durch die Dearborn Street fegte, traf ihn wie ein Faustschlag. Laut Wetterbericht sollte das Quecksilber diese Nacht unter drei Grad minus fallen. Winter in Chicago. Der Portier erkannte ihn und holte seinen Wagen.

In nur einer Woche wäre er ein verheirateter Mann. So viel zu seinen Bemühungen, Beruf und Privatleben strikt zu trennen. Er drückte dem Portier einen Fünfziger in die Hand, stieg in seinen Ferrari und fuhr davon.

Du musst als gutes Beispiel vorangehen, Kevin. Das erwarten die Leute vom Sohn des Pfarrers.

Er verdrängte die Stimme des guten alten Reverend John Tucker. Kevin tat es nur, um seine Karriere nicht zu gefährden. Natürlich stellten sich bei dem Gedanken an ein uneheliches Kind auch bei ihm die Nackenhaare auf, aber das würde wohl jedem so gehen. Dies hatte jedoch nichts mit dem Pfarrerssohn zu tun. Hier ging es einzig und allein um das Spiel.

Phoebe und Dan erwarteten mit Sicherheit keine Liebesheirat, und es würde sie wenig überraschen, wenn die Ehe nicht lange anhielt. Doch er würde ihnen wieder in die Augen sehen können. Was Molly Somerville anging, dieses verwöhnte reiche Töchterchen mit ihrer fragwürdigen Moral, so gab es niemanden, den er mehr verabscheute. So viel zu seiner Vorliebe für stille, anspruchslose Frauen, mit der Jane Bonner ihn so gerne aufzog. Jetzt hatte er es mit einer eingebildeten Intellektuellen zu tun, die ihn in Stücke reißen würde, wenn er ihr die Gelegenheit dazu gäbe. Glücklicherweise hatte er nicht die Absicht, dies zu tun.

Kevin, es gibt immer Gut und Böse. Entweder du bewegst dich dein Leben lang im Schatten oder du bleibst im Licht.

Er ignorierte John Tucker und raste auf dem Lake Shore Drive davon. Das hier hatte nichts mit Gut und Böse zu tun, hier ging es nur darum, seine Karriere nicht zu gefährden.

Das stimmt nicht ganz, flüsterte seine innere Stimme. Er schoss auf die linke Spur, dann auf die rechte und wieder zurück auf die linke. Geschwindigkeit und Gefahr war das, was er jetzt brauchte, doch der Lake Shore Drive war nicht der geeignete Ort dazu.

Ein paar Tage nach Phoebes und Dans Hinterhalt trafen Molly und Kevin sich, um das Aufgebot zu bestellen. Danach fuhren sie getrennt in die Innenstadt, um die nötigen juristischen Papiere zu unterschreiben, in denen sie vereinbarten, dass im Falle einer Trennung keiner von beiden auf das Vermögen des anderen Anspruch erheben konnte. Kevin hatte keine Ahnung, dass Molly über kaum nennenswertes Vermögen verfügte, und sie beließ es auch dabei. Er hätte sie wahrscheinlich für noch verrückter gehalten als ohnehin schon.

Als der Anwalt ihnen den Vertrag erläuterte, hörte Molly überhaupt nicht zu. Kevin und sie hatten kein einziges Wort darüber geredet, welche Rolle er im Leben ihres Kindes spielen sollte, und sie war viel zu entmutigt, um die Sprache darauf zu bringen. Noch etwas, das sie unbedingt klären mussten.

Als sie das Büro das Anwalts verließen, nahm Molly all ihren Mut zusammen und versuchte, mit ihm zu reden.

»Kevin, das Ganze ist doch irrsinnig. Lass mich wenigstens Phoebe und Dan die Wahrheit sagen.«

»Du hast geschworen, kein Wort darüber zu verlieren.«

»Ich weiß, aber –«

Sein eisiger Blick ließ ihr das Blut in den Adern gefrieren. »Ich hoffe, man kann dir wenigstens in dieser Sache vertrauen.«

Sie wich seinem Blick aus und wünschte, sie hätte ihm nie ihr Wort gegeben. »Wir leben nicht mehr in den fünfziger Jahren. Ich muss nicht verheiratet sein, um ein Kind großzuziehen. Millionen von Frauen schaffen das mittlerweile allein.«

»Zu heiraten bedeutet für jeden von uns nur eine kleine Unannehmlichkeit. Bist du so selbstsüchtig, dass du nicht ein paar Wochen opfern kannst, damit wenigstens das seine Ordnung hat?«

Ihr gefiel weder die Verachtung, die in seinen Worten lag, noch dass jemand sie selbstsüchtig nannte, vor allem wenn sie genau wusste, dass er das alles nur inszenierte, um es sich mit Phoebe und Dan nicht zu verderben. Doch er ließ sie stehen, bevor sie etwas erwidern konnte. Schließlich gab sie es auf. Mit einem von ihnen hätte sie fertig werden können, aber mit allen dreien konnte sie es nicht aufnehmen.

Die Hochzeitszeremonie fand ein paar Tage später im Wohnzimmer der Calebows statt. Molly trug das wollweiße Kleid, das ihre Schwester für sie gekauft hatte, Kevin einen tiefschwarzen Anzug mit passender Krawatte. Molly fand, er sah aus wie ein Bestattungsunternehmer.

Sie hatten es beide abgelehnt, jemanden aus ihrem Freundeskreis zu der Zeremonie einzuladen. Phoebe, Dan, die Kinder und die Hunde waren die einzigen Gäste. Die Mädchen hatten den Raum mit weißen Girlanden aus Krepppapier geschmückt und den Hunden kleine weiße Schleifen umgebunden. Ruh trug seine um den Hals, Kängas hing etwas schief von ihrem Zöpfchen, das sie auf dem Kopf trug. Sie flirtete schamlos mit Kevin, wackelte mit ihrer Schleife und wedelte wie wild mit dem Schwanz, um seine Aufmerksamkeit zu erregen. Doch Kevin ignorierte sie ebenso wie Ruhs Knurren. Sicher ist er einer von diesen Männern, die glauben, Pudel würden ihrer Männlichkeit schaden, dachte Molly. Warum hatte sie in Door County nicht mehr darauf geachtet, anstatt sich auf Rülpser und Goldkettchen zu konzentrieren?

Hannah hatte glänzende Augen und sie blickte Molly und Kevin an, als seien sie die Hauptfiguren in einem wunderbaren Märchen. Um ihretwillen gab Molly vor, glücklich zu sein, auch wenn sie sich am liebsten übergeben hätte.

»Wie hübsch du aussiehst.« Hannah seufzte. Dann schenkte sie Kevin einen schwärmerischen Blick. »Du natürlich auch, wie ein Prinz.«

Tess und Julie prusteten vor Lachen. Hannah errötete bis zu den Haarwurzeln.

Kevin lachte nicht. Er lächelte sie an und drückte ihre Schulter. »Danke, Kindchen.«

Molly zwinkerte und wandte den Blick ab.

Der Friedensrichter, der die Zeremonie halten sollte, trat vor. »Lassen Sie uns beginnen.«

Molly und Kevin schritten auf ihn zu, als durchquerten sie ein Kampfgebiet.

»Liebe Anwesende –«

Andrew riss sich von seiner Mutter los und drängte sich zwischen Braut und Bräutigam.

»Andrew, komm wieder her.« Dan versuchte, ihn einzufangen, doch Kevin und Molly ergriffen gleichzeitig eines seiner klebrigen Händchen, um ihn genau dort zu behalten, wo er war.

Und so heirateten sie – unter einer improvisierten Laube aus Krepppapier, mit einem fünfjährigen Jungen zwischen ihnen und einem grauen Pudel, der den Bräutigam am liebsten in die Hacken gebissen hätte.

Nicht ein einziges Mal sahen sie sich an, nicht einmal während des Kusses, den sie hastig und mit fest zusammengepressten Lippen austauschten.

Andrew blickte zu ihnen auf und machte: »Iih, schmatz schmatz.«

»Sie müssen sich küssen, das gehört dazu, du Baby«, sagte Tess von hinten.

»Ich bin kein Baby!«

Molly beugte sich schnell zu ihm und nahm ihn in den Arm, bevor er sich weiter aufregen konnte. Aus dem Augenwinkel sah sie, wie Dan Kevin die Hand schüttelte und Phoebe ihn steif umarmte. Es war zum Davonlaufen, was Molly am liebsten auch getan hätte.

Sie schafften es gerade, ein wenig an ihrem Champagner zu schlürfen, doch von der kleinen weißen Hochzeitstorte bekamen sie kaum einen Bissen hinunter. »Lass uns schnell verschwinden«, raunte Kevin ihr ins Ohr.

Molly musste die Kopfschmerzen nicht einmal vortäuschen. Und übel war ihr schon den ganzen Nachmittag. »In Ordnung.«

Kevin murmelte etwas von ›unterwegs sein, bevor es zu schneien beginnt‹.

»Eine gute Idee«, meinte Phoebe. »Ich bin froh, dass ihr unser Angebot annehmt.«

Molly versuchte sich nicht anmerken zu lassen, dass ein paar Tage mit Kevin in Door County der schlimmste Albtraum war, den sie sich vorstellen konnte.

»Es ist sicher das Beste, was ihr tun könnt«, stimmte Dan zu. »Das Haus ist entlegen genug, so dass ihr nichts von dem Medienrummel mitbekommt, der losbrechen wird, sobald wir die Nachricht veröffentlichen.«

»Außerdem«, fügte Phoebe mit falscher Fröhlichkeit hinzu, »habt ihr die Gelegenheit euch besser kennen zu lernen.«

»Kann es kaum erwarten«, murmelte Kevin.

Sie machten sich nicht die Mühe sich umzuziehen und zehn Minuten später gab Molly Ruh einen Abschiedskuss. Unter den gegebenen Umständen fand sie es besser, ihn bei ihrer Schwester zu lassen.

Während Molly und Kevin in seinem Ferrari abfuhren, waren Tess und Julie schon dabei, Andrew in Krepppapier einzuwickeln. Hannah schmiegte sich an ihren Vater.

»Mein Wagen steht an einer Tankstelle ein paar Meilen von hier. Wenn du auf dem Highway bist, die Erste links.« Der Gedanke, auf der siebeneinhalbstündigen Fahrt nach Wisconsin mit ihm in einem Auto eingepfercht zu sein, machte sie wahnsinnig.

Kevin setzte seine silbergeränderte Revo auf. »Ich dachte, wir hätten uns auf den Door-County-Plan geeinigt?«

»Ich werde in meinem eigenen Wagen fahren.«

»Ist mir nur recht.«

Kevin folgte ihren Anweisungen und bog wenige Minuten später zu der Tankstelle ab. Sein Arm drückte leicht auf ihren

Bauch, als er ihr half, die Beifahrertür zu öffnen. Molly nahm ihre Schlüssel aus der Handtasche und stieg aus.

Er rauschte ohne ein Wort davon.

Sie heulte die ganze Strecke bis zur Grenze von Wisconsin.

Kevin fuhr noch schnell zu Hause vorbei und wechselte seinen Hochzeitsanzug gegen Jeans und Flanellhemd. Er nahm ein paar CDs einer Chicagoer Jazzgruppe und ein Buch über die Besteigung des Mount Everest mit, das er vergessen hatte. Er überlegte kurz, ob er sich noch etwas zu essen zubereiten sollte, bevor er sich auf den Weg machte. Schließlich hatte er es nicht eilig. Doch ihm war der Appetit vergangen.

Während er auf der I-94 Richtung Norden nach Wisconsin fuhr, versuchte er sich daran zu erinnern, wie er vor knapp einer Woche am Riff mit den Haien geschwommen war, doch es wollte ihm einfach nicht gelingen. Reiche Sportler waren ein beliebtes Ziel für geldgierige Frauen, und er hatte kurz den Verdacht gehabt, Molly könnte absichtlich schwanger geworden sein. Aber sie brauchte sein Geld nicht. Sie hatte nur Abenteuer und Nervenkitzel gesucht und nicht an die Konsequenzen gedacht.

Er war gerade nördlich von Sheboygan, als sein Handy klingelte. Es war Charlotte Long, eine alte Freundin seiner Eltern. Er kannte sie, solange er denken konnte. Wie seine Eltern hatte auch sie jeden Sommer in der Ferienanlage im nördlichen Michigan verbracht, und sie fuhr immer noch jedes Jahr im Juni dorthin. Bis zum Tod seiner Mutter hatte er keinen Kontakt mehr zu ihr gehabt.

»Kevin, der Anwalt deiner Tante Judith hat mich gerade angerufen.«

»Na, wunderbar«, murmelte er. Er erinnerte sich noch, wie Charlotte und seine Eltern sich nach dem täglichen Gottesdienst immer unterhalten hatten. Schon damals waren sie ihm uralt vorgekommen.

Als er geboren wurde, drehte sich das ganze wohl geordnete Leben seiner Eltern um die Grand Rapids Church, wo sein Vater Pastor war, um ihre Bücher und ihre hochgeistigen Hobbys. Sie hatten außer ihm keine Kinder und keine Ahnung, was sie mit einem lebhaften kleinen Jungen anfangen sollten, den sie von ganzem Herzen liebten, aber überhaupt nicht verstanden.

Bitte, sitz still, mein Herz.

Wie hast du dich bloß so schmutzig gemacht?

Warum bist du so verschwitzt?

Nicht so schnell.

Nicht so laut.

Nicht so wild.

Football? Ich glaube, mein alter Tennisschläger ist noch irgendwo auf dem Boden. Willst du nicht lieber das ausprobieren?

Trotzdem waren sie zu jedem seiner Spiele gekommen, wie es sich für gute Eltern in Grand Rapids gehörte. Er erinnerte sich noch genau an ihre ängstlichen, verwirrten Gesichter auf der Zuschauertribüne.

Sie müssen sich gefragt haben, was sie da nur ausgebrütet hatten.

Das hatte Molly gesagt, als er ihr von ihnen erzählte. Sie mochte sonst in allem falsch liegen, aber in dieser Sache hatte sie den Nagel auf den Kopf getroffen.

»Er sagte, du hättest ihn noch nicht angerufen.« Der Vorwurf in Charlottes Stimme war unüberhörbar.

»Wer?«

»Der Anwalt deiner Tante Judith. Hör zu, Kevin, er will mit dir über die Ferienanlage sprechen.«

Er hatte zwar schon geahnt, was kommen würde, trotzdem verkrampften sich seine Hände um das Steuer. Wenn es um den Wind-Lake-Ferienpark ging, reagierte er äußerst angespannt, deshalb vermied er das Thema lieber. Es war der

Ort, wo die Kluft zwischen ihm und seinen Eltern schmerzhaft deutlich geworden war.

Die Ferienanlage war schon von seinem Urgroßvater gegründet worden, auf einem Stück Land im entlegenen Nordosten von Michigan, das er gegen Ende des 19. Jahrhunderts durch einen Tauschhandel erworben hatte. Von Beginn an hatten dort im Sommer Erweckungsversammlungen der Methodisten stattgefunden. Da es am Ufer eines Binnensees gelegen war, erlangte es nie die Berühmtheit der am Meer gelegenen Ferienorte wie Ocean Grove in New Jersey oder Oak Bluffs auf Marthas Vineyard, auch wenn man dort auf dieselben kleinen hexenhausartigen Cottages traf, und es sogar eine zentrale Kapelle gab, in der die Gottesdienste abgehalten wurden.

In seiner Jugend war Kevin dazu verdammt, jeden Sommer dort zu verbringen, weil sein Vater als Prediger die täglichen Gottesdienste für eine verschwindende Zahl von ältlichen Feriengästen hielt, die dort regelmäßig ihren Urlaub verbrachten. Kevin war immer das einzige Kind weit und breit.

»Du weißt doch, dass jetzt, wo Tante Judith tot ist, die Ferienanlage dir gehört«, erinnerte Charlotte ihn überflüssigerweise.

»Ich will sie nicht.«

»Natürlich willst du, schließlich ist sie schon seit mehr als hundert Jahren im Besitz der Familie Tucker. Sie ist eine Institution geworden, und du willst doch nicht derjenige sein, der das alles aufgibt.«

Genau das wollte er. »Charlotte, die Anlage ist die reinste Geldverschwendung. Und jetzt wo Tante Judith tot ist, gibt es niemanden mehr, der sich darum kümmert.«

»Du wirst dich darum kümmern. Sie hat für alles vorgesorgt. Du könntest jemanden einstellen, der die Leitung übernimmt.«

»Ich werde alles verkaufen. Ich muss mich auf meine Karriere konzentrieren.«

»Das kannst du nicht tun! Die ganze Geschichte deiner Familie hängt daran. Außerdem kommen noch immer viele Leute jedes Jahr wieder.«

»Was den Bestattungsunternehmer am Ort sicher glücklich macht.«

»Was sollte das jetzt? Du liebe Güte – ich muss jetzt los, sonst komme ich noch zu spät zu meinem Aquarellunterricht.«

Sie legte auf, bevor er ihr von seiner Heirat erzählen konnte. Auch gut. Nach dem Gespräch über die Ferienanlage war seine Stimmung noch tiefer gesunken.

Mein Gott, wenn er an diese furchtbaren Sommer dachte. Während seine Freunde zu Hause Basketball spielten und es sich gut gehen ließen, war er dort mit einem Haufen alter Leute und tausend Verhaltensregeln eingepfercht.

Spritz nicht so, wenn du im Wasser bist, Liebling, die Damen mögen es nicht, wenn ihr Haar nass wird.

In einer halben Stunde beginnt der Gottesdienst, mein Sohn, geh und wasch dich.

Hast du wieder deinen Ball an die Kapelle geworfen? Es sind überall Flecke auf der Wand.

Mit fünfzehn hatte er schließlich rebelliert und ihnen damit beinahe das Herz gebrochen.

Ich werde nicht mitfahren, ihr könnt mich nicht dazu zwingen! Es ist so verdammt langweilig! Ich hasse es! Wenn ihr mich zwingt mitzufahren, laufe ich weg! Ich meine es ernst!

Sie hatten schließlich klein beigegeben, und er hatte die folgenden drei Sommer in Grand Rapids mit seinem Freund Matt verbracht. Matts Vater war ein junger, sportlicher Typ. Er hatte auf dem College Football bei den Spartans gespielt, und jeden Abend warf er ein paar Bälle mit ihnen. Kevin hatte ihn vergöttert.

Irgendwann war John Tucker zu alt gewesen zum Predigen, die Kapelle brannte nieder, und die religiöse Funktion der Ferienanlage fand ein Ende. Seine Tante Judith zog in das trostlose Haus ein, in dem er und seine Eltern immer ihre Ferien verbracht hatten, und fuhr fort im Sommer die Ferienhäuser zu vermieten. Kevin war nie dorthin zurückgekehrt.

Er wollte nicht mehr an diese endlosen langweiligen Sommer denken mit all den alten Leuten, die ihn ständig zur Ruhe mahnten. Er drehte seine neue CD auf volle Lautstärke. Doch gerade als er von der Interstate abbog, erblickte er am Straßenrand einen verbeulten Käfer, der ihm bekannt vorkam. Es war tatsächlich Mollys Wagen. Sie hatte den Kopf auf dem Lenkrad abgestützt.

Großartig. Genau das, was er jetzt brauchte. Eine hysterische, heulende Frau. Welches Recht hatte sie zu heulen? Er war derjenige, der Grund gehabt hätte zu flennen.

Am liebsten wäre er einfach weitergefahren, aber womöglich hatte sie ihn schon gesehen. Also stieg er aus und ging hinüber zu ihrem Wagen.

Der Schmerz schnürte ihr die Kehle zu, oder vielleicht war es auch die Angst. Molly wusste, dass sie auf dem schnellsten Weg in ein Krankenhaus musste. Doch sie wagte nicht, sich zu bewegen. Aus Angst die warme, klebrige Feuchtigkeit, die bereits durch den Rock ihres weißen Hochzeitskleides sickerte, könne sich in einen Strom verwandeln, der ihr Baby davonschwemmen würde.

Die ersten Krämpfe hatte sie noch als Anzeichen von Hungergefühl gedeutet, immerhin hatte sie den ganzen Tag nichts gegessen. Dann hatte sich plötzlich alles in ihr so heftig zusammengezogen, dass sie Mühe hatte, den Wagen an den Straßenrand zu lenken.

Sie faltete die Hände auf dem Bauch und krümmte sich zusammen. *Bitte, ich will dieses Baby nicht verlieren, bitte, lieber Gott.*

»Molly?«

Durch einen Tränenschleier erkannte sie Kevin, der durchs Wagenfenster blinzelte. Als sie sich nicht rührte, klopfte er an die Scheibe. »Molly, was ist los?«

Sie versuchte zu antworten, aber sie konnte nicht.

Er rüttelte am Türgriff. »Mach die Tür auf.«

Sie streckte schon ihre Hand aus, als ein neuer Krampf sie erfasste. Sie wimmerte und schlang ihre Arme um die Knie, um sie zusammenzuhalten.

Er klopfte wieder, härter diesmal. »Hau einfach auf den Griff! Hau drauf!«

Irgendwie schaffte sie zu tun, was er sagte.

Ein eiskalter Luftzug traf sie, als er die Tür aufriss, sein Atem hing wie eine eisige Wolke in der Luft. »Was ist los?«

Vor lauter Angst bekam sie keinen Ton heraus. Sie versuchte nur noch die Lippen zusammenzubeißen und ihre Schenkel fester zusammenzupressen.

»Ist es das Baby?«

Sie nickte nur.

»Glaubst du, du hast eine Fehlgeburt?«

»Nein!« Sie unterdrückte mit aller Macht ihre Angst und versuchte, ruhiger zu sprechen. »Nein, es ist sicher keine Fehlgeburt, nur – nur ein paar Krämpfe.«

Sie sah genau, dass er ihr nicht glaubte, und sie hasste ihn dafür.

»Wir müssen dich in ein Krankenhaus bringen.«

Er lief auf die andere Seite, öffnete die Tür und wollte sie hinüber auf den Beifahrersitz bugsieren. Aber das konnte sie nicht zulassen. Wenn sie sich bewegte – »Nein! Nicht – nicht bewegen!«

»Aber ich muss. Ich werde dir nicht wehtun. Versprochen.«

Er verstand nicht. Nicht sie war es, der er wehtun würde. »Nein –«

Doch er hörte nicht auf sie. Sie presste die Beine zusammen, so gut es ging, während er seine Arme unter sie schob und sie auf den Beifahrersitz hievte. Bei der Anstrengung blieb ihr beinahe die Luft weg.

Er eilte zu seinem Wagen und kam mit seinem Handy und einer Wolldecke zurück, die er ihr überlegte. Bevor er sich hinters Steuerrad klemmte, warf er seine Jacke auf den Sitz. Er war voller Blut.

Während er auf den Highway bog, wünschte sie, dass ihre Arme noch eine Weile die Kraft hätten, ihre Beine fest zu umklammern. Er telefonierte mit irgendjemandem – um herauszufinden, wo das nächste Krankenhaus war. Die Reifen ihres kleinen Käfers quietschten, als sie in halsbrecherischem Tempo über den Highway rasten und in eine Kurve schlingerten. *Bitte, lieber Gott –*

Sie hatte keine Ahnung, wie lange sie gebraucht hatten, als er ihre Tür aufriss und Anstalten machte, sie aus dem Wagen zu heben.

Sie blinzelte verzweifelt gegen ihre Tränen an und blickte zu ihm auf. »Bitte – ich weiß, du hasst mich, aber –« Sie schnappte nach Luft, als ein weiterer Krampf sie erfasste. »Meine Beine – ich muss versuchen, sie zusammenzuhalten.«

Er sah sie einen Moment nachdenklich an und nickte dann.

Sie fühlte sich beinahe schwerelos, als er seine Arme unter den Rock ihres Hochzeitskleides schob und sie mühelos hoch nahm. Er drückte ihre Beine fest an seinen Körper und trug sie zum Eingang der Notaufnahme.

Jemand kam ihnen mit einem Rollstuhl entgegen, und er eilte darauf zu.

»Nein –« Sie versuchte ihn am Arm zu packen, aber dazu war sie zu schwach. »Meine Beine – wenn du mich jetzt hinsetzt –«

»Hierher, Sir«, rief ihnen der Krankenpfleger entgegen.

»Sagen Sie mir nur, wo ich sie hinbringen kann«, sagte Kevin.

»Es tut mir Leid, Sir, aber –«

»Nun machen Sie schon!«

Sie legte ihre Wange an seine Brust und für einen Moment fühlte sie sich, als könne ihr und ihrem Baby nichts passieren. Doch das Gefühl verflog sofort wieder, als er sie hinter einem Vorhang auf einem Behandlungstisch absetzte.

»Wir kümmern uns um sie, während Sie zur Aufnahme gehen, Sir«, sagte eine Schwester.

Er drückte Mollys Hand, und das erste Mal seit seiner Rückkehr aus Australien sah er sie eher besorgt als feindselig an. »Ich bin gleich wieder bei dir.«

Während sie in das flackernde grünliche Licht über ihrem Kopf starrte, fragte sie sich, wie er die Papiere ausfüllen wollte. Er wusste weder ihren Geburtstag, noch ihren vollständigen Namen. Er wusste nichts über sie.

Die junge Schwester hatte ein weiches, freundliches Gesicht. Doch als sie ihr aus ihrer blutverschmierten Unterwäsche helfen wollte, widersetzte Molly sich. Um keinen Preis wollte sie ihre Beine voneinander lösen. Die Schwester streichelte ihren Arm. »Ich werde ganz vorsichtig sein.«

Doch am Ende war alle Mühe vergeblich. Noch bevor der Arzt in der Notaufnahme erschien, um sie zu untersuchen, hatte Molly ihr Baby verloren.

Kevin bestand darauf, dass man sie bis zum nächsten Tag zur Beobachtung im Krankenhaus behielt. Und da er eine bekannte Persönlichkeit war, bekam er seinen Willen. Durch das Fenster ihres Privatzimmers sah sie auf einen Parkplatz und eine Reihe kahler Bäume. Sie schloss die Augen und versuchte, die Stimmen auszuschließen.

Einer der Ärzte sprach mit Kevin in dem ehrfürchtigen

Tonfall, den einige Leute annehmen, wenn sie mit einer Berühmtheit reden. »Ihre Frau ist jung und gesund, Mr Tucker. Sie muss sicherlich noch einmal von ihrem Gynäkologen untersucht werden, aber ich denke, es gibt keinen Grund, warum Sie beide nicht bald wieder ein Kind bekommen könnten.«

Molly kannte einen Grund.

Jemand nahm ihre Hand. Sie wusste nicht, ob es die Schwester, der Arzt oder Kevin war. Es war auch egal. Sie zog sie zurück.

»Wie fühlst du dich?«, flüsterte Kevin.

Sie gab vor zu schlafen.

Er blieb noch lange bei ihr. Als er endlich gegangen war, drehte sie sich um und tastete nach dem Telefon.

Ihr war noch ganz schwindelig von den Medikamenten, die sie bekommen hatte, und sie musste die Nummer zweimal wählen, bis sie die richtige Verbindung hatte. Als sie Phoebes Stimme hörte, begann sie zu weinen. »Hol mich hier raus, bitte –«

Dan und Phoebe standen kurz nach Mitternacht in ihrem Zimmer. Molly hatte gedacht, Kevin wäre gegangen, aber er musste im Warteraum geschlafen haben, sie hörte, wie er leise mit Dan sprach.

Phoebe strich ihr sanft über die Wange, ihre gebärfreudige Schwester, die ihre vier Kinder ohne eine einzige Komplikation zur Welt gebracht hatte. Ihre Tränen tropften auf Mollys Arm. »Oh, Molly – es tut mir so Leid.«

Als Phoebe ging, um mit der Schwester zu sprechen, nahm Kevin ihren Platz ein. Warum fuhr er nicht einfach nach Hause? Er war ein Fremder, und niemand wollte einen Fremden an seiner Seite haben, wenn das eigene Leben soeben aus den Angeln gehoben worden war. Molly vergrub ihren Kopf im Kissen.

»Es wäre nicht nötig gewesen sie anzurufen«, sagte er ruhig. »Ich hätte dich nach Hause gefahren.«

»Ich weiß.«

Immerhin war er sehr nett zu ihr gewesen, und sie zwang sich ihn anzusehen. Sie sah die Besorgnis in seinen müden Augen, aber nirgends konnte sie den Schatten eines Bedauerns entdecken.

Sobald sie wieder zu Hause war, zerriss sie ihre Entwürfe für *Daphne findet ein Baby* und warf sie in den Müll.

Am nächsten Morgen stand die Nachricht von ihrer Heirat in allen Zeitungen.

6

Melissa, der Waldfrosch, war Daphnes beste Freundin. In der Woche trug sie mit Perlen bestickte Organzakleider, doch jeden Samstag hüllte sie sich in eine Stola und gab vor, ein Filmstar zu sein.

Wo steckt Daphne?

»Im Mittelpunkt unseres heutigen Specials über Chicagos Prominenten der Woche steht die reiche Footballerbin Molly Somerville. Im Gegensatz zu ihrer erfolgreichen Schwester, der Chicago-Star-Managerin Phoebe Calebow, ist Molly Somerville bisher in der Öffentlichkeit wenig in Erscheinung getreten. Doch heimlich, still und leise hat Miss Molly, die sich als Kinderbuchautorin versucht, sich den begehrtesten aller Chicagoer Junggesellen an Land gezogen, den hinreißenden Quarterback Kevin Tucker. Selbst die engsten Freunde zeigten sich überrascht, als das Paar letzte Woche im engsten Familienkreis im Hause der Calebows getraut wurde.«

Die maskenhaften Züge auf dem Gesicht der Klatschreporterin schalteten abrupt auf tiefe Besorgnis um. *»Doch alles deutet darauf hin, dass es für diese Liebesgeschichte kein Happyend geben wird. Aus sicherer Quelle verlautete, dass die Braut kurz nach der Hochzeitszeremonie eine Fehlgeburt erlitt. Seitdem wurde das Paar nicht mehr zusammen gesehen. Ein Sprecher der Stars gab lediglich bekannt, dass das Paar das tragische Ereignis in aller Abgeschiedenheit zu verarbeiten wünscht und sich gegenüber den Medien nicht dazu äußern wird.«*

Lilly Sherman schaltete den Chicagoer Fernsehsender ab

und holte tief Luft. Kevin hatte eine verwöhnte reiche Erbin aus dem Mittleren Westen geheiratet. Ihre Hände zitterten, als sie die Flügeltüren, die zum Garten ihres Hauses in Brentwood hinausgingen, verschloss. Sie nahm den mokkafarbenen Pashmina-Schal vom Fußende ihres Bettes. Irgendwie musste sie sich erst wieder beruhigen, bevor sie zu ihrer Verabredung ins Restaurant fuhr. Mallory McCoy war zwar ihre beste Freundin, doch von diesem Geheimnis wusste nicht einmal sie.

Sie warf den Schal über ihr neuestes Strickensemble von St. John, einen cremefarbenen, mit Goldknöpfen und einer aufwändigen Borte verzierten Anzug. Dann nahm sie das bunt verpackte Geschenk und machte sich auf den Weg zu einem der neusten Restaurants von Beverly Hills. Nachdem sie ihren Platz eingenommen hatte, bestellte sie erstmal einen Heidelbeerkir, ignorierte die neugierigen Blicke des Pärchens vom Nachbartisch und studierte das Dekor.

Indirekte Beleuchtung brachte die wenigen, aber ausgesuchten Originalgemälde an den in zartem Pink getönten Wänden perfekt zur Geltung. Der Teppichboden war dazu passend in Aubergine gehalten, auf den weißen gestärkten Leinentischtüchern glänzte ein Silberbesteck mit elegantem Art-déco-Design. Der perfekte Ort, um einen unwillkommenen Geburtstag zu feiern. Ihren fünfzigsten. Natürlich wusste niemand etwas davon. Selbst Mallory McCoy dachte, dass sie Lillys siebenundvierzigsten feierten.

Man hatte ihr zwar nicht den besten Tisch im Saal reserviert, doch sie war so daran gewöhnt, als Diva aufzutreten, dass niemand es bemerkt hätte. Die besten Plätze hatten zwei der Top-Leute von ICM, und sie war kurz versucht, zu ihnen hinüberzugehen und sich ihnen vorzustellen. Natürlich hätten sie sofort gewusst, wer sie war. Es gab nur wenige Männer, die sich nicht an Ginger Hill aus *Lace Inc.* erinnert hätten. Doch nichts war in dieser Stadt weniger willkommen als ein etwas übergewichtiges ehemaliges Sexsymbol, das seinen fünfzigsten Geburtstag feierte.

Obwohl man ihr das Alter noch nicht ansah. Ihre Augen waren noch von demselben strahlenden Grün, das sich in der Kamera immer so gut gemacht hatte. Ihr rostrotes Haar trug sie jetzt zwar kürzer, doch der Top-Colorist von Beverly Hills sorgte dafür, dass es nichts von seiner Intensität einbüßte. Sie hatte kaum Falten im Gesicht, und dank Craig, der ihr schon in jüngeren Jahren von ausgedehnten Sonnenbädern abgeraten hatte, war ihre Haut immer noch glatt und straff.

Der Altersunterschied von fünfundzwanzig Jahren zwischen ihr und ihrem gut aussehenden Ehemann, der gleichzeitig ihr Manager gewesen war, hatte die Leute zu Vergleichen mit Ann-Margret und Roger Smith oder mit Bo und John Derek veranlasst. Sie hatten damit nicht ganz Unrecht, Craig war tatsächlich ihr Svengali gewesen. Als sie vor über dreißig Jahren nach L. A. gekommen war, hatte sie nicht einmal einen Highschoolabschluss. Er hatte ihr beigebracht, wie man sich kleidet, sich bewegt und wie man spricht. Er hatte ihr Kultur vermittelt und aus dem linkischen Teenager eines der begehrtesten Sexsymbole der achtziger Jahre gemacht. Dank seiner Bemühungen konnte sie sich heute als durchaus belesen und kulturell gebildet bezeichnen und hatte eine Schwäche für Kunst entwickelt.

Craig hatte alles für sie getan. Zu viel. Manchmal hatte sie das Gefühl, von seiner dominierenden Persönlichkeit aufgesaugt zu werden. Selbst als er im Sterben lag, hatte er noch alles bestimmt. Dabei hatte er sie abgöttisch geliebt, und sie wünschte am Ende, sie wäre fähig gewesen, seine Liebe im selben Maße zu erwidern.

Sie lenkte sich von ihren Gedanken ab, indem sie den Blick über die Gemälde an den Wänden des Restaurants schweifen ließ, ein Julian Schnabel neben einem Keith Haring und einem wunderbaren Ölgemälde von Liam Jenner. Er gehörte zu ihren Lieblingsmalern, und sein Bild zu betrachten beruhigte sie.

Sie warf einen Blick auf ihre Uhr, Mallory war wie immer zu spät. In den sechs Jahren Dreharbeiten für *Lace Inc.* war Mallory immer als Letzte am Set erschienen. Normalerweise machte es Lilly nichts aus, doch jetzt gab es ihr zu viel Zeit, über Kevin nachzudenken und über die Tatsache, dass er sich von seiner Erbin getrennt hatte, noch bevor die Tinte auf den Hochzeitspapieren getrocknet war. Laut der Fernsehreporterin hatte Molly Somerville eine Fehlgeburt erlitten, und Lilly fragte sich, wie Kevin dazu stand, und ob das Kind überhaupt von ihm gewesen war. Berühmte Sportler waren immer schon beliebte Opfer skrupelloser Frauen, auch reicher Frauen, gewesen.

Mallory rauschte zwischen den Tischen heran. Sie trug noch dieselbe Kleidergröße wie zu Zeiten von *Lace Inc.* Und im Gegensatz zu Lilly war es ihr gelungen, im Geschäft zu bleiben, sie war die Königin der Miniserien. Doch sie hatte nicht das Auftreten von Lilly, und so nahm niemand Notiz von ihr. Lilly hatte sie unzählige Male deswegen aufgezogen. *Haltung ist alles, Mallory! Du musst auftreten, als ob sie dir zwanzig Millionen pro Film zahlen.*

»Entschuldige, bin etwas spät dran«, flötete Mallory. »Glückwunsch, Glückwunsch, meine Unbezahlbare. Geschenk kommt später.«

Sie tauschten die üblichen flüchtigen Begrüßungsküsschen aus.

»Kannst du mir noch einmal verzeihen, dass ich zu spät zu deinem Geburtstagsdinner komme?«

Lilly lächelte. »Du wirst überrascht sein, das zu hören, aber nach fünfundzwanzig Jahren beginne ich mich daran zu gewöhnen.«

Mallory seufzte. »Das ist länger als irgendeine meiner Ehen gehalten hat.«

»Das liegt daran, dass ich viel netter bin als deine Ehemänner.«

Mallory lachte. Der Ober erschien, um ihre Getränkewünsche aufzunehmen, und überredete sie zu einem *amuse-bouche,* einer Ratatouille-Tarte mit Ziegenkäse, während sie die Speisekarte studierten. Lilly dachte kurz an die Kalorien, bevor sie sich für die Tarte entschied. Schließlich hatte sie Geburtstag.

»Vermisst du es eigentlich sehr?«, wollte Mallory wissen, nachdem der Ober gegangen war.

Lilly brauchte nicht zu fragen, was Mallory meinte, sie zuckte mit den Schultern. »Als Craig krank wurde, nahm mich seine Pflege so in Anspruch, dass ich an Sex überhaupt nicht dachte. Und seit seinem Tod gab es viel zu viele andere Dinge, um die ich mich kümmern musste.« *Außerdem bin ich so fett geworden, dass ich meinen Körper keinem Mann zeigen werde.*

»Du bist unglaublich selbstständig geworden. Vor zwei Jahren hattest du keinen Schimmer, wie deine finanzielle Situation aussah, geschweige denn, wie du damit umgehen solltest. Ich kann dir gar nicht sagen, wie sehr ich bewundere, wie du alles in die Hand genommen hast.«

»Ich hatte keine andere Wahl.« Craigs Finanzierungsplan hatte sie so wohlhabend gemacht, dass sie nicht mehr arbeiten musste, um über die Runden zu kommen, höchstens um sich zu beschäftigen. Letztes Jahr hatte sie eine kleine Rolle angenommen, als attraktive Mutter des männlichen Helden in einem halbwegs anständigen Film. Sie hatte es durchgestanden, weil sie eine professionelle Schauspielerin war, doch heimlich hatte sie den ganzen Dreh über gegen das Gefühl ankämpfen müssen, sich lächerlich zu machen. Dass eine Frau ihren Alters und Gewichts immer noch die Sexbombe mimen sollte, selbst wenn es eine alternde war, erschien ihr irgendwie absurd.

Gern hätte sie etwas anderes als die Schauspielerei gefunden, um sich zu verwirklichen, doch etwas anderes hatte sie nie gelernt. Und nach Craigs Tod musste sie sich irgendwie beschäftigen, sonst hätte sie zu viel Zeit gehabt, um über all die Fehler nachzudenken, die sie in den vergangenen Jahren gemacht hatte. Oft wünschte sie sich dann, sie könnte die Zeit zurückdrehen bis zu jenem entscheidenden Moment, in dem sie auf diesen Irrweg geraten war.

Der Ober erschien mit Mallorys Drink und dem *amuse-bouche* und erläuterte in aller Ausführlichkeit die zur Auswahl stehenden Hauptgänge des Menüs. Nachdem sie ihre Wahl getroffen hatten, hob Mallory ihr Champagnerglas. »Ich trinke auf meine allerliebste Freundin. Herzlichen Glückwunsch zu deinem Geburtstag, und ich bringe dich um, wenn dir mein Geschenk nicht gefällt.«

»Liebenswürdig wie eh und je.«

Mallory lachte und legte eine flache längliche Schachtel auf den Tisch. Sie war höchst professionell in Geschenkpapier mit Paisleymuster gehüllt und mit einer dunkelroten Schleife versehen. Lilly öffnete das Päckchen. Zum Vorschein kam ein wunderbarer alter Schal mit Goldlitzen.

Vor lauter Rührung traten ihr Tränen in die Augen. »Er ist wunderschön. Wo hast du diesen Schatz gefunden?«

»Der Freund eines Freundes handelt mit seltenen Stoffen. Er kommt aus Spanien, spätes neunzehntes Jahrhundert.«

Sie war so überwältigt, dass sie kaum einen Ton herausbrachte, und drückte ihrer Freundin die Hand. »Habe ich dir je gesagt, wie lieb und teuer du mir bist?«

»Du mir auch, Schätzchen. Ich habe ein gutes Gedächtnis. Du hast mir bei meiner ersten Scheidung beigestanden, in jenen schrecklichen Jahren mit Michael –«

»Vergiss nicht dein Facelifting.«

»He, gab es da bei dir nicht auch eine kleine Augenkorrektur vor ein paar Jahren?«

»Ich habe keine Ahnung, wovon du redest.«

Sie grinsten verschwörerisch. Schönheitsoperationen mochten den meisten Menschen überflüssig erscheinen, doch für Schauspielerinnen, deren Kapital nun einmal makelloses Aussehen und Sexappeal waren, waren sie eine Notwendigkeit. Obwohl Lilly sich mittlerweile fragte, welchen Sinn eine Augenkorrektur haben sollte, wenn sie es nicht einmal schaffte, zwanzig Pfund abzunehmen.

Der Ober setzte Lilly einen goldgeränderten Versace-Teller vor, darauf einen kleinen Würfel mit feinen gedünsteten Hummerstreifen in Aspik, um den sich eine Spur schaumig leichter Safransauce zog. Mallory hatte hauchdünnen Lachs mit Kapern und Apfelstreifen. Lilly zählte im Stillen die Kalorien.

»Hör auf damit. Du machst dir viel zu viele Gedanken über dein Gewicht und vergisst dabei, wie hinreißend du immer noch aussiehst.«

Lilly lenkte von der gut gemeinten Ermahnung, die sie nicht zum ersten Mal hörte, ab, indem sie hinter ihrem Stuhl die Geschenktüte hervorholte.

Mallory machte große Augen. »Aber es ist doch *dein* Geburtstag, Lilly!«

»Zufall. Ich habe es gerade heute Morgen beendet und ich konnte nicht länger abwarten.«

Mallory zog die Schleife auf. Lilly nippte an ihrem Kir und beobachtete sie verstohlen, Mallory sollte nicht merken, wie wichtig ihr das Urteil ihrer Freundin war.

Ihre Freundin zog ein gequiltetes Kissen aus dem Päckchen. »Oh, Schätzchen –«

»Das Muster ist vielleicht etwas gewöhnungsbedürftig«, sagte Lilly schnell. »Es war nur ein Versuch.«

Sie hatte mit dem Quilten angefangen, als Craig krank war, doch die traditionellen Muster hatten sie nicht lange interessiert. Bald hatte sie begonnen mit selbst entworfenen Mustern zu experimentieren. Auf dem Kissen, das sie für Mallory gemacht hatte, waren unzählige Blautöne in unterschiedlichsten Mustern verarbeitet, die in einem komplizierten Design miteinander verwoben waren. Hier und da blitzten feine Goldsterne hervor.

»Es ist überhaupt nicht gewöhnungsbedürftig.« Mallory strahlte sie an. »Ich finde, es ist das Schönste, das du bislang gemacht hast, und ich werde ihm einen ganz besonderen Platz geben.«

»Meinst du wirklich?«

»Du bist eine wahre Künstlerin geworden.«

»Sei nicht albern, ich brauche nur etwas, womit ich mich beschäftigen kann.«

»Das redest du dir nur ein.« Mallory grinste. »Ist es Zufall, dass du die Farben deines Lieblingsfootballteams verwendet hast?«

Lilly hatte es überhaupt nicht bemerkt. Vielleicht war es wirklich Zufall.

»Ich hätte nie damit gerechnet, dass aus dir mal ein Sportfan werden würde«, meinte Mallory. »Dabei ist es nicht einmal eine Mannschaft von der Westküste.«

»Ich mag eben die Trikots.«

Lilly zuckte andeutungsweise mit den Schultern und lenkte das Gespräch in eine andere Richtung. Ihre Gedanken kamen jedoch nicht so schnell von dem Thema los.

Kevin, was hast du nur getan?

Küchenchef Rick Bailess' exzellente mexikanische Küche hatte aus dem Frontera Grill eines der beliebtesten Lunchrestaurants von Chicago gemacht. Bevor Molly ihr Geld weggegeben hatte, war sie dort Stammgast gewesen. Jetzt aß sie in dem Restaurant in der North Clark Street nur noch, wenn jemand anders die Rechnung übernahm, in diesem Fall war das Helen Kennedy Schott, ihre Lektorin bei Birdcage Press.

»Wir hängen alle sehr an den Daphne-Büchern, doch in letzter Zeit machen wir uns einige Sorgen.«

Molly ahnte, was jetzt kommen würde. *Trubel um Daphne* hatte sie im Januar abgeliefert, und sie hätte Helen längst ein neues Projekt vorstellen sollen. Doch *Daphne findet ein Babyhäschen* war im Müll gelandet, und seitdem litt Molly unter einer verheerenden Schreibblockade.

In den zwei Monaten seit der Fehlgeburt hatte sie kein einziges Wort, nicht einmal einen Artikel für *Chik,* zu Papier gebracht. Stattdessen hatte sie sich mit Lesungen für Schüler und mit einem Tutorenprogramm für Vorschüler beschäftigt und sich gezwungen, sich auf die Bedürfnisse lebender Kinder zu konzentrieren, anstatt den Gedanken an ihr totes Baby nachzuhängen. Anders als die Erwachsenen, mit denen Molly zusammentraf, interessierte es die Kinder nicht, dass sie die Bald-Ex-Frau des berühmtesten Quarterbacks der Stadt war.

Erst letzte Woche hatte die beliebteste Klatschspalte der Stadt die Aufmerksamkeit wieder auf sie gelenkt:

> *Somerville-Erbin Molly, die getrennt lebende Ehefrau von Stars-Quarterback Kevin Tucker, scheint sich vor der Welt zu verstecken. Ist es auf Langeweile oder ein gebrochenes Herz nach ihrer gescheiterten Ehe mit Mr Football zurückzuführen? Auch an den angesagten Orten des Chicagoer Nachtlebens, wo Tucker nach wie vor mit seinen ausländischen Liebchen im Schlepptau auftritt, hat man sie nicht gesehen.*

Immerhin hatte es nicht wieder geheißen, Molly »versuche sich als Kinderbuchautorin«. Das hatte sie tief getroffen, obwohl sie in letzter Zeit nicht einmal mehr einen Versuch gemacht hatte. Jeden Morgen sagte sie sich, dass sie an diesem

Tag bestimmt eine Idee haben würde, wenn nicht für eine neue Daphne-Geschichte, dann wenigstens für einen *Chik*-Artikel, und jeden Morgen saß sie wieder da und starrte auf ihr leeres Blatt Papier. Mittlerweile waren ihre finanziellen Mittel beinahe erschöpft, und sie hätte dringend die zweite Rate ihres Vorschusses für *Trubel um Daphne* gebraucht. Doch Helen hatte das Manuskript noch immer nicht abgesegnet.

Die farbenfrohe Dekoration des Restaurants erschien ihr auf einmal zu grell, das Stimmengewirr ging ihr auf die Nerven. Sie hatte niemandem von ihrer Blockade erzählt, schon gar nicht der Frau ihr gegenüber. Vorsichtig wählte sie jetzt ihre Worte. »Ich möchte, dass mein nächstes Buch etwas wirklich Besonderes wird. Ich habe schon ein paar Ideen, aber –«

»Nein, nein.« Helen hob beschwichtigend die Hand. »Lassen Sie sich ruhig Zeit. Wir haben dafür volles Verständnis. Sie haben in letzter Zeit viel durchgemacht.«

Wenn ihre Lektorin sich nicht um das nächste Manuskript Sorgen machte, warum hatte sie sie dann zum Essen eingeladen? Molly schob die kleinen Maiskolben auf ihrem Teller hin und her. Normalerweise konnte sie nicht genug davon kriegen, aber in letzter Zeit war ihr Appetit ausgeblieben.

Helen strich mit einer verlegenen Geste über den Rand ihres Margarita-Glases. »Sie müssen wissen, wir hatten ein paar Nachfragen von GKFEGA zu den Daphne-Büchern.«

Helen missdeutete Mollys erstaunten Gesichtsausdruck. »Gesunde Kinder für ein gesundes Amerika, eine Bewegung, die sich gegen Homosexuelle richtet.«

»Ich kenne GKFEGA, aber warum interessieren sie sich für die Daphne-Bücher?«

»Ich glaube, sie wären gar nicht darauf gekommen, sie unter die Lupe zu nehmen, wenn Sie in letzter Zeit nicht so häufig in der Presse erwähnt worden wären. Anscheinend sind sie durch die Nachrichten auf die Bücher aufmerksam geworden, und sie haben mich vor ein paar Wochen angerufen und ihre Bedenken mitgeteilt.«

»Was für Bedenken? Daphne hat doch überhaupt kein Sexleben!«

»Ja, schon, aber Jerry Falwell hat selbst Tinky Winky von den Teletubbies geoutet, weil er lila ist und eine Handtasche trägt.«

»Daphne darf eine Handtasche tragen. Sie ist doch ein Mädchen.«

Helen lächelte etwas gezwungen. »Ich denke nicht, dass sie an Daphnes Handtasche Anstoß nehmen. Es sind eher – angebliche homosexuelle Untertöne, die sie stören.«

Gut, dass Molly einen leeren Magen hatte, sonst wäre ihr sicher das Essen wieder hochgekommen. »In meinen Büchern?«

»Ich fürchte ja, obwohl uns noch keine konkreten Vorwürfe vorliegen. Wie ich schon sagte, Ihre Heirat mit Kevin Tucker hat ihre Aufmerksamkeit erregt, und sie wollen den Medienrummel für ihre eigene Publicity ausnutzen. Sie haben darum gebeten, vorab einen Blick auf *Trubel um Daphne* werfen zu dürfen, und da wir nie mit irgendwelchen Schwierigkeiten gerechnet hätten, haben wir ihnen ein Klebemuster geschickt. Leider war das ein Fehler.«

Mollys Schläfen begannen zu pochen. »Was sollte ihnen daran nicht gefallen?«

»Nun ja, sie meinen zum Beispiel, dass in Ihren Büchern viele Regenbogen vorkommen. Und da das auch ein Symbol der Schwulenbewegung ist –«

»Es ist ein Verbrechen geworden, von Regenbogen zu sprechen?«

»Sieht ganz danach aus«, meinte Helen trocken. »Außerdem gibt es noch ein paar andere Sachen. Obwohl es natürlich alles lächerlich ist. Zum Beispiel zeigen Sie auf mindestens drei Illustrationen, unter anderem auch im letzten Daphne-Titel, wie Daphne Melissa einen Kuss gibt.«

»Aber sie ist ihre beste Freundin!«

»Schon, aber –« Wie Molly so hatte auch Helen ihr Essen kaum angerührt. Sie verschränkte die Arme auf der Tischkante. »Außerdem halten Daphne und Melissa Händchen und hüpfen den Weg hinunter. Dabei sagen sie etwas –«

»Es ist ein Lied. Sie singen ein Lied.«

»Ach, richtig. Der Text ist ›Frühling! Frühling! Wir kommen! Wir kommen!‹«

Seit zwei Monaten hatte Molly schon nicht mehr so gelacht, doch der zusammengekniffene Mund ihrer Lektorin brachte sie wieder zur Besinnung. »Helen, Sie wollen doch nicht etwa sagen, dass sie glauben, Daphne und Melissa hätten etwas miteinander?«

»Es geht nicht nur um Daphne und Melissa. Benny –«

»Einspruch! Selbst der paranoideste Mensch könnte wohl kaum unterstellen, Benny sei schwul. Er ist solch ein Macho, dass –«

»Sie haben darauf hingewiesen, dass er sich in *Daphne und ihr Kürbis* einen Lippenstift ausleiht.«

»Den er dazu benutzt, sein Gesicht anzumalen, um Daphne zu erschrecken! Das ist alles so aberwitzig, dass einem wirklich nichts mehr dazu einfällt.«

»Da stimme ich Ihnen vollkommen zu. Aber um ehrlich zu sein, machen wir uns trotzdem Sorgen. Wir glauben nämlich, dass GKFEGA Sie benutzen will, um ihr eigenes Image zu stärken. Und dafür werden sie uns *Trubel um Daphne* in Stücke reißen.«

»Na und? Als irgendwelche Randgruppen J. K. Rowling Satanismus in den Harry-Potter-Romanen vorgeworfen haben, hat ihr Verlag auch nicht darauf reagiert.«

»Verzeihen Sie, Molly, aber Daphne ist längst nicht so populär wie Harry Potter.«

Und Molly hatte weder J. K. Rowlings Schlagkraft noch ihr Geld. Und es wurde von Minute zu Minute unwahrscheinlicher, dass Helen die zweite Rate ihres Vorschusses herausrücken würde.

»Verstehen Sie doch Molly, ich weiß, dass das alles lächerlich ist, und Birdcage steht wirklich voll und ganz hinter den Daphne-Büchern. Aber wir sind nur ein kleiner Verlag, und ich fand es nur fair, Ihnen zu sagen, dass wir hinsichtlich *Trubel um Daphne* ziemlich unter Druck stehen.«

»Ich bin sicher, das legt sich bald wieder, sobald die Presse das Interesse an dieser Geschichte über – über meine Heirat verloren hat.«

»Das kann aber noch eine Weile dauern. Es gibt da so viele Spekulationen –« Sie ließ das letzte Wort bedeutungsvoll nachklingen.

Molly wusste, dass es die Geheimniskrämerei um ihre Hochzeit war, die die Presse am meisten interessierte, doch sie weigerte sich, irgendeinen Kommentar dazu abzugeben. Und genauso hielt es Kevin. Seine höflichen, formellen Anrufe, um sich nach ihrem Befinden zu erkundigen, hatte er schließlich auf ihr Drängen hin aufgegeben. Von dem Moment an, da er erfahren hatte, dass sie schwanger war, bis nach ihrer Fehlgeburt hatte er sich ihr gegenüber absolut untadelig verhalten. Und sie schämte sich für den Hass, der sie jedes Mal überkam, wenn sie an ihn dachte. Sie versuchte, jeden Gedanken an ihn ganz weit weg zu schieben.

»Ich denke, man sollte im Moment lieber etwas vorsichtig sein.« Ihre Lektorin zog einen Umschlag aus dem Ordner neben sich und schob ihn über den Tisch. Leider war er für einen Scheck viel zu groß.

»Glücklicherweise ist *Trubel um Daphne* noch nicht in Druck gegangen. Wir haben also noch die Möglichkeit, ein paar von den gewünschten Änderungen vorzunehmen. Nur um wirklich jedes Missverständnis auszuschalten.«

»Ich will aber keine Änderungen vornehmen.« Molly straffte ihre Schultern, bis ihre Muskeln schmerzten.

»Ja, das verstehe ich, aber wir glauben, dass –«

»Sie haben mir gesagt, dass Ihnen die Geschichte sehr gut gefällt.«

»Natürlich stehen wir hinter dem Buch. Die Änderungen, die ich Ihnen vorschlagen wollte, sind wirklich minimal. Sehen Sie es sich einfach an, und denken Sie in Ruhe darüber nach. Alles Weitere können wir nächste Woche besprechen.«

Als sie das Restaurant verließ, schäumte Molly vor Wut. Bis sie zu Hause angekommen war, war ihr Zorn jedoch verraucht. Stattdessen breitete sich wieder dieses Gefühl von absoluter Leere in ihr aus, das sie in letzter Zeit nicht mehr los wurde. Sie warf den Umschlag mit ihrem Manuskript in die Ecke und verkroch sich im Bett.

Als Lilly zum J. Paul Getty Museum fuhr, trug sie den Schal, den Mallory ihr geschenkt hatte. Von einem der abgerundeten Balkone, die das Museum so einzigartig machten, blickte sie über die Hügel von Los Angeles. Es war ein sonniger Maitag, wenn sie den Kopf ein bisschen zur Seite wandte, konnte sie bis zum Brentwood sehen. Sie erkannte sogar das Dach ihres Hauses. Als Craig und sie dieses Haus gefunden hatten, hatte sie sich auf den ersten Blick darin verliebt, doch jetzt fühlte sie sich oft von seinen Mauern erdrückt. Wie so vieles in ihrem Leben, war es eher Craigs als ihres gewesen.

Sie ging wieder zurück in die Ausstellungsräume, doch den alten Meistern an den Wänden schenkte sie nur wenig Beachtung. Es war vor allem das Museum selbst, das sie faszinierte. Seine ultramoderne Architektur mit den wunderbaren Balkonen und unregelmäßigen Winkeln bildeten ein Kunstwerk, das sie weit mehr bewunderte als die darin ausgestellten Kunstobjekte. Seit Craigs Tod war sie mindestens ein dutzend Male mit der schnittigen weißen Bahn gefahren, die die Besucher zu dem Museum oben auf dem Hügel brachte. Die Art und Weise, wie die Gebäude sie jedes Mal in ihre Arme schlossen, gab ihr das Gefühl, zu einem Teil der Kunst zu werden.

Die neueste Ausgabe von *People* brachte einen doppelseitigen Bericht über Kevin und seine heimliche Hochzeit. Sie war ins Museum geflohen, um nicht zum Hörer zu greifen und Charlotte Long anzurufen, die einzige zuverlässige Informationsquelle über Kevin, die sie hatte. Es war Mai, seit der Hochzeit und anschließenden Trennung waren drei Monate vergangen, doch sie wusste jetzt noch genauso wenig wie damals. Wenn sie nur sicher sein könnte, dass Charlotte Long Kevin nichts von ihrem Anruf sagen würde.

Während sie die Treppe hinunter in den Innenhof ging, fragte sie sich, womit sie den Rest ihres Tages füllen könnte. Sicher würde niemand anklopfen und sie auf Knien bitten, als Stargast in einem neuen Film aufzutreten. Sie wollte auch keine neue Quiltarbeit beginnen, bei der sie viel zu viel Zeit zum Nachdenken hätte. Davon hatte sie in letzter Zeit mehr als genug gehabt. Im Wind löste sich eine Haarsträhne aus ihrer Frisur und strich über ihre Wange. Vielleicht sollte sie nicht so sehr über die Folgen nachdenken und Charlotte Long einfach anrufen. Doch wie viel Schmerz wäre sie bereit zu ertragen, wenn es doch keine Aussicht auf ein glückliches Ende gäbe?

Wenn sie ihn doch nur sehen könnte.

7

Sollte ich Tabletten nehmen, fragte Daphne sich. Oder von einem sehr hohen Baum springen? Warum gibt es nie eine undichte Gasleitung, wenn man sie wirklich braucht?

Daphne am Rande des Nervenzusammenbruchs
Notizen für ein nie zu veröffentlichendes Manuskript

»Danke, mir geht's gut«, sagte Molly ihrer Schwester jedes Mal, wenn sie telefonierten.

»Warum kommst du nicht am Wochenende zu uns? Ich verspreche auch, dass dir kein einziges Exemplar von *People* vor die Füße flattern wird. Die Iris im Garten blühen wunderschön, und ich weiß doch, wie sehr du den Mai liebst.«

»Dieses Wochenende geht es leider nicht, aber vielleicht am nächsten.«

»Das hast du mir beim letzten Mal auch schon gesagt.«

»Ich besuche euch bald, versprochen. Ich habe nur im Moment so viel zu tun.«

Das war nicht einmal gelogen. Molly hatte ihre Wandschränke gestrichen, alte Fotos in Alben eingeklebt, Akten aussortiert und ihren verschlafenen Pudel gebürstet. Sie hatte alles gemacht, nur nicht die Änderungen an ihrem Manuskript, denen sie schließlich gezwungenermaßen hatte zustimmen müssen, weil sie das Geld brauchte.

Helen wollte ein paar Dialoge in *Trubel um Daphne* umgeschrieben haben und drei neue Illustrationen. Auf zweien sollte der Abstand zwischen Daphne und Melissa etwas größer sein, und bei der dritten sollte Benny an Stelle eines Hotdogs Käsesandwiches essen. Alle schienen Daphne mit der schmutzigsten aller nur möglichen Erwachsenenfantasie unter die Lupe genommen zu haben. Helen hatte Molly außerdem um Änderungen in zwei älteren Daphne-Büchern gebeten, die nachgedruckt werden sollten. Bislang hatte sie allerdings keinen Strich daran getan, nicht aus Prinzip – auch wenn sie gewünscht hätte, dass das der Grund war –, sondern schlichtweg, weil sie sich nicht konzentrieren konnte.

Ihre Freundin Janine, die die GKFEGA-Anschuldigungen gegenüber ihren Büchern immer noch nicht verdaut hatte, regte sich furchtbar auf, weil Molly ihrem Verlag nachgegeben hatte. Aber Janine hatte auch einen Ehemann, der dafür sorgte, dass sie ihre monatlichen Raten abbezahlten.

»Die Kinder vermissen dich«, sagte Phoebe.

»Ich rufe sie heute Abend an, das verspreche ich.«

Sie rief tatsächlich an, und mit den Zwillingen und Andrew war alles wie immer, doch Hannah brach ihr fast das Herz.

»Es ist meine Schuld, nicht wahr, Tante Molly?«, flüsterte sie. »Deswegen besuchst du uns nicht mehr. Es ist, weil ich das letzte Mal gesagt habe, dass ich traurig bin, weil dein Baby gestorben ist.«

»Aber, Schätzchen –«

»Ich wusste nicht, dass ich nicht über das Baby sprechen sollte. Ich verspreche, ich werde nie wieder ein Wort darüber sagen.«

»Du hast nichts falsch gemacht, mein Liebling. Ich werde euch am Wochenende besuchen, und wir werden es uns richtig nett machen.«

Doch der Besuch machte alles nur noch schlimmer. Sie konnte den Gedanken nicht ertragen, dass sie der Grund für Phoebes Sorgenfalten auf der Stirn war. Und Dan schlug einen so sanften, rücksichtsvollen Tonfall an, als habe er Angst, sie könnte im nächsten Augenblick zusammenbrechen. Noch schmerzlicher war es, mit den Kindern zusammen zu sein. Sie schlangen ihre Arme um sie und schleppten sie mit, um ihr ihre neusten Entdeckungen zu zeigen. Sie fand kaum Luft zu atmen.

Die Familie schien sie mit ihrer Liebe regelrecht aufzufressen. Sobald es ging, ergriff sie die Flucht.

Es wurde Juni. Mindestens ein dutzend Mal nahm Molly sich vor, an ihren Illustrationen zu arbeiten, doch ihre sonst so flinke Feder versagte ihr den Dienst. Sie hoffte auf eine Idee für einen *Chik*-Artikel, aber ihr Kopf war so leer wie ihr Bankkonto. Die Rate für Juli würde sie noch bezahlen können, aber dann war sie am Ende.

Während der Juni verstrich, begannen ihr erste Kleinigkeiten zu entgleiten. Einer ihrer Nachbarn stellte ihr einen Sack voll Post, die er aus ihrem überquellenden Briefkasten gezogen hatte, vor die Tür. Ihre Wäschestapel wuchsen, eine Staubschicht legte sich über ihr sonst so ordentliches Appartment. Sie bekam eine Erkältung, die sie nicht wieder loswurde.

An einem Freitagmorgen hatte sie solche Kopfschmerzen, dass sie einen Vortrag nicht halten konnte und sich ins Bett legte. Abgesehen davon, dass sie sich dazu zwang, mit Ruh kurz vor die Tür zu gehen und hin und wieder eine Scheibe Toast zu essen, schlief sie das ganze Wochenende durch.

Am Montag waren zwar die Kopfschmerzen verschwunden, aber die Erkältung hatte sie so geschwächt, dass sie sich wieder krankmeldete. Sie hatte kein Brot mehr, das Müsli war alle. Im Küchenschrank fand sie nur noch eine Obstkonserve.

Als sie am Dienstagmorgen im Bett vor sich hindöste, riss der Türsummer sie aus dem Schlaf. Ruh spitzte die Ohren. Molly verkroch sich unter ihrer Bettdecke, doch als sie gerade wieder einschlummerte, hörte sie, wie jemand an ihre Tür hämmerte. Sie zog sich das Kissen über den Kopf, aber die tiefe vertraute Stimme, die sich mit Ruhs Gekläffe mischte, war nicht zu überhören.

»Mach auf! Ich weiß, dass du da bist!«

Dieser furchtbare Kevin Tucker.

Sie nieste und steckte die Finger in die Ohren, während Ruh immer lauter bellte und Kevin weiter an die Tür hämmerte. Elender Hund. Mieser, nervtötender Quarterback. Gleich würden sich noch die Nachbarn beschweren. Fluchend kletterte sie aus dem Bett.

»Was willst du?« Ihre Stimme klang, als hätte sie sie seit Tagen nicht mehr geölt.

»Ich will, dass du mir die Tür aufmachst.«

»Warum?«

»Weil ich mit dir reden muss.«

»Ich will aber nicht reden.« Sie schnaubte laut in ihr Taschentuch.

»Ich bin beeindruckt. Wenn du nicht willst, dass jeder hier im Haus deine Privatgespräche mit anhört, schlage ich vor, du öffnest endlich diese Tür.«

Widerstrebend drehte sie den Schlüssel um. Als sie die Tür öffnete, wünschte sie, sie hätte eine Waffe in der Hand gehabt.

Vor ihr stand Kevin, strahlend und makellos mit seinem durchtrainierten Körper, den glänzenden blonden Haaren und leuchtend grünen Augen. Ihr dröhnte der Kopf. Am liebsten hätte sie sich hinter dunklen Brillengläsern versteckt.

Er schob ihren knurrenden Pudel aus dem Weg und schloss die Tür hinter sich. »Du siehst aus wie der Tod.«

Sie stolperte hinüber zum Sofa. »Ruh, sei still!«

Der Hund schnaubte beleidigt, als Molly sich hinlegte.

»Warst du beim Arzt?«

»Ich brauche keinen Arzt. Meine Erkältung ist fast weg.«

»Wie wär's mit einem Psychiater?« Er begann die Fenster aufzureißen.

»Hör auf damit.« Es reichte schon, dass sie seine Anwesenheit und sein unverschämt gutes Aussehen ertragen musste. Frische Luft war wirklich das Letzte, was sie jetzt brauchte. »Warum verschwindest du nicht einfach?«

Bei dem Blick, den er durch ihre Wohnung warf, fiel ihr auf einmal der Stapel von schmutzigem Geschirr in der Küche auf, der Bademantel, den sie achtlos über die Couch geworfen hatte, die Staubschicht auf den Möbeln. Es war ihr egal, schließlich hatte sie ihn nicht eingeladen.

»Du hast gestern den Termin mit dem Anwalt platzen lassen.«

»Welchen Termin?« Sie strich ihre verfilzten Haare zurück und zuckte zusammen, als ihre Finger sich in einer Haarsträhne verfingen. Vor einer halben Stunde war sie ins Bad gewankt, um sich die Zähne zu putzen, aber sie konnte sich nicht erinnern, dass sie geduscht hatte. Ihr schäbiges graues Northwestern Nachthemd roch nach Hund.

»Die Annullierung.« Sein Blick fiel auf die weiße Crate & Barrel-Einkaufstüte neben der Eingangstür, die vor ungeöffneter Post überquoll, und er bemerkte sarkastisch: »Wahrscheinlich hast du den Brief nicht bekommen.«

»Wahrscheinlich. Du solltest lieber gehen. Bevor ich dich anstecke.«

»Mit dem Risiko kann ich leben.« Er trat an die Fensterfront und sah hinunter auf den Parkplatz. »Nette Aussicht.«

Sie schloss die Augen und tat, als wäre sie eingeschlafen.

Kevin hatte noch nie jemanden in einem so jämmerlichen Zustand erlebt. Dieses bleichgesichtige, muffig riechende, schniefende weibliche Wesen mit den traurigen Augen und den strähnigen Haaren sollte seine Ehefrau sein? Kaum zu glauben, dass sie die Tochter einer Tänzerin war. Er hätte die Angelegenheit lieber seinem Anwalt überlassen sollen. Doch er wurde diesen Ausdruck schierer Verzweiflung in ihren

Augen nicht los, als sie ihn damals in der Klinik angefleht hatte, ihre Beine fest zu halten. Als ob reine Muskelkraft das Baby in ihr hätte halten können.

Ich weiß, du hasst mich, aber –

Doch wie konnte er sie hassen, nachdem er ihren verzweifelten Kampf miterlebt hatte, das Kind nicht zu verlieren. Er hasste nur sich selbst dafür, dass er sich auf einmal so für sie verantwortlich fühlte. In weniger als zwei Monaten begann das Trainingscamp. Er sollte sich mit aller Kraft auf die nächste Saison konzentrieren. Vorwurfsvoll blickte er auf sie hinunter.

Du musst allen ein Beispiel geben, Kevin, und das Richtige tun.

Er trat vom Fenster zurück und stieg über ihren nichtsnutzigen, verwöhnten Hund. Warum lebte jemand, der so viele Millionen besaß, in so einem kleinen Loch? Vielleicht aus Bequemlichkeit. Wahrscheinlich hatte sie noch drei andere Wohnsitze in wärmeren Gefilden.

Er ließ sich am anderen Ende auf die Couch fallen und betrachtete sie. Seit der Fehlgeburt hatte sie mindestens zehn Kilo abgenommen. Ihre Haare waren jetzt beinahe kinnlang und hatten den seidigen Glanz verloren, der ihm bei ihrer Hochzeit aufgefallen war. Sie war ungeschminkt, die tiefen blauen Ringe unter ihren Augen sahen aus, als habe sie jemandem als Punchingball gedient.

»Ich hatte gerade eine interessante Unterhaltung mit einem deiner Nachbarn.«

Sie legte den Arm über die Augen. »Ich verspreche, dass ich deinen Anwalt gleich morgen früh anrufe, aber jetzt geh bitte.«

»Der Typ hat mich sofort erkannt.«

»Wie sollte es auch anders sein.«

Ihren Sarkasmus hatte sie also noch nicht verloren, stellte er fest. Sein Groll kam wieder hoch.

»Als hätte er nur auf eine Gelegenheit gewartet, über dich herzuziehen. Anscheinend hast du deinen Briefkasten seit ein paar Wochen nicht mehr geleert.«

»Ist doch sowieso nie was Interessantes drin.«

»Und seit Donnerstagabend hast du deine Wohnung nur einmal verlassen, um mit deinem Pitbull rauszugehen.«

»Nenn ihn bitte nicht so. Ich erhole mich nur von einer schlimmen Erkältung, das ist alles.«

Er hatte ihre gerötete Nase wohl bemerkt, aber irgendwie hatte er den Verdacht, dass das nicht der einzige Grund für ihren Zustand war. Er stand auf. »Komm schon, Molly. Es ist doch nicht normal, sich so zu verkriechen.«

Sie schielte unter ihrem Arm hervor. »Als wenn du der Fachmann für normales Verhalten wärst! Ich habe gehört, du hast gerade mit ein paar Haien gebadet, als Dan dich in Australien aufgetrieben hat.«

»Vielleicht hast du Depressionen.«

»Danke, Dr. Tucker. Und jetzt verlassen Sie bitte meine Wohnung.«

»Du hast ein Baby verloren, Molly.«

Es war eine reine Feststellung, doch sie schoss sofort hoch. Wie eine Furie sprang sie vom Sofa auf, und ihr wilder Blick verriet ihm mehr, als ihm lieb war.

»Raus jetzt, oder ich rufe die Polizei!«

Er hätte nur zur Tür gehen brauchen. Nach dem *People*-Artikel hatte er weiß Gott genug am Hals, und allein ihre Gegenwart reichte, damit seine Eingeweide sich zusammenzogen. Wenn er nur ihren Gesichtsausdruck vergessen könnte, als sie versucht hatte, das Baby zu halten.

Plötzlich hörte er sich sagen: »Zieh dich an, du kommst mit mir mit.« Anschließend hätte er sich am liebsten die Zunge abgebissen.

Ihre Wut schien ihr selbst Angst zu machen, und er sah, wie sie einen Moment lang um ihre Fassung rang. Heraus kam nur ein jämmerliches Krächzen. »Du hast wohl in letzter Zeit ein bisschen viel Gras geraucht!«

Er verfluchte sich selbst, während er die fünf Stufen zu ihrer Schlafgalerie hinaufstampfte. Ihr Pitbull blieb ihm dicht auf den Fersen, als wolle er verhindern, dass er ihre Juwelen mitgehen ließ. Er blickte über die Küchenschränke hinweg auf sie hinunter. Mein Gott, wie er es hasste! »Entweder du ziehst dich an oder du bleibst wie du bist und das Gesundheitsamt sperrt dich in Quarantäne.«

Sie sank zurück auf die Couch. »Spar dir deinen Atem.«

Es wäre ja nur für ein paar Tage, schwor er sich. Die Aussicht, zum Wind-Lake-Ferienpark fahren zu müssen, hatte ihm ohnehin schon gründlich die Laune verdorben. Warum sollte er sich also nicht noch den Rest geben und sie mitnehmen?

Eigentlich hatte er sich geschworen, nie wieder einen Fuß in diese Ferienanlage zu setzen, aber es ging nicht anders. Wochenlang hatte er sich eingeredet, er könne das ganze Gelände verkaufen, ohne es selbst gesehen zu haben. Doch als er keine der Fragen seines Finanzberaters beantworten konnte, sah er ein, dass er in den sauren Apfel beißen und sich selbst davon überzeugen musste, wie heruntergekommen die Anlage nun tatsächlich war.

Immerhin würde er so zwei hässliche Fliegen mit einer Klappe schlagen. Er würde die Sache mit der Ferienanlage erledigen und gleichzeitig Molly dazu bringen, ihren Hintern zu bewegen. Egal, ob es etwas nützte oder nicht, er hätte jedenfalls ein reines Gewissen.

Aus den Tiefen ihres Wandschranks beförderte er einen Koffer zu Tage und riss ein paar Schubladen auf. Im Gegensatz zu ihrer verwahrlosten Küche war hier alles sauber geordnet. Er warf ein paar Shorts und T-Shirts in den Koffer, dazu etwas Unterwäsche, Jeans, Sandalen und ein paar Turnschuhe. Ein paar Sommerkleider vielleicht? Er warf sie oben auf. Besser etwas zu viel mitnehmen als sich hinterher ihr Gejammer anhören, sie hätte nicht genug anzuziehen.

Als der Koffer voll war, nahm er etwas, das aussah wie ihr alter Collegerucksack, und suchte nach dem Badezimmer. Er fand es unten direkt neben der Eingangstür. Wahllos stopfte er Kosmetik und Toilettenartikel in den Rucksack. Dann beugte er sich dem Unvermeidlichen und durchforstete die Küche nach Hundefutter.

»Ich hoffe, du wirst alles genau dahin zurückbringen, wo du es hergenommen hast.« Sie lehnte am Kühlschrank, ihren Pitbull auf dem Arm, ihre hochmütigen Reiche-Erbin-Augen blickten müde.

Liebend gern hätte er ihre Aufforderung befolgt, aber sie sah einfach zu elend aus. »Willst du vorher noch duschen, oder fahren wir mit offenem Fenster?«

»Bist du taub? Ich bin keins von deinen kleinen Mädchen, die du herumkommandieren kannst.«

Mit steinerner Miene sah er sie an, als wäre sie wirklich ein störrisches kleines Mädchen. »Du hast die Wahl. Entweder du fährst jetzt mit mir, oder ich bringe dich direkt zu deiner Schwester. Ich habe das dumpfe Gefühl, sie wird wenig begeistert sein bei dem Anblick, den du bietest.«

Ihr Blick verriet ihm, dass seine Gebete erhört worden waren.

»Bitte, lass mich allein«, flüsterte sie.

»Ich werde mal einen Blick auf deine Bücherregale werfen, während du duschst.«

8

Ein kluges Mädchen steigt nicht bei einem Fremden ins Auto, auch wenn er noch so umwerfend gut aussieht.

»Per Anhalter in die Hölle«
Artikel für das Magazin Chik

Molly kletterte mit Ruh auf den Rücksitz des schnittigen SUV, den Kevin an Stelle seines Ferraris fuhr. Sie stopfte sich das Kissen, das sie extra mitgebracht hatte, hinter den Kopf und versuchte zu schlafen. Doch sie bekam kein Auge zu. Während sie Richtung Osten an den hässlichsten Außenbezirken von Gary vorbei und dann auf der I-94 Richtung Michigan City brausten, fragte sie sich die ganze Zeit, warum sie nur die verdammte Post nicht geöffnet hatte. Dann hätte sie den Termin beim Anwalt nicht verpasst und wäre nicht von diesem schlecht gelaunten Quarterback entführt worden.

Die Weigerung, mit ihm zu sprechen, erschien ihr auf einmal kindisch. Außerdem hatten ihre Kopfschmerzen nachgelassen, und sie wollte endlich wissen, wohin ihre Fahrt ging. Sie streichelte ihren Pudel. »Hast du eigentlich ein bestimmtes Ziel im Auge, oder ist das eine improvisierte Spontanentführung?«

Er tat, als hätte er sie nicht gehört.

Nachdem sie eine weitere Stunde schweigend dahingefahren waren, bog er in der Nähe von Benton Harbor auf eine Tankstelle. Während er an der Zapfsäule stand, erkannte ihn ein Fan und bat um ein Autogramm. Sie nahm Ruh an die Leine und ließ ihn auf dem Grünstreifen laufen, danach suchte sie die Toiletten auf. Beim Händewaschen sah sie ihr Gesicht im Spiegel. Er hatte Recht, sie sah verheerend aus. Ihre Haare hatte sie zwar gewaschen, aber hinterher lediglich mit den Fingern durchgekämmt. Ihre Haut war aschgrau, die Augen tief eingesunken.

Sie wollte schon in ihrer Handtasche nach einem Lippenstift kramen, entschied dann aber doch, dass es ihr zu anstrengend war. Kurz spielte sie mit dem Gedanken, eine Freundin anzurufen, um sie hier wegzuholen, doch dann fiel ihr wieder Kevins Drohung ein, Phoebe und Dan von ihrem Zustand zu berichten. Sie wollte ihnen nicht noch mehr Kummer machen als ohnehin schon. Vorerst war es wohl das Beste, mit ihm zu fahren.

Als sie zum Auto zurückkam, war er nirgends zu sehen. Sich wieder nach hinten zu setzen, war keine gute Idee, wenn sie ihn dazu bringen wollte, mit ihr zu reden. Also schob sie Ruh nach hinten und stieg selbst auf den Beifahrersitz. Da kam er mit einer Plastiktüte und einem Pappbecher voll dampfendem Kaffee zurück. Er stellte den Kaffee in den Becherhalter und zog eine Flasche Orangensaft aus der Tüte.

»Ich hätte auch lieber einen Kaffee.«

»Tja, Pech.«

Die kühle Flasche fühlte sich gut an, sie merkte plötzlich, wie durstig sie war und wie schwach, als sie versuchte, sie zu öffnen. Unwillkürlich stiegen ihr Tränen in die Augen.

Wortlos nahm er ihr die Flasche ab und öffnete sie.

Während er losfuhr, legte sich allmählich das beklemmende Gefühl in ihrem Hals. »Für irgendetwas müsst ihr Muskelmänner ja schließlich zu gebrauchen sein.«

»Sag Bescheid, wenn ich ein paar Bierdosen für dich zusammendrücken soll.«

Entsetzt hörte sie sich gegen ihren Willen lachen. Der Orangensaft rann angenehm kühl ihre Kehle hinunter.

Er fuhr zurück auf die Interstate. Zu ihrer Linken erstreckten sich die Sanddünen. Sie konnte zwar das Wasser nicht sehen, doch sicher kreuzten dahinter die Schiffe auf dem See, vielleicht ein paar Frachter auf dem Weg nach Chicago oder Ludington. »Würdest du mir bitte verraten, wo die Reise hingeht?«

»Nordwest-Michigan, in ein Kaff namens Wind Lake.«

»So viel zu meinem Traum von einer Kreuzfahrt in der Karibik.«

»Diese Ferienanlage, von der ich dir erzählt habe.«

»Dort, wo du als Kind deine Sommer verbracht hast?«

»Genau. Meine Tante hatte die Anlage von meinem Vater geerbt, aber sie ist vor ein paar Monaten gestorben, und jetzt habe ich das Ganze am Hals. Ich werde alles verkaufen, aber erstmal muss ich überprüfen, in welchem Zustand es ist.«

»Ich kann nicht in eine Ferienanlage fahren. Du wirst leider umkehren müssen und mich nach Hause bringen.«

»Glaub mir, wir werden nicht lange bleiben, höchstens zwei Tage.«

»Das ist mir egal. Ich habe mir geschworen, nie wieder in ein Ferienlager zu fahren, das musste ich als Kind jeden Sommer.«

»Was war daran so schlecht?«

»Die ganzen organisierten Aktivitäten, Sport.« Sie schnaubte verächtlich. »Nie hatte man Zeit zum Lesen oder mal mit seinen Gedanken allein zu sein.«

»Nicht besonders sportlich, was?«

In einem Sommer hatte sie sich mitten in der Nacht aus ihrer Hütte geschlichen und sämtliche Bälle – Volleybälle, Fußbälle, Tennis- und Softball-Bälle – gesammelt und in den See geworfen. Die Betreuer hatten den Schuldigen nie gefunden und natürlich hatte niemand die ruhige, intelligente Molly Somerville in Verdacht gehabt, die als außerordentlich kooperativ ausgezeichnet worden war, obwohl sie ihre Ponyfransen grün gefärbt hatte.

»Sportlicher als Phoebe bin ich allemal.«

Kevin kicherte. »Die Jungs haben noch nicht vergessen, wie sie beim letzten Stars-Picknick Softball gespielt hat.«

Molly war zwar nicht dabei gewesen, aber sie konnte es sich lebhaft vorstellen.

Er fuhr auf die Überholspur und bemerkte spitz: »Obwohl ich nicht glaube, dass ein paar Wochen jeden Sommer in einem Ferienlager bei reichen Kids viel Schaden anrichten können.«

»Da hast du wahrscheinlich Recht.«

Außer dass es nie nur ein paar Wochen gewesen waren, sondern ganze Sommer lang, seit sie sechs war.

Als sie elf war, waren im Ferienlager die Masern ausgebrochen, und alle Kinder wurden nach Hause geschickt. Ihr Vater hatte getobt. Er hatte niemanden gefunden, bei dem sie hätte bleiben können, also war er gezwungen gewesen, sie nach Las Vegas mitzunehmen, wo er sie in einer Luxussuite einquartierte und einen Babysitter engagierte, obwohl sie dafür eigentlich schon viel zu alt war. Tagsüber saß dieses Mädchen dann vor der Glotze, und nachts schlich sie über den Flur, um mit Bert zu schlafen.

Es waren die schönsten zwei Wochen in Mollys Kindheit gewesen. Sie las alle Bücher von Mary Stewart, bestellte beim Zimmerservice Käsekuchen und freundete sich mit den spanischen Hausmädchen an. Manchmal sagte sie ihrem Babysitter, sie wolle nach unten an den Pool, und ging stattdessen in die Nähe des Casinos, wo sie nach einer Familie mit Kindern Ausschau hielt. Dann blieb sie die ganze Zeit in ihrer Nähe und tat, als würde sie dazugehören.

Sonst lächelte sie nur noch über ihre kindlichen Versuche, sich eine Familie zu beschaffen, doch jetzt spürte sie, wie ihr die Tränen kamen, und schluckte den Kloß im Hals schnell herunter. »Schon mal von so etwas wie Geschwindigkeitsbegrenzung gehört?«

»Macht es dich nervös?«

»Normalerweise schon, aber jahrelanges Autofahren mit Dan hat mich wohl abgehärtet.« Außerdem war es ihr egal. Schockiert stellte sie fest, dass die Zukunft sie nicht mehr interessierte. Sie brachte nicht einmal genügend Energie auf, um sich über ihre unbezahlten Rechnungen Sorgen zu machen oder die Tatsache, dass ihre Redakteurin bei *Chik* schon lange nicht mehr angerufen hatte.

Er lenkte den Wagen zurück auf die rechte Spur. »Nur damit du Bescheid weißt, die Ferienanlage liegt in einer völlig einsamen Gegend, die Cottages sind so alt, dass sie mittlerweile halb verfallen sein müssen, und der Ort ist langweiliger als die Dauerberieselung im Supermarkt. Kaum einer unter den Gästen ist unter siebzig.« Er nickte zu der Tüte, die er von der Tankstelle mitgebracht hatte. »Wenn du den Orangensaft getrunken hast, da ist noch eine Packung Käsecracker drin.«

»Lecker, aber ich glaube, ich passe.«

»Du scheinst in letzter Zeit einige Mahlzeiten ausgelassen zu haben.«

»Schön, dass du es bemerkt hast. Noch ein paar Pfunde weniger, und ich sehe aus wie eins von deinen superschlanken Models.«

»Vielleicht solltest du dich lieber auf deinen Nervenzusammenbruch konzentrieren, dann redest du wenigstens nicht zu viel.«

Sie grinste. Eins musste sie Kevin zugute halten, er fasste sie nicht mit Samthandschuhen an, wie Phoebe und Dan es taten. Es tat gut, wie ein erwachsener Mensch behandelt zu werden. »Ich kann ja ein kleines Nickerchen machen, wenn's recht ist.«

Aber sie konnte jetzt nicht schlafen. Mit geschlossenen Augen versuchte sie, über ihr nächstes Buch nachzudenken, doch es wollte ihr nicht gelingen, die anheimelnde Welt vom Nachtigallenwald heraufzubeschwören.

Nachdem sie die Interstate verlassen hatten, hielt Kevin

vor einem Geschäft an der Straße mit einer angebauten Räucherei und kehrte mit einer braunen Papiertüte zurück, die er ihr auf den Schoß warf. »Michigan-Mittagessen. Meinst du, du kannst uns daraus ein paar Sandwiches zaubern?«

»Wenn ich mich konzentriere, vielleicht.«

In der Tüte fand sie ein großes Stück Räucherfisch, einen Klumpen Cheddar, dazu dunkles Pumpernickel, Plastikmesser und ein paar Papierservietten. Unter Aufbietung aller Kräfte gelang es ihr, zwei riesige auseinander klaffende Sandwiches für ihn und ein kleineres für sich selbst zu bauen, von dem sie allerdings den größten Teil an Ruh verfütterte.

Sie fuhren weiter Richtung Osten. Unter halb geschlossenen Augenlidern erkannte sie blühende Obstbäume und schmucke kleine Farmen mit ihren Silos. Am späten Nachmittag bogen sie Richtung Norden zur I-75 ab, die bis ganz nach Sault Ste. Marie führte.

Die Fahrt verlief ziemlich schweigsam. Kevin legte seine CDs ein. Er bevorzugte Jazz, von 40er-Jahre Bebop bis Fusion. Leider hatte er auch eine Schwäche für Rap und nachdem sie eine Viertelstunde vergeblich versucht hatte, Tupacs Ansichten über Frauen zu überhören, drückte sie auf Eject und warf die Scheibe aus dem Fenster.

Wenn er wütend wurde, bekam er ganz rote Ohren, stellte sie fest.

Es wurde bereits dunkel, als sie den nördlichen Teil von Michigan erreichten. Hinter dem hübschen Städtchen Graytown bogen sie auf eine zweispurige Landstraße, die ins Nichts zu führen schien. Kurz darauf fuhren sie durch dunklen Wald.

»Im 19. Jahrhundert wurde der Nordosten von Michigan fast vollständig abgeholzt, weil der Bedarf an Bauholz so groß war«, erklärte er. »Was du hier siehst, ist Wald der zweiten oder dritten Nachpflanzung, stellenweise ein regelrechter Urwald. Hier in der Gegend gibt es nur wenige Städte.«

»Wie weit ist es noch?«

»Etwas mehr als eine Stunde, aber der Ort ist so heruntergekommen, dass ich nicht in der Dunkelheit dort ankommen möchte. Nicht weit von hier gibt es ein Motel. Es ist allerdings nicht gerade das Ritz.«

Sie konnte sich nicht vorstellen, dass es nur die Dunkelheit war, die ihn abschreckte. Er wollte wohl Zeit gewinnen. Sie drückte sich ein bisschen tiefer in ihren Sitz. Gelegentlich huschten die Scheinwerfer eines entgegenkommenden Wagens über seine Gesichtszüge und warfen gefährliche Schatten unter seine gemeißelten Wangenknochen. Ein ungutes Gefühl ließ sie erzittern, sie schloss die Augen und tat, als wäre er gar nicht da.

Sie öffnete sie erst wieder, als er vor dem Motel hielt. Als er zur Anmeldung ging, wollte sie ihm noch hinterherrufen, dass sie auf ein eigenes Zimmer Wert legte, doch glücklicherweise siegte ihr gesunder Menschenverstand.

Natürlich kam er mit zwei Schlüsseln zurück. Ihr Zimmer lag genau am entgegengesetzten Ende.

Früh am nächsten Morgen riss lautes Klopfen an ihrer Tür gefolgt von Hundegebell sie aus dem Schlaf. »Slytherin«, grummelte sie verschlafen. »Das scheint zu einer schlechten Angewohnheit zu werden.«

»In einer halben Stunde fahren wir«, rief Kevin von draußen.

»Hopp, hopp«, murmelte sie in ihr Kissen. Widerstrebend zwängte sie sich in die enge Dusche und schaffte es sogar, ihr Haar zu kämmen. Zu Lippenstift konnte sie sich dann schon nicht mehr aufraffen. Sie fühlte sich, als hätte sie einen ausgewachsenen Kater.

Als sie schließlich erschien, ging er neben dem Auto auf und ab. Das grelle Sonnenlicht, das sich über ihn ergoss, betonte nur noch mehr den grimmigen Zug um seinen Mund

und seinen unfreundlichen, abweisenden Gesichtsausdruck. Während Ruh sich in den Büschen verkroch, nahm Kevin ihren Koffer und warf ihn in den Wagen.

Heute hatte er seine Muskeln mit einem blauen Stars-T-Shirt und hellgrauen Shorts dekoriert, nichts Besonderes, aber er gehörte zu den beneidenswerten Menschen, die selbst in einem Kartoffelsack noch eine gute Figur machen würden.

Sie kramte in ihrer Handtasche nach ihrer Sonnenbrille und starrte ihn missmutig an. »Schaltest du das eigentlich nie ab?«

»Was soll ich abschalten?«

»Deine abgrundtief schlechte Laune.«

»Vielleicht sollte ich dich doch lieber in der Klapsmühle abliefern, anstatt dich mit nach Wind Lake zu nehmen.«

»Ganz wie du meinst. Darf man auf einen Kaffee hoffen?« Sie schob die Sonnenbrille auf die Nase, doch selbst die konnte gegen seine irritierend strahlende Schönheit wenig ausrichten.

»Ist im Auto, aber du hast so lange gebraucht, dass er wahrscheinlich kalt ist.«

Der Kaffee war noch kochend heiß, und als sie vom Parkplatz fuhren, nahm sie einen langen genüsslichen Schluck.

»Ein bisschen Obst und Doughnuts sind das Einzige, was ich zum Frühstück auftreiben konnte. Es ist alles in dieser Tüte.« Er klang mindestens so miesepetrig wie sie. Hunger hatte sie nicht. Sie konzentrierte sich lieber auf die Landschaft.

Sie hätten ebenso gut in der Wildnis von Yukon sein können statt in einem Bundesstaat, in dem Chevrolets, Sugar Pops und Soul-Musik produziert wurden. Von der Brücke, die über den Au Sable führte, sah man felsige Abhänge an dem einen und dichten Wald auf dem anderen Ufer. Ein Fischadler schoss aufs Wasser herab. Alles wirkte wild und abgelegen.

Ab und zu kamen sie an einer Farm vorbei, ansonsten war es das Land der Holzfäller. Ahorn und Eichen wetteiferten mit Kiefern, Birken und Zedern. An einigen Stellen drang goldenes Sonnenlicht durch die Baumkronen. Alles schien so wunderbar erhaben, dass einen tiefe Ruhe und Frieden überkommen konnte, doch dazu war sie zu sehr aus der Übung.

Kevin fluchte und riss das Steuer herum, um einem Eichhörnchen auszuweichen. Dass sie ihrem Ziel näher kamen, verbesserte seine Laune nicht unbedingt. Sie entdeckte einen Hinweis auf die Abzweigung nach Wind Lake, doch er brauste daran vorbei. »Da geht es in die Stadt. Das Feriengelände liegt am anderen Ende des Sees.«

Nach einigen Kilometern stießen sie auf ein dekoratives grünweißes Schild mit einem goldumrandeten Chippendaleaufsatz.

Wind Lake Cottages
Bed & Breakfast
Gegründet 1864

Kevin runzelte die Stirn. »Das Schild scheint neu zu sein. Und von einem Bed & Breakfast hat mir niemand etwas gesagt. Demnach hat sie in dem alten Haus Gästezimmer eingerichtet.«

»Ist das so schlimm?«

»Der Ort ist so muffig und düster wie ein Grab. Ich kann mir nicht vorstellen, dass jemand freiwillig seinen Urlaub dort verbringt.« Er bog auf einen Schotterweg ab, der sich eine halbe Meile durch den Wald schlängelte, bis die Ferienanlage vor ihnen auftauchte.

Kevin hielt, und Molly stockte der Atem. Sie hatte erwartet, heruntergekommene, halb verfallene Hütten vorzufinden. Stattdessen lag vor ihnen ein idyllisches Bilderbuchdorf im Miniaturformat.

Mittelpunkt war ein schattiger, lang gestreckter Rasenplatz, umgeben von kleinen hexenhausähnlichen Cottages, deren Farbe an eine Bonbondose erinnerte: Minzgrün mit Mandarine und Schokoladenbraun, Mokka mit Zitrone und Preiselbeere, Pfirsich mit Heidelbeere und Karamell. Feine Holzverzierungen schmückten die Dachvorsprünge, verspielte gedrechselte Türmchen umrahmten winzige Veranden. Am gegenüberliegenden Ende des Platzes stand eine zauberhafte Gartenlaube.

Bei näherem Hinsehen wirkten die Blumenbeete des Platzes etwas verwildert, die Straße, die rundherum führte, hätte eine neue Kiesschicht gebraucht. Alles wirkte etwas vernachlässigt, wenn auch noch nicht lange. Die meisten Cottages waren sorgfältig verschlossen, nur ein paar schienen zurzeit bewohnt. Ein ältliches Paar trat aus einem der Häuschen, ein Mann mit Gehstock spazierte auf die Gartenlaube zu.

»Was machen all diese Leute hier? Ich habe alle Vermietungen für den Sommer stornieren lassen.«

»Dann haben sie die Nachricht sicher nicht erhalten.« Molly sah sich um. Alles sah so seltsam vertraut aus, was sie sich nicht erklären konnte. Sie war doch noch nie an solch einem Ort gewesen.

Auf der anderen Seite des Kieswegs, der um die Rasenfläche herumführte, gab es ein paar kleine Picknickplätze an einer sandigen halbmondförmigen Bucht, dahinter sah man einen schmalen Streifen vom Wind Lake, dessen blaugraues Wasser sich vom gegenüberliegenden baumbestandenen Ufer abhob. Ein paar Kanus und Ruderboote lagen umgedreht neben einem verwitterten Bootssteg.

Es überraschte sie nicht, dass sich noch niemand am Strand aufhielt. Trotz des sonnigen Junimorgens schreckten die eisigen Temperaturen dieses Sees in den North Woods sicher noch die meisten Schwimmer ab.

»Wie du siehst, ist hier kaum jemand unter siebzig«, bemerkte Kevin und beschleunigte den Wagen.

»Es ist noch früh. Außerdem haben die meisten Schulen noch keine Ferien.«

»Ende Juli wird es hier immer noch so aussehen. Willkommen in meiner Kindheit.« Er bog vom Platz in einen schmalen Weg, der am See entlang führte. Alle Cottages, an denen sie vorbeikamen, waren mit den gleichen verspielten Holzverzierungen versehen, überragt wurde die Ansammlung von Ferienhäuschen von einem wunderschönen zweigeschossigen Gebäude im Queen-Anne-Stil.

Das konnte nicht das muffige, düstere Haus sein, das er beschrieben hatte. Es hatte einen hellbraunen Anstrich, kombiniert mit lachsfarbenen, maisgelben und moosgrünen Akzenten an den Verzierungen von der Veranda bis zu den Giebeln und dem Vordach. An der linken Seite erhob sich ein rundes Ecktürmchen, die breite Veranda zog sich an zwei Seiten um das Haus. Petunien blühten in Tonkübeln rechts und links der zweiflügeligen Eingangstür, deren Milchglasscheiben an den Rändern mit Weinlaub- und Blumenranken verziert waren. Farn wucherte aus braunen Weidenständern, buntkarierte, auf die Farben des Hauses abgestimmte Kissen belebten die altmodischen Holzschaukelstühle. Wieder beschlich sie das Gefühl, in einer vergangenen Zeit gelandet zu sein.

»Ich glaube das nicht, zum Teufel noch mal!« Kevin schwang sich mit einem Satz aus dem Auto. »Das Haus war eine Ruine, als ich das letzte Mal hier war.«

»Eine Ruine kann man das wohl jetzt nicht mehr nennen. Es ist wunderschön.«

Sie zuckte zusammen, als er die Wagentür hinter sich zuknallte, und stieg dann selbst aus. Ruh riss sich los und rannte auf die Büsche zu. Kevin stemmte die Hände in die Hüften und blickte ungläubig an der Fassade empor.

»Wie zur Hölle ist sie nur auf Idee gekommen, ein Bed & Breakfast daraus zu machen?«

Im selben Moment ging die Haustür auf und eine Frau Ende Sechzig trat heraus. Ihre graublonden Haare wurden von einer Spange zusammengehalten, aus der sich hier und da ein paar Strähnen gelöst hatten. Sie war groß gewachsen und von grobknochiger Statur, hatte einen breiten Mund, ausgeprägte Wangenknochen und strahlend blaue Augen. Eine weiß bemehlte Schürze verdeckte ihre kakifarbene Hose und eine kurzärmlige weiße Bluse.

»Kevin!« Sie eilte die Treppe hinunter und umarmte ihn herzlich. »Mein guter Junge! Ich wusste, dass du kommen würdest!«

Kevin erwiderte die Umarmung etwas steif, fand Molly.

Die Frau warf ihr einen abschätzenden Blick zu. »Ich bin Charlotte Long. Mein Mann und ich haben jedes Jahr den Sommer hier verbracht. Er ist vor acht Jahren gestorben, aber ich wohne immer noch in Loaves and Fishes. Kevin hat seine Bälle immer in meine Rosensträucher geschossen.«

»Mrs Long war eine gute Freundin meiner Eltern und meiner Tante«, fügte Kevin hinzu.

»Ach, wie ich Judith vermisse. Wir haben uns kennen gelernt, als wir zum ersten Mal hierher kamen.« Ihre forschenden blauen Augen ruhten auf Molly. »Und wer ist das?«

Molly streckte ihre Hand aus. »Molly Somerville.«

»Nun, also –« Mit missbilligendem Blick wandte sie sich wieder an Kevin. »Man kann ja keine Zeitung mehr aufschlagen, ohne von deiner Hochzeit zu lesen. Ist es nicht etwas früh, sich mit anderen einzulassen? Ich bin sicher, Pastor Tucker wäre enttäuscht, dass du dir mit deiner Ehe nicht mehr Mühe gibst.«

»Äh, Molly ist meine –« Das Wort schien ihm im Hals stecken zu bleiben. Molly fühlte mit ihm, doch sie war nicht bereit, ihm die Sache abzunehmen.

»Äh, Molly ist meine – Frau«, brachte er schließlich doch heraus.

Und wieder fühlte Molly den taxierenden Blick dieser blauen Augen. »Ach, dann habe ich nichts gesagt. Aber wieso nennen Sie sich Somerville? Tucker ist ein ehrenwerter Name, auf den man stolz sein kann. Pastor Tucker, Kevins Vater, war einer der ehrbarsten Männer, die ich je getroffen habe.«

»Daran besteht sicher kein Zweifel.« Sie enttäuschte die Menschen nicht gern. »Aber ich bin unter dem Namen Somerville bekannt, ich schreibe Kinderbücher.«

Mit einem Schlag war der missbilligende Blick wie weggewischt. »Kinderbücher wollte ich auch immer gern schreiben. Ach, das ist ja nett. Wissen Sie, als Kevins Mutter noch lebte, hatte sie immer Angst, er würde eines dieser klapperdürren Models heiraten, die nur Hasch rauchen und mit jedem gleich ins Bett steigen.«

Kevin schluckte merklich.

»He, mein Kleiner, willst du wohl aus Judiths Lobelien herauskommen.« Charlotte klopfte auf ihre Schürze, und Ruh tauchte aus den Blumen hervor. Sie kraulte ihn am Kinn. »Passen Sie gut auf ihn auf, wir haben hier in der Gegend Kojoten.«

Kevin wurde hellhörig. »Sind sie groß?«

Molly sah ihn verächtlich an. »Ruh bleibt immer nah beim Haus.«

»Wie schade.«

»Also, ich muss jetzt los! Gästeliste und Termine findest du in Judiths Computer. Die Pearsons müssten jeden Augenblick eintreffen. Sie sind Vogelkundler.«

Kevin erblasste unter seiner Bräune. »Gäste?«

»Amy hat Judiths altes Zimmer für dich hergerichtet, das frühere Zimmer deiner Eltern. Die anderen Zimmer sind alle vermietet.«

»Amy? Warte mal –«

»Amy und Troy Anderson, er ist der Hausmeister. Sie sind frisch verheiratet, sie ist erst neunzehn und er gerade mal zwanzig. Ich weiß auch nicht, warum sie es so eilig hatten.« Charlotte band ihre Schürze los. »Amy sollte eigentlich sauber machen, aber sie sind so verrückt nacheinander, dass sie nichts schaffen. Man muss immer hinter ihnen her sein.« Sie reichte Molly die Schürze. »Wie gut, dass Sie da sind, Molly. Ich war noch nie eine gute Köchin, und die Gäste fangen schon an, sich zu beschweren.«

Molly starrte auf die Schürze. Als die alte Frau Anstalten machte zu gehen, trat Kevin ihr in den Weg. »Warte einen Augenblick! Die Ferienanlage ist geschlossen. Alle Reservierungen wurden storniert.«

Sie sah ihn nur missbilligend an. »Wie konntest du überhaupt dran denken, so etwas zu tun, Kevin? Einige dieser Leute kommen schon seit vierzig Jahren hierher. Und Judith hat jeden Penny in die Renovierung der Häuser und Gästezimmer gesteckt. Hast du eine Ahnung, was eine Anzeige im *Victoria*-Magazin kostet? Und dieser Collins, ein Junge aus der Stadt, hat ihr fast tausend Dollar berechnet, um eine Website einzurichten.«

»Eine *Website?*«

»Ja, kennst du dich nicht mit dem Internet aus? Da solltest du mal reinschauen. Eine tolle Sache, abgesehen von diesen ganzen Pornos.«

»Ich weiß, was Internet ist!«, rief Kevin. »Aber kannst du mir erklären, warum immer noch Leute hierher kommen, obwohl ich die Anlage geschlossen hatte?«

»Nun, weil ich sie wieder geöffnet habe. Judith hätte es nicht anders gewollt. Das habe ich die ganze Zeit versucht dir zu erklären. Weißt du, dass es mich fast eine Woche gekostet hat, alle zu erreichen?«

»Du hast sie alle angerufen?«

»Ich habe auch E-Mail benutzt«, erklärte sie stolz. »Ich

habe nicht lange gebraucht, um mich damit zurechtzufinden.« Sie tätschelte seinen Arm. »Mach dir keine Sorgen, Kevin. Ihr werdet das schon schaffen, du und deine Frau. Solange ihr jeden Morgen ein reichhaltiges Frühstück auf den Tisch bringt, sind die meisten Leute schon zufrieden. Die Speisepläne und Rezepte sind in Judiths blauem Notizbuch in der Küche. Ach ja, und sag bitte Troy, er muss in *Green Pastures* nach der Toilette sehen.«

Damit eilte sie davon.

Kevin sah elend aus. »Sag mir, dass es nur ein böser Traum ist.«

Als Mrs Long gerade um die Ecke verschwand, sah Molly einen alten Honda Accord auf das Gästehaus zufahren. »Ich fürchte, du bist hellwach.«

Kevin folgte ihrem Blick und fluchte, als der Wagen vor dem Haus anhielt. Molly konnte nicht länger stehen, sie setzte sich auf die Treppe, um das Schauspiel zu verfolgen. Ruh kläffte laut zur Begrüßung.

»Wir sind die Pearsons«, sagte eine dünne Frau mit rundem Gesicht um die Sechzig. »Ich bin Betty und das ist mein Mann John.«

Kevin sah aus, als habe er soeben einen Schlag auf den Hinterkopf bekommen, also antwortete Molly an seiner Stelle. »Molly Somerville. Und das ist Kevin Tucker, der neue Besitzer.«

»Oh, ja, wir haben schon von Ihnen gehört. Sie spielen Baseball, nicht wahr?«

Kevin sank gegen den Laternenpfahl.

»Basketball«, sagte Molly. »Aber er ist zu klein für die NBA, deshalb lassen sie ihn nie spielen.«

»Mein Mann und ich haben nicht viel Ahnung von Sport. Das mit Judith tut uns sehr Leid. Eine wunderbare Frau. Sie wusste sehr viel über die heimische Vogelwelt. Wir halten nämlich Ausschau nach seltenen Vogelarten.«

John Pearson war mindestens zweihundert Pfund schwerer als seine Frau, sein Doppelkinn zuckte. »Wir hoffen, Sie werden nicht allzu viele Änderungen vornehmen. Judith war bekannt für ihr fantastisches Frühstück. Und erst ihr Schokoladenkirschkuchen –« Er brach ab und Molly erwartete beinahe, dass er sich die Finger leckte. »Wird der Nachmittagstee immer noch um fünf Uhr serviert?«

Molly wartete darauf, dass Kevin antwortete, doch er schien seine Sprache verloren zu haben. Sie nickte. »Es kann sein, dass es heute ausnahmsweise etwas später wird.«

9

Daphne wohnte in dem hübschesten Cottage vom Nachtigallenwald. Es lag etwas abseits inmitten eines Hains, sodass sie auf ihrer elektrischen Gitarre spielen konnte, wann immer sie wollte, ohne jemanden zu stören.

Wo steckt Daphne?

Kevin hing mit einem Ohr an seinem Handy, mit dem anderen am Telefon des Gästehauses, während er in der Eingangshalle auf und ab tigerte, seinem Finanzberater Anweisungen ins Ohr bellte und gleichzeitig mit seiner Sekretärin oder Haushälterin redete. Hinter ihm sah man auf den ersten Absatz einer mächtigen Treppe aus Walnussholz, die in einem Bogen nach oben führte. Das Treppengeländer war staubig, der Läufer auf den Stufen musste dringend gesaugt werden. Den Treppenabsatz zierte eine kleine Säule mit einer Bodenvase, in der ein paar Pfauenfedern wippten.

Sein Hinundhergerenne machte sie ganz nervös, daher beschloss Molly, das Haus zu erkunden. Mit Ruh dicht auf den Fersen trat sie in den vorderen Salon. Das Nadelkissensofa und die rührend kunterbunte Mischung unterschiedlicher Stühle waren mit hübschen Butterblumen- und Rosenstoffen bezogen. Pflanzenstudien und pastorale Szenen in vergoldeten Rahmen schmückten die cremefarbenen Wände, vor den Fenstern hingen Spitzengardinen. Den Sims über dem Kamin zierten Messingkerzenhalter, eine chinesische Blumenbank und ein paar kristallene Döschen. Leider war das Messing angelaufen, das Kristall trübe, auf den Tischen lag eine Staubschicht. Die Wollmäuse auf dem orientalischen Teppich bestätigten den vernachlässigten Zustand. Das Gleiche galt für das Musikzimmer, wo mit Rosenmustern bezogene Lesesessel und ein Spinett vor der Tapete mit traditionellem Ananasmuster gruppiert waren. Auf einem kleinen Sekretär in der Ecke lagen elfenbeinfarbenes Schreibpapier, ein altmodischer Füllhalter und ein Tintenfass bereit. Zwei angelaufene silberne Kerzenleuchter standen neben einem alten Krug. Auf der anderen Seite des Flurs gelangte man ins Speisezimmer, in dessen Mitte ein Queen-Anne-Tisch und zehn passende Stühle mit hohen Lehnen prangten. Das beherrschende Element des Raumes war ein quadratisches, großzügiges Erkerfenster, von dem aus man einen herrlichen Blick auf den See und die Wälder hatte. Molly vermutete, dass zu Tante Judiths Zeiten immer ein frischer Blumenstrauß in der Kristallvase auf der Anrichte gestanden hatte. Jetzt stapelten sich die Überreste des Frühstücksgeschirrs auf der Marmorplatte.

Durch eine Seitentür gelangte sie in eine altmodische Landhausküche mit anheimelnden blauweißen Fliesen und Holzschränken, auf denen eine ganze Sammlung chinesischer Krüge aufgereiht war. In der Mitte des Raumes diente ein rustikaler Bauerntisch als Arbeitsfläche, die jetzt allerdings unter schmutzigen Rührschüsseln, Eierschalen, Messbechern und einem geöffneten Glas getrockneter Preiselbeeren verschwand. Der Herd, der in jede moderne Restaurantküche gepasst hätte, musste dringend gereinigt werden, die Klappe des Geschirrspülers hing sperrangelweit offen.

Vor den Fenstern stand ein runder Eichentisch für die Mahlzeiten in eher privater Runde. Auf den Bauernstühlen lagen bunt bedruckte Kissen, darüber hing ein schmiedeeiserner Kerzenleuchter. Hinter dem Haus reichte der zu beiden Seiten von Wald gesäumte Garten bis hinunter an den See.

Sie spähte in eine große gefüllte Speisekammer, in der es

nach Backgewürzen duftete, und trat in ein Durchgangszimmer, in dem ein moderner Computer auf einem alten Kneipentisch darauf hindeutete, dass dies das Büro war. Das Herumlaufen hatte sie müde gemacht, und so ließ sie sich vor dem Computer nieder und schaltete ihn an. Zwanzig Minuten später hörte sie, wie Kevin nach ihr rief.

»Molly! Wo zum Teufel steckst du?«

Unhöfliche Fragen verdienten keine Antwort. Sie ignorierte ihn und öffnete eine weitere Datei.

Für einen sonst so leichtfüßigen Mann hatte er an diesem Morgen einen ungewöhnlich harten Tritt, und sie hörte ihn kommen, lange bevor er sie entdeckt hatte. »Warum hast du mir nicht geantwortet?«

»Ich antworte grundsätzlich nicht auf Gebrüll.«

»Ich habe nicht gebrüllt! Ich habe nur –«

Er brach mitten im Satz ab. Ein Blick aus dem Fenster zeigte ihr, was ihn so plötzlich abgelenkt hatte. Draußen rannte eine junge Frau in äußerst knappen schwarzen Shorts und rückenfreiem Top durch den Garten, verfolgt von einem ebenso jungen Mann. Sie drehte sich zu ihm um und lief rückwärts weiter, lachte und rief ihm etwas zu. Er schrie zurück, woraufhin sie ihr Top hochzog und ihre nackten Brüste entblößte.

»Wow –«, machte Kevin.

Molly merkte, wie ihr Gesicht plötzlich heiß wurde. Der Mann packte das Mädchen um die Taille und zog sie zwischen die Bäume, sodass sie zwar von der Straße aus nicht zu sehen, aber vom Haus aus gut zu beobachten waren. Er lehnte sich an den Stamm eines alten Ahornbaums. Sie sprang sofort hoch und schlang ihre Beine um ihn.

Molly spürte seit langer Zeit mal wieder, wie das Blut in ihren Adern zu pochen begann, während das junge Liebespaar sich vor ihren Augen verschlang. Er hielt ihren Hintern mit beiden Händen umklammert, sie drückte ihren Busen an seine Brust, dann stützte sie die Ellenbogen auf seinen Schultern ab und hielt seinen Kopf, als ob ihre Zunge seinen Mund nicht schon tief genug erforschte.

Molly hörte, wie Kevin sich hinter ihr unruhig bewegte. Ihr Pulsschlag beschleunigte sich träge. Sie spürte ihn dicht hinter sich, die Wärme seines Körpers schien ihr dünnes T-Shirt zu durchdringen. Wie konnte jemand, der sein Geld mit Schweiß verdiente, nur immer so angenehm frisch riechen?

Der junge Mann drehte seine Geliebte mit dem Rücken gegen den Baumstamm, schob eine Hand unter ihr T-Shirt und bearbeitete ihre Brüste.

Mollys Busen spannte, vergeblich versuchte sie, den Blick abzuwenden. Kevin ging es anscheinend ähnlich, er rührte sich nicht von der Stelle und seine Stimme klang etwas belegt. »Ich glaube, wir haben soeben Amy und Troy Andersons kennen gelernt.«

Die junge Frau ließ sich zu Boden sinken, sie war zierlich und langbeinig, das blonde Haar hatte sie mit einer violetten Schleife zu einem leicht zerzausten Pferdeschwanz gebunden. Sein kurz geschnittenes Haar war einen Ton dunkler als ihres, er war schlank und etwas größer als sie.

Ihre Hände schoben sich zwischen ihre Körper, es war unschwer zu erraten, was sie gerade machte.

Sie öffnete den Reißverschluss seiner Jeans.

»Gleich treiben sie es direkt vor unseren Augen«, stellte Kevin fest.

Seine Bemerkung riss Molly aus ihrer Trance. Sie schoss hoch und drehte sich mit dem Rücken zum Fenster. »Nicht vor meinen.«

Seine Augen wanderten vom Fenster zu ihr, einen Augenblick starrte er sie schweigend an. Wieder spürte sie den Pulsschlag in ihren Adern. Ihr wurde bewusst, dass sie sich trotz des intimen Moments, den sie erlebt hatten, überhaupt nicht kannten.

»Wird wohl ein bisschen zu heiß für dich?«

Ihr war tatsächlich wärmer, als ihr lieb war. »Voyeurismus ist nicht mein Ding.«

»Na, das überrascht mich aber. Dabei sollte es doch genau deine Kragenweite sein, wenn du ahnungslosen Opfern auflauerst.«

Die ganze Geschichte war ihr immer noch unendlich peinlich. Sie wollte gerade eine erneute Entschuldigung vorbringen, als sie seinen berechnenden Blick bemerkte. Entsetzt erriet sie, dass es Kevin nicht darum ging, sie erneut zu Kreuze kriechen zu sehen. Er war nur auf einen kleinen unterhaltsamen Streit aus. Normalerweise war sie in solchen Fällen nicht um eine Antwort verlegen, doch ihr Gehirn hatte so lange vor sich hingedämmert, dass ihr nichts Besseres einfiel als: »Nur, wenn ich betrunken bin.«

»Willst du damit sagen, dass du in jener Nacht betrunken warst?« Er sah kurz aus dem Fenster und dann wieder zu ihr.

»Hoffnungslos betrunken. Stoli auf Eis. Glaubst du etwa, ich hätte mich sonst so aufgeführt?«

Diesmal schien etwas draußen vor dem Fenster seinen Blick länger festzuhalten. »Ich kann mich nicht daran erinnern, dass du betrunken warst.«

»Du hast ja auch geschlafen.«

»Ich weiß nur noch, dass du behauptet hast, du würdest schlafwandeln.«

Sie brachte ein beleidigtes Schniefen hervor. »Nun ja, ich wollte doch nicht zugeben, dass ich ein kleines Alkoholproblem hatte.«

»Davon scheinst du dich aber schnell erholt zu haben.« Diesen grünen Augen entging auch gar nichts.

»Schon allein bei dem Gedanken an Stoli wird mir übel.«

Sein Blick wanderte langsam über ihren Körper. »Willst du wissen, was ich denke?«

Sie schluckte. »Danke, kein Interesse.«

»Ich glaube, du konntest mir einfach nicht widerstehen.«

Verzweifelt durchforstete sie ihr Hirn nach einer passenden Antwort, doch außer einem lahmen: »Wenn es dich glücklich macht«, wollte ihr nichts einfallen.

Er trat einen Schritt zur Seite, um einen besseren Blick auf die Szene draußen zu erhaschen. Plötzlich verzog er das Gesicht. »Oh, das muss wehtun.«

Nur mit größter Mühe hielt sie der Versuchung stand. »Das ist krank. Hör auf, die beiden so anzustarren.«

»Das ist ja interessant.« Er legte den Kopf schief. »Das ist ja eine ganz neue Methode.«

»Hör auf damit!«

»Das ist bestimmt nicht mal legal.«

Sie hielt es nicht länger aus und wirbelte herum, nur um festzustellen, dass das Liebespaar längst verschwunden war. Er kicherte hämisch. »Wenn du dich beeilst, erwischst du sie noch, bevor sie fertig sind.«

»Sehr komisch.«

»Ich finde das höchst amüsant.«

»Na, dann erheitert dich das hier bestimmt auch: Ich habe ein bisschen in Tante Judiths Dateien herumgeschnüffelt, und es sieht so aus, als wären die Zimmer bis in den September hinein voll ausgebucht. Die meisten Ferienhäuser auch. Du wirst nicht glauben, wie viele Leute offenbar wild darauf sind, hier ihren Urlaub zu verbringen.«

»Lass mich mal sehen.« Er schob sich an ihr vorbei vor den Computer.

»Viel Spaß. Ich werde ein freies Plätzchen für mich suchen.«

Seine ganze Aufmerksamkeit gehörte bereits dem Bildschirm. Er reagierte nicht einmal, als sie sich über ihn beugte, um den Zettel zu nehmen, auf dem sie sich die freien Cottages notiert hatte.

Auf dem Wandbrett neben dem Schreibtisch fand sie die

passenden Schlüssel und steckte sie in die Tasche. Auf dem Weg durch die Küche nahm sie ein Stück von Charlotte Longs Preiselbeerbrot. Nach dem ersten Bissen wusste sie, dass Mrs Long Recht gehabt hatte, was ihre Koch- und Backkünste anging, und warf den Rest in den Müll.

Als sie in der Eingangshalle stand, siegte die Neugier über ihre Müdigkeit, und sie ging die Treppe hinauf, um den Rest des Hauses in Augenschein zu nehmen. Ruh trottete hinter ihr her, während sie in die Gästezimmer hineinspähte, die alle unterschiedlich eingerichtet waren. Sie stieß auf Regale voller Bücher, schöne Ausblicke aus den Fenstern und die anheimelnde Dekoration, die die Leute von einem hochklassigen Bed & Breakfast erwarteten.

Auf einem Stapel museumsreifer Hutschachteln entdeckte sie ein Vogelnest mit antiken Glaskugeln, neben einem metallenen Vogelkäfig waren alte Apothekerfläschchen aufgereiht. Stickereien in ovalen Rahmen, alte Holzschilder und wunderschöne Steingutvasen, die danach verlangten, mit frischen Blumen gefüllt zu werden. Darüber hinaus gab es jede Menge ungemachter Betten, überquellende Mülleimer, schmuddelige Badewannen, auf denen sich haufenweise abgelegte Handtücher stapelten. Amy Anderson trieb sich anscheinend lieber mit ihrem Ehemann im Garten herum, als ihre Arbeit zu erledigen.

Am Ende des Flurs öffnete sie die Tür zu dem einzigen Zimmer, das offensichtlich nicht vermietet war. Es war sauber und aufgeräumt, nach den auf dem Frisiertischchen aufgereihten Familienfotos zu urteilen, musste es sich um das ehemalige Zimmer von Judith Tucker handeln. Es war das Eckzimmer, zu dem auch das kleine Türmchen gehörte. Sie stellte sich vor, wie Kevin in dem Bett mit dem verschnörkelten Kopfende schlafen würde. Bei seiner Größe würde er sicher nur quer hineinpassen.

Für einen kurzen Moment sah sie ihn wieder vor sich wie

in jener Nacht, als sie zu ihm ins Bett geschlüpft war. Entsetzt schüttelte sie das Bild ab und ging nach unten. Als sie auf die Veranda hinaustrat, sog sie den Duft der Kiefern, Petunien und des Sees ein. Ruh vergrub seine Nase in einem Blumentopf.

Am liebsten hätte sie sich in einem der Schaukelstühle zu einem kleinen Nickerchen niedergelassen, aber wenn sie nicht Tante Judiths Zimmer mit Kevin teilen wollte, musste sie sich einen Platz zum Schlafen suchen. »Komm, Ruh. Sehen wir uns mal die freien Häuschen an.«

In einer der Dateien hatte sie einen Lageplan der Cottages gefunden. Draußen auf dem Platz traf sie auf die dazu gehörigen Hinweisschilder: GABRIELS TRUMPET, MILK AND HONEY, GREEN PASTURES, GOOD NEWS.

Als sie gerade an Jacobs Ladder vorbeiging, kam ihr ein gut aussehender, ausgesprochen schlanker Mann entgegen. Er war vielleicht Anfang Fünfzig, deutlich jünger als die anderen Gäste, die sie bislang gesehen hatte. Sie nickte ihm zu und erhielt ein kurz angedeutetes Nicken zur Antwort.

Tree of Life war ein korallenfarbenes Häuschen mit Holzverzierungen in Pflaume und Lavendel. Es war noch frei, genau wie das ebenso entzückende Lamb of God nebenan. Sie lagen jedoch sehr nah am zentralen Rasenplatz und boten nicht die Ruhe und Abgeschiedenheit, nach der es sie verlangte. Also ging sie weiter zu den etwas abgelegeneren Häuschen entlang des Seewegs.

Sie hatte so etwas wie ein Déjà-vu-Erlebnis. Warum nur erschien ihr dieser Ort so vertraut? Sie kamen wieder am Gästehaus vorbei, Ruh immer noch vorneweg. Er schnüffelte an einem Büschel Sternmiere und entdeckte dann ein verführerisches Fleckchen Rasen. Am Ende des schmalen Pfads entdeckte sie zwischen den Bäumen genau, was sie sich vorgestellt hatte. Lilies of the Field.

Das kleine Häuschen hatte einen frischen Anstrich in zarten Gelbtönen, dazu Holzverzierungen in blassblau und dem zarten verwaschenen Rosa wie im Inneren einer Meeresmuschel. Ihr stockte der Atem. Das Häuschen sah aus wie eine Puppenstube. Sie stieg die Treppe hinauf. Die Fliegentür quietschte, wie es sich gehörte. In ihrer Tasche fand sie den passenden Schlüssel und trat ein.

Bei der Inneneinrichtung hatte man sich offenbar bewusst gegen alles entschieden, was chic und modern war. Die Wände waren rundherum in Altweiß getüncht. Das Sofa, das unter dem Staublaken zum Vorschein kam, hatte wunderbar ausgeblichene Polster. Davor diente ein schon etwas mitgenommener halbierter Baumstamm als Couchtisch. An der einen Wand stand eine Kommode aus unbehandeltem Kiefernholz, daneben ein Messingleuchter. Trotz des staubigen Geruchs, der über allem lag, wirkten die Räume dank der weißen Wände und der Spitzengardinen hell und luftig.

Linkerhand bot eine kleine Küche Platz für einen altmodischen Gasherd und einen kleinen Tisch mit herunterklappbaren Seitenteilen, an dem zwei Bauernstühle standen, wie sie sie schon in der Küche des Gästehauses gesehen hatte. Bei einem Blick in den bemalten Holzküchenschrank entdeckte sie ein herrliches Sammelsurium an Keramikgeschirr und Platten aus chinesischem Porzellan, dickwandigen Gläsern und bunt bemalten Bechern. Das kleine Peter-Rabbit-Kindergeschirr in einer Ecke versetzte ihr einen schmerzhaften Stich, und sie machte den Schrank schnell wieder zu.

Im Badezimmer stand eine Wanne auf Löwenfüßen, dazu ein altertümliches Waschbecken. Ein Flickenteppich bedeckte die rohen Holzdielen vor der Wanne, jemand hatte eine Bordüre aus Weinlaub rundherum an die Wände gemalt.

Im hinteren Teil des Hauses lagen zwei Schlafzimmer, ein winzig kleines und ein zweites, das gerade groß genug war für ein Doppelbett und eine bemalte Kommode. Auf dem Bett lag eine verblasste Quiltdecke, ein Blumenkorbmotiv zierte das aus Metall geschwungene Kopfende. Auf dem Nachttisch stand eine kleine Lampe mit weißem Milchglasschirm.

Nach hinten raus schmiegte sich eine geschützte Veranda an den Waldrand. An der Wand lehnten ein paar Korbsessel, in einer Ecke war eine Hängematte gespannt. Sie hatte heute mehr getan als in den ganzen letzten Wochen, und beim Anblick der Hängematte merkte sie auf einmal, wie erschöpft sie war.

Sie machte es sich darin gemütlich. Die holzverschalte Decke über ihr hatte den gleichen zartgelben Anstrich wie die Außenwände des Hauses, mit ein paar altrosa und blauen Akzenten hier und da auf den Verzierungen. Was für ein wunderbarer Platz. Wie eine Puppenstube.

Die Hängematte wiegte sie sanft hin und her. Sie schloss die Augen und war auf der Stelle eingeschlafen.

Der Pudel empfing ihn knurrend und mit gefletschten Zähnen. »Fang nicht schon wieder damit an, ich bin nicht in Stimmung.«

Kevin ignorierte den Hund, trug Mollys Koffer ins Schlafzimmer und warf dann einen Blick in die Küche. Irgendwo musste sie sein, Charlotte Lang hatte sie hineingehen sehen. Er fand sie schlafend auf der Veranda in einer Hängematte.

Sie wirkte klein und schutzlos. Eine Hand lag unter ihrer Wange, eine dunkle Haarlocke fiel ihr ins Gesicht. Sie hatte lange, dichte Wimpern, die jedoch die Schatten unter ihren Augen nicht zu verbergen vermochten. Beschämt dachte er daran, wie er sie herumkommandiert hatte. Doch irgendetwas sagte ihm, dass es ihr noch viel weniger gefallen hätte, verhätschelt zu werden. Abgesehen davon wäre er nie auf die Idee gekommen, dazu war sein Groll gegen sie noch zu groß.

Seine Augen wanderten über ihren Körper und wollten sich nicht mehr davon lösen. Sie trug eine knallrote Caprihose und eine zerdrückte ärmellose gelbe Bluse mit einem von diesen chinesischen Kragen. Wenn sie wach war und die hochnäsige kleine Klugscheißerin herauskehrte, bemerkte man kaum, dass sie von einer Tänzerin abstammte, doch als er sie jetzt so vor sich sah, wurde er eines Besseren belehrt. Sie hatte zarte Gelenke, schlanke Beine und weich geschwungene Hüften. Unter ihrer dünnen Bluse zeichneten sich ihre Brüste ab, der geöffnete Ausschnitt enthüllte einen schmalen schwarzen Spitzenträger. Es juckte ihn in den Fingern, ein paar Knöpfe mehr zu öffnen, um sich die Sache etwas genauer anzusehen.

Angewidert von seiner Reaktion beschloss er, sobald er zurück in Chicago wäre, eine seiner Freundinnen anzurufen. Er hatte eindeutig zu lange keinen ordentlichen Sex mehr gehabt.

Als könne er Gedanken lesen, knurrte der Pudel und begann, ihn anzukläffen.

Ruhs Gebell riss sie aus dem Schlaf. Mühsam öffnete sie die Augen und erschrak, als der Schatten eines Mannes über sie fiel. Sie versuchte aufzustehen und kippte beinahe aus der Hängematte.

Kevin fing sie gerade noch auf und stellte sie wieder auf die Füße. »Denkst du eigentlich nie nach, bevor du etwas machst?«

Sie strich sich die Haare aus dem Gesicht und blinzelte verschlafen. »Was willst du?«

»Dass du mir das nächste Mal Bescheid sagst, bevor du verschwindest.«

»Das habe ich.« Sie gähnte. »Aber du warst wohl zu sehr in Mrs Andersons Busen vertieft.«

Er zog einen der Korbsessel heran und ließ sich darin nieder. »Dieses Pärchen ist zu nichts zu gebrauchen. Kaum hat man ihnen den Rücken zugekehrt, da fallen sie schon wieder übereinander her.«

»Sie sind eben frisch verheiratet.«

»Das sind wir auch.«

Darauf gab es nichts zu sagen. Sie sank auf eine Metallliege, die sich ohne ihr Polster als höchst unbequem erwies.

Er grinste sie verschlagen an. »Das Einzige, was man Amy zugute halten kann, ist, dass sie ihren Mann unterstützt.«

»Wenn man bedenkt, wie er sie gegen den Baum gedrückt hielt –«

»Die beiden gegen den Rest der Welt. Sie arbeiten Seite an Seite. Helfen einander. Sind ein Team.«

»Was willst du mir mit diesen zarten Andeutungen sagen?«

»Ich brauche Hilfe.«

»Ich verstehe kein Wort von dem, was du sagst.«

»Wie es aussieht, werde ich die Anlage in diesem Sommer nicht mehr los. Ich werde versuchen, so schnell wie möglich jemanden zu finden, der sich hier um alles kümmert, aber bis dahin –«

»Nichts bis dahin.« Sie stand auf. »Ich werde den Job jedenfalls nicht übernehmen. Unser sexwütiges junges Pärchen kann dir doch helfen. Und was ist mit Charlotte Long?«

»Sie sagt, sie hasst die Kocherei, sie hat es nur Judith zuliebe getan. Abgesehen davon sind schon ein paar der Gäste zu mir gekommen, die von ihren Kochkünsten offenbar wenig begeistert sind.« Er stand auf und rannte hin und her wie ein ruheloser Tiger im Käfig. »Ich habe ihnen eine Entschädigung angeboten, aber wenn es um ihren Urlaub geht, werden die Leute völlig maßlos. Sie wollen die Entschädigung, aber auch alles, was ihnen in diesem *Virginia*-Magazin versprochen wurde.«

»*Victoria.*«

»Wie auch immer. Tatsache ist, dass wir länger in diesem gottverlassenen Nest festhängen werden, als ich geplant hatte.«

Sie fand es alles andere als gottverlassen, und eigentlich hätte sie sich freuen müssen, dass sie länger bleiben würden, aber sie fühlte nur eine große Leere in sich.

»Während du hier deinen Schönheitsschlaf gehalten hast, war ich im Ort und habe eine Stellenanzeige aufgegeben. Natürlich erscheint die Zeitung in diesem Kaff nur einmal die Woche, die neueste Ausgabe ausgerechnet heute. Die Anzeige wird also erst in einer Woche in der Zeitung stehen. Ich habe ein paar Einheimischen gesagt, dass wir jemanden suchen, aber wer weiß, was das bringt.«

»Du meinst also, wir werden eine ganze Woche hier bleiben?«

»Ich werde mit ein paar Leuten reden.« Er sah aus, als wäre er bereit, den Nächstbesten, der ihm über den Weg lief, anzufallen. »Ich hoffe es zwar nicht, aber falls wir bis nächste Woche niemanden gefunden haben, kann es darauf hinauslaufen.«

Sie setzte sich wieder auf die Liege. »Dann wirst du wohl bis dahin den Laden hier schmeißen müssen.«

»Du scheinst vergessen zu haben, dass du geschworen hast, mich zu unterstützen.«

»Habe ich nicht!«

»Weißt du nicht mehr, dass du ein Eheversprechen abgegeben hast?«

»Darauf habe ich, ehrlich gesagt, nicht geachtet«, gab sie zu. »Ich mache nicht gern Versprechungen, von denen klar ist, dass ich sie nicht halten kann.«

»Ich auch nicht, aber immerhin habe ich bislang mein Versprechen gehalten.«

»Zu lieben und zu ehren? Das sehe ich aber nicht so.«

»Das haben wir einander nicht versprochen.« Er verschränkte die Arme und sah sie abwartend an.

Sie hatte keinen Schimmer, wovon er sprach. Was ihre Hochzeitszeremonie anging, konnte sie sich nur noch an die

Hunde erinnern, und wie sie sich die ganze Zeit an Andrews kleiner klebriger Hand wie an einem Rettungsanker festgehalten hatte. Ein ungutes Gefühl beschlich sie. »Vielleicht könntest du meine Erinnerung ein bisschen auffrischen?«

»Ich meine die Versprechen, die Phoebe für uns aufgeschrieben hat«, sagte er ruhig. »Bist du sicher, dass sie es dir gegenüber nie erwähnt hat?«

Natürlich hatte sie darüber gesprochen, aber Molly war so elend gewesen, dass die Worte nicht zu ihr durchgedrungen waren. »Ich fürchte, da habe ich nicht zugehört.«

»Nun, ich habe zugehört. Ich habe sogar ein paar Sätze umformuliert, um das Ganze etwas realistischer zu halten. Ich kann es vielleicht nicht exakt wiedergeben – du kannst ja deine Schwester anrufen und es dir bestätigen lassen –, aber kurz zusammengefasst hast du, Molly, versprochen, mich, Kevin, zum Ehemann zu nehmen, jedenfalls für eine gewisse Zeit. Du hast versprochen, mir von jenem Tag an Respekt und Achtung zu schenken. Du siehst, von Liebe und Ehre war nicht die Rede. Du hast versprochen, anderen gegenüber nicht schlecht von mir zu sprechen.« Er hielt ihren Blick fest. »Und mich in gemeinsamen Angelegenheiten zu unterstützen.«

Molly biss sich auf die Lippen. Das war mal wieder typisch Phoebe. Natürlich hatte sie es vor allem getan, um das Baby zu schützen.

Sie riss sich zusammen. »Also schön, du bist ein hervorragender Quarterback. So viel zu dem Respekt. Und wenn du Phoebe, Dan und Ruh mal außen vor lässt, spreche ich anderen gegenüber nie schlecht von dir.«

»Mir kommen die Tränen vor lauter Rührung. Und was ist mit dem letzten Teil? Mit der Unterstützung?«

»Das betraf vor allem – ach, du weißt doch genau, worum es ging.« Sie blinzelte kurz und holte tief Luft. »Phoebe wollte mich sicher nicht dazu bringen, mit dir ein Bed & Breakfast zu leiten.«

»Vergiss die Ferienhäuser nicht. Und versprochen ist versprochen.«

»Gestern hast du mich entführt und heute willst du mich zur Zwangsarbeit verdammen!«

»Es ist doch nur für ein paar Tage. Höchstens eine Woche. Aber vielleicht ist es von einer reichen Erbin auch zu viel verlangt.«

»Das ist dein Problem und nicht meins.«

Er starrte sie eine Weile böse an und dieser kalte, abweisende Ausdruck legte sich wieder über sein Gesicht. »Ja, das fürchte ich auch.«

Sicher fiel es Kevin nicht leicht, andere um Hilfe zu bitten, und es tat ihr schon Leid, dass sie so gereizt reagiert hatte. Aber sie konnte im Moment einfach keine Leute um sich haben. Nichtsdestotrotz hätte sie etwas taktvoller vorgehen können. »Es ist nur – ich war in letzter Zeit nicht besonders gut in Form, und –«

»Vergiss es«, schnappte er. »Ich werde schon allein fertig.« Damit stolzierte er über die Veranda und verschwand durch die Hintertür.

Eine Weile stampfte sie polternd in ihrem Häuschen auf und ab, sie kam sich hässlich und gemein vor, fühlte sich völlig aus der Bahn geworfen. Er hatte ihren Koffer mitgebracht. Sie öffnete ihn, trat dann aber wieder auf die Veranda und starrte auf den See hinaus.

Diese Eheversprechen. Sie hätte keine Schwierigkeiten gehabt, die traditionellen Formeln zu brechen. Schließlich hatten selbst normale Ehepaare oft ihre Probleme damit. Aber diese Versprechen – noch dazu von Phoebe aufgeschrieben – waren etwas Anderes. Das waren Versprechungen, die man als halbwegs ehrbarer Mensch eigentlich erfüllen sollte.

Wie Kevin es getan hatte.

»Verdammt.«

Ruh schreckte hoch.

»Ich will nur im Moment keine Menschen um mich haben, das ist alles.«

Doch das war nur die halbe Wahrheit. Sie wollte vor allem ihn nicht um sich haben.

Auf ihrer Armbanduhr war es fünf. Sie blickte ihren Pudel an und zog eine Grimasse. »Ich fürchte, wir müssen etwas für unsere Charakterbildung tun.«

Im Butterblumen-und-Rosen-Salon hatten sich etwa zehn Gäste zum Nachmittagstee eingefunden, doch Molly konnte sich nicht vorstellen, dass das Gebotene den Maßstäben des *Victoria*-Magazins gerecht wurde. Auf dem Intarsientisch an der Längsseite des Raumes fanden sich eine aufgerissene Tüte Kekse, ein Krug Traubensaft, eine Kaffeekanne, Styroporbecher und ein Glas, dessen Inhalt nach Pulvertee aussah. Trotz dieses mageren Angebots schienen sich die Gäste bestens zu unterhalten.

Das Vogelkundler-Ehepaar Pearson unterhielt sich mit zwei ältlichen Damen, die auf dem Blümchensofa hockten. Gegenüber waren zwei weißhaarige Ehepaare ins Gespräch vertieft. An den knotigen Fingern der Frauen glitzerten alte Diamanten und Ringe etwas neueren Datums, vermutlich Geschenke ihre Ehemänner zum letzten Hochzeitstag. Einer der Männer trug einen wahren Walrossschnurrbart, der andere eine lindgrüne Golfhose und dazu weiße Lackschuhe. Ein etwas jüngeres Ehepaar, vielleicht Anfang Fünfzig, wohlhabende Vertreter der Babyboom-Generation, sah aus, als wäre es soeben einer Ralph-Lauren-Werbung entstiegen. Die beherrschende Figur des Raumes war allerdings Kevin. Wie er da stand, lässig an den Kamin gelehnt, sah er aus wie der Gutsherr persönlich. Statt in Shorts und Stars-T-Shirt hätte er ebenso gut in Reithosen und Tweedjackett stecken können.

»… da sitzt also der Präsident der Vereinigten Staaten genau in Höhe der Fünfzig-Yards-Linie, die Stars liegen vier Punkte zurück, es sind nur noch sieben Sekunden zu spielen, und es fühlt sich verdammt so an, als hätte ich mir das Knie verstaucht.«

»Das muss aber sehr schmerzhaft gewesen sein«, gurrte die Babyboomer-Frau.

»Den Schmerz spürt man immer erst, wenn das Spiel vorbei ist.«

»Ich erinnere mich noch genau an dieses Spiel!«, rief ihr Ehemann. »Sie haben Tippett am Fünfzig-Yards Post Pattern geschlagen, und die Stars haben mit drei Punkten Vorsprung gewonnen.«

Kevin schüttelte bescheiden den Kopf. »Das war reine Glückssache, Chet.«

Molly verdrehte die Augen. Niemand kämpfte sich bis an die Spitze der NFL, nur weil er so viel Glück hatte. Kevin hatte es geschafft, weil er einfach der Beste war. Mit seinem bescheidenen Guter-alter-Junge-Getue mochte er vielleicht die Gäste betören, doch sie täuschte er damit nicht.

Alles in allem war die Szene ein Zeichen für seine beispiellose Selbstdisziplin, das musste sie, wenn auch widerwillig anerkennen. Niemand hätte vermutet, dass er diesen Ort am liebsten so schnell wie möglich verlassen hätte. Sie hatte völlig vergessen, dass er ein Pfarrerssohn war. Ein Fehler, wie sie jetzt erkannte. Kevin war ein Mann, der seine Verpflichtungen einhielt, auch wenn es ihn noch so anwiderte. Aus dem gleichen Grund hatte er sie geheiratet.

»Ich kann es noch immer nicht glauben«, flötete Mrs Chet. »Als wir uns für dieses Bed & Breakfast im entlegensten Nordosten Michigans entschieden haben, hätten wir doch niemals damit gerechnet, dass der berühmte Kevin Tucker unser Gastgeber wäre.«

Er schenkte ihr ein verschmitztes Lächeln. Vielleicht sollte man sie warnen, dass es keinen Sinn hatte, mit ihm zu flirten, wenn sie keinen ausländischen Akzent hatte.

»Ich würde gern mehr von Ihren Spielen hören.« Chet zupfte den marineblauen Baumwollpullover zurecht, den er um sein irischgrünes Polohemd geschlungen hatte.

»Wie wär's, wenn wir beide heute Abend auf der Veranda ein Bier zusammen trinken?«

»Da würde ich mich Ihnen gern anschließen«, meldete sich das Walross, auch die lindgrüne Golfhose nickte begeistert.

»Dann sehen wir uns also alle heute Abend«, stimmte Kevin großzügig zu.

John Pearson machte sich über den letzten Keks her. »Jetzt wo Betty und ich Sie persönlich kennen, werden wir uns ein bisschen näher mit den Stars beschäftigen müssen. Sie, äh, haben nicht zufällig noch einen Rest von Judiths Zitronen-Mohn-Kuchen im Kühlschrank?«

»Nicht, dass ich wüsste«, sagte Kevin. »Was mich daran erinnert, dass ich mich am besten schon im Voraus für das morgige Frühstück entschuldige. Pfannkuchen aus einer Fertigbackmischung ist das Beste, was ich Ihnen anbieten kann. Wenn Sie also lieber abreisen möchten, habe ich dafür volles Verständnis. Und das Angebot, Sie für Ihre Unannehmlichkeiten entsprechend zu entschädigen, steht natürlich auch immer noch.«

»Nicht im Traum würden wir daran denken, diesen zauberhaften Ort zu verlassen.« Und nach dem Blick zu urteilen, den Mrs Chet Kevin zuwarf, wäre sie auch jederzeit bereit, ihren Aufenthalt für eine kleine Sünde zu nutzen. »Machen Sie sich um das Frühstück keine Sorgen. Ich kann Ihnen gern etwas zur Hand gehen.«

Molly tat das Ihre, um die Zehn Gebote zu schützen, löste sich aus dem Türrahmen und trat einen Schritt weiter ins Zimmer. »Das wird nicht nötig sein. Kevin würde nicht wollen, dass Sie in Ihrem Urlaub arbeiten. Ich glaube, ich kann

Ihnen versprechen, dass Sie das Frühstück morgen nicht enttäuschen wird.«

Man sah Kevin die Erleichterung deutlich an, aber wenn sie jetzt erwartet hatte, dass er ihr vor lauter Dankbarkeit zu Füßen fiel, belehrte seine nächste Bemerkung sie schnell eines Besseren. »Das ist meine entfremdete Ehefrau Molly.«

»Sie sieht gar nicht aus wie eine Fremde«, sagte die Frau des Walrossschnurrbarts ihrer Freundin etwas zu laut ins Ohr.

»Sie kennen sie noch nicht so gut wie ich«, raunte Kevin ihr zu.

»Meine Frau hört etwas schwer.« Wie alle anderen war auch das Walross schockiert angesichts dieser Art, ihnen seine Frau vorzustellen. Ein paar der Gäste blickten sie plötzlich neugierig an. Die Doppelseite in *People* –

Eigentlich hätte sie verärgert sein müssen, doch im Grunde empfand sie es als eine Erleichterung, nicht das glückstrahlende Ehepaar spielen zu müssen.

John Pearson machte einen hastigen Schritt auf sie zu. »Ihr Mann scheint ja einen besonderen Humor zu haben. Es würde uns alle sehr freuen, wenn Sie für uns kochen würden, Mrs Tucker.«

»Bitte nennen Sie mich doch Molly. Wenn Sie mich jetzt entschuldigen, ich werde mal einen Blick auf die Vorräte in der Küche werfen. Ich weiß, Ihre Zimmer sind nicht besonders ordentlich gemacht. Kevin wird sich persönlich bis heute Abend darum kümmern.« Während sie über den Flur davoneilte, sagte sie sich, dass Mr Tough Guy nicht immer das letzte Wort haben musste.

Ihre Befriedigung verflog in dem Moment, als sie die Küchentür öffnete und das junge Liebespaar dabei überraschte, wie sie es gegen Tante Judiths Kühlschrank gelehnt schon wieder miteinander trieben. Sie machte einen Schritt zurück und prallte direkt mit Kevin zusammen.

Er spähte über sie hinweg. »Mein lieber Schwan!«

Das Liebespaar fuhr auseinander. Molly wandte diskret den Blick ab, doch Kevin spazierte ungerührt in die Küche. Er funkelte Amy an, deren Frisur sich vollends aufgelöst hatte. In der Eile knöpfte sie ihre Bluse schief zu. »Wenn ich mich recht erinnere, hatte ich Sie gebeten, das Geschirr abzuwaschen.«

»Ja, natürlich, ich, äh –«

»Und Troy, Sie sollten doch eigentlich den Rasen mähen.«

Der junge Mann kämpfte mit dem Reißverschluss seiner Hose. »Ja, ich wollte auch gerade –«

»Ich weiß wohl, was Sie gerade wollten, aber glauben Sie mir, so kriegen Sie den Rasen nie gemäht.«

Troy murmelte verlegen etwas vor sich hin.

»Sagten Sie etwas?«, fuhr Kevin ihn an wie einen ungezogenen kleinen Jungen.

Troys Adamsapfel zuckte. »Wenn wir so viel arbeiten müssen, wollen wir auch besser bezahlt werden.«

»Was bekommen Sie denn?«

Troy sagte es ihm und Kevin verdoppelte die Summe auf der Stelle. Troys Augen leuchteten. »Cool.«

»Unter einer Bedingung«, sagte Kevin sanft. »Sie müssen für dieses Geld auch wirklich etwas leisten. Amy, meine Süße, denken Sie ja nicht daran, eher hier zu verschwinden, als bis alle Gästezimmer tipptopp in Ordnung sind. Und Sie, Troy, haben eine Verabredung mit dem Rasenmäher. Noch irgendwelche Fragen?«

Als sie vorsichtig den Kopf schüttelten, sah Molly, dass sie beide einen Knutschfleck am Hals hatten. Sie verspürte ein unangenehmes Gefühl in der Magengrube.

Troy ging zur Tür und der Blick, den Amy ihm hinterherwarf, erinnerte Molly an den berühmten Abschied von Ingrid Bergman und Humphrey Bogart auf diesem Rollfeld in Casablanca.

Wie es sich wohl anfühlte, so verliebt zu sein? Wieder merkte sie dieses unangenehme Ziehen im Bauch. Als das Liebespaar verschwunden war, wurde ihr klar, dass sie eifersüchtig war. Die beiden hatten etwas, das sie wohl nie erleben würde.

10

»Das ist viel zu gefährlich«, sagte Daphne. »Dann macht es doch erst richtig Spaß«, antwortete Benny.

Wo steckt Daphne?

Ein paar Stunden später trat Molly einige Schritte zurück und begutachtete zufrieden, wie gemütlich sie es sich auf ihrer Veranda eingerichtet hatte. Sie hatte die blaugelb gestreiften Polster auf den Schaukelstuhl gelegt und die gemusterten Kissen in die Korbsessel. Der kleine weiße Klapptisch stand jetzt mit zwei Bauernstühlen dicht an der Brüstung. Morgen würde sie für den kupfernen Waschkrug, den sie auf den Tisch gestellt hatte, ein paar frische Blumen suchen.

Sie hatte ein paar Vorräte aus dem Gästehaus abgezweigt. Zum Abendessen machte sie sich Toast mit Rührei und trug alles hinaus auf die Veranda. Während Ruh neben ihr schnarchte, beobachtete sie, wie das Tageslicht sich allmählich über dem See verabschiedete. Sie hörte ein Rascheln draußen. Zu Hause hätte es sie beunruhigt, hier lehnte sie sich in ihrem Sessel zurück und wartete, wer da wohl kommen mochte. Leider war es nur Kevin.

Sie hatte die Fliegentür nicht verriegelt und war nicht überrascht, als er ohne eine Einladung hereinmarschiert kam. »In der Broschüre steht, dass es von sieben bis neun Frühstück gibt. Was sind das für Leute, die in ihrem Urlaub freiwillig so früh aufstehen?« Er stellte einen Wecker auf den Tisch und warf einen Blick auf die Überreste ihres Rühreis. »Du hättest auch mit mir im Ort einen Burger essen können«, meinte er und es klang beinahe vorwurfsvoll.

»Danke, aber ich esse keine Burger.«

»Du bist also Vegetarierin wie deine Schwester?«

»Ich bin nicht ganz so streng wie sie. Sie isst nichts, was ein Gesicht hat. Ich esse nichts, was ein niedliches Gesicht hat.«

»Das musst du mir erklären.«

»Eigentlich ist es eine gute Methode, um sich einigermaßen gesund zu ernähren.«

»Demnach findest du Kühe bestimmt niedlich.« Skeptischer hätte man kaum klingen können.

»Ich liebe Kühe, sie sind unglaublich niedlich.«

»Wie steht's mit Schweinen?«

»Sagt dir der Film *Babe* etwas?«

»Nach Schafen frage ich besser erst gar nicht.«

»Das wäre sehr rücksichtsvoll. Das Gleiche gilt für Kaninchen.« Sie schauderte. »Hühner und Truthähne sind dagegen nicht so mein Fall, da werde ich gelegentlich schwach. Fisch esse ich auch, solange ich meine Lieblingsmeerestiere vermeiden kann.«

»Delfine, wie ich annehme.« Er setzte sich auf den alten Holzstuhl ihr gegenüber und blickte nachdenklich auf Ruh, der ein schläfriges Knurren von sich gab. »Auf so ein System könnte ich mich sogar einlassen. Es gibt ein paar Tiere, die ich geradezu widerwärtig finde.«

Sie schenkte ihm ihr süßestes Lächeln. »Es ist bekannt, dass Männer, die keine Pudel mögen, auf der Müllhalde nach zerstückeltem Menschenfleisch graben.«

»Nur, wenn ich mich sehr langweile.«

Sie lachte laut los, riss sich dann aber schnell wieder zusammen. Beinahe wäre sie seinem Charme auf den Leim gegangen. Sollte dies die Belohnung dafür sein, dass sie sich bereit erklärt hatte, ihm auszuhelfen? »Ich verstehe nicht, warum es dir hier nicht gefällt. Der See ist wunderschön. Man kann schwimmen, wandern, Boot fahren. Was ist daran so schlecht?«

»Wenn du das einzige Kind weit und breit bist und jeden Tag zum Gottesdienst gehen musst, hat das alles seinen Zauber schnell verloren. Außerdem gibt es Beschränkungen, was die Größe des Motors für ein Boot angeht, Wasserski fällt also von vornherein aus.«

»Gab es denn nie andere Kinder?«

»Ab und zu kam ein Enkelkind für ein paar Tage zu Besuch zu seinen Großeltern. Das waren die Höhepunkte des ganzen Sommers.« Er zog eine Grimasse. »Natürlich waren die Hälfte dieser Enkelkinder Mädchen.«

»Das Leben kann schon verdammt hart sein.«

Er lehnte sich auf seinem Stuhl zurück, bis er nur noch auf den Hinterbeinen balancierte. Sie wartete darauf, dass er umkippte, was natürlich dank seiner perfekten Körperbeherrschung nicht passierte. »Kannst du eigentlich wirklich kochen, oder wolltest du dich nur bei unseren Gästen beliebt machen?«

»Ich wollte nur die Gäste beeindrucken.« Das war gelogen, aber er sollte ruhig ein bisschen nervös werden. Ihre Kochkünste waren vielleicht nicht perfekt, doch Backen liebte sie über alles, vor allem für ihre Nichten und Neffen. Zuckerplätzchen mit Häschenohren waren eine ihrer Spezialitäten.

»Na, großartig.« Die Stuhlbeine kippten geräuschvoll zurück auf den Boden. »Mein Gott, ist es hier langweilig. Lass uns noch einen Spaziergang am See machen, bevor es dunkel wird.«

»Dazu bin ich zu müde.«

»Du hast heute noch gar nicht genug getan, um müde zu sein.« Er steckte voll unverbrauchter Energie und wusste kaum noch, wohin mit sich. Sie zuckte zusammen, als er ihre Handgelenke packte und sie aus ihrem Sessel hochriss. »Komm schon, ich habe seit zwei Tagen nicht trainiert und wenn ich mich nicht gleich bewege, werde ich verrückt.«

Sie entzog ihm ihre Hände. »Trainieren kannst du doch jetzt auch, niemand hält dich davon ab.«

»Ich muss gleich zu meiner Verabredung mit dem Fanclub auf der Veranda. Du brauchst auch Bewegung, also sei jetzt nicht so dickköpfig. Und du bleibst, wo du bist, Godzilla.«

Er schob Molly sanft nach draußen und drückte einem jaulenden Ruh die Tür fest vor der Nase zu.

Molly machte nur einen halbherzigen Versuch, sich zu sträuben, obwohl sie wirklich erschöpft war und es sicher keine gute Idee war, mit ihm allein zu sein. »Ich habe aber keine Lust, und ich will meinen Hund.«

»Egal, was ich sage, du wirst immer das Gegenteil behaupten.« Er zerrte sie hinter sich her zum Seeweg.

»Warum sollte ich zu meinem Kidnapper auch noch nett sein?«

»Für jemanden, der entführt wurde, hast du bislang aber wenig Fluchtversuche unternommen.«

»Warum auch, mir gefällt es hier.«

Er warf einen Blick auf die Veranda, auf der sie sich gemütlich eingerichtet hatte. »Bald wirst du einen Innenarchitekten bestellen.«

»Wir reichen Erbinnen brauchen eben unseren Komfort, auch wenn es nur für ein paar Tage ist.«

»Sieht ganz danach aus.«

Als sie in die Nähe des Sees kamen, wurde der Weg etwas breiter und schlängelte sich ein Stück am Ufer entlang, bevor er nach einer scharfen Biegung zu einem Felsvorsprung hin anstieg. Kevin wies in die entgegengesetzte Richtung. »Da drüben gibt es ein paar Feuchtgebiete, hinter den Ferienhäusern liegt eine Wiese, durch die ein kleiner Bach fließt.«

»Bobolink-Wiese.«

»Was?«

»Es ist eine – ach nichts.« Es war nur der Name einer Wiese am Rande vom Nachtigallenwald.

»Von dem Felsvorsprung da oben hat man eine gute Aussicht auf den Ort.«

Sie warf einen Blick auf den steilen Pfad. »Ich bin zu schlapp, um da hoch zu klettern.«

»Wir müssen ja nicht bis ganz nach oben gehen.«

Sie glaubte ihm kein Wort. Doch ihre Beine fühlten sich nicht mehr so wackelig an wie gestern, und sie folgte ihm widerstandslos. »Wovon leben die Leute hier eigentlich?«

»Hauptsächlich vom Tourismus. Der See ist ein Anglerparadies, aber glücklicherweise so entlegen, dass es hier nicht so überfüllt ist wie an anderen Orten. Es gibt einen akzeptablen Golfplatz und ein paar der schönsten Wanderwege des Staates.«

»Man kann nur froh sein, dass sie nicht alles mit einer Riesenferienanlage kaputt gemacht haben.«

Der Pfad begann sich den Hügel hinaufzuschlängeln, und sie brauchte ihre ganze Puste für den Aufstieg. Es überraschte sie nicht, dass er sie bald weit hinter sich zurückließ. Vielmehr erstaunte es sie, dass sie ihm dennoch folgte.

Er war schon längst oben und rief zu ihr herunter. »Werbung für ein Fitnessstudio kann man mit dir nicht gerade machen.«

»Dabei habe ich nur ein paar Stunden gefehlt«, japste sie.

»Soll ich dir eine Sauerstoffflasche besorgen?«

Sie war so außer Atem, dass sie nicht mehr antworten konnte.

Der Ausblick war tatsächlich fantastisch, und sie war froh, nicht aufgegeben zu haben. Im schwindenden Tageslicht erkannte man noch den Ort am anderen Ende des Sees, alles wirkte idyllisch und ländlich. Kleine Boote schaukelten im Hafen, ein Kirchturm ragte über die Bäume in den in Regenbogenbonbonfarben getauchten Himmel.

Kevin zeigte auf eine Ansammlung luxuriöser Landhäuser in der Nähe der Felsen. »Das sind alles Ferienhäuser. Als ich das letzte Mal hier war, war dort noch alles Wald. Aber ansonsten hat sich nichts verändert.«

Sie genoss den weiten Ausblick. »Wie schön es ist.«

»Wenn du das sagst.« Er trat näher an den Rand des Felsens und sah hinunter aufs Wasser. »Von hier oben bin ich im Sommer oft in den See gesprungen.«

»Ein bisschen gefährlich für ein Kind, findest du nicht?«

»Deshalb machte es ja gerade Spaß.«

»Deine Eltern müssen wirklich eine Engelsgeduld gehabt haben. Ich kann mir gar nicht vorstellen, wie viel graue Haare du –« Sie brach ab. Er war dabei seine Schuhe abzustreifen und hörte ihr schon nicht mehr zu.

Instinktiv machte sie einen Schritt nach vorn, aber sie kam zu spät. Er war bereits in die Tiefe gesprungen, voll bekleidet.

Sie hielt den Atem an und blickte über den Rand, gerade noch rechtzeitig, um seinen lang gestreckten Körper ins Wasser eintauchen zu sehen. Er verursachte kaum einen Spritzer.

Sie wartete, aber er tauchte nicht auf. Sie unterdrückte einen Schrei und suchte vergebens die Wasseroberfläche nach ihm ab. »Kevin!«

Dann kräuselte sich das Wasser, und er tauchte auf. Sie atmete erleichtert auf. Sie wollte etwas sagen, aber sie brachte keinen Ton heraus, als sie sah, wie er den Kopf in den Nacken legte, das Wasser in Strömen über diese makellosen Züge rann, auf denen sich so etwas wie ein triumphierendes Leuchten ausbreitete.

Sie ballte die Fäuste und schrie: *»Du verdammter Idiot!* Bist du eigentlich noch zu retten?«

Er lag Wasser tretend auf dem Rücken und grinste zu ihr herauf, dass seine weißen Zähne leuchteten. »Wirst du mich bei deiner großen Schwester verpetzen?«

Sie zitterte vor Wut und stampfte mit dem Fuß auf. »Du wusstest nicht einmal, ob das Wasser überhaupt tief genug ist!«

»Das letzte Mal war es noch tief genug.«

»Und wie lange ist das her?«

»Ungefähr siebzehn Jahre.« Er plantschte genüsslich im Wasser. »Aber in letzter Zeit hat es viel geregnet.«

»Du bist ein absoluter Schwachkopf! Haben die vielen Gehirnerschütterungen deinen Verstand völlig aufgeweicht?«

»Was willst du eigentlich, ich lebe doch noch.« Wieder dieses teuflische Grinsen. »Komm schon, Bunny Lady, das Wasser ist noch wunderbar warm.«

»Bist du verrückt? Du glaubst doch nicht im Ernst, dass ich hier runterspringe!«

Er drehte sich auf die Seite und machte ein paar träge Züge. »Hast du etwa Angst, dein Näschen unter Wasser zu tauchen?«

»Vergiss nicht, ich habe neun Jahre lang jeden Sommer im Ferienlager verbracht.«

Seine Stimme triefte vor Spott. »Ich wette, du bist eine miese Springerin.«

»Bin ich nicht.«

»Ich wusste gar nicht, dass du so ein feiges Huhn bist, Bunny Lady.«

Oh, Gott. Schon schrillte wieder diese verdammte Alarmglocke in ihrem Kopf. Sie zog nicht einmal ihre Sandalen aus, krallte nur die Zehen um den Rand und stürzte sich in die Tiefe.

Sogar der Schrei blieb ihr im Hals stecken.

Sie platschte weit weniger elegant ins Wasser als er, und als sie wieder hochkam, tropfte das Wasser von seinem erstaunten Gesicht.

»Jesus.« Er flüsterte beinahe und es klang eher nach einem Gebet als nach einem Fluch. Doch dann brüllte er sie an: »Was zum Teufel machst du da?«

Das Wasser war so kalt, dass sie kaum Luft bekam, sie zitterte bis ins Mark. »Es ist eiskalt! Du hast mich angelogen!«

»Wenn du jemals wieder so einen Blödsinn machst –«

»Du hast mich herausgefordert!«

»Wenn ich dich dazu auffordern würde, Gift zu schlucken, wärst du dann so dämlich, es zu tun?«

Sie wusste nicht mehr, auf wen sie wütender war: auf ihn, weil er sie zu diesem halsbrecherischen Sprung getrieben hatte, oder auf sich selbst, weil sie so blöd gewesen war, die Herausforderung anzunehmen. Sie schlug mit dem Arm aufs Wasser, dass es nur so spritzte. »Sieh mich an! Ich benehme mich jedenfalls wie ein normaler Mensch, wenn ich mit anderen Menschen zusammen bin.«

»Normal?« Er zwinkerte die Wassertropfen aus seinen Augen. »Sich wie ein muffiger Einsiedlerkrebs in seiner Wohnung zu verschanzen, das nennst du normal?«

»Immerhin war ich dort vor dir sicher und hätte mir keine Lungenentzündung geholt.« Ihre Zähne klapperten und ihre eiskalten, nassen Sachen drohten sie nach unten zu ziehen. »Oder gehören solche Todessprünge vielleicht zu deiner Vorstellung von einer Therapie?«

»Ich hätte nie gedacht, dass du es wirklich tun würdest.«

»Ich bin verrückt, das weißt du doch.«

»Molly –«

»Die verrückte Molly!«

»Ich habe nie gesagt –«

»Aber gedacht! Molly, die exzentrische Spinnerin! Molly, die Wahnsinnige! Völlig übergeschnappt! Unzurechnungsfähig! Nur eine kleine Fehlgeburt und sie rastet total aus!«

Sie schluckte Wasser. Sie hatte es eigentlich nie wieder erwähnen wollen. Doch dieselbe Macht, die sie hatte vom Felsen springen lassen, hatte ihr diese Worte eingegeben.

Tiefes Schweigen legte sich über sie. Als er es schließlich brach, hörte sie das Mitleid in seiner Stimme. »Komm mit ins Haus, du musst dich schnell wieder aufwärmen.« Er drehte sich um und schwamm los.

Sie gab ihren Tränen nach, unfähig, sich von der Stelle zu rühren.

Er hatte das Ufer erreicht, doch anstatt aus dem Wasser zu klettern, drehte er sich zu ihr um. Die Wellen schwappten an seinen Oberkörper, seine Worte drangen wie ein sanftes Plätschern zu ihr. »Du solltest rauskommen, es ist bald dunkel.«

Die Kälte lähmte zwar ihre Gliedmaßen, nicht aber ihr Herz. Tiefe Trauer überwältigte sie. Am liebsten wäre sie in den Tiefen versunken und nie wieder aufgetaucht. Sie rang nach Luft und stieß kaum hörbar aus, was sie nie hatte sagen wollen. »Dir ist es doch egal, oder?«

»Du willst nur einen Streit anfangen«, entgegnete er sanft. »Komm jetzt, deine Zähne klappern schon.«

Ihre Kehle war wie zugeschnürt. Trotzdem hörte sie sich sagen: »Ich weiß, dass es dir egal ist. Ich verstehe es sogar.«

»Hör auf, dich so zu quälen, Molly.«

»Wir hatten eine kleine Tochter«, flüsterte sie. »Ich habe nicht locker gelassen, bis sie es mir gesagt haben.«

Kleine Wellen schlugen ans Ufer. Seine leisen Worte schienen über die glatte Oberfläche des Sees zu schweben. »Das habe ich nicht gewusst.«

»Ich habe sie Sarah genannt.«

»Du bist erschöpft, Molly, das ist der falsche Zeitpunkt.«

Sie schüttelte nur den Kopf. Sie sah hinauf zum Himmel, wollte die Wahrheit aussprechen, nicht um ihn zu verurteilen, sondern um ihm klar zu machen, warum er nie verstehen würde, wie sie sich fühlte. »Es hat dir nichts bedeutet, sie zu verlieren.«

»Ich habe nicht darüber nachgedacht. Für mich war das Baby noch nicht so real, wie es für dich war.«

»Sie! Das Baby war eine *sie*, kein *es!*«

»Es tut mir Leid.«

Sie spürte, wie unfair es war, ihn anzugreifen, und verstummte. Sie durfte ihm nicht vorwerfen, dass er nicht mit ihr gelitten hatte. Natürlich war das Baby für ihn nicht so wirklich gewesen wie für sie. Er hatte schließlich Molly nicht in sein Bett eingeladen, hatte kein Kind gewollt, hatte es nicht in sich getragen.

»Nein, ich muss mich entschuldigen. Ich wollte dich nicht so anschreien. Meine Gefühle gehen immer noch mit mir durch.« Ihre Hand zitterte, als sie eine nasse Strähne aus dem Gesicht wischte. »Ich werde nie wieder davon anfangen, das verspreche ich dir.«

»Komm jetzt aus dem Wasser«, sagte er ruhig.

Ihre Beine waren steif vor Kälte, ihre Kleider hingen schwer an ihrem Körper, als sie aufs Ufer zuschwamm. Er saß schon auf einem flachen Felsen.

Er beugte sich zu ihr und zog sie neben sich. Sie landete auf den Knien, ein zitterndes, triefendes, erbärmliches Wrack. Er machte einen Versuch, sie aufzuheitern. »Ich habe wenigstens meine Schuhe ausgezogen, bevor ich gesprungen bin. Deine sind weggeflogen, als du ins Wasser geklatscht bist. Und ich stand so unter Schock, dass ich sie nicht mehr erwischt habe.«

Der Felsen hatte noch einen Rest von der Hitze des Tages gespeichert, ein bisschen davon drang durch ihre feuchten Shorts. »Macht nichts, das waren sowieso meine ältesten Sandalen.« Ihr letztes Paar Manolo Blahniks. Angesichts ihrer momentanen Finanzlage würde sie sie wohl durch ein Paar Plastikbadelatschen ersetzen müssen.

»Du kannst dir ja morgen in der Stadt ein neues Paar kaufen.« Er rappelte sich hoch. »Wir beeilen uns lieber, bevor du noch krank wirst. Geh ruhig schon vor, ich hole nur eben meine Schuhe.«

Er begann, den steilen Pfad hinaufzuklettern. Sie schlang die Arme um ihren zitternden Körper, setzte einen Fuß vor den anderen und versuchte, an nichts zu denken. Bald hatte er sie wieder eingeholt, T-Shirt und Shorts klebten an seinem Körper. Eine Weile gingen sie schweigend nebeneinander her.

»Es ist nur –«

Als er abbrach, warf sie einen Blick zur Seite. »Was?«

Er sah verwirrt aus. »Ach nichts, vergiss es.«

Rundherum raschelte der nächtliche Wald. »Wie du meinst.«

Er wechselte seine Schuhe von der einen in die andere Hand. »Nachdem es vorbei war, habe ich – wollte ich einfach nicht mehr über die Sache nachdenken.«

Sie verstand ihn nur zu gut, doch sie fühlte sich nur noch einsamer.

Er zögerte. Das kannte sie von ihm gar nicht, sonst schien er seiner Sache immer so sicher. »Was meinst du, wie sie –« Er räusperte sich. »Wie wäre sie wohl gewesen, die kleine Sarah?«

Ihr Herz krampfte sich zusammen. Wieder überwältigte sie der Schmerz, auch wenn es sich diesmal anders anfühlte, eher wie ein heilender Verband auf einer Wunde.

Sie zwang sich tief durchzuatmen, bis sich der Druck in ihrem Brustkorb etwas gelöst hatte. Die Grillen begannen ihr Abendkonzert. Ein Eichhörnchen huschte durch die trockenen Blätter.

»Nun –« Sie zitterte und hätte nicht sagen können, ob der Laut, den sie ausstieß, ein unterdrücktes Lachen oder ein letztes Aufschluchzen war. »Sicher eine Schönheit, wenn sie nach dir geraten wäre.« Sie spürte die Stiche in ihrer Brust, doch anstatt den Schmerz zu unterdrücken, nahm sie ihn in sich auf, und er wurde zu einem Teil ihrer selbst. »Sehr intelligent, wenn sie nach mir geschlagen wäre.«

»Und äußerst waghalsig, wie man heute sehen konnte. Eine Schönheit, sagst du? Danke für das Kompliment.«

»Als ob du das nicht selber wüsstest!« Allmählich schien die Last von ihrem Herzen zu weichen. Sie wischte sich mit dem Handrücken die Nase.

»Wieso hältst du dich für so intelligent?«

»Summa cum laude. Northwestern. Und wie steht's mit dir?«

»Ich habe mein Examen bestanden.«

Sie grinste, doch sie wollte noch nicht aufhören, über Sarah zu sprechen. »Ich hätte sie nie im Sommer ins Ferienlager gesteckt.«

Er nickte. »Ich hätte sie nie gezwungen, den Sommer über jeden Tag in die Kirche zu gehen.«

»Das ist ziemlich viel Gottesdienst.«

»Neun Jahre Ferienlager ist auch ziemlich viel.«

»Vielleicht wäre sie auch etwas langsam und eine schlechte Schülerin.«

»Aber doch nicht Sarah.«

Etwas Warmes legte sich um ihr Herz.

Er verlangsamte den Schritt, blickte hinauf zu den Bäumen und versenkte die Hände in den Hosentaschen. »Ich denke, es war für sie einfach nicht der richtige Zeitpunkt, um auf die Welt zu kommen.«

Molly atmete tief und flüsterte. »Da magst du Recht haben.«

11

»Wir bekommen Besuch!«, gluckste Celia, die Henne. »Lasst uns Kuchen, Kekse und Sahnetorten backen!«

Daphne stellt die Welt auf den Kopf

Molly hatte den Wecker, den Kevin mitgebracht hatte, auf halb sechs gestellt. Gegen sieben erfüllte der Duft von Heidelbeermuffins das ganze Erdgeschoss des Gästehauses. Auf der Anrichte im Speisezimmer stand ein Stapel Teller aus blassgelbem chinesischen Porzellan mit einem Gingkoblatt in der Mitte bereit. Daneben dunkelgrüne Servietten, dickwandige Wassergläser und bunt zusammengewürfeltes Silberbesteck. Ein Blech klebriger Brötchen aus dem Gefrierschrank war schon im Ofen, während auf der Marmorplatte des Arbeitstisches in einer braunen Keramikrührschüssel dicke Brotscheiben bereitstanden, die in einem nach Vanille und Zimt duftenden Eierteig eingeweicht waren.

Zum ersten Mal seit Monaten verspürte Molly wieder einen Bärenhunger, doch bislang hatte sie keine Zeit gefunden, auch nur einen Bissen zu essen. Frühstück für ein Haus voller zahlender Gäste vorzubereiten war doch eine ganz andere Herausforderung als für ihre Nichten und Neffen kleine grinsende Pfannkuchen zu backen. Während sie Tante Judiths Rezeptbuch neben dem Teig für die French Toasts beiseite schob, stellte sie fest, dass sie gegenüber Kevin keinerlei Groll empfand. Als er sich am Abend vorher zu ihrem Baby bekannt hatte, war es für sie wie ein Geschenk gewesen.

Die Fehlgeburt war damit keine Last mehr, die sie allein zu tragen hatte, und zum ersten Mal war sie morgens nicht auf einem tränennassen Kissen aufgewacht. Natürlich löste sich ihre Trauer dadurch nicht mit einem Schlag in Luft auf, doch es ließ sie etwas zuversichtlicher in die Zukunft blicken.

Kevin stolperte in die Küche, als sie John Pearson gerade seine zweite Portion French Toast serviert hatte. Seine verschlafenen Augen deuteten auf einen schlimmen Kater hin. »Dein Pitbull hat soeben im Flur versucht, sich mir in den Weg zu stellen.«

»Er mag dich eben nicht.«

»Das habe ich gemerkt.«

Irgendetwas war anders an diesem Morgen, und sie brauchte einen Moment, um herauszufinden, was es war: Seine Feindseligkeit war verschwunden.

»Tut mir Leid, dass ich verschlafen habe. Ich habe dir doch gestern Abend gesagt, du solltest mich aus dem Bett werfen, wenn ich nicht von allein auftauche.«

Nicht in hundert Jahren. Keine zehn Pferde brächten sie dazu, Kevin Tuckers Schlafzimmer zu betreten, und jetzt, wo er sie nicht mehr ansah wie seine Todfeindin, noch viel weniger. Mit einem Kopfnicken wies sie auf die leeren Alkoholflaschen im Abfalleimer. »Das war wohl eine heiße Party gestern Abend.«

»Sie wollten alle über den *draft* reden und dann gab ein Wort das andere. Eins muss man dieser Generation lassen, sie ist äußerst trinkfest.«

»Mr Pearsons Appetit scheint es auf jeden Fall nicht beeinträchtigt zu haben.«

Er blickte auf den goldbraunen French Toast in der Pfanne. »Hattest du nicht behauptet, du könntest nicht kochen?«

»Ich habe Martha Stewart angerufen. Wenn jemand Würstchen oder Speck gebraten haben möchte, musst du das übernehmen.«

»Die Sache mit *Babe?*«

»Du hast es erfasst. Und den Service übernimmst du auch.« Sie drückte ihm die Kaffeekanne in die Hand und machte sich daran, den Toast zu wenden.

»Zehn Jahre in der NFL, und das kommt dabei heraus.«

Kevin war erstaunt, wie schnell eine Stunde verflog. Er schenkte Kaffee nach, servierte das Essen, unterhielt die Gäste und sicherte sich nebenbei selbst ein paar von Mollys Pfannkuchen. Sie war eine großartige Köchin, und sie strahlte, als er ihr anbot, den Job vorerst zu behalten.

Es tat gut, in diesen Augen endlich so etwas wie Freude aufscheinen zu sehen. Die Auseinandersetzung am gestrigen Abend hatte ihre Stimmung offenbar etwas gehoben, und sie schien etwas von der Lebensfreude wiedergefunden zu haben, die ihm bei ihrem unfreiwilligen Zusammentreffen in Door County so gefallen hatte. Er dagegen hatte bis in die frühen Morgenstunden keinen Schlaf gefunden, hatte nur dagelegen und an die Decke gestarrt. Niemals mehr würde er an dieses Baby wie an ein abstraktes Wesen denken können. Es hatte einen Namen bekommen. *Sarah.*

Er besann sich wieder und schenkte eine weitere Runde Kaffee aus.

Charlotte Long schaute kurz vorbei, um zu sehen, wie Molly zurechtkam, und verspeiste gleich zwei von ihren Muffins. Die Brötchen waren am Rand ein bisschen dunkel geworden, aber der French Toast war sehr gut, und von den Gästen kamen keine Klagen. Sie hatte gerade in aller Eile ihr eigenes Frühstück verschlungen, als Amy erschien.

»Ich bin etwas spät, tut mir Leid. Aber ich bin gestern Abend nicht vor elf hier rausgekommen.«

Molly entdeckte einen frischen Knutschfleck an ihrem Hals, diesmal direkt über ihrem Kragen. Beschämt stellte sie fest, dass es ihr schon wieder einen kleinen eifersüchtigen Stich versetzte. »Sie haben gute Arbeit geleistet. Das Haus sieht schon viel besser aus. Kümmern Sie sich doch bitte gleich um den Abwasch.«

Amy trat an die Spüle und begann, das schmutzige Geschirr in die Spülmaschine zu räumen. Heute wurde ihr Haar von ein paar pinkfarbenen Spangen mit kleinen Seesternen zusammengehalten. Ihre Augen waren sorgfältig geschminkt, für den Lippenstift hatte sie entweder keine Zeit mehr gehabt oder Troy hatte ihn bereits abgeschleckt.

»Ihr Mann ist wirklich ein toller Typ. Ich interessiere mich zwar nicht für Football, aber selbst ich weiß, wer er ist. Echt cool. Troy sagt, er ist der drittbeste Quarterback in der NFL.«

»Eigentlich ist er der Beste, wenn er sein Talent richtig einsetzt.«

Amy streckte sich, ihr violettes Top rutschte dabei ein Stück höher und entblößte ihren Bauchnabel, während ihr die Shorts knapp auf den Hüften saßen. »Ich habe gehört, Sie haben auch gerade geheiratet. Ist es nicht großartig?«

»Wie ein Traum«, erwiderte Molly trocken. Offensichtlich war Amy keine *People*-Leserin.

»Wir sind jetzt ungefähr dreieinhalb Monate verheiratet.«

Ungefähr so lange wie Kevin und Molly auch. Außer dass Kevin und Molly keinerlei Probleme hatten, die Finger voneinander zu lassen.

Amy fuhr fort, den Geschirrspüler einzuräumen. »Alle haben gesagt, wir wären zu jung – ich bin neunzehn und Troy ist zwanzig –, aber wir konnten einfach nicht länger warten. Wir sind beide gläubige Christen, Sex vor der Ehe kommt für uns nicht in Frage.«

»Und jetzt holen Sie das Versäumte nach?«

»Es ist so cool.« Amy lächelte, und Molly grinste zurück. »Es wäre nur gut, wenn Sie versuchen könnten, die versäumten Stunden nicht während Ihrer Arbeitszeit nachzuholen.«

Amy spülte eine Rührschüssel aus. »Ja, ich weiß, aber es ist so schwer.«

»Der Sklaventreiber wird heute sicher ein besonderes Auge auf Sie haben, es wäre gut, wenn Sie die Gästezimmer fertig machten, sobald Sie hier in der Küche durch sind.«

»Jaja –« Sie seufzte. »Wenn Sie Troy draußen sehen, würden Sie ihm sagen, dass ich ihn liebe und so weiter?«

»Das ist keine gute Idee, denke ich.«

»Ja, vielleicht ist es zu kindisch. Meine Schwester meint auch, ich sollte ihn etwas mehr auf Abstand halten, sonst wäre er sich am Ende seiner Sache zu sicher.«

Molly erinnerte sich an den verzückten Blick in Troys Jungengesicht. »Ich glaube, darüber brauchen Sie sich noch keine Sorgen zu machen.«

Als Molly ihre Arbeit in der Küche beendet hatte, war Kevin verschwunden. Wahrscheinlich pflegte er seinen Kater. Sie machte sich eine Kanne Eistee und rief Phoebe an, um ihr mitzuteilen, wo sie steckte. Wie erwartet, reagierte ihre Schwester etwas irritiert. Natürlich konnte Molly ihr nicht gut erklären, wie Kevin sie dazu gebracht hatte, hierher zu kommen, ohne zu viel über ihre psychische und körperliche Verfassung zu verraten. Also sagte sie lediglich, Kevin habe Hilfe gebraucht, und sie habe die Gelegenheit genutzt, um aus der Stadt herauszukommen. Natürlich fing Phoebe, alias Celia die Henne, sofort an, besorgt zu gackern, und Molly beeilte sich, das Gespräch zu beenden.

Nachdem sie Tante Judiths Zitronenkuchen für den Nachmittagstee gebacken hatte, merkte sie, wie erschöpft sie war, doch vorher wollte sie unbedingt noch den Salon etwas netter herrichten. Sie füllte gerade Potpourri in eine große Glasschale, als Ruh anfing zu bellen. Vor dem Haus stieg gerade eine Frau aus ihrem dunkelroten Lexus und sah sich suchend auf der großen Wiese um. Von neuen Gästen hatte Kevin nichts erwähnt. Sie würden sich besser organisieren müssen.

Die Frau trug eine eierschalenfarbene Hemdbluse, eine rotbraune Caprihose, dazu raffiniert geschnittene Sandalen.

Alles an ihr zeugte von erlesenem, teurem Geschmack. Als sie sich umdrehte, erkannte Molly sofort, wen sie da vor sich hatte: Lilly Sherman.

Molly hatte in den vergangenen Jahren schon viele Prominente getroffen und normalerweise schüchterte sie so etwas nicht mehr ein. Doch bei Lilly Sherman erstarrte sie plötzlich vor Ehrfurcht. Diese Frau strahlte den Glanz und Glamour einer Hollywooddiva aus, einer Frau, die es gewohnt war, dass sie ein Verkehrschaos auslöste, wo immer sie auftauchte. Molly hätte sich nicht gewundert, wenn im nächsten Augenblick ein paar Paparazzi zwischen den Bäumen hervorgesprungen wären.

Die rostrote Haarmähne, die immer ihr Markenzeichen gewesen war, wurde von einer schicken Sonnenbrille aus dem Gesicht gehalten. Sie trug das Haar zwar etwas kürzer als zu ihren Ginger-Hill-Zeiten, doch auf seine leicht zerwühlt aussehende Art wirkte es immer noch sehr sexy. Ihr heller Teint schimmerte wie Porzellan, ihr Körper hatte im Gegensatz zu früher üppig sinnliche Formen angenommen. Molly fielen all die Mädchen ein, die sich mit allen Mitteln jedes Gramm Fett abhungerten und aussahen wie wandelnde Skelette. Zu früheren Zeiten hatten die Frauen von einer Figur wie Lillys geträumt und damit wahrscheinlich wesentlich gesünder gelebt.

Als Lilly über den schmalen Pfad auf das Haus zukam, fielen Molly ihre ungewöhnlich grünen Augen auf, die in der Realität noch intensiver leuchteten als im Fernsehen. In den Augenwinkeln zeigten sich erste, kaum wahrnehmbare Fältchen, doch insgesamt wirkte sie wie höchstens Vierzig. Als sie Ruh streichelte, funkelte ein großer Diamant an ihrer linken Hand. Molly brauchte einen Moment, um zu verdauen, dass sich ihr Pudel von der fremden Frau genüsslich den Bauch kraulen ließ.

»Man braucht ja eine Ewigkeit, um hierher zu kommen.«

Die Stimme klang noch genauso rauchig, wie Molly sie in Erinnerung hatte, vielleicht sogar noch eine Spur tiefer.

»Ja, es ist etwas abgelegen.«

Lilly richtete sich auf und trat einen Schritt näher, sie musterte Molly höflich distanziert, wie Prominente es häufig tun, um die Leute auf Abstand zu halten. Dann wurde ihr Blick plötzlich schärfer und um einige Grade eisiger. »Ich bin Lilly Sherman. Könnte bitte jemand mein Gepäck reinbringen?«

Uh-oh, sicher hatte sie Molly aus dem *People*-Artikel erkannt. Diese Frau war nicht eben eine Freundin von ihr. Molly trat einen Schritt zur Seite, als Lilly die Stufen zur Veranda hoch hing. »Wir sind gerade dabei, etwas umzustrukturieren. Haben Sie reserviert?«

»Ich wäre wohl kaum den weiten Weg hierher gekommen, ohne zu reservieren. Ich habe vor zwei Tagen mit Mrs Long gesprochen, sie sagte, Sie hätten noch ein Zimmer frei.«

»Ja, das ist möglich, ich weiß nur nicht genau, wo. Ich bin übrigens ein großer Fan von Ihnen.«

»Danke.« Das klang so unterkühlt, dass Molly wünschte, sie hätte den Mund gehalten.

Lilly warf einen Blick auf Ruh, der sie gerade mit seinem Bruce Willis-Grinsen zu beeindrucken versuchte. »Ich habe meine Katze im Auto. Mrs Long meinte, es wäre kein Problem, sie mitzubringen, aber ihr Hund sieht etwas grimmig aus.«

»Ach, das ist nur Show. Ruh wird vielleicht nicht begeistert sein, aber er wird Ihrer Katze nichts tun. Stellen Sie sie doch einander vor, während ich nach Ihrem Zimmer sehe.«

Lilly Shermans Stern mochte zwar etwas verblasst sein, doch sie war immer noch ein Star, und Molly rechnete schon mit ihrem Protest, weil man sie warten ließ. Doch die Diva sagte kein Wort.

Während sie ins Haus ging, fragte Molly sich, ob Kevin

von diesem Besuch wusste. Hatten die beiden mal etwas miteinander gehabt? Eigentlich schien Lilly zu intelligent, außerdem sprach sie ein makelloses Englisch. Dennoch –

Molly eilte nach oben und fand Amy, die gerade eine Badewanne sauber machte und dabei ihren Po in den hautengen schwarzen Shorts in die Luft streckte.

»Wir haben einen neuen Gast. Wissen Sie zufällig, ob heute noch jemand abreist?«

Amy richtete sich auf und sah Molly verwirrt an. »Nein, aber es gibt noch das Dachzimmer. Das hat bislang leer gestanden.«

»Dachzimmer?«

»Es ist eigentlich ganz hübsch.«

Molly konnte sich nicht vorstellen, Lilly Sherman in einem Dachzimmer unterzubringen.

»Ach, Molly, falls Sie mal mit jemandem über ein paar Dinge reden möchten –«

»Dinge?«

»Ich meine, als ich Kevins Zimmer gemacht habe, habe ich gesehen, dass Sie letzte Nacht nicht dort geschlafen haben.«

Molly fand es höchst irritierend, dass sich ausgerechnet jemand mit solch ausgeprägten Knutschflecken um ihr Liebesleben sorgte.

»Wir leben im Moment zwar getrennt, aber das sollte nicht Ihre Sorge sein.«

»Das tut mir wirklich Leid. Ich meine nur, falls es dabei um Sex geht oder so und Sie irgendwelche Fragen haben, könnte ich Ihnen vielleicht ein paar Ratschläge geben.«

Es war nicht zu fassen, jetzt wurde sie schon von einer neunzehnjährigen Dr. Ruth bemitleidet. »Nein danke, nicht nötig.«

Sie eilte nach oben in das besagte Dachzimmer. Trotz der Dachschrägen und Erker erschien es unerwartet geräumig. Das antike Mobiliar wirkte anheimelnd und gemütlich, das breite Himmelbett hatte sogar eine bequeme Matratze. Der Raum war nachträglich mit einem großen Fenster versehen worden. Molly riss es weit auf, um frische Luft hereinzulassen, während sie an der gegenüberliegenden Seite das kleine altmodische Badezimmer inspizierte. Es entsprach vielleicht nicht dem Standard, den eine Lilly Sherman gewohnt war, aber es hatte eine sehr gemütliche, private Atmosphäre. Und wenn das Zimmer Lilly Sherman nicht zusagte, konnte sie ja abreisen.

Irgendwie erleichterte sie der Gedanke.

Sie bat Amy, das Zimmer herzurichten, und lief wieder nach unten. Kevin war immer noch nicht aufgetaucht. Sie trat auf die Veranda.

Lilly stand an der Brüstung und streichelte die riesige orangefarbene Katze auf ihrem Arm, während Ruh sich unter einen Schaukelstuhl verkrochen hatte und schmollte. Als Molly die Eingangstür öffnete, sprang er auf, warf ihr einen beleidigten Blick zu und sauste ins Haus. Sie setzte ein freundliches Lächeln auf. »Ich hoffe, Ihre Katze wird nett zu ihm sein.«

»Sie haben beide ihren Sicherheitsabstand gewahrt.« Sie kraulte ihre Katze unterm Kinn. »Das ist Marmelade, genannt Marmie.«

Die langhaarige Katze war beinahe so groß wie ein Waschbär, mit goldgelben Augen, riesigen Tatzen und einem großen Kopf. »Hallo, Marmie. Sei bitte nett zu Ruh, ja?« Die Katze antwortete mit einem Maunzen.

»Das einzige freie Zimmer liegt leider direkt unter dem Dach. Es ist zwar sehr hübsch, aber es ist immer noch ein Dachzimmer, und die Ausstattung des Badezimmers lässt einiges zu wünschen übrig. Vielleicht sollten Sie es sich erst einmal ansehen, bevor Sie entscheiden, ob Sie hier im Gästehaus bleiben oder lieber in eins der Cottages ziehen wollen. Da sind noch einige frei.«

»Ich ziehe es vor, hier im Haus zu bleiben, das Zimmer wird schon in Ordnung sein.«

Und das aus dem Mund einer Frau, die danach aussah, als würde sie normalerweise im Vier Jahreszeiten absteigen – Molly bezweifelte, dass das Dachzimmer ihren Ansprüchen im Entferntesten gerecht würde, doch sie schwieg höflich. »Ich bin übrigens Molly Somerville.«

»Ja, ich habe Sie erkannt«, war die kühle Antwort. »Sie sind Kevins Frau.«

»Nun ja, eigentlich leben wir getrennt. Ich helfe ihm nur für ein paar Tage aus.«

»Ich verstehe.« Ihr Gesichtsausdruck verriet, dass sie überhaupt nichts verstand.

»Wenn Sie möchten, kann ich Ihnen etwas Eistee bringen, bis das Zimmer fertig ist.«

Sie eilte in die Küche, und als sie zurückkam, erblickte sie Kevin, der gerade die große Wiese überquerte und auf das Haus zukam. Er trug jetzt eine verwaschene Jeans, ein paar ausgetretene Turnschuhe und ein altes schwarzes T-Shirt mit abgerissenen Ärmeln, die in Fransen auf seine muskulösen Oberarme fielen. Aus seiner Hosentasche guckte ein Hammer hervor. Entweder hatte er sich schnell von seinem Kater erholt oder er hatte einen schmerzunempfindlichen Kopf. Angesichts der Zusammenstöße, die er in all den Jahren eingesteckt hatte, vermutete sie das Letztere. Warum er sich zu Reparaturarbeiten aufgerafft hatte, obwohl ihm der Ort so zuwider war, war ihr allerdings ein Rätsel. Langeweile, vermutete sie, oder wieder dieses Pflichtbewusstsein eines Pfarrersohnes, das sein Leben zu verkomplizieren schien.

»He, Daphne! Kommst du mit in die Stadt, ein paar Einkäufe erledigen?«

Als sie hörte, dass er sie wieder Daphne nannte, musste sie unwillkürlich grinsen. »Wir haben einen neuen Gast.«

»Großartig«, sagte er mäßig begeistert, »genau das, was wir brauchen.«

Sie hörte, wie der Schaukelstuhl mit der Rückenlehne gegen die Holzwand schlug, als Lilly Sherman aufstand. Aus den Augenwinkeln bemerkte Molly, dass von der Diva nicht mehr viel übrig zu sein schien, sie wirkte auf einmal ungemein verletzlich, ihr Gesicht war aschfahl geworden. Molly stellte den Krug mit dem Eistee auf den Tisch. »Alles in Ordnung mit Ihnen?«

Ein kaum wahrnehmbares Kopfschütteln war die Antwort.

Kevin polterte die Treppe zur Veranda herauf. »Ich dachte, wir könnten –« Er blieb wie angewurzelt stehen.

Sie hatten etwas miteinander gehabt, in diesem Moment war Molly absolut sicher. Trotz des Altersunterschieds war Lilly immer noch eine attraktive Frau – ihr Haar, diese grünen Augen, die sinnliche Figur. Sie war gekommen, um sich Kevin zurückzuholen. Und Molly war nicht bereit, ihn herzugeben. Der Gedanke schockierte sie. War da etwa wieder diese alberne Verliebtheit?

Er rührte sich nicht vom Fleck. »Was willst du hier?«

Lilly zuckte angesichts dieser rüden Begrüßung nicht einmal mit der Wimper. Sie schien viel mehr damit gerechnet zu haben. »Hallo, Kevin.« Ihr Arm zuckte hoch und dann wieder zurück, als wollte sie ihn berühren. Sie verschlang ihn mit ihrem Blick.

»Ich mache hier Urlaub«, krächzte sie, als habe sie große Mühe, überhaupt einen Ton herauszubringen.

»Vergiss es.«

Molly sah, wie Lilly sich zusammenriss. »Ich habe reserviert. Ich werde bleiben.«

Kevin drehte sich auf dem Absatz um und stampfte davon.

Lilly presste ihre Hand auf den Mund und verschmierte dabei ihren Lippenstift. In ihren Augen schimmerten Tränen.

Molly hatte auf der Stelle Mitleid mit ihr, doch bevor sie etwas sagen konnte, schnitt Lilly ihr das Wort ab und zischte: »Ich bleibe.«

Molly blickte etwas unschlüssig über die große Wiese, doch Kevin war nirgends zu sehen. »In Ordnung.« Sie musste unbedingt herausfinden, ob die beiden etwas miteinander gehabt hatten. »Sie und Kevin scheinen eine gemeinsame Vorgeschichte zu haben.«

Lilly sank zurück in den Schaukelstuhl, die Katze sprang auf ihren Schoß. »Ich bin seine Tante.«

Mollys Erleichterung machte umgehend dem seltsamen Gefühl Platz, Kevin auf irgendeine Weise beschützen zu müssen. »Sie scheinen nicht das beste Verhältnis zu haben.«

»Er hasst mich.« Lilly sah plötzlich aus wie eine gebrochene Frau, nichts erinnerte mehr an den Fernsehstar. »Er hasst mich, und ich liebe ihn mehr als alles auf der Welt.«

Abwesend griff sie nach dem Krug mit dem Eistee. »Seine Mutter, Maida, war meine ältere Schwester.«

Bei dem eindringlichen, fast beschwörenden Ton, in dem sie sprach, lief es Molly eiskalt über den Rücken. »Kevin hat mir erzählt, dass seine Eltern schon älter waren.«

»Ja, Maida hat John Tucker geheiratet, als ich geboren wurde.«

»Ein enormer Altersunterschied.«

»Sie war für mich wie eine zweite Mutter. Bis ich selbst erwachsen war, lebten wir in derselben Stadt, wir waren fast Nachbarn.«

Molly hatte das Gefühl, Lilly erzählte ihr das alles, nicht weil sie sie in ihre Familiengeschichte einweihen wollte, sondern weil sie selbst etwas brauchte, an dem sie sich festklammern konnte. Doch wieder einmal siegte ihre Neugier. »Ich habe irgendwo gelesen, dass Sie noch sehr jung waren, als Sie nach Hollywood gingen.«

»Maida zog fort, als John eine Pfarrstelle in Grand Rapids

bekam. Meine Mutter und ich verstanden uns überhaupt nicht. Es dauerte nicht lange, und ich riss von zu Hause aus und landete in Hollywood.«

Sie verstummte.

Molly ließ nicht locker. »Dafür dass Sie sich alleine durchschlagen mussten, haben Sie es verdammt weit gebracht.«

»Es hat eine Weile gedauert. Ich war schon immer ein bisschen wild, und ich habe eine Menge Fehler gemacht.« Sie lehnte sich in ihrem Schaukelstuhl zurück. »Einige davon werde ich wohl nie wieder gutmachen können.«

»Mich hat auch meine ältere Schwester großgezogen, aber ich war schon fünfzehn, als ich zu ihr kam.«

»Vielleicht wäre es für mich so auch besser gewesen. Ich weiß nicht. Einige von uns sind anscheinend dazu geboren, mehr in Schwierigkeiten zu geraten als andere.«

Gern hätte Molly gewusst, warum Kevin ihr gegenüber so feindselig war. Doch Lilly hatte sich abgewandt, und im selben Moment erschien Amy auf der Veranda. Sie war entweder zu jung oder zu sehr mit sich selbst beschäftigt, um ihren berühmten Gast zu erkennen. »Das Zimmer ist jetzt fertig.«

»Ich bringe Sie nach oben. Amy, würden Sie bitte Miss Shermans Koffer aus dem Auto holen?«

Als Molly Lilly in ihr Dachzimmer führte, rechnete sie schon damit, dass die Unterkunft doch etwas zu bescheiden für ihren Geschmack wäre, doch Lilly sagte nichts. Molly zeigte ihr vom Fenster aus den See und die Richtung, in der der Strand lag. »Es gibt einen schönen Weg am See entlang, aber vielleicht kennen Sie das alles schon. Waren Sie schon einmal hier?«

Lilly stellte ihre Handtasche auf dem Bett ab. »Ich war nie eingeladen.«

Das unbehagliche Kribbeln in ihrem Nacken war plötzlich wieder da, und als Amy mit dem Koffer erschien, entschuldigte Molly sich hastig.

Anstatt sich in ihrem Häuschen auszuruhen, strich sie nachdenklich im Musikzimmer hin und her, nahm den alten Füllfederhalter vom Schreibtisch, rückte das Tintenfass zurecht, dann das cremefarbene Schreibpapier mit dem Aufdruck WIND LAKE BED & BREAKFAST im Briefkopf. Endlich hörte sie auf herumzukramen und setzte sich.

Als die kleine goldene Pendeluhr zur Stunde schlug, hatte sie einen Entschluss gefasst und machte sich auf die Suche nach Kevin.

Sie begann am Strand, wo Troy gerade dabei war, ein paar lose Planken auf dem Steg zu reparieren. Als sie ihn nach Kevin fragte, schüttelte er nur den Kopf und sah sie mit demselben bekümmerten Hundeblick an wie Ruh, als sie ohne ihn das Haus verlassen hatte. »Ich habe ihn schon eine ganze Weile nicht gesehen. Wissen Sie, wo Amy ist?«

»Sie macht gerade die Zimmer fertig.«

»Wir wollten, äh, versuchen, unsere Arbeit so schnell wie möglich zu erledigen. Dann können wir vielleicht heute etwas früher gehen.«

Damit Ihr euch die Kleider vom Leib reißen und auf dem Bett wälzen könnt. »Ich denke, das geht in Ordnung.«

Troy blickte sie so dankbar an, als hätte sie ihn soeben unter dem Kinn gekrault.

Molly ging zurück zur großen Wiese und folgte dem hämmernden Geräusch, das hinter einem Häuschen mit dem Namen *Paradise* ertönte. Kevin hockte auf dem Dach und ließ seine schlechte Laune an ein paar neuen Schindeln aus.

Sie schob ihre Daumen in die Gesäßtaschen ihrer Shorts und überlegte, wie sie anfangen sollte. »Hast du immer noch vor in die Stadt zu fahren?«

»Vielleicht später.« Er hörte auf zu hämmern. »Ist sie weg?«

»Nein.«

Der Hammer sauste auf die Schindeln nieder. »Sie kann hier nicht bleiben.«

»Sie hat reserviert. Ich konnte sie doch nicht rausschmeißen.«

»Verdammt, Molly!« *Pang!* »Ich will, dass du –« *Pang!* »– sie loswirst.« *Pang!*

Sein Ton gefiel ihr ganz und gar nicht, doch der Gedanke an gestern Abend besänftigte ihren Unmut schnell. »Würdest du bitte für einen Moment runterkommen?«

Pang! »Warum?«

»Weil ich eine Halsstarre bekomme, wenn ich noch länger zu dir hoch gucke. Außerdem möchte ich mit dir reden.«

»Dann hör auf nach oben zu gucken.« *Pang! Pang!* »Oder zu reden.«

Sie hockte sich auf einen Stapel Schindeln und rührte sich nicht von der Stelle. Zuerst versuchte er, sie zu ignorieren, doch nach einer Weile stieß er einen wüsten Fluch aus und warf den Hammer beiseite.

Er kletterte die Leiter herunter. Schlanke muskulöse Beine. Knackiger Hintern. Was war eigentlich so faszinierend an Männerhintern? Er blickte sie grimmig an, doch diesmal war es nicht gegen sie gerichtet. »Nun?«

»Was ist los mit dir und Lilly?«

Seine grünen Augen verengten sich zu schmalen Schlitzen. »Ich mag sie nicht.«

»Das habe ich gemerkt.« Der Verdacht, der immer noch an ihr nagte, kam wieder hoch. »Hat sie vergessen, dir ein Weihnachtsgeschenk zu schicken, als du noch klein warst?«

»Ich will sie nicht hier haben. Das ist alles.«

»Sie hat aber offenbar nicht vor, woanders hinzufahren.«

Er stemmte die Hände in die Hüften und sah aus wie ein wütender Adler. »Das ist ihr Problem.«

»Wenn du sie nicht hier haben willst, ist es doch auch deins.«

Er wandte sich wieder seiner Leiter zu. »Könntest du das mit dem verdammten Nachmittagstee heute allein regeln?«

Wieder dieses Gefühl im Nacken. Da stimmte doch etwas nicht. »Kevin, warte!«

Er drehte sich ungeduldig zu ihr um.

Eigentlich ging es sie ja nichts an, aber sie konnte nicht anders. »Lilly sagte, sie wäre deine Tante.«

»Ja, und?«

»Ich hatte so ein komisches Gefühl, wenn sie dich ansah.«

»Spuck es endlich aus, Molly. Ich habe zu tun.«

»Es war ein Blick, der direkt aus ihrem Herzen sprach.«

»Das bezweifle ich.«

»Sie liebt dich.«

»Sie kennt mich ja nicht einmal.«

»Außerdem finde ich es seltsam, wie du dich aufregst.« Sie biss sich auf die Lippen und wünschte, sie hätte nie davon angefangen. Doch ihr Instinkt riet ihr, jetzt nicht locker zu lassen. »Ich glaube nicht, dass Lilly deine Tante ist, Kevin. Sie ist deine Mutter.«

12

»Karamellbonbons!« Benny leckte sich die Lippen.
»Ich liebe Karamellbonbons!«

Daphne ist wieder da

Kevin starrte sie an, als habe sie ihm in den Bauch geboxt. »Woher weißt du das? *Niemand* weiß das!«

»Ich habe es erraten.«

»Ich glaube dir kein Wort. Sie hat es dir erzählt. Verdammt!«

»Nein, das hat sie nicht. Aber sie ist der einzige Mensch, den ich kenne, der die gleichen grünen Augen hat wie du.«

»Du hast es an meinen Augen erkannt?«

»Es gab da noch ein paar andere Dinge.« Die tiefe Sehnsucht, die in Lillys Augen trat, sobald sie Kevin ansah, war merkwürdig für eine Tante. Außerdem hatte Lilly ihr andere kleine Hinweise gegeben.

»Sie hat mir erzählt, wie jung sie war, als sie von zu Hause fortging, und dass sie in Schwierigkeiten geraten ist. Ich wusste auch, dass deine Eltern relativ alt waren. Es war nur so eine Idee.«

»Wie konntest du nur darauf kommen?«

»Ich bin Schriftstellerin, oder war es jedenfalls mal. Ich habe ein Gespür für solche Dinge.«

Er schleuderte den Hammer nieder. »Ich muss hier raus.«

Und sie würde mitgehen. Schließlich hatte er sie gestern Abend auch nicht im Stich gelassen. »Lass uns vom Felsen in den See springen«, platzte sie heraus.

Er starrte sie an. »Du willst vom Felsen springen?«

Nein, ich werde nicht nochmal von diesem Felsen springen! Ich bin doch nicht verrückt. »Warum nicht?«

Er starrte sie einen Moment lang ungläubig an. »Okay, ich bin dabei.«

Genau, was sie befürchtet hatte, doch jetzt konnte sie keinen Rückzieher mehr machen. Er hätte nur wieder Bunny Lady zu ihr gesagt, wie die Kindergartenkinder, wenn sie ihnen aus ihren Büchern vorlas. Nur dass es aus seinem Mund nicht so unschuldig klang.

Eineinhalb Stunden später lag sie völlig außer Atem auf einem flachen Felsen in der Nähe der Klippe und schnappte japsend nach Luft. Während die Hitze des Steins durch ihre nassen Kleider drang, überlegte sie, dass der Sprung nicht einmal das Schlimmste war. Es hatte sogar Spaß gemacht. Viel schlimmer war es, den steilen Pfad zu erklimmen, um auf den Felsen zu kommen.

Sie hörte ihn kommen und schloss die Augen. Sie wollte lieber nichts sehen. Er hatte sich vor dem Sprung bis auf dunkelblaue Boxershorts all seiner Sachen entledigt. Es schmerzte geradezu, ihn anzusehen – der flache Bauch, die Muskeln, die unter der straffen Haut spielten, die kraftvollen, geschmeidigen Bewegungen. Mit Schrecken – oder voller Hoffnung? – hatte sie sich vorgestellt, wie ihm bei dem Sprung auch noch seine Boxershorts abhanden kamen. Aber erstaunlicherweise hatte er sie noch an.

Sie musste ihre Fantasie im Zaum halten. Schließlich hatten genau diese Art von Träumereien ihr das ganze Schlamassel eingebrockt. Vielleicht sollte sie sich lieber in Erinnerung rufen, dass Kevin sich nicht gerade als ein unvergesslicher Liebhaber erwiesen hatte. Wenn sie ehrlich war, war er sogar ein ziemlicher Blindgänger gewesen.

Das war nicht fair. Schließlich war er in doppelter Hinsicht benachteiligt gewesen: Erstens hatte er fest geschlafen, und zweitens war er nicht gerade verrückt nach ihr gewesen.

Letzteres schien sich auch nicht geändert zu haben. Obwohl er mittlerweile seinen Hass auf sie überwunden hatte, gab es nicht das kleinste Anzeichen, dass er sie in irgendeiner Weise attraktiv, geschweige denn unwiderstehlich fand.

Dass sie wieder an Sex dachte, fand sie ebenso erschreckend wie ermutigend. Es war, als würden die ersten Krokusse in ihrer tiefgefrorenen Seele sprießen.

Er ließ sich neben ihr nieder und streckte sich auf dem Rücken aus. Der Geruch nach Seewasser und teuflischer Männlichkeit zog ihr in die Nase.

»Keine Saltos mehr in den See, Molly. Streng verboten. Du warst viel zu dicht an den Felsen.«

»Ich habe doch nur einen gemacht, außerdem habe ich die Kante immer im Auge behalten.«

»Du hast gehört, was ich gesagt habe.«

»Man, du klingst schon genau wie Dan.«

»Ich möchte lieber nicht wissen, was er sagen würde, wenn er dich hier sehen könnte.«

Molly war überrascht, wie angenehm es war, einfach schweigend nebeneinander zu liegen. Obwohl jeder ihrer Muskeln schmerzte, fühlte sie sich absolut entspannt.

> Daphne lag auf einem Felsen und sonnte sich, als Benny den Weg hochgerannt kam. Er weinte.
> »Was ist denn los, Benny?«
> »Nichts. Lass mich in Ruhe.«

Sie öffnete blinzelnd die Augen. Es war fast vier Monate her, dass Daphne und Benny zuletzt eine imaginäre Unterhaltung in ihrem Kopf geführt hatten. Sie rollte zu Kevin herum. Sie wollte zwar den Spaß, den sie zusammen gehabt hatten, nicht verderben, aber er brauchte Hilfe bei seinem Umgang mit Lilly, genau wie sie Hilfe brauchte, um den Verlust von Sarah verarbeiten zu können.

Er hatte die Augen geschlossen. Sie stellte fest, dass seine Wimpern dunkler waren als seine Haare, die an den Schläfen schon fast wieder trocken waren. Sie stützte das Kinn in die Hand. »Wusstest du immer schon, dass Lilly deine Mutter ist?«

Er öffnete die Augen nicht. »Meine Eltern haben es mir gesagt, als ich sechs war.«

»Es war richtig, dass sie kein Geheimnis daraus gemacht haben.« Sie wartete, aber er sagte nichts mehr. »Sie muss sehr jung gewesen sein. Sie sieht jetzt gerade mal aus wie vierzig.«

»Sie ist fünfzig.«

»Wow.«

»Sie ist ein Hollywoodstar. Massenhaft Schönheitsoperationen.«

»Hast du sie oft gesehen, als du noch klein warst?«

»Im Fernsehen.«

»Aber nicht persönlich?« Ein Specht klopfte nicht weit entfernt, und ein Habicht kreiste über dem See. Sie beobachtete das Heben und Senken seiner Brust.

»Sie ist einmal aufgetaucht, als ich sechzehn war. Da war wohl gerade nichts los in Hollywood.« Er öffnete die Augen und setzte sich auf. Molly rechnete damit, dass er aufstehen und gehen würde, aber er schaute nur auf den See hinaus. »Was mich angeht, so hatte ich nur eine Mutter, nämlich Maida Tucker. Ich weiß nicht, was für ein Spielchen diese Bimboqueen hier treibt, aber ich spiele jedenfalls nicht mit.«

Das Wort »Bimbo« weckte in Molly alte Erinnerungen. Das hatten die Leute auch zu Phoebe gesagt. Molly erinnerte sich daran, was ihre Schwester ihr vor Jahren einmal gesagt hatte: *Manchmal glaube ich, dass »Bimbo« ein Wort ist, dass die Männer erfunden haben, damit sie sich Frauen überlegen fühlen können, die eigentlich energischer sind als sie selbst.*

»Wahrscheinlich wäre es am besten, du würdest mit ihr reden«, sagte Molly nun. »Dann erfährst du, was sie von dir will.«

»Es ist mir egal.« Er stand auf und griff nach seinen Jeans. »Was für eine beschissene Woche das mal wieder ist.«

Für ihn vielleicht, aber nicht für sie. Es war die beste Woche, die sie seit Monaten erlebt hatte.

Er fuhr sich mit den Fingern durchs feuchte Haar und sagte mit sanfterer Stimme: »Willst du immer noch in die Stadt fahren?«

»Klar.«

»Wenn wir jetzt gehen, können wir bis fünf Uhr zurück sein. Du kümmerst dich dann doch um den Tee, oder?«

»Ja, aber du weißt, dass du früher oder später mit ihr reden musst.«

Sie beobachtete den Wechsel der Gefühle in seinem Mienenspiel. »Ich werde mit ihr reden, aber ich bestimme, wann und wo.«

Lilly stand am Dachfenster und sah Kevin mit der Footballerbin davonfahren. Es schnürte ihr die Kehle zu, an seine verächtliche Haltung ihr gegenüber zu denken. Ihr kleiner Junge. Das Kind, das sie geboren hatte, als sie selbst kaum mehr als ein Kind war. Der Sohn, den sie ihrer Schwester übergeben hatte, damit sie ihn an Kindes statt großziehen konnte.

Sie wusste, dass sie damals richtig gehandelt hatte – uneigennützig –, was er aus seinem Leben gemacht hatte, war der beste Beweis dafür. Welche Möglichkeiten hätte er gehabt als Kind einer ungebildeten, verkorksten Siebzehnjährigen, die davon träumte, ein Star zu sein?

Sie ließ den Vorhang sinken und setzte sich auf die Bettkante. Sie hatte den Jungen am ersten Tag getroffen, als sie mit dem Bus in Los Angeles angekommen war. Er war ein Teenager und kam direkt von einer Ranch in Oklahoma. Er war auf der Suche nach Arbeit als Stuntman. Sie hatten sich ein Zimmer in einem heruntergekommenen Hotel geteilt, um Geld zu sparen. Sie waren beide jung und ungestüm und verbargen ihre Angst vor der gefährlichen Großstadt hinter fummeligem Sex und großspurigen Reden. Er hatte sich aus dem Staub gemacht, bevor sie wusste, dass sie schwanger war.

Sie hatte Glück gehabt und eine Arbeit als Bedienung gefunden. Eine der älteren Bedienungen, eine Frau namens Becky, hatte sich ihrer erbarmt und ließ sie auf ihrem Sofa schlafen. Becky war allein erziehende Mutter und hatte am Ende eines langen Arbeitstages keine Geduld mehr für die Bedürfnisse ihres dreijährigen Kindes. Wie das kleine Mädchen unter den barschen Worten ihrer Mutter und gelegentlichen Ohrfeigen zusammenzuckte, würde sie nie vergessen. Zwei Wochen, bevor Kevin geboren werden sollte, hatte Lilly Maida angerufen und ihr von dem Baby erzählt. Ihre Schwester und John Tucker kamen sofort nach L. A.

Sie waren bei ihr geblieben, bis Kevin geboren war und hatten ihr sogar angeboten, mit ihnen nach Michigan zurückzufahren. Aber sie konnte nicht zurück, und sie merkte an der Art, wie sich die beiden anschauten, dass auch sie es nicht wirklich wollten.

Im Krankenhaus hielt Lilly ihren kleinen Sohn so oft wie nur möglich im Arm und versuchte, ihm ihre ganze Liebe zuzuflüstern. Sie sah die Liebe auf dem Gesicht ihrer Schwester erblühen, sobald sie das Baby hoch nahm, und sie sah, wie Johns Gesichtszüge ganz weich vor Sehnsucht wurden. Sie waren es wirklich mehr als wert, ein Kind anvertraut zu bekommen. Sie liebte und hasste die beiden gleichzeitig dafür. Es war der schlimmste Moment ihres Lebens, sie mit ihrem kleinen Sohn davonfahren zu sehen. Zwei Wochen später hatte sie Craig kennen gelernt.

Lilly wusste, dass sie richtig gehandelt hatte. Aber der Preis war hoch. Zweiunddreißig Jahre lang hatte sie mit einem großen Loch im Herzen leben müssen, das sich weder durch ihre Karriere noch durch ihre Ehe hatte stopfen lassen. Selbst wenn sie noch mehr Kinder hätte haben können, wäre das Loch immer da gewesen. Jetzt wollte sie es heilen.

Mit siebzehn konnte sie nur für ihren Sohn kämpfen, indem sie ihn fortgab. Aber sie war keine siebzehn mehr, und es war an der Zeit herauszufinden, ob sie jemals einen Platz in seinem Leben einnehmen konnte. Sie würde nehmen, was immer er ihr geben würde. Einmal im Jahr eine Weihnachtskarte. Ein Lächeln. Etwas, um ihr zu zeigen, dass er sie nicht länger hasste. Die Tatsache, dass er sie nicht in seiner Nähe haben wollte, war jedesmal deutlich zu sehen gewesen, wenn sie versucht hatte, nach Maidas Tod mit ihm Kontakt aufzunehmen. Auch heute hatte er keinen Zweifel gelassen. Aber sie musste es weiter versuchen.

Sie dachte an Molly und fröstelte. Lilly konnte Frauen nicht ausstehen, die sich an berühmte Männer heranmachten. Sie hatte es oft genug in Hollywood miterlebt. Gelangweilte, reiche junge Dinger, ohne eigenständiges Leben, die versuchten sich selbst zu definieren, indem sie sich berühmte Männer schnappten. Molly hatte ihn mit ihrer Schwangerschaft und weil sie die Schwester von Phoebe Calebow war in die Falle gelockt.

Lilly stand vom Bett auf. In seinen Jugendjahren hatte sie Kevin nicht beschützen können, aber jetzt hatte sie die Möglichkeit, alles wieder gutzumachen.

Wind Lake war ein typischer Ferienort – schnuckelig im Zentrum und ein wenig schäbig drum herum. Die Hauptstraße verlief am See entlang und hatte einige Restaurants und Souvenirläden, einen Sporthafen, eine bessere Boutique für die Touristen und das Wind Lake Inn zu bieten.

Kevin parkte den Wagen, und Molly stieg aus. Bevor sie von der Ferienanlage weggefahren waren, hatte sie noch geduscht, sich die Haare frisiert, die Augen ein wenig geschminkt und ihren M.A.C. Spice-Lippenstift aufgetragen.

Weil sie nur Turnschuhe hatte, kam ihr Sommerkleid nicht in Frage, also schlüpfte sie in hellgraue Shorts mit Tunnelzug und ein schwarzes Kräuseltop. Dabei fiel ihr tröstlich auf, dass sie so viel abgenommen hatte, dass sie die Shorts unterhalb des Bauchnabels tragen konnte.

Als er das Auto umrundet hatte, ließ er seinen Blick über sie schweifen und betrachtete sie dann eingehender. Sie fühlte eine unangenehme Spannung und fragte sich, ob ihm wohl gefiel, was er da sah, oder ob er wenig schmeichelhafte Vergleiche mit seinen Vereinte-Nationen-Freundinnen anstellte.

Und wenn schon! Sie mochte ihren Körper und ihr Gesicht. Sie waren vielleicht nichts Besonderes, aber sie war zufrieden damit. Außerdem konnte ihr seine Meinung sowieso egal sein.

Er zeigte auf die Boutique. »Die sollten eigentlich Sandalen haben, wenn du die ersetzen willst, die du im See versenkt hast.«

Sandalen aus dieser Boutique lagen außerhalb ihrer finanziellen Möglichkeiten.

»Die haben aber nur ziemlich billiges Zeug.«

Sie schob die Sonnenbrille höher auf ihre Nase, die im Gegensatz zu seiner Revos nicht mehr als neun Dollar gekostet hatte. »Ich bevorzuge das Einfache.«

Er betrachtete sie neugierig. »Du bist doch nicht eine von diesen knauserigen Multimillionärinnen, oder?«

Sie überlegte erst einen Moment, beschloss dann aber diesbezüglich keine weiteren Spielchen mit ihm zu spielen. Es war an der Zeit, dass er erkannte, wer sie wirklich war, mitsamt all ihren Verrücktheiten. »Ich bin keine Multimillionärin.«

»Es ist allgemein bekannt, dass du eine reiche Erbin bist.«

»Ja, schon …« Sie biss sich auf die Lippen.

Er seufzte. »Kann es sein, dass ich gleich etwas total Bekloopptes zu hören kriege.«

»Ich schätze, das hängt ganz von der Sichtweise ab.«

»Mach schon. Ich höre.«

»Ich bin pleite, okay?«

»Pleite?«

»Egal. Du würdest es nie verstehen.« Sie entfernte sich von ihm.

Er holte sie ein, als sie bereits über die Straße zum Strand hinüberging. Es ärgerte sie, dass er so missbilligend schaute. Aber was konnte sie auch erwarten, von Mr Aufrecht und Rechtschaffen, der das Idealbild eines erwachsenen Pfarrersohnes abgab, ob er wollte oder nicht.

»Du hast das ganze Geld bei der erstbesten Gelegenheit verpulvert, nicht wahr? Deswegen hast du so eine kleine Wohnung.«

Mitten auf der Straße wandte sie sich zu ihm um. »Nein, ich habe es nicht verpulvert. Ich habe im ersten Jahr ein kleines Bisschen verplempert, aber du kannst mir glauben, dass noch jede Menge übrig war.«

Er packte sie am Arm und zog sie aus dem Verkehr auf den Gehweg hinauf. »Und was ist dann passiert?«

»Hast du nichts Besseres zu tun, als mich zu belästigen?«

»Nicht wirklich. Schlecht investiert? Hast du alles, was du hattest in vegetarischem Krokodilfleisch angelegt?«

»Sehr witzig.«

»Du hast den Markt mit Häschenpantoffeln überschwemmt.«

»Wie wäre es damit: Ich habe beim letzten Spiel alles, was ich hatte, auf die Stars gesetzt und irgendein Idiot hat das Spiel vermasselt.«

»Das war gemein.«

Sie holte tief Luft und schob sich die Sonnenbrille auf den Kopf. »In Wirklichkeit habe ich alles vor ein paar Jahren weggegeben. Und ich bedaure es nicht.«

Er blinzelte und lachte dann auf. »Du hast es weggegeben?«

»Hörst du etwa schlecht?«

»Nein, wirklich. Sei ehrlich.«

Sie warf ihm einen warnenden Blick zu und ging in den Laden.

»Ich kann's einfach nicht glauben. Das hast du wirklich getan?« Er kam hinter ihr her. »Wie viel war es denn?«

»Viel mehr, als du in deinem Portfolio hast, mein Süßer.«

Er grinste. »Komm schon. Mir kannst du es doch sagen.«

Sie ging auf einen Ständer mit Schuhen zu und bereute es sofort, er war mit neonfarbenen Plastiksandalen gefüllt.

»Mehr als drei Millionen?«

Sie ignorierte ihn und griff nach den Schlichtesten, einem scheußlichen Paar mit Silberglitzer in den Riemen.

»Weniger als drei?«

»Ich sage es nicht. Geh jetzt und lass mich in Ruhe.«

»Wenn du's mir sagst, gehe ich mit dir in die Boutique und du kannst alles, was du willst, mit meiner Kreditkarte besorgen.«

»Einverstanden.« Sie warf die Silberglitzer-Sandalen hin und marschierte Richtung Tür.

Er ging vor, um sie zu öffnen. »Soll ich dir noch ein bisschen den Arm rumdrehen, damit du deinen Stolz nicht verlierst?«

»Hast du gesehen, wie scheußlich diese Sandalen waren? Außerdem weiß ich, wie viel du in der letzten Saison verdient hast.«

»Ich bin froh, dass wir diesen Ehevertrag unterzeichnet haben. Dabei hatte ich gedacht, es ginge darum, dein Vermögen zu schützen, aber wie das Leben manchmal so spielt, plötzlich stellt sich heraus, dass es eigentlich um meines ging.« Er grinste noch mehr. »Wer hätte das gedacht?«

Er genoss die Situation viel zu sehr, also beschleunigte sie ihre Schritte. »Ich wette, ich kann das Limit deiner Kreditkarte in einer halben Stunde ausschöpfen.«

»Waren es mehr als drei Millionen?«

»Ich werde es dir sagen, *nachdem* ich mit dem Einkaufen fertig bin.« Sie lächelte ein älteres Ehepaar an.

»Wenn du lügst, musst du alles zurückgeben.«

»Gibt es hier nirgendwo einen Spiegel, in dem du dich ein bisschen bewundern kannst?«

»Ich habe noch keine Frau gekannt, die derart auf mein gutes Aussehen abgefahren ist.«

»Alle deine Frauen fahren auf dein gutes Aussehen ab. Sie *tun* nur so, als wäre es deine Persönlichkeit.«

»Man sollte dich übers Knie legen.«

»Aber du ganz bestimmt nicht.«

»Du bist eine verdammt ungezogene Göre.«

Sie lächelte und betrat die Boutique. Fünfzehn Minuten später kam sie mit zwei Paar Sandalen wieder heraus. Erst als sie ihre Sonnenbrille aufsetzte, bemerkte sie, dass er ebenfalls eine Tüte in der Hand hielt. »Was hast du gekauft?«

»Du brauchst einen Badeanzug.«

»Du hast mir einen gekauft?«

»Die Größe habe ich geschätzt.«

»Was für einen Badeanzug?«

»Man, wenn mir jemand etwas schenken würde, würde ich mich freuen, anstatt so misstrauisch zu sein.«

»Wenn es ein Tanga ist, wird er umgetauscht.«

»Also bitte, würde ich dich derart beleidigen?« Sie gingen zusammen die Straße hinunter.

»Ein Tanga ist vermutlich die einzige Art von Badeanzug, die du kennst. Ich bin sicher, dass deine Freundinnen sowas tragen.«

»Wenn du glaubst, dass du mich ablenken kannst, dann hast du dich getäuscht.« Sie kamen an einem Süßigkeitenladen namens *Chocolat! Chocolat!* vorbei. Direkt daneben war eine kleine Parkanlage, kaum mehr als ein paar Hortensienbüsche und zwei Bänke. »Jetzt ist die Zeit der Abrechnung gekommen, Daphne.« Er zeigte auf eine der Bänke und setzte sich dann neben sie. Sein Arm streifte ihre Schulter, als er ihn über die Rückenlehne legte. »Erzähl mir, was mit dem Geld war. Musstest du warten, bis du einundzwanzig warst, bis du darüber verfügen konntest?«

»Ja, ich war noch am College, und Phoebe ließ mich keinen Pfennig davon anrühren. Sie sagte, wenn ich die Kontoauszüge sehen wollte, bevor ich mein Examen in der Tasche hätte, müsste ich schon gerichtlich gegen sie vorgehen.«

»Kluge Frau.«

»Sie und Dan haben mich immer ziemlich knapp gehalten. Sobald ich also mein Examen hatte und sie mir das Geld endlich übergaben, habe ich all das getan, was man erwarten würde. Ich habe ein Auto gekauft, bin in eine Luxuswohnung gezogen, habe tonnenweise Klamotten gekauft – die Klamotten fehlen mir schon manchmal. Aber nach einer Weile hat das Leben als Luxusweibchen seinen Glanz verloren.«

»Warum hast du dir nicht einfach einen Job gesucht?«

»Das habe ich ja, aber das hat nichts an meinen Millionen geändert. Ich hatte keinen Pfennig davon verdient. Wenn es von einem anderen als Bert Somerville gekommen wäre, wäre es vielleicht etwas anderes gewesen, aber so hatte ich das Gefühl, als hätte er plötzlich seine bösartige Nase wieder in mein Leben gesteckt, und das gefiel mir gar nicht. Schließlich habe ich beschlossen, eine Stiftung ins Leben zu rufen und alles wegzugeben. Und wenn du es irgendjemandem verrätst, dann wird es dir Leid tun, das schwöre ich dir.«

»Du hast alles weggegeben?«

»Jeden Pfennig.«

»Wie viel?«

Sie fummelte an den Bändern ihrer Shorts herum. »Ich will es dir nicht sagen. Du hältst mich ohnehin schon für verrückt.«

»Es ist kein Problem für mich, die Sandalen zurückzubringen.«

»Also gut: Fünfzehn Millionen.«

Er blickte drein, als hätte man ihn eingeseift. »Du hast fünfzehn Millionen Dollar weggegeben?«

Sie nickte.

Er warf den Kopf in den Nacken und lachte. »Du bist wirklich verrückt.«

Ihr fiel der Salto wieder ein, mit dem sie vom Felsen gesprungen war. »Vermutlich. Aber ich habe es noch keinen Augenblick bereut.« Obwohl sie momentan nichts dagegen gehabt hätte, ein bisschen was zurückzubekommen, damit sie die Raten für ihre Wohnung bezahlen konnte.

»Es fehlt dir wirklich nicht?«

»Nein. Nur die Klamotten, wie schon gesagt. Und übrigens: Danke für die Sandalen. Sie gefallen mir sehr.«

»War mir ein Vergnügen.«

»Kevin! Hallo!«

Molly vernahm einen französischen Akzent, und als sie aufblickte, sah sie eine zierliche, dunkelhaarige Frau mit einer kleinen weißen Schachtel in der Hand auf sie zukommen. Die Frau trug eine blauweiß gestreifte Schürze über schwarzen Hosen und einem Pullover. Sie war hübsch. Dichte Haare, braune Augen, gut geschminkt. Sie war wahrscheinlich ein paar Jahre älter als Molly, eher in Kevins Alter.

»Oh hallo, Michelle.« Kevin lächelte die Frau viel zu sexy an, als er aufstand und sie begrüßte.

Sie streckte ihm die weiße Schachtel entgegen, und Molly entdeckte einen blauen Aufkleber an der Seite mit dem geprägten Schriftzug *Chocolat! Chocolat!* »Sie mochten die Pralinen gestern, *n'est ce pas*? Dieses kleine Geschenk ist ein Willkommensgruß für Sie. Unsere Probierschachtel.«

»Vielen Dank.« Er sah so erfreut aus, dass Molly ihn am liebsten daran erinnert hätte, dass es sich nur um eine

Schachtel mit Pralinen und nicht um einen Super Bowl Ring handelte. »Michelle, das ist Molly. Michelle gehört die Confiserie dort drüben. Ich habe sie gestern kennen gelernt, als ich in die Stadt gefahren bin, um einen Hamburger zu essen.«

Michelle war schlanker, als man es von der Besitzerin einer Confiserie erwartet hätte. Das erschien Molly ganz und gar nicht richtig.

»Nett, Sie kennen zu lernen, Molly.«

»Es ist mir ebenfalls ein Vergnügen.« Molly hätte die neugierigen Blicke einfach ignorieren können, aber so brav war sie nun auch wieder nicht. »Ich bin Kevins Frau.«

»Oh.« Ihre Enttäuschung war offensichtlich, die Pralinenschachtel musste sie als Fehlinvestition abschreiben.

»Wir leben getrennt«, ergänzte Kevin. »Molly schreibt Kinderbücher.«

»Ah oui? Ich wollte immer schon ein Kinderbuch schreiben. Vielleicht können Sie mir irgendwann ein paar Tipps geben.«

Molly machte ein freundliches, aber unverbindliches Gesicht. Ob sie irgendwann einmal einen Menschen treffen würde, der *kein* Kinderbuch schreiben wollte. Die Leute glaubten offensichtlich, es sei ein Klacks, Kinderbücher zu schreiben. Sie hatten keine Ahnung, was alles dazu gehörte, ein erfolgreiches Buch zu schreiben, das den Kindern wirklich gefiel und aus dem sie etwas lernen konnten.

»Es ist schade, dass sie den Ferienpark verkaufen wollen, Kevin. Wir werden Sie vermissen.« Bevor Michelle ihn noch weiter bezirzen konnte, bemerkte sie, dass eine Frau die Confiserie betrat. »Ich muss gehen. Kommen Sie vorbei, wenn Sie wieder mal in der Stadt sind, dann können Sie meine Kirschschokolade probieren.«

Sobald sie außer Hörweite war, ging Molly auf Kevin los: »Du darfst die Anlage nicht verkaufen!«

»Ich habe dir von Anfang an gesagt, dass ich genau das vorhabe.«

Das war richtig, aber zu der Zeit hatte es ihr noch nichts bedeutet. Jetzt konnte sie die Vorstellung nicht mehr ertragen, dass er den Ferienpark so einfach abschütteln würde. Das Gelände gehörte zu ihm, war Teil seiner selbst, seiner Familie und auf eine seltsame Art und Weise, die sie nicht näher erklären konnte, betrachtete sie es mehr und mehr auch als Teil von sich selbst.

Er missverstand ihr Schweigen. »Keine Sorge. Wir müssen nicht so lange hier bleiben. Sobald ich jemanden finde, der den Laden schmeißt, können wir hier verschwinden.«

Während der Rückfahrt zum Ferienpark versuchte Molly, ihre Gedanken zu ordnen. Die einzigen tiefer gehenden Wurzeln, die Kevin noch hatte, waren hier. Er hatte seine Eltern verloren, besaß keine Geschwister und schien nicht gewillt zu sein, Lilly einen Platz in seinem Leben einzuräumen. Das Haus, in dem er aufgewachsen war, gehörte der Kirche. Außer dem Ferienpark hatte er keinerlei Verbindungen zu seiner Vergangenheit. Es wäre ein Fehler, das aufzugeben.

Die große Wiese kam in Sicht, und ihre ungeordneten Gedanken wichen einem Gefühl des Friedens. Charlotte Long fegte gerade ihre Veranda, ein älterer Mann radelte auf einem großen Dreirad vorbei, und ein Ehepaar unterhielt sich auf einer Bank. Molly sog den Anblick der Bilderbuchhäuschen und der schattigen Bäume in sich auf.

Kein Wunder, dass ihr alles vom ersten Augenblick an so vertraut erschienen war. Es war, als wäre sie zwischen die Seiten ihrer Bücher direkt in den Nachtigallenwald gelangt.

Anstatt am See entlang zu gehen, wo sie vielleicht jemanden getroffen hätte, folgte Lilly einem schmalen Pfad, der in den Wald hinter der großen Wiese führte. Sie hatte sich eine dünne lange Hose und ein tabakbraunes Oberteil mit eckigem

Ausschnitt angezogen, aber ihr war immer noch heiß, und sie wünschte, sie wäre schlank genug, um Shorts tragen zu können. Diese knappen weißen, die ein ständiger Teil ihrer Garderobe in *Lace, Inc.* gewesen waren. Sie hatten nur knapp ihren Po bedeckt.

Wildpflanzen streiften ihre Beine, als sich die Bäume zu einer Lichtung öffneten. Zwischen den Zehen in ihren Sandalen knirschte es angenehm, und langsam ließ die Anspannung, die sie schon den ganzen Tag mit sich herumschleppte, ein wenig nach. Sie hörte das Wasser eines Baches plätschern und drehte sich, um danach zu suchen. Da entdeckte sie plötzlich etwas derart Deplatziertes, dass sie blinzeln musste.

Ein verchromter Esstischstuhl mit einer Sitzfläche aus rotem Plastik.

Lilly konnte sich nicht vorstellen, was der Stuhl da mitten in der Wiese zu suchen hatte. Als sie darauf zuging, entdeckte sie auch den Bach zwischen Farnen, Schilf und bemoosten Steinen. Der Stuhl stand auf einem von Flechten überwucherten Felsbrocken. Der rote Plastiksitz glänzte in der Sonne, es war kein Rost daran zu entdecken, also stand er erst seit kurzem dort. Aber warum?

Er kippelte bedenklich, als sie ihn berührte.

»Lassen Sie die Finger davon!«

Sie fuhr herum und sah einen Bär von Mann im Sonnenlicht am anderen Ende der Lichtung hocken.

Sie fuhr sich mit der Hand an die Kehle.

Hinter ihr klatschte der Stuhl in den Bach.

»Verdammt!« Der Mann sprang auf.

Er war riesig groß, mit Schultern so breit wie die zwölfspurige Stadtautobahn in L. A. und einem düsteren, markanten Gesicht, das dem Bösewicht in einem alten Western alle Ehre gemacht hätte. *Ich habe Möglichkeiten, eine Frau wie dich zum Reden zu bringen.* Das Einzige, was fehlte, waren Bartstoppeln auf seinem grimmigen Kinn.

Seine Haare sahen aus wie der Albtraum eines Hollywoodstylisten oder der Wunschtraum, da war sie sich nicht sicher. Dick und grau an den Schläfen, zu lang im Nacken, wo es schien, als hätte er sie bereits mit dem Messer gekürzt, das er ohne Zweifel in seinem Stiefelschaft trug. Allerdings trug er nur ein Paar abgewetzter Laufschuhe und Socken, die bis zu den Knöcheln heruntergerutscht waren. Seine Augen standen geheimnisvoll und dunkel in dem tief gebräunten, gefährlich zerfurchten Gesicht.

Jeder Castingagent in Hollywood hätte sich nach ihm die Finger geleckt.

All diese Gedanken schossen Lilly durch den Kopf, an Stelle des einen, der angemessen gewesen wäre: *Lauf weg!*

Er kam langsam auf sie zu. Die Beine unter seinen kakifarbenen Shorts waren braun und kräftig. Er trug ein altes blaues Arbeitshemd, dessen aufgerollte Ärmel den Blick auf muskulöse, dunkel behaarte Unterarme freigab. »Wissen Sie eigentlich, wie lange ich gebraucht habe, diesen Stuhl genau da zu platzieren, wo ich ihn haben wollte?«

Sie wich vor ihm zurück. »Wissen Sie sonst nichts mit Ihrer Zeit anzufangen?«

»Finden Sie das etwa witzig?«

»Oh, nein.« Sie wich immer weiter zurück. »Gar nicht witzig. Bestimmt nicht.«

»Haben Sie Ihren Spaß daran, die Arbeit eines ganzen Tages zu verderben.«

»Arbeit?«

Er runzelte die Brauen. »Was machen Sie denn da?«

»Machen?«

»Bleiben Sie stehen, und hören Sie auf, vor mir in Deckung zu gehen!«

»Ich gehe nicht in Deckung.«

»Ich tu Ihnen doch nichts, verdammt noch mal!« Er grummelte vor sich hin, während er zu seinem vorherigen Sitzplatz zurückstapfte, wo er etwas vom Boden aufhob. Sie nutzte die Gelegenheit und bewegte sich vorsichtig auf den Pfad zu.

»Ich habe doch gesagt, Sie sollen sich nicht bewegen.«

Er hatte eine Art Notizbuch in der Hand und kam ihr nicht mehr finster vor, nur noch unglaublich unhöflich. Sie schaute ihn mit dem ganzen Hochmut einer Hollywoodkönigin an. »Sie haben wohl ihre guten Manieren vergessen.«

»Energieverschwendung. Ich komme hierher, um meine Ruhe zu haben. Ist das zu viel verlangt?«

»Überhaupt nicht. Ich gehe sofort.«

»Da rüber!« Ärgerlich deutete er mit dem Finger zum Bach hinüber.

»Wie bitte?«

»Setzen Sie sich da hin!«

Sie hatte jetzt keine Angst mehr, sie war nur noch verärgert. »Wohl kaum.«

»Sie haben mir die Arbeit eines ganzen Nachmittags zerstört. Es ist also das Mindeste, was Sie tun können, mir ein Weilchen Modell zu sitzen.«

Jetzt erkannte sie, dass er einen Skizzenblock in der Hand hielt und kein Notizbuch. Er war also ein Künstler. »Wie wäre es, wenn ich Sie einfach in Ruhe lasse.«

»Ich habe gesagt, Sie sollen sich hinsetzen!«

»Hat Ihnen schon mal jemand gesagt, wie unhöflich Sie sind?«

»Ich gebe mir alle Mühe. Setzen Sie sich auf den Stein dort mit dem Gesicht zur Sonne.«

»Danke, aber ich sonne mich nie. Das ist schlecht für den Teint.«

»Ich würde so gerne mal eine schöne Frau kennen lernen, die nicht eitel ist.«

»Danke für das Kompliment«, sagte sie trocken. »Aber die schöne Frau liegt etwa zehn Jahre und vierzig Pfund hinter mir.«

»Seien Sie nicht kindisch.« Er zog einen Bleistift aus der Brusttasche und fing an zu zeichnen, ohne noch länger mit ihr zu diskutieren. Er machte sich nicht einmal die Mühe, sich auf den kleinen Klapphocker zu setzen, den sie in ein paar Metern Entfernung entdeckt hatte. »Das Kinn etwas zur Seite. Mein Gott, sind Sie schön!«

Er sprach das Kompliment so leidenschaftslos aus, dass es keine leere Schmeichelei zu sein schien. Sie widerstand dem Drang, ihm zu sagen, er hätte sie zu ihren besten Zeiten sehen müssen. »Sie hatten Recht mit meiner Eitelkeit«, sagte sie, nur um ihn zu ärgern. »Und darum werde ich hier auch nicht länger in der Sonne stehen bleiben.«

Der Bleistift flog weiter über seinen Block. »Ich mag es nicht, wenn die Modelle reden, während ich arbeite.«

»Ich bin nicht Ihr Modell.«

Als sie sich gerade endgültig abwenden wollte, stopfte er den Bleistift in die Brusttasche zurück. »Wie soll ich mich konzentrieren, wenn Sie keinen Augenblick still halten?«

»Jetzt hören Sie mal gut zu: Es ist mir egal, ob Sie sich konzentrieren können oder nicht.«

Er runzelte die Brauen, und sie hatte das Gefühl, dass er sich überlegte, ob es ihm wohl durch Einschüchterung gelingen könnte, sie zum Bleiben zu bewegen. Schließlich klappte er den Skizzenblock zu. »Wir treffen uns morgen früh hier. Sagen wir um sieben. Dann ist die Sonne nicht zu heiß für Sie.«

Ihre Verärgerung machte Belustigung Platz. »Warum nicht gleich um halb sieben?«

Seine Augen verengten sich. »Sie machen sich über mich lustig, nicht wahr?«

»Unhöflich und scharfsinnig. Eine faszinierende Kombination.«

»Ich bezahle Sie dafür.«

»Das können Sie sich gar nicht leisten.«

»Das wage ich zu bezweifeln.«

Sie lächelte und betrat den Pfad.

»Wissen Sie eigentlich, wer ich bin?«, rief er hinter ihr her.

Sie schaute zurück. Er hätte nicht drohender dreinschauen können. »Sollte ich es wissen?«

»Ich bin Liam Jenner, verdammt noch mal!«

Sie pfiff durch die Zähne. Liam Jenner! Der J. D. Salinger der amerikanischen Malerei. Mein Gott ... Was hatte der hier zu suchen?

Er bemerkte, dass sie jetzt wusste, wer er war, und sein Stirnrunzeln wich einem selbstgefälligen Grinsen. »Wir einigen uns also auf sieben.«

»Ich ...« *Liam Jenner!* »Ich werde darüber nachdenken.«

»Tun Sie das.«

Was für ein penetranter Mann! Er hatte der Welt wirklich einen Dienst damit erwiesen, dass er so zurückgezogen lebte. Aber dennoch ...

Liam Jenner, einer der berühmtesten Maler Amerikas, wollte, dass sie für ihn Modell saß. Wenn sie nur wieder zwanzig und schön wäre.

13

> Daphne legte den Hammer hin und hoppelte ein Stück zurück, um das Schild in Augenschein zu nehmen, das sie an ihre Eingangstür genagelt hatte. KEIN ZUTRITT FÜR DACHSE! (JA, GENAU SIE SIND GEMEINT!) Sie hatte es an diesem Morgen selbst gemalt.
>
> *Einsame Tage für Daphne*

»Wenn Sie auf die Trittleiter steigen, können Sie auch auf dem obersten Regalbrett nachschauen, Amy«, rief Kevin aus der Speisekammer.

Gleich nachdem sie aus der Stadt zurückgekommen waren, hatte Kevin mit Amys Hilfe begonnen, die Nahrungsmittelvorräte in Augenschein zu nehmen. Schon seit zehn Minuten hatte sie immer wieder prüfende Blicke zwischen der Speisekammer, wo er herumkramte, und der Küchenarbeitsplatte, wo Molly den Tee vorbereitete, hin- und hergeworfen, jetzt konnte sie ihre Neugierde nicht länger zügeln.

»Ist doch irgendwie interessant, dass Sie und Molly genau zur selben Zeit geheiratet haben wie Troy und ich.«

Molly legte die erste Scheibe Kuchen auf die viktorianische Tortenplatte und hörte Kevin mauern: »Molly meinte, sie bräuchte noch mehr braunen Zucker. Ist da oben noch welcher?«

»Ich sehe noch zwei Packungen. Ich lese grad so ein Buch über die Ehe …«

»Was noch?«

»Ein paar Packungen Rosinen und Backpulver. Also, in dem Buch heißt es, dass jung verheiratete Paare manchmal

Schwierigkeiten haben, sich an die neue Situation zu gewöhnen und so. Weil sich einfach alles verändert.«

»Sind noch Haferflocken da? Die braucht sie auch, hat sie gesagt.«

»Eine Packung ist noch da, aber keine große. Also, Troy findet, es haut einen voll um, verheiratet zu sein.«

»Was noch?«

»Töpfe und Zeug. Nichts Essbares mehr. Aber wenn Sie Schwierigkeiten haben, sich daran zu gewöhnen, dann könnten Sie ja mal mit Troy reden.«

Molly lächelte über das nachfolgende lange Schweigen. Schließlich sagte Kevin: »Vielleicht schauen Sie am besten gleich nach, was noch im Gefrierschrank ist.«

Amy tauchte aus der Speisekammer auf und warf Molly einen bedauernden Blick zu. Das Mitleid und die Knutschflecken dieses Kükens gingen ihr allmählich auf den Keks.

Der Nachmittagstee war ohne Kevin nicht halb so lustig. Mrs Chet – Gwen eigentlich – konnte ihre Enttäuschung nicht verhehlen, als Molly sagte, er hätte anderweitige Verpflichtungen. Vielleicht hätte es sie aufgemuntert zu erfahren, dass Lilly Shermann im Hause weilte, aber Lilly ließ sich nicht blicken, und Molly wollte ihre Anwesenheit nicht preisgeben.

Sie war gerade dabei die Keramikrührschüsseln für das Frühstück am nächsten Morgen bereit zu stellen, als Kevin beladen mit Einkäufen durch die Hintertür hereinkam. Er schubste Ruh beiseite, der sich auf seine Knöchel stürzen wollte, und stellte die Tüten auf die Arbeitsplatte. »Warum musst du das machen? Wo ist Amy?«

»Hör auf, Ruh. Ich habe ihr gerade erlaubt zu gehen. Sie fing vor lauter Troy-Entzug schon fast an zu winseln.«

Kaum hatte sie das gesagt, da sah sie Amy quer durch den Garten auf ihren Ehemann zulaufen, der plötzlich aus dem Nichts aufgetaucht war und ihr Kommen wohl gerochen haben musste.

»Und schon sind sie wieder dabei«, bemerkte Kevin.

Die Umarmung der beiden war leidenschaftlicher als jede Parfümwerbung. Molly sah, wie Troy seinen Mund auf Amys entblößte Brust herabsenkte. Sie warf den Kopf zurück. Reckte ihm den Hals entgegen.

Wieder ein Knutschfleck.

Molly klatschte einen Tupperwaredeckel auf die dazugehörige Dose. »Wenn er so weiter macht, braucht sie bald eine Bluttransfusion.«

»Sie scheint nichts dagegen zu haben. Manchen Frauen gefällt es, wenn ein Mann ihnen seinen Stempel aufdrückt.«

Etwas an der Art, wie er sie anschaute, ließ ihre Brüste prickeln. Diese Reaktion gefiel ihr gar nicht. »Und andere Frauen sehen es als das, was es ist – der lächerliche Versuch eines unsicheren Mannes eine Frau zu beherrschen.«

»Ach ja, das kommt wohl auch vor.« Er warf ihr ein müdes Lächeln zu und machte sich auf den Weg nach draußen, um den Rest der Einkäufe zu holen.

Beim Ausladen fragte er Molly, ob sie abends zum Essen in die Stadt fahren wollte, aber sie lehnte ab. Sie wollte die Versuchung, die Kevin darstellte, sorgfältig dosieren. Auf dem Rückweg zu ihrem Cottage beglückwünschte sie sich zu ihrer Selbstdisziplin.

> *Die Sonne stand wie ein großer Zitronenkeks am Himmel, was Daphne hungrig machte. Grüne Bohnen, dachte sie. Mit einer leckeren Soße aus Löwenzahnblättern. Und Erdbeerkäsekuchen zum Nachtisch!*

Das war heute nun schon das zweite Mal, dass sich ihre Geschöpfe in ihre Gedanken geschlichen hatten. Vielleicht war sie endlich bereit, sich wieder an die Arbeit zu machen – wenn auch noch nicht ans Schreiben, so doch zumindest an die Zeichnungen, die Helen haben wollte, bevor sie ihr den Rest ihres Vorschusses geben würde.

Sie betrat das Cottage und fand einen gut sortierten Kühlschrank und einen gefüllten Vorratsschrank. Das musste man Kevin lassen. Er gab sich wirklich Mühe, nett zu ihr zu sein. Sie war aber nicht allzu begeistert, dass er ihr immer sympathischer wurde, und deswegen versuchte sie, ein wenig Ärger aufzubauen, indem sie sich in Erinnerung rief, dass er ein oberflächlicher, egoistischer, Ferrari-fahrender Entführer, Pudelhasser und Frauenheld war. Anzeichen für Letzteres hatte sie allerdings noch nicht entdecken können. Überhaupt keine.

Weil er sie nicht attraktiv fand.

Sie fuhr sich in die Haare und ließ einen erstickten Schrei der Verzweiflung über ihre eigene Albernheit fahren. Dann machte sie sich ein üppiges Abendessen.

An diesem Abend saß sie auf ihrer Veranda und betrachtete den Block, den sie in einer der Schubladen gefunden hatte. Würde es wirklich etwas ausmachen, Daphne und Melissa ein kleines Stückchen auseinander zu rücken? Es war schließlich nur ein Kinderbuch, und die Freiheit Amerikas hing nicht davon ab, wie nahe Daphne und Melissa beieinander standen.

Ihr Bleistift begann sich über das Papier zu bewegen, zuerst zögerlich, dann immer schneller. Aber die Zeichnung, die entstand, war nicht die, die sie im Sinn gehabt hatte. Stattdessen zeichnete ihre Hand Benny im Wasser, das nasse Fell hing ihm in die Augen, wie er mit weit aufgerissenem Mund zu Daphne hinaufschaute, die von einem Felsen hinuntersprang. Ihre Ohren wehten hinter ihr her, der perlenbestickte Kragen ihrer Jeansjacke klappte zurück und ein Paar hochmodischer Manolo-Blahnik-Sandalen flogen ihr von den Pfoten.

Sie runzelte die Stirn und dachte an all die Berichte, die sie gelesen hatte, von jungen Leuten, die nach Sprüngen in unbekannte Gewässer bleibende Lähmungen davongetragen hatten. Was würden kleine Kinder hiervon für ihre Sicherheit lernen? Sie riss das Blatt aus dem Block und zerknüllte es. An solche Probleme dachten die Leute, die ständig Kinderbücher schreiben wollten, bestimmt nie.

Ihr Hirn war wieder wie ausgetrocknet. Anstatt über Daphne und Benny nachzudenken, ertappte sie sich dabei, dass ihre Gedanken zu Kevin und der Ferienanlage wanderten. Das Gelände war sein Erbe, und er durfte es einfach nicht verkaufen. Er sagte, er hätte sich hier als Kind gelangweilt, aber jetzt musste er sich nicht mehr langweilen. Vielleicht brauchte er einfach nur jemanden zum Spielen. Die Gedanken glitten ihr davon, als sie darüber spekulierte, was genau es bedeuten würde, mit Kevin zu spielen.

Sie beschloss zur großen Wiese zu gehen. Vielleicht würde sie einfach ein paar von den Cottages zeichnen. Unterwegs tappelte Ruh zu Charlotte Long hinüber, um sie zu begrüßen und sie mit seiner Toter-Hund-Nummer zu beeindrucken. Es waren weniger als die Hälfte der Cottages belegt, und die meisten Gäste schienen zu einem kleinen Abendspaziergang draußen zu sein. Lange kalte Schatten legten sich wie ein Flüstern über das Gras. Hier im Nachtigallenwald verlief das Leben einfach ruhiger …

Mollys Blick fiel auf den Pavillon.

> *Ich werde eine Teeparty veranstalten! Ich lade alle meine Freunde ein, wir werden verrückte Hüte tragen, Schokoladenglasur essen und sagen: »Ma chère, hast du jemals einen so wun-der-wun-der-schönen Tag erlebt?«*

Sie ließ sich im Schneidersitz auf dem Badetuch nieder, das sie mitgebracht hatte, und fing an zu zeichnen. Mehrere Pärchen schlenderten vorbei und blieben stehen, um ihr zuzuschauen, aber da alle der älteren, wohlerzogenen Generation angehörten, unterbrach sie keiner. Beim Zeichnen wanderten ihre Gedanken zu all den Sommern, die sie im Ferienlager verbracht hatte, und eine Idee fing an zu keimen, keine Teeparty, aber vielleicht …

Sie klappte ihr Skizzenbuch zu. Wozu so weit in die Zukunft denken? Der Verlag hatte die vertraglichen Rechte für zwei weitere Daphne Bücher, von denen keines angenommen würde, bevor sie nicht die geforderten Änderungen an *Trubel um Daphne* ausgeführt hatte.

Als sie zu ihrem Cottage zurückkehrte, brannte das Licht. Obwohl sie es nicht angelassen hatte, war sie nicht allzu beunruhigt.

Ruh fing sofort an zu bellen und zischte zur Badezimmertür. Die war nur angelehnt, und der Hund schubste sie mit dem Kopf ein paar Zentimeter auf.

»Beruhige dich, Kleiner.« Molly stieß die Tür ganz auf und sah Kevin in seiner splitternackten Schönheit in der altmodischen Wanne ausgestreckt. Die Beine hatte er übereinander geschlagen und am Wannenrand aufgestützt, ein Buch in der Hand und eine kleine Zigarre im Mundwinkel.

»Was hast du in meiner Badewanne zu suchen?« Das Wasser bedeckte ihn zwar, aber es gab keinen Schaum, der ihn verdeckte, also trat sie nicht näher.

Er nahm die Zigarre aus dem Mundwinkel. Kein Rauch stieg davon auf, und sie bemerkte, dass es keine Zigarre, sondern eine Zuckerstange oder Schokolade sein musste.

Er hatte tatsächlich den Nerv verärgert zu tun. »Was soll ich schon machen? Und würde es dir etwas ausmachen anzuklopfen, bevor du hereinplatzt?«

»Ruh ist hereingeplatzt, nicht ich.« Der Hund machte sich nach getaner Arbeit auf den Rückzug, um nach seiner Wasserschüssel zu suchen. »Warum benutzt du nicht deine eigene Badewanne?«

»Ich teile mir nur ungern ein Badezimmer mit anderen.«

Sie verzichtete darauf, ihn auf den offensichtlichen Umstand hinzuweisen, dass er dieses Bad mit ihr teilte. Sie stellte fest, dass seine Brust in nassem Zustand ebenso gut aussah wie trocken. Besser sogar. Etwas an der Art, wie er sie ansah, machte sie nervös. »Woher hast du die Zuckerstange?«

»Aus der Stadt. Und ich habe nur eine gekauft.«

»Wie nett von dir.«

»Du hättest nur zu fragen brauchen.«

»Als ob ich gewusst hätte, dass du Süßigkeiten kaufen gehst! Ich könnte wetten, dass du irgendwo noch eine Schachtel Pralinen von dieser hübschen Mademoiselle versteckt hast.«

»Mach die Tür zu, wenn du raus gehst. Es sei denn, du willst dich ausziehen und zu mir reinklettern?«

»Danke vielmals, aber es sieht ein bisschen eng aus.«

»Eng? Das finde ich aber gar nicht, Liebling.«

»Kindskopf!«

Sein zufriedenes Kichern folgte ihr, als sie auf dem Absatz kehrt machte und die Tür hinter sich zuknallte. *Slytherin!* Sie marschierte in das kleine Schlafzimmer. Na klar doch, da war sein Koffer. Sie seufzte und presste die Finger auf die Schläfen. Ihr Kopfschmerz kehrte zurück.

Daphne legte die elektrische Gitarre hin und öffnete die Tür. Draußen stand Benny.

»Darf ich deine Badewanne benutzen, Daphne?«

»Warum das denn?«

Er sah verängstigt aus. »Einfach so.«

Sie schenkte sich ein Glas Sauvignon Blanc ein, den sie im Kühlschrank entdeckt hatte, und nahm es mit nach draußen auf die Veranda. Ihr schwarzes tief ausgeschnittenes Top war nicht warm genug für die kühle Abendluft, aber sie war zu faul, nach drinnen zu gehen und sich einen Pullover zu holen.

Sie hatte es sich im Schaukelstuhl gemütlich gemacht, als er auftauchte. Er trug ein Paar graue Sportsocken und einen seidigen Bademantel, der dunkelbraune und schwarze Längsstreifen hatte. Es war ein Bademantel, wie ihn eine Frau für einen Mann kaufen würde, mit dem sie schläft. Molly fand ihn scheußlich.

»Lass uns einen Nachmittagstee im Gartenpavillon veranstalten, bevor wir wegfahren«, sagte sie. »Wir machen eine ganz große Sache daraus und laden alle Gäste aus den Cottages dazu ein.«

»Und warum sollten wir das tun?«

»Nur so zum Spaß.«

»Klingt wirklich wahnsinnig aufregend.« Er saß auf dem Stuhl neben ihr und streckte die Beine aus. Die Haare an seinen Unterschenkeln klebten noch feucht auf der Haut. Er roch nach Safeguard und nach etwas Teurem – eine Lastwagenladung voller gebrochener Frauenherzen.

»Mir wäre es lieber, wenn du nicht hier wohnen würdest.«

»Mir wäre es aber lieber, wenn ich hier wohnen würde.« Er nahm einen Schluck Wein aus dem Glas, das er mit herausgebracht hatte.

»Kann ich bei dir schlafen, Daphne?«

»Von mir aus. Aber warum denn?«

»Weil bei mir zu Hause ein Geist ist.«

»Du kannst dich nicht ewig vor Lilly verstecken«, sagte sie.

»Ich verstecke mich ja gar nicht, ich will nur selbst den Zeitpunkt bestimmen.«

»Ich weiß nicht so viel über Annullierungen, aber es kommt mir so vor, als würde das hier unsere gefährden.«

»Die war von Anfang an gefährdet«, sagte er. »Nach allem,

was mir mein Anwalt erklärt hat, können als Gründe für eine legale Annullierung nur die Vorspiegelung falscher Tatsachen oder die Ausübung von Zwang angeführt werden. Ich hatte angenommen, du könntest auf Ausübung von Zwang plädieren. Ich hätte bestimmt nichts dagegen gesagt.«

»Aber die Tatsache, dass wir jetzt zusammen sind, lässt genau das zweifelhaft erscheinen.«

»Dann lassen wir uns eben scheiden. Das dauert vielleicht etwas länger, kommt aber letztendlich aufs Selbe heraus.«

Sie erhob sich aus dem Schaukelstuhl. »Ich will trotzdem nicht, dass du hier wohnst.«

»Das Cottage gehört mir.«

»Ich habe als Mieter auch Rechte.«

Seine Stimme glitt sanft und sexy über sie hinweg. »Ich glaube fast, meine Nähe macht dich nervös.«

»Wenn du meinst ...« Sie gähnte betont.

Amüsiert nickte er zu ihrem Weinglas hinüber. »Du trinkst ja. Hast du keine Angst, dass du wieder über mich herfällst im Schlaf?«

»Hoppla, ein Rückfall, und ich habe es nicht einmal bemerkt.«

»Oder hast du vielleicht Angst, dass diesmal ich über dich herfalle?«

Etwas in ihr rührte sich, aber sie spielte weiter die Coole und schlenderte zum Tisch hinüber, um dort ein paar Krümel wegzuwischen. »Warum sollte ich? Du fühlst dich doch sowieso nicht zu mir hingezogen.«

Er wartete gerade so lange mit seiner Antwort, dass es sie nervös machte. »Woher willst du wissen, zu wem ich mich hingezogen fühle?«

Ihr Herz machte einen aufmüpfigen kleinen Hopser. »Ach du meine Güte und ich dachte immer, dass meine Artikulationsfähigkeit uns auseinander bringen würde.«

»Du kommst dir wohl sehr schlau vor?«

»Tut mir Leid, aber ich bevorzuge Männer mit mehr Tiefgang.«

»Willst du damit etwa sagen, dass du mich für seicht hältst?«

»Wie eine Pfütze auf dem Gehsteig. Aber du bist reich und schön, das macht es wieder wett.«

»Ich bin nicht oberflächlich!«

»Vervollständigen Sie den Satz: Das Wichtigste im Leben von Kevin Tucker ist –?«

»Football ist mein Beruf. Daraus folgt noch lange nicht, dass ich oberflächlich bin.«

»Das Zweit-, Dritt-, Viertwichtigste im Leben von Kevin Tucker ist Football, Football und noch mal Football.«

»Ich bin der Beste auf meinem Gebiet und werde mich nicht dafür entschuldigen.«

»Die Fünftwichtigste Sache im Leben von Kevin Tucker ist – Ach nein, Halt mal, jetzt sind die Frauen dran, oder?«

»Aber nur ruhige, das schließt dich aus!«

Sie hatte schon eine Antwort auf der Zunge, als es ihr dämmerte. »Jetzt kapier ich es. All die ausländischen Frauen …« Er schaute misstrauisch. »Du willst niemanden, mit dem du wirklich kommunizieren kannst. Das könnte ja deiner wahren Leidenschaft im Wege stehen.«

»Du hast keine Ahnung, wovon du redest. Ich sag's dir immer wieder: Ich habe genauso viel amerikanische wie ausländische Freundinnen.«

»Und ich wette, sie sind austauschbar. Schön, nicht zu klug – und sobald sie anfangen, Ansprüche zu stellen – auf Wiedersehen!«

»Die guten alten Zeiten.«

»Ich habe dich soeben beleidigt, falls du es nicht bemerkt hast.«

»Ich habe dich ebenfalls beleidigt, falls du es nicht bemerkt hast.«

Sie lächelte. »Ich bin sicher, du willst nicht mit einer Frau unter einem Dach leben, die so anspruchsvoll ist.«

»So einfach wirst du mich nicht los. Tatsächlich könnte das Zusammenleben auch einige Vorteile haben.« Er erhob sich aus dem Schaukelstuhl und betrachtete sie mit einem Gesichtsausdruck, der vor ihrem inneren Auge Bilder von verschwitzten Körpern und zerknüllten Laken auftauchen ließ. Doch dann langte er in die Tasche seines Bademantels und durchbrach den Zauber, der vermutlich nur Einbildung gewesen war.

Er zog ein verknittertes Blatt Papier hervor. Sie brauchte nur einen Moment, um zu erkennen, dass es sich um die Zeichnung handelte, auf der Daphne ins Wasser sprang.

»Das habe ich im Abfall gefunden.« Er strich das Papier glatt, während er zu ihr hinüberging und deutete auf Benny. »Dieser Typ hier? Ist das der Dachs?«

Sie nickte langsam und wünschte, sie hätte die Zeichnung woanders entsorgt.

»Und warum hast du es weggeschmissen?«

»Aus Gründen der Sicherheit.«

»Em …«

»Manchmal dienen mir Begebenheiten aus meinem Leben als Inspiration.«

Er verzog spöttisch den Mund. »Das sieht man.«

»Ich bin eigentlich mehr eine Karikaturistin als eine Künstlerin.«

»Aber das hier ist doch etwas zu detailliert für eine Karikatur.«

Sie zuckte die Schultern und streckte die Hand aus, um die Zeichnung zurückzunehmen, aber er schüttelte den Kopf. »Das gehört jetzt mir. Es gefällt mir.« Er steckte das Papier in die Tasche und wandte sich dann zur Küchentür. »Ich zieh mich jetzt besser an.«

»Gut, denn es hat keinen Sinn, dass du hier bleibst.«

»Oh, ich bleibe schon hier. Ich will nur ein bisschen in die Stadt fahren.« Er machte eine Pause und warf ihr ein schiefes Lächeln zu. »Wenn du magst, kannst du ja mitkommen.«

Ihr Verstand schlug Alarm. »Vielen Dank, aber mein Französisch ist reichlich eingestaubt und von zu viel Schokolade kriege ich Hautausschlag.«

»Wenn ich es nicht besser wüsste, würde ich sagen, du bist eifersüchtig.«

»Vergiss nicht, *chéri*, der Wecker klingelt morgen um halb sechs.«

Sie hörte ihn kurz nach ein Uhr zurückkommen, es war ihr ein Vergnügen im Morgengrauen an seine Tür zu hämmern. Über Nacht hatte es geregnet, aber als sie schweigend den Weg zum Haus hinübergingen, waren sie beide zu erschöpft, um den frisch gewaschenen rosig grauen Himmel zu bemerken. Während Kevin gähnte, konzentrierte sie sich ganz und gar darauf, einen Fuß vor den anderen zu setzen. Nur Ruh war glücklich, draußen herumspringen zu können.

Molly bereitete Blaubeerpfannkuchen, und Kevin schnitt ungleichmäßige Stücke Obst in eine blaue Keramikschüssel. Dabei grummelte er, dass jemand mit einem 65-prozentigen Pass Completion Record keinen Küchendienst haben sollte. Seine Klagen fanden erst ein Ende, als Marmie hereinspazierte. »Was ist das für eine Katze?«

Molly wich seiner Frage aus. »Sie ist gestern hier aufgetaucht. Sie heißt Marmie.«

Ruh winselte und kroch unter den Küchentisch. Kevin griff nach einem Geschirrtuch, um sich die Hände abzutrocknen. »Hey, Kleine.« Er kniete nieder und streichelte das Tier. Marmie reckte sich ihm sofort entgegen.

»Ich dachte, du magst keine Tiere.«

»Ich liebe Tiere. Wie kommst du denn darauf?« Marmie legte ihm die Pfoten aufs Bein, und er hob sie hoch.

»Durch meinen Hund.«

»Ach, das ist ein Hund? Ach herrje, das tut mir aber Leid. Ich dachte immer, es sei ein Industriemüllunfall.« Seine langen, schlanken Finger glitten durch das Fell der Katze.

»Slytherin.« Sie knallte den Deckel auf die Mehldose. Was war das für ein Mann, der mehr für eine Katze als für einen außergewöhnlich edlen französischen Pudel übrig hatte?

»Was hast du da gerade gesagt?«

»Nur ein literarischer Bezug, den du nicht verstehen würdest.«

»Harry Potter. Und ich stehe nicht auf Beschimpfungen.«

Seine Antwort irritierte sie. Es fiel ihr von Tag zu Tag schwerer, an ihrer Überzeugung festzuhalten, er habe außer seines Aussehens nichts zu bieten.

Die Pearsons waren ihre ersten Gäste. John Pearson verschlang ein halbes Dutzend Pfannkuchen und eine Portion Rührei, während er Kevin haarklein über ihre bislang erfolglose Suche nach dem Kirtlands Warbler berichtete. Chet und Gwen wollten an diesem Tag abreisen, und als Molly einen Blick ins Speisezimmer warf, bemerkte sie, dass Gwen Kevin mit schmachtenden Blicken an ihren Tisch zu locken versuchte. Etwas später hörte Molly einen Aufruhr vorn im Haus. Sie drehte die Hitze am Herd herunter und lief in die Empfangshalle hinaus, wo der unnahbare Mann, den sie an ihrem Ankunftstag auf der großen Wiese gesehen hatte, Kevin anknurrte.

»Ein Rotschopf. Groß – etwa 1,75. Und schön. Jemand meinte, er hätte sie gestern Nachmittag hier gesehen.«

»Was wollen Sie von ihr?«, fragte Kevin.

»Wir waren verabredet.«

»Was für eine Verabredung?«

»Ist sie hier oder nicht?«

»Dieses Knurren kam mir doch gleich bekannt vor.« Lilly erschien auf dem Treppenabsatz. Irgendwie gelang es ihr, auch in dem einfachen Leinenhemd und den passenden Wandershorts glamourös zu wirken. Langsam stieg sie die Treppe hinunter, Zentimeter für Zentimeter ein wahrer Filmstar. Erst als sie Kevin gewahrte, hielt sie peinlich berührt inne. »Guten Morgen.«

Er erwiderte mit einem knappen Nicken und verschwand im Speisezimmer.

Lilly erlangte die Fassung wieder. Der Mann, der ihretwegen gekommen war, starrte in Richtung Speisezimmer, und Molly wurde klar, dass er es war, der ihr an ihrem ersten Tag hier aus dem Wald entgegengekommen war. Woher kannte Lilly ihn?

»Es ist halb neun«, grummelte er. »Wir waren für sieben verabredet.«

»Ich habe ein paar Sekunden lang darüber nachgedacht und mich dann fürs Ausschlafen entschieden.«

Er warf ihr einen bitterbösen Blick zu wie ein beleidigter Löwe. »Dann aber los jetzt. Sonst geht mir noch das Licht verloren.«

»Wenn Sie gut genug suchen, werden Sie es bestimmt wieder finden. In der Zwischenzeit werde ich frühstücken.«

Sein Blick verdüsterte sich.

Lilly wandte sich mit eisigem Gesichtsausdruck an Molly. »Könnte ich in der Küche frühstücken statt im Speisezimmer?«

Molly befahl sich, über Lillys Feindseligkeit hinwegzusehen, machte es dann aber doch anders. Dieses Spiel konnten auch zwei spielen. »Natürlich. Vielleicht würden Sie gern beide hier frühstücken? Ich habe Blaubeerpfannkuchen gemacht.«

Lilly sah pikiert aus.

»Gibt's hier auch Kaffee?«, blaffte er.

Molly hatte sich schon immer zu Personen hingezogen gefühlt, die sich nicht um die Meinung der anderen scherten –

vermutlich, weil für sie selbst die Meinung ihres Vaters so ungemein wichtig war. Die unverschämte Direktheit dieses Mannes faszinierte sie. Sie bemerkte außerdem, dass er sehr sexy für sein Alter war. »So viel Kaffee, wie Sie wollen.«

»Also gut, meinetwegen.«

Molly hatte ein schlechtes Gewissen und wandte ihre Aufmerksamkeit wieder Lilly zu. »Sie können sich jederzeit gern in der Küche aufhalten. Ich bin sicher, Sie wollen nicht schon am frühen Morgen ihren Fans in die Arme laufen.«

»Was denn für Fans?«, wollte er wissen.

»Ich bin einigermaßen bekannt«, sagte Lilly.

»Oh.« Er interessierte sich nicht für ihre Berühmtheit. »Wenn Sie unbedingt essen müssen, könnten Sie sich wenigstens etwas beeilen?«

Lilly wandte sich an Molly, aber nicht um ihn zu ärgern, da war sich Molly sicher.

»Dieser unglaublich egozentrische Mann ist Liam Jenner. Mr Jenner, das ist Molly, die Frau meines … meines Neffen.«

Zum zweiten Mal innerhalb von zwei Tagen sah sich Molly einer Berühmtheit gegenüber. »Mr Jenner?« Sie schluckte. »Ich kann Ihnen gar nicht sagen, wie sehr ich mich freue. Ich bewundere ihre Kunst schon seit Jahren. Ich kann nicht glauben, dass Sie hier sind! Ich habe nur – auf dem Foto, das immer von Ihnen abgedruckt wird, haben Sie lange Haare. Ich weiß, es ist uralt, aber – tut mir Leid. Ich schwatze dummes Zeug. Es ist nur, dass Ihre Werke mir wirklich viel bedeuten.«

Jenner warf Lilly einen bitterbösen Blick zu. »Wenn ich gewollt hätte, dass sie meinen Namen erfährt, hätte ich mich selbst vorgestellt.«

»Wir Glücklichen«, sagte Lilly zu Molly. »Jetzt haben wir endlich einen Sieger für unseren Charmewettbewerb.«

Molly bemühte sich, wieder zu Atem zu kommen. »Das ist schon in Ordnung. Ich habe Verständnis dafür. Ich bin sicher, dass jede Menge Leute versuchen, in Ihre Privatsphäre einzudringen, aber …«

»Vielleicht könnten Sie sich den ganzen Bewunderungskram sparen und mir einfach sagen, wo's diese Pfannkuchen gibt.«

Sie schnappte nach Luft. »Gleich hier drüben, Sir.«

»Vielleicht sollten Sie lieber Knurrhahnpastete machen«, meinte Lilly.

»Ich habe das gehört«, murmelte er.

In der Küche riss sich Molly so weit zusammen, dass sie Lilly und Liam Jenner an dem runden Tisch im Erker platzieren konnte. Dann rannte sie zum Herd rüber, um die Rühreier zu retten, die sie stehen gelassen hatte und kippte sie auf einen Teller.

Kevin kam zur Tür herein und warf einen Blick auf Lilly und Jenner, aber entschied sich offenbar dafür, keine Fragen zu stellen. »Sind die Eier schon fertig?«

Sie reichte ihm die Teller. »Sie sind ein bisschen zu trocken geworden. Wenn Mrs Pearson sich beklagt, lass deinen Charme spielen. Würdest du etwas Kaffee mit in die Küche bringen. Wir haben Küchengäste. Dieser Herr hier ist Liam Jenner.«

Kevin nickte dem Künstler zu. »Ich habe schon in der Stadt davon gehört, dass Sie ein Haus am See haben.«

»Und Sie sind Kevin Tucker.« Zum ersten Mal ging ein Lächeln über Jenners Miene, und Molly war verblüfft bei der Veränderung, die in diesen zerklüfteten Gesichtszügen vor sich ging. Wirklich sehr sexy. Auch Lilly entging es nicht, obwohl sie nicht so beeindruckt schien wie Molly.

Er erhob sich und streckte die Hand aus. »Ich hätte Sie gleich erkennen sollen, schließlich verfolge ich die Stars seit Jahren.«

Die beiden Männer schüttelten sich die Hände, und Molly beobachtete, wie sich der launische Künstler in einen Footballfan verwandelte. »Sie hatten eine ziemlich gute Saison.«

»Hätte besser sein können.«

»Man kann schließlich nicht immer gewinnen.«

Während sich die Unterhaltung nun ganz den Stars zuwandte, betrachtete Molly die drei. Was war da nur für eine seltsame Gruppe von Leuten an diesem einsamen Ort zusammengekommen. Ein Footballspieler, ein Künstler und ein Filmstar.

Hier auf Gilligans Insel.

Sie lächelte, nahm Kevin, dem die Unterhaltung Spaß zu machen schien, die Teller ab, platzierte sie auf einem Tablett und brachte sie ins Speisezimmer hinüber. Glücklicherweise gab es keine Beschwerden wegen der Eier. Sie füllte zwei Becher mit Kaffee, griff sich Sahnekännchen und Zuckerdose und trug alles in die Küche hinüber.

Kevin lehnte an der Küchentür und würdigte Lilly keines Blickes, während er mit Jenner sprach. »... schon in der Stadt gehört, dass viele Leute zum Wind Lake kommen in der Hoffnung einen Blick auf Sie zu erhaschen. Offenbar haben Sie den örtlichen Tourismus richtig in Schwung gebracht.«

»Nicht freiwillig.« Jenner griff nach dem Kaffee, den Molly vor ihn hingestellt hatte und lehnte sich in seinem Stuhl zurück. Er schien sich wohl zu fühlen in seiner Haut. Mit seinem kräftigen Körperbau und dem wettergegerbten Aussehen, wirkte er wie ein Naturbursche. »Sobald sich rumgesprochen hatte, dass ich mir hier ein Haus gebaut habe, sind alle möglichen Idioten aufgetaucht.«

Lilly nahm den Löffel, den Molly ihr reichte, und fing an, in ihrem Kaffee herumzurühren. »Sie scheinen nicht viel von ihren Bewunderern zu halten, Mr Jenner.«

»Die sind doch nur von meiner Berühmtheit beeindruckt, nicht von meinem Werk. Sie plappern herum, welche Ehre es wäre, meine Bekanntschaft zu machen, aber drei Viertel von ihnen würde keines meiner Gemälde erkennen, selbst wenn man sie mit der Nase darauf stoßen würde.«

Da auch sie geplappert hatte, konnte Molly das nicht auf sich sitzen lassen. »*Mamie in Earnest*, gemalt 1968, ein ganz frühes Aquarell.« Sie goss etwas Teig in die Pfanne. »Ein emotional komplexes Werk mit einer bestechend klaren Linienführung. *Tokens*, gemalt um 1971, ein Aquarell in Trockenpinseltechnik. Es wurde von der Kritik zerrissen, aber die haben sich getäuscht. Von 1996 bis 1998 haben Sie sich auf Acrylmalerei konzentriert mit der *Desert* Serie. Stilistisch gesehen sind diese Gemälde eine Mischform – postmoderner Eklektizismus, Klassizismus und ein Hauch von Impressionismus, wie nur Sie es hinkriegen konnten.«

Kevin lächelte. »Molly hat einen Summa-cum-laude-Abschluss von Northwestern. Sie schreibt Häschenbücher. Mein persönliches Lieblingsbild ist eine Landschaft, ich hab aber keine Ahnung, wann Sie es gemalt haben oder was die Kritik dazu zu sagen hatte – aber da ist so ein Kind in der Ferne und es gefällt mir sehr.«

»Ich liebe *Street Girl*«, sagte Lilly. »Eine einsame weibliche Figur in einer Stadtlandschaft, mit abgetragenen roten Schuhen und einem hoffnungslosen Gesichtsausdruck. Es wurde vor zehn Jahren für zweiundzwanzigtausend Dollar verkauft.«

»Vierundzwanzig.«

»Zweiundzwanzig«, erwiderte sie ruhig. »Ich habe es gekauft.«

Zum ersten Mal schien es Liam Jenner die Sprache verschlagen zu haben. Aber nicht für lange. »Womit verdienen Sie denn Ihr Geld?«

Lilly nahm einen Schluck von ihrem Kaffee, bevor sie antwortete: »Ich habe früher Verbrechen aufgeklärt.«

Molly erwog kurz, Lillys ausweichende Antwort stehen zu lassen, aber sie war einfach zu neugierig, was passieren würde. »Das hier ist Lilly Sherman, Mr Jenner. Sie ist eine ziemlich berühmte Schauspielerin.«

Er lehnte sich in seinem Stuhl zurück und betrachtete sie eingehend, dann murmelte er schließlich: »Dieses alberne Poster. Jetzt erinnere ich mich. Sie trugen einen gelben Bikini.«

»Nun ja, die Postertage liegen offensichtlich lange hinter mir.«

»Dafür können wir Gott danken. Dieser Bikini war obszön.«

Lilly schaute erst überrascht, dann beleidigt. »Daran war nichts obszön. Verglichen mit heute, war das Ding sehr brav.«

Er runzelte die buschigen Brauen. »Es war einfach obszön, dass Ihr Körper überhaupt mit etwas bedeckt war. Sie hätten nackt sein sollen.«

»Ich gehe jetzt.« Kevin zog sich wieder ins Speisezimmer zurück.

Zehn Pferde hätten Molly nicht aus dieser Küche schleppen können, und sie stellte jedem einen Teller mit Pfannkuchen hin.

»Nackt?« Lillys Tasse klapperte auf die Untertasse zurück. »Nicht in diesem Leben. Ich habe mir einmal ein Vermögen durch die Lappen gehen lassen, weil ich nicht für den *Playboy* posieren wollte.«

»Was hat denn der *Playboy* damit zu tun? Ich spreche von Kunst, nicht von Erregung.« Er machte sich über die Pfannkuchen her. »Hervorragendes Frühstück, Molly. Kündigen Sie hier und fangen Sie bei mir als Köchin an.«

»Ich bin eigentlich Schriftstellerin, nicht Köchin.«

»Die Kinderbücher.« Seine Gabel verharrte in der Luft. »Ich hab schon mal darüber nachgedacht, ein Kinderbuch zu schreiben ...« Er spießte sich einen von Lillys ungegessenen Pfannkuchen auf. »Gäbe vermutlich keine große Nachfrage nach meinen Ideen.«

Lilly schnüffelte. »Nicht, wenn Nackte darin vorkommen.«

Molly kicherte.

Jenner warf ihr einen strengen Blick zu.

»'tschuldigung.« Molly biss sich auf die Lippen und gab dann ein ganz und gar undamenhaftes Prusten von sich.

Jenners Gesichtsausdruck wurde immer finsterer. Sie war schon kurz davor, sich nochmals zu entschuldigen, als sie das leichte Zittern seines Mundwinkels bemerkte. Liam Jenner war also gar nicht der Muffelkopf, für den er sich ausgab. Die Sache wurde ja immer interessanter.

Er deutete auf Lillys halb vollen Becher. »Das können Sie mitnehmen. Auch den Rest von Ihrem Frühstück. Wir müssen jetzt gehen.«

»Ich habe nie gesagt, dass ich für Sie Modell sitzen würde. Ich mag Sie nicht.«

»Mich mag keiner. Und natürlich werden Sie für mich sitzen.« Seine Stimme wurde vor lauter Sarkasmus ganz tief. »Die Leute stehen Schlange für diese Ehre.«

»Malen Sie Molly. Schauen Sie sich bloß mal diese Augen an.«

Jenner musterte sie. Molly blinzelte unsicher. »Sie sind ziemlich bemerkenswert«, sagte er. »Ihr Gesicht wird langsam interessant, aber sie muss noch länger damit leben, bis es wirklich faszinierend wird.«

»Hey, redet nicht über mich, wenn ich es hören kann.«

Er hob eine dunkle Augenbraue und blickte Molly an, dann wandte er seine Aufmerksamkeit wieder Lilly zu. »Liegt es an mir, oder sind Sie immer so störrisch.«

»Ich bin keineswegs störrisch. Ich mache mir nur Sorgen um Ihren Ruf von künstlerischer Unfehlbarkeit. Vielleicht wenn ich wieder zwanzig wäre, würde ich für Sie posieren, aber …«

»Welches Interesse sollte ich daran haben, Sie mit zwanzig zu malen?« Er schien ehrlich verblüfft.

»Oh, ich denke das ist doch offensichtlich«, meinte Lilly leichthin.

Er betrachtete sie einen Moment mit verschlossener Miene. Dann schüttelte er den Kopf. »Natürlich. Unsere nationale Auszehrungsmanie. Sind Sie dafür nicht ein bisschen zu alt?«

Lilly setzte ein perfektes Lächeln auf, als sie sich erhob. »Natürlich. Danke für das Frühstück, Molly. Auf Wiedersehen, Mr Jenner.«

Seine Blicke folgten ihr, wie sie aus der Küche rauschte. Molly fragte sich, ob er auch bemerkt hatte, welche Spannung in ihren Schultern steckte.

Sie überließ ihn seinen eigenen Gedanken, während er seinen Kaffee austrank. Schließlich nahm er die Teller vom Tisch und trug sie zur Spüle hinüber. »Diese Pfannkuchen waren die Besten, die ich seit Jahren gegessen habe. Was bin ich Ihnen schuldig?«

»Schuldig?«

»Hier handelt es sich doch um ein kommerzielles Unternehmen«, erinnerte er sie.

»Ach so, ja. Aber es kostet wirklich nichts. Es war mir ein Vergnügen.«

»Ich weiß es zu schätzen.« Er wandte sich zum Gehen.

»Mr Jenner.«

»Einfach Liam.«

Sie lächelte. »Kommen Sie zum Frühstück, wann immer Sie mögen. Sie können einfach zur Küchentür reinschlüpfen.«

Er nickte langsam. »Danke. Ich werde darauf zurückkommen.«

14

»Komm näher ans Wasser, Daphne«, sagte Benny.
»Ich mach dich nicht nass.«

Daphne stellt die Welt auf den Kopf

»Und wie sieht's mit Ideen für ein neues Buch aus?«, fragte Phoebe bei ihrem Anruf früh am nächsten Nachmittag.

Kein gutes Thema, aber alles war besser als die neugierigen Fragen von Celia, der Henne, über Kevin, die Molly während der ersten zehn Minuten ihrer Unterhaltung abzuwimmeln versucht hatte. »Ein paar. Aber vergiss nicht, dass *Trubel um Daphne* das erste Buch in einem Vertrag über drei Bände ist. Der Verlag wird kein weiteres Manuskript annehmen, bevor ich nicht die verlangten Änderungen durchgeführt habe.« Es gab keinerlei Anlass, ihrer Schwester auf die Nase zu binden, dass sie mit diesen Veränderungen noch nicht einmal begonnen hatte, obwohl sie sich nach dem Frühstück Kevins Auto geliehen hatte und in die Stadt gefahren war, um sich mit Zeichenbedarf einzudecken.

»Dieses GKFEGA ist ein Witz!«

»Kein sehr komischer. Ich habe keinen Fernseher in meinem Cottage. Haben sie in letzter Zeit noch was von sich hören lassen?«

»Gestern Abend. Die neue Gesetzgebung des Kongresses bezüglich der Rechte von Schwulen hat ihnen viel Sendezeit verschafft.« Phoebe zögerte, was kein gutes Zeichen war. »Molly, sie haben auch Daphne wieder erwähnt.«

»Ich kann's nicht glauben. Warum tun sie das? Wenn ich eine große Kinderbuchautorin wäre, aber so?«

»Wir sind hier in Chicago, und du bist die Frau des bekanntesten Quarterbacks der Stadt. Sie benutzen diese Verbindung, um sich Sendezeiten zu verschaffen. Du bist doch noch Kevins Frau, oder?«

Molly wollte nicht schon wieder in diese Diskussion einsteigen. »Vorübergehend. Erinnere mich beim nächsten Mal daran, mir einen Verleger mit mehr Rückgrat zu suchen.« Sie wünschte, sie hätte das nicht gesagt, da ihr Verleger nicht der Einzige war, der etwas mehr Rückgrat gebrauchen konnte. Wieder einmal musste sie sich in Erinnerung rufen, dass ihr keine andere Wahl blieb, wenn sie ihre Rechnungen bezahlen wollte.

Als hätte Phoebe ihre Gedanken gelesen, sagte sie. »Wie sieht's mit deinen Finanzen aus? Ich weiß, du hast nicht …«

»Alles bestens. Kein Problem.« So sehr Molly ihre Schwester liebte, aber manchmal wünschte sie doch, dass sich nicht alles in Gold verwandelte, was sie anfasste. Molly kam sich so unzulänglich dabei vor. Phoebe war wohlhabend, schön und emotional ausgeglichen. Molly war arm, sah ganz ordentlich aus und war einem Nervenzusammenbruch wesentlich näher gewesen, als sie jemals zugeben würde. Phoebe hatte enorme Schwierigkeiten überwunden, bis sie schließlich zu einer der einflussreichsten Besitzerinnen in der NFL geworden war. Molly dagegen konnte noch nicht mal ein erfundenes Häschen gegen einen Angriff im echten Leben verteidigen.

Nachdem sie aufgelegt hatte, plauderte sie noch ein wenig mit den Gästen und legte dann frische Handtücher in die Badezimmer, während Kevin ein neu eingetroffenes Rentnerehepaar aus Cleveland in einem der Cottages unterbrachte. Anschließend machte sie sich auf den Weg zu ihrem eigenen Häuschen, um sich den roten Badeanzug anzuziehen, den er ihr gekauft hatte, und eine Runde zu schwimmen.

Als sie den zweiteiligen Anzug aus der Tüte zog, stellte sie fest, dass das Höschen zwar nicht direkt ein Tanga war, aber auf jeder Seite nur von zwei Bändchen gehalten wurde. Das war etwas knapper, als sie es eigentlich mochte. Das Oberteil dagegen hatte einen Bügel, der sie an genau den richtigen Stellen in Form brachte, auch Ruh schien es zu gefallen.

Obwohl die Lufttemperatur bereits bei 30 Grad lag, hatte sich der See noch nicht sehr erwärmt, und der Strand war verlassen, als sie hinunterkam. Sie pfiff durch die Zähne gegen die Kälte, während sie hineinwatete. Ruh machte sich nur die Pfoten nass und zog sich dann zurück, um stattdessen die Reiher zu jagen. Als sie die Qual nicht länger ertragen konnte, tauchte sie unter.

Keuchend tauchte sie wieder auf und fing an, kräftig zu kraulen, um warm zu werden. Da entdeckte sie Kevin auf der großen Wiese. Neun Jahre Ferienlager hatten ihr eingeschärft, wie wichtig es war, bei solchen Unternehmungen zu zweit zu sein, aber er war nahe genug, dass er sie hören konnte, sollte sie untergehen.

Sie warf den Kopf zurück und schwamm ein Weilchen. Dabei vermied sie es, in tieferes Wasser zu kommen, da sie entgegen Kevins Überzeugung ein äußerst vernünftiger Mensch war, wenn es um Sicherheit im Wasser ging. Als sie das nächste Mal zur großen Wiese hinüberschaute, stand er an derselben Stelle wie zuvor.

Er wirkte gelangweilt.

Sie schwenkte den Arm, um seine Aufmerksamkeit zu erregen. Er winkte flüchtig zurück.

Das taugte nichts. Das taugte ganz und gar nichts. Sie tauchte unter und fing an nachzudenken.

Kevin beobachtete Molly im Wasser, während er auf das Entsorgungsunternehmen wartete, das die neuen Müllcontainer liefern sollte. Er sah einen roten Fleck aufblitzen, als sie untertauchte und unter Wasser weiterschwamm. Es war ein Fehler gewesen, ihr diesen Badeanzug zu kaufen. Er zeigte viel zu viel von ihrem anziehenden kleinen Körper, der ihn von Tag zu Tag weniger kalt ließ. Aber die Farbe des Anzuges war ihm am Tag zuvor in der Boutique ins Auge gesprungen, weil es fast der Farbton war, den ihre Haare hatten, als sie sich zum ersten Mal getroffen hatten.

Mittlerweile sahen ihre Haare nicht mehr so aus. Es waren zwar erst vier Tage vergangen, aber sie achtete wieder auf sich, und ihr Haar hatte dieselbe kräftige Farbe wie der Ahornsirup, den er über die von ihr gebackenen Pfannkuchen gegossen hatte. Er hatte das Gefühl, mitverfolgen zu können, wie sie wieder zum Leben erwachte. Ihre Haut hatte das teigige Aussehen verloren, und ihre Augen hatten an Glanz gewonnen, vor allem wenn sie sich mit ihm anlegen wollte.

Diese Augen ... Dieser durchtriebene Schwung ihrer Augenlider posaunte es ja geradezu in die Welt hinaus, dass sie nichts Gutes im Sinn hatte, aber er schien der Einzige zu sein, der das bemerkte. Phoebe und Dan sahen nur die kluge Molly, die Kinder, Häschen und lächerliche Hunde liebte. Nur er schien zu erkennen, dass in Molly Somervilles Adern Dynamit an Stelle von Blut pulsierte.

Auf dem Rückflug von Chicago hatte Dan ihm einen Vortrag darüber gehalten, wie ernst sie immer alles nahm. Dass sie sich als Kind nie daneben benommen hatte. Was sie für eine gute Schülerin und Studentin gewesen war, die ideale Staatsbürgerin. Er hatte gesagt, Molly sei siebenundzwanzig und ginge auf die dreißig zu. Seiner Meinung sollte man eher von siebenundzwanzig mit Tendenz zu *sieben* sprechen. Kein Wunder, dass sie eine erfolgreiche Kinderbuchautorin geworden war. Sie schrieb für ihre eigene Altersgruppe!

Es wurmte ihn, dass sie sich erdreistete, ihn leichtsinnig und rücksichtslos zu nennen. Er hätte niemals 15 Millionen Dollar weggegeben. Soweit er es beurteilen konnte, hatte sie bislang keinerlei Anstalten gemacht, sich auf die sichere Seite des Lebens zu stellen.

Wieder sah er etwas Rotes im Wasser aufblitzen. All die Jahre im Ferienlager hatten eine gute Schwimmerin mit gleichmäßigen, eleganten Zügen aus ihr gemacht. Mit einem hübschen, knackigen Körper … Aber schon wieder über ihren Körper nachzudenken, war wirklich das Letzte, was er wollte, also dachte er lieber an ihre Art und Weise, ihn zum Lachen zu bringen.

Was natürlich nichts an der Tatsache änderte, dass sie eine gewaltige Nervensäge war. Sollte sie es nur wagen, an seinem Kopf herumzuruckeln, denn der war wesentlich fester verankert, als ihrer es jemals sein würde.

Seine Augen wanderten wieder über den See, aber er konnte sie nirgends entdecken. Er wartete, dass irgendwo ein roter Farbklecks auftauchte. Und wartete … Seine Schultern spannten sich an, als die Wasseroberfläche völlig glatt blieb. Er machte einen Schritt nach vorn. Dann schoss plötzlich ihr Kopf heraus, wenig mehr als ein kleiner Punkt in der Ferne. Kurz bevor er wieder verschwand, konnte sie noch einen schwachen Schrei ausstoßen:

»Hilfe!«

Er setzte sich in Bewegung.

Molly hielt den Atem an so lange sie konnte, dann tauchte sie auf, um ihre Lungen wieder mit Luft zu füllen. Und siehe da, er hatte sich gerade mit einem sehr ansehnlichen Kopfsprung ins Wasser geworfen.

Wenn ihn das nicht auf Touren brachte.

Sie paddelte im Wasser herum, bis sie sicher war, dass er sie entdeckt hatte, dann tauchte sie wieder unter und schwamm tief unter der Wasseroberfläche nach rechts. Es war ein mieser Trick, aber letztlich nur gut gemeint. Ein gelangweilter Kevin war ein unglücklicher Kevin und es war höchste Zeit, dass er mal etwas Spaß hatte im Wind Lake-Ferienpark. Vielleicht würde er sich die Sache mit dem Verkauf dann noch einmal überlegen.

Sie tauchte wieder auf. Dank ihrer gekonnten Richtungsänderung unter Wasser, war er viel zu weit nach links geschwommen. Sie holte noch einmal Luft und tauchte wieder unter.

Benny ging zum dritten Mal unter und Daphne schwamm schneller und schneller ...

Das geschähe Benny recht, von Daphne gerettet zu werden, dachte Molly tugendhaft. Er hätte eben nicht alleine schwimmen gehen dürfen.

Sie öffnete die Augen unter Wasser, aber der See war vom vielen Regen aufgewühlt, und sie konnte nicht viel sehen. Sie erinnerte sich daran, wie ängstlich manche ihrer Kameraden gewesen waren, als sie in einem See an Stelle eines Swimmingpools schwimmen sollten – *Was ist, wenn mich ein Fisch beißt?* –, aber Molly hatte sich nach dem ersten Sommer daran gewöhnt, und sie fühlte sich ganz zu Hause.

Ihre Lungen fingen an zu brennen und sie kam hoch, um Luft zu schnappen. Er war etwa fünfzehn Meter links von ihr. Sie ging zum nächsten Punkt ihres Planes über.

»Hilfe!«

Er drehte sich im Wasser um sich selbst, das nasse blonde Haar klebte ihm an der exquisiten Stirn. »Halte durch, Molly!«

»Beeil dich, ich habe einen« – *Hohlkopf* – »Krampf!« Und wieder ging es abwärts.

Sie schlug sich nach rechts, schwamm den Spielzug, auf die Seitenlinie zu – sollte sich der alte Elfer mal ein bisschen anstrengen.

Ihre Lungen brannten wieder. Zeit, in der Nähe der Torlinie aufzutauchen.

Er war seit zwei Jahrzehnten darauf trainiert Receiver in der Menge auszumachen und er entdeckte sie sofort. Seine

Schwimmzüge waren kraftvoll, und sie war so gebannt von seinem Anblick, wie er durchs Wasser pflügte, dass sie fast vergessen hätte, wieder unterzugehen.

Seine Hand streifte ihren Oberschenkel und legte sich dann fest um das knappe Unterteil ihres Badeanzugs.

Seine Hand. Auf ihrem Hintern. Sie hätte vorausdenken sollen.

Er riss fest an dem Anzug, um sie zu sich herüberzuziehen, und die dünnen Bändchen, an denen die Hose hing, gaben nach. Er nahm sie fest in den Griff und zog sie an die Oberfläche. Das Unterteil des Badeanzuges kam nicht mit.

Wie es so im Wasser davonschwamm, konnte sie sich nur noch wundern, wie sie sich in diese Situation hineinmanövriert hatte. War das der Lohn für eine kleine gute Tat?

»Alles in Ordnung?«

Sie erhaschte gerade noch einen Blick auf sein Gesicht, bevor er anfing, sie in Richtung Ufer zu schleppen. Sie hatte ihm wirklich Angst eingejagt. Ein Teil von ihr hatte ein schlechtes Gewissen, aber sie vergaß dennoch nicht, zu husten und nach Luft zu ringen, während er sie durchs Wasser zog. Gleichzeitig hatte sie mit ihren Schamgefühlen zu kämpfen.

Er atmete noch nicht einmal schwer, und einen Moment lang entspannte sie sich ganz in seinen Armen und genoss das Gefühl, dass sein Körper die ganze Arbeit für ihren mit verrichtete. Aber es war nicht so leicht, ganz entspannt und gleichzeitig untenrum nackt zu sein. »Ich – ich hatte einen Krampf.«

»Welches Bein ist es?« Sein Bein streifte ihre Hüfte, aber er schien nicht zu bemerken, dass dort etwas fehlte.

»Halt – halt mal kurz, bitte.«

Er verlangsamte seine Bewegungen im Wasser und drehte sie in seinen Armen, ohne sie dabei loszulassen. Sie sah, dass seine Sorge dem Ärger gewichen war. »Du hättest nicht allein ins Wasser gehen dürfen! Du hättest ertrinken können!«

»Das war … dumm.«

»Welches Bein?«

»Mein … das linke. Aber es ist schon besser. Ich kann es wieder bewegen.«

Er ließ einen Arm los, um nach dem Bein zu greifen.

»Nein!«, kreischte sie, besorgt, er könnte unterwegs etwas bemerken.

»Kommt der Krampf zurück?«

»Nicht … wirklich.«

»Lass uns an Land schwimmen. Ich schau's mir da an.«

»Es geht mir schon wieder gut. Ich kann …«

Er achtete nicht auf sie. Stattdessen machte er sich wieder daran, sie Richtung Ufer zu schleppen.

»Äh, Kevin …« Sie hustete, als ihr ein Schwall Wasser in den Mund schwappte.

»Bleib ruhig, verdammt noch mal!«

Reizende Ausdrucksweise für einen PK, besonders gegenüber einer Ertrinkenden. Sie bemühte sich krampfhaft ihre untere Hälfte auf Abstand von seiner unteren Hälfte zu halten, aber er glitt immer wieder zu ihr her. Rutsch und gleiten … rutsch und gleiten … Sie stöhnte auf, als die Gefühle sie übermannten.

Er veränderte den Rhythmus, und sie bemerkte, dass er festen Boden unter den Füßen hatte. Sie versuchte, sich von ihm zu befreien. »Lass mich los. Ich kann jetzt selbst gehen.«

Er schwamm noch ein Stück weiter, bevor er seinen Griff lockerte und sich aufrichtete. Sie ließ sich auf die Füße fallen.

Das Wasser reichte ihr bis zum Kinn, aber ihm ging es nur knapp bis an die Schultern. Nasse Haarsträhnen klebten an seiner Stirn, und er blickte mürrisch drein. »Du könntest ruhig etwas dankbarer sein. Schließlich habe ich gerade dein nerviges Leben gerettet.«

Wenigstens sah er nicht mehr gelangweilt aus. »Danke!«

Er hielt sie noch immer am Arm und fing an, sich aufs Ufer

zuzubewegen. »Hast du schon mal so einen Krampf gehabt?«

»Nie. Ich war völlig überrascht.«

»Warum lässt du dich so ziehen?«

»Mir ist kalt. Wahrscheinlich habe ich einen kleinen Schock. Würdest du mir dein T-Shirt leihen?«

»Klar.« Er steuerte weiter auf den Strand zu.

Sie versuchte zu bremsen. »Könnte ich es jetzt haben, bitte?«

»Jetzt?« Er hielt inne. Das Wasser umspülte ihre Brüste, die von dem roten Oberteil ganz ansprechend nach oben gedrückt wurden, und er ließ den Blick ein wenig verweilen. Sie bemerkte, dass sich seine Wimpern zu angriffslustigen kleinen Stacheln über seinen scharfen grünen Augen geformt hatten, und musste einen Anflug von Schwäche in den Knien niederkämpfen.

»Ich würde es gern anziehen, bevor wir das Wasser verlassen«, sagte sie so freundlich wie möglich.

Er riss sich von der Betrachtung ihres Busens los und wollte weitergehen. »Es wird leichter sein, dich am Strand aufzuwärmen.«

»Halt! Halt bitte an!«

Er tat wie geheißen, schaute sie dabei aber an, als hätte sie jetzt komplett den Verstand verloren.

Sie knabberte einen Hautfetzen von ihrer Unterlippe ab. Keine gute Tat blieb ungestraft, sie musste es ihm wohl oder übel sagen. »Ich habe da ein kleines Problem …«

»Was du nicht sagst. Du scheinst den Verstand verloren zu haben. Dieses Northwestern-Diplom, auf das du so stolz bist, sollte wohl eher Summa-cum-gaga heißen.«

»Gib mir bitte einfach dein T-Shirt.«

Er machte keinerlei Anstalten es auszuziehen. Stattdessen fragte er argwöhnisch. »Was für ein Problem denn?«

»Ich habe offenbar … Mir ist echt kalt. Frierst du nicht?«

Er wartete, wobei sein störrischer Gesichtsausdruck schon verkündete, dass er nirgendwo hingehen würde, solange sie sich nicht erklärt hatte. Sie nahm all ihren Mut zusammen. »Ich habe offenbar …« Sie räusperte sich. »Das Unterteil meines Badeanzuges ist … untergegangen.«

Natürlich starrte er als Erstes in das trübe Wasser hinunter.

»Lass das!«

Als er wieder nach oben schaute, sahen seine Augen weniger wie Jadedolche, sondern eher wie lustige grüne Jellybeans aus. »Wie hast du das denn fertig gebracht?«

»Ich habe gar nichts fertig gebracht. Du warst das. Als du mich gerettet hast.«

»Ich habe dir das Höschen ausgezogen?«

»Hast du.«

Er grinste. »Ich hatte schon immer ein Händchen für Frauen.«

»Egal. Gib mir einfach dein blödes T-Shirt.«

War es Zufall, dass sein Oberschenkel ihre Hüfte streifte? Er schaute wieder ins Wasser hinunter, und plötzlich verspürte sie den verrückten Wunsch, dass alle Eintrübungen verschwinden würden. Seine Stimme hatte einen rauen, verführerischen Unterton.

»Du willst mir also erzählen, dass du unter Wasser splitterfasernackt bist?«

»Du weißt genau, was ich dir erzähle.«

»Das gibt ja ein interessantes Dilemma.«

»Da gibt es kein Dilemma.«

Er strich sich mit dem Daumen über den Mundwinkel, und sein Lächeln war seidenweich. »Wir haben es hier mit dem Inbegriff des Kapitalismus zu tun, du und ich. Gott segne Amerika, dass es so ein wunderbares Land ist.«

»Was willst du …«

»Reiner Kapitalismus. Ich verfüge über ein Bedarfsgut, das du haben willst …«

»Mein Bein fängt wieder an zu krampfen.«

»Die Frage ist nur«, er ließ die Worte in der Luft hängen, während sein Blick ihre Brust streifte, »was du bereit bist, mir dafür zu geben.«

»Ich habe dir schon meine Dienste als Köchin zur Verfügung gestellt«, sagte sie rasch.

»Ich weiß nicht. Diese Sandalen gestern waren ziemlich teuer. Ich denke, ich habe bereits für mindestens drei Tage Kochen bezahlt.«

Er brachte sie innerlich zum Schnurren, und das gefiel ihr gar nicht. »Ich bleibe keinen Tag länger hier, wenn du dir nicht augenblicklich dieses blöde T-Shirt von deinem blöden überentwickelten Brustkorb ziehst!«

»Ich habe in meinem ganzen Leben noch keine so undankbare Frau getroffen.« Er begann es auszuziehen, tat, als müsse er sich den Arm reiben, zog wieder ein Stück weiter, Stück für Stück über seine Brust, spannte seine traumhaften Muskeln ...

»Das gibt 20 Yard Penalty wegen Verzögerung des Spiels!«

»Dafür gibt es aber 5 Yard Penalty«, wies er sie unter dem T-Shirt zurecht.

»Heute nicht!«

Schließlich hatte er das Shirt ausgezogen, und sie schnappte es sich, bevor es ihm in den Sinn kommen konnte, mit ihr Fangen zu spielen, ein Spiel, bei dem Sie als Häschenbuch-Autorin bestimmt schlechte Karten hatte gegen einen NFL-Quarterback.

»Ein splitterfasernackter Hintern ...« Sein Grinsen wurde immer breiter.

Sie ignorierte ihn und kämpfte mit dem T-Shirt, aber es war nicht ganz einfach, so viel nassen Baumwollstoff in brusthohem Wasser in den Griff zu bekommen.

»Vielleicht ginge es besser, wenn du vorher aus dem Wasser kommen würdest?«

Sein Humor war so kindisch, dass er keine Antwort verdient hatte. Schließlich gelang es ihr, das T-Shirt verkehrt herum anzuziehen, aber eine große Luftblase ließ es um sie herumwabern. Sie drückte es flach und marschierte an Land. Glücklicherweise befanden sich keine Gäste am Strand.

Kevin blieb, wo er war, und sah zu, wie Molly aus dem Wasser stieg. Ihr rückwärtiger Anblick machte es ihm schwer, ruhig Blut zu bewahren. Ihr schien nicht klar zu sein, dass sich weiße T-Shirts in nassem Zustand in einen Hauch verwandelten. Erst tauchte die schmale kleine Taille auf, dann geschwungene Hüften, dann Beine, wie er sie kräftiger und hübscher noch nicht gesehen hatte.

Beim Anblick des süßen kleinen Hintern musste er kräftig schlucken. Er wirkte unter dem weißen T-Shirt wie mit Zuckerguss überzogen.

Er leckte sich die Lippen. Es war nur gut, dass das Wasser kalt genug für einen Eisberg war, denn ihr Anblick, wie sie dem Strand zustrebte, hatte ein Feuer in ihm entfacht. Dieser kleine, runde Po ... die dunkle, verführerische Wölbung. Und er hatte sie noch nicht einmal von vorne gesehen.

Das würde er aber ändern.

Molly hörte Kevin hinter sich herumspritzen. Dann war er neben ihr, machte Riesenschritte im Wasser. Er übernahm die Führung, seine Rückenmuskulatur spannte sich unter der Bewegung seiner Arme. Er erreichte den Strand und wandte sich nach ihr um.

Was fand er eigentlich so interessant?

Sie wurde langsam nervös. Er bewegte eine Hand und zupfte abwesend an der Vorderseite seiner nassen, tief sitzenden Jeans herum. »Vielleicht ist es doch nicht so schwer zu glauben, dass deine Mutter ein Showgirl war.«

Sie blickte an sich hinunter und schrie auf. Dann packte sie den T-Shirt-Stoff, zog ihn vom Körper weg und machte sich eilends auf den Weg zu ihrem Cottage.

»Äh … Molly? Auch von hinten bietest du einen interessanten Anblick. Und wir kriegen auch noch Gesellschaft.«

Und wirklich, die Pearsons kamen langsam näher. Noch waren sie vor lauter Liegestühlen, Kühl- und Badetaschen kaum zu erkennen.

Molly wollte sich nicht auf Kevins Unterstützung verlassen, also marschierte sie in Richtung Wald und versuchte, das T-Shirt vorne und hinten vom Körper wegzuhalten und es gleichzeitig in die Länge zu ziehen.

»Wenn dir jemand einen Fisch hinwirft, liegt das daran, dass du wie ein Pinguin watschelst«, rief er hinter ihr her.

»Wenn dich jemand bittet ia zu schreien, dann liegt das daran, dass du …«

»Spar dir deine Komplimente für später, Daphne. Die Müllmänner kommen gerade mit dem neuen Container.«

»Mach den Deckel zu, wenn du drin bist.« Sie watschelte weiter und irgendwie gelang es ihr, das Cottage ohne weitere Zwischenfälle zu erreichen. Drinnen angekommen, legte sie die Hände auf die heißen Wangen und lachte.

Aber Kevin lachte nicht. Während er auf der großen Wiese stand und in Richtung des Häuschens schaute, wurde ihm klar, dass es so nicht weitergehen konnte. Es war lachhaft. Er war ein verheirateter Mann und konnte dennoch nicht die wesentlichen Vorzüge der Ehe genießen.

Die Frage war nur, wie er vorgehen sollte.

15

Daphne versprühte etwas von ihrem Lieblinsparfüm, Eau de Erdbeertörtchen, in einer Wolke um ihren Kopf. Dann plusterte sie ihre Ohren auf, strich sich über die Schnurrhaare und setzte ihr nagelneues Kopftuch auf.

Daphne und ihr Kürbis

Nach dem Sprung in den See duschte Molly und zog sich um, dann schlenderte sie geistesabwesend auf die Veranda hinaus und ließ den Blick zu dem Tisch hinüberwandern, auf dem sie nach ihrem morgendlichen Einkaufsbummel in der Stadt die Tüte mit den Maluntensilien abgestellt hatte. Es war wirklich allerhöchste Zeit, mit den Zeichnungen anzufangen.

Anstatt sich nun am Tisch niederzulassen, setzte sie sich dann aber auf den Schaukelstuhl und griff nach dem Block, auf dem sie gestern Daphne bei ihrem Sprung vom Felsen skizziert hatte. Ihr Blick schweifte in die Ferne. Schließlich fing sie an zu schreiben.

»Mrs Mallard baut auf der anderen Seite vom Nachtigallenwald ein Ferienlager«, erklärte Daphne eines Tages Benny, Melissa, Celia, der Henne, und Bennys Freund Corky, dem Waschbären.

»Und wir dürfen alle hin!«

»Ich mag keine Ferienlager«, murrte Benny.

»Kann ich meine Filmstar-Sonnenbrille tragen?«, wollte Melissa wissen.

»Und was ist, wenn es regnet?«, gackerte Celia.

Als Molly schließlich den Block zur Seite legte, hatte sie den Anfang von *Daphne im Ferienlager* geschrieben. Es waren allerdings nur knapp zwei Seiten und ihre Fantasie konnte jederzeit wieder versiegen. Außerdem würde der Verlag dieses Buch nicht unter Vertrag nehmen, bevor sie nicht die geforderten Änderungen an *Trubel um Daphne* ausgeführt hatte. Wenigstens hatte sie mal wieder etwas geschrieben und das machte sie fürs Erste glücklich.

Ein Duft von Zitronenmöbelpolitur schlug ihr entgegen, als sie das Gästehaus betrat. Die Teppiche waren gesaugt, die Fenster glänzten und auf dem Teetisch im Aufenthaltsraum stapelten sich Kuchenteller aus Dresdner Rosenporzellan samt den dazugehörigen Tassen und Untertassen. Kevins Taktik, die Verliebten so lange getrennt zu halten, bis sie ihre Arbeit erledigt hatten, schien aufzugehen.

Amy tauchte von hinten mit einem Stapel frischer weißer Handtücher im Arm auf, musterte das preiswerte kanariengelbe Sommerkleid, das Molly am unteren Rand mit vier Reihen von bunten Bändern aufgepeppt hatte. »Wow! Sie sehen echt cool aus. Schickes Outfit! Na, wenn Kevin das nicht bemerkt!«

»Ich bemühe mich ja gerade darum, dass er mich so wenig wie möglich bemerkt.«

Amy streichelte den leuchtend blauen Fleck an ihrer Kehle. »Ich hab da so ein neues Parfüm in meiner Handtasche. Es macht Troy ganz verrückt, wenn ich mir ein bisschen auf die … na, Sie wissen schon, tupfe. Wollen Sie was davon abhaben?«

Molly floh vor dem dringenden Bedürfnis sie zu erdrosseln in die Küche.

Es war noch zu früh, die Aprikosentörtchen und das Haferflocken-Butterscotch-Brot, die sie am Morgen gebacken hatte, rauszustellen. Also nahm sie ihr Schoßhündchen und setzte sich mit ihm auf einen der Küchenstühle in der Nähe des Erkerfensters. Der Hund kuschelte seinen Kopf unter ihr Kinn und legte die Pfote auf ihren Arm. Sie zog ihn näher an sich. »Gefällt es dir hier genauso gut wie mir, mein Kleiner?«

Er leckte ihr zustimmend über die Hand.

Ihr Blick wanderte über die sanft abfallende Wiese zum See hinunter. Die vergangenen Tage hier im Nachtigallenwald (wie sie die Anlage im Geiste längst nannte) hatten ihre Lebensgeister wieder geweckt. Sie streichelte Ruhs warmen Bauch und musste sich eingestehen, dass das Zusammensein mit Kevin nicht unbeträchtlichen Anteil daran hatte. Er war störrisch und großspurig, nervig ohne Ende, aber in seiner Gegenwart fühlte sie sich endlich wieder lebendig.

So viel er auch darüber witzelte, wie schlau sie war, so wenig Mühe hatte er, mit ihr mitzuhalten. Sie kannte nur sehr wenige Männer (sie dachte da an Dan oder auch Cal Bonner und Bobby Tom Denton), die neben ihrer Sportbegeisterung auch mit einem scharfen Verstand aufwarten konnten, und Kevin konnte den seinen selbst hinter seinem dümmlichen Verhalten nicht verbergen.

Natürlich konnte Kevin niemals mit Dan mithalten. Dan liebte zum Beispiel Hunde. Und Kinder. Und vor allem liebte er Phoebe.

Sie seufzte noch einmal und schaute zum Garten hinter dem Haus, wo Troy endlich die Überreste des Winters beseitigt hatte. Der Flieder stand in voller Blüte, und ein paar Iris reckten ihre violetten Köpfe in die Luft, während ein Pfingstrosenstrauch kurz vor dem Erblühen war.

Eine winzige Bewegung ließ Molly näher hinschauen und sie entdeckte Lilly, die seitwärts auf einer eisernen Bank saß. Zuerst dachte Molly, sie würde lesen, doch dann erkannte sie, dass Lilly nähte. Sie dachte über Lillys kühle Haltung ihr gegenüber nach und fragte sich, ob es eine ganz persönliche Reaktion war oder ob sie etwas mit der negativen Presseberichterstattung über die Hochzeit zu tun hatte. … *Chicago-*

Stars-Football-Erbin, die sich als Kinderbuchautorin versucht ... Molly zögerte, dann erhob sie sich und trat durch die Hintertür in den Garten hinaus.

Lilly saß in der Nähe eines kleinen Kräutergärtchens. Molly fand es seltsam, dass eine Frau, die so überzeugend die Diva spielte, nicht dagegen protestiert hatte, in einem Dachzimmer untergebracht zu werden. Und der lässig über die Schulter drapierte Armani-Pullover änderte nichts daran, dass sie erstaunlich zufrieden schien, in einem zugewucherten Garten zu sitzen und zu nähen. Lilly war ihr ein Rätsel. Molly fiel es schwer, jemanden zu mögen, der ihr derartig die kalte Schulter zeigte, aber sie konnte auch keine negativen Gefühle Lilly gegenüber aufbringen. Und das lag keineswegs nur an ihrer alten Vorliebe für die Fernsehserie *Lace Inc.* Es gehörte wirklich etwas dazu, sich von Kevins Feindseligkeit nicht abschrecken zu lassen.

Marmie lag zu Lillys Füßen neben einem großen Nähkorb. Ruh ignorierte die Katze und tapste zu ihrem Frauchen hinüber, das sich hinabbeugte und ihn streichelte. Molly bemerkte, dass Lilly an einem Quilt arbeitete, der sich mit nichts vergleichen ließ, was Molly jemals gesehen hatte. Das Design bestand nicht aus wohl geordneten geometrischen Figuren, sondern aus einem kunstvollen Geflecht von Kurven und Kringeln in verschiedenen Mustern und sanften Grüntönen, mit lavendelblauen Tupfen und einem überraschenden Hauch von Himmelblau.

»Ist das aber schön. Ich wusste ja gar nicht, dass Sie eine Künstlerin sind.«

Die Feindseligkeit, die sich sofort wieder in Lillys Augen zeigte, verlieh dem Sommernachmittag eine winterliche Kälte. »Das ist bloß ein Hobby.«

Molly beschloss, den Kälteeinbruch zu ignorieren. »Toll, wie Sie das machen. Was wird es, wenn es fertig ist?«

»Wahrscheinlich ein richtiger Quilt«, antwortete Lilly zögernd. »Normalerweise mache ich kleinere Stücke wie Kissen, aber dieser Garten scheint mir nach größeren Dimensionen zu verlangen.«

»Sie machen einen Quilt vom Garten?«

Lillys tief verinnerlichte gute Erziehung zwang sie zu einer Antwort. »Nur der Kräutergarten. Ich habe gestern angefangen, ein wenig herumzuexperimentieren.«

»Arbeiten Sie nach einer Zeichnung?«

Lilly schüttelte den Kopf, offenbar ein Versuch, die Unterhaltung zu beenden. Molly überlegte, ob sie dem nachgeben sollte, aber sie wollte es nicht. »Wie können Sie so etwas Kompliziertes ohne eine Zeichnung machen?«

Lillys Antwort ließ eine Weile auf sich warten. »Ich fange immer damit an, Fetzen zusammenzusuchen, die mir einfach gefallen, und dann zücke ich meine Schere und warte ab, was passiert. Manchmal sind die Ergebnisse katastrophal.«

Das konnte Molly gut verstehen. Auch ihre Werke entstanden aus einzelnen Stücken – ein paar Zeilen Dialog, zufällige Skizzen. Wovon ihre Bücher handelten wusste sie erst, wenn sie mitten drin steckte. »Und woher bekommen Sie den Stoff?«

Ruh hatte inzwischen seine Schnauze auf eine von Lillys kostspieligen Kate-Spade-Sandalen gelegt, aber im Gegensatz zu Mollys Hartnäckigkeit schien ihr das nichts auszumachen. »Ich habe immer eine Kiste mit Stoffresten im Kofferraum«, sagte sie schroff. »Ich kaufe oft Reststücke, aber für dieses Vorhaben hier brauche ich Stoff mit Geschichte. Ich werde vermutlich versuchen, einen Antiquitätenladen zu finden, der alte Kleider verkauft.«

Mollys Blick wanderte zurück zum Kräutergarten. »Erzählen Sie mir, was Sie dort sehen.«

Sie rechnete mit einer Abfuhr, aber wieder gewannen Lillys gute Manieren die Oberhand. »Zuerst hat mich der Lavendel angezogen. Das ist eine meiner Lieblingspflanzen.

Und das Silber des Salbeis dahinter ist einfach wunderschön.« Lillys Begeisterung für ihr Vorhaben siegte über die Abneigung gegenüber Molly. »Die Minze muss man rausreißen. Die breitet sich zu sehr aus und nimmt anderen den Platz weg. Das kleine Thymiankissen dort hat schon Schwierigkeiten, sich dagegen durchzusetzen.«

»Welches ist der Thymian?«

»Die Pflanze mit den winzigen Blättchen. Sie erscheint jetzt ganz verletzlich, aber sie kann ebenso aggressiv sein wie die Minze. Sie geht nur raffinierter vor.« Lilly schaute auf und blickte Molly einen Moment lang in die Augen.

Molly hatte verstanden. »Sie meinen, dass der Thymian und ich einiges gemeinsam haben?«

»Und, haben Sie?«, gab Lilly kühl zurück.

»Ich habe viele Fehler, aber Raffiniertheit gehört eher nicht dazu.«

»Ich vermute, das werden wir noch sehen.«

Molly trat zur Einfassung des Gartens hinüber. »Ich gebe mir alle Mühe, Sie ebenso abzulehnen, wie Sie mich abzulehnen scheinen, aber es fällt mir schwer. Sie waren ein Idol für mich, als ich klein war.«

»Wie nett.« Eiszapfen tropften.

»Außerdem mögen Sie meinen Hund. Und ich habe das Gefühl, dass Ihre Haltung mir gegenüber weniger mit meiner Person als mit Ihren Vorbehalten gegenüber meiner Ehe zu tun hat.«

Lilly erstarrte.

Molly beschloss, dass sie nichts zu verlieren hatte durch ihre Offenheit. »Ich weiß Bescheid über ihre wahre Beziehung zu Kevin.«

Lillys Finger klammerten sich an die Nadel. »Ich bin überrascht, dass er es Ihnen erzählt hat. Maida sagte, er hätte nie darüber gesprochen.«

»Das hat er auch nicht. Ich habe es erraten.«

»Sie sind sehr schlau.«

»Es hat lange gedauert, bis Sie sich auf den Weg zu ihm gemacht haben.«

»Nachdem ich ihn zuvor verlassen habe, meinen Sie wohl?« Ihre Stimme hatte einen bitteren Klang.

»Das habe ich nicht gesagt.«

»Aber gedacht haben Sie es. Welche Frau verlässt ihr Kind und versucht sich dann wieder in sein Leben zu schleichen?«

Molly wählte ihre Worte sorgfältig. »Ich bezweifle, dass Sie ihn verlassen haben. Sie scheinen ein gutes Zuhause für ihn gefunden zu haben.«

Lilly betrachtete den Garten, aber Molly vermutete, dass das Gefühl von Frieden, das sie zuvor hier empfunden hatte, verflogen war. »Maida und John hatten sich immer ein Kind gewünscht und haben ihn von seiner Geburt an geliebt. Aber so schwer ich mir die Entscheidung auch gemacht habe, ich habe ihn doch zu einfach aufgegeben.«

»Hey, Molly!«

Lilly verkrampfte sich, als Kevin mit Marmie um die Ecke bog, die sich dick und glücklich in seinen Armen räkelte. Sobald er Lilly bemerkte, blieb er abrupt stehen, und Molly konnte beobachten wie aus dem Charmeur ein grollender, hart dreinblickender Mann wurde.

Er ging auf Molly zu, als wäre sie allein im Garten. »Irgendjemand hat sie rausgelassen.«

»Das war ich«, sagte Lilly. »Bis vor ein paar Minuten war sie hier bei mir. Sie muss dich gehört haben.«

»Das ist deine Katze?«

»Ja.«

Er setzte das Tier auf den Boden, als wäre es plötzlich radioaktiv geworden, und wandte sich zum Gehen.

Lilly erhob sich. Molly konnte in ihrem Gesichtsausdruck etwas ebenso Verzweifeltes wie Rührendes lesen. »Willst du wissen, wer dein Vater war?«, platzte Lilly heraus.

Kevin erstarrte. Molly empfand großes Mitgefühl mit ihm, sie dachte an all die Fragen, die sie jahrelang wegen ihrer eigenen Mutter beschäftigt hatten. Er wandte sich langsam um.

Lilly rang die Hände. Sie klang atemlos, als hätte sie soeben einen Langstreckenlauf hinter sich gebracht. »Sein Name war Dooley Price. Ich glaube nicht, dass er mit Vornamen wirklich so hieß, aber ich kannte ihn nur so. Er war achtzehn, ein großer, schlaksiger Farmersjunge aus Oklahoma. Wir haben uns am Tag unserer Ankunft in L. A. an der Bushaltestelle getroffen.« Sie musterte Kevins Gesicht. »Er hatte ebenso helle Haare wie du, aber seine Gesichtszüge waren breiter. Du siehst eher mir ähnlich.« Sie senkte den Kopf. »Ich bin sicher, dass du all das gar nicht hören willst. Dooley war sportlich. Er hatte Rodeos geritten – und ich glaube, sogar Preisgelder gewonnen –, und er war überzeugt, dass er mit Stunts für Filme reich werden könnte. Mehr weiß ich nicht über ihn – noch ein Minuspunkt, den du mir ankreiden kannst. Ich glaube, er hat Marlboros geraucht und gern Schokoriegel gegessen, aber das ist schon so lange her, dass es auch ein anderer gewesen sein könnte. Als ich bemerkte, dass ich schwanger war, hatten wir uns bereits getrennt, und ich wusste nicht, wie ich ihn finden sollte.« Sie schwieg und schien all ihren Mut zusammenzunehmen. »Ein paar Jahre später habe ich in der Zeitung gelesen, dass er bei irgendeinem Stunt mit einem Auto ums Leben gekommen war.«

Kevins Gesichtsausdruck blieb versteinert. Er wollte sich nicht anmerken lassen, wie viel ihm all dies bedeutete. Das konnte Molly nur allzu gut verstehen.

Ruh war sehr empfindsam für den Kummer von Menschen. Er stand auf und rieb seinen Kopf an Kevins Knöchel.

»Haben Sie ein Bild von ihm?«, fragte Molly, weil sie wusste, dass Kevin diese Frage nie stellen würde. Das einzige Foto von ihrer Mutter war ihr wertvollster Besitz.

Lilly machte eine hilflose Bewegung und schüttelte den Kopf. »Wir waren noch so jung – zwei verkorkste Teenager. Es tut mir so Leid, Kevin.«

Er betrachtete sie kühl. »In meinem Leben ist kein Platz für dich. Ich weiß nicht, wie ich das noch deutlicher machen soll. Ich will, dass du hier verschwindest.«

»Das weiß ich.«

Beide Tiere standen auf und folgten ihm, als er davonging. Lilly wandte sich heftig zu Molly um. In ihren Augen standen Tränen der Entschlossenheit. »Ich werde nicht gehen!«

»Das sollten Sie auch nicht tun«, gab Molly zur Antwort.

Ihre Blicke trafen sich, und Molly glaubte, einen dünnen Riss in der Mauer zwischen ihnen zu erkennen.

Eine halbe Stunde später legte Molly gerade das Letzte ihrer Aprikosenbrötchen in einen Weidenkorb, als Amy erschien, um zu verkünden, dass sie und Troy jetzt das Zimmer im ersten Stock beziehen würden, das Kevin verlassen hatte, als er in Mollys Cottage umgezogen war. »Irgendjemand muss hier nachts schlafen«, erklärte Amy, »und Kevin meinte, er würde uns noch was dafür bezahlen. Ist das nicht cool?«

»Wirklich toll.«

»Ich meine, wir dürfen dann nicht so laut sein, aber ...«

»Würden Sie bitte die Marmelade holen!« Molly sah sich nicht dazu in der Lage, noch mehr Einzelheiten aus Amys und Troys superduper Sexleben zu hören.

Aber so leicht gab Amy nicht auf. Das sanfte Licht des späten Nachmittags leuchtete auf ihrem liebesmisshandelten Hals und sie blickte Molly ernsthaft an. »Es sieht so aus, als ob es zwischen Ihnen und Kevin doch noch was werden könnte, wenn Sie sich nur vielleicht etwas mehr darum bemühen würden. Das mit dem Parfüm war ernst gemeint. Sex ist wirklich wichtig für Männer, und wenn Sie nur ein bisschen ...«

Molly drückte ihr die Brötchen in die Hand und floh in den Aufenthaltsraum.

Als sie später zum Cottage zurückkam, war Kevin bereits da. Er saß auf dem durchgesessenen alten Sofa im Wohnzimmer und Ruh räkelte sich auf dem Kissen neben ihm. Er hatte die Füße hoch gelegt, und ein Buch lag aufgeschlagen auf seinem Schoß. Er sah aus, als hätte er keine Sorgen auf dieser Welt, aber davon ließ Molly sich nicht täuschen.

Er blickte zu ihr auf. »Dieser Benny gefällt mir.«

Sie bekam einen Schreck, als ihr klar wurde, dass er *Daphne sagt Hallo* las. Die anderen vier Bücher der Serie lagen ganz in seiner Nähe.

»Wo hast du die her?«

»Gestern Abend, als ich in der Stadt war. Da gibt's einen Laden für Kinder, die vor allem Kleider haben, aber auch ein paar Bücher und Spielsachen verkaufen. Die Besitzerin hatte die Bücher im Schaufenster liegen und wurde ganz aufgeregt, als ich ihr erzählte, dass du hier wärest.« Er tippte mit dem Finger auf die Seite. »Dieser Benny …«

»Das sind doch Kinderbücher. Ich kann mir nicht denken, warum du dir die Mühe machst, sie zu lesen.«

»Neugier. Weißt du, dass mir an diesem Benny ein paar Sachen irgendwie bekannt vorkommen. Zum Beispiel …«

»Wirklich? Ach, danke schön. Er ist eine reine Fantasiefigur, aber ich versuche, alle meine Charaktere mit Eigenschaften auszustatten, mit denen sich meine Leser identifizieren können.«

»Ach ja, ich jedenfalls kann mich ganz gut mit Benny identifizieren.« Er betrachtete das Bild vor ihm, auf dem Benny eine Sonnenbrille trug, die seinem silbernen Revos Gestell ziemlich ähnlich war. »Eines verstehe ich allerdings nicht. Die Ladenbesitzerin sagte, eine ihrer Kundinnen hätte sie dazu gedrängt, die Bücher aus dem Regal zu nehmen, weil sie pornografisch seien. Kannst du mir sagen, was mir da entgeht?«

Ruh hüpfte endlich vom Sofa runter und kam zu ihr hinüber, um sie zu begrüßen. Sie beugte sich runter und streichelte ihn. »Hast du schon mal was von GKFEGA gehört? *Gesunde Kinder für ein gesundes Amerika?*«

»Klar. Die haben es auf die Schwulen und Lesben abgesehen. Die Frauen haben alle riesige Frisuren und die Männer zeigen beim Lächeln zu viele Zähne.«

»Genau. Und die haben es im Moment auf mein Häschen abgesehen.«

»Wie meinst du das?« Ruh trottete zu Kevin zurück.

»Sie werfen den Daphne-Büchern vor, sie seien homosexuelle Propaganda.«

Kevin fing an zu lachen.

»Das ist kein Witz. Sie hatten meine Bücher nicht beachtet, bis wir geheiratet haben. Aber nachdem die ganzen Geschichten über uns in der Presse erschienen, haben sie beschlossen, das öffentliche Aufsehen auszunutzen und mich aufs Korn zu nehmen.« Ehe sie sich's versah, war Molly schon dabei, Kevin von ihrem Gespräch mit Helen und von den Veränderungen zu erzählen, die der Verlag in den Daphne-Büchern haben wollte.

»Ich hoffe, du hast ihr gesagt, wo sie sich ihre Veränderungen hinstecken kann.«

»So einfach ist es leider nicht. Ich habe einen Vertrag, und sie halten die Veröffentlichung von *Trubel um Daphne* einfach solange zurück, bis ich ihnen die neuen Illustrationen geschickt habe.« Sie ließ den restlichen Vorschuss, den der Verlag ihr noch schuldete, unerwähnt. »Außerdem schadet es der Geschichte nicht, wenn ich Daphne und Melissa ein paar Zentimeter auseinander rücke.«

»Und warum hast du die Zeichnungen dann noch nicht gemacht?«

»Ich hatte eine ... eine Blockade. Aber es ist schon viel besser, seit ich hier bin.«

»Und jetzt willst du sie also machen?«

Die Missbilligung, die sie in seiner Stimme hörte, gefiel ihr gar nicht. »Es ist sehr einfach, zu seinen Prinzipien zu stehen, wenn man ein paar Millionen Dollar auf der Bank hat, aber die habe ich nicht.«

»Offensichtlich.«

Sie stand auf und ging in die Küche. Sie zog eine Flasche Wein heraus, während Ruh sich an ihren Knöcheln rieb. Sie hörte, wie Kevin hinter sie trat.

»Ach, wir trinken wieder?«

»Du bist stark genug, dich gegen mich zu wehren, wenn ich wieder außer Kontrolle gerate.«

»Du darfst dabei nur nicht meinen Wurfarm verletzen.«

Sie lächelte und schenkte ein. Er nahm das Glas, das sie ihm reichte, und in wortloser Übereinkunft gingen sie zusammen auf die Veranda hinaus. Der Schaukelstuhl quietschte, als er sich hineingleiten ließ und einen Schluck Wein nahm.

»Du kannst wirklich gut schreiben, Molly. Ich verstehe, warum Kinder deine Bücher mögen. Als du den Benny gezeichnet hast, hast du dabei zufällig bemerkt, wie sehr …«

»Was ist denn mit dir und Ruh los?«

»Keine Ahnung.« Er warf dem Pudel, der es sich auf einem seiner Füße bequem gemacht hatte, einen bösen Blick zu. »Er ist mir vom Gästehaus hinterhergelaufen. Du kannst mir glauben, dass ich ihn nicht dazu ermutigt habe.«

Molly dachte daran, wie Ruh vorhin im Garten auf Kevins Anspannung reagiert hatte. Offenbar hatte sich zwischen den beiden eine Verbindung entwickelt, von der Kevin noch nichts wusste.

»Wie geht's deinem Bein?«, fragte er.

»Bein?«

»Irgendwelche Nachwirkungen von diesem Krampf?«

»Es … es tut noch ein bisschen weh. Ziemlich sogar. So

eine Art dumpfes Pochen. Ganz schön schmerzhaft. Aber ich bin sicher, dass es morgen schon viel besser sein wird.«

»Alleine Schwimmen ist ab jetzt verboten, okay? Das meine ich ernst. Es war ziemlich dumm von dir.« Er legte den Arm um die Lehne und warf ihr einen Blick zu, der einem das Blut in den Adern erstarren lassen konnte. »Und wenn wir schon dabei sind, werde nicht zu vertraulich mit Lilly.«

»Darum musst du dir, glaube ich, keine Gedanken machen. Sie kann mich ohnehin nicht leiden, falls du es noch nicht bemerkt hast. Ich denke trotzdem, dass du dir anhören solltest, was sie zu sagen hat.«

»Das wird nicht geschehen. Es ist mein Leben, Molly, und du hast keine Ahnung davon.«

»Das stimmt nicht«, sagte sie vorsichtig. »Ich bin auch Waise.«

Er zog seinen Arm weg. »Wenn man über einundzwanzig ist, bezeichnet man sich nicht mehr als Waise.«

»Tatsache ist, dass meine Mutter gestorben ist, als ich zwei war, ich weiß also, wie es ist, wenn man sich entwurzelt fühlt.«

»Unsere Lebensumstände haben absolut nichts gemeinsam, versuch also gar nicht erst, Vergleiche anzustellen.« Er schaute in Richtung Wald. »Ich hatte zwei wunderbare Eltern. Du hattest keine.«

»Ich hatte Phoebe und Dan.«

»Da warst du schon ein Teenager. Davor scheinst du dich selbst groß gezogen zu haben.«

Er versuchte mit allen Mitteln, die Unterhaltung von sich selbst abzulenken. Sie hatte Verständnis dafür und ging auf sein Spielchen ein. »Ich und Danielle Steel.«

»Wovon redest du eigentlich?«

»Ich war ein Fan von ihr, und ich wusste, dass sie viele Kinder hatte. Ich hab immer so getan, als wäre ich eines davon.« Sein amüsiertes Lächeln steckte sie an. »Tja, man kann das albern finden, ich halte es allerdings für ziemlich kreativ.«

»Originell ist es auf jeden Fall.«

»Dann habe ich mir einen gnädigen und schmerzlosen Tod für Bert ausgemalt, und zu diesem Zeitpunkt hätte sich dann wundersamerweise herausgestellt, dass er gar nicht mein Vater war. Mein richtiger Vater war …«

»Lass mich raten. Bill Cosby.«

»So angepasst war ich nun auch wieder nicht. Es war Bruce Springsteen. Aber bitte, kein Kommentar, okay?«

»Was sollte ich da noch kommentieren, wenn Freud schon alles gesagt hat?«

Molly rümpfte die Nase. Dann saßen sie in erstaunlich einvernehmlichem Schweigen, das nur durch Ruhs rhythmisches Schnarchen gebrochen wurde. Aber Molly war noch nie besonders gut darin gewesen, sich mit einem Teilerfolg zufrieden zu geben. »Trotzdem finde ich, dass du sie anhören musst.«

»Ich kann mir keinen Grund dafür denken.«

»Weil sie vorher nicht weggehen wird. Und weil es dich dein ganzes weiteres Leben nicht loslassen wird.«

Er stellte sein Glas ab. »Vielleicht bist du nur deswegen so scharf darauf, mein Leben zu analysieren, weil du dann nicht depressiv wirst, wenn du über deine eigenen Neurosen nachdenkst.«

»Vielleicht.«

Er erhob sich. »Was hältst du davon, wenn wir in die Stadt fahren und was essen?«

Sie hatte heute schon viel zu viel Zeit mit ihm verbracht, aber sie konnte sich auch nicht vorstellen, allein hier zu bleiben, während er die Stadt mit französischer Schokolade verzierte. »Meinetwegen. Ich hol mir nur schnell einen Pullover.«

Auf dem Weg zu ihrem Schlafzimmer machte sie sich selbst Vorwürfe. Mit ihm Essen zu gehen, war eine miserable

Idee, ebenso miserabel wie mit ihm in trauter Zweisamkeit auf der Veranda Wein zu trinken. Fast so miserabel wie nicht darauf zu bestehen, dass er sich eine Bleibe unter einem anderen Dach suchte.

Obwohl es ihr egal war, welchen Eindruck sie auf ihn machte, beschloss sie, dass ein Tuch zusammen mit ihrem Sommerkleid eindeutig schicker aussah als ein Pulli. Also zog sie das knallrote Tischtuch hervor, das sie in der untersten Kommodenschublade entdeckt hatte. Als sie es auseinander faltete, entdeckte sie einen fremden Gegenstand auf ihrem Nachttisch, etwas, das zuvor nicht da gewesen war und das ganz bestimmt nicht ihr gehörte. *»Aaarrrggghhhh!«*

Kevin kam ins Zimmer geschossen. »Was ist los?«

»Sieh dir das an!« Sie zeigte auf die kleine Flasche mit billigem Parfüm. »Dass sich diese kleine … Schlampe auch in alles einmischen muss!«

»Wovon redest du?«

»Amy hat dieses Parfüm hierher gestellt!« Sie drehte sich zu ihm um. »Beiß mich!«

»Warum bist du sauer auf mich? Ich war das nicht.«

»Nein! Beiß mich! Mach mir hier einen Knutschfleck.« Sie deutete mit dem Finger auf eine Stelle ein paar Zentimeter über ihrem Schlüsselbein.

»Ich soll dir einen Knutschfleck verpassen?«

»Bist du taub?«

»Nur ein bisschen verwundert.«

»Ich kann keinen sonst darum bitten, und ich halte es keinen Tag länger aus, mir von einer neunzehnjährigen Nymphomanin Ratschläge bezüglich meiner Ehe anzuhören. Das wird dem Ganzen ein Ende setzen.«

»Hat dir schon jemals einer gesagt, dass du nicht alle Tassen im Schrank hast?«

»Nur zu. Mach dich über mich lustig. Sie redet nicht so herablassend mit dir, wie sie es mit mir tut.«

»Vergiss es. Ich mache dir keinen Knutschfleck.«

»Prima, dann werde ich eben jemand anderes darum bitten müssen.«

»Das wirst du nicht tun!«

»Ungewöhnliche Umstände verlangen nach ungewöhnlichen Maßnahmen. Ich werde Charlotte Long darum bitten.«

»Das ist ja ekelhaft.«

»Sie weiß, wie sich die zwei Turteltäubchen benehmen. Sie wird mich verstehen.«

»Die Vorstellung, wie sich diese Frau über deinen Hals hermacht, hat mir jetzt den Appetit verdorben. Und glaubst du nicht, dass es ein bisschen peinlich werden könnte, wenn du deinen blauen Fleck zur Schau stellst und andere Leute dabei sind?«

»Ich werde ein Oberteil mit Kragen tragen und ihn hoch schlagen.«

»Und ihn wieder runterklappen, wenn du Amy siehst?«

»Okay, ich bin auch nicht begeistert. Aber wenn ich nichts unternehme, werde ich ihr eines Tages an die Gurgel gehen.«

»Sie ist doch bloß ein Teenager. Warum macht dir das was aus?«

»Prima. Vergiss es!«

»Und du rennst zu Charlotte Long?« Seine Stimme bekam einen ganz tiefen, rauchigen Klang. »Das glaube ich nicht.«

Sie schluckte. »Du tust es also?«

»Mir bleibt wohl nichts anderes übrig.«

Oh Gott … Sie kniff die Augen zusammen und streckte ihm den Hals entgegen. Ihr Herz begann zu klopfen. Was tat sie da eigentlich?

Gar nichts, offenbar, denn er machte keine Anstalten, sie zu berühren.

Sie öffnete die Augen wieder und blinzelte. »Könntest du dich, äh, ein bisschen beeilen?«

Er berührte sie nicht, rückte aber auch nicht von ihr ab. Oh Gott, warum sah er nur so gut aus? Warum konnte er keine faltige Haut und einen dicken Kugelbauch haben an Stelle dieses durchtrainierten Modellkörpers? »Worauf wartest du?«

»Ich habe keinen Knutschfleck mehr gesetzt, seit ich vierzehn war.«

»Ich bin sicher, dass du dich daran erinnerst, wie es geht, wenn du dich ein wenig konzentrierst.«

»Ich habe kein Problem mit der Konzentration.«

Das Glänzen in diesen rauchig grünen Augen zeigte ihr, dass sie sich durch ihr Verhalten hart an die Grenze zwischen exzentrisch und verrückt manövriert hatte. Ihr Wutanfall war inzwischen verklungen. Sie musste sich da wieder herauswinden. »Ach, lass nur.«

Sie machte auf dem Absatz kehrt und wollte gehen, aber er packte sie am Arm. Das Gefühl seiner Finger auf ihrem Arm ließ sie erschauern. »Ich habe nicht gesagt, dass ich es nicht mache. Ich muss mich nur ein bisschen aufwärmen.«

Und wenn ihre Füße Feuer gefangen hätten. Sie hätte sich nicht von der Stelle bewegen können.

»Ich kann mich nicht einfach auf dich stürzen und zubeißen.« Sein Daumen strich über ihren Arm. »Das ist gegen meine Natur.« Sie bekam überall eine Gänsehaut, als er die Hand hob und ihr sachte mit einem Finger über die Halsbeuge strich.

Ihre Stimme wurde ärgerlicherweise ganz rau. »Ist schon okay. Mach schon und stürz dich auf mich!«

»Ich bin Profisportler.« Seine Worte hatten eine verführerische Zärtlichkeit, während er ihr langsam ein S aufs Dekolletee malte. »Eine zu kurze Aufwärmphase führt zu Verletzungen.«

»Genau darum geht es doch, oder? Eine Verletzung?«

Er gab keine Antwort, und ihr stockte der Atem, als sich

sein Mund dem ihren näherte. Seine Lippen streiften ihre Mundwinkel, und sie durchzuckte ein Schreck.

Er hatte noch nicht einmal einen Volltreffer gelandet und schon schmolz sie dahin. Sie hörte einen leisen, unverständlichen Laut und stellte fest, dass er von ihr kam. Sie rumzukriegen, war wirklich keine Kunst.

Er zog sie an sich, eine sanfte Bewegung, aber die Berührung wirkte elektrisierend. Harte Knochen und warmes Fleisch. Sie wollte seinen ganzen Mund und wandte den Kopf, um ihn zu suchen, aber er hatte den Kurs gewechselt. Anstatt ihr den Kuss zu geben, nach dem sie sich so sehnte, berührte er ihren anderen Mundwinkel.

Das Blut raste durch ihre Adern. Seine Lippen wanderten von ihrem Kinn zu ihrem Hals hinunter. Dann machte er sich bereit, um genau das zu tun, worum sie ihn gebeten hatte.

Ich habe es mir anders überlegt! Bitte nicht beißen!

Er tat es nicht. Er spielte an ihrem Hals herum, bis ihr Atem schnell und flach ging. Sie hasste ihn dafür, dass er sie so neckte, aber sie brachte es nicht über sich, ihn wegzustoßen. Und dann setzte er dem Spiel ein Ende und küsste sie wirklich.

Die Welt drehte sich, und alles stand plötzlich Kopf. Seine Arme umfassten sie, als ob sie wirklich da hinein gehörte. Sie wusste nicht, wessen Lippen sich zuerst öffneten, ihre Zungen berührten sich.

Es war ein Kuss, wie aus einsamen Träumen. Ein Kuss, der seine Zeit dauerte. Ein Kuss, der sich so richtig anfühlte, dass ihr all die Gründe, warum er falsch war, völlig entfallen waren.

Seine Hand fuhr ihr in die Haare, und diese harten Hüften drückten sich an ihre. Sie spürte, was sie bei ihm bewirkt hatte, und freute sich darüber. Ihre Brust kitzelte wohlig, als er seine Hand darüber legte.

Plötzlich jaulte er auf und riss die Hand weg. »Verdammt!«

Sie sprang zurück und kontrollierte ganz instinktiv, ob ihre Brust plötzlich Zähne bekommen hatte. Aber es war nicht ihre Brust.

Kevin warf böse Blicke zu Ruh hinunter, dessen scharfe Krallen sich in sein Bein bohrten. »Hau ab, Köter!«

Die Wirklichkeit brach über sie herein. Was glaubte sie eigentlich, was sie da tat? Küsschen, Küsschen mit Mr Supersexy! Und sie konnte noch nicht einmal ihm einen Vorwurf machen, dass die Sache so außer Kontrolle geraten war, schließlich war sie diejenige, die angefangen hatte.

»Hör auf, Ruh.«

»Werden diesem Untier eigentlich jemals die Krallen geschnitten?«

»Er wollte dich nicht angreifen. Er wollte nur spielen.«

»Ach ja? Genau das wollte ich auch.«

Ein langes Schweigen hing zwischen ihnen.

Sie wollte, dass er als Erster den Blick abwandte, da er das aber nicht tat, schaute sie ihn weiter an. Es war nervenaufreibend. Während sie sich am liebsten unter dem Bett verkrochen hätte, schien er absolut bereit, den ganzen Abend hier rumzustehen und über alles nachzudenken. Noch immer fühlte sie die Wärme seiner Berührung auf ihrer Brust.

»Jetzt wird es langsam kompliziert«, sagte er schließlich.

Sie hatte es mit der NFL zu tun, also schenkte sie ihren Gummiknien keine Beachtung. »Für mich nicht. Du küsst übrigens ganz ordentlich. Sportler kauen sonst immer so.«

Um seine Augenwinkel legten sich Fältchen. »Du gibst auch nie auf, Daphne. Was ist jetzt, sollen wir was essen gehen oder sollten wir uns wieder an die Produktion dieses Knutschflecks machen, den du unbedingt haben willst?«

»Vergiss den Knutschfleck. Manchmal ist das Heilmittel schlimmer als die Krankheit.«

»Und manchmal werden Hasenfrauen zu Hasenfüßen.«

Dieses Spiel würde sie nicht gewinnen, also streckte sie ihre Nase in die Luft, ganz die reiche Erbin, die sie nicht mehr war, packte das rote Tischtuch und warf es sich über die Schultern.

Mit seiner Einrichtung im amerikanischen Landhausstil wirkte der Speisesaal des Wind Lake Hotels wie eine alte Jagdhütte. Vor den langen, schmalen Fenstern hingen Vorhänge mit indianischen Mustern und an den rauen Wänden war eine Sammlung von Schneeschuhen und antiken Tierfallen ausgestellt sowie die ausgestopften Köpfe eines Hirschs und eines Elchs. Lieber als deren starre Glasaugen betrachtete Molly allerdings das Birkenrindenkanu, das von den Balken herabhing.

Kevin konnte ihre Gedanken lesen und deutete mit dem Kopf zu den toten Tieren hinüber. »Es gab mal ein Restaurant in New York, das sich auf exotisches Wild spezialisiert hatte – Känguru, Tiger, Elefantensteaks. Einmal hat mich ein Freund dort zu einem Löwenburger eingeladen.«

»Das ist ja widerlich. Welcher abartige Mensch würde Simba essen?«

Er gluckste in sich hinein und wandte sich wieder seiner Forelle zu. »Ich jedenfalls nicht. Ich hab Rösti und Nusspastete gegessen.«

»Du treibst deine Spielchen mit mir. Lass das.«

Seine Augen wanderten in ein paar langsamen Tangoschritten über ihren Körper. »Vorhin hat es dir nichts ausgemacht.«

Sie fummelte am Stiel ihres Weinglases herum. »Das war der Alkohol.«

»Das war der Sex, den wir nicht haben.«

Sie öffnete den Mund, um ihm das Wort abzuschneiden, aber er war schneller. »Spar dir den Atem, Daph. Es wird Zeit, dass du ein paar wichtigen Dingen ins Gesicht siehst.

Erstens sind wir verheiratet. Zweitens leben wir unter demselben Dach …«

»Nicht, wenn's nach mir ginge.«

»Und drittens leben wir im Moment beide zölibatär.«

»Man kann nicht für einen Augenblick zölibatär sein, das ist eine langfristige Lebensform. Ich weiß es genau, das kannst du mir glauben.« Den letzten Satz hatte sie eigentlich nicht laut sagen wollen. Oder vielleicht doch? Sie spießte eine Karottenscheibe auf, die sie nicht essen wollte.

Er ließ die Gabel sinken, um sie näher zu betrachten. »Das ist doch nicht dein Ernst, oder?«

»Natürlich nicht.« Sie verschlang die Karotte. »Dachtest du, das wäre ernst gemeint?«

Er rieb sich das Kinn. »Du machst keine Witze.«

»Siehst du den Kellner irgendwo? Ich glaube, ich hätte jetzt gern einen Nachtisch.«

»Hast du noch was dazu zu sagen?«

»Nein.«

Er hatte Zeit.

Sie spielte mit einem anderen Stück Karotte herum und zuckte dann die Schultern. »Das ist meine Sache.«

»Ach komm schon, hör auf mir auszuweichen.«

»Dann sag mir erst, wo du mit dieser Unterhaltung hin willst.«

»Das weißt du genau. Direkt ins Schlafzimmer.«

»Ja, in deins und meins«, betonte sie und wünschte, er hätte nicht so einen wild entschlossenen Gesichtsausdruck. »Und so soll es auch bleiben.«

»Vor ein paar Tagen hätte ich dir noch zugestimmt. Aber wir wissen beide, dass es nur an den Krallen deines Untiers liegt, dass wir jetzt nicht beide nackt sind.«

Sie schauderte. »Das ist überhaupt nicht sicher.«

»Hör zu, Molly. Die Anzeige in der Zeitung erscheint erst nächsten Donnerstag. Heute ist Samstag. Die Vorstellungsgespräche werden auch ein paar Tage dauern. Dann noch ein Tag oder so, bis derjenige, den ich engagiere, eingearbeitet ist. Das sind noch viele Nächte.«

Sie hatte lange genug herumgestochert und gab jetzt auf, so zu tun, als äße sie noch. »Kevin, ich halte nichts von Sex im Vorübergehen.«

»Ach, das ist aber seltsam. Ich habe da so eine vage Erinnerung an eine Nacht im Februar ...«

»Ich war in dich verknallt, okay? Eine fixe Idee, die außer Kontrolle geraten ist.«

»Verknallt?« Er lehnte sich in seinem Stuhl zurück und schien sich offenbar bestens zu amüsieren. »Wie alt bist du eigentlich, zwölf?«

»Sei nicht so doof.«

»Du warst also in mich verknallt.«

Sein schiefes Lächeln sah genau so aus wie das von Benny, wenn der glaubte, Daphne genau dort zu haben, wo er sie haben wollte. Die Häsin mochte das gar nicht und Molly ebenso wenig.

»Ich war gleichzeitig in dich und Alan Greenspan verknallt. Ich weiß überhaupt nicht mehr, wie ich dazu gekommen bin. Obwohl ich in Greenspan noch viel mehr verknallt war. Gott sei Dank bin ich ihm mit seiner sexy Aktentasche nicht über den Weg gelaufen.«

Er ging nicht auf ihren Scherz ein. »Interessant, dass Daphne auch in Benny verknallt zu sein scheint.«

»Ist sie nicht! Er benimmt sich ihr gegenüber ganz furchtbar.«

»Vielleicht wäre er netter, wenn sie etwas entgegenkommender wäre.«

»Das ist ja abstoßender als ich und Charlotte Long!« Sie musste ihn unbedingt von diesem Gesprächsthema ablenken. »Sex kannst du überall haben, aber wir sind Freunde, und das ist viel wichtiger.«

»Freunde?«

Sie nickte.

»Ja, stimmt irgendwie. Vielleicht ist das so aufregend an der Sache. Ich habe noch nie mit einer Frau geschlafen, mit der ich auch befreundet war.«

»Das ist nur die Faszination des Verbotenen.«

»Ich wüsste nicht, warum es für dich verboten sein sollte. Ich hab da schon viel mehr zu verlieren.«

»Und wie kommst du darauf?«

»Komm schon. Du weißt, wie wichtig mir mein Beruf ist. Deine engsten Familienmitglieder sind zufällig meine Arbeitgeber, und ich befinde mich momentan auf unsicherem Boden bei ihnen. Genau aus diesem Grund habe ich bisher meine Beziehungen zu Freunden immer strikt von der Mannschaft getrennt gehalten. Ich hatte noch nicht einmal was mit einer von den Cheerleadern der Stars.«

»Und trotzdem sitzt du jetzt hier und bist ganz scharf drauf, die Schwester deiner Chefin abzuschleppen.«

»Ich setze alles aufs Spiel. Du hast nichts zu verlieren.«

Nur mein kleines zerbrechliches Herz.

Er fuhr mit dem Daumen um den Rand seines Weinglases. »Die Wahrheit ist, dass ein paar Nächte voll sexueller Vergnügungen deiner Schriftstellerkarriere auf die Sprünge helfen könnten.«

»Lass hören!«

»Dadurch wird dein Unterbewusstsein umprogrammiert, sodass du keine geheimen homosexuellen Botschaften mehr in deine Bücher einbaust.«

Sie rollte mit den Augen.

Er grinste.

»Jetzt mach mal halblang, Kevin. Wenn wir zu Hause in Chicago wären, würde es dir überhaupt nicht in den Sinn kommen, mit mir schlafen zu wollen. Was soll ich von diesem Kompliment halten?«

»Es würde mir todsicher in den Sinn kommen, wenn wir die ganze Zeit zusammen wären, so wie hier.«

Er wich ihrem Argument bewusst aus, aber noch bevor sie ihm das sagen konnte, kam eine Kellnerin, die wissen wollte, ob mit dem Essen, das sie nicht aßen, etwas nicht stimmte.

Kevin versicherte ihr, dass alles in Ordnung sei. Daraufhin schenkte sie ihm ein strahlendes Lächeln und fing an, sich mit ihm zu unterhalten, als wäre er ihr bester Freund. Da die Leute auch auf Dan und Phoebe so reagierten, war Molly diese Art von Unterbrechung gewöhnt, aber die Kellnerin war hübsch und wohlgerundet, und deshalb fühlte sie sich gestört.

Als die Frau endlich fortging, lehnte sich Kevin wieder in seinen Stuhl zurück und nahm genau das Thema wieder auf, über das sie am wenigsten sprechen wollte. »Wie war das mit dem zölibatären Leben ... wie lange geht das schon so?«

Sie ließ sich Zeit und konzentrierte sich ganz darauf, ein kleines Stück Hähnchen abzuschneiden. »Eine Weile.«

»Und gibt es einen speziellen Grund dafür?«

Sie kaute langsam, so als dächte sie über seine Frage nach, anstatt nach einer ausweichenden Antwort zu suchen. Da ihr nichts einfiel, versuchte sie, wenigstens großartig und geheimnisvoll zu klingen. »Das ist die Wahl, die ich getroffen habe.«

»Ist das wieder ein Teil dieser Brave-Mädchen-Nummer, die dir alle außer mir abnehmen?«

»Ich bin ein braves Mädchen!«

»Du bist ein Miststück.«

Sie schniefte, insgeheim ein wenig erfreut, ließ sich aber nichts anmerken. »Warum sollte sich eine tugendhafte Frau rechtfertigen müssen? Oder zumindest zeitweise tugendhaft, bilde dir also nicht ein, dass ich noch Jungfrau war, bevor ich deinetwegen den Verstand verloren habe.« Aber in mancher Beziehung war sie wirklich noch Jungfrau. Obwohl ihr Sex nicht fremd war, hatte sie in keiner ihrer beiden Affären gelernt, was wahre Zärtlichkeit und Leidenschaft bedeuteten, und jene schreckliche Nacht mit Kevin hatte sie in diesem Punkt auch nicht weiter gebracht.

»Vergiss nicht, wir sind Freunde! Und Freunde erzählen sich alles. Du weißt bereits mehr über mich als sonst einer auf der Welt.«

Diese Enthüllung war ihr fast noch unangenehmer als ihr Eingeständnis ihm gegenüber, dass sie ihr Erbe weggegeben hatte. Und da ihr das überhaupt nicht gefiel, gab sie sich alle Mühe, treu und brav zu erscheinen, indem sie die Ellbogen auf den Tisch stützte und die Hände wie zum Gebet faltete. »Es ist nicht ehrenrührig, wenn man zurückhaltend in der Wahl seiner Sexualpartner ist.«

In mancher Beziehung verstand er sie besser als ihre eigene Familie, und seine hoch gezogene Augenbraue verriet ihr, dass sie keinen Eindruck auf ihn gemacht hatte.

»Ich bin nur – ich weiß, dass viele Leute ganz locker mit Sex umgehen, aber das kann ich nicht. Ich finde es einfach zu wichtig.«

»Da will ich dir nicht widersprechen.«

»Na also, dann sind wir uns ja einig.«

»Da bin ich aber froh.«

War es nur Einbildung oder entdeckte sie da ein wenig Durchtriebenheit in seinem Gesichtsausdruck?

»Worüber bist du froh? Dass du ein Stadion voll leichter Frauen gehabt hast, während ich die Beine überkreuzt gehalten habe? Das nenne ich doppelte Moral!«

»Hey, ich bin nicht stolz darauf. Das ist einfach in diese X-Chromosomen einprogrammiert. Und es war kein Stadion voll.«

»Lass es mich so sagen. Manche Leute kommen damit klar, Sex ohne weitere Verpflichtungen zu haben, aber es hat sich herausgestellt, dass ich nicht dazu gehöre. Es wäre also besser, wenn du wieder ins Haus zurückziehst.«

»Theoretisch gesehen, bin ich dir gegenüber ziemlich große Verpflichtungen eingegangen, Daph. Und ich finde, jetzt könnte ich auch davon profitieren.«

»Sex ist keine Dienstleistung. Du kannst nicht damit handeln.«

»Wer sagt das?« Sein Lächeln nahm jetzt ganz und gar teuflische Züge an. »In dieser Boutique in der Stadt gab es jede Menge schicke Klamotten, und ich kann sehr großzügig mit meiner Kreditkarte umgehen.«

»Was für ein stolzer Moment für mich. Häschenbuchautorin verwandelt sich in Nutte.«

Das gefiel ihm, aber sein herzhaftes Lachen wurde von einem Paar unterbrochen, das von der anderen Seite des Speisesaales auf sie zukam. »Verzeihen Sie, aber sind Sie nicht Kevin Tucker? Hey, meine Frau und ich, wir sind große Fans …«

Molly lehnte sich zurück und trank ihren Kaffee, während Kevin mit seinen Bewunderern beschäftigt war. Der Mann hatte sie um den kleinen Finger gewickelt, da gab es kein Vertun. Wenn es nur sein gutes Aussehen wäre, das sie anzog, wäre er nicht so gefährlich, aber sein verdammter Charme ließ ihre Verteidigungsmauern bröckeln. Und dieser Kuss vorhin …

Halt! Stopp! Nur weil dieser Kuss sie umgehauen hatte, musste sie ja nicht so weitermachen. Sie hatte gerade angefangen, sich aus ihrer Gefühlskrise herauszuarbeiten, und sie war nicht so selbstzerstörerisch, sich jetzt wieder mitten hineinzuwerfen. Sie musste sich nur in Erinnerung rufen, dass Kevin einfach gelangweilt war und deswegen ein Techtelmechtel anfangen wollte. Die traurige Wahrheit war, dass ihm dazu jede Frau recht wäre, und sie war zufällig bei der Hand. Dennoch konnte sie nicht länger verhehlen, dass sie noch immer in ihn verknallt war.

Manche Frauen waren eben einfach zu dumm zum Luftholen.

Kevin ließ das Letzte der Daphne Bücher fallen, die Molly vergeblich vor ihm zu verstecken versucht hatte, als sie zu ihrem Cottage zurückgekehrt waren. Es war nicht zu glauben! Es konnte doch kein Zufall sein, dass er das alles kannte.

Er war Benny, der Dachs! Seine rote Harley, seine Jet-Ski, dieses kleine bisschen Fallschirmspringen aufgeblasen bis dort hinaus … und dann noch Benny mit dem Snowboard am Old Cold Mountain, auf der Nase eine silberne Revos. Er sollte sie verklagen!

Er musste allerdings zugeben, dass es ihm schmeichelte. Sie konnte wirklich gut schreiben und die Geschichten waren klasse – kid-hip und witzig. Nur eines gefiel ihm an den Daphne Büchern überhaupt nicht – die Häsin behielt am Ende immer die Oberhand gegenüber dem Dachs. Was sollten kleine Jungen daraus lernen? Oder große, wenn man's genau betrachtete?

Er lehnte sich auf dem lumpigen Möchtegernsofa zurück und warf einen Blick zur Schlafzimmertür hinüber, die sie hinter sich zugemacht hatte. Das sah doch ein Blinder, dass sie sich von ihm angezogen fühlte. Was sollte also das Theater?

Sie wollte ihn auf die Folter spannen, darum ging es. Sie wollte, dass er sie anbettelte, damit sie ihren Stolz wieder hatte. Das Ganze war eine Art Machtkampf für sie. Sie setzte alles daran, in seiner Gegenwart spritzig und witzig zu erscheinen, sodass er ihre Gesellschaft genoss. Sie fuhr sich durch die Haare und trug coole Klamotten, die nur dazu gemacht schienen, in ihm den Wunsch zu erwecken, sie ihr vom Leib zu reißen. Und wenn es dann genau daran ging, zog sie sich zurück und sagte, sie hielte nichts von Sex ohne *Verpflichtung.* Scheibenhonig!

Er brauchte jetzt eine Dusche – eine kalte –, aber hier gab es ja nur diese kaffeetassengroße Badewanne. Oh Mann, wie er das alles hier hasste. Warum war sie nur so verdammt zickig? Beim Abendessen hatte sie vielleicht Nein gesagt, aber als er sie geküsst hatte, hatte dieser süße kleine Körper mit Sicherheit Ja gesagt. Sie waren schließlich verheiratet! Er war derjenige, der von seinen Prinzipien abweichen musste, nicht sie!

Sein Grundsatz, nie Geschäft und Vergnügen zu vermischen, war den Bach runter. Die Mühe, die es ihn kostete, die Augen von ihrer Schlafzimmertür abzuwenden, erfüllte ihn mit Selbstverachtung. Er war Kevin Tucker, verdammt noch mal, und er hatte es nicht nötig, um die Gunst irgendeiner Frau zu betteln, nicht solange es so viele andere gab, die Schlange standen, um seine Aufmerksamkeit zu erregen.

Ihm reichte es endgültig. Von nun an würde er alles rein geschäftlich durchziehen. Er würde sich um den Ferienpark kümmern und seine Trainingseinheiten verstärken, damit er top in Form war, wenn das Trainingslager anfing. Und was dieses nervige kleine Miststück anbetraf, das seine Frau war … Bis sie wieder in Chicago waren, hieß es ganz klar: Hände weg!

16

»Die Eltern von meinem Freund waren über Nacht weg, und er hatte mich zu sich eingeladen. Sobald ich zur Tür hereingetreten war, wusste ich schon, was passieren würde …«
»Das Zimmer von meinem Freund!«

für Chik

Lilly hasste sich selbst dafür, dass sie Ja gesagt hatte, aber welcher Kunstfreund konnte schon eine Einladung in Liam Jenners Haus ausschlagen? Nicht, dass die Einladung besonders herzlich gewesen wäre. Lilly war gerade von einem sonntäglichen Morgenspaziergang zurückgekehrt, als ihr Amy das Telefon reichte.

»Wenn Sie meine Bilder sehen wollen, kommen Sie heute Nachmittag um zwei zu mir«, hatte er gebellt. »Nicht früher. Ich arbeite und werde nicht an die Tür gehen.«

Sie hatte eindeutig zu lange in L. A. gelebt, denn sie empfand seine Unhöflichkeit fast als erfrischend. Während sie vom Highway auf die von ihm beschriebene Nebenstraße abbog, wurde ihr deutlich, wie sehr sie sich an bedeutungslose Komplimente und leere Schmeicheleien gewöhnt hatte. Sie hatte beinahe vergessen, dass es noch immer Menschen gab, die genau das sagten, was sie dachten.

Sie entdeckte den verwitterten türkisblauen Briefkasten, den er ihr als Wegzeichen genannt hatte. Der Kasten hing schief an einem verbeulten Metallpfosten, der in einem mit Zement gefüllten Traktorreifen stand. Im Graben hinter dem Reifen lagen verrostete Sprungfederrahmen und ein verbogenes Stück Wellblech, die das DURCHFAHRT VERBOTEN!-Schild am Beginn des holprigen, überwucherten Weges überflüssig erscheinen ließen.

Sie bog ab und verlangsamte auf Schritttempo. Trotzdem rumpelte ihr Wagen Besorgnis erregend über die Furchen. Sie hatte sich gerade entschlossen, den Wagen stehen zu lassen und den Rest des Weges zu Fuß zurückzulegen, als die wuchernden Pflanzen plötzlich verschwanden und die holprige Fahrbahn mit frischem Kies eingeebnet war. Wenige Minuten später stockte ihr der Atem, als das Haus in Sichtweite kam.

Es war ein elegantes modernes Gebäude mit Stützmauern aus weißem Beton, steinernen Fenstersimsen und viel Glas. Jede Form trug die Handschrift von Liam Jenner. Während sie aus dem Auto stieg und in Richtung der Nische ging, in der sich die Haustür befand, fragte sie sich, wo er einen Architekten aufgetrieben hatte, der begnadet genug war, um mit ihm zusammenzuarbeiten.

Sie warf einen Blick auf die Uhr und sah, dass sie genau eine halbe Stunde zu spät war für dieses befohlene Stelldichein. Genau wie sie es geplant hatte.

Die Tür öffnete sich. Sie erwartete, nun von ihm wegen ihrer Unpünktlichkeit angeblafft zu werden und war regelrecht enttäuscht, als er nur nickte und einen Schritt zurücktrat, um sie hineinzulassen.

Sie hielt den Atem an. Die Glaswand gegenüber dem Eingang bestand aus mehreren unregelmäßigen Scheiben, vor denen in etwa drei Metern Höhe ein schmaler eiserner Steg verlief. Durch das Glas hatte man einen weiten Blick über See, Steilufer und Wald.

»Was für ein erstaunliches Haus.«

»Danke. Möchten Sie etwas trinken?«

Seine Frage klang höflich, aber noch mehr beeindruckte sie die Tatsache, dass er sein farbverschmiertes Jeanshemd samt Shorts gegen ein schwarzes Seidenhemd und eine hellgraue Bundfaltenhose eingetauscht hatte. Paradoxerweise unterstrich diese bürgerliche Kleidung nur noch den Ausdruck von kompromissloser Entschlossenheit in seinem zerfurchten Gesicht.

Sie lehnte das Angebot ab. »Ich hätte allerdings gerne eine Führung.«

»Meinetwegen.«

Das Haus schmiegte sich in zwei versetzten Ebenen an das Gelände an. Auf der größeren Ebene befanden sich ein offener Wohnbereich, Küche, Bibliothek und ein Essbereich, der wie ein Erker aus dem Gebäude herausragte. Auf der unteren Ebene waren mehrere kleine Schlafzimmer untergebracht. Der Steg, den sie beim Hereinkommen gesehen hatte, führte zu einem glasverkleideten Turm, in dem sich nach Liams Auskunft sein Atelier befand. Sie hoffte, er würde ihr einen Blick hinein gestatten, aber er führte sie nur in sein Schlafzimmer, einen Raum, der eine beinahe klösterliche Einfachheit ausstrahlte.

Überall hingen großartige Kunstwerke, und Liam kommentierte sie mit Hingabe und Kennerschaft. Ein riesiges Jasper Johns Gemälde hing nicht weit von einer kontemplativen Farbkomposition in Blau- und Beigetönen von Agnes Martin. In der Nähe des Durchgangs zur Bibliothek flackerte eine der Neonskulpturen von Bruce Nauman. Gegenüber hing ein Werk von David Hockney, daneben ein von Chuck Close gemaltes Porträt von Liam. Ein eindrucksvolles Ölgemälde von Helen Frankenthaler nahm eine ganze lange Wand des Wohnbereichs ein, und eine Skulptur aus Stein und Holz, die an einen Totempfahl erinnerte, bestimmte den Eingangsbereich. Die besten zeitgenössischen Künstler der Welt waren in diesem Haus mit Werken vertreten. Alle außer Liam Jenner.

Lilly wartete das Ende ihres Rundgangs ab, und als sie wieder im zentralen Wohnbereich angekommen waren, fragte sie: »Warum haben Sie keins von Ihren eigenen Bildern aufgehängt?«

»Wenn ich mir meine Werke auch außerhalb des Ateliers anschauen muss, komme ich ja nie von meiner Arbeit weg.«

»Verständlich. Aber sie kämen in diesem Haus gut zur Geltung.«

Er starrte sie längere Zeit an. Dann verzogen sich die scharfen Linien seines Gesichts zu einem weichen Lächeln. »Sie sind wirklich ein Fan von mir, nicht wahr?«

»Das kann man wohl sagen. Vor ein paar Monaten wollte ich eines Ihrer Bilder ersteigern – *Composition #3*. Mein Finanzberater hat mich schließlich gezwungen, bei zweihundertfünfzigtausend auszusteigen.«

»Unanständig, nicht wahr?«

Er schien sich so darüber zu freuen, dass sie lachen musste. »Sie sollten sich schämen. Es war keinen Pfennig mehr wert als zweihunderttausend. Und mir wird immer klarer, dass ich Ihnen keine Komplimente mehr machen sollte. Sie sind wirklich von einer unglaublich anmaßenden Arroganz.«

»Es macht das Leben leichter.«

»Hält die Massen auf Distanz?«

»Meine Privatsphäre ist mir wichtig.«

»Was wiederum erklärt, warum Sie so ein außergewöhnliches Haus in der Wildnis von North Michigan gebaut haben und nicht in Big Sur oder Cap d'Antibes.«

»Sie kennen mich schon ziemlich gut.«

»Sie sind wie eine Diva. Ich bin sicher, dass meine Privatsphäre weit öfter verletzt wurde als Ihre, aber dennoch bin ich nicht zum Einsiedler geworden. Wissen Sie, dass ich immer noch nirgendwo hingehen kann, ohne dass mich die Leute erkennen?«

»Ein Albtraum.«

»Warum macht Ihnen das so viel aus?«

»Alte Geschichten.«

»Erzählen Sie's mir.«

»Ach, das ist eine unglaublich langweilige Geschichte, die Sie gar nicht hören wollen.«

»Oh doch, das will ich.« Sie setzte sich aufs Sofa, um ihn zu ermutigen. »Ich liebe es, mir die Geschichten von anderen anzuhören.«

Er schaute sie an und seufzte. »Die Kritiker haben mich kurz vor meinem 26. Geburtstag entdeckt. Sind Sie sicher, dass Sie es hören wollen?«

»Ganz sicher.«

Er steckte die Hände in die Hosentaschen und wanderte zu den Fenstern hinüber. »Ich wurde sprichwörtlich über Nacht berühmt – war auf jedermanns Gästeliste, das Thema zahlreicher großer Zeitungs- und Zeitschriftenberichte. Die Leute haben mir das Geld nur so hinterher geworfen.«

»Daran kann ich mich auch noch erinnern.«

Die Tatsache, dass sie besser als die meisten anderen Menschen nachempfinden konnte, was er durchgemacht hatte, schien ihn zu entspannen. Er wandte sich vom Fenster ab, um sich ihr gegenüber niederzulassen. Dabei nahm er den Sessel auf dieselbe Art in Besitz, wie er jeden Raum mit seiner Gegenwart füllte. Sie fühlte sich ein wenig unbehaglich. Craig war auch Besitz ergreifend gewesen.

»Mir ist all das zu Kopf gestiegen«, sagte er, »und ich habe angefangen den ganzen hochtrabenden Quatsch tatsächlich zu glauben. Haben Sie das auch erlebt?«

»Ich hatte Glück. Mein Mann hat mich auf den Boden der Tatsachen zurückgeholt.« Allzu sehr zurückgeholt, dachte sie jetzt. Craig hatte nie verstanden, dass sie sein Lob dringender als seine Kritik gebraucht hätte.

»Ich hatte nicht dieses Glück. Ich habe vergessen, dass das Werk und nicht der Künstler im Mittelpunkt stehen sollte. Ich ging zu Partys anstatt zu malen. Ich trank zu viel. Ich fand Gefallen am Koks und an freiem Sex.«

»Aber Sex ist niemals wirklich frei, nicht wahr?«

»Nicht wenn man mit einer Frau verheiratet ist, die man liebt. Aber ich habe mein Verhalten gerechtfertigt, verstehen Sie, denn sie war meine wahre Liebe und der ganze andere Sex war völlig bedeutungslos. Ich habe es gerechtfertigt, weil sie eine komplizierte Schwangerschaft durchmachte und der Arzt mir gesagt hatte, ich sollte sie bis nach der Geburt in Ruhe lassen.«

Lilly hörte seine Selbstverachtung. Dieser Mann ging mit sich selbst noch härter ins Gericht als mit anderen.

»Meine Frau hat natürlich davon erfahren und das einzig Richtige getan, indem sie mich verlassen hat. Eine Woche später bekam sie Wehen, aber das Baby wurde tot geboren.«

»Oh Liam ...«

Er wehrte ihr Mitgefühl mit abfällig verzogenem Mund ab. »Die Geschichte hat ein glückliches Ende. Sie hat einen Zeitungsredakteur geheiratet und später drei gesunde, gelungene Kinder bekommen. Was mich betrifft, so habe ich daraus gelernt, was wichtig ist und was nicht.«

»Und seitdem haben Sie einsam und alleine ihr Leben gefristet?«

Er lächelte. »Wohl kaum. Ich habe schon Freunde. Echte Freunde.«

»Leute, die Sie schon seit hundert Jahren kennen«, riet sie. »Neulinge haben keine Chance.«

»Ich denke, mit zunehmendem Alter sind wir alle weniger offen, was unsere Freundschaften anbetrifft. Geht Ihnen das nicht auch so?«

»Vermutlich ja.« Sie wollte ihn eigentlich fragen, warum er sie eingeladen hatte, da sie eindeutig ein Neuling war, besann sich aber anders. »Täusche ich mich, oder haben Sie bei unserer Hausführung etwas vergessen?«

Er rutschte tiefer in seinen Sessel und sah verärgert aus. »Sie wollen mein Atelier sehen.«

»Ich bin sicher, dass Sie es nicht jedem zeigen, aber …«

»Da geht keiner rein außer mir und ab und zu ein Modell.«

»Vollkommen verständlich«, sagte sie besänftigend. »Aber ich wäre Ihnen so dankbar, wenn ich nur einen winzigen Blick hineinwerfen dürfte.«

Ein berechnendes Glitzern erschien in seinen Augen. »Wie dankbar?«

»Was meinen Sie damit?«

»So dankbar, dass Sie für mich sitzen würden?«

»Sie geben auch nie auf, oder?«

»Das macht einen Teil meines Charmes aus.«

Wenn sie im Gästehaus gewesen wären oder auf der Wiese am Fluss, hätte sie sein Ansinnen vielleicht ablehnen können, aber nicht hier. Jener geheimnisvolle Ort, an dem er einige der schönsten Kunstwerke der Welt geschaffen hatte, war einfach zu nah. »Ich kann mir nicht vorstellen, warum Sie eine fette, verblühte fünfundvierzigjährige Frau malen wollen, aber wenn ich auf diese Weise in Ihr Atelier komme, dann werde ich meinetwegen für Sie Modell sitzen.«

»Gut. Kommen Sie mit.« Er sprang aus seinem Sessel auf und ging in Richtung einer Steintreppe, die zu dem Steg führte. Dort angekommen, schaute er zu ihr zurück. »Sie sind nicht fett. Und Sie sind älter als fünfundvierzig.«

»Bin ich nicht!«

»Sie haben was mit Ihren Augen machen lassen, aber kein Schönheitschirurg kann die Lebenserfahrung wegschneiden, die dahinter steckt. Sie sind eher fünfzig.«

»Ich bin siebenundvierzig.«

Er schaute vom Steg aus zu ihr hinunter. »Sie stellen meine Geduld auf die Probe.«

»Das ist aber auch keine Kunst«, grummelte sie.

Seine Mundwinkel verzogen sich. »Wollen Sie jetzt mein Atelier sehen oder nicht?«

»Also gut.« Stirnrunzelnd eilte sie die Stufen hinauf und

folgte ihm dann über den engen, luftigen Steg. Unsicher schaute sie zum Wohnbereich hinunter. »Ich komme mir vor, als würde ich über die Planke gehen.«

»Sie werden sich daran gewöhnen.«

Diese Bemerkung schien zu implizieren, dass sie wiederkommen würde, diesen Eindruck wollte sie sogleich korrigieren: »Ich werde heute für Sie sitzen, aber das ist alles.«

»Hören Sie auf, mich zu ärgern.« Er hatte das Ende des Steges erreicht und drehte sich zu ihr um, so dass sich seine Silhouette gegenüber dem steinernen Türbogen abzeichnete. Ein leichter Schauer durchlief sie, als er dort auf sie wartete wie ein alter Krieger.

Sie warf ihm einen von ihren Divablicken zu: »Warum wollte ich es noch gleich sehen?«

»Weil ich genial bin. Sehen Sie mich doch an!«

»Halten Sie den Mund, und gehen Sie mir aus dem Weg.«

Sein Lachen hallte tief und wohltönend im Raum wider. Er wandte sich um und führte sie um eine gebogene Wand herum in sein Atelier.

»Oh, Liam ...«, sie presste die Fingerspitzen an die Lippen.

Das Studio schien über den Bäumen in seiner eigenen Sphäre zu schweben. Es hatte eine ungewöhnliche Form, da drei seiner fünf Wände gebogen waren. Das Licht des späten Nachmittags fiel von der Nordseite her herein, die ganz aus Glas gebaut war. Die verschiedenen Oberlichte besaßen Jalousien, die sich je nach Tageszeit anpassen ließen. Die vielen Schichten von bunten Farbspritzern, die die rauen Wände und den hellen Steinfußboden bedeckten, hatten das Studio selbst in ein modernes Kunstwerk ganz eigener Art verwandelt. Sie hatte dasselbe Gefühl, das sie immer überkam, wenn sie im Getty-Museum stand.

Halb fertige Gemälde standen auf Staffeleien, andere lehnten an den Wänden. Mehrere große Leinwände hingen an speziellen Rahmen. Ihr schwirrte der Kopf während sie versuchte, all das in sich aufzunehmen. Sie hatte vielleicht keine besonders große Schulbildung genossen, aber sie hatte sich seit mehreren Jahrzehnten mit Kunst beschäftigt und war daher nicht unerfahren. Dennoch fand sie sein spätes Werk nicht einfach einzuordnen. Alle Einflüsse waren deutlich zu erkennen – das Zähneknirschen der abstrakten Expressionisten, die künstliche Kühle der Pop-Art, die Schlichtheit der Minimalisten. Aber nur Liam Jenner hatte den Mut, all diese gefühlsarmen Stile mit Gefühl zu überlagern.

Ihre Augen weideten sich an der monumentalen Madonna mit Kind, die einen Großteil der einen Wand einnahm. Unter allen großen zeitgenössischen Künstlern war Liam Jenner der Einzige, der eine Madonna mit Kind malen konnte, ohne dabei Kuhfladen zu verwenden oder ihr Obszönitäten auf die Stirn zu schreiben oder ein blinkendes Coca-Cola-Zeichen an Stelle eines Sternes hinzuzufügen. Nur Liam Jenner hatte das uneingeschränkte Selbstvertrauen, den zynischen Dekonstruktivisten, von denen es in der gegenwärtigen Kunstszene nur so wimmelte, zu zeigen, was Verehrung wirklich bedeutete.

Ihr Herz füllte sich mit Tränen, die zu vergießen sie sich nicht erlauben konnte. Tränen des Verlustes, weil sie zugelassen hatte, dass ihre Identität von Craigs Erwartungen verschluckt wurde, Tränen des Verlustes, weil sie ihren Sohn fortgegeben hatte. Während sie das Gemälde betrachtete, wurde ihr deutlich, wie sorglos sie mit Dingen umgegangen war, die ihr heilig hätten sein sollen.

Seine Hand legte sich um ihre Schulter, und diese Geste war so zart wie der Hauch von blaugoldener Farbe, der dem Haar der Madonna seine besondere Weichheit verlieh. Seine Berührung schien ebenso natürlich wie notwendig, und während sie die Tränen herunterschluckte, musste sie dem Drang widerstehen, sich an seine Brust zu werfen.

»Meine arme Lilly«, sagte er sanft. »Du hast dir das Leben noch schwerer gemacht als ich mir.«

Sie fragte nicht, woher er das wusste, aber wie sie so vor dem wundersamen, unvollendeten Gemälde stand und die tröstende Hand auf ihrer Schulter fühlte, begriff sie, dass dieser Mann sich in all seinen Gemälden widerspiegelte – seine wütende Intensität, seine Intelligenz, seine Ernsthaftigkeit und seine Gefühle, die er mit aller Macht zu verstecken suchte. Im Gegensatz zu ihr war Liam Jenner eins mit seiner Arbeit.

»Setz dich«, murmelte er. »Grad so, wie du bist.« Sie ließ sich von ihm zu einem einfachen hölzernen Stuhl auf der anderen Seite des Raumes führen. Er streichelte ihre Schulter, trat einen Schritt zurück und nahm sich eine der leeren Leinwände neben seinem Arbeitstisch. In Gegenwart jedes anderen Mannes wäre sie sich manipuliert vorgekommen, aber Manipulation würde ihm gar nicht in den Sinn kommen. Er war einfach überwältigt von seinem Schaffensdrang, und aus irgendeinem unbegreiflichen Grund hatte das auch etwas mit ihr zu tun.

Es war ihr egal. Stattdessen betrachtete sie die Madonna mit Kind und dachte über ihr Leben nach, das in so vieler Hinsicht reich gesegnet und in anderer Hinsicht wiederum trist und leer war. Anstatt sich auf ihre Verluste zu konzentrieren – ihren Sohn, ihre Identität, ihren Ehemann, den sie zugleich geliebt und gehasst hatte – dachte sie an alles, was ihr geschenkt worden war. Sie war mit einem scharfen Verstand gesegnet zusammen mit der intellektuellen Neugierde, ihn auch zu gebrauchen. Sie hatte ein schönes Gesicht und einen schönen Körper gehabt, als sie beides dringend brauchte. Was machte es also, wenn diese Schönheit verblasst war? Hier an diesem See im Norden von Michigan schien das alles nicht mehr so wichtig.

Während ihr Blick auf der Madonna ruhte, geschah plötzlich etwas. Sie sah ihren Kräutergarten an Stelle von Liams Gemälde und begriff, was ihr bislang verborgen geblieben war. Der Kräutergarten war ein Gleichnis für die Frau, die jetzt in ihrem Inneren lebte – eine reifere Frau, die heilen und pflegen wollte anstatt zu verführen, eine Frau der zarten Töne an Stelle von strahlender Schönheit. Sie war nicht mehr dieselbe, aber sie konnte den Menschen, der aus ihr geworden war, noch nicht ganz begreifen. Und der Quilt schien die Antwort darauf zu bewahren.

Die Finger in ihrem Schoß begannen zu zucken, als sie von einem wahren Energieschub durchflutet wurde. Sie brauchte ihren Nähkorb und ihre Stoffkiste. Sie brauchte sie jetzt! Wenn sie sie hätte – jetzt und hier sofort! –, könnte sie den Pfad finden, der ihr Innerstes erschließen würde. Sie sprang vom Stuhl auf. »Ich muss gehen.«

Er war so völlig in seine Arbeit versunken, dass er im ersten Moment überhaupt nicht zu verstehen schien, was sie gesagt hatte. Dann verzog sich sein zerfurchtes Gesicht zu einer fast schmerzvollen Miene. »Oh Gott, das kannst du nicht tun.«

»Bitte. Ich mach kein Theater. Ich muss – ich komme gleich wieder. Ich muss nur etwas aus meinem Wagen holen.«

Er trat von der Staffelei weg. Seine Hand, mit der er sich durch die Haare fuhr, hinterließ einen Fleck auf seiner Stirn.

»Ich hole es für dich.«

»In meinem Kofferraum ist ein Korb. Nein, ich brauche die Schachtel daneben. Ich brauche – am besten gehen wir zusammen.«

Sie rannten über den Steg, beide erpicht darauf, es so schnell wie möglich hinter sich zu bringen, damit sie zu den wirklich entscheidenden Dingen zurückkehren konnten. Ihr Atem ging stoßweise, als sie die Treppe hinunterraste. Sie suchte nach der Handtasche, in der sich ihre Schlüssel befanden, aber konnte sie nirgends finden.

»Warum, zum Teufel, hast du dein Auto abgeschlossen?«, brüllte er. »Wir sind hier am verdammten Ende der Welt!«

»Ich wohne in L. A.!«, schrie sie zurück.

»Hier!« Er schnappte die Handtasche, die unter einem der Tische lag, und begann darin herumzukramen.

»Gib sie mir!« Sie riss ihm die Tasche weg und begann selbst zu suchen.

»Beeil dich!« Er packte ihren Ellenbogen, schob sie in Richtung Haustür und die Stufen hinunter. Unterwegs fand sie die Schlüssel. Sie machte sich von ihm los und drückte die Fernbedienung, die den Kofferraum öffnete.

Fast hätte sie vor Erleichterung geweint, als sie nach dem Nähkorb griff und ihm die Kiste mit den Stoffen in die Hand drückte. Er warf kaum einen Blick darauf.

Sie eilten wieder nach drinnen, flogen die Treppen hinauf, rasten über den Steg. Als sie schließlich wieder im Atelier angekommen waren, rangen sie beide nach Atem, allerdings mehr vor Aufregung als vor Anstrengung. Sie ließ sich auf den Stuhl fallen. Er eilte zu seiner Leinwand. Dabei begegneten sich ihre Blicke, und beide mussten lächeln.

Das war ein ganz besonderer Augenblick. Ein Augenblick vollkommenen Verständnisses. Er hatte ihre Eile nicht in Frage gestellt, hatte nicht das geringste Missfallen geäußert, als er sah, dass es sich bei dem Objekt ihrer Begierde nur um den Nähkorb einer Frau handelte. Er hatte ihren Schaffensdrang verstanden, ebenso wie sie den seinen verstand.

Zufrieden beugte sie sich über ihre Arbeit.

Draußen wurde es immer dunkler. Im Atelier gingen nach und nach die Lampen an, jede einzelne mit Sorgfalt so platziert, dass sie erleuchtete, ohne Schatten zu werfen. Ihre Schere schnippte und ihre Nadel flog in den großen, unregelmäßigen Stichen, die den Stoff zusammenhalten würden, bis sie an ihre Nähmaschine kam. Naht fügte sich an Naht. Die Farben verschmolzen. Die Muster überdeckten sich.

Seine Finger berührten ihren Hals. Sie hatte gar nicht bemerkt, dass er seine Staffelei verlassen hatte. Ein roter Fleck leuchtete auf seinem schwarzen Seidenhemd und auf seinen teuren Hosen prangte ein orangefarbener Streifen. Sein kurzes graues Haar war zerstrubbelt und weitere Farbkleckse verschmierten seinen Haaransatz.

Ihre Haut prickelte, als er den obersten Knopf ihrer feinen, orangefarbenen Bluse berührte. Ohne den Blick von ihren Augen zu wenden, befreite er den Knopf aus seinem Loch und begann dann, den Nächsten zu öffnen.

»Bitte«, sagte er.

Sie machte keinen Versuch ihn aufzuhalten, nicht einmal, als er eine Seite der Bluse nach unten zog. Nicht einmal, als seine kräftigen, farbverschmierten Finger vorne den Verschluss ihres BHs streiften. Stattdessen beugte sie den Kopf über ihre Handarbeit und ließ zu, dass er ihn öffnete.

Befreit lösten sich ihre Brüste, so viel schwerer waren sie im Vergleich zu früher, als sie noch jung war. Sie gestattete ihm, das zarte Gewebe ihrer Bluse nach seinen Vorstellungen zu drapieren. Er zog einen Ärmel bis zur Armbeuge hinunter. Dann den anderen. Ihre Brüste lagen auf dem Nest aus Stoff wie zwei rundliche Hennen.

Seine Schritte waren auf dem Steinfußboden zu hören, als er zu seiner Staffelei zurückging.

Barbusig nähte sie weiter.

Wenn sie zuvor geglaubt hatte, das Thema ihres Quilts sei Fürsorge an Stelle von Verführung, zeigte ihr nun die erstaunliche Tatsache, dass sie seine Handlungen zugelassen hatte, eine weitaus komplexere Bedeutung auf. Sie hatte das Sexuelle in sich für tot gehalten. Wie wenig das stimmte, bewies das heiße Verlangen, das nun ihren Körper durchströmte. Der Quilt hatte bislang nur ein Geheimnis ihrer neuen Identität enthüllt.

Ohne die Falten des Stoffes in ihren Armbeugen zu zerstören, griff sie in die Schachtel neben sich und fand ein weiches Stück alten Samts. Es war ein tiefes, sinnliches Purpurrot mit dunkleren Schattierungen. Die Farbe von schwarzem Opal. Die geheime Farbe des weiblichen Körpers. Ihre Finger zitterten, während sie die Ecken umlegte. Beim Arbeiten streifte der Stoff ihre Brustwarzen, die sich vor Erregung zusammenzogen. Wieder griff sie in die Schachtel und fand ein noch dunkler getöntes Stück Stoff, das ihr als geheimstes Inneres dienen sollte.

Sie würde noch kleine Kristalle von Tau hinzufügen.

Ein unterdrückter Fluch ließ sie aufblicken. Liam starrte sie an, auf den zerfurchten Flächen seines Gesichts glänzten Schweißperlen. Seine farbverschmierten Arme hingen lose herab, und zu seinen Füßen lag ein Pinsel, dort wo er ihn fallen gelassen hatte. »Ich habe schon Hunderte von Akten gemalt. Dies ist das erste Mal …« Er schüttelte verwirrt den Kopf. »Ich kann es nicht.«

Ein Welle von Scham erfüllte sie. Der Quilt fiel zu Boden als sie aufsprang, ihre Bluse griff und sie um sich zog.

»Nein.« Er kam auf sie zu. »Oh nein, nicht das.«

Das Feuer in seinen Augen verblüffte sie. Seine Beine streiften ihren Rock, und er griff mit beiden Händen in die Bluse, die sie soeben um sich gezogen hatte. Er umfasste beide Brüste mit den Händen und vergrub sein Gesicht in ihrer Fülle. Sie umklammerte seine Arme, als sich seine Lippen um eine Brustwarze schlossen.

Ihr Ausbruch von Leidenschaft hätte ein Privileg der Jugend sein sollen, aber keiner von beiden war jung. Sie fühlte ihn, hart und kraftvoll. Er griff nach dem Bund ihres Rockes. Plötzlich wieder geistesgegenwärtig schob sie seine Hände fort. Sie wollte, dass er sie nackt sah, so wie sie einst gewesen war, nicht wie jetzt.

»Lilly …«, protestierend hauchte er ihren Namen.

»Es tut mir Leid …«

Er hatte kein Verständnis für Zaghaftigkeit. Er griff unter ihren Rock und packte ihren Slip, fiel auf die Knie und zog ihn ihr aus. Er presste sein Gesicht in ihren Rock, gegen sie. Sein warmer Atem kroch ihr zwischen die Beine. Es fühlte sich so gut an. Sie öffnete sich, nur ein wenig, und ließ seinen Atem ihr geheimes Innerstes berühren.

Er zog sie hinunter und neben sich auf den harten Steinfußboden. Er umfing ihr Gesicht mit den Händen und küsste sie. Der tiefe, erfahrene Kuss eines Mannes, der die Frauen gut kannte.

Zusammen ließen sie sich fallen. Der Rock hing ihr lose um die Taille. Er ließ seine Hände über ihre Beine gleiten und drückte sie weit auseinander. Dann vergrub er sein Gesicht zwischen ihnen.

Sie zog die Beine an und öffnete die Knie, versank im Genuss seiner lust- und kraftvollen Liebkosungen. Ihr Orgasmus kam stark und heftig und überrollte sie ganz unerwartet. Als sie wieder zu sich kam, war er bereits nackt.

Sein Körper war schön und mächtig. Sie öffnete die Arme und er ließ sich in sie sinken. Sie griff ihm in die Haare, erwiderte seinen tiefsten Kuss und umfing ihn mit ihren Beinen. Ihre Wirbelsäule drückte auf den harten Boden unter ihnen. Sie zuckte zusammen, als er tiefer in sie drang.

Er hielt inne, streichelte sie noch zärtlicher und drehte sich dann mit ihr, so dass nun sein Körper die Strafe des Bodens auffing. »Besser so?« Er umfasste ihre Brüste, die sich vor ihm bewegten.

»Besser«, antwortete sie und fand einen Rhythmus, der ihnen beiden Lust bereitete.

Die Bewegung ihrer Körper schien auch die Farben der Gemälde einzubeziehen, die herumwirbelten und immer kräftiger und heller miteinander verschmolzen. Heiße Leidenschaft vereinte ihre Körper in gemeinsamer Anstrengung. Schließlich konnte keiner von ihnen länger an sich halten, und alle Farben des Universums brachen sich in einer Explosion von hellem weißem Licht.

Langsam kam sie wieder zu sich. Sie lag auf ihm, Bluse und Rock waren in ihrer Taille zusammengerollt. Sie war einem Zauber erlegen. Der Mann hatte sie verzaubert ebenso wie seine Gemälde.

Er stöhnte: »Ich bin zu alt für Fußböden.«

Sie sprang auf und versuchte ungeschickt, sich zu bedecken. »Es tut mir Leid. Ich bin – ich bin so schwer. Ich hab dich bestimmt fast erdrückt.«

»Nicht schon wieder das.« Er rollte sich auf die Seite und erhob sich leise jammernd. Im Gegensatz zu ihr schien er keine Eile zu haben, seine Kleider wieder anzuziehen. Sie weigerte sich hinzuschauen. Stattdessen zog sie ihren zerknüllten Rock hinunter und bemerkte gleichzeitig, dass ihr Slip zu seinen Füßen auf dem Boden lag. Da sie mit ihrem BH nicht zurecht kam, hielt sie die Vorderteile ihrer Bluse mit den Händen zusammen, doch bevor sie die Knöpfe schließen konnte, fasste er sie an den Händen.

»Hör mir mal gut zu, Lilly Sherman. Ich habe im Laufe der Jahre mit Hunderten von Modellen gearbeitet, aber noch nie musste ich mit dem Malen aufhören, um eine von ihnen zu verführen.«

Sie wollte schon sagen, dass sie ihm nicht glaubte, aber vor ihr stand Liam Jenner, der seine Zeit nicht mit leeren Komplimenten vergeudete. »Es – es war verrückt.«

Sein Gesicht nahm einen entschlossenen Ausdruck an. »Dein Körper ist großartig. Er ist üppig und verschwenderisch, genau wie der Körper einer Frau sein sollte. Hast du gesehen, wie das Licht auf deine Haut fiel? Auf deine Brüste? Sie sind unbeschreiblich, Lilly. Groß. Fleischig. Voll. Ich könnte niemals genug kriegen, sie zu malen. Deine Brustwarzen …« Er streichelte mit den Daumen darüber und seine Augen brannten dabei mit derselben Leidenschaft, die sie bemerkt hatte, als er malte. »Ich muss dabei an Ströme denken. Ströme voller satter, goldener Milch.« Sie erschauerte vor der Eindringlichkeit, die sie in seinem heiseren Flüstern vernahm. »Sie ergießt sich auf den Boden … bildet Ströme … glitzernde, goldene Ströme fließen dahin, um das ausgedörrte Land zu tränken.«

Dieser sonderbare, unmäßige Mann. Sie wusste nicht, was sie mit einer so unglaublichen Vision anfangen sollte.

»Dein Körper, Lilly … verstehst du nicht? Diesem Körper entstammt die Menschheit.«

Seine Worte standen all dem entgegen, was die Welt um sie herum normalerweise verkündete. Diäten. Entsagung. Eine Vorliebe für weibliche Knochen an Stelle von weiblichem Fleisch. Eine Kultur der Jugend und der Schlankheit.

Der Dürrheit.

Der Entstellung.

Der Furcht.

Einen winzigen Moment lang erhaschte sie einen Blick auf die Wahrheit. Sie sah eine Welt, die solche entsetzliche Angst vor der mystischen Kraft des Weiblichen hatte, dass alles getan wurde, um die eigentliche Quelle dieser Kraft zu vernichten – die natürliche Form des Frauenkörpers.

Diese Vision war ihrer Erfahrung so fremd, dass sie gleich wieder entschwand. »Ich – ich muss jetzt gehen.« Das Herz hämmerte in ihrer Brust. Sie beugte sich hinunter, griff nach ihrem Slip und warf ihn in den Nähkorb zusammen mit den Einzelteilen des Quilts. »Das war … wirklich unverantwortlich.«

Er lächelte. »Besteht etwa die Gefahr, dass ich dich geschwängert habe?«

»Nein. Aber es geht auch um anderes.«

»Keiner von uns hat ein ausschweifendes Sexualleben. Wir haben beide schmerzhaft genug lernen müssen, wie wichtig Sex ist.«

»Und was haben wir dann hier gemacht?« Sie deutete mit der Hand auf den Fußboden.

»Das war Leidenschaft.« Er wies mit dem Kopf in Richtung ihres Korbes, aus dem die Stücke des Quilts hervorquollen. »Zeig doch mal, woran du da arbeitest?«

Sie konnte sich nicht vorstellen, einem Genie wie Liam Jenner ihre einfache Handarbeit zu zeigen. Sie schüttelte also den Kopf und setzte sich in Richtung Tür in Bewegung, aber kurz bevor sie dort anlangte, ließ irgendetwas sie innehalten und sich umdrehen.

Er stand da und sah ihr hinterher. Ein blauer Farbklecks prangte auf seinem Oberschenkel nahe am Schritt. Er war nackt und großartig.

»Du hattest Recht«, sagte sie. »Ich bin fünfzig.«

Seine leise Antwort folgte ihr auf dem Weg aus dem Haus und die Straße hinunter.

»Zu alt, um so ein Feigling zu sein.«

17

> Daphne packte nur das Nötigste ein: Sunblocker, ein paar knallbonbonrote Schwimmflügel, eine Packung Heftpflaster (weil Benny auch mit ins Ferienlager kam), ihr liebstes Knuspermüsli, eine sehr laute Trillerpfeife (weil Benny auch mit ins Ferienlager kam), Buntstifte, ein Buch für jeden Tag, den sie fort sein würde, ein Opernglas (weil man nie wissen konnte, was man vielleicht gern sehen wollte), einen Wasserball mit der Aufschrift FORT LAUDERDALE, ihren Plastikeimer samt Schaufel und ein großes Stück Luftpolsterverpackung zum Zerplatzen, falls es ihr langweilig wurde.
>
> *Daphne im Ferienlager*

Bis zum Dienstag war Molly einigermaßen erschöpft vom ständigen Auf und Ab beim Schreiben von *Daphne im Ferienlager* und dem gleichzeitigen Versuch, Kevin bei Laune zu halten. Nicht, dass er darum gebeten hätte. Im Gegenteil, seit dem gemeinsamen Abendessen am Samstagabend war er missmutig und ging ihr aus dem Weg, wo er nur konnte. Er hatte sogar den Nerv, so zu tun, als hätte sie sich ihm aufgedrängt. Es hatte schon einer Streikandrohung bedurft, um ihn heute dazu zu bewegen, mit ihr zu kommen.

Sie sollte wirklich die Finger von ihm lassen, aber das brachte sie einfach nicht fertig. Es gab nur einen Weg, um zu erreichen, dass er den Wind Lake Ferienpark nicht verkaufte. Er musste davon überzeugt werden, dass der Park nicht mehr der langweilige Urlaubsort seiner Jugend war. Unglücklicherweise war ihr das bislang noch nicht gelungen, es war also höchste Zeit für den nächsten Streich. Pflichtschuldigst erhob sie sich.

»Sieh nur, Kevin! Dort in den Bäumen!«

»Was machst du denn, Molly? Setz dich hin!«

Sie hopste vor Aufregung hoch. »Ist das nicht ein Kirtlands Warbler?«

»Halt!«

Jetzt brauchte es nur noch einen einzigen kleinen Hopser, und das Kanu kenterte.

»Ah! Scheiße!«

Sie purzelten in den See.

Während sie unterging, dachte sie an den erschütternden Kuss, den sie sich vor drei Tagen gegeben hatten. Seitdem hatte er sich von ihr fern gehalten und die wenigen Gelegenheiten, bei denen sie zusammen waren, war er bestenfalls höflich gewesen. Von dem Augenblick an, als sie erklärt hatte, sie wolle nicht mit ihm schlafen, hatte er alles Interesse an ihr verloren. Wenn er nur …

Wenn er nur was, du dummes Schaf? Wenn er nur jede Nacht mit bloßen Fäusten gegen deine Schlafzimmertür trommeln und dich anbetteln würde, deine Meinung zu ändern und ihn einzulassen? Als ob das jemals passieren würde.

Aber könnte man ihm nicht wenigstens ein bisschen was von der Lust anmerken, wegen der sie sich in den letzten drei Nächten schlaflos im Bett gewälzt hatte, bis sie hätte schreien mögen? Es hatte sogar Auswirkungen auf ihr Schreiben. Erst heute Morgen hatte Daphne ihrer besten Freundin Melissa, der Erdkröte, erzählt, dass Benny gerade ganz besonders sexy aussah! Molly hatte entsetzt ihren Schreibblock hingeschmissen.

Sie ertastete über sich den Rand des kieloben treibenden Kanus und schwamm darunter. Mit einem Zug tauchte sie in der Luftblase unter der Wölbung auf, die gerade groß genug für ihren Kopf war. Diese Nummern würden sie irgendwann noch in eine Backpflaume verwandeln.

Sie wusste, wie leicht sie seine Aufmerksamkeit wieder gewinnen konnte. Sie brauchte sich nur auszuziehen. Aber sie wollte mehr für ihn sein, als irgendein kleines Sexabenteuer. Sie wollte …

Ihre Gedanken überschlugen sich, aber nur einen Augenblick lang. *Freundschaft,* das war es. Sie hatte gerade begonnen, ihre gemeinsame Freundschaft zu schätzen, als er so abweisend geworden war. Wenn sie miteinander ins Bett gingen, gäbe es überhaupt keine Chance mehr, diese freundschaftliche Beziehung zu retten.

Wieder einmal rief sie sich in Erinnerung, dass Kevin bestimmt kein besonders guter Liebhaber sein würde. Zugegeben, er konnte gut küssen, und zugegeben, er hatte während ihrer ebenso kurzen wie unglücklichen sexuellen Begegnung geschlafen, aber sie hatte bereits bemerkt, dass er nicht besonders sinnlich veranlagt war. Er hielt sich nie lange mit dem Essen auf. Er genoss weder den Wein noch nahm er sich die Zeit, das schön angerichtete Essen auf seinem Teller zu bewundern. Er aß zügig, und seine Tischmanieren waren tadellos, aber das Essen war für ihn nicht mehr als eine Kraftstoffquelle für seinen Körper. Und außerdem, wie viel Mühe musste sich ein attraktiver Multimillionär und Profisportler überhaupt geben, seine Liebeskünste zu vervollkommnen? Die Frauen standen Schlange, um ihm zu gefallen, nicht umgekehrt.

Sie musste den Tatsachen ins Gesicht sehen: Die Art von Sex, die sie mit ihm haben wollte, entsprang einer romantischen Fantasie, und sie war nicht bereit, ihre Seele dafür zu verkaufen. Trotz drei schlaflosen Nächten, trotz der peinlichen Wallungen, die ihre Knie in den ungünstigsten Momenten weich werden ließen: Sie wollte keine Affäre. Sie wollte eine richtige Beziehung. Eine *Freundschaft* berichtigte sie sich selbst.

Sie malte sich gerade aus, wie wohl ein paar tropfnasse Hasenohren aussehen würden, die unter einem gekenterten Kanu hervorlugten, als Kevins Kopf neben ihr auftauchte. Es war zu dunkel unter dem Bootsrumpf, um sein Gesicht erkennen zu können, aber der Ärger in seiner Stimme war laut und deutlich zu hören.

»Wie kommt es nur, dass ich mir sicher war, dich hier zu finden?«

»Ich wusste nicht mehr, wo oben und unten war.«

»Ich schwöre, dass du der ungeschickteste Mensch bist, den ich kenne!« Er packte sie grob am Arm und zog sie wieder unter Wasser. Sie tauchten im Tageslicht wieder auf.

Es war ein schöner Nachmittag am Wind Lake. Die Sonne schien, und im kristallklaren Wasser spiegelte sich eine einzige plusterige Wolke, die hoch oben am Himmel schwebte wie eines von Mollys Meringueplätzchen, das nicht auf der Unterseite angebrannt war. Bei Kevin schien sich dagegen ein Unwetter zusammenzubrauen.

»Was zum Teufel denkst du dir eigentlich dabei? Als du mich gezwungen hast, mit dir hier raus zu fahren, hast du behauptet, du kennst dich mit Kanus aus!«

Beim Wassertreten war sie froh, dass sie noch rechtzeitig daran gedacht hatte, ihre Turnschuhe auf dem Steg zu lassen, was Kevin nicht getan hatte. Schließlich verfügte er ja auch nicht über ihr Insiderwissen darüber, was ihnen beiden bevorstand.

»Ich kenne mich auch aus mit Kanus. Während meines letzten Ferienlagers war ich dafür zuständig, die Sechsjährigen bei ihren Ausflügen zu begleiten.«

»Und sind noch welche von ihnen am Leben?«

»Ich weiß gar nicht, warum du so grantig bist. Du schwimmst doch gerne.«

»Aber nicht, wenn ich eine Rolex trage.«

»Ich kaufe dir eine neue.«

»Von mir aus. Aber der Punkt ist, dass ich heute überhaupt nicht Kanu fahren wollte. Ich habe zu tun. Sobald ich versucht habe, etwas zu erledigen, hast du das ganze Wochenende über erst behauptet, ein Einbrecher würde sich am Cottage zu schaffen machen, dann konntest du dich nicht aufs Kochen konzentrieren, bevor du nicht vom Felsen gesprungen warst. Heute Morgen hast du so lange rumgenervt, bis ich sogar Stöckchenwerfen mit deinem *Pudel* gespielt habe!«

»Ruh braucht Bewegung.« Und Kevin brauchte jemanden zum Spielen.

Er hatte das ganze Wochenende über nicht einmal still sitzen können. Anstatt sich dem besonderen Zauber von Wind Lake zu überlassen und an sein Erbe anzuknüpfen, war er ständig dabei, seine Unruhe mit Hammer und Nagel abzureagieren. Sie rechnete jeden Moment damit, dass er in seinen Wagen springen und auf Nimmerwiedersehen davonrauschen würde.

Allein der Gedanke daran machte sie traurig. Sie konnte hier nicht weg, noch nicht. Der Ferienpark hatte für sie etwas Magisches. Möglichkeiten schienen in der Luft zu liegen. Der Ort schien beinahe verzaubert.

Jetzt schwamm er zum Bug des gekenterten Kanus hinüber. »Was sollen wir mit dem Ding jetzt machen?«

»Kannst du hier stehen?«

»Wir befinden uns mitten in einem verdammten See! Natürlich kann ich hier nicht stehen.«

Sie beachtete seine Verärgerung nicht. »Also, unser Lehrer hat uns eine Technik gezeigt, wie man ein Kanu wenden kann. Man nennt sie Capistrano Flip, aber …«

»Und wie geht das?«

»Ich war vierzehn. Ich kann mich nicht daran erinnern.«

»Und warum erwähnst du es dann überhaupt?«

»Ich habe nur laut gedacht. Komm schon, ich bin sicher, wir kriegen das hin!«

Letztlich gelang es ihnen, das Kanu zu drehen, aber durch ihre Technik, die vor allem aus Kevins schierer Muskelkraft bestand, lief der Rumpf dabei voll Wasser und blieb zur Hälfte unter der Oberfläche. Da sie kein Gefäß zum Schöpfen hatten, waren sie gezwungen so zurückzupaddeln, und Molly keuchte vor Anstrengung, als sie endlich Kevin half, das Boot zurück auf den Strand zu ziehen. Sie gab nicht so schnell auf.

»Schau mal da rechts rüber, Kevin! Da ist Mr Morgan!« Sie strich sich eine nasse Strähne hinters Ohr und deutete auf einen schmächtigen, bebrillten Buchhaltertypen, der seinen Liegestuhl im Sand aufstellte.

»Nicht schon wieder.«

»Wirklich. Ich finde, du solltest ihm folgen.«

»Es ist mir egal, was du sagst. Für mich sieht er keineswegs aus wie ein Serienmörder!« Dabei zog er sein klitschnasses T-Shirt aus.

»Ich habe da so ein Gefühl, und er hat so unruhige Augen.«

»Ich glaube, jetzt bist du wirklich übergeschnappt«, murmelte er. »Wirklich. Und ich habe keine Ahnung, wie ich das deiner Schwester erklären soll, die zufälligerweise auch noch meine Chefin ist.«

»Mach dir nicht so viele Sorgen.«

Er wirbelte zu ihr herum. Sie sah das Feuer in seinen grünen Augen und wusste, dass sie jetzt zu weit gegangen war.

»Jetzt hör mir mal gut zu, Molly! Mit den Spielchen ist jetzt ein für alle Mal Schluss. Ich habe Besseres zu tun, als meine Zeit mit solchem Blödsinn zu verplempern!«

»Das ist kein Blödsinn. Es ist …«

»Ich bin nicht bereit, dein Kumpel zu sein! Kannst du das begreifen? Du willst, dass unsere Beziehung vor der Schlafzimmertür endet? Prima. Das ist dein gutes Recht. Aber erwarte nicht, dass ich den Kumpel für dich spiele. Von jetzt an darfst du dich selbst vergnügen, aber bleib mir vom Hals!«

Sie schaute hinter ihm her, wie er wütend davonstapfte. Obwohl sie seinen Wutausbruch sicherlich verdient hatte, war sie doch ein wenig enttäuscht von ihm.

> Das Ferienlager sollte eigentlich Spaß machen, aber Daphne war traurig. Seit sie das Kanu zum Kentern gebracht hatte, war Benny sauer auf sie. Jetzt wollte er nicht mal mehr mit ihr im Kreis herumwirbeln, bis ihnen schwindelig wurde. Er bemerkte nicht, dass sie jeden einzelnen Zehennagel mit einer anderen Farbe lackiert hatte, sodass es aussah, als wäre sie in eine Regenbogenpfütze getreten. Er zog die Nase nicht hoch und streckte die Zunge nicht raus, um ihre Aufmerksamkeit zu erregen, er rülpste noch nicht mal mehr laut. Stattdessen sah sie, wie er Cicely, einer Häsin aus Paris, Grimassen schnitt. Die schenkte ihm Schokolade, hatte aber keinen blassen Schimmer von Mode.

Molly legte ihren Block beiseite und ging zum Aufenthaltsraum hinüber. Dabei nahm sie eine neue Schachtel Pralinen mit, die sie in eine Milchglasschale leerte, in der sich noch die Krümel von den Pralinen vom Vortag befanden. Es war jetzt vier Tage her, dass sie das Kanu umgekippt hatte, und seitdem hatte sie jeden Morgen eine neue Schachtel mit Pralinen auf der Küchenarbeitsplatte vorgefunden. Da blieben wirklich keine Zweifel, wo Kevin den Abend verbracht hatte. *Slytherin!*

Er hatte sich die größte Mühe gegeben, ihr aus dem Weg zu gehen, nur das einzig Sinnvolle hatte er nicht getan – er war nicht ins Gästehaus zurückgezogen. Nur Lilly ging er noch mehr aus dem Weg als ihr.

Niedergeschlagen schob sie sich eine Praline in den Mund. Es war Samstag, und das Gästehaus war übers Wochenende ausgebucht. Sie schlenderte zum Empfang hinüber und brachte die Stapel von Faltblättern und Broschüren auf der Ablage in Ordnung. Die Stellenanzeige war in der Zeitung gewesen, und Kevin hatte den ganzen Vormittag lang mit den beiden aussichtsreichsten Kandidaten gesprochen, während Molly den Gästen des Gästehauses ihre Zimmer gezeigt und Troy mit der Unterbringung der neuen Mieter in den Ferienhäuschen geholfen hatte. Mittlerweile war es früher Nachmittag, und sie brauchte eine Schreibpause.

Sie trat auf die Veranda vor dem Haus hinaus und sah Lilly seitlich im Garten im Schatten knien, wo sie die letzten rosa und lila Fleißigen Lieschen einpflanzte, die sie für die leeren Beete dort gekauft hatte. Selbst mit Gartenhandschuhen und im Gras kniend brachte sie es fertig, glamourös auszusehen. Molly hatte es aufgegeben, sie daran zu erinnern, dass sie hier Gast war. Ein paar Tage zuvor hatte sie es versucht, als Lilly mit einer Kofferraumladung voller Sommerblumen angekommen war. Lilly hatte geantwortet, dass ihr die Gartenarbeit Spaß machte und dass es sie entspannte. Und Molly musste zugeben, dass sie weniger angespannt wirkte, obwohl Kevin sie weiterhin ignorierte.

Als Molly die unterste Treppenstufe erreicht hatte, hob Marmie den Kopf und blinzelte mit ihren großen goldenen Augen. Da Ruh sicher drinnen bei Amy war, erhob sich die Katze und ging zu Molly hinüber, um sich an ihren Knöcheln zu reiben. Molly war im Gegensatz zu Kevin kein Katzenmensch, aber Marmie hatte etwas sehr Gewinnendes an sich, und die beiden hatten auf eine distanzierte Art Gefallen aneinander gefunden. Die Katze liebte es, auf den Arm genommen zu werden, und so beugte sich Molly hinunter, um sie hoch zu heben.

Lilly klopfte die Erde um den Setzling noch einmal kräftig

fest. »Ich wünschte, Sie würden Liam nicht ständig ermuntern, morgens zum Frühstück zu erscheinen.«

»Ich mag ihn.« *Und Sie mögen ihn auch,* dachte Molly.

»Das kann ich gar nicht verstehen. Er ist unhöflich, arrogant und egoistisch.«

»Und außerdem amüsant, intelligent und sehr sexy.«

»Das ist mir noch nicht aufgefallen.«

»Das glaube ich Ihnen.«

Lilly hob in Divamanier eine Augenbraue, aber Molly ließ sich dadurch nicht einschüchtern. In der letzten Zeit schien Lilly manchmal zu vergessen, dass Molly ihre Gegnerin war. Vielleicht passte der Anblick, wie sie im Gästehaus arbeitete, doch nicht zu dem Bild, das sich die Schauspielerin von der verwöhnten Footballerbin gemacht hatte. Molly überlegte, ob sie sie zur Rede stellen sollte, wie vor einer Woche im Kräutergarten, aber sie hatte keine Lust, sich verteidigen zu müssen.

Jeden Morgen erschien Liam Jenner in der Küche, um mit Lilly zu frühstücken. Beim Essen kriegten sie sich ständig in die Haare, aber ihr Schlagabtausch schien vor allem dazu zu dienen, ihre gemeinsame Zeit zu verlängern. Wenn sie ihre Streitereien einmal vergaßen, reichten die Themen ihrer Unterhaltung von der Kunst und ihren Reisen bis hin zu Bemerkungen über die menschliche Natur. Sie hatten so vieles gemeinsam und es war offensichtlich, dass sie sich anziehend fanden. Ebenso offensichtlich war aber auch, dass Lilly dagegen ankämpfte.

Molly erfuhr, dass Lilly einmal bei ihm zu Hause gewesen war und er ein Porträt von ihr begonnen hatte, aber Lilly weigerte sich trotz mehrfacher Bitten, ihm noch einmal Modell zu sitzen. Molly fragte sich, was an jenem Tag im Haus von Liam Jenner wohl geschehen war.

Sie trug Marmie hinüber in den Schatten einer großen Linde, nahe der Stelle, wo Lilly ihre Setzlinge pflanzte. Nur um sie zu ärgern, sagte Molly: »Ich wette, er sieht nackt toll aus.«

»Molly!«

Mollys teuflischer Gesichtsausdruck verschwand, als sie sah, wie Kevin beim Joggen von der Straße auf die große Wiese einbog. Sobald er mit seinen Bewerbungsgesprächen fertig gewesen war, hatte er sich ein T-Shirt und seine grauen Laufshorts angezogen und war losgerannt. Selbst wenn sie zusammen das Frühstück servierten, richtete er kaum ein Wort an sie. Wie Amy pflichtschuldigst bemerkte, verbrachte er mehr Zeit im Gespräch mit Charlotte Long als mit Molly.

Die ganze Woche über hatte er Lilly mit kühler Höflichkeit gequält, und Lilly hatte es ihm durchgehen lassen. Jetzt aber stieß sie ihre Schaufel in die Erde. »Wissen Sie was, Molly, langsam verliere ich die Geduld mit Ihrem Mann.«

Da waren sie ja schon zu zweit.

Molly beobachtete, wie er langsamer wurde, um sich abzukühlen. Er ließ den Kopf hängen und drückte sich mit den Handflächen ins Kreuz. Sobald Marmie ihn bemerkte, wurde sie unruhig in ihren Armen. Molly schaute die Katze ärgerlich an. Sie war eifersüchtig. Eifersüchtig auf Kevins Zuneigung zu dieser Katze. Sie dachte daran, wie er Marmies Fell streichelte, diese langen Finger die tief einsanken … ihre Wirbelsäule hinabglitten … Molly kriegte eine Gänsehaut.

Ihr wurde klar, dass sie einfach nur stinksauer auf ihn war. Sie nahm es ihm übel, dass er den ganzen Vormittag damit verbracht hatte, mit irgendwelchen Fremden über die Übernahme des Ferienparks zu verhandeln. Und mit welchem Recht konnte er erst so tun, als verbände sie eine echte Freundschaft, um sie dann einfach fallen zu lassen, nur weil sie sich weigerte, mit ihm ins Bett zu gehen? Auch wenn er vorgab, nur wegen der Geschichte mit dem Kanu eingeschnappt zu sein, wussten sie doch beide allzu genau, dass er sich damit etwas vormachte.

Einer plötzlichen Eingebung folgend drehte sie sich herum und setzte die Katze auf den Stamm des Lindenbaumes, unter dem sie die ganze Zeit gestanden hatten. Oben in den Zweigen rührte sich ein Eichhörnchen. Marmie zuckte mit dem Schwanz und fing an zu klettern.

Lilly bemerkte aus den Augenwinkeln, was da vor sich ging, und wirbelte herum. »Was machen Sie …«

»Sie sind nicht die Einzige, deren Geduld am Ende ist!« Molly schaute nach oben, wo Marmie immer höher kletterte. Dann rief sie laut: *»Kevin!«*

Er schaute herüber.

»Wir brauchen deine Hilfe! Es geht um Marmie!«

Er beschleunigte seinen Schritt und eilte zu ihnen hinüber. »Was fehlt ihr denn?«

Molly zeigte in die Linde hinauf, wo Marmie mittlerweile auf einen Zweig hoch oben geklettert war. Die Katze maunzte missvergnügt, weil das Eichhörnchen inzwischen außer Sichtweite gehüpft war.

»Sie sitzt fest, und wir kriegen sie nicht mehr runter. Das arme Ding ist völlig verängstigt.«

Lilly rollte mit den Augen, sagte aber nichts.

Kevin schaute in den Baum hoch. »Hey, Girl. Komm runter!« Er breitete die Arme aus. »Komm her zu mir.«

»Das haben wir schon seit Ewigkeiten probiert.« Molly nahm sein schweißgetränktes T-Shirt und seine Laufshorts in Augenschein. Die Haare auf seinen bloßen Beinen waren ganz angeklatscht. Wie konnte er trotzdem so toll aussehen? »Ich fürchte, du musst zu ihr hoch klettern.« Sie machte eine Pause. »Es sei denn, du willst, dass ich es tue.«

»Natürlich nicht.« Er packte einen der unteren Äste und schwang sich hoch.

Sie konnte ihr diebisches Vergnügen nicht ganz verhehlen. »Du wirst dir die Beine aufschrammen.«

Er zog sich Stück für Stück höher.

»Wenn du ausrutschst, könntest du deinen Wurfarm verletzten. Das könnte deiner gesamten Karriere ein Ende setzen.«

Er verschwand jetzt zwischen den Zweigen, und sie erhob die Stimme. »Komm bitte runter! Es ist zu gefährlich!«

»Du machst noch mehr Lärm als die Katze!«

»Lass mich lieber Troy holen.«

»Tolle Idee. Als ich ihn zuletzt gesehen habe, war er unten am Bootssteg. Aber lass dir lieber Zeit.«

»Glaubst du, dass es da oben Baumschlangen gibt?«

»Ich weiß es nicht, aber im Wald findest du bestimmt welche. Geh doch mal nachsehen.« Die Zweige raschelten. »Komm her, Marmie. Komm zu mir.«

Der Ast, auf dem die miauende Katze saß, war einigermaßen dick, aber Kevin war ein kräftiger Mann. Was, wenn der Ast brach und er sich tatsächlich verletzte? Zum ersten Mal war Mollys Warnung wirklich ehrlich gemeint. »Nicht da raufklettern, Kevin. Du bist zu schwer.«

»Sei bitte still!«

Molly hielt den Atem an, während er sein Bein über den Ast schwang, etwa zweieinhalb Meter von der Stelle entfernt, an der Marmie hockte. Er rutschte langsam vorwärts und gab dabei beruhigende Laute von sich. Er hatte sie fast erreicht, als Marmie die Schnauze in die Luft streckte, vorsichtig auf einen niedrigeren Ast sprang und sich dann nach und nach ihren weiteren Weg den Baum hinab suchte.

Molly sah entgeistert zu, wie die verräterische Katze schließlich den Boden erreichte und dann auf Lilly zuschoss, die sie gleich in die Arme schloss und dabei Molly einen viel sagenden Blick zuwarf. Sie sagte allerdings nichts zu Kevin, der sich an den Abstieg gemacht hatte.

»Wie lange, sagtest du, war sie schon da oben?«, fragte er und ließ sich das letzte Stück herunterfallen.

»Es ist – äh – schwer, die Zeit einzuschätzen, wenn man solche Angst hat.«

Er betrachtete Molly mit misstrauischen Blicken und beugte sich dann hinunter, um einen unschönen Kratzer an der Innenseite seines Unterschenkels zu begutachten.

»In der Küche habe ich eine Wundtinktur«, sagte sie.

Lilly machte einen Schritt nach vorn. »Ich hole sie.«

»Ich brauche eure Hilfe nicht«, blaffte Kevin.

Lilly biss die Zähne zusammen. »Also weißt du, so langsam habe ich deine Art wirklich satt. Und ich bin es leid abzuwarten. Wir werden reden und zwar *jetzt.*« Damit setzte sie die Katze auf den Boden.

Kevin war überrumpelt. Er hatte sich daran gewöhnt, dass sie ihn nicht drängte, und nun schien er nicht zu wissen, wie er reagieren sollte.

Sie deutete mit dem Finger auf die Seite des Hauses. »Wir haben es lange genug vor uns her geschoben. Du kommst jetzt mit mir! Oder hast du vielleicht nicht den Mumm dazu?«

Sie hatte ihm mit der roten Fahne vor dem Gesicht herumgefuchtelt, und Kevin reagierte schnell. »Wir werden schon sehen, wer hier Mumm hat«, brummte er.

Lilly marschierte auf den Wald zu.

Am liebsten hätte Molly applaudiert, aber sie war froh, dass sie es nicht getan hatte, weil Lilly sich plötzlich noch einmal umdrehte und ihr einen bösen Blick zuwarf. »Und Sie lassen die Hände von meiner Katze!«

»Ja, gnädige Frau.«

Lilly und Kevin machten sich auf den Weg.

Lilly hörte, wie die Tannennadeln auf dem Weg unter Kevins Schritten raschelten. Zumindest folgte er ihr. Drei Jahrzehnte voller Schuldgefühle nahmen ihrer Wut nach und nach die Schärfe, die ihr endlich den Mut gegeben hatten, diese Auseinandersetzung zu erzwingen. Sie war diese Schuld so leid. Sie hatte sie die ganzen Jahre über gelähmt, und Lilly konnte es nicht länger ertragen. Liam quälte sie, indem er jeden Morgen zum Frühstück erschien, auf das sie nie Appetit hatte. Molly passte auch so gar nicht in die Schublade, in die Lilly sie hatte stecken wollen. Und Kevin benahm sich ihr gegenüber, als wäre sie seine schlimmste Feindin. Was zu viel war, war zu viel.

In der Ferne vor ihr öffneten sich die Bäume zum See hin. Sie ging darauf zu und hoffte im Stillen, er würde ihr folgen. Als sie es nicht mehr länger aushielt, drehte sie sich um, um ihm gegenüberzutreten, auch wenn sie noch nicht wusste, was sie ihm sagen würde.

»Ich werde mich nicht dafür entschuldigen, dass ich dich weggegeben habe!«

»Das überrascht mich keineswegs.«

»Den verächtlichen Ton kannst du dir sparen, hast du dir schon mal überlegt, wo du heute wärst, wenn ich dich behalten hätte? Welche Chance hättest du wohl gehabt in einer von Ungeziefer verseuchten Wohnung, die Mutter ein unreifer Teenager mit großen Träumen und wenig Ahnung, wie sie sich verwirklichen ließen?«

»Gar keine Chance«, sagte er emotionslos. »Du hast das Richtige getan.«

»Da hast du verdammt Recht. Ich habe dafür gesorgt, dass du Eltern bekamst, die dich vom Tag deiner Geburt an geliebt haben. Ich habe dafür gesorgt, dass du in einem schönen Haus lebtest, genug zu Essen und einen Garten zum Spielen hattest.«

Er ließ den gelangweilten Blick über den See schweifen. »Ich widerspreche dir nicht. Ist das alles, was du mir sagen wolltest? Ich habe nämlich noch was zu tun.«

»Verstehst du denn nicht? Ich konnte dich nicht besuchen!«

»Es ist nicht so wichtig.«

Sie machte einen Schritt auf ihn zu und hielt dann inne.

»Doch, es ist wichtig. Ich weiß, dass du mich deswegen so hasst. Nicht weil ich dich fortgegeben habe, sondern weil ich nie auf deine Briefe geantwortet habe, in denen du mich gebeten hast zu kommen.«

»Ich kann mich kaum noch daran erinnern. Ich war damals vielleicht sechs Jahre alt. Glaubst du etwa, dass mir das heute noch etwas ausmacht?« Seine angestrengt gleichgültige Haltung machte der Verbitterung Platz. »Ich hasse dich nicht, Lilly. Dazu bist du mir viel zu egal.«

»Ich habe diese Briefe aufbewahrt. Jeden einzelnen, den du geschrieben hast. Und sie sind mit mehr Tränen getränkt, als du dir vorstellen kannst.«

»Du brichst mir das Herz.«

»Verstehst du denn nicht? Nichts hätte ich lieber getan, aber es war mir nicht gestattet.«

»Das muss ich hören.«

Endlich hatte sie seine Aufmerksamkeit geweckt. Er kam näher und blieb beim Stamm einer alten, knorrigen Eiche stehen.

»Du warst nicht sechs. Die Briefe haben angefangen, als du sieben warst. Der erste war in Druckbuchstaben auf gelbem, linierten Papier geschrieben. Ich habe ihn immer noch.« Sie hatte ihn so oft gelesen, dass das Papier ganz abgegriffen war.

Libe Tante Lilly,
ich weis, das du meine richtige Mama bist und ich hab dich ser lieb. Kanst du mich nich mal besuchen komen? Ich hab einen Kater. Er heißt Spike. Er ist auch 7.
Vile
Grüße
Kevin
Bitte sag meiner Mama nich, das ich disen Brief geschrieben habe. Sie weint sonst vielleicht.

»Du hast mir achtzehn Brief in vier Jahren geschrieben.«

»Daran kann ich mich wirklich nicht erinnern.«

Sie riskierte einen Schritt auf ihn zu. »Maida und ich hatten ein Abkommen.«

»Was für ein Abkommen?«

»Ich habe dich nicht leichtfertig an sie abgegeben. Das kannst du mir glauben. Wir haben alles durchgesprochen. Und ich habe lange Listen gemacht.« Sie bemerkte, dass sie die Hände rang, und ließ sie seitlich herabfallen. »Sie mussten mir versprechen, dich niemals zu schlagen, obwohl sie das sowieso nie getan hätten. Ich habe ihnen gesagt, dass sie nicht an deiner Musik rumkritisieren sollten, wenn du erst mal ein Teenager wärest. Und sie mussten dir erlauben, deine Haare so zu tragen, wie du es wolltest. Vergiss nicht, dass ich gerade erst achtzehn war.« Sie lächelte wehmütig. »Ich habe sogar versucht, ihnen das Versprechen abzuringen, dass sie dir zu deinem sechzehnten Geburtstag ein rotes Cabrio kaufen würden, aber das haben sie klugerweise abgelehnt.«

Zum ersten Mal zeigte sich auch auf seinem Gesicht ein Lächeln. Es war eine winzige Bewegung, ein kleines Zucken des Mundwinkels, aber es war eindeutig ein Lächeln.

Sie blinzelte, entschlossen dieses Gespräch ohne eine einzige Träne durchzustehen. »Aber in einem Punkt war ich unnachgiebig. Ich habe ihnen das Versprechen abgenommen, dass sie dich immer deinen Träumen folgen lassen würden, auch wenn es nicht dieselben Träume waren, die sie für dich hatten.«

Er legte den Kopf schräg, und alle vorgebliche Gleichgültigkeit war verschwunden.

»Sie fanden es furchtbar, dich Football spielen zu lassen. Sie hatten solche Angst, dass du verletzt werden könntest. Aber ich habe sie an ihr Versprechen erinnert, und sie haben nie versucht, dich davon abzuhalten.« Sie konnte ihm nicht länger in die Augen sehen. »Im Gegenzug musste ich ihnen nur eines geben ...«

Sie hörte, dass er näher kam, und als sie aufblickte, trat er gerade in einen schmalen Streifen von Sonnenlicht.

»Und was war das?«

Sie konnte an seiner Stimme hören, dass er es bereits wusste. »Ich musste ihnen das Versprechen geben, dich nie zu besuchen.«

Sie konnte ihn nicht ansehen und biss sich auf die Lippen. »Die Form der offenen Adoption gab es damals noch nicht, und wenn es sie gab, dann wusste ich nichts davon. Sie haben mir erklärt, wie leicht Kinder aus dem Gleichgewicht geraten, und ich habe ihnen geglaubt. Sie waren bereit, dir zu erzählen, wer deine leibliche Mutter war, sobald du alt genug warst, das zu verstehen, und sie haben mir im Laufe der Jahre Hunderte von Bildern geschickt. Aber ich durfte dich nie besuchen. Solange Maida und John lebten, solltest du nur eine Mutter haben.«

»Du hast dein Versprechen einmal gebrochen.« Seine Lippen bewegten sich kaum. »Als ich sechzehn war.«

»Das war nur aus Versehen.« Sie ging auf einen Felsbrocken zu, der aus dem sandigen Boden herausragte. »Als du angefangen hast, in der Highschool-Mannschaft Football zu spielen, habe ich gemerkt, dass ich endlich die Möglichkeit hatte dich zu sehen, ohne mein Versprechen zu brechen. Ich bin dann regelmäßig freitags nach Grand Rapids geflogen, um die Spiele zu sehen. Ich bin immer ganz ungeschminkt, mit einem alten Tuch um den Kopf und in unauffälligen Kleidern herumgelaufen, damit mich niemand erkannte. Dann saß ich auf der Zuschauertribüne. Ich hatte so ein kleines Opernglas, mit dem ich dich während des ganzen Spieles verfolgt habe. Ich lebte nur für die Momente, in denen du deinen Helm abnahmst. Du hast keine Ahnung, wie sehr mir dieses Ding mit der Zeit verhasst war.«

Der Tag war warm, aber sie fröstelte und rieb sich die Arme. »Alles ging gut, bis eines Tages das letzte Spiel der Saison war. Ich wusste, ich würde dich fast ein Jahr lang nicht mehr sehen. Daher redete ich mir ein, es würde nichts schaden, wenn ich einmal an eurem Haus vorbeiführe.«

»Ich habe das Gras im Vorgarten gemäht.«

Sie nickte. »Es war ein warmer Spätsommertag und du warst verschwitzt, genau wie jetzt auch. Ich war so damit beschäftigt, dich anzuschauen, dass ich das Auto eurer Nachbarn übersehen habe, das auf der Straße parkte.«

»Du hast es geschrammt.«

»Und du bist herbeigelaufen, um zu helfen.« Sie schlang die Arme um sich. »Als dir klar wurde, wer ich war, hast du mich angeschaut, als würdest du mich hassen.«

»Ich konnte nicht glauben, dass du es warst.«

»Maida hat mich nie deswegen zur Rede gestellt, daher wusste ich, dass du ihnen nichts verraten hattest.« Sie versuchte, seinen Gesichtsausdruck zu deuten, aber er ließ sich keine Gefühlsregung anmerken. Mit der Spitze seines Laufschuhs schubste er einen heruntergefallenen Ast beiseite.

»Sie ist vor einem Jahr gestorben. Warum hast du bis heute gewartet, um mir all das zu erzählen?«

Sie starrte ihn an und schüttelte den Kopf. »Wie oft habe ich angerufen und wollte mit dir reden? Du hast dich geweigert, Kevin. Jedes Mal.«

Er schaute sie an. »Sie hätten mir sagen sollen, dass sie dir verboten haben, mich zu besuchen.«

»Hast du sie jemals danach gefragt?«

Er zuckte die Schultern, und sie wusste, dass er nicht gefragt hatte.

»Ich glaube, John hätte vielleicht etwas gesagt, aber Maida hätte es nie zugelassen. Wir haben am Telefon darüber gesprochen. Du darfst nicht vergessen, dass sie älter war als die Mütter aller deiner Freunde. Und sie wusste, dass sie keine lustige Mutter war, von der jedes Kind träumt. Das machte sie unsicher. Außerdem warst du ein eigensinniges Kind. Glaubst du wirklich, du hättest es mit einem Achselzucken abgetan und weitergelebt wie bisher, wenn du gewusst hättest, wie furchtbar gerne ich dich sehen wollte?«

»Ich wäre in den ersten Bus nach Los Angeles gestiegen«, sagte er tonlos.

»Und das hätte ihr das Herz gebrochen.«

Sie wartete, in der Hoffnung er würde vielleicht näher kommen. In ihrer Fantasie durfte sie die Arme um ihn legen und all die verlorenen Jahre wären verschwunden. Stattdessen beugte er sich hinab und hob einen der Kiefernzapfen auf, die hier auf dem Boden lagen.

»Wir hatten einen Fernseher im Keller. Ich bin jede Woche da runtergegangen, um heimlich deine Show anzuschauen. Ich habe immer den Ton leise gedreht, aber sie wussten, was ich da tat. Sie haben nie ein Wort darüber verloren.«

»Das kann ich mir gut vorstellen.«

Er fuhr mit dem Daumen über die Schuppen des Zapfens. Seine Feindseligkeit war verschwunden, aber nicht seine Anspannung, und sie wusste, dass es die Versöhnung, von der sie geträumt hatte, nicht geben würde.

»Und was soll ich deiner Meinung nach jetzt tun?«

Die Tatsache, dass er diese Frage stellte, zeigte, dass er nicht bereit war, ihr etwas zu schenken. Sie konnte ihn nicht berühren, konnte ihm nicht sagen, dass sie ihn vom Moment seiner Geburt an geliebt hatte und immer lieben würde. Stattdessen sagte sie nur: »Das ist wohl ganz dir überlassen.«

Er nickte langsam und ließ dann den Zapfen fallen. »Da du es mir nun gesagt hast, wirst du jetzt abreisen?«

Weder sein Gesichtsausdruck noch der Ton seiner Stimme ließen erkennen, welche Antwort er sich von ihr erhoffte, und fragen wollte sie ihn nicht. »Ich werde noch die restlichen Pflanzen einsetzen, die ich gekauft habe. Noch ein paar Tage.«

Es war ein schwacher Vorwand, aber er nickte und wandte sich zum Gehen. »Ich muss mich jetzt duschen.«

Er hatte sie nicht fortgeschickt. Er hatte nicht gesagt, dass ihre Worte zu spät kamen. Sie beschloss, sich fürs Erste damit zufrieden zu geben.

Kevin traf Molly an ihrem Lieblingsplatz an. Sie hatte es sich im Schaukelstuhl auf der Veranda ihres Häuschens bequem gemacht, einen Schreibblock auf den Knien. Es schmerzte zu sehr, über Lillys aufwühlende Bekenntnisse nachzudenken, stattdessen blieb er lieber im Türrahmen stehen und betrachtete Molly. Sie hatte ihn offenbar nicht kommen gehört, weil sie nicht aufschaute. Andererseits hatte er sich ihr gegenüber in der letzten Zeit so dämlich benommen, dass es auch gut möglich war, dass sie ihn mit Missachtung strafte. Aber wie sollte er sich auch verhalten, wenn Molly sich ständig diese verrückten Abenteuer ausdachte, ohne einen blassen Schimmer davon zu haben, welche Gefühle ihre Nähe bei ihm auslöste?

Glaubte sie etwa, es war leicht für ihn, sie in diesem knappen schwarzen Einteiler herumplanschen zu sehen, den er ihr als Ersatz für den roten Bikini hatte kaufen müssen? Hatte sie jemals an sich hinuntergeschaut, um zu sehen, was mit ihren Brüsten geschah, wenn ihr kalt war? Der Badeanzug war an den Beinen so hoch ausgeschnitten, das einem fast nichts anderes übrig blieb, als die Hände darunter zu schieben und diese kleinen runden Pobacken zu umfassen. Und sie hatte den Nerv, sauer auf ihn zu sein, weil er sie nicht beachtete! Begriff sie denn nicht, dass es ihm einfach nicht gelingen wollte, sie nicht zu beachten?

Am liebsten hätte er ihr den Schreibblock aus den Händen gerissen, sie über seine Schulter geworfen und direkt ins Schlafzimmer geschleppt. Stattdessen marschierte er schnurstracks ins Badezimmer und füllte die Wanne mit eiskaltem

Wasser, wobei er wieder einmal das Fehlen einer Dusche verfluchte. Er wusch sich schnell und schlüpfte in frische Kleider. Die ganze Woche hatte er sich keine Ruhe gegönnt, aber es hatte nicht das Geringste genutzt. Trotz aller Werkelei und Anstreicherei, trotz des täglichen Trainings und der zusätzlichen Kilometer, die er an seine Laufstrecke angehängt hatte, war sein Verlangen nach ihr größer denn je. Selbst die Aufzeichnungen von Spielen, die er sich seit Neuestem auf dem Fernseher im Büro anschaute, konnten seine Aufmerksamkeit nicht fesseln. Es wäre besser gewesen, ins Gästehaus zurückzuziehen, aber dort war Lilly.

Ein scharfer Schmerz durchzuckte ihn. Er konnte jetzt nicht an sie denken. Vielleicht würde er in die Stadt fahren, um noch eine Runde Krafttraining in dem winzigen Fitnessclub des Hotels einzulegen.

Aber nein, er marschierte schnurstracks auf die Veranda hinaus, und alle seine Gelübde, sich von Molly fern zu halten, lösten sich in nichts auf. In dem Moment, als er durch die Tür trat, wurde ihm klar, dass er gerade am einzig richtigen Ort war, in Gegenwart des einzigen Menschen, der möglicherweise verstehen konnte, in welche Verwirrung ihn die Geschehnisse des Nachmittags gestürzt hatten.

Sie schaute zu ihm auf, in ihren Augen lag das großherzige Mitgefühl, das sie jedem entgegenbrachte, der ihr ein Problem zu haben schien. Er konnte nicht einmal einen Hauch von Tadel wegen seines muffeligen Verhaltens erkennen, obwohl er wusste, dass sie ihn früher oder später deswegen zur Rede stellen würde.

»Ist alles in Ordnung?«

Er zuckte die Schultern und ließ sich nichts anmerken. »Wir haben geredet.«

Aber sie ließ sich von seiner coolen Art nicht täuschen. »Warst du so unausstehlich wie immer?«

»Ich habe ihr zugehört, falls du das meinst.« Er wusste genau, was sie meinte, aber er wollte die Geschichte nicht so ohne Weiteres preisgeben. Vielleicht deswegen, weil er nicht wusste, was sie sagen würde, wenn er es tat.

Sie wartete.

Er ging zum Sichtschutz hinüber. Die Pflanze, die dort von einem Haken hinunterhing, streifte seine Schulter. »Sie hat mir ein paar Sachen erzählt ... Ich weiß nicht ... Es war wohl nicht genau so, wie ich dachte.«

»Und wie war es wirklich?«, fragte sie sanft.

Und so erzählte er ihr alles. Nur die blanken Tatsachen – den Aufruhr seiner Gefühle verschwieg er.

Als er fertig war, nickte sie langsam. »Ich verstehe.«

Wenn er das nur sagen könnte.

»Und jetzt musst du dich daran gewöhnen, dass alles, was du über sie zu wissen glaubtest, falsch war.«

»Ich glaube, sie will ...« Er steckte die Hände in die Hosentaschen. »Sie will was von mir. Ich kann aber nicht ...« Er drehte sich zu Molly um. »Soll ich etwa plötzlich etwas für sie empfinden? Das tue ich nämlich nicht!«

»Ich bezweifle, dass sie das sofort erwartet. Vielleicht könntest du einfach damit anfangen, sie näher kennen zu lernen. Sie macht Quilts und ist eine wahre Künstlerin. Nur sie selbst hat das noch nicht gemerkt.«

»Vermutlich.« Er zog die Hände aus den Hosentaschen und tat genau das, was er seit dem vergangenen Freitag zu vermeiden versucht hatte. »Ich muss hier mal raus. Da gibt es was ungefähr zwanzig Meilen von hier. Es wird dir gefallen.«

Eine Stunde später glitten die beiden durch den Himmel über dem Au-Sable-Fluss in einem schlanken, kleinen Segelflugzeug deutscher Bauart.

18

Sexuelle Tagträume und Fantasien sind etwas ganz Normales. Sie sind sogar ein ganz gesunder Zeitvertreib, während du auf den Richtigen wartest.
»Mein geheimes Sexleben«

für Chik

»Es ist schön, dass Kevin endlich bereit ist, Zeit mit Ihnen zu verbringen. Vielleicht ist er ja doch mit einer Eheberatung einverstanden.« Amy legte das letzte Stück Erdbeerkuchen auf eine Tortenplatte aus Wedgwood-Porzellan und betrachtete Molly mit dem üblichen mitleidigen Gesichtsausdruck.

»Wir brauchen keine Eheberatung«, blaffte Kevin, der gerade mit Marmie im Schlepptau durch die Tür kam. Sie waren gerade erst von ihrem Segelflugabenteuer zurückgekommen, und seine Haare waren noch ganz zerzaust vom Wind. »Was wir brauchen, ist dieser Kuchen. Es ist fünf Uhr, und die Gäste warten auf ihren Tee.«

Amy bewegte sich widerstrebend in Richtung Tür. »Vielleicht würde es etwas nützen, wenn Sie beide beten würden, dass …«

»Der Kuchen!«, knurrte Kevin.

Amy warf einen Blick zu Molly hinüber, der besagen sollte, dass sie nun alles getan hatte und Molly zu einem Leben ohne Sex verdammt war. Dann verschwand sie.

»Du hast Recht«, sagte er. »Das Mädchen kann einem wirklich auf die Nerven gehen. Ich hätte dir doch einen Knutschfleck verpassen sollen.«

Dieses Thema wollte Molly auf keinen Fall weiter diskutieren und so konzentrierte sie sich voll und ganz auf die Zusammenstellung des Teetabletts. Sie hatte keine Zeit gehabt, ihre verknitterten Kleider zu wechseln oder ihr zerzaustes Haar zu kämmen, aber sie zwang sich zur Ruhe, als Kevin ein paar Schritte näher trat.

»Falls du dir Gedanken machst, Daph ... Meine Ohren erholen sich langsam von deinem Schrei.«

»Du hast direkt auf die Bäume zugesteuert. Und ich habe nicht geschrien.« Sie hob das Tablett auf und drückte es ihm in die Hände. »Ich habe gequietscht.«

»Ein verdammt lautes Quietschen. Und wir sind den Bäumen keineswegs zu nahe gekommen.«

»Ich glaube, dass unsere weiblichen Gäste schon sehnsüchtig auf dein Erscheinen warten.«

Er schnitt eine Grimasse und verschwand mit Marmie.

Sie lächelte. Eigentlich war es nicht überraschend, dass Kevin ein erfahrener Segelflieger war, obwohl es ihr lieber gewesen wäre, wenn er ihr das schon vor dem Start erzählt hätte. Trotz des gemeinsamen Nachmittags stand es zwischen ihnen nicht viel besser. Er hatte kein Wort von den Bewerbungsgesprächen am Vormittag erzählt, und sie konnte sich nicht überwinden, ihn danach zu fragen. Er war außerdem seltsam schreckhaft gewesen. Einmal war sie versehentlich gegen ihn gestoßen, und er war zusammengezuckt, als hätte er sich an ihr verbrannt. Wenn er sie nicht dabei haben wollte, warum hatte er sie dann mitgenommen?

Sie kannte die Antwort. Nach der Konfrontation mit Lilly wollte er nicht alleine sein.

Die Frau, die für den Aufruhr in seinem Inneren verantwortlich war, schlüpfte durch die Küchentür herein. Die Unsicherheit stand ihr ins Gesicht geschrieben, und Molly hatte großes Mitgefühl mit ihr. Auf der Rückfahrt zum Ferienpark hatte sie Lillys Namen kurz erwähnt, aber Kevin hatte sofort das Thema gewechselt.

Sie erinnerte sich an das, was er zuvor auf der Veranda zu ihr gesagt hatte. *Soll ich etwa plötzlich etwas für sie empfinden? Das tue ich nämlich nicht!* Das war wieder ein deutlicher Beweis dafür, dass Kevin keine engen Bindungen wollte. Sie hatte nach und nach bemerkt, wie geschickt er sich alle Leute vom Leib hielt. Seltsamerweise war Liam Jenner, trotz all seines Strebens nach Einsamkeit, emotional weitaus zugänglicher als Kevin.

»Tut mir Leid, wegen Ihrer Katze«, sagte Molly. »Es war eine spontane Idee. Kevin braucht einfach jede Menge Abwechslung.« Sie fuhr mit dem Finger über die Kante des geschliffenen Kristalltellers. »Ich will, dass er sich hier wohl fühlt, damit er den Ferienpark nicht verkauft.«

Lilly nickte langsam. Sie steckte die Hände in die Taschen und zog sie wieder heraus. Sie räusperte sich. »Hat Kevin Ihnen von unserer Unterhaltung erzählt?«

»Ja.«

»Es war nicht gerade ein begeisternder Erfolg.«

»Aber eigentlich auch kein Misserfolg.«

Ein rührender Schimmer von Hoffnung huschte über ihr Gesicht. »Ich hoffe nicht.«

»Football ist viel einfacher als zwischenmenschliche Beziehungen.«

Lilly nickte und spielte dann an ihren Ringen herum. »Ich schulde Ihnen eine Entschuldigung, nicht wahr?«

»Allerdings.«

Diesmal war Lillys Lächeln schon zuversichtlicher. »Ich war ungerecht. Ich weiß.«

»Das waren Sie wirklich.«

»Ich mache mir Sorgen um ihn.«

»Und um den Schaden, den eine männermordende Erbin seinen empfindlichen Gefühlen zufügen könnte, nicht wahr?«

Lilly schaute zu Ruh hinunter, der unter dem Tisch hervorgekrochen war. »Hilf mir, Ruh. Ich habe Angst vor ihr.«

Molly lachte.

Lilly lächelte und wurde dann ganz ernst. »Es tut mir Leid, dass ich Sie so falsch eingeschätzt habe, Molly. Ich weiß, dass Sie ihn mögen, und ich kann mir nicht vorstellen, dass Sie ihm absichtlich schaden würden.«

Molly vermutete, dass Lilly ihre Meinung ändern würde, wenn ihr die wahren Hintergründe ihrer Ehe bekannt wären. Nur das Versprechen, das sie Kevin gegeben hatte, hielt sie davon ab, ihr die Wahrheit zu sagen. »Falls Sie es noch nicht gemerkt haben: Ich bin auf Ihrer Seite. Ich glaube, dass Kevin Sie in seinem Leben braucht.«

»Sie ahnen ja gar nicht, wie viel mir das bedeutet.« Sie schaute zur Tür hinüber. »Ich gehe jetzt rüber zum Tee.«

»Sind Sie sicher? Die Gäste werden sich auf Sie stürzen.«

»Damit komme ich schon klar.« Sie nahm Haltung an. »Ich habe genug von dem Versteckspiel. Ihr Mann muss mit mir zurecht kommen – so oder so.«

»Umso besser.«

Als Molly kurze Zeit später mit einem Teller Kekse und einer zweiten Teekanne den Aufenthaltsraum betrat, unterhielt sich Lilly bereits angeregt mit den Gästen, die sich um sie geschart hatten. Ihre Augen sprachen Bände, sooft sie zu Kevin hinüber schaute, aber er vermied es, ihrem Blick zu begegnen. Es schien fast, als glaubte er, dass ihn jedes noch so kleine Zeichen der Zuneigung unweigerlich in eine Falle locken würde.

Molly hatte in ihrer Kindheit gelernt, sich vor Menschen zu hüten, die ihre Gefühle nicht offen zeigen konnten, und seine Zurückhaltung machte sie traurig. Es wäre wirklich das Klügste, sich einen Mietwagen zu nehmen und noch heute Abend nach Chicago zurückzukehren.

Eine ältere Dame aus Ann Arbor, die am Morgen angereist war, tauchte neben ihr auf. »Wie ich gehört habe, schreiben Sie Kinderbücher?«

»Im Moment nicht so viele«, antwortete sie düster und dachte dabei an die Änderungen, die sie noch immer nicht ausgeführt hatte und die monatlichen Raten für ihren Kredit, die sie im August nicht würde begleichen können.

»Meine Schwester und ich wollten immer schon mal ein Kinderbuch schreiben, aber wir sind so viel gereist, dass wir irgendwie nie die Zeit dazu gefunden haben.«

»Um ein Kinderbuch zu schreiben, braucht man allerdings noch etwas mehr als nur Zeit«, sagte Kevin hinter ihr. »Es ist nicht so einfach, wie die Leute immer glauben.«

Molly ließ vor Verblüffung fast den Keksteller fallen.

»Die Kinder wollen eine gute Geschichte«, sagte er. »Sie wollen lachen oder sich gruseln oder etwas lernen, ohne dass es ihnen aufgedrängt wird. So macht Molly das in ihren Büchern. Zum Beispiel in *Wo steckt Daphne?*« Und schon fing er an, mit unheimlicher Genauigkeit die Techniken zu beschreiben, die Molly einsetzte, um ihre Leser zu fesseln.

Als er später in die Küche kam, schenkte sie ihm ein Lächeln. »Danke, dass du meinen Berufsstand verteidigt hast. Ich weiß es zu schätzen.«

»Die Leute sind wirklich Idioten.« Er deutete mit dem Kinn auf die Backzutaten, die sie bereits für das Frühstück am nächsten Morgen bereitstellte. »Du musst nicht ständig kochen. Ich sage dir die ganze Zeit, dass ich auch was von der Bäckerei in der Stadt kommen lassen kann.«

»Ich weiß. Es macht mir Spaß.«

Sein Blick glitt über ihre bloßen Schultern und das durchbrochene geschnürte Top, das sie trug. Er ließ den Blick so lange dort verweilen, dass es sich fast anfühlte, als führe er mit den Fingern über ihre Haut. Eine alberne Einbildung, wies sie sich zurecht, als er nach der Keksdose griff, in der sie soeben die übrig gebliebenen Kekse deponiert hatte. »Dir scheint es hier überhaupt sehr gut zu gefallen. Was ist mit all den schlechten Erinnerungen an deine Ferienlager passiert?«

»So wie hier habe ich mir ein Ferienlager immer gewünscht.«

»Langweilig und voller alter Leute?« Er biss in einen Keks. »Du hast seltsame Vorlieben.«

Sie wollte sich nicht mit ihm darüber streiten. Stattdessen stellte sie ihm die Frage, die sie schon den ganzen Nachmittag mit sich herumgetragen hatte. »Du hast noch gar nichts von den Bewerbungsgesprächen heute Morgen erzählt.«

Er runzelte die Stirn. »Sie sind nicht so gut gelaufen, wie ich wollte. Der erste Typ war vielleicht mal ein toller Koch, aber jetzt erscheint er betrunken zum Vorstellungsgespräch. Und die Frau, mit der ich gesprochen habe, hatte so viele Einschränkungen hinsichtlich ihrer Arbeitszeit, dass es auch keinen Sinn gehabt hätte.«

Mollys Laune hellte sich auf, um sich sogleich wieder zu verdüstern.

»Ich habe aber morgen Nachmittag noch einen Termin mit einer Bewerberin, und sie klang sehr viel versprechend am Telefon. Sie hatte nicht einmal etwas gegen ein Vorstellungsgespräch am Sonntag einzuwenden. Ich könnte mir vorstellen, dass wir am Montag anfangen sie einzuarbeiten und dann bis spätestens Mittwoch Nachmittag hier aufbrechen können.«

»Na bravo«, meinte sie düster.

»Du willst mir doch nicht weismachen, dass es dir fehlen wird, um halb sechs in der Früh aufzustehen?«

Amy kicherte im Flur. »Nicht doch, Troy!«

Die jung Vermählten wollten sich wohl gerade abmelden. Jeden Nachmittag gleich nach dem Tee eilten sie in ihre Wohnung zurück, wo sie – da war Molly ziemlich sicher – sogleich ins Bett sprangen und sehr geräuschvoll übereinander herfielen, bevor sie für die Nacht ins Gästehaus zurückkehrten.

»Wir Glücklichen«, murmelte Molly. »Jetzt können wir

uns von beiden einen Vortrag über unsere sexuelle Unzulänglichkeit anhören.«

»Das wollen wir doch mal sehen.« Ohne jede Vorwarnung griff Kevin nach ihr, drückte sie gegen den Kühlschrank und presste seine Lippen auf ihre.

Sie wusste genau, was er vorhatte. Und obwohl es vielleicht noch besser war als ihr Vorschlag mit dem Knutschfleck, war es gleichzeitig weit gefährlicher.

Seine freie Hand fasste ihr Bein unter dem Knie und zog es hoch. Sie schlang es um seine Hüfte und legte den Arm um ihn. Seine andere Hand fuhr unter ihr Top und legte sich auf ihre Brust. Als hätte er ein Recht dazu.

Es war alles nur Show, beruhigte sie sich selbst, während sie die Lippen öffnete und seine Zunge in ihren Mund glitt. Es fühlte sich an, als ob sie genau dort hin gehörte, und sie wollte ihn ewig küssen.

Die Küchentür klappte zur Erinnerung, dass sie Zuschauer hatten. Was natürlich der Sinn der ganzen Übung war. Kevin zog sich ein Stückchen zurück, nicht einmal genug, dass seine Lippen kühl wurden. Seine Augen ließ er nicht von ihrem Mund, und seine Hand blieb fest auf ihrer Brust.

»Haut ab.«

Ein erschreckter Atemzug von Amy. Das Klappen der Tür. Der Klang sich schnell entfernender Schritte.

»Jetzt – jetzt haben wir's ihnen aber gezeigt, oder?«, hauchte Molly gegen seine Lippen.

»Ich denke schon«, gab er zur Antwort und fuhr dann fort, sie zu küssen.

»Molly, ich – Oh! Entschuldigung …«

Nochmals das rasche Klappen der Tür. Nochmal Schritte, diesmal Lillys.

Kevin fluchte leise vor sich hin. »Lass uns hier verschwinden.«

Seine Stimme hatte denselben bestimmenden Tonfall, den

sie aus Fernsehinterviews mit ihm kannte, wenn er versprach, Green Bay keinen Punkt zu gönnen. Er ließ Mollys Bein los und zögerte etwas, bevor er die Hand von ihrer Brust nahm.

Jetzt war sie wieder an einem Punkt angelangt, an dem sie eigentlich nicht sein sollte. »Ich weiß wirklich nicht …«

»Keine Widerrede, Molly. Ich bin dein Ehemann, verdammt noch mal, und es ist an der Zeit, dass du dich wie eine Ehefrau benimmst.«

»Wie eine was … Was meinst du …«

Aber Kevin war im Grunde seines Herzens ein Mann der Tat, und er hatte bereits genug geredet. Er packte sie am Handgelenk und schleifte sie zur Küchentür.

Sie konnte es nicht glauben. Er entführte sie, um sie … mit Gewalt zum Sex zu zwingen!

Oh, mein Gott … Wehr dich! Sag Nein!

Sie wusste genau, was eine Frau in einer solchen Situation zu tun hatte. Aus voller Kraft schreien, sich auf den Boden fallen lassen und den Angreifer so fest wie möglich treten. Dadurch machte man sich zum einen das Überraschungsmoment zu Nutze und zum anderen ließ sich so die ganze Kraft des weiblichen Unterkörpers einsetzen.

Schreien. Fallen lassen. Treten.

»Nein«, flüsterte sie.

Kevin hörte nicht. Er zerrte sie quer durch den Garten und über den Weg, der zwischen den Ferienhäuschen und dem See entlangführte. Seine langen Beine verliehen ihm die Geschwindigkeit, die ihm auch auf dem Spielfeld zugute kam, wenn er versuchte, dem Schlusspfiff zuvorzukommen. Sie wäre gestolpert, hätte er sie nicht so fest im Griff gehabt.

Schreien. Fallen lassen. Treten. Und immer weiter schreien. Daran konnte sie sich erinnern. Man sollte die ganze Zeit weiter schreien und nicht aufhören zu treten.

Die Strategie, sich einfach fallen zu lassen, war interessant. Es widersprach jeder Intuition, war aber sinnvoll. Frauen konnten sich im Bereich des Oberkörpers kräftemäßig nicht mit Männern messen, aber wenn der männliche Angreifer stand und die Frau sich fallen ließ … Eine Reihe von schnellen, harten Tritten in die Weichteile … das war mit Sicherheit sinnvoll.

»Äh, Kevin …«

»Sei still, oder ich nehme dich hier auf der Stelle, das schwöre ich dir.«

Ja, das war eindeutig erzwungener Sex.

Gott sei Dank!

Molly war es so leid, ständig nachzudenken und gegen das anzukämpfen, was sie sich eigentlich so sehr wünschte. Sie wusste, dass es kein gutes Licht auf ihre persönliche Reife warf, dass sie es nötig hatte, sich diese Entscheidung aus der Hand nehmen zu lassen. Noch verquerer war es, Kevin als Triebtäter hinzustellen. Aber mit ihren siebenundzwanzig Jahren war sie einfach noch nicht die Frau, die sie eigentlich sein wollte. Wenn sie erst einmal dreißig war, würde sie ihre Sexualität ganz selbst bestimmen, da war sie sich völlig sicher. Aber jetzt im Moment konnte sie ihm seinen Willen lassen.

Sie holperten über den Weg, vorbei an Fairest Lord Jesus, vorbei an Noahs Ark. Lilies of the Fields lag direkt vor ihnen.

Sie rief sich Kevins mangelhafte Liebeskünste ins Gedächtnis und schwor sich kein Wort darüber zu verlieren, weder währenddessen noch hinterher. Er war nicht von Natur aus selbstsüchtig. Aber wie sollte er über die Kunst des Vorspiels Bescheid wissen, wenn ihm all diese Frauen zu Diensten waren? So war es mit ein bisschen Rumms, Bumms, feste, feste, danke meine Beste, getan. Jene fiebrigen Traumbilder ihrer schlaflosen Nächte würden endlich im harten Licht der Wirklichkeit verblassen.

»Rein mit dir.« Er riss die Haustür auf und schubste sie hinein.

Ihr blieb keine andere Wahl. Überhaupt keine Wahl. Er war größer, stärker und jederzeit bereit, Gewalt anzuwenden.

Das war selbst für einen fantasievollen Menschen weit hergeholt.

Sie wünschte, er hätte sie nicht losgelassen, aber ihr gefiel die Art, wie er die Hände auf die Hüften stützte. Und sein Blick sah wirklich bedrohlich aus.

»Du willst doch nicht etwa anfangen, mir jetzt Schwierigkeiten zu machen, oder?«

Das stellte sie vor ein Dilemma. Wenn sie jetzt Ja sagte, würde er sich zurückziehen. Wenn sie aber Nein sagte, würde sie ihm erlauben, etwas zu tun, dem sie eigentlich widerstehen sollte.

Glücklicherweise machte er seinem Ärger weiter Luft. »Ich bin es nämlich leid! Wir sind keine Kinder mehr. Wir sind zwei gesunde Erwachsene, die sich begehren.«

Warum hörte er nicht auf zu reden und zerrte sie einfach ins Schlafzimmer? Wenn nicht an den Haaren, dann doch wenigstens an den Armen.

»Ich hol schnell, was wir an Verhütung brauchen.«

Wenn er doch nur gesagt hätte, er holte jetzt seine Waffe, mit der er sie dann zwingen würde, sich hinzulegen und ihm zu Willen zu sein. Allerdings wollte sie weit mehr als einfach nur so daliegen.

»Jetzt schlage ich vor, dass du deinen kleinen Hintern direkt ins Schlafzimmer transportierst.«

Die Worte waren perfekt, und sie genoss die Art, wie er mit dem Finger auf die Tür wies, aber der Ausdruck in seinen Augen sah immer weniger nach Ärger und immer mehr nach Vorsicht aus. Er stand kurz vor dem Rückzug.

Sie eilte ins Schlafzimmer. Sie durfte das alles nicht so ernst und so wichtig nehmen. Sie war nur eine schöne Sklavin, die gezwungen war, sich dem skrupellosen (aber tollen) Mann hinzugeben, dem sie gehörte. Eine Sklavin, die sich ihrer Kleider entledigen musste, bevor er sie schlug!

Sie zog sich das Top über den Kopf, so dass sie in BH und Shorts vor ihm stand, wobei die Shorts keine Shorts waren, sondern durchsichtige Pluderhosen. Pluderhosen, die er ihr sogleich vom Leib reißen würde, wenn sie sie nicht vorher auszog.

Sie beugte sich hinab und löste ihre Sandalen. Dann zog sie die Shorts über die Beine und warf sie zur Seite. Als sie aufblickte, sah sie ihren Gebieter in der Schlafzimmertür stehen mit leicht verwirrtem Gesicht, als könne er nicht glauben, dass sie es ihm so leicht machte. Ha! Er hatte gut Lachen! Er blickte schließlich nicht dem Tod ins Gesicht!

Sie trug nur noch BH und Höschen. Sie hob das Kinn und schaute ihn trotzig an. Wenn er auch von ihrem Körper Besitz ergreifen konnte, ihre Seele würde er nicht bekommen!

Er kam auf sie zu, nachdem er sein Selbstvertrauen wiedergewonnen hatte. Natürlich war er selbstsicher. Das wäre sie auch mit einer Armee von Wachen vor der Tür, die eine ungehorsame Sklavin jederzeit zu Tode schleifen würden, wenn sie nicht bereit war, sich zu unterwerfen.

Er blieb vor ihr stehen und schaute. Seine grünen Augen musterten ihren Körper. Wenn sie ihr Top anbehalten hätte, hätte er es ihr mit dem Schwert ... nein, mit den *Zähnen*, vom Leib gerissen!

Sein beherrschender Blick brannte sich in ihre Haut. Was, wenn sie ihn nicht zufrieden stellen konnte? Ein so erbarmungsloser Herr verlangte mehr von ihr als bloße Unterwerfung. Er verlangte Mitwirkung. Und (wie ihr gerade einfiel) hatte er geschworen, ihre liebste Freundin, die Sklavin Melissa, zu Tode foltern zu lassen, wenn er nicht zufrieden war. Ganz gleich, wie sehr es ihren Stolz verletzte, sie musste ihn befriedigen!

Um Melissa zu retten.

Sie hob die Arme und barg sein wunderbares Kinn zwischen ihren Händen in dem verzweifelten Versuch, diesen Barbaren zu besänftigen. Sie lehnte sich vor und drückte ihre unschuldigen Lippen auf seinen grausamen Mund – grausam, grausam … süß.

Sie seufzte und neckte ihn mit der Zungenspitze. Als er den Mund öffnete, drang sie in ihn ein. Wie hätte sie anders handeln können, wo es doch galt, das Leben der armen, sanften Melissa zu schützen?

Seine Hände glitten über ihren nackten Rücken, bewegten sich nach oben zum Verschluss ihres BHs. Ihre Haut erschauerte. Der Verschluss ging auf.

Er packte sie bei den Schultern und erwiderte ihren Kuss. Dann zog er ihr den BH aus und warf ihn zur Seite.

Sein Mund löste sich von ihrem. Seine raue Wange kratzte die ihre. »Molly …«

Sie wollte nicht Molly sein. Als Molly müsste sie ihre Kleider schnappen und gleich wieder anziehen, weil Molly nicht selbstzerstörerisch war.

Sie war nur eine Sklavin, und sie senkte unterwürfig den Kopf, als er sich ein wenig zurückzog und ihre nackten Brüste betrachtete, die seinen lüsternen smaragdgrünen Augen jetzt ausgeliefert waren. Sie wartete zitternd. Baumwollstoff raschelte, als er sich das T-Shirt – sein seidenes Gewand – über den Kopf zog und beiseite warf. Sie kniff die Augen zusammen, als er sie an sich zog und seine Erobererbrust an ihre nackten, schutzlosen Brüste presste.

Schauer um Schauer überzog ihre empfindsame Haut, als er begann, zarte Küsse wie ein goldenes Sklavenhalsband um ihren Nacken zu hauchen und sich dann zärtlich auf ihre Brüste zubewegte, die nicht länger ihr Eigentum waren. Sie gehörten ihm. Jeder Teil ihres Körpers gehörte ihm! Ihre Knie wurden weich und gaben nach. Sie wollte ihn so sehr, aber sie musste verzweifelt an ihrer Fantasie festhalten.

Herr … Sklavin … ihm völlig ausgeliefert. Durfte ihn nicht verärgern … musste zulassen – oh, ja –, dass er die Spur von Küssen von den Rippen zu ihrem Nabel hinunter zog, über ihren Bauch zur Hüfte hin, während seine Daumen das Gummi ihres Höschens erfassten.

Konzentrier dich! Stell dir diese grausamen Lippen vor! Die harten Augen! Die furchtbare Strafe, die auf die Sklavin wartete, wenn sie nicht die Beine öffnete, sodass er mit der Hand dazwischen gleiten konnte. Ihr erbarmungsloser Herr … Ihr zügelloser Gebieter … Ihr …

»Du hast ja ein Häschen auf der Unterhose!«

Selbst der kreativste Kopf konnte keine Fantasie gegen dieses dunkle, rauchige Lachen aufrecht erhalten. Sie schaute ihn böse an und wurde sich dann der unangenehmen Tatsache bewusst, dass einer von ihnen immer noch seine kakifarbenen langen Hosen anhatte, während die andere nur noch mit einem hellblauen Hasenhöschen bekleidet war.

»Na und?«

Er richtete sich auf und strich mit dem Finger über die Vorderseite ihres Slips. Wohlige Schauer jagten ihren Rücken hinunter, als er das kleine Häschen darauf streichelte. »Ich hab's nur festgestellt.«

»Das war ein Geschenk von Phoebe. Eine Überraschung.«

»Mich hat es auf jeden Fall überrascht.« Er knabberte an ihrem Hals herum und hörte dabei nicht auf, das Häschen zu streicheln. »Hast du noch mehr davon?«

Sie holte tief Luft. »Ja … vielleicht noch ein paar.«

Er packte mit der anderen Hand ihren Po und massierte ihn. »Hast du auch welche mit diesem Dachs drauf?«

Hatte sie. Benny mit dem süßen kleinen Dachsmaskengesicht. »Könntest du aufhören … zu reden … und dich lieber … ahhh … aufs Unterwerfen konzentrieren.«

»Unterwerfen?« Er steckte einen seiner langen Finger unter den Slip.

»Egal.« Sie seufzte, während er rieb. Oh, das tat gut. Sie öffnete langsam die Beine und ließ ihn sich seinen Weg suchen. Und er wollte überall hin.

Ehe sie sich's versah, war ihr Höschen verschwunden, ebenso wie seine Kleider und sie lagen nackt auf ihrem Bett, zu ungeduldig, vorher noch den Überwurf abzunehmen.

Aus dem Spiel wurde viel zu rasch ernst. Er packte sie an den Schultern und zog sie auf sich – in die dienende Position. Sie schlängelte sich an seinem Köper hinauf, nahm sein Gesicht zwischen ihre Hände und küsste ihn wieder, in der Hoffnung ihn damit bremsen zu können.

»Du bist so süß …«, murmelte er in ihren Mund.

Aber es war unmöglich ihn abzulenken. Er nahm ihre Kniekehlen und zog sie über seine Hüften. Jetzt war es also so weit. Sie machte sich auf seinen Stoß gefasst und biss sich auf die Lippen, um ihn nicht anzuschreien *sich doch Zeit zu lassen, zum Kuckuck, und nicht so zu tun als hätte der Schiedsrichter gerade die Zwei-Minuten-Warnung gepfiffen!*

Sie hatte sich vorgenommen, ihn nicht zu kritisieren, also grub sie stattdessen die Zähne in die harten Muskeln seiner Schulter.

Er gab ein leises, heiseres Geräusch von sich, das Schmerz oder Lust ausdrücken konnte, und ehe sie sich's versah lag sie auf dem Rücken, und er kniete über ihr mit einem durchtriebenen Blitzen in seinen grünen Augen.

»Die Häschendame mag also lieber die harte Nummer?«

Mit zweihundert Pfund Muskeln? Lieber nicht.

Sie wollte ihm eben sagen, dass sie nur versucht hatte, ihn abzulenken, damit er nicht ganz so schnell machte, aber er umklammerte ihre Handgelenke mit eisernem Griff und stürzte sich auf ihre Brüste.

Ahhhh … Folter. Qualen. Unvorstellbare Qualen. Wie konnte ein Mund solches Unheil anrichten? Und sie wünschte sich dabei, er würde niemals aufhören.

Er fuhr mit den Lippen über den Ansatz ihrer Brust, umfasste die Brustwarze, bewegte sich zur anderen Brust hinüber, wo er dasselbe tat. Dann begann er ohne Vorwarnung zu saugen …

Sie wand sich unter ihm, aber er lockerte den Griff um ihre Handgelenke nicht, die er mit einer Hand gefesselt hielt. Die andere bewegte sich frei über ihren Körper.

Sie wanderte von der Brust zum Bauch, dann tiefer, strich durch die Locken. Aber das sollte sich als bloße Neckerei herausstellen, denn er ließ die Hand schnell zur Innenseite ihrer Oberschenkel weitergleiten.

Sie öffneten sich ihm.

Er blieb, wo er war.

Sie wand sich, versuchte, diese quälend lustvollen Finger von ihren Oberschenkeln weg zu dem Teil von ihr zu locken, der so verlangend pulsierte, dass sie meinte, sterben zu müssen.

Er ging nicht darauf ein. Er war zu sehr damit beschäftigt, sie auf die Folter zu spannen, mit ihren Brüsten zu spielen. Sie hatte gehört, dass manche Frauen nur davon einen Orgasmus bekamen, hatte es aber bislang nicht geglaubt.

Sie hatte sich getäuscht.

Ganz unvermutet rauschte es wie eine Flutwelle über sie hinweg, riss sie mit sich und hob sie in den Himmel. Sie war sich nicht bewusst, geschrien zu haben, aber sie hörte noch das Echo.

Er verlangsamte seine Liebkosungen. Sie erschauerte und kuschelte sich an seine Brust, atmete seinen Geruch ein und versuchte zu begreifen, was soeben mit ihr geschehen war.

Er streichelte ihre Schulter, küsste ihr Ohrläppchen. Seine geflüsterten Worte kitzelten an ihren Haaren. »Du bist wohl eher von der schnellen Sorte, oder?«

Sie war zerknirscht. Aber nur ein wenig. Es hatte sich viel zu gut angefühlt. Und war so unerwartet gewesen. »Ein Ausrutscher«, brachte sie mühsam hervor. »Und jetzt bist du dran.«

»Ach, ich hab's nicht so eilig.« Er nahm eine ihrer Haarsträhnen und zog sie an seine Nase. »Im Gegensatz zu anderen Leuten.«

Der leichte Glanz von Schweiß auf seiner Haut und die Art, wie er gegen ihre Oberschenkel drückte, verrieten ihr, dass er es in Wahrheit eiliger hatte, als er zugeben wollte. Er war sogar in sehr großer Eile. Seltsam, dass sie sich daran gar nicht erinnerte. Nicht so richtig jedenfalls. Sie wusste noch, dass es wehgetan hatte. Und wenn sie recht darüber nachdachte, hatte sie im ersten Moment sogar geglaubt, sie sei zu eng für ihn.

Höchste Zeit, es noch einmal zu überprüfen.

Sie wälzte sich auf ihn.

Er schüttelte sie wieder ab. Knabberte an ihrem Mundwinkel herum. Wann würde er endlich zum Rums-Bums-Teil kommen?

»Warum legst du dich nicht ein Weilchen hin und ruhst dich aus?«, flüsterte er.

Ausruhen? »Also, ich will bestimmt nicht ...«

Er nahm sie bei den Schultern, vergrub seinen Daumen in ihren Armbeugen und fing wieder an, sie von oben bis unten zu küssen. Aber diesmal ging er weiter.

Es dauerte nicht lange und seine Hände waren an ihren Knien, drückten sie weit auf. Seine Haare streiften die Innenseite ihrer Oberschenkel, die mittlerweile so empfindlich waren, dass sie erschauerte. Und dann ergriff sein Mund von ihr Besitz.

Dieses sanfte Saugen ... der süße Druck ... Sie konnte kaum atmen. Sie umfasste bittend seinen Kopf. Ihre Hüften hoben sich, als die Wellen sie wieder überrollten.

Als sie diesmal wieder zur Ruhe kam, machte er sich nicht über sie lustig. Stattdessen nahm er das Kondom, das sie ganz vergessen hatte, schob seinen Körper auf ihren und blickte sie aus seinen grünen Augen an. Seine Haut unter ihren Händen war heiß, und die Strahlen der späten Nachmittagssonne überzogen ihn mit flüssigem Gold. Sie spürte, wie seine Muskeln unter ihren Handflächen zitterten, als die Zurückhaltung zu viel für ihn wurde. Und doch gab er ihr alle Zeit der Welt.

Sie öffnete sich … streckte sich ihm entgegen.

Er erfüllte sie langsam und küsste sie dabei ganz sanft. Sie genoss seine zärtliche Vorsicht, und langsam empfing ihr Körper den seinen.

Aber selbst als er sich ganz in sie versenkt hatte, stieß er nicht heftig zu, sondern bewegte sich ganz langsam und geschmeidig.

Es war köstlich, aber es war nicht genug, und sie merkte, dass sie seine Zurückhaltung nicht länger wollte. Sie wollte ihn frei und wild. Sie wollte, dass er sich an ihrem Körper berauschte, ihn zu seiner Lust gebrauchte. Sie schlang die Beine um ihn, packte ihn an den Hüften und trieb ihn voran.

Er konnte sich nicht länger im Zaum halten, drang tiefer in sie. Sie stöhnte und kam seinem Stoß entgegen. Es war, als würden sie vom Feuer ihrer Sinne verzehrt.

Er war zu groß für sie, zu stark, zu heftig … einfach vollkommen.

Die Sonne brannte heißer, bis sie explodierte. Gemeinsam flogen sie in ein helles gleißendes Nichts.

Er hatte noch nie mit einer Frau geschlafen, die ein Häschen auf dem Slip hatte. Aber die Zärtlichkeit mit Molly war ohnehin anders als alles, was er bislang gekannte hatte. Ihre Begeisterung, ihre Großzügigkeit … Eigentlich war es nicht überraschend.

Kevin strich mit der Hand über ihre Hüfte und dachte daran, wie gut es gewesen war, obwohl sie sich zu Beginn so seltsam verhalten hatte. Fast so, als versuchte sie sich einzureden, dass sie Angst vor ihm haben musste. Er erinnerte sich, wie sie in BH und Hasenhöschen vor ihm gestanden hatte, mit hoch erhobenem Kopf und durchgedrückten Schultern. Wenn hinter ihrem Rücken die amerikanische Fahne geweht hätte, hätte sie ein äußerst erotisches Poster zur Rekrutierung von Marinesoldaten abgegeben.

Sie regte sich in seinen Armen und kuschelte sich enger an seine Brust, wie eine von ihren Kinderbuchfiguren. Aber trotz aller Kuschelei und trotz der Hasenhöschen, war Molly doch ganz und gar Frau gewesen.

Und er war in größten Schwierigkeiten. Ein Nachmittag hatte genügt, alles zu vernichten, was er versucht hatte aufzubauen, indem er sie ignorierte.

Sie ließ die Hand von seiner Brust auf seinen Bauch gleiten. Hier und dort ließen die letzten Sonnenstrahlen rötliche Reflexe in ihrem Haar aufleuchten, wie die Streusel, die sie gestern auf die Zuckerkekse verteilt hatte. Er zwang sich, alle Gründe zu bedenken, deretwegen er sich solche Mühe gegeben hatte, sie auf Abstand zu halten. In erster Linie war das die Tatsache, dass sie nicht mehr sehr viel länger Teil seines Lebens sein würde, was vermutlich ihre Schwester erzürnen könnte, die zufälligerweise die Besitzerin der Mannschaft war, die er in diesem Jahr zum Super Bowl führen wollte.

Er konnte im Moment allerdings nicht darüber nachdenken, welche Möglichkeiten die Besitzer einer Mannschaft hatten, einem das Leben schwer zu machen, selbst wenn man ein Starspieler war. Stattdessen dachte er daran, wie viel Leidenschaft in dem kleinen, knackigen Körper dieser Frau schlummerte, die seine Frau war und doch nicht war.

Sie schnuffelte wieder. »Du bist doch keine Null. Als Liebhaber meine ich.«

Er war froh, dass sie sein Lächeln nicht sehen konnte, weil es normalerweise schlecht ausging, wenn man ihr nur den kleinsten Vorteil gab. Ehe man sich's versah landete man mit all seinen Klamotten im See. Er entschied sich für Ironie. »Ist da etwa ein empfindsamer Augenblick im Anmarsch? Soll ich ein Taschentuch holen?«

»Ich meinte ja nur, dass … Naja, nach dem letzten Mal …«

»Nun mach aber mal'n Punkt!«

»Andere Vergleichsmöglichkeiten hatte ich nicht.«

»Jetzt reicht's aber …«

»Ich weiß, dass es unfair ist. Du hast geschlafen. Und warst nicht bei Bewusstsein. Das habe ich keineswegs vergessen.«

Er zog sie näher an sich und hörte sich selbst sagen: »Vielleicht wäre es an der Zeit, dass du das tust.«

Ihr Kopf schoss in die Höhe, und sie blickte ihn an, Millionen widerstreitender Gefühle waren ihr ins Gesicht geschrieben, das Stärkste unter ihnen war Hoffnung. »Was meinst du damit?«

Er rieb ihr den Nacken. »Ich meine, dass es vorbei ist. Vergessen. Und ich habe dir verziehen.«

Ihre Augen füllten sich mit Tränen. »Ist das wirklich dein Ernst?«

»Ja, das ist es.«

»Oh, Kevin …ich …«

Er ahnte, dass sie eine längere Rede auf den Lippen hatte, war aber nicht in der Stimmung für Gespräche. Also begann er noch einmal ganz von vorn, sie mit seinen Liebeskünsten zu verführen.

19

»Wollen die Kerle eigentlich nur immer das Eine?«

Notizen für einen Chik-Artikel

Molly saß im Gartenpavillon und starrte träumerisch zu den Ferienhäuschen hinüber, anstatt mit den Vorbereitungen für die Teeparty fortzufahren, zu der sie am Nachmittag alle auf die große Wiese eingeladen hatte. Sie war nach dem Frühstück in die Stadt gefahren, um zusätzlichen Kuchen und Getränke zu besorgen, aber solche Erfrischungen waren das Letzte, wonach ihr jetzt der Sinn stand. Sie dachte fortwährend an Kevin und an all die wundervollen Sachen, die sie zusammen gemacht hatten.

Das Schlagen einer Autotür riss sie aus ihren Träumen. Sie blickte auf und sah die ideale Bewerberin, mit der Kevin soeben gesprochen hatte, hinter dem Steuer eines alternden Crown Victoria Platz nehmen. Molly hatte sie kurz gesehen, als sie zu ihrem Vorstellungsgespräch eingetroffen war, und fand sie gleich unausstehlich. Ein Blick auf die praktische Lesebrille, die ihr an einer Kette um den Hals baumelte, hatte genügt, um Molly klar zu machen, dass diese Frau niemals Kekse von unten anbrennen lassen würde.

Kevin tauchte auf der vorderen Veranda auf. Ganz automatisch winkte Molly ihm zu und wünschte gleich, sie hätte es nicht getan, weil es so übereifrig wirkte. Wenn sie doch nur eine dieser erhaben geheimnisvollen Frauen wäre, denen es gelang, die Männer mit einem leisen Wimpernschlag oder einem einzigen schmachtenden Blick zu beherrschen. Aber weder Wimpernschläge noch schmachtende Blicke waren ihre Stärke, und Kevin war ohnehin kein Mann, der sich von anderen beherrschen ließ.

Ruh sah ihn über die große Wiese kommen und hüpfte ihm in der Hoffnung auf ein Spiel entgegen. Kevins Anblick ließ Mollys Haut heiß werden. Jetzt wusste sie genau, wie jeder einzelne Teil seines Körpers unter dem schwarzen Polohemd und den kakifarbenen Bundfaltenhosen aussah.

Sie schauderte. Sie hatte keine Zweifel, dass er das Liebesspiel mit ihr letzte Nacht genossen hatte – sie war einfach verdammt gut gewesen, das musste sie selbst sagen –, aber sie wusste, dass es ihm nicht so viel bedeutete wie ihr. Er war so … alles gewesen – zärtlich, hart, erregend und leidenschaftlicher, als sie es sich in ihren schönsten Träumen ausgemalt hatte. Das war die gefährlichste, unmöglichste, hoffnungsloseste Affäre, die sie je gehabt hatte, und die vergangene Nacht hatte alles nur noch schlimmer gemacht.

Plötzlich hielt Kevin inne. Sie sah gleich, was seine Aufmerksamkeit erregt hatte. Ein neunjähriger Junge stand am Rand der großen Wiese mit einem Football in der Hand. Sein Name war Cody. So hatten ihn seine Eltern gestern vorgestellt, als sie in Green Pastures eingetroffen waren.

Kevin wusste vielleicht noch gar nicht, dass sie jetzt auch jüngere Gäste hatten. Vor lauter Segelfliegen am Nachmittag und ihren Aktivitäten hinter verschlossener Schlafzimmertür, hatte er die Kinder bestimmt noch nicht bemerkt, und sie hatte nicht daran gedacht, ihm davon zu erzählen.

Er ging langsam auf den Jungen zu. Ruh folgte ihm auf den Fersen. Sein Schritt wurde schneller, je näher er kam, bis er direkt vor dem Jungen anhielt. Molly war zu weit entfernt, um hören zu können, was er sagte, aber er hatte sich offenbar vorgestellt, denn der Junge erstarrte ein wenig. So wie es Kinder tun, die sich plötzlich einem bekannten Sportler gegenüber sehen.

Kevin strich dem Jungen über den Kopf, um ihn zu beruhigen, und nahm ihm langsam den Football aus der Hand. Er warf ihn ein paar Mal zwischen seinen Händen hin und her, sagte wieder etwas zu dem Jungen und deutete dann auf die Mitte der Wiese. Einen Moment lang starrte ihn der Junge nur an, als könne er nicht glauben, was er da hörte. Dann flogen seine Füße, und er raste hinaus um seinen ersten Pass vom großen Kevin Tucker entgegenzunehmen.

Sie lächelte. Es hatte ein paar Jahrzehnte gedauert, aber jetzt hatte Kevin endlich ein Kind, mit dem er im Wind Lake Ferienpark spielen konnte.

Ruh, der ebenfalls mit Ball spielen wollte, schnappte nach ihren Knöcheln und war überall im Weg, aber keinem von beiden schien es etwas auszumachen. Cody war ein bisschen langsam und rührend ungeschickt, aber Kevin machte ihm immer wieder Mut.

»Du hast einen guten Arm für einen Zwölfjährigen.«

»Ich bin erst neun.«

»Für neun machst du das ganz toll.«

Cody strahlte und bemühte sich noch mehr. Seine Beine trommelten auf den Boden, während er hinter dem Ball herrannte und dann vergeblich versuchte, Kevins Technik zu kopieren, als er ihn zurückwarf.

Nachdem es fast eine halbe Stunde so gegangen war, wurde er langsam müde, aber Kevin war zu sehr damit beschäftigt, verlorene Jugendzeiten nachzuholen, als dass er es bemerkt hätte. »Du machst das toll, Cody. Lass den Arm ganz locker und setz deinen Körper ein.«

Cody gab sein Bestes, aber er schickte dabei immer häufiger sehnsüchtige Blicke in Richtung seines Ferienhauses. Kevin konzentrierte sich dagegen ganz darauf, dafür zu sorgen, dass dieser Junge nicht unter derselben Einsamkeit zu leiden hatte wie er damals.

»Hey, Molly!«, rief er. »Siehst du, was für einen guten Arm mein Freund hier hat?«

»Ja, ich sehe es.«

Codys Turnschuhe schleiften mehr und mehr über den Boden, und selbst Ruh sah müde aus. Aber Kevin schien von all dem nichts zu merken.

Molly wollte schon einschreiten, als die drei O'Brian-Brüder – im Alter von sechs, neun und elf Jahren, wenn sie sich richtig erinnerte – aus dem Wald hinter Jacobs Ladder gerannt kamen.

»Hey, Cody! Zieh deine Badehose an. Unsere Mamas haben uns erlaubt an den Strand zu gehen.«

Über Codys Gesicht ging ein Strahlen.

Kevin stand da, wie vom Donner gerührt. Sie hätte wirklich daran denken sollen, ihm zu erzählen, dass gestern mehrere Familien mit Kindern angereist waren. Plötzlich verspürte sie die irrationale Hoffnung, dass er es sich nun noch einmal anders überlegen und den Ferienpark doch nicht verkaufen würde.

Cody drückte den Football gegen seine Brust und sah unsicher aus. »Es war sehr schön, mit Ihnen zu spielen, Mr Tucker, aber … äh … ich muss jetzt mit meinen Freunden spielen gehen. Wenn das o. k. ist?« Er machte ein paar vorsichtige Schritte rückwärts. »Wenn Sie … wenn Sie niemand anderes zum Spielen finden, dann kann ich ja vielleicht später wiederkommen.«

Kevin räusperte sich. »Das ist schon okay. Geh nur mit deinen Freunden.«

Wie der Blitz schoss Cody mit den drei O'Brian Jungs davon. Langsam kam Kevin zu ihr herüber. Er sah so verstört aus, dass Molly sich auf die Lippe beißen musste, um ihr Grinsen in maßvollen Grenzen zu halten. »Ruh spielt bestimmt mit dir.«

Ruh winselte und kroch unter den Pavillon.

Sie erhob sich und ging die Stufen hinunter. »Okay, ich spiele mit dir. Aber nicht zu fest werfen.«

Er schüttelte verwundert den Kopf. »Wo kommen denn die ganzen Kinder auf einmal her?«

»Die Schule ist jetzt endlich vorbei. Ich hab dir doch gesagt, dass noch welche kommen.«

»Aber ... wie viele sind hier?«

»Die drei O'Brian Jungs und Cody hat noch eine kleine Schwester. Dann sind da noch zwei Familien mit je einem Teenie.«

Er setzte sich langsam auf die Stufen.

Sie ließ sich ihre Belustigung nicht anmerken, als sie sich neben ihn setzte. »Du wirst sie bestimmt heute Nachmittag alle kennen lernen. Die Teeparty im Pavillon wird ein netter Auftakt für die neue Woche sein.«

Er sagte nichts und schaute nur auf die große Wiese hinaus.

Sie betrachtete es als Anzeichen ihrer inneren Reife, dass ihr nur ein klitzekleines Lachen entschlüpfte. »Schade, dass dein Spielgefährte weggelaufen ist.«

Er hackte die Ferse seines Turnschuhs ins Gras. »Ich habe mich zum Narren gemacht, oder?«

Sie schmolz dahin und legte ihm das Kinn auf die Schulter. »Ja, aber die Welt könnte mehr solche Narren wie dich vertragen. Du bist ein sehr netter Mann.«

Er lächelte sie von oben her an. Sie lächelte zurück. Und dabei fiel es ihr wie Schuppen von den Augen.

Das war keine Schwärmerei mehr – sie hatte sich verliebt. Sie war derart entgeistert, dass sie vor ihm zurückzuckte.

»Was ist los?«

»Nichts!« Sie begann zu plappern, um ihr Entsetzen zu verbergen. »Es kommt noch eine Familie. Mit noch mehr Kindern. Sie reisen heute an. Familie Smith. Sie haben nicht gesagt, wie viele Kinder sie haben. Amy hat mit ihnen gesprochen.«

Sie liebte Kevin Tucker! Alles, nur das nicht! Hatte sie

denn überhaupt nichts gelernt? Sie wusste doch von Kindheit an, wie unmöglich es war, die Liebe eines anderen zu erzwingen, und doch war sie wieder diesem alten, zerstörerischen Muster erlegen. Was sollte aus all ihren Hoffnungen werden? Was war mit der großen Liebe, von der sie immer geträumt hatte?

Am liebsten hätte sie den Kopf in die Hände gelegt und losgeheult. Sie wollte Liebe, aber er wollte nur Sex. Er bewegte sich neben ihr, und sie war froh über die Abwechslung. Sie folgte seinem Blick über die große Wiese. Die O'Brian Jungs spielten Fangen, während sie auf Cody warteten, der noch seine Badehose anziehen musste. Zwei ungefähr vierzehn Jahre alte Mädchen, kamen mit einem Gettoblaster vom Strand hoch gelaufen. Kevin ließ den Blick zwischen den Kindern, dem Gettoblaster, den alten Bäumen und den pastellfarbenen Häuschen hin- und herschweifen.

»Ich kann kaum glauben, dass es derselbe Ort ist.«

»Das ist es auch nicht«, brachte sie mühsam hervor. »Alles verändert sich.« Sie räusperte sich und versuchte, den Aufruhr in ihrem Inneren zu verdrängen. »Die Frau, die du engagiert hast. Fängt sie morgen schon an?«

»Sie wollte noch, dass ich vorher Amy rausschmeiße.«

»Was? Das kannst du nicht machen! Sie erledigt alle ihre Aufgaben und tut alles, was man ihr aufträgt! Außerdem kann diese besserwisserische kleine Nervensäge hervorragend mit den Gästen umgehen.« Sie schoss von ihrer Stufe hoch. »Im Ernst, Kevin. Du solltest sie dazu bringen, ihre Knutschflecken bedeckt zu halten, aber du kannst sie nicht rausschmeißen.«

Er gab keine Antwort.

Mollys Besorgnis stieg. »Kevin …«

»Entspann dich bitte. Natürlich werde ich sie nicht rausschmeißen. Deswegen ist die alte Schachtel ja auch so beleidigt abgedüst.«

»Gott sei Dank. Was hatte sie denn gegen Amy?«

»Anscheinend war Amy mit ihrer Tochter in der Highschool zusammen, und sie sind nicht miteinander ausgekommen. Wenn die Tochter so ist wie die Mutter, dann bin ich auf Amys Seite.«

»Du hast richtig gehandelt.«

»Vermutlich. Aber die Stadt ist klein, und ich bin jetzt am Ende einer sehr kurzen Liste von Bewerbern angekommen. Die Studenten haben alle Sommerjobs auf Mackinac Island, und die Leute, die meiner Vorstellung entsprechen, sind nicht daran interessiert, eine Stelle anzunehmen, die bis September befristet ist.«

»Da hast du die Antwort. Behalte die Anlage und mach eine Dauerstellung draus.«

»Das wird nicht geschehen, aber ich habe tatsächlich eine andere Idee.« Er stand auf und schaute zu ihr hinab, in seinen Augen tanzte ein verführerisches Funkeln, und um seinen Mund spielte ein Lächeln. »Hab ich dir schon gesagt, dass du nackt sehr gut aussiehst?«

Sie schauderte. »Was für eine Idee?«

Er senkte die Stimme. »Hast du heute auch wieder ein Tier auf deinem Höschen?«

»Das habe ich vergessen.«

»Dann bleibt mir wohl nichts anderes übrig, als nachzusehen.«

»Das wirst du nicht tun!«

»Ach? Und wer sollte mich daran hindern?«

»Sie steht vor dir, du Macho.« Sie sprang von der obersten Stufe und rannte quer über die große Wiese, froh ihre Verwirrung austoben zu können. Aber anstatt in Richtung Gästehaus zu laufen, wo die Gegenwart der anderen Gäste Sicherheit geboten hätte, schoss sie zwischen den Häuschen hindurch in Richtung Wald, der alles andere als sicher war.

Ruh fand das neue Spiel wunderbar und sprang vor Aufregung kläffend hinter ihr her. Es kam ihr kurz in den Sinn, dass Kevin ihr vielleicht gar nicht folgen würde, aber sie hätte sich keine Sorgen zu machen brauchen. Am Ende des Weges hatte er sie eingeholt und zog sie in den Wald.

»Hör auf! Lass mich!« Sie schlug nach seinem Arm. »Du hast versprochen die Tische in den Pavillon zu tragen.«

»Ich trage gar nichts, bevor ich nicht gesehen habe, was auf deinem Höschen ist.«

»Daphne, okay?«

»Soll ich etwa glauben, dass du dieselbe Unterhose trägst wie gestern?«

»Ich habe mehrere davon.«

»Ich glaube, du lügst. Ich will es selbst sehen.« Er zerrte sie tiefer zwischen die Kiefern. Während Ruh sie bellend umkreiste, tastete er nach dem Verschluss ihrer Shorts. »Ruhe, du Monster! Hier gibt es wichtige Dinge zu erledigen.«

Ruh gab gehorsam Ruhe.

Sie packte ihn an den Handgelenken und schob ihn fort. »Lass los.«

»Da hast du gestern Abend aber was ganz anderes gesagt.«

»Jemand wird uns sehen.«

»Ich werde sagen, dass du von einer Biene gestochen wurdest und ich den Stachel rausziehe.«

»Fass meinen Stachel nicht an!« Sie griff nach ihren Shorts, doch die bewegten sich bereits unweigerlich auf ihre Knie zu. »Hör auf damit!«

Er schaute zu ihrem Höschen hinunter. »Es ist der Dachs. Du hast mich angelogen.«

»Ich habe nicht darauf geachtet, als ich mich angezogen habe.«

»Halt still. Gleich hab ich den Stachel.«

Sie hörte sich seufzen.

»Oh ja …« Sein Körper bewegte sich gegen ihren. »Da ist er ja.«

Als sie eine halbe Stunde später wieder aus dem Wald kamen, bretterte gerade eine vertraute Familienkutsche um die große Wiese herum. Während der Van quietschend vor dem Gästehaus zum Stehen kam, wollte Kevin sich zunächst weismachen, dass es reiner Zufall war, aber dann fing Ruh an zu bellen und rannte auf den Wagen zu.

Molly kreischte auf und setzte sich in Trab. Die Autotüren öffneten sich und ein Pudel, der aussah wie Ruh, sprang heraus. Dann kamen die Kinder. Es schienen ein Dutzend zu sein, aber es waren nur vier, alle Calebows, die nun auf seine gar nicht so getrennt lebende Frau zurannten.

Sein Magen krampfte sich vor Angst zusammen. Eines wusste er nur zu genau: Wo die Calebow Kinder waren, da konnten auch die Eltern nicht weit sein.

Sein Schritt verlangsamte sich, als die üppige blonde Eigentümerin der Chicago Stars von dem Fahrersitz des Wagens glitt und ihr legendärer Ehemann sich vom Beifahrersitz erhob. Die Tatsache, dass Phoebe am Steuer gesessen hatte, überraschte ihn nicht. In dieser Familie schien die Führungsfrage je nach den Gegebenheiten entschieden zu werden. Während er sich dem Wagen näherte, hatte er das ungute Gefühl, dass keiner von beiden von der Situation am Wind Lake besonders begeistert sein würde.

Wie war eigentlich die Situation? Seit nunmehr fast zwei Wochen hatte er offenbar den Verstand verloren. In gut einem Monat begann das Trainingslager, aber entweder scherzte er mit Molly herum, oder er stritt sich mit ihr, oder er versuchte sie mit Missachtung zu strafen oder sie zu verführen. Er hatte seit Tagen keine Aufzeichnungen von Spielen angeschaut, und er trainierte auch nicht genug. Er konnte nur noch daran denken, wie gern er mit ihr zusammen war – dieser aufsässigen, lästigen Kindfrau, die nicht schön, still oder anspruchslos war, sondern eine einzige Nervensäge. Und dabei so liebenswert.

Warum musste sie ausgerechnet Phoebes Schwester sein? Warum hatte er sie nicht einfach in einer Bar kennen gelernt? Er versuchte, sie sich mit glitzerndem Lidschatten und einem eng anliegenden Lackkleid vorzustellen, aber vor seinem inneren Auge tauchte nur das Bild auf, wie sie am Morgen ausgesehen hatte, nur mit Unterhöschen und seinem T-Shirt bekleidet. Die bloßen Füße auf eine Stuhllehne gestützt, das hübsche Haar hing ihr zerzaust ins Gesicht, und sie hatte ihn mit diesen unwiderstehlichen graublauen Augen über den Rand einer Peter-Rabbit-Tasse hinweg herausfordernd angeblitzt.

Jetzt umarmte Molly ihre Nichten und ihren Neffen und vergaß dabei offenbar, dass ihre Kleider zerdrückt und ihre Haare voller Kiefernnadeln waren. Er sah auch nicht viel besser aus, und jeder aufmerksame Beobachter konnte sich ausmalen, womit sie sich gerade beschäftigt hatten.

Und es gab keine aufmerksameren Augen als die von Phoebe und Dan Calebow. Alle vier richteten sich nun auf ihn.

Er schob die Hände in die Hosentaschen und gab sich ganz cool. »Ach hallo, das ist ja eine nette Überraschung.«

»Das haben wir uns gedacht.« Phoebes höfliche Antwort hob sich deutlich von den sonst üblichen herzlichen Begrüßungen ab. Dan musterte ihn derweil mit kritischem Blick. Kevin unterdrückte sein ungutes Gefühl, indem er sich in Erinnerung rief, dass er unberührbar war, schließlich war er der beste Quarterback in der gesamten American Football Liga.

Aber bei den Chicago Stars gab es keine Unberührbaren, so lange die Calebows das Sagen hatten, und ihm wurde schlagartig klar, wo all dies enden konnte, wenn er sich nicht in Acht nahm. Wenn sie beschließen sollten, ihn von Molly fern zu halten, würde er irgendwann ins Büro zitiert werden, wo ihm dann mitgeteilt würde, dass man ihn an einen anderen Verein verkauft hätte. Viele weniger erfolgreiche Teams wären mehr als froh, einen erstklassigen Quarterback zu gewinnen und würden es sich einiges kosten lassen. Und ehe er sich's versah, fände er sich plötzlich als Spieler bei einer Mannschaft auf den unteren Listenplätzen wieder.

Während er beobachtete, wie Dan die Kiefernnadeln in Mollys Haaren zur Kenntnis nahm, sah er sich schon den Lions im Silverdome Anweisungen zubrüllen.

Molly umarmte die Kinder, die alle gleichzeitig auf sie einplapperten. »Bist du überrascht, uns zu sehen, Tante Molly? Bist du überrascht?«

»Ruh! Kanga will jetzt mit dir spielen!«

»... und Mami sagt, dass wir schwimmen können im ...«

»... vom Klettergerüst gefallen und hatte ein blaues Auge!«

»... dieser Junge ruft sie jeden Tag an, obwohl ...«

»... und dann musste er spucken, voll über die ...«

»... Dad sagt, ich bin noch nicht alt genug, aber ...«

Molly wandte sich einem Kind nach dem anderen zu, ihr Gesichtsausdruck wechselte dabei übergangslos zwischen Mitgefühl, Interesse und Vergnügen hin und her. Dies war ihre wahre Familie.

Der scharfe Schmerz überraschte ihn. Er und Molly waren ja ganz bestimmt keine Familie, also musste er sich auch nicht ausgeschlossen fühlen. Seine Reaktion war nur ein Überbleibsel aus seiner Kindheit, damals hatte er immer davon geträumt, Teil so einer großen, trubeligen Gemeinschaft zu sein.

»AchdulieberHimmel!«, kreischte Molly. »Ihr seid die Familie Smith!«

Die Kinder kreischten zurück und zeigten mit den Fingern auf sie. *Reingelegt, Tante M!*

Kevin erinnerte sich, dass Molly ihm zuvor schon berichtet hatte, dass heute noch eine Familie Smith anreisen würde. Nett, Sie kennen zu lernen. Sein Gefühl der Beunruhigung wuchs.

Molly schaute zu ihrer Schwester hinüber, die bereits Ruh, den Schrecklichen, in den Armen hielt. »Wusste Amy, wer ihr wirklich seid, als sie eure Reservierung angenommen hat?«

Tess kicherte. Zumindest vermutete er, dass es Tess war, denn sie trug ein Fußballtrikot, während ihr Ebenbild in einem Sommerkleid herumsprang. »Mami hat ihr nichts verraten. Wir wollten dich überraschen!«

»Und wir bleiben eine ganze Woche!«, rief Andrew aus. »Und ich will bei dir schlafen!«

Volltreffer, mein Kleiner. Du hast gerade den guten alten Onkel Kevin aus dem Bett geschubst.

Molly strubbelte ihm durch die Haare und gab keine Antwort. Gleichzeitig zog sie den ruhigsten Calebow-Sprössling zu sich her.

Hannah hatte sich wie üblich etwas im Hintergrund gehalten, aber ihre Augen funkelten vor Aufregung. »Ich habe mir eine ganz neue Daphne-Geschichte ausgedacht«, flüsterte sie leise, sodass er es gerade noch hören konnte. »Ich habe sie in meinem Ringbuch aufgeschrieben.«

»Ich kann's kaum erwarten, sie zu lesen.«

»Können wir den Strand sehen, Tante Molly?«

Dan nahm die Autoschlüssel von Phoebe und wandte sich zu Kevin. »Vielleicht kannst du mir unser Haus zeigen, dann kann ich schon mal ausladen.«

»Klar.« Genau das, was er nicht wollte. Dan war offenbar darauf aus, herauszufinden, welchen Schaden Kevin seiner geliebten kleinen Molly zugefügt hatte. Aber wenn von Schaden die Rede war, so hatte eher Kevin das Gefühl, eine Kopfverletzung davongetragen zu haben.

Molly zeigte auf ein Cottage auf der gegenüberliegenden Seite der großen Wiese. »Ihr wohnt in Gabriels Trumpet. Die Tür ist offen.«

Kevin ging über das Gras, während Dan den Wagen außen

herum fuhr. Beim Ausladen tauschten sie Neuigkeiten über die Mannschaft aus, aber Kevin kannte Dan gut genug und so dauerte es auch nicht lange, bis der Präsident der Stars aussprach, was ihn beschäftigte.

»Was ist hier eigentlich los?« Dan knallte die Heckklappe des Vans fester zu als nötig.

Kevin konnte ebenso direkt sein wie Dan, aber er beschloss, es lieber mit Mollys ahnungsloser Tour zu versuchen. »Hier läuft es tatsächlich ziemlich zäh. Ich hätte es mir nicht so schwer vorgestellt, jemanden zu finden, der den Laden hier managt.«

»Dad!« Julie und Tess kamen mit Andrew im Schlepptau angerannt. »Wir brauchen unsere Badeanzüge, dann können wir noch vor der Teeparty heute Nachmittag schwimmen gehen.«

»Aber Tante Molly hat gesagt, ich krieg Limo«, erklärte Andrew, »weil ich mag nämlich keinen Tee.«

»Schau mal, unser Häuschen! Ist es nicht süß!« Julie rannte zur Tür, während Molly und Phoebe mit Hannah näher kamen.

Molly sah angespannt aus, und Phoebe warf Kevin Blicke zu, die so kühl waren, wie ein Trikot der Lions mitten in einem verlustreichen November in Detroit.

»Der See ist eiskalt, Kinder«, rief Molly den Zwillingen auf der Veranda zu und versuchte so zu tun, als sei alles ganz normal. »Das ist nicht wie im Pool zu Hause.«

»Gibt's hier Wasserschlangen?«

Die Frage kam von Hannah, die besorgt aussah. Irgendwie hatte sie immer einen besonderen Draht zu Kevin gehabt. »Keine Schlangen, meine Kleine. Soll ich mit dir reingehen?«

Ihr Gesicht erstrahlte in einem dankbaren Tausend-Watt-Lächeln. »Würdest du das tun?«

»Klar. Zieh deinen Badeanzug an, und wir treffen uns unten.« Er wollte Molly nicht allein dem Feind überlassen, und so sagte er: »Deine Tante kommt auch mit. Sie schwimmt furchtbar gern im See, nicht wahr, Molly?«

Molly wirkte erleichtert. »Klar. Wir können alle zusammen schwimmen gehen.«

Und war das nicht gleichzeitig ein ganz neuer, wunderbarer Zeitvertreib?

Er und Molly winkten den Calebows ein fröhliches Bis-Gleich zu. Im Weggehen hörte er, wie Dan leise etwas zu Phoebe sagte, aber er verstand nur ein Wort.

»Slytherin.«

Molly wartete, bis sie weit genug entfernt waren, bevor sie ihrer Aufregung freien Lauf ließ. »Du musst deine Sachen aus dem Cottage schaffen! Ich will nicht, dass sie merken, dass wir zusammen geschlafen haben.«

So wie sie beide ausgesehen hatten, als sie aus dem Wald kamen, war es dafür vermutlich ohnehin zu spät, aber er nickte.

»Und lass dich nicht wieder allein von Dan erwischen. Er wird dir nur die Hölle heiß machen. Ich werde auch dafür sorgen, dass immer eins von den Kindern in der Nähe ist, wenn ich mit Phoebe zusammen bin.«

Bevor er antworten konnte, marschierte sie schon in Richtung Cottage. Er kickte einen Kiesklumpen beiseite und ging zum Gästehaus hinüber. Warum musste sie alles so geheim halten? Er wollte ja auch nicht, dass sie etwas sagte – die Lage war auch so schon schwierig genug. Aber Molly musste sich schließlich keine Gedanken darum machen, an Detroit verschachert zu werden, wie er. Warum sagte sie ihnen also nicht, sie sollten sich zum Teufel scheren?

Je mehr er darüber nachdachte, desto mehr störte ihn ihre Haltung. Es war in Ordnung, wenn er all dies für sich behalten wollte, aber bei ihr war es irgendwie nicht in Ordnung.

20

In alten Zeiten hat ein Mädchen, das einen Jungen gern hatte, immer dafür gesorgt, dass er gewann, wenn sie Karten oder ein Brettspiel spielten.

»Harte Tricks«
Artikel für *Chik*

Nach dem Baden hatten sie gerade noch Zeit zum Umziehen, bevor Mollys Teeparty im Pavillon begann. Die Party fand schon um drei Uhr statt, weil es so besser für die Kinder war. Phoebe gegenüber beklagte sie, dass die Pappteller und der gekaufte Kuchen nicht mit dem Anzeigenfoto in der Zeitschrift *Victoria* mithalten konnten, aber Kevin wusste, dass es ihr wichtiger war, Spaß zu haben, als das gute Porzellan zur Schau zu stellen.

Er nickte Lilly zu, die mit Charlotte Long und deren Freundin Vi herüberkam. Er hatte schon bemerkt, dass die Gäste in den Cottages sie vor der Neugier der häufiger wechselnden Besucher des Gästehauses abschirmten. Er überlegte, ob er zu ihr rübergehen und mit ihr reden sollte, aber ihm fiel nichts ein, was er hätte sagen können.

Molly war die ganze Zeit von hüpfenden Pudeln und lärmenden Kindern umlagert. Sie trug eine rote Schleife im Haar, rosa Jeans, ein lila Oberteil und in ihren Turnschuhen prangten knallblaue Schnürsenkel. Sie war ein wandelnder Regenbogen, und ihr Anblick brachte ihn zum Lächeln.

»George!« Molly winkte Liam Jenner zu, der so gegen vier aus seinem Pritschenwagen stieg und zu ihnen hinüberkam. »George Smith! Wie schön, dass Sie kommen konnten.«

Jenner lachte und nahm sie in den Arm. Er war zwar alt, aber er sah verflixt gut aus, und Kevin war gar nicht begeistert, wie freundschaftlich er und seine Häschendame miteinander umgingen.

»Sie müssen meine Schwester kennen lernen. Sie hat früher mal eine Galerie in New York geführt, aber ich werde ihr nicht verraten, wer Sie sind.«

Aha! So war das also. In Mollys Augen tanzte der Schalk, aber Jenner war vollkommen ahnungslos. *Trottel.*

Auf dem Weg zu Phoebe marschierte er geradewegs an Lilly vorbei. Vielleicht hatte Liam einfach die Schnauze voll von der Art, mit der sie ihm Morgen für Morgen am Küchentisch eine Abfuhr erteilte. Kevin konnte sich keinen Reim darauf machen. Wenn Lilly nicht gern mit ihm zusammen war, warum kam sie dann jeden Morgen zum Frühstück in die Küche?

Er schaute von Lilly zu Molly und versuchte herauszufinden, wann genau sich sein lang gehegter Grundsatz, sich nur mit pflegeleichten Frauen zu umgeben, in Luft aufgelöst hatte. Er zog die Schirmmütze tiefer ins Gesicht und schwor sich, am Abend eine Spielaufzeichnung anzuschauen.

Die Männer wollten sich über Football unterhalten, und Kevin und Dan taten ihnen den Gefallen. Gegen fünf brachen ein paar der Erwachsenen auf, aber die Kinder hatten weiterhin ihren Spaß. Kevin beschloss, morgen einen Basketballkorb aufzustellen. Vielleicht könnte er auch ein paar Schwimminseln für den Strand kaufen. Und Fahrräder. Für die Kinder sollten Fahrräder zur Verfügung stehen.

Cody und die O'Brian Jungs kamen mit verschwitzten Gesichtern und verschmierten Klamotten angerannt. Genau wie Kinder im Sommer aussehen sollten.

»Hey, Kevin. Können wir Softball spielen?«

Er spürte, wie sich ein Lächeln auf seinem Gesicht ausbreitete. Ein Softballspiel auf der großen Wiese, genau dort, wo einst die Kapelle gestanden hatte. »Klar können wir das. Hört mal her! Alle, die Softball spielen wollen, heben jetzt mal die Hand.«

Überall gingen die Hände hoch. Tess und Julie rannten nach vorn, und Andrew fing an zu schreien und herumzuhüpfen. Sogar die Erwachsenen hatten Lust.

»Ein Softballspiel ist eine wunderbare Idee«, säuselte Charlotte Long aus ihrem Liegestuhl. »Du kannst schon mal alles vorbereiten, Kevin.«

Er lächelte über ihre bestimmende Art. »Willst du Mannschaftskapitän sein, Cody?«

»Klar.«

Er sah sich nach einem zweiten Kapitän um und wollte gerade Tess wählen, als es ihn irgendwie anrührte, wie Hannah zu Füßen ihres Vaters saß und mit den Pudeln schmuste. Er hatte gesehen, dass sie ganz zaghaft die Hand gehoben hatte, um sie sogleich wieder in den Schoß sinken zu lassen. »Hannah, wie wär's mit dir? Willst du der andere Kapitän sein?«

Zu seiner Verblüffung sah Kevin, dass Dan den Kopf sinken ließ und stöhnte.

»Nein, Kevin!«, schrien Tess und Julie gleichzeitig auf. »Nicht Hannah!«

Am meisten überraschte ihn Molly – die Häschendame, die angeblich so ein feines Gespür für Kinder hatte. »Ehm ... vielleicht wäre es besser, wenn du jemand anders wählen würdest.«

Was war denn plötzlich mit all diesen Leuten los?

Glücklicherweise kümmerte sich Hannah nicht um die Herzlosigkeit der anderen. Sie sprang auf, strich ihre Shorts glatt und schenkte ihm ein Lächeln, das genauso aussah, wie das ihrer Tante. »Danke, Kevin. Ich darf sonst fast nie Kapitän sein.«

»Das liegt daran, dass du ...«

Phoebe legte die Hand über Tess' Mund, aber selbst sie schaute betroffen.

Kevin war entsetzt von dem Verhalten der anderen. Keiner hatte mehr Ehrgeiz als er, aber er würde nie so weit gehen, ein Kind traurig zu machen, nur weil es nicht besonders sportlich war. Er lächelte ihr aufmunternd zu. »Kümmere dich einfach nicht um sie, mein Schatz. Du wirst ein toller Kapitän sein. Du darfst als Erste wählen.«

»Danke.« Sie machte einen Schritt nach vorn und ließ den Blick über die Menge schweifen. Er wartete darauf, dass sie entweder ihn oder ihren Vater wählen würde. Zu seiner Überraschung zeigte sie auf ihre Mutter, eine Frau, die so schlecht spielte, dass die alten Hasen im Team der Stars sich angewöhnt hatten, ihre Zahnarzttermine so zu legen, dass sie eine Entschuldigung hatten, um das jährliche Mannschaftspicknick vor dem traditionellen Softballspiel verlassen zu können.

»Ich wähle Mom.«

Kevin beugte den Kopf und senkte die Stimme. »Nur falls du dir nicht sicher warst, Hannah, du kannst wählen, wen du willst, auch Männer. Das heißt deinen Vater. Oder mich. Bist du sicher, dass du deine Mutter wählen willst?«

»Sie ist sich sicher«, seufzte Dan hinter ihm. »Das übliche Spielchen.«

Hannah schaute Kevin ins Gesicht und flüsterte: »Es verletzt Mas Gefühle, dass nie jemand sie in seiner Mannschaft haben will.«

Tess brachte es auf den Punkt, wie es nur Elfjährige können. »Das kommt, weil sie so mies spielt.«

Phoebe schniefte, tätschelte ihrer Mannschaftsführerin die Schulter und schob ihren Mangel an Enthusiasmus beiseite. »Kümmere dich nicht um sie, Hannah. Eine positive Haltung ist viel wichtiger als natürliche Begabung.«

Im Gegensatz zu Hannah, zögerte Cody nicht, die natürliche Begabung der positiven Haltung vorzuziehen. »Ich wähle Kevin.«

Dan erhob sich aus seinem Liegestuhl und stellte sich näher zu seiner Tochter. »Hannah, Schatz, ich bin hier drüben. Vergiss mich nicht. Es verletzt meine Gefühle, wenn du mich nicht wählst.«

»Das tut es nicht«, sagte Hannah mit strahlendem Lächeln, wandte sich ab und ließ den Blick auf Lilly ruhen, die sich mit einer der älteren Frauen über Gartenpflege unterhalten hatte und, soweit Kevin sich erinnern konnte, noch nicht mal die Hand gehoben hatte. »Ich wähle Lilly.«

»Mich?«, fragte Lilly erfreut und stand auf. »Mein Gott, ich habe seit meiner Jugend kein Softball mehr gespielt.«

Hannah lächelte ihre Mutter an. »Das wird eine prima Mannschaft. Jede Menge positive Haltung.«

Cody ließ sich die Gelegenheit nicht entgehen und wählte Dan.

Wieder schritt Kevin ein und versuchte, Hannah zu helfen, indem er auf den ältesten der O'Brian Jungs zeigte. »Ich hab Scott vorhin beim Ballspielen zugeschaut. Er ist ein ziemlich guter Sportler.«

»Spar dir die Mühe«, murmelte Dan und Kevin sah Hannahs dritte Wahl kommen, sobald er Andrews Schmollmund erblickte.

»Ich wähle Andrew. Siehst du, Andrew, nur weil du erst fünf bist, heißt das noch lange nicht, dass keiner dich in der Mannschaft haben will.«

»Ich nehme Tess«, konterte Cody auf der Stelle.

»Und ich nehme Tante Molly!«, strahlte Hannah.

Kevin seufzte. Bis jetzt hatte Cody einen aktiven NFL Quarterback in seiner Mannschaft, einen ehemaligen NFL Quarterback und eines der sportlichsten Mädchen im nördlichen Illinois. Hannah dagegen hatte ihre Mutter, die schlechteste Softballspielerin aller Zeiten; ihren kleinen Bruder, der viel Begeisterung, aber mit seinen fünf Jahren noch nicht so viel Können mitbrachte; und Molly, die … nun ja, Molly – die junge Dame, die Kanus kentern ließ, einmal kurz vor dem Ertrinken war und überhaupt eine Abneigung gegen Sport hatte.

Codys nächste Wahl waren nacheinander die beiden Teenager, die zuvor mit Tess herumgekickt hatten, der mittlere O'Brian Junge – der die Statur eines Bulldozers hatte – und seine beiden körperlich fitten Eltern.

Hannah wählte den sechsjährigen O'Brian, ein Junge, den Kevin dabei beobachtet hatte, wie er seine Kuscheldecke irgendwo in den Büschen versteckt hatte. Sie machte ein paar Punkte wett, indem sie erst ihre Schwester Julie, die immerhin tanzen und sich bewegen konnte, und dann Liam Jenner wählte, obwohl ihre Gründe nicht allzu stichhaltig waren. »Weil er so ein schönes Bild von Kanga und Ruh für mich gemalt hat.« Während Cody die restlichen Plätze seiner Mannschaft mit jüngeren Erwachsenen füllte, wählte Hannah alle Opis und Omis, die auch mitspielen wollten.

Es würde das reinste Gemetzel geben.

Die Jungs rannten in ihre Häuser, um die Ausrüstung zu holen. Mr Canfield, dem seine Arthritis zu schaffen machte, erklärte sich bereit, den Schiedsrichter zu spielen, und bald stand jeder an seinem Platz.

Hannahs Mannschaft hatte den ersten Abschlag und Kevin als Werfer stand dem Sechsjährigen gegenüber, der seine Kuscheldecke in die Forsythien gestopft hatte. Kevin beging den Fehler, zu Molly hinüberzuschauen, und es überraschte ihn nicht, dass sie ihn mit einem Blick ansah, der deutlich sagte: *Wenn du zu der Sorte von Männern gehörst, die Linus abwerfen, dann bist du nicht der Mann, für den ich dich bisher gehalten habe, und du kannst es fürs Erste vergessen, mich noch mal nackt zu Gesicht zu kriegen, comprenez-vouz?*

Er gab dem Kleinen einen Walk.

Hannah schickte als Nächstes Andrew ins Spiel, und Kevin warf ihm den Ball ganz sanft zu. Andrew verfehlte ihn zwar, aber er hatte einen guten Schwung für sein Alter. Kevin sah, wie sich ein Ausdruck von störrischer Entschlossenheit auf dem kleinen Gesicht festsetzte, und wusste, dass er gerade einen Eindruck davon bekommen hatte, wie Dan Calebow im Alter von fünf Jahren ausgesehen hatte. Aus diesem Grund fiel sein nächster Wurf fester aus als eigentlich geplant, aber Andrew hatte Sportsgeist und gab sein Bestes.

Molly dagegen bedachte ihn mit einem missbilligenden Blick: *Er ist erst fünf, du Idiot! Nur ein kleiner Junge! Ist dir der Sieg so wichtig, dass du einen Fünfjährigen dafür abwerfen musst? Du kriegst ganz bestimmt nie, nie mehr in deinem ganzen Leben ein Paar Häschenunterhosen zu sehen! Niemals, nie. Adiós, muchacho*!

Kevin warf ihm wieder einen leichten Ball zu, und Andrew traf ihn mit voller Wucht. Der älteste O'Brian ahnte nicht, wie gefährlich ein Calebow selbst im Kindergartenalter sein konnte, und verpennte seinen Einsatz. Als Folge schaffte Linus es zur Drei, während Andrew seinen Vater auf der zwei einholte.

Dan strubbelte ihm durch die Haare.

»Kevin?«, rief Hannah höflich. »Als Nächstes ist Mr McMullen dran. Er möchte wissen, ob es in Ordnung ist, wenn er seinen Gehwagen benutzt?«

Was gab es da noch zu sagen?

Schließlich war Codys Mannschaft mit dem Abschlag dran, und Kevin war an der Reihe. In der Nähe der Werferplatte sah er wie Hannah die Gutherzige und die vier apokalyptischen Reiterinnen: Molly, Phoebe, Lilly und Julie die Köpfe zusammensteckten. Endlich traten die Frauen auseinander und ließen nur ihre Werferin zurück.

Molly, die Häschendame.

Kevin konnte ein Grinsen nicht unterdrücken. Na also,

das gefiel ihm schon besser. Und wisst ihr was, ihr Kinder? Benny der Dachs zeigte gegenüber der kleinen Daphne keine Gnade.

Molly versuchte, ihn mit Blicken zu bezwingen, aber er merkte, wie nervös sie war. Und sie hatte allen Grund dazu. Schließlich spielte man nicht alle Tage gegen einen der besten Profisportler Amerikas Softball.

Er ging zum Schlagmal hinüber und lächelte ihr zu. »Versuch nur, den Ball von meinem Kopf wegzuhalten, Süße. Ich hätte meine gut aussehende Nase gerne weiterhin an ihrem Ort.«

»Das«, sagte Dan hinter ihm, »war ein Fehler.«

Oh ja ...

Molly machte ein paar Verrenkungen, die als Aufwärmübungen gedacht waren. Kevin tippte seinen Schläger auf den Boden und wartete auf ihren Wurf. Dabei dachte er, wie süß sie aussah. Mehr als süß. Ihre Lippen waren ganz rosig, wo sie darauf gebissen hatte, und ihr Busen drückte gegen das lilafarbene Top, so wie er in der Nacht zuvor gegen seine Brust gedrückt hatte. Als sie den Ball losließ, wackelte ihr süßer kleiner Hintern in den engen rosa Jeans so wie er gegen ...

Der Ball segelte an ihm vorbei, weil er zu abgelenkt gewesen war. *Huch ... was war das denn?*

»Erster Schlag!«, rief Mr Canfield.

Ein Ausrutscher, das war alles. Ein kleiner Mangel an Konzentration – zu wenig Aufmerksamkeit für den Ball und dafür zu viel Aufmerksamkeit für andere interessante Rundungen. Er trat von der Werferplatte weg.

Sie wusste ebenfalls, dass es ein Ausrutscher gewesen war, und fing wieder an, auf ihrer Unterlippe herumzukauen. Dabei sah sie noch nervöser aus als vorher. Ein günstiger Zeitpunkt für ein paar hinterhältige Bemerkungen. »Guter Wurf, Daphne. Meinst du, du schaffst das noch mal?«

»Ich bezweifle es.«

Sie war eindeutig nervös. Eindeutig sexy. Er liebte die Art, wie diese junge Dame liebte, mit ganzem Herzen und jedem Teil ihres Körpers.

Ihr Hintern wackelte. Oh, er wusste noch, wie sich dieses Wackeln anfühlte.

Der Ball kam schnell, aber diesmal war er bereit – leider verlor er im letzten Moment unerwartet an Höhe und sein Schläger traf nichts als Luft.

»Super, Tante Molly.«

»Danke, Hannah.«

Kevin konnte es nicht glauben.

»Na toll«, grummelte Dan hinter ihm.

Molly strich sich mit dem Zeigefinger über ihren Busen. Die Zungenspitze leckte über diese vorgewölbte Unterlippe. Gott, sie machte ihn ganz heiß! Sobald dieses Spiel vorbei war, würde er sie in den Wald entführen, Familie hin oder her, und dann würde er ihr ein richtiges Spiel zeigen.

Sie drehte sich und schaute genau in dem Moment, als sie den Ball losließ, auf seinen Schritt. Ganz instinktiv machte er einen Schritt zur Seite, um sich in Sicherheit zu bringen. In der Folge schlug er fast daneben und schickte einen mehr als schwachen Ball zurück. Er fing an zu rennen. Sie warf zu Julie am ersten Laufmal hinüber, die eine Pirouette vollführte, die aussah wie aus Schwanensee, aber den Ball fing.

Er war raus. *Raus!* Er schaute von der Ballerina zur Häschendame und versuchte, es zu begreifen. Mollys Augen wanderten zwischen seinem Gesicht und seinem Schritt hin und her. Dann grinste sie. »Habe ich dir jemals erzählt, dass ich neun Jahre lang ins Ferienlager gefahren bin?«

»Ich glaube, du hast es schon mal erwähnt.« Er konnte sich nicht vorstellen, dass man solche Tricks im Ferienlager lernte. Die Königin aller Tunichtgute hatte sich das ganz allein ausgedacht.

Am Ende des ersten Durchgangs hatte Molly Cody einen

einfachen Wurf gegeben, hatte Dan einen Walk gegeben und den Ältesten der O'Brian Jungs zusammen mit seinen Eltern rausgeschmissen.

Das machte 0 Punkte für die Sportskanonen und 2 Punkte für die Nieten.

Sie hüpfte an ihm vorbei, als ihre Mannschaft das Spielfeld verließ. »Schöner Tag, nicht wahr?«

»Ich dachte, du wärst so unsportlich.«

»Ich sagte, dass ich mich nicht für Sport begeistern kann, mein Kleiner.« Sie schnipste nach seiner Brust. »Das ist ein Unterschied.«

Das konnte er ihr nicht durchgehen lassen, also setzte er seine beste NFL Miene auf und bemerkte trocken. »Wenn du das nächste Mal auf meinen Reißverschluss starrst, meine Kleine, dann solltest du lieber schon auf dem Rücken liegen.«

Sie lachte und rannte hinter ihrer Mannschaft her.

Lilly war als Erste an der Reihe. Sie war ganz in Gucci gekleidet, Ton in Ton, und die Diamanten an ihren Ringen und Armbändern blitzten. Sie kickte ein Paar Sandalen mit Leopardenmuster von den Füßen, nahm die Sonnenbrille mit den ineinander verschlungenen Cs an den Bügeln ab und packte den Schläger. Sie vollführte ein paar Übungsschwünge und stellte sich dann an die Werferplatte, als ob sie ihr gehörte. In diesem Moment wurde ihm klar, dass er seine sportlichen Fähigkeiten nicht nur dem Rodeoreiter zu verdanken hatte.

Sie hob eine Augenbraue und ihre Augen leuchteten. Grün wie seine.

Ich weiß, dass du meine wahre Mutter bist und ich liebe dich sehr …

Er versuchte nicht, sie zu brennen. Stattdessen warf er sanft und ordentlich über die Platte. Sie schwang den Schläger, aber sie war doch etwas eingerostet und traf nicht ganz.

»Schlechter Ball!«

Er warf ihr noch so einen Ball zu, diesmal traf sie genau.

Der Schläger knallte gegen den Ball, und unter den Jubelrufen ihrer Mannschaft schaffte sie es bis zum zweiten Laufmal. Er war überrascht, wie stolz ihn das machte.

»Nicht schlecht«, murmelte er.

»Ging auch schon mal besser«, erwiderte sie.

Hannah, die Gutherzige, war als Nächste dran. Ganz ernst und feierlich mit demselben besorgten Gesichtsausdruck, den er von ihrer Tante kannte. Hannahs glatte braune Haare waren etwas heller als die von Molly, aber sie hatte das gleiche störrische Kinn, denselben Schwung der Augen. Sie war ein ernstes Kind und sehr ordentlich. Ihr American-Girl-T-Shirt ließ in keiner Weise erkennen, dass sie bereits mit zwei Pudeln herumgetollt war und Schokoladenkuchen gegessen hatte. Er entdeckte, dass aus der hinteren Tasche ihrer Shorts ein winziges Notizbuch hervorlugte, und das brachte etwas in ihm zum Schmelzen. Sie schien eher Mollys Tochter als die von Dan und Phoebe zu sein. Hätte sein kleines Mädchen auch so ausgesehen?

Völlig unerwartet schnürte sich ihm die Kehle zusammen.

»Ich bin nicht sehr gut«, flüsterte Hannah von der Werferplatte herüber.

Oh, Mann, nicht das … Er war verloren. Er warf zu weit.

»Erster Ball.«

Sie schaute noch besorgter drein. »Zeichnen und Geschichten schreiben kann ich besser. Vor allem Geschichten schreiben.«

»Mach schon, Hannah«, rief der unsensible Kerl von Vater vom zweiten Laufmal herüber.

Kevin hatte Dan Calebow immer als einen der besten Väter angesehen, die er kannte, was nur zeigte, wie sehr man sich täuschen konnte. Er warf ihm einen vernichtenden Blick zu und warf dann so leicht und sanft, dass der Ball die Werferplatte nicht erreichte.

»Zweiter Ball.«

Hannah biss sich auf die Unterlippe und flüsterte hilflos. »Ich bin nur froh, wenn das hier endlich vorbei ist.«

Kevin schmolz dahin und mit ihm sein nächster Wurf, der über die Werferplatte flog.

Hannah erwischte den Ball mit einem kräftigen kleinen Schlag.

Kevin versuchte, den Ball zu fangen, aber er ließ sich Zeit dabei, damit sie es bis zum ersten Laufmal schaffen konnte. Leider fing dann aber Cody nicht, und so erreichte sie sogar noch das zweite Mal.

Er hörte die Jubelgesänge und sah, wie Lilly ins Ziel schlitterte. Ihre Gucci-Hosen hatte sie dabei ganz vergessen.

Nieten 3, Sportskanonen 0 Punkte.

Er schaute Hannah an.

»Ich kann nicht so gut schlagen, aber ich kann ziemlich schnell rennen«, sagte sie mit hilfloser Kleinmädchenstimme.

»Oh man«, sagte Dan voller Verzweiflung.

Kevin wollte ihn gerade trösten, als er sah, wie das kleine Mädchen einen Blick mit seiner Tante wechselte, der ihn fast umhaute. Es war nur ein Lächeln. Aber es war kein gewöhnliches Lächeln. Oh, nein. Es war ein Lächeln, das mit allen Wassern gewaschen war!

Ein Ausdruck von so vollkommenem Einvernehmen ging von Nichte zu Tante, dass es ihm den Atem verschlug. Er war reingelegt worden! Hannah war ein erstklassiger Tunichtgut genau wie Molly!

Er drehte sich zu Dan um, der einigermaßen entschuldigend dreinschaute. »Phoebe und ich sind uns immer noch nicht sicher, ob sie das eigentlich von vornherein plant oder ob es einfach so passiert.«

»Das hättest du mir sagen sollen.«

Dan betrachtete seine älteste Tochter mit einer Mischung aus Verärgerung und väterlichem Stolz. »Das musstest du schon selber merken.«

Beim Sport wurden einem manchmal Dinge klar, und in diesem Moment ging Kevin ein Licht auf – von Mollys erstem fast Ertrinken und dem Vorfall mit dem Kanu bis hin zu Marmies untypischen Ausflug auf den Baum. Molly hatte ihn nach Strich und Faden reingelegt. Cody trat vor und war sichtlich unzufrieden mit der schwachen Leistung seines Werfers, und ehe Kevin wusste wie ihm geschah, fand er sich beim zweiten Laufmal wieder, während Dan seine Position übernahm.

Hannah, die Trickreiche, wechselte einen Blick mit Molly, und Kevin sah, warum. Phoebe war jetzt mit dem Abschlag dran.

Ach ja, nun brachen wirklich bessere Zeiten an, oder etwa nicht? Es gab mehr Powackeln, Lippenlecken und Busenrausstrecken als in Gegenwart von Minderjährigen erlaubt sein sollte. Dan fing an zu schwitzen, Phoebe juchzte und im Handumdrehen war die Besitzerin der Stars auf der Eins, während Miss Hannah bereits die Drei erreicht hatte.

Es war das reinste Blutbad.

Am Ende schafften es die Sportskanonen doch noch gegen die Nieten zu gewinnen, aber nur, weil Kapitän Cody schlau genug war, Tess gegen Dan einzutauschen, denn die war immun gegen Powackeln und ließ sich nicht so leicht aufs Glatteis führen. Tess machte kurzen Prozess mit den Kleinen der Mannschaft und wies den Senioren höflich aber bestimmt den Weg vom Spielfeld. Aber selbst ihr gelang es nicht, Tante Molly davon abzuhalten, im letzten Durchgang noch einen Punkt einzuheimsen.

Dafür, dass sie Sport hasste, wusste Molly erstaunlich gut mit dem Schläger umzugehen und die Art und Weise, wie sie die Laufmale ablief, erregte Kevin derart, dass er sich vorbeugen und so tun musste, als würde er einen Krampf wegmassieren, um sich nicht bloßzustellen. Beim Massieren wurde ihm noch einmal deutlich, wie voll Mollys Bett in dieser

Woche sein würde, vor lauter Kindern, die mit ihr kuscheln wollten. Wenn er es richtig verstanden hatte, war heute Julie dran, morgen Andrew, dann Hannah, dann Tess. Vielleicht konnte er nach dem Schlafengehen ins Häuschen schleichen und Tante M. entführen. Aber dann fiel ihm ein, dass sie erzählt hatte, Julie hätte einen leichten Schlaf.

Er seufzte und rückte die Schirmmütze auf seinem Kopf zurecht. Er musste einsehen, dass er für den Augenblick schlechte Karten hatte. Der große Kevin war draußen.

21

Im Wald war es unheimlich, und Daphnes Zähne klapperten. Was war, wenn keiner sie fand? Wie gut, dass sie ihren Lieblingssalat und Sandwiches mit Orangenmarmelade dabei hatte.

Wo steckt Daphne?

Lilly lehnte sich in ihrer Liege zurück und horchte auf das leise Klimpern des Windspiels, das an der Rotbuche neben der Terrasse hing. Sie hatte ein Faible für Windspiele, aber Craig hatte sie nicht ausstehen können und ließ nicht zu, dass sie welche in ihrem Garten aufhängte. Sie schloss die Augen, froh, dass sich die anderen Gäste nur selten an diesen ruhigen Platz gleich hinter dem Haus verirrten.

Sie hatte mittlerweile aufgehört, sich die Frage zu stellen, wie lange sie noch hier bleiben würde. Wenn es Zeit war zu gehen, würde sie es merken. Und heute hatten sie so viel Spaß gehabt. Als sie die Zielplatte erreichte, hatte Kevin fast stolz ausgesehen, und beim Picknick war er ihr nicht so betont aus dem Weg gegangen, wie Liam es getan hatte.

»Versteckst du dich vor deinen Bewunderern?«

Sie öffnete erschreckt die Augen und ihr Herz setzte für einen Schlag aus, als der Mann, der viel zu oft in ihren Gedanken vorkam, aus der Hintertür des Gästehauses trat. Sein Haar war zerzaust, und er trug dieselben verknitterten kakifarbenen Shorts und ein dunkelblaues T-Shirt, die er schon zuvor beim Picknick angehabt hatte. Wie sie selbst, hatte er sich nach dem Softballspiel noch nicht frisch gemacht.

Sie schaute in seine dunklen Augen, die zu viel sahen. »Ich

bin gerade dabei, mich von den Anstrengungen des Nachmittags zu erholen.«

Er ließ sich in die Kissen des Sessels neben ihr sinken. »Dafür, dass du ein Mädchen bist, spielst du gar nicht so schlecht Softball.«

»Und du spielst gar nicht so schlecht Softball für einen verweichlichten Künstler.«

Er gähnte. »Wer ist hier verweichlicht?«

Sie hielt mühsam ein Lächeln zurück. Sie lächelte viel zu viel, wenn sie zusammen waren, und das ermutigte ihn. Jeden Morgen nahm sie sich vor, in ihrem Zimmer zu bleiben, bis er fort war, aber dann ging sie doch wieder nach unten. Sie konnte noch immer nicht glauben, was sie mit ihm getan hatte. Es war wie unter einem Zauber geschehen, als wäre das gläserne Studio Teil einer anderen Welt gewesen. Aber jetzt war sie wieder zurück in Kansas.

Sie war außerdem ein wenig verstimmt, weil er sich so gut ohne sie amüsiert hatte. Wenn er nicht gerade mit Molly lachte, hatte er mit Phoebe Calebow geflirtet oder eines der Kinder geneckt. Er war ein ruppiger, einschüchternder Mann und die Tatsache, dass keines der Kinder Angst vor ihm hatte, machte sie irgendwie ärgerlich.

»Geh, und mach dich frisch«, sagte er. »Ich werde dasselbe tun, und dann führe ich dich zum Essen aus.«

»Danke, aber ich habe keinen Hunger.«

Er stieß einen entnervten Seufzer aus und lehnte den Kopf gegen die Rückenlehne des Sessels. »Du bist offenbar wild entschlossen, das hier wegzuwerfen, nicht wahr? Du bist nicht mal bereit, uns beiden eine Chance zu geben.«

Sie stellte die Beine seitlich der Liege ab und setzte sich auf. »Liam, was da zwischen uns geschehen ist, war ein Ausrutscher. Ich war in der letzten Zeit zu viel allein und habe einem unbesonnenen Impuls nachgegeben.«

»Es waren also nur der Zeitpunkt und die Umstände?«

»Ja.«

»Es hätte mit jedem passieren können?«

Sie wollte zustimmen, konnte es aber nicht. »Nein, nicht mit jedem. Du kannst sehr attraktiv sein, wenn du dir Mühe gibst.«

»Das können viele Männer. Du weißt genau, dass da etwas zwischen uns ist, aber du hast nicht den Mut, es genauer zu betrachten.«

»Das brauche ich gar nicht. Ich weiß genau, was mir an dir gefällt. Das ist eine alte Gewohnheit.«

»Was meinst du damit?«

Sie drehte an ihren Ringen. »Ich meine damit, dass ich das alles schon mal erlebt habe. Das Alphamännchen. Der Leithengst. Der fürsorgliche Prinz, der Aschenputtels Sorgen und Nöte vertreibt. Männer wie du sind eine verhängnisvolle Schwäche von mir. Aber ich bin kein mittelloser Teenager mehr und brauche niemanden, der sich um mich kümmert.«

»Gott sei Dank! Ich mag nämlich keine Teenager. Und ich bin viel zu sehr mit mir selbst beschäftigt, um mich um irgendjemanden zu kümmern.«

»Du machst dich absichtlich über das lustig, was ich dir zu erklären versuche.«

»Das kommt, weil du mich langweilst.«

Sie wollte sich nicht von seiner Unverschämtheit ablenken lassen, vor allem, weil sie wusste, dass er genau das bezweckte. »Liam, ich bin zu alt und zu schlau, um denselben Fehler zweimal zu machen. Ja, du gefällst mir. Aggressive Männer üben eine ungeheure Anziehungskraft auf mich aus, obwohl es in ihrer Natur liegt, die Frauen zu überfahren, denen sie etwas bedeuten.«

»Und ich hatte gedacht, unsere Unterhaltung könnte nicht noch kindischer werden.«

»Genau das meine ich. Du willst nicht darüber reden, also

machst du mich lächerlich, um mich zum Schweigen zu bringen.«

»Schade, dass es nicht funktioniert.«

»Ich dachte wirklich, ich wäre endlich klüger geworden, aber das ist offenbar nicht der Fall, sonst könntest du nicht so mit mir umspringen.« Sie erhob sich von der Liege. »Hör zu, Liam. Ich habe einmal in meinem Leben den Fehler gemacht, mich in einen autoritären Mann zu verlieben, und diesen Fehler werde ich nicht wiederholen. Ich habe meinen Mann geliebt. Aber manchmal habe ich ihn, weiß Gott, eher gehasst.«

Sie schlang die Arme um sich, erstaunt, ihm etwas gestanden zu haben, was sie sich selbst kaum eingestehen konnte.

»Vermutlich hatte er es verdient. Er scheint ein ziemlich mieser Kerl gewesen zu sein.«

»Er war genau wie du!«

»Das wage ich ernsthaft zu bezweifeln.«

»Du glaubst mir nicht?« Sie fuchtelte mit der Hand in Richtung der Rotbuche. »Ich durfte keine Windspiele haben! Ich liebe Windspiele, aber er konnte sie nicht ausstehen, also durfte ich in meinem eigenen Garten keine aufhängen.«

»Er hatte eben einen guten Geschmack. Die Dinger sind die Pest.«

Ihr Magen krampfte sich zusammen. »Wenn ich mich auf eine Liebesbeziehung mit dir einlassen würde, wäre es genauso, als würde ich mich ein zweites Mal in Craig verlieben.«

»Das nehme ich dir allerdings übel.«

»Einen Monat nach seinem Tod habe ich ein Windspiel vor meinem Schlafzimmerfenster aufgehängt.«

»Nun ja, vor unserem Schlafzimmerfenster wirst du keins von den Dingern aufhängen!«

»Wir haben kein Schlafzimmerfenster! Und wenn wir eins hätten, würde ich dort so viele aufhängen, wie ich wollte!«

»Auch wenn ich dich ausdrücklich bäte, es nicht zu tun?«

Sie hob verzweifelt die Hände. »Hier geht es doch nicht um Windspiele! Das war nur ein Beispiel!«

»So einfach kommst du mir nicht davon. Du hast das Thema schließlich aufgebracht.« Jetzt war er auf den Füßen. »Ich habe dir gesagt, dass ich die verdammten Dinger nicht ausstehen kann, aber du hast gesagt, du hängst sie trotzdem auf, stimmt's?«

»Du hast ja den Verstand verloren.«

»Stimmt das oder nicht?«

»Ja!«

»Also gut.« Er seufzte märtyrerhaft. »Wenn es dir so wichtig ist, dann häng von mir aus die verdammten Dinger auf. Aber erwarte nicht, dass ich es klaglos ertrage. Dämliche Lärmbelästigung. Und ich erwarte von dir, dass du nachgibst, wenn mir mal was wichtig ist.«

Sie griff sich an den Kopf. »Ist es deine neue Verführungsmethode, mich in den Wahnsinn zu treiben?«

»Ich versuche etwas zu sagen, aber du scheinst mich nicht zu verstehen.«

»Dann erklär's mir.«

»Du wirst dich von keinem Mann überfahren lassen, nicht mehr. Ich habe es gerade versucht, aber du hast mich nicht gelassen. Und wenn es mir nicht gelingt, dann schafft das keiner. Verstehst du? Es gibt kein Problem für uns.«

»So einfach ist das nicht!«

»Und was ist mit mir?« Er berührte seine Brust und sah zum ersten Mal verletzlich aus. »Was ist mit meiner verhängnisvollen Schwäche?«

»Ich weiß nicht, was du meinst.«

»Wenn du vielleicht auch mal an jemand anderen als dich selbst denken würdest, wüsstest du's.«

Seine Worte schmerzten nicht so sehr, wie es Craigs Worte getan hätten. Liam wollte sie reizen, nicht verwunden. »Du bist unmöglich!«

»Was soll ein Mann in meiner Lage tun, kannst du mir das sagen? Ich kann mich nicht zurückhalten und bin zu alt, es noch zu lernen. Was soll ich machen?«

»Ich weiß es nicht.«

»Ich habe eine Schwäche für starke Frauen. Frauen, die hart im Nehmen sind und nicht gleich verzweifeln, nur weil ein Mann nicht immer genau das sagt, was sie hören wollen. Nur leider will die starke Frau, in die ich mich verliebt habe, nichts von mir wissen. Was soll ich machen, Lilly?«

»Oh, Liam ... Du hast dich nicht in mich verliebt. Du hast ...«

»Hab doch etwas mehr Selbstvertrauen«, sagte er barsch. »Vertrau auf die Frau, die du inzwischen bist.«

Sie fühlte sich eingeengt von seiner brutalen Offenheit. Er wusste gar nicht, was er da sagte. Die Frau, die er sah, wenn er sie anschaute, war nicht dieselbe, als die sie sich fühlte. Er trat an den Rand der Terrasse, die Hände in den Hosentaschen vergraben. »Ich glaube, du hast mir jetzt oft genug die Tür vor der Nase zugehauen. Ich liebe dich, aber ich habe auch meinen Stolz.«

»Das weiß ich.«

»Das Bild ist fast fertig, und ich würde es dir gerne zeigen. Komm am Donnerstagabend zu mir nach Hause.«

»Liam, ich ...«

»Wenn du nicht erscheinst, werde ich dich nicht holen kommen. Du wirst dich entscheiden müssen, Lilly.«

»So ein Ultimatum kann ich überhaupt nicht ausstehen.«

»Das wundert mich nicht. Das ist bei starken Frauen meistens so.« Damit ging er fort.

An den folgenden zwei Tagen versuchte Kevin fortwährend, Molly allein zu erwischen, aber seine eigenen Fahrten in die Stadt, um Fahrräder zu besorgen, die Betreuung der Gäste und die Kinder, die auftauchten, sobald er nur den Kopf zur

Tür hinausstreckte, ließen keine Gelegenheit aufkommen. Zweimal versuchte Dan, mit ihm zu sprechen, beim ersten Mal wurden sie durch das Klingeln des Telefons unterbrochen, beim zweiten Mal war es die Autobatterie eines Gastes, die den Geist aufgegeben hatte. Am Dienstagabend war er derart missgelaunt und unlustig, dass er sich nicht auf das Footballvideo konzentrieren konnte, das er sich im Büro anschauen wollte. Noch fünf Wochen bis zum Trainingslager. Er schubste Ruh vom Schoß und stand auf, um zum Fenster hinüberzugehen. Es war noch nicht einmal sieben Uhr, aber Regenwolken waren aufgezogen, und es wurde langsam dunkel. *Wo zum Teufel steckte sie?*

In diesem Moment klingelte sein Handy. Er schnappte es sich vom Schreibtisch. »Hallo?«

»Kevin, ich bin's Molly.«

»Wo steckst du denn?«, knurrte er. »Ich hab dir doch gesagt, dass ich heute nach dem Tee mit dir reden will.«

»Ich habe gesehen, dass Phoebe aufs Haus zukam und bin aus der Hintertür entwischt. Sie wird immer hartnäckiger. Dann bin ich Tess in die Arme gelaufen, die mir von einem Jungen erzählen wollte, der sie mag.«

Ach ja, und was ist mit dem Jungen, der dich mag?

»Die Sache ist die … nachdem Tess gegangen ist, habe ich beschlossen, ein bisschen allein im Wald spazieren zu gehen. Und ich habe über eine neue Idee für Daphne nachgedacht. Eins kam zum anderen und ehe ich es gemerkt habe, hatte ich mich verlaufen.«

Zum ersten Mal an diesem Tag entspannte er sich. »Was du nicht sagst.« Er lockerte seinen Griff um das Handy, und sein Magen knurrte. Ihm fiel ein, dass er seit dem Frühstück nichts mehr gegessen hatte, und machte sich auf den Weg in die Küche, um sich ein Sandwich zu schmieren. Ruh tapste hinter ihm her.

»Im Walde verirrt«, sagte sie bedeutungsvoll.

»Wow.« Er versuchte, sie sein Lächeln nicht hören zu lassen.

»Und es wird langsam dunkel.«

»Allerdings.«

»Nach Regen sieht es außerdem aus.«

Er schaute aus dem Fenster. »Das hatte ich auch gerade bemerkt.«

»Und ich habe Angst.«

»Bestimmt.« Er klemmte sich das Telefon unters Kinn und zog etwas kalten Braten und ein Glas Senf aus dem Kühlschrank. »Du hast also den nächsten Supermarkt gesucht, um mich anzurufen?«

»Ich habe zufälligerweise Phoebes Handy mitgenommen.«

Er grinste und schnappte sich einen Laib Brot aus der Speisekammer. »Wie klug von dir.«

»Im Ferienlager haben wir gelernt, dass wir eine Pfeife um den Hals tragen sollen, wenn wir allein spazieren gehen. Da ich keine Pfeife hatte …«

»… hast du ein Handy mitgenommen.«

»Sicherheit ist das oberste Gebot.«

»Wir wollen Gott für die Segnungen der Telekommunikation danken.« Er ging zurück zum Kühlschrank, um sich etwas Käse zu holen. »Und jetzt weißt du nicht, wo du bist. Hast du nach dem Moos auf den Baumstämmen geschaut?«

»Daran habe ich nicht gedacht.«

»Es wächst auf der Nordseite.« Er belegte sein Sandwich und hatte zum ersten Mal an diesem Abend ein wenig Spaß.

»Ja, das habe ich, glaub ich, auch schon gehört. Aber es ist etwas zu dunkel, um das zu erkennen.«

»Ich vermute, du hast nicht zufällig einen Kompass dabei oder eine Taschenlampe?«

»Auf die Idee bin ich nicht gekommen.«

»Wie schade.« Er klatschte noch etwas mehr Senf auf sein Sandwich. »Soll ich nach dir suchen?«

»Das wäre wirklich nett von dir. Wenn du dein Handy mitnimmst, kann ich dich vielleicht herlotsen. Ich bin auf dem Weg hinter Jacobs Ladder losgegangen.«

»Das wäre also der beste Ort, um meine Suche zu beginnen. Weißt du was – ich ruf dich wieder an, wenn ich da bin.«

»Es wird jetzt schnell dunkel. Würdest du dich bitte beeilen?«

»Oh, klar. Ich werde schneller bei dir sein, als du denkst.« Er legte auf, schmunzelte und setzte sich, um sein Sandwich zu genießen. Aber noch bevor er drei Bissen genommen hatte, rief sie wieder an. »Ja?«

»Hab ich dir schon gesagt, dass ich mir vielleicht den Knöchel verknackst habe?«

»Oh, nein. Wie ist das denn passiert?«

»Irgendein Loch von einem Tier.«

»Hoffentlich ist es nicht von einer Schlange. Es gibt hier in der Gegend manchmal Klapperschlangen.«

»Klapperschlangen?«

Er griff sich eine Serviette. »Ich gehe jetzt gerade an Jacobs Ladder vorbei, aber irgendjemand hat hier wohl eine Microwelle laufen, weil mein Empfang so gestört ist. Ich ruf dich zurück.«

»Warte, du hast meine Num …«

Er unterbrach das Gespräch, lachte laut auf und ging zum Kühlschrank. Ein Sandwich schmeckte immer besser mit Bier. Er pfiff vor sich hin, öffnete die Flasche und setzte sich genüsslich wieder.

Dann fiel es ihm plötzlich wie Schuppen von den Augen. Was zum Teufel tat er da?

Er schnappte sein Handy und tippte Phoebes Nummer aus dem Gedächtnis. Später war noch genug Zeit, ihr eine Lehre zu erteilen. Dies war die erste Gelegenheit seit zwei Tagen, sie allein zu erwischen. »Hey, Molly?«

»Ja.«

»Ich habe ein bisschen Schwierigkeiten, dich zu finden.« Er klemmte sich das Handy unters Kinn, packte das Bier und den Rest des Sandwichs und ging zur Hintertür hinaus. »Glaubst du, dass du schreien könntest?«

»Du meinst, ich soll schreien?«

»Es würde helfen.« Er biss noch einmal von dem Sandwich ab und eilte zu Jacobs Ladder hinüber.

»Ich hab's nicht so mit dem Schreien.«

»Im Bett schon«, meinte er.

»Isst du gerade etwas?«

»Ich muss mich für die Suche stärken.« Er winkte Charlotte Long mit der Bierflasche.

»Ich bin mir ziemlich sicher, dass ich in der Nähe des Baches bin. Am Ende des Weges, der hinter Jacobs Ladder beginnt.«

»Bach?«

»Der Bach, Kevin! Der durch den Wald und über die Lichtung fließt. Der einzige Bach, den es hier gibt!«

Langsam klang sie entnervt. Er nahm einen Schluck Bier. »Ich kann mich an keinen Bach erinnern. Bist du sicher?«

»Ja, ich bin sicher!«

»Ich vermute, dass ich ihn wieder erkenne, wenn ich ihn sehe.« Auf der großen Wiese rannten Kinder umher. Er hielt einen Moment inne, um den Anblick zu genießen. Dann kehrte er zu seiner Mission zurück. »Der Wind hat wirklich aufgefrischt. Ich kann den Weg kaum erkennen.«

»Hier ist es nicht so schlimm.«

»Dann gehe ich vielleicht in die falsche Richtung?«

»Du hast doch den Weg hinter Jacobs Ladder genommen, oder?«

Er warf den Rest seines Sandwichs in einen Abfalleimer und betrat genau diesen Weg. »Ich glaube schon.«

»Du glaubst schon? Passt du denn nicht auf?«

Eindeutig genervt.

»Rede einfach immer weiter. Vielleicht merke ich an der Qualität des Empfangs, ob ich in deine Nähe komme.«

»Kannst du den Bach hören?«

»Welcher Bach ist das noch mal?«

»Es gibt hier nur einen Bach!«

»Ich hoffe, ich kann ihn finden. Ich mag mir gar nicht vorstellen, wie schrecklich es für dich wäre, die Nacht ganz allein im Wald zu verbringen.«

»Ich bin sicher, das wird nicht passieren.«

»Ich hoffe nicht. Aber fang auf keinen Fall an, über die Blair Witch nachzudenken.«

»Die Blair Witch?«

Er stieß einen erstickten Laut aus, dann ein Monstergeräusch und unterbrach das Gespräch.

Es dauerte nicht lange und das Telefon klingelte wieder.

»Mir schmerzt der Bauch vor Lachen«, sagte sie trocken.

»Sorry. Es war nur ein Eichhörnchen. Aber es war riesig.«

»Wenn du nicht mitspielst, dann gehe ich nach Hause.«

»Okay, aber du solltest lieber nicht mehr anhaben als Schuhe und ein Haarband, wenn ich dich finde.«

»Ich besitze kein Haarband.«

»Um so besser, dann gibt es ein Stück weniger auszuziehen, oder?«

Wie sich herausstellte, war sie noch angezogen, als er sie entdeckte, aber das blieb nicht lange so. Sie sanken nackt in das weiche Gras der Lichtung, und als der Regen einsetzte, verklang ihr Lachen im Wind.

Er berauschte sich an ihren Küssen, und als er in ihren weichen, aufnahmebereiten Körper eindrang, schien ihm dieser Moment fast … heilig. Aber diese Anmutung war zu zart, um dem ursprünglichen Verlangen seines Körpers Stand halten zu können.

Der Regen trommelte auf seinen Rücken. Ihre kräftigen Finger gruben sich in seine Schultern – voller Leidenschaft.

Der Regen … diese Frau … Ihre Lust wand sich unter ihm, und er verlor sich.

Ein Tag folgte dem anderen, und Molly benahm sich wie eine Besessene. Am Mittwoch lüftete sie im Büro den Rock für Kevin, während die Gäste Tee tranken. In derselben Nacht entkam sie einem von Phoebes zahlreichen Arrangements für ein Gespräch unter vier Augen und traf sich mit ihm im Wald gleich hinter dem Cottage. Am folgenden Morgen zerrte er sie gerade noch in die Speisekammer, als Troy zur Küchentür hereinkam, und musste ihr dann den Mund zuhalten, weil sie so laut wurde. Später lockte sie ihn in ein leer stehendes Cottage. Aber als er sie dort auf den Küchentisch hob, machten ihre Muskeln die Anstrengung so vieler seltsamer Positionen nicht mehr mit, und sie jammerte auf.

Er presste die Stirn an ihre und atmete zitternd durch, um die Kontrolle über sich zu gewinnen. »Wir sind verrückt. Du hattest genug.«

»Machst du Witze? Ich fange gerade erst an, aber wenn du nicht mithalten kannst, habe ich dafür Verständnis.«

Er lächelte und küsste sie. Oh, wie sie diese langsamen Küsse liebte. Er liebkoste ihre Brüste und Oberschenkel, versuchte vorsichtiger zu sein, aber sie spielten mit dem Feuer, und sie wollte seine Vorsicht nicht. Es dauerte nicht lange, da hatte sie ihre schmerzenden Muskeln ganz und gar vergessen.

An diesem Abend gingen sie der Einladung der Calebows zum Essen aus dem Weg, indem sie verkündeten, sie müssten zum Einkaufen in die Stadt fahren. Aber als sie schließlich zum Ferienpark zurückkehrten, mussten sie feststellen, dass sie das Glück nun doch verlassen hatte. Phoebe und Dan warteten bereits auf den Stufen des Gästehauses auf sie.

22

Eines Tages kam ein Bösewicht in den Nachtigallenwald. Er war wirklich böse und gemein, aber er gab vor, Bennys Freund zu sein. Nur Daphne erkannte, wie böse er in Wirklichkeit war. Also sagte sie zu Benny: »Er ist nicht dein Freund!!!!«

Daphne und der Bösewicht
von Hannah Marie Calebow

Molly hörte Kevins unterdrückten Fluch und setzte ein Lächeln auf. »Hallo ihr zwei. Seid ihr den Kindern für ein Weilchen entflohen?«

»Die spielen Verstecken im Dunkeln auf der großen Wiese.« Phoebe kam die Stufen hinunter und musterte Mollys zerknittertes Kleid.

Molly musste jetzt wirklich auf der Hut sein, aber die Tatsache, dass ihr noch immer die Unterwäsche fehlte, brachte sie etwas aus dem Konzept. »Ich hoffe, Andrew macht keinen Unfug. Ihr wisst doch, wie schnell er verschwindet.«

»Andrew geht es bestens«, sagte Dan. »Hier kann ihm wirklich nicht viel passieren.«

»Du hast ja keine Ahnung«, murmelte Kevin.

Phoebe deutete mit dem Kopf auf den breiten Weg, der am Strand entlangführte. Ihr übergroßes Stars-Sweatshirt und die Jeans konnten das Energiebündel, das in ihr steckte, nicht ganz verbergen. »Mrs Long hat angeboten, nach den Kindern zu schauen. Lasst uns ein paar Schritte gehen.«

Molly kreiste mit den Schultern. »Ich glaube, ich bleib lieber hier. Ich bin schon seit halb sechs Uhr auf, und dementsprechend ziemlich müde.« Und von den drei flotten Nummern heute. »Vielleicht morgen.«

Dans Stimme klang hart wie Stahl. »Es wird nicht lange dauern. Und es gibt ein paar Sachen, die wir mit euch besprechen wollen.«

»Euer Urlaub ist schon fast vorbei. Warum könnt ihr euch nicht einfach entspannen und die restliche Zeit genießen?«

»Es fällt uns schwer, uns zu entspannen, wenn wir uns solche Sorgen um dich machen«, antwortete Phoebe.

»Na, dann sorgt euch doch nicht länger!«

»Beruhige dich, Molly«, sagte Kevin. »Wenn die beiden reden wollen, haben wir bestimmt einen Augenblick Zeit.«

Dieser Schleimer. Oder hatte er vielleicht nur beschlossen, ein neues riskantes Spiel zu spielen? Sie hatte von Anfang an gewusst, dass er nicht Verstecken spielte, weil er vor Dan und Phoebe Angst hatte. Er tat es, weil er eine Spielernatur war. »Du magst vielleicht Zeit haben, ich jedenfalls nicht.«

Dan wollte nach ihrem Arm greifen, wie er es getan hatte, seit sie fünfzehn war, aber Kevin schoss vor und versperrte ihm den Weg. Sie wusste nicht, wer erstaunter war, sie oder Dan. Hatte Kevin die Geste etwa als Bedrohung empfunden?

Phoebe erkannte die Anzeichen eines Platzhirschkampfes und stellte sich an die Seite ihres Mannes. Die beiden wechselten einen ihrer Blicke, und dann marschierte Dan los. »Los jetzt. Wir gehen.«

Der Zeitpunkt der Abrechnung war nun endlich gekommen, es gab kein Entrinnen. Molly konnte sich gut vorstellen, welche Fragen die beiden stellen würden. Wenn sie nur auch die Antworten darauf gewusst hätte.

Schweigend gingen sie am Strand entlang und an den äußersten Cottages vorbei, dann folgten sie dem Waldrand. Als sie den Weidezaun erreichten, der die Grenze des Ferienparks markierte, blieb Dan stehen. Kevin entfernte sich ein wenig von Molly und lehnte sich mit der Hüfte gegen einen Zaunpfahl.

»Ihr seid jetzt seit zwei Wochen hier«, sagte Phoebe, nachdem sie Dans Hand losgelassen hatte.

»Am Mittwoch waren es zwei Wochen«, antwortete Kevin.

»Der Ferienpark ist wunderschön. Unsere Kinder amüsieren sich prächtig.«

»Es ist schön, dass sie hier sind.«

»Sie können noch immer nicht fassen, dass du all diese Fahrräder gekauft hast.«

»Das habe ich gerne gemacht.«

Dan verlor die Geduld. »Phoebe und ich wollen wissen, welche Absichten du Molly gegenüber hast.«

»Dan!«, rief Molly.

»Schon in Ordnung«, sagte Kevin.

»Nein, das ist es nicht!« Sie warf ihrem Schwager einen bösen Blick zu. »Und was ist das überhaupt für ein sexistischer Südstaatenmist? Was ist denn mit *meinen* Absichten *ihm* gegenüber?« Sie wusste allerdings nicht, was das für Absichten waren, außer der einen, sich die reale Welt so lange wie möglich vom Leib zu halten, indem sie einfach im Nachtigallenwald blieb. Aber sie musste Dan widersprechen.

»Ihr solltet eure Ehe eigentlich annullieren lassen«, sagte Phoebe. »Stattdessen seid ihr zusammen durchgebrannt.«

»Wir sind nicht durchgebrannt«, gab Molly zur Antwort.

»Wie würdest du es dann nennen? Sobald ich mit dir darüber reden will, rennst du weg.« Sie stopfte die Hände in die Taschen ihrer Jeans. »Ist das mal wieder ein Feueralarm, Molly?«

»Nein!«

»Was denn für ein Feueralarm?«, fragte Kevin.

»Ach, nichts Besonderes«, sagte Molly rasch.

»Nein, das will ich hören.«

Phoebe verriet sie. »Als Molly sechzehn war, hat sie den Feueralarm an ihrer Highschool ausgelöst. Leider hatte sie gar kein Feuer entdeckt.«

Kevin betrachtete sie neugierig. »Hattest du einen anderen Grund?«

Sie schüttelte den Kopf und fühlte sich plötzlich wieder wie sechzehn.

»Warum hast du es dann getan?«

»Darüber will ich jetzt eigentlich nicht sprechen.«

Er nickte zu Dan hinüber. »Du tust sonst immer so, als wäre sie perfekt.«

»Das ist sie ja auch!«, blaffte Dan zurück.

Gegen ihren Willen musste Molly lächeln, biss sich aber auf die Lippen. »Es war ein Ausrutscher. Ich war ein unsicherer Teenager und wollte herausfinden, ob Phoebe und Dan immer zu mir hielten, ganz gleich, was ich tat.«

Kevins Augen bekamen einen nachdenklichen Glanz. »Und dann haben sie die ganze Schule evakuiert?«

Molly nickte.

»Wie viele Feuerwehrautos?«

»Mein Gott ...«, murmelte Phoebe. »Es war ein ernsthaftes Vergehen.«

»Es ist eine Straftat«, sagte Molly düster, »es war also nicht sehr lustig.«

»Das glaube ich.« Kevin wandte sich wieder den Calebows zu. »So faszinierend das alles ist – und ich gebe zu, es ist ziemlich faszinierend –, glaube ich dennoch nicht, dass ihr wirklich darüber sprechen wolltet.«

»Es ist alles halb so wild«, rief Molly aus. »Vor zwei Wochen ist Kevin bei mir zu Hause aufgetaucht, weil ich einen Termin mit dem Rechtsanwalt versäumt habe. Mir ging es nicht so besonders, deswegen hat er beschlossen, dass mir ein wenig frische Luft gut tun würde, also hat er mich hierher mitgenommen.«

Wenn Phoebe wollte, konnte sie äußerst sarkastisch sein. »Du konntest sie nicht einfach auf einen Spaziergang mitnehmen?«

»Auf diese Idee bin ich nicht gekommen.« Im Gegensatz zu Phoebe würde Kevin Mollys Geheimnisse nicht ausplaudern.

Aber Molly wollte in dieser Beziehung ehrlich sein. »Ich hatte ernsthafte Depressionen, aber ich wollte nicht, dass ihr erfuhrt, wie schlecht es mir ging. Kevin ist ein Mann der guten Taten, obwohl er ständig dagegen ankämpft. Und er hat mir angedroht, wenn ich nicht mit ihm käme, würde er mich ins Auto packen und bei euch abladen. Ich wollte nicht, dass ihr mich so seht.«

Phoebe war entgeistert. »Wir sind doch deine Familie! Du solltest nicht so denken.«

»Es ging ihr nicht gut«, sagte Kevin. »Aber sie hat sich erholt, seit sie hier ist.«

»Wie lange willst du noch hier bleiben?«, fragte Dan noch immer misstrauisch.

»Nicht mehr sehr lange«, antwortete Kevin. »Noch ein paar Tage.«

Seine Worte schmerzten in Mollys Brust.

»Erinnerst du dich an Eddie Dillard?«, fuhr Kevin fort. »Er hat früher für die Bears gespielt.«

»Ich erinnere mich an ihn.«

»Er will den Ferienpark kaufen und kommt morgen her, um ihn sich anzuschauen.«

Molly drehte sich der Magen um. »Das hast du mir noch gar nicht gesagt!«

»Wirklich nicht? Ich hatte wohl zu viel anderes im Kopf.«

Vor allem den Sex mit ihr. Aber zwischen ihren erotischen Übungseinheiten wäre doch genug Zeit gewesen, es zu erwähnen.

»Danach können wir gleich aufbrechen«, sagte er. »Ich

habe heute Nachmittag mit meinem Finanzberater gesprochen, er hat jetzt endlich jemanden aus Chicago gefunden, der den Laden hier für den Rest des Sommers übernimmt. Ein Ehepaar, die so was schon öfter gemacht haben.«

Ebenso gut hätte er ihr eine Ohrfeige verpassen können. Er hatte ihr noch nicht einmal erzählt, dass er seinen Finanzberater beauftragt hatte, sich in Chicago umzusehen. Sie fühlte sich noch mehr verraten, als von Phoebe, die die Feueralarmgeschichte ausposaunt hatte. Es gab wirklich keine echte Verständigung zwischen ihnen, kein gemeinsames Ziel. Alles, was ihr an ihrer Beziehung nicht gefiel, lag klar und deutlich auf der Hand. Mit Ausnahme des Sex hatten sie nichts gemeinsam.

Phoebe trat mit dem Fuß gegen eine Wurzel. »Und was passiert dann?«

Da sie es nicht ertragen hätte, wenn Kevin es gesagt hätte, sprach sie es für ihn aus. »Nichts passiert. Wir reichen die Scheidung ein und gehen getrennter Wege.«

»Eine Scheidung?«, fragte Dan. »Keine Annullierung?«

»Die Gründe für eine Annullierung sind eingeschränkt.« Molly versuchte, ganz sachlich zu klingen, als hätte das alles nichts mir ihr selbst zu tun. »Man muss beweisen, dass eine Vorspiegelung falscher Tatsachen vorlag oder Zwang ausgeübt wurde. Beides können wir nicht, also müssen wir uns scheiden lassen.«

Phoebe blickte von ihrer Wurzel auf. »Ich muss euch fragen …«

Molly wusste gleich, was kommen würde, und suchte nach einem Weg, die Frage abzuwenden.

»Ihr zwei scheint doch ganz gut miteinander auszukommen …«

Nein, Phoebe, bitte nicht.

»Habt ihr schon mal darüber nachgedacht, verheiratet zu bleiben?«

»Nein!«, erwiderte Molly, bevor Kevin antworten konnte. »Hältst du mich für verrückt? Er ist nicht mein Typ.«

Phoebe hob die Augenbrauen, Kevin sah verärgert aus. Es war ihr egal. Sie war ganz von dem scheußlichen Verlangen erfüllt, ihn zu verletzen. Aber das konnte sie nicht tun. Phoebe war Kevins Chefin, und seine Karriere bedeutete ihm alles.

»Kevin hätte mich nicht hierher mitnehmen müssen, aber er hat es trotzdem getan, weil er wusste, dass ich Hilfe brauchte.« Sie holte tief Luft und rief sich in Erinnerung, dass er ihr vergeben hatte und sie ihm dafür etwas schuldig war. »Er hat sich einfach wunderbar verhalten, außerordentlich nett und feinfühlig, und ich wäre euch beiden sehr dankbar, wenn ihr aufhören könntet, ihn ständig zu verdächtigen.«

»Wir verdächtigen ihn nicht ...«

»Doch, das tut ihr. Es bringt ihn in eine schwierige Lage.«

»Vielleicht hätte er daran denken sollen, als er dich am Sonntag in den Wald geschleppt hat«, murrte Dan. »Oder war er zu sehr damit beschäftigt, nett und feinfühlig zu sein?«

Kevins Gesicht bekam wieder so einen angespannten Ausdruck. »Was genau willst du damit sagen, Dan?«

»Ich will sagen: Wenn du es als wohltätige Geste angesehen haben willst, dass du Molly hilfst, dann solltest du nicht mit ihr schlafen.«

»Jetzt reicht's aber!«, rief Molly aus. »Das geht zu weit.«

»Es ist nicht das erste Mal, und es wird sicher auch nicht das letzte Mal sein. Phoebe und ich kümmern uns eben um unsere Familie.«

»Vielleicht solltet ihr euch um jemand anderen in eurer Familie kümmern«, bemerkte Kevin ruhig. »Molly bittet euch jedenfalls, ihre Privatsphäre zu respektieren.«

»Machst du dir Sorgen um *ihre* Privatsphäre oder um deine eigene?«

Wieder waren die Platzhirsche unterwegs, aber Molly war

das egal. »Ihr vergesst ständig, dass ich euch keine Rechenschaft mehr schuldig bin. Was meine Beziehung mit Kevin anbetrifft ... falls ihr es noch nicht bemerkt habt, schlafen wir nicht mal unter einem Dach.«

»Und ich bin nicht von gestern«, gab Dan störrisch zurück.

Molly konnte sich nicht länger zurückhalten. »Wie wäre es dann einfach mit ein bisschen Höflichkeit? Ich habe mir in den vergangenen zwölf Jahren alle Mühe gegeben so zu tun, als sähe ich nicht, wie ihr zwei euch begrapscht, oder als hörte ich nicht, wenn ihr beide nachts mal wieder – glaubt mir – viel zu viel Lärm macht. Tatsache ist, dass Kevin und ich im Moment verheiratet sind. Wir werden uns bald scheiden lassen, aber noch sind wir verheiratet, und deswegen steht das, was zwischen uns abläuft, in keiner Weise zur Debatte. Habt ihr mich verstanden?«

Phoebes Beunruhigung stieg. »Molly, du bist kein Mensch, der Sex auf die leichte Schulter nimmt. Es muss eine Bedeutung für dich haben.«

»Da hast du verdammt Recht!« Dan ging auf Kevin los. »Hast du vergessen, dass sie gerade eine Fehlgeburt hatte?«

»Lass mich in Ruhe.« Kevin bewegte kaum die Lippen.

Dan erkannte, dass er bei ihm nicht weiter kam und schoss sich auf Molly ein. »Er ist ein Footballspieler und die sind nun mal so. Es ist vielleicht nicht seine Absicht, aber er benutzt dich nur.«

Dans Worte schmerzten. Er wusste, was es bedeutete, eine Frau zu lieben. Daher erkannte er, wie oberflächlich Kevins Gefühle für sie waren.

Kevin schoss nach vorne. »Ich habe gesagt, du sollst uns in Ruhe lassen.«

Molly konnte es nicht länger ertragen, am liebsten hätte sie geweint, stattdessen ging sie nun selbst zum Angriff über. »Falsch. Ich benutze *ihn.* Ich habe ein Baby verloren, meine

Karriere ist im Eimer, und ich bin pleite. Kevin ist meine Ablenkung. Er ist meine Belohnung für siebenundzwanzig Jahre Bravsein. Habt ihr sonst noch Fragen?«

»Oh, Molly …« Phoebe kaute auf ihrer Unterlippe herum, und Dan blickte noch besorgter drein.

Molly hob das Kinn und schaute beide drohend an. »Ich gebe ihn zurück, wenn ich mit ihm durch bin. Bis dahin lasst mich in Ruhe.«

Sie war schon fast bei Lilies of the Field angekommen, als Kevin sie einholte. »Molly!«

»Hau ab«, blaffte sie.

»Ich bin deine *Belohnung?*«

»Nur wenn du nackt bist. Wenn du Kleider anhast, ist es ein Kreuz mit dir.«

»Hör mit den blöden Witzen auf.«

Alles ging in die Brüche. Morgen kam Eddie Dillard, und Kevin hatte jemand anderes gefunden, den Ferienpark zu unterhalten. Und was noch schlimmer war, nichts konnte ihn dazu bewegen, dasselbe für sie zu empfinden, was sie für ihn empfand.

Er berührte sie am Arm. »Du weißt, dass sie es gut meinen. Lass dich nicht ärgern.«

Er verstand nicht, dass nicht sie es waren, die ihr das Herz zerrissen.

Lilly weigerte sich, auf die Uhr zu sehen, als sie vom Fenster wegtrat. Den Calebows war es schließlich gelungen, Kevin und Molly festzunageln, aber sie konnte sich nicht vorstellen, dass die Aussprache etwas bewirkt hatte. Ihr Sohn und seine Frau schienen nicht zu wissen, was sie in Bezug auf ihre Beziehung wollten. Es war daher mehr als fraglich, ob sie es ihrer Familie erklären konnten.

Lilly hatte die Calebows sofort ins Herz geschlossen, und ihre Gegenwart hatte in den vergangenen fünf Tagen ihre düstere Stimmung aufgehellt. Offensichtlich liebten sie Molly und ebenso offensichtlich betrachteten sie Kevin als Bedrohung. Aber Lilly hatte langsam den Verdacht, dass Kevin seinem eigenen Glück mindestens ebenso im Wege stand wie dem von Molly.

Halb zehn ... Sie ging zum Sessel in der Ecke hinüber, wo sie ihre Handarbeit liegen gelassen hatte. Sie griff nach einer Zeitschrift. Sie hatte nicht mehr an ihrem Quilt arbeiten können, seit Liam am Sonntag sein Ultimatum verkündet hatte. Und heute war Donnerstag.

Komm am Donnerstagabend zu mir nach Hause ... Wenn du nicht erscheinst, werde ich dich nicht holen kommen.

Sie hatte versucht, sauer auf ihn zu sein, aber es war ihr nicht gelungen. Sie verstand genau, warum er das getan hatte, und sie konnte es ihm nicht verdenken. Sie waren beide zu alt für Spielchen.

21.35 Uhr ... Sie konzentrierte sich darauf, die Zeitschrift durchzublättern, gab es auf und wanderte unruhig auf und ab. Was nützten die Lehren, die einem das Leben erteilte, wenn man nicht auf sie hörte?

Um halb elf, zwang sie sich schließlich, ihre Kleider abzulegen und das Nachthemd anzuziehen. Sie kroch ins Bett und starrte in die Seiten eines Buches, das ihr noch vor einer Woche Vergnügen bereitet hatte. Jetzt konnte sie sich nicht mehr an die Geschichte erinnern. *Du fehlst mir so, Liam ...* Er war der bemerkenswerteste Mann, dem sie je begegnet war, aber auch Craig war bemerkenswert gewesen und er hatte sie unglücklich gemacht.

Noch nie war ihr ihre Welt so klein und ihr Bett so einsam erschienen wie in dem Moment, als sie hinüberlangte und die Nachttischlampe ausknipste.

Eddie Dillard war kräftig, jovial und grobschlächtig. Er gehörte zu den Männern, die eine Goldkette tragen, rülpsen, sich im Schritt kratzen, ein Bündel Geldscheine mit einer fetten Geldklammer herumtragen und sagen …

»Mann, ey, Kev, du bist unser Mann. Stimmt's Larry? Kev hier ist doch unser Mann, oder?«

Oh ja, Larry war ganz seiner Meinung. Kevin war ihr Mann. Dillard und sein Bruder waren am späten Vormittag in einem schwarzen Sportwagen angerauscht. Jetzt saßen sie am Küchentisch, aßen Salamibrote und tranken rülpsend ihr Bier. Eddie sonnte sich schon in der Vorstellung, sein eigenes Anglercamp zu besitzen, und Larry sonnte sich in der Vorstellung, es für ihn zu leiten. Sehr zu Mollys Bedauern schien für alle das Geschäft bereits besiegelt.

Das hier würde ein Ort werden, wo ein Mann mal die Füße hoch legen konnte und nicht »unter dem Pantoffel seiner Frau stand«. Die letzten Worte wurden von einem Augenzwinkern begleitet, das deutlich signalisierte (von Mann zu Mann), dass Eddie Dillard sicher nie unter dem Pantoffel irgendeiner Frau stehen würde.

Am liebsten hätte Molly sich übergeben. Stattdessen steckte sie mit Nachdruck ein winziges Stück französischer Seife in einen der Vogelnestkörbe, in denen die Toilettenartikel in den Badezimmern untergebracht waren. Sie wusste nicht, wen sie abstoßender fand, Eddie oder seinen ekligen Bruder Larry, der oben im Haus wohnen wollte, solange er das Anglercamp führte.

Sie schaute zu Kevin hinüber, der an der Wand lehnte und aus der Flasche trank. Er rülpste nicht. Nach Eddies Ankunft hatte Kevin vergeblich versucht, sie loszuwerden.

»Also, Larry«, sagte Eddie zu seinem Bruder, »wie viel wird es deiner Meinung nach kosten, diese affigen Cottages zu streichen?«

Molly ließ eine der winzigen Milchglasflaschen mit Shampoo fallen. »Die Cottages sind frisch gestrichen. Und sie sind sehr schön so.«

Eddie schien ihre Anwesenheit vergessen zu haben. Larry lachte und schüttelte den Kopf. »Nimm's uns nicht übel, Maggie, aber das hier wird ein Anglercamp, und Männer mögen nun mal keine leuchtenden Farben. Wir streichen einfach alles braun.«

Eddie zeigte mit der Bierflasche auf Larry. »Wir streichen nur die Häuser in der Mitte, die um die – wie nennt ihr es? – ›große Wiese‹ herum. Die anderen lasse ich abreißen. Zu viel Erhaltungsaufwand.«

Molly blieb das Herz stehen. Lilies of the Field lag nicht an der großen Wiese. Ihr rosablaugelbes Kinderzimmerhäuschen würde abgerissen werden. Sie ließ die Badezimmerkörbe stehen. »Ihr dürft die Cottages nicht abreißen! Die sind historisch wertvoll! Sie sind …«

»Man kann hier wirklich gut angeln«, ging Kevin dazwischen und schaute sie stirnrunzelnd an. »Barsche, Flussbarsche, Seeforellen. Ich habe gehört, dass ein Typ aus der Stadt letzte Woche einen Hecht von sieben Pfund hier rausgeholt haben soll.«

Eddie tätschelte sich den Bauch und rülpste. »Ich kann's kaum erwarten mit dem Boot rauszukommen.«

»Der See ist zu klein, für das was ihr vorhabt«, wandte Molly verzweifelt ein. »Es gibt eine strenge Grenze, was die Größe von Außenbordmotoren anbetrifft. Man kann nicht mal Wasserski laufen.«

Kevin warf ihr einen scharfen Blick zu. »Ich glaube nicht, dass Eddies Klientel zu den Wasserskifans gehört.«

»Nöh. Nur Angler. Morgens schnell raus aus dem Bett, eine Thermoskanne mit Kaffee für alle, eine Tüte Doughnuts und ein paar Bier. Dann ab mit ihnen auf den See, solange der Morgennebel noch auf dem Wasser ist. Nach ein paar Stunden zurück, dann gibt's Bier und Würstchen, eine Runde pennen, ein bisschen Billard …«

»Ich finde, wir sollten den Billardtisch da draußen hinstellen.« Larry deutete in Richtung der vorderen Räume. »Und dazu noch einen Großbildfernseher. Wenn wir dann die ganzen Wände zwischen den Zimmern rausreißen, haben wir alles zusammen – Billardtisch, Fernseher, Bar und den Ködershop.«

»Ködershop? Ihr wollt in diesem Haus Köder verkaufen?«

»Molly.« Kevins Stimme hatte einen warnenden Unterton, und Eddie schaute ihn mitleidig an. Kevins Augen verengten sich. »Vielleicht siehst du mal nach, was Amy macht.«

Molly beachtete ihn nicht und konzentrierte sich auf Eddie. »Es gibt Leute, die hier schon seit Jahren herkommen. Der Ferienpark muss so bleiben, wie er ist, und das Gästehaus auch. Das Haus ist voller Antiquitäten und in wunderbarem Zustand. Es wirft sogar Gewinn ab.« Nicht viel, aber immerhin trug es sich selbst.

Eddie riss den Mund zu einem Lachen auf, das zu viel von seinem Salamibrot zeigte. Er knuffte seinem Bruder in die Seite. »Hey, Larry, hast du Lust ein Gästehaus zu führen?«

»Von mir aus«, nuschelte Larry und griff nach seinem Bier. »Solange ich einen Billardtisch und Satellitenfernsehen und keine Frauen dabei habe.«

»Molly … raus. Sofort!« Kevin wies ihr nachdrücklich die Tür.

Eddie grinste in sich hinein, als die kleine Frau endlich in ihre Schranken verwiesen wurde.

Molly knirschte mit den Zähnen und verzog dann die Lippen zu einem steifen Lächeln. »Ich gehe jetzt, Liebling. Bitte achte darauf, dass du wieder aufräumst, wenn deine Freunde gegangen sind. Und das letzte Mal hast du beim Abwaschen so gespritzt – vergiss nicht, deine Schürze anzuziehen.«

So war das mit den Pantoffeln!

Nach dem Abendessen erzählte Molly den Gören, sie hätte sich den Magen verdorben und deswegen müssten sie in ihrem eigenen Haus schlafen. Da es die letzte Nacht für die Kinder war, hatte sie ein schlechtes Gewissen, aber ihr blieb keine andere Wahl. Sie zog sich Jeans an, schaltete das Licht aus und kauerte sich in einen Sessel am offenen Fenster. Dann wartete sie.

Sie hatte keine Angst, dass Kevin vorbeikommen könnte. Er war mit den Dillards in die Stadt gefahren, wo er, wenn es noch so etwas wie Gerechtigkeit auf der Welt gab, sich betrinken und einen erstklassigen Kater einhandeln würde. Außerdem hatten sie den ganzen Nachmittag nicht miteinander gesprochen.

Beim Tee hatte sie gleich bemerkt, dass er sauer auf sie war, aber das war ihr egal, weil sie mindestens ebenso sauer auf ihn war. *Ey Mann … Mann ey, du Blödmann!* Es war schlimm genug, den Ferienpark zu verkaufen, aber ihn an jemanden zu verkaufen, der vorhatte ihn zu zerstören, war unverantwortlich, und sie würde es sich niemals verzeihen, wenn sie nicht wenigstens versuchte, das zu verhindern.

Lilies of the Field lag zu einsam, als dass sie die Männer hätte sehen können, wenn sie aus der Stadt zurückkamen. Aber das Gelände war so ruhig, dass sie sie bestimmt hören würde. Und wirklich, kurz nach ein Uhr früh drang das Geräusch eines Automotors durch das Fenster. Sie richtete sich in ihrem Sessel auf und wünschte, ihr Plan hätte nicht so viele Schwachstellen, aber einen besseren hatte sie nun mal nicht.

Sie zog sich die Turnschuhe an, packte die Taschenlampe, die sie aus dem Haus gemopst hatte, und ließ Ruh zurück, damit sie an die Arbeit gehen konnte. Fünfundvierzig Minuten später öffnete sie die Tür von Lamb of God, wo Eddie und Larry die Nacht verbrachten. Sie hatte schon vorher, gleich als die Männer in die Stadt gefahren waren, nachgesehen, in welchem Zimmer Eddie schlief. Jetzt roch es dort nach abgestandenem Bier.

Sie trat näher und schaute auf den großen, plumpen, betrunkenen Klumpen unter der Bettdecke. »Eddie?«

Der Klumpen rührte sich nicht.

»Eddie«, flüsterte sie noch einmal und hoffte, dass sie nicht auch Larry aufwecken würde, weil einer von ihnen einfacher zu handhaben war. »Eddie, wach auf!«

Ein übler Dunst stieg von ihm auf, als er sich bewegte. Ein so ekliger Kerl sollte keinen Zutritt zum Nachtigallenwald haben. »Ja … jaah?« Er öffnete mühsam die Augen. »Wasssnlos?«

»Ich bin's, Molly«, flüsterte sie. »Kevins getrennt lebende Frau. Ich muss mit dir reden.«

»Wasswilsu … wiesodn?«

»Es geht um das Anglercamp. Es ist sehr wichtig.«

Er versuchte sich aufzurichten, fiel aber zurück aufs Kissen.

»Ich würde dich nicht belästigen, wenn es nicht wichtig wäre. Ich geh schon mal raus, während du dir was anziehst. Ach, und du brauchst Larry nicht aufzuwecken.«

»Müssn wir jetz ren?«

»Leider ja. Es sei denn, du willst einen schrecklichen Fehler machen.« Sie eilte aus dem Zimmer und hoffte, dass er aufstehen würde.

Ein paar Minuten später stolperte er zur Tür hinaus. Sie legte den Finger auf die Lippen und bedeutete ihm, ihr zu folgen. Sie leuchtete mit der Taschenlampe über den Boden, ging quer über den Rand der großen Wiese zurück zu Lilies of the Field. Bevor sie aber dort anlangten, bog sie in den Wald ab und ging in Richtung See.

Der Wind hatte aufgefrischt. Sie spürte, dass ein Gewitter im Anzug war, und hoffte, es würde nicht einsetzen, bevor sie fertig war. Er trottete neben ihr her, ein großer, massiger Schatten.

»Was ist eigentlich los?«

»Es gibt da etwas, das du sehen musst.«

»Hätte ich es mir nicht auch morgen früh anschauen können?«

»Dann wäre es zu spät.«

Er schlug nach einem Ast. »Scheiße. Weiß Kevin, was hier passiert?«

»Kev will es nicht wissen.«

Er blieb stehen. »Was meinst du damit?«

Sie hielt die Taschenlampe auf den Boden gerichtet. »Ich meine, dass er dich nicht absichtlich täuschen will. Er ignoriert nur ein paar Sachen.«

»Mich täuschen? Was zum Teufel redest du da?«

»Ich weiß, dass du mein Verhalten heute Mittag albern fandest, aber ich hatte gehofft, du würdest auf mich hören. Dann hätten wir dies hier vermeiden können.« Sie ging weiter.

»Was vermeiden? Du erklärst mir jetzt lieber, was hier eigentlich vorgeht, meine Liebe.«

»Ich werde es dir zeigen.«

Eddie stolperte noch ein paar Mal, bevor sie schließlich das Wasser erreichten. Die Bäume wurden vom Wind gepeitscht, und sie holte tief Luft. »Es tut mir sehr Leid, dass ich diejenige sein muss, die es dir zeigt, aber es gibt hier ein ... Problem mit dem See.«

»Was für ein Problem?«

Sie ließ den Strahl der Taschenlampe langsam an der Wasserkante am Ufer entlanggleiten, bis sie fand, wonach sie gesucht hatte.

Tote Fische trieben auf dem Wasser.

»Was zum Teufel ...?«

Sie ließ das Licht über die silbernen Fischbäuche tanzen, bevor sie den Strahl wieder auf das Ufer richtete. »Es tut mir so Leid, Eddy. Ich weiß, dass du dein Herz an dieses Anglercamp gehängt hast, aber die Fische in diesem See sterben.«

»Sterben?«

»Wir haben es hier mit einer Umweltkatastrophe zu tun. Toxine geraten aus einer unterirdischen Chemiedeponie ins Wasser. Es würde Millionen kosten, das Problem zu beheben, und die Stadt hat nicht das Geld dazu. Weil die Wirtschaft hier aber vom Tourismus abhängig ist, versuchen sie, die Sache zu vertuschen, keiner würde öffentlich zugeben, dass es ein Problem gibt.«

»Fuck.« Er packte die Taschenlampe und leuchtete noch einmal die treibenden Fische an. Dann knipste er sie aus. »Ich kann nicht glauben, dass Kev mir das antun würde!«

Das war die größte Schwachstelle in ihrem Plan, und sie versuchte, sie mit einer dramatischen Vorstellung zu übergehen. »Er hat das alles verdrängt, Eddie. Absolute, totale Verdrängung. Dies war das Zuhause seiner Kindheit, die letzte Verbindung zu seinen Eltern, und er kann ganz einfach nicht mit der Tatsache umgehen, dass der See abstirbt, also redet er sich ein, dass es nicht wahr ist.«

»Und wie erklärt er sich die verdammten toten Fische?«

Eine sehr gute Frage, sie gab ihr Bestes zu ihrer Beantwortung: »Er geht einfach nicht mehr ans Wasser. Es ist so traurig. Seine Verdrängung geht so weit, dass …« Sie packte ihn am Arm und kam zum Finale: »Oh, Eddie, ich weiß, dass es unfair ist, dies von dir zu verlangen, aber meinst du … könntest du ihm einfach sagen, dass du es dir anders überlegt hast, und ihn nicht wegen dieser Sache hier zur Rede stellen? Ich schwöre, dass er dich nicht absichtlich täuschen wollte, und es wird ihn niederschmettern zu glauben, dass er eure Freundschaft zerstört hat.«

»Tja, ich glaube, das hat er wirklich.«

»Es geht ihm nicht gut, Eddie. Es ist ein psychisches Problem. Sobald wir wieder in Chicago sind, werde ich dafür sorgen, dass er in psychotherapeutische Behandlung kommt.«

»Scheiße.« Er zog den Atem ein. »Damit ist seine Spielerkarriere im Arsch.«

»Ich werde einen Sportpsychotherapeuten suchen.«

Eddie war nicht ganz blöd und fragte weiter nach der unterirdischen Deponie. Sie schmückte ihre Geschichte noch etwas aus und fügte so viele hochtrabende Wörter aus *Erin Brockovich* ein, wie ihr einfielen, den Rest erfand sie dazu. Als sie geendet hatte, grub sie ihre Fingernägel in die Handflächen und wartete.

»Bist du dir wirklich sicher mit all dem?«

»Ich wünschte, ich wäre es nicht.«

Er schubberte mit den Füßen und seufzte. »Danke, Molly. Ich weiß es zu schätzen. Du bist schwer in Ordnung.«

Langsam ließ sie den Atem entweichen, den sie die ganze Zeit angehalten hatte. »Du auch, Eddie. Du auch.«

Das Gewitter brach los, gleich nachdem Molly in ihr Bett gefallen war, aber sie war so müde, dass sie kaum etwas davon hörte. Erst am nächsten Morgen wurde sie von heftigem Trampeln auf den Eingangsstufen geweckt und öffnete mühsam die Augen. Sie blinzelte und schaute auf die Uhr. Es war nach neun! Sie hatte vergessen, den Wecker zu stellen, und keiner hatte sie geweckt. Wer hatte sich um das Frühstück gekümmert?

»Molly!«

O-oh …

Ruh sprang ins Zimmer und hinter ihm tauchte Kevin auf, der wie eine sehr attraktive Gewitterwolke aussah. So weit also ihre Hoffnungen, dass die Schwachstellen ihres Plans sie nicht entlarven würden. Eddie hatte Kevin wohl doch zur Rede gestellt, jetzt würde sie bitter dafür büßen müssen.

Sie setzte sich im Bett auf. Vielleicht konnte sie ihn ablenken. »Lass mich nur schnell die Zähne putzen, mein tapferer kleiner Soldat, dann entführe ich dich ins Paradies.«

»Molly …« Seine Stimme hatte einen warnenden Unterton, den sie durchaus zu deuten wusste. Da waren wohl ein paar Erklärungen fällig.

»Ich muss mal Pipi!« Sie sprang auf, raste an ihm vorbei ins Badezimmer und schloss die Tür.

Er schlug mit der flachen Hand gegen das Holz. »Komm da raus!«

»Gleich. Wolltest du was Bestimmtes?«

»Oh ja, ich will etwas Bestimmtes, ich will eine Erklärung!«

»Oh?« Sie kniff die Augen zusammen und rechnete mit dem Schlimmsten.

»Ich will eine Erklärung, woher der verflixte *Tunfisch* in meinem See kommt!«

23

Es stimmt. Jungs denken anders als Mädchen, und
das kann zu Schwierigkeiten führen.
»Wenn Jungs nicht zuhören wollen.«

für *Chik*

Junge, Junge … Molly versuchte so lange wie möglich Zeit zu schinden – sie putzte sich die Zähne, spritzte sich Wasser ins Gesicht, zog ihr Oberteil zurecht und band die Schleife an ihrer Schlafanzughose neu. Sie hatte fast damit gerechnet, dass er hinter ihr herstürmen würde, aber offenbar sah er keine Notwendigkeit dazu, weil das Fenster nach dem Streichen nicht mehr aufging und der Weg nach draußen an ihm vorbei führte.

Ein Bad würde jetzt wohl zu weit gehen. Außerdem war es Zeit, den Dingen ins Gesicht zu sehen. Sie machte die Tür einen Spalt auf und sah ihn an der gegenüberliegenden Wand stehen, bereit sich auf sie zu stürzen. »Äh … was hast du gesagt?«

Er stieß die Worte zwischen zusammengebissenen Zähnen hervor. »Würdest du mir freundlicherweise erklären, warum ich heute Morgen bei meinem Spaziergang nach dem Frühstück, einen toten *Tunfisch* im See entdeckt habe?«

»Eine Veränderung der Wanderbewegung der Fische?«

Er packte ihren Arm und zog sie ins Wohnzimmer. Noch ein schlechtes Zeichen. Im Schlafzimmer hätte sie wenigstens noch eine Chance im Kampf gegen ihn.

»Ich wage ernsthaft zu bezweifeln, dass die Fischwanderung etwas damit zu tun hat, dass ein Meerwasserfisch in einem Süßwassersee landet!« Er schubste sie aufs Sofa.

Sie hätte gestern Abend noch zurückgehen und die Fische wieder rausfischen sollen, aber sie hatte angenommen, sie würden untergehen. Das hätten sie vermutlich auch getan, wenn der Sturm nicht gewesen wäre.

Okay, genug herumgetändelt. Zeit für ein bisschen rechtschaffene Empörung. »Also wirklich, Kevin. Nur weil ich zufällig schlauer bin als du, heißt das noch lange nicht, dass ich alles über Fische weiß.«

Vielleicht nicht die beste Strategie, seine Worte knisterten nur so vor Spitzen. »Willst du mir ins Gesicht sagen, dass du nicht weißt, wie der Tunfisch in den See gekommen ist?«

»Also …«

»Oder dass du nicht weißt, warum Eddie Dillard heute Morgen zu mir gekommen ist und erklärt hat, er wolle das Gelände nun doch nicht kaufen?«

»Hat er das wirklich?«

»Und was glaubst du, hat er zu mir gesagt, bevor er weggefahren ist?«

»Lass mich raten: ›Mann, ey‹?«

Er zog die Augenbrauen in die Höhe, und seine Stimme wurde so leise wie die Schritte eines Meuchelmörders. »Nein, Molly, das hat er nicht gesagt. Er sagte ›Sieh zu, dass du Hilfe kriegst, Mann!‹«

Sie zuckte zusammen.

»Und was könnte er deiner Meinung nach damit gemeint haben?«

»Was hat er nochmal gesagt?«, krächzte sie.

»Was genau hast du ihm erzählt?«

Sie verlegte sich auf die Taktik der Calebow Kinder. »Warum glaubst du, dass ausgerechnet ich ihm etwas erzählt habe? Es gibt jede Menge Leute hier, mit denen er gesprochen haben könnte – Troy, Amy, Charlotte Long. Es ist ungerecht, Kevin. Immer wenn hier irgendwas passiert, gibst du mir die Schuld dafür.«

»Und woran könnte das deiner Meinung nach liegen?«

»Ich habe keine Ahnung.«

Er beugte sich vor, legte beide Hände auf ihre Knie und brachte sein Gesicht wenige Zentimeter vor ihres. »Weil ich dich durchschaut habe. Und ich habe viel Zeit.«

»Nun ja, ich aber nicht.« Sie leckte sich die Lippen und betrachtete eingehend sein Ohrläppchen. Es war ebenso perfekt wie der Rest seines Körpers, mit Ausnahme eines kleinen roten Zahnabdrucks, den höchstwahrscheinlich sie selbst zu verantworten hatte. »Wer hat heute Morgen das Frühstück gemacht?«

»Ich.« Er sprach leise, aber der Druck auf ihren Knien ließ nicht nach. Er würde sie sicher nicht aufstehen lassen. »Dann ist Amy gekommen und hat mir geholfen. Bist du fertig mit deinen Ausflüchten?«

»Nein … ja – ich weiß nicht!« Sie versuchte die Beine zu bewegen, aber sie kam nicht weit. »Ich wollte nicht, dass du den Ferienpark verkaufst, das ist alles.«

»Erzähl mir was Neues.«

»Eddie Dillard ist ein Idiot.«

»Das wusste ich auch schon.« Er stand auf, ging aber nicht zurück. »Und was noch?«

Sie versuchte aufzustehen, um sich ihm besser widersetzen zu können, aber er hielt sie fest. Das regte sie dermaßen auf, dass sie am liebsten geschrien hätte. »Wenn du das wusstest, warum hast du es dann so weit kommen lassen? Wie konntest du einfach so dastehen und dir anhören, dass er die Cottages braun anmalen will. Und dieses Haus – das Haus, in dem du gerade stehst – wollte er abreißen und aus dem Gästehaus einen Ködershop machen!«

»All das kann er nur machen, wenn ich ihm das Gelände verkaufe.«

»Wenn du …« Sie schlang die Beine um ihn und schnellte hoch. »Was sagst du da, Kevin? Wie meinst du das?«

»Zuerst will ich das mit den Tunfisch wissen.«

Sie schluckte. Schon als sie sich den Plan ausgedacht hatte, wusste sie, dass sie ihm irgendwann die Wahrheit gestehen müsste. Sie hatte nur gehofft, es würde nicht ganz so bald sein. »Von mir aus.« Sie trat ein paar Schritte zurück. »Gestern habe ich ein paar Fische auf dem Markt gekauft, abends habe ich sie in den See geworfen und dann Eddie aufgeweckt und sie ihm gezeigt.«

Pause. »Und *was* genau, hast du ihm erzählt?«

Sie hielt den Blick fest auf seinen Ellenbogen gerichtet und redete, so schnell sie konnte. »Dass Wasser aus einer unterirdische Chemiedeponie in den See gespült wird und ein Fischsterben verursacht.«

»Eine unterirdische Chemiedeponie?«

»Hmm.«

»Eine unterirdische Chemiedeponie!«

Rasch trat sie noch einen Schritt zurück. »Könnten wir jetzt über was anderes reden?«

Oh je, dabei blitzten vierzehn verschiedene Farben von Wut in seinen Augen. »Eddie hat nicht zufällig bemerkt, dass ein Teil dieser Fische nicht in einen Süßwassersee gehört?«

»Es war dunkel, und ich hab sie ihm nicht wirklich gut gezeigt.« Noch ein schneller Schritt rückwärts.

Seinerseits gefolgt von einem schnellen Schritt vorwärts. »Und wie hast du ihm verklickert, dass ich versuche, ihm ein Anglercamp an einem *verseuchten See* zu verkaufen?«

Ihre Nerven waren am Ende. »Schau mich nicht so an!«

»So als ob ich dir am liebsten den Hals umdrehen würde?«

»Nur kannst du das nicht, weil ich die Schwester deiner Chefin bin.«

»Das bedeutet nur, dass ich mir etwas ausdenken muss, das keine Spuren hinterlässt.«

»Sex! Es gibt Paare, die es besonders anturnt, zusammen zu schlafen, wenn sie richtig wütend aufeinander sind.«

»Und woher willst du das wissen? Egal, ich nehme dich beim Wort.« Er streckte die Hand aus und zog an ihrem Oberteil.

»Ähm … Kev …« Sie leckte sich die Lippen und schaute ihm in die glitzernden grünen Augen.

Er legte ihr die Hand auf den Hintern. »Ich fordere dich nachdrücklich auf, mich nicht so zu nennen. Und ich fordere dich außerdem nachdrücklich auf, keinen Widerstand zu leisten, weil ich wirklich, *wirklich* körperlich etwas mit dir anstellen muss.« Er presste seinen Körper gegen ihren. »Und alles andere, was mir dabei einfällt, würde mich ins Gefängnis bringen.«

»O-okay. Einverstanden.« Sobald sie nackt war, würde sie ihm erzählen, was sie sonst noch zu Eddie gesagt hatte.

Aber dann wurde ihr Mund von seinem erdrückt, und sie hörte auf zu denken.

Er hatte nicht die Geduld, seine eigenen Kleider abzulegen, aber er zog sie aus, knallte die Schlafzimmertür zu und schloss ab, falls irgendein kleiner Calebow auf die Idee käme Tante M. zu besuchen.

»Aufs Bett. Marsch.«

Oh ja. So schnell sie konnte.

»Beine auseinander.«

»*Yes, Sir.*«

»Weiter.«

Sie gab ein paar Zentimeter nach.

»Ich will nicht nochmal fragen müssen.«

Sie zog die Knie an. So würde es nie mehr für sie sein. Nie mehr würde sie sich so vollkommen sicher in den Händen eines gefährlichen Mannes fühlen.

Sie hörte das Geräusch seines Reißverschlusses. Ein tiefes Grollen. »Wie willst du's haben?«

»Ach, halt den Mund.« Sie öffnete die Arme und streckte sie ihm entgegen. »Halt den Mund und komm her.«

Sekunden später spürte sie sein Gewicht über sich. Er war noch immer wütend, das wusste sie, aber das hielt ihn nicht davon ab, sie an all den Stellen zu berühren, an denen sie es mochte.

Seine Stimme war leise und heiser, und sein Atem bewegte eine Haarsträhne an ihrem Ohr. »Du machst mich verrückt, weißt du das?«

Sie presste ihre Wange an seinen harten Kiefer. »Ich weiß. Tut mir Leid.«

Seine Stimme nahm einen zugleich weichen und angespannten Ausdruck an. »Es kann nicht – wir können nicht mehr ...«

Sie biss sich auf die Lippen und hielt ihn ganz fest. »Das weiß ich auch.«

Ihm war vielleicht nicht klar, dass dies das letzte Mal war, aber sie war sich dessen bewusst. Er drang tief und hoch in sie, er wusste genau, wie sie es gerne hatte. Ihr Körper bog sich. Sie fand ihren Rhythmus und gab ihm alles. Ein letztes Mal. Ein allerletztes Mal.

Wenn es vorbei war, zog er sie normalerweise an seine Brust und sie kuschelten und redeten. Wer toller gewesen war, sie oder er. Wer am meisten Lärm gemacht hatte. Warum die Zeitschrift *Glamour* besser war als *Sports Illustrated.* Aber an diesem Morgen scherzten sie nicht herum. Stattdessen wandte Kevin sich ab, und Molly schlüpfte ins Badezimmer, um sich zu waschen und anzuziehen.

Die Luft war noch feucht nach dem Gewitter, daher zog sie ein Sweatshirt über ihr Top. Er wartete auf der Veranda, Ruh lag zu seinen Füßen. Dampf stieg aus seiner Kaffeetasse auf, während er in den Wald hinausschaute. Sie kuschelte sich tiefer in die Wärme ihres Sweatshirts. »Bist du bereit, dir den Rest anzuhören?«

»Mir bleibt wohl nichts anderes übrig.«

Sie zwang sich ihn anzusehen. »Ich habe Eddie gesagt, dass

du das Gelände zwar verkaufen willst, gefühlsmäßig aber noch sehr daran hängst. Und dass du den Gedanken nicht ertragen kannst, dass etwas mit dem See geschieht. Deswegen würdest du völlig verdrängen, dass er verseucht ist. Ich habe gesagt, dass du ihn nicht absichtlich täuschen willst; du könntest nichts dafür.«

»Und er hat dir geglaubt?«

»Er ist dümmer als Stroh, und ich war ziemlich überzeugend.« Jetzt brachte sie auch noch den Rest hinter sich. »Dann habe ich noch gesagt, du hättest ein psychisches Problem – das tut mir echt Leid – und ich habe versprochen dafür zu sorgen, dass du in psychiatrische Behandlung kommst.«

»Ein psychisches Problem?«

»Etwas Besseres ist mir nicht eingefallen.«

»Auch nicht, die Finger von meinen Angelegenheiten zu lassen?« Er knallte seinen Becher auf den Tisch, so dass der Kaffee herausspritzte.

»Das konnte ich nicht.«

»Warum nicht? Wer hat dir erlaubt, dich in mein Leben einzumischen?«

»Keiner. Aber ...«

Er hatte einen langen Geduldsfaden, aber jetzt riss er. »Was hast du bloß mit diesem Laden hier?«

»Es geht nicht um mich, Kevin, es geht um dich! Du hast beide Eltern verloren und bist entschlossen, Lilly nicht an dich ranzulassen. Du hast weder Brüder noch Schwestern – überhaupt keine Familie. Es ist wichtig, dass du die Verbindung zu deiner Herkunft aufrecht erhältst. Und dieser Ferienpark ist alles, was du hast.«

»Meine Herkunft ist mir schnuppe! Und du kannst mir glauben, dass ich weit mehr als diesen Ferienpark habe.«

»Was ich sagen will, ist ...«

»Zunächst mal habe ich Millionen von Dollars, und ich

war nicht so dumm, sie wegzugeben. Ich habe Autos, eine Luxusvilla, ein Aktiendepot, das mir noch lange Freude bereiten wird. Und rate mal, was ich noch habe? Ich habe einen Beruf, den ich mir nicht von einem Haufen eigennütziger Saubermänner wegnehmen lassen würde.«

Sie rang die Hände. »Was meinst du denn damit?«

»Erklär mir mal eins. Erklär mir, wie du dazu kommst, so viel Zeit auf meine Angelegenheiten zu verwenden, statt dich um deine eigenen zu kümmern?«

»Ich kümmere mich sehr wohl darum.«

»Wann? Seit zwei Wochen zerbrichst du dir nur noch den Kopf über diesen Ferienpark, anstatt deine Energie dort einzusetzen, wo sie hingehört. Du hast einen Beruf, der den Bach runtergeht. Wann fängst du endlich an, dich für dein Häschen auf die Hinterbeine zu stellen, anstatt dich hinzulegen und toter Mann zu spielen?«

»Das habe ich nicht getan. Du weißt ja nicht, wovon du redest.«

»Weißt du, was ich glaube? Ich glaube, dass dein übertriebenes Interesse für mein Leben und für diesen Ferienpark nur dazu dient, dich von dem abzulenken, was du an deinem eigenen Leben ändern müsstest.«

Wie war es ihm gelungen, so das Thema zu wechseln? »Du kapierst gar nichts. *Trubel um Daphne* ist das erste Buch in einem neuen Vertrag. Sie werden nichts anderes von mir annehmen, bis ich es geändert habe.«

»Du hast keinen Mumm.«

»Das ist nicht wahr! Ich habe alles versucht, meine Lektorin zu überzeugen, dass sie einen Fehler gemacht hat, aber der Verlag bleibt hart.«

»Hannah hat mir von *Trubel um Daphne* erzählt. Sie sagt, es sei dein bestes Buch. Schade nur, dass sie das einzige Kind bleiben wird, das es zu Gesicht bekommt.« Er deutete auf den Schreibblock, den sie auf dem Sofa liegen gelassen hatte.

»Dann ist da noch das neue Buch, an dem du gerade arbeitest. *Daphne im Ferienlager.*«

»Woher weißt du …«

»Du bist nicht die Einzige, die herumschnüffeln kann. Ich habe deinen Entwurf gelesen. Abgesehen von einigen groben Ungerechtigkeiten gegenüber dem Dachs, scheint es wieder ein Renner zu werden. Aber keiner kann es veröffentlichen, solange du nicht gehorchst. Und tust du das? Nein. Gehst du wenigstens dagegen an? Nein. Stattdessen lässt du dich in irgendeinem Niemandsland treiben, wo keine *deiner* Sorgen existieren, nur meine.«

»Du verstehst mich nicht!«

»Da hast du Recht. Ich hatte noch nie Verständnis für Schlappschwänze.«

»Das ist nicht fair! Ich kann nicht gewinnen. Wenn ich die Änderungen durchführe, verkaufe ich mich und verachte mich selbst dafür. Wenn ich sie nicht durchführe, werden die Daphne-Bücher vom Markt verschwinden. Der Verlag wird die alten nicht nachdrucken und ganz sicher keine neuen veröffentlichen. Ganz gleich, was ich tue, ich werde verlieren, und das kommt nicht in Frage.«

»Verlieren ist nicht so schlimm wie gar nicht erst kämpfen.«

»Doch, das ist es. Die Frauen in meiner Familie verlieren nicht.«

Er schaute sie lange und nachdenklich an. »Wenn mich nicht alles täuscht, gibt es in deiner Familie nur eine Frau.«

»Und schau dir an, was sie erreicht hat!« Vor Erregung konnte sie nicht länger still sitzen. »Phoebe hat die Stars behalten, als alle Welt sie abgeschrieben hatte. Sie hat all ihre Gegner bezwungen …«

»Einen sogar geheiratet.«

»… und sie mit ihren eigenen Waffen geschlagen. Diese Männer hatten sie für ein Dummchen gehalten und nicht mit ihr gerechnet. Wenn es nach ihnen gegangen wäre, hätte sie die Stars nie behalten, aber sie hat es geschafft.«

»Die gesamte Footballwelt bewundert sie dafür. Aber was hat das mit dir zu tun?«

Sie wandte sich ab. Er wusste es bereits, und er würde sie nicht dazu kriegen, es auszusprechen.

»Komm schon, Molly! Ich will diese jämmerlichen Worte aus deinem Mund hören, damit ich so richtig weinen kann.«

»Scher dich zum Teufel!«

»Okay, dann sage ich es eben für dich. Du bist nicht bereit, für deine Bücher zu kämpfen, weil du verlieren könntest. Und weil du derartig mit deiner Schwester konkurrierst, kannst du dir das nicht erlauben.«

»Ich konkurriere nicht mit Phoebe. Ich liebe sie.«

»Das bezweifle ich nicht. Aber deine Schwester ist eine der mächtigsten Frauen im Profisport und du bist ein Versager.«

»Bin ich nicht.«

»Dann hör auf, dich so zu benehmen.«

»Du verstehst mich nicht.«

»Ich verstehe langsam eine ganze Menge.« Er legte die Hand um die Lehne eines der Landhausstühle. »Ich glaube tatsächlich, ich habe es endlich durchschaut.«

»Was durchschaut? Egal, ich will's gar nicht wissen.« Sie ging Richtung Küche, aber er schnitt ihr den Weg ab, bevor sie dort anlangte.

»Das Ding mit dem Feueralarm. Dan redet davon, was für ein ruhiges, ernsthaftes Kind du warst. Mit guten Schulnoten und jeder Menge Preise. Du hast dein ganzes Leben lang versucht, perfekt zu sein, Jahrgangsbeste zu werden und Medaillen für gutes Verhalten zu sammeln, wie andere Kinder Baseballsammelkarten. Aber dann passiert etwas. Urplötzlich wird dir der Druck zu viel, und du flippst aus. Du löst den Feueralarm aus, du gibst dein Geld weg, du hüpfst zu einem völlig fremden Mann ins Bett!« Er schüttelte den Kopf.

»Ich begreife nicht, dass es mir nicht gleich aufgefallen ist. Ich begreife nicht, dass es keinem anderen auffällt.«

»Was denn?«

»Wer du wirklich bist.«

»Als ob du das wüsstest.«

»Diese ganze Perfektion. Das liegt nicht in deiner Natur.«

»Wovon redest du?«

»Ich spreche von dem Menschen, der aus dir geworden wäre, wenn du in einer ganz normalen Familie aufgewachsen wärest.«

Sie wusste nicht, was er sagen würde, aber sie wusste, dass er überzeugt davon war, und plötzlich hatte sie das Bedürfnis wegzurennen.

Er stand drohend in der Tür zwischen ihr und ihrem Fluchtweg. »Verstehst du nicht? Deinem Naturell nach wärst du der Klassenclown geworden, das Mädchen, das die Schule schwänzt, damit sie mit ihrem Freund kiffen und sich auf dem Rücksitz seines Autos vergnügen kann.«

»Was?«

»Das Mädchen, das wahrscheinlich das College geschmissen hätte und nach Las Vegas getürmt wäre, um dort in einem Tanga herumzustolzieren.«

»In einem Tanga! Also wirklich, das ...«

»Du bist nicht Bert Somervilles Tochter.« Er lachte traurig auf. »Verdammt! Du bist die Tochter deiner Mutter. Und alle waren zu blind, um das zu erkennen.«

Sie sank auf den Schaukelstuhl nieder. So was Albernes. Die abwegigen Gedanken von einem, der zu viel Zeit im Kraftraum verbracht hatte. Er versuchte, alles auf den Kopf zu stellen, was sie bislang über sich selbst gewusst und verstanden hatte. »Du hast ja keine Ahnung, was du da ...«

Und plötzlich ging ihr die Luft aus.

Der Klassenclown ... Das Mädchen, das die Schule schwänzt ...

»Und du hast nicht nur Angst, etwas zu riskieren, weil du mit Phoebe konkurrierst. Du hast Angst, etwas zu riskieren, weil du dir noch immer einbildest, perfekt sein zu müssen. Aber, Molly, das kannst du mir glauben, Perfektion liegt nicht in deiner Natur.«

Sie musste nachdenken, aber das war unmöglich, solange diese aufmerksamen grünen Augen auf sie gerichtet waren. »Ich bin nicht – ich erkenne mich nicht als die Person, über die du sprichst.«

»Denk mal ein paar Sekunden drüber nach!«

Das war zu viel. Er war stur, nicht sie. »Du versuchst ja nur, mich davon abzulenken, dir zu erklären, was an dir alles verdreht ist.«

»An mir ist gar nichts verdreht. Oder zumindest war es das nicht, bevor ich dich getroffen habe.«

»Ist das wahr?« Sie befahl sich, den Mund zu halten. Es war nicht der richtige Zeitpunkt, aber alles, was sie gedacht und bisher zurückgehalten hatte, sprudelte aus ihr hervor. »Was ist mit der Tatsache, dass du Angst vor jeder Art von gefühlsmäßigen Bindungen hast?«

»Wenn du damit Lilly meinst ...«

»Oh nein. Das wäre viel zu einfach. Selbst ein begriffsstutziger Mensch wie du, sollte das erkennen können. Warum schauen wir uns nicht etwas Komplizierteres an?«

»Warum lassen wir es nicht bleiben?«

»Ist es nicht ein wenig seltsam, dass du dreiunddreißig Jahre alt bist, du bist reich, einigermaßen intelligent, du siehst aus wie ein griechischer Gott und du bist eindeutig heterosexuell. Aber etwas fehlt an diesem Bild. Oh ja, jetzt fällt's mir ein ... Du hattest noch keine einzige länger andauernde Beziehung zu einer Frau.«

»Oh, jetzt lass aber ...« Er ließ den Kopf auf den Tisch sinken.

»Und woher kommt das?«

»Woher weißt du überhaupt, dass das wahr ist?«

»Mannschaftsklatsch, die Zeitungen, der Artikel über uns in *People.* Wenn du je eine längere Beziehung gehabt haben solltest, dann muss das zu Beginn der Highschool gewesen sein. Es gibt viele Frauen in deinem Leben, aber keine von ihnen darf lange bleiben.«

»Eine davon, war schon viel zu lange da.«

»Und schau dir an, was für Frauen du dir aussuchst.« Sie breitete die Hände auf den Tisch. »Suchst du dir kluge Frauen, die die Chance hätten, dein Interesse zu wecken? Oder ehrbare Frauen, die wenigstens einige deiner – und wage es nicht, mir in diesem Punkt zu widersprechen – erzkonservativen Werte teilen? Tja, die große Überraschung, keins von beidem.«

»Jetzt kommt wieder das von den ausländischen Frauen. Das ist ja eine fixe Idee von dir.«

»Okay, lassen wir die beiseite und schauen uns die amerikanischen Frauen an, mit denen der Kandidat sich einlässt. Partygirls, die zu viel Make-up und zu wenig Kleider anhaben. Mädchen, die dir dein T-Shirt voll sabbern und ungefähr so viel Bildung haben wie ein Teddybär.«

»Du übertreibst.«

»Verstehst du denn nicht, Kevin? Du suchst dir absichtlich Frauen aus, bei denen von vornherein klar ist, dass sie nicht für eine echte Beziehung taugen.«

»Na und? Ich will mich auf meinen Beruf konzentrieren und nicht durch Reifen springen, um irgendeine Frau glücklich zu machen. Abgesehen davon bin ich erst dreiunddreißig. Ich will mich noch nicht binden.«

»Du willst nur nicht erwachsen werden.«

»Ich?«

»Und dann ist da noch Lilly.«

»Schon wieder …«

»Sie ist einfach klasse. Obwohl du alles getan hast, sie dir vom Leib zu halten, lässt sie sich nicht abschütteln und wartet darauf, dass du zur Vernunft kommst. Du hast viel zu gewinnen und nichts zu verlieren, aber du bist nicht einmal bereit, ihr das winzigste Eckchen in deinem Leben einzuräumen. Stattdessen benimmst du dich wie ein schmollender Teenager. Kapierst du denn nicht? Du bist ebenso durch die Erlebnisse deiner Kindheit geprägt wie ich.«

»Bin ich nicht.«

»Meine Verletzungen sind leichter zu erkennen. Ich hatte keine Mutter und einen gewalttätigen Vater, während du zwei liebevolle Eltern hattest. Aber sie waren so anders als du, dass du dich ihnen nie verbunden gefühlt hast, und deswegen hast du heute noch ein schlechtes Gewissen. Die meisten Leute könnten das beiseite schieben und weitermachen, aber die meisten Leute sind auch nicht so empfindsam wie du.«

Er sprang von seinem Stuhl auf. »Das ist doch absoluter Mist! Ich bin so hart im Nehmen, wie man nur sein kann, Lady, das solltest du eigentlich wissen.«

»Ja, nach außen hin bist du hart, aber innen drin bist du weich wie Watte, und du hast mindestens ebenso viel Angst wie ich, dein Leben nicht in den Griff zu bekommen.«

»Du hast ja keine Ahnung.«

»Ich weiß, dass es unter tausend Männern nicht noch einen gäbe, der sich verpflichtet gefühlt hätte, die Verrückte zu heiraten, die ihn im Schlaf überfallen hat, selbst wenn es sich um die Schwester der Chefin gehandelt hätte. Dan und Phoebe hätten dir vielleicht die Pistole an den Kopf gehalten, aber du hättest die Schuld einfach nur dort abladen müssen, wo sie hingehörte. Das hast du nicht getan und hast mir außerdem das Versprechen abgenommen, dass auch ich es nicht tun würde.« Sie zog die Bündchen des Sweatshirts über ihre kalten Hände. »Dann ist da noch dein Verhalten, als ich die Fehlgeburt hatte.«

»Jeder hätte …«

»Nein, jeder hätte keineswegs, aber du wolltest das glauben, weil du Angst vor jeder Art von Gefühlen hast, die nicht zwischen zwei Torpfosten Platz haben.«

»Das ist so dumm.«

»Du weißt, dass dir außerhalb des Spielfeldes etwas fehlt, aber du hast zu viel Angst, um danach zu suchen. In deiner typischen, unreifen Art glaubst du nämlich, dass mit dir etwas nicht stimmt, und dass du es deswegen nicht finden wirst. Du konntest keine echte Bindung zu deinen eigenen Eltern herstellen, wie könntest du also jemals eine dauerhafte Verbindung mit einem anderen Menschen eingehen? Da ist es einfacher, sich auf das Gewinnen von Footballspielen zu konzentrieren.«

»Dauerhafte Verbindung? Warte mal! Worüber reden wir hier eigentlich?«

»Wir reden über die Tatsache, dass es für dich endlich an der Zeit ist, erwachsen zu werden und echte Risiken einzugehen.«

»Das glaube ich nicht. Ich glaube, hinter diesem ganzen Theater steckt ein Plan.«

Bis zu diesem Moment hatte sie das nicht geglaubt, aber manchmal durchschaute er Dinge vor ihr. Jetzt wurde ihr klar, dass er Recht hatte, aber es war zu spät. Ihr war übel.

»Ich glaube, du sprichst die ganze Zeit über eine dauerhafte Verbindung zwischen uns«, sagte er.

»Ha!«

»Ist es das, was du willst Molly? Bist du darauf aus, eine echte Ehe aus unserer zu machen?«

»Mit einem Mann, der emotional auf dem Stand eines Zwölfjährigen ist? Einem Mann, der seiner einzigen Blutsverwandten gegenüber gerade mal Höflichkeit entgegenbringt. So selbstzerstörerisch bin ich nicht.«

»Wirklich nicht?«

»Was willst du von mir hören? Dass ich mich in dich verliebt habe?« Sie wollte ironisch klingen, aber sie sah an seinem erschrockenen Gesichtsausdruck, dass er die Wahrheit erkannt hatte.

Ihre Beine fühlten sich an wie Gummi. Sie saß auf der Kante des Schaukelstuhls und versuchte, einen Ausweg zu finden, aber sie war zu durcheinander. Und welchen Sinn hatte es überhaupt, wenn er sie sowieso durchschaute? Sie hob den Kopf. »Na und? Ich merke durchaus, wenn ich in eine Einbahnstraße geraten bin, und ich bin nicht so dumm, in der falschen Richtung weiterzufahren.«

Sein Erschrecken tat ihr weh.

»Du liebst mich?«

Ihr Mund war trocken. Ruh rieb sich an ihren Knöcheln und winselte. Sie wollte sagen, dass es nur eine weitere Variante ihrer Schwärmerei für ihn war, aber sie brachte es nicht über sich. »Pech gehabt«, stieß sie hervor. »Wenn du glaubst, dass ich mich an deiner Brust ausweine, weil du nicht dasselbe empfindest wie ich, dann hast du dich getäuscht. Ich habe es nicht nötig, um irgendjemandes Liebe zu betteln.«

»Molly …«

Das Mitleid in seiner Stimme war schrecklich für sie. Wieder einmal hatte sie den Erwartungen nicht entsprochen. Sie war einfach nicht klug genug, hübsch genug oder besonders genug, um die Liebe eines Mannes zu erringen.

Stopp!

Ein entsetzliches Gefühl der Wut durchströmte sie, aber diesmal war es nicht gegen ihn gerichtet. Sie war ihre eigene Unsicherheit leid. Sie hatte ihm vorgeworfen, er müsse erst einmal erwachsen werden. Aber er war nicht der Einzige. Mit ihr war alles in Ordnung, und sie durfte nicht immer weiter so leben, als wäre das nicht der Fall. Wenn er sie nicht liebte, hatte er eben Pech gehabt.

Sie sprang aus dem Schaukelstuhl auf. »Ich fahre heute mit

Phoebe und Dan. Mein gebrochenes Herz und ich schleichen uns zurück nach Chicago, und weißt du was? Wir werden beide ganz gut damit weiterleben.«

»Molly, du kannst nicht …«

»Stopp – bevor dein Gewissen dich wieder überwältigt. Du bist nicht für meine Gefühle verantwortlich, okay? All das ist nicht dein Fehler, und du musst es nicht in Ordnung bringen. Es ist halt einfach so passiert.«

»Aber … es tut mir Leid. Ich …«

»Halt den Mund.« Sie sagte es ganz leise, weil sie nicht im Ärger mit ihm auseinander gehen wollte. Ohne es selbst zu wollen, ging sie zu ihm hinüber, ihre Hand hob sich an seine Wange. Sie liebte es, seine Haut zu spüren, sie liebte ihn, mit all seinen allzu menschlichen Schwächen. »Du bist ein guter Mann, Charlie Brown, und ich wünsche dir das Allerbeste.«

»Molly, ich will nicht …«

»Hey, bitte mich nicht zu bleiben, okay?« Sie brachte ein Lächeln zu Stande und trat zurück. »Alle guten Dinge haben irgendwann ein Ende, und genau da befinden wir uns gerade.« Sie ging zur Tür. »Komm, Ruh. Wir gehen zu Phoebe.«

24

In dieser Welt gilt Häschen-frisst-Häschen.

Anonyme Kinderbuchlektorin

Nur die Anwesenheit der Kinder machte die Rückfahrt nach Chicago erträglich. Es war Molly schon immer schwer gefallen, ihre Gefühle vor ihrer Schwester zu verbergen, aber diesmal blieb ihr nichts anderes übrig. Sie konnte das Verhältnis von Phoebe und Dan zu Kevin nicht länger belasten.

Ihr Apartment war muffig, weil es seit drei Wochen nicht gelüftet worden war, und noch staubiger, als sie es zurückgelassen hatte. Ihr juckten die Hände und sie hätte am liebsten gleich angefangen zu schrubben und zu polieren, aber der Hausputz musste bis morgen warten. Ruh sprang ihr voraus, als sie die Koffer zu ihrem Schlafplatz unterm Dach hoch schleppte. Dann zwang sie sich, an ihren Schreibtisch mit dem schwarzen Plastikordner zu gehen, der ihre Unterlagen enthielt.

Sie setzte sich im Schneidersitz auf den Fußboden, zog den letzten Vertrag mit Birdcage Press heraus.

Genau wie sie gedacht hatte.

Sie schaute zu den Fenstern hinüber, die ganz bis zur Decke hinauf reichten. Sie betrachtete die sanften Farben der Ziegelwände und die gemütliche Küche, sah dem Spiel des Lichts auf dem Holzfußboden zu. *Zuhause.*

Zwei jammervolle Wochen später trat Molly aus dem Aufzug im neunten Stock des Bürogebäudes an der Michigan Avenue, in dem sich die Geschäftsräume von Birdcage Press befanden. Sie band die Strickjacke noch einmal fester um ihr rotweiß kariertes Futteralkleid und ging den Korridor zu Helen Kennedy Schotts Büro hinunter. Molly hatte schon lange den Punkt überschritten, an dem es noch ein Zurück gegeben hätte, und nun konnte sie nur noch hoffen, dass der Abdeckstift, den sie unter ihre Augen getupft hatte, die Schatten dort verbarg.

Helen stand auf, um sie zu begrüßen, und kam hinter ihrem Schreibtisch hervor, der mit Manuskripten, Fahnenabzügen und Buchumschlägen übersät war. Trotz des schwülwarmen Wetters war sie in das übliche Schwarz gekleidet. Das kurze graue Haar lag ordentlich an ihrem Kopf, und ihre Fingernägel waren knallrot lackiert. »Molly, wie wunderbar Sie wieder zu sehen. Ich bin so froh, dass Sie sich endlich gemeldet haben. Ich hatte schon fast aufgegeben, Sie zu erreichen.«

»Schön, Sie zu sehen«, gab Molly höflich zu Antwort, denn ganz egal, was Kevin über sie zu sagen hatte, sie war von Natur aus ein höflicher Mensch.

Man konnte ein Stückchen des Chicago Rivers durch das Bürofenster sehen, aber die farbenfrohe Ansammlung von Kinderbüchern auf den Regalen hielt Mollys Aufmerksamkeit gefangen. Während Helen ihr etwas über den neuen Marketing Manager erzählte, entdeckte Molly die schlanken hellen Buchrücken der ersten fünf Daphne Bände. Zu wissen, dass *Trubel um Daphne* sich nie dazugesellen würde, hätte sich wie ein Dolchstoß in ihrem Herzen anfühlen müssen, aber dieser Teil von ihr war wie abgestorben und nicht in der Lage, etwas zu empfinden.

»Ich bin so froh, dass wir uns endlich einmal treffen«, sagte Helen. »Wir haben so viel zu besprechen.«

»So viel nun auch wieder nicht.« Molly hielt es nicht länger aus. Sie öffnete die Handtasche, zog einen weißen Umschlag hervor und legte ihn auf den Schreibtisch. »Das ist ein Scheck, mit dem ich dem Verlag den ersten Vorschuss für *Trubel um Daphne* zurückerstatte.«

Helen war wie vom Donner gerührt. »Wir wollen den Vorschuss nicht zurückhaben. Wir wollen das Buch veröffentlichen.«

»Ich fürchte, das werden Sie nicht können, weil ich die Veränderungen nicht vornehmen werde.«

»Molly, ich weiß, Sie waren nicht zufrieden mit uns, und es wird Zeit, dass wir das ins Reine bringen. Wir wollten von Anfang an nur das Beste für Ihre Karriere als Autorin.«

»Ich will nur das Beste für meine Leser.«

»Das wollen wir auch. Bitte versuchen Sie doch, uns zu verstehen. Autoren neigen dazu, ihre Projekte nur aus ihrer eigenen Perspektive zu betrachten, aber ein Verlag muss das Gesamtbild im Auge behalten und dazu gehört auch unser Verhältnis zur Presse und zur Gesellschaft. Wir hatten das Gefühl, keine andere Wahl zu haben.«

»Jeder hat eine Wahl und vor einer Stunde habe ich meine getroffen.«

»Was meinen Sie damit?«

»Ich habe *Trubel um Daphne* selbst veröffentlicht. In der ursprünglichen Fassung.«

»Sie haben es veröffentlicht?« Helen zog die Augenbrauen in die Höhe. »Wovon reden Sie eigentlich?«

»Ich habe es im Internet veröffentlicht.«

Helen schoss in die Höhe. »Das können Sie nicht tun! Wir haben einen Vertrag!«

»Wenn Sie das Kleingedruckte lesen, werden sie merken, dass ich bei allen meinen Büchern die Rechte für elektronische Medien behalten habe.«

Helens Erstaunen wuchs. Die größeren Verlagshäuser hatten diese Löcher in ihren Verträgen bereits gestopft, aber einige kleinere Verlage wie Birdcage, waren noch nicht so weit gekommen. »Ich kann nicht glauben, dass Sie das getan haben.«

»Jetzt kann jedes Kind, das *Trubel um Daphne* lesen und

die Originalillustrationen sehen will, das ohne Weiteres tun.« Molly hatte eine großartige Rede vorbereitet, mit vielen Bezügen zu Bücherverbrennungen und zur amerikanischen Verfassung, aber sie hatte keine Kraft mehr. Sie schob den Scheck zu Helen, stand von ihrem Stuhl auf und ging hinaus.

»Molly, warten Sie!«

Sie hatte getan, was sie tun musste, und sie blieb nicht stehen. Auf dem Weg zu ihrem Auto hätte sie eigentlich ein Gefühl des Triumphes verspüren müssen, aber sie fühlte sich vor allem ausgelaugt. Ein Studienfreund hatte ihr geholfen, die Website einzurichten. Zusätzlich zu dem Text und den Zeichnungen von *Trubel um Daphne* hatte Molly noch eine Liste von Büchern angefügt, die verschiedene Organisationen wegen ihrer Inhalte oder Illustrationen im Laufe der Jahre von Kinderhänden hatten fern halten wollen. Auf der Liste standen unter anderem *Rotkäppchen,* alle *Harry Potter* Bücher, Madeleine L'Engles *Die Zeitfalte, Harriet die Spionin, Tom Sawyer, Huckleberry Finn* und alle Bücher von Judy Blume, Maurice Sendak, den Brüdern Grimm und das *Tagebuch der Anne Frank.* Ans Ende der Liste hatte Molly *Trubel um Daphne* gestellt. Sie war natürlich keine Anne Frank, aber sie fühlte sich besser in so wunderbarer Gesellschaft. Sie wünschte nur, sie hätte Kevin anrufen und ihm berichten können, dass sie nun endlich für ihr Häschen gekämpft hatte.

Sie hielt ein paar Mal an, um Besorgungen zu machen, und bog dann auf den Lake Shore Drive ein, um Richtung Norden nach Evanston zu fahren. Es war nur wenig Verkehr, und sie brauchte viel zu wenig Zeit, bis sie das heruntergekommene Sandsteingebäude erreicht hatte, in dem sie nun wohnte. Sie verabscheute ihre Wohnung im zweiten Stock, mit Blick auf die Müllcontainer hinter einem Thai-Restaurant, aber sie konnte sich keine bessere Wohnung leisten, in der sie auch einen Hund halten durfte.

Sie versuchte, nicht an ihr kleines Apartment zu denken, in das bereits Fremde eingezogen waren. Es existierten nicht viele umgebaute Lofts in Evanston, und es gab für ihr Gebäude eine Warteliste von Kaufinteressenten. Sie hatte also gewusst, dass es leicht sein würde, die Wohnung zu verkaufen. Dennoch war sie nicht darauf vorbereitet gewesen, dass sie in weniger als vierundzwanzig Stunden weg sein würde. Die neuen Besitzer hatten ihr eine Prämie bezahlt, damit sie bereits einziehen konnten, solange die Papierangelegenheiten noch nicht geregelt waren. Also hatte sie in aller Eile eine Mietwohnung finden müssen, und so war sie in diesem armseligen Gebäude gelandet. Aber sie hatte das Geld, um die Anzahlung zurückzahlen und ihre sonstigen Rechnungen begleichen zu können.

Sie parkte auf der Straße zwei Blocks weiter, weil der Slytherin von Vermieter siebzig Dollar im Monat für einen Parkplatz am Gebäude verlangte. Sie ging die ausgetretenen Stufen zu ihrer Wohnung hinauf, draußen quietschten die Straßenbahnschienen. Ruh begrüßte sie an der Tür, sprang dann über das abgenutzte Linoleum und fing vor der Küchenspüle an zu bellen.

»Nicht schon wieder.«

Die Wohnung war so klein, dass sie keinen Platz für ihre Bücher hatte, sie musste sich auf dem Weg in die Küche zwischen Umzugskartons hindurchschlängeln. Sie öffnete vorsichtig die Tür unter der Spüle, lugte hinein und schauderte. Schon wieder saß eine Maus zitternd in ihrer Lebendfalle. Es war bereits die dritte, die sie innerhalb weniger Tage hier gefangen hatte.

Vielleicht könnte sie wenigstens noch einen Artikel für *Chik* daraus machen – »Warum Kerle, die kleine Tiere nicht ausstehen können, nicht immer schlecht sind.« Ihr Kochartikel war gerade mit der Post unterwegs. Zuerst hatte sie es mit »Dieses Frühstück wird er nicht zum Kotzen finden: Rühr sein Hirn mit deinen Eiern« überschrieben. Kurz bevor sie es in den Umschlag getan hatte, hatte sie noch Vernunft angenommen und den Titel durch »Das macht ihm schon morgens Appetit« ersetzt.

Sie schrieb jetzt wieder jeden Tag. So niederschmetternd ihre Lage auch war, sie hatte nicht aufgegeben und sich ins Bett gelegt, wie sie es nach der Fehlgeburt getan hatte. Stattdessen stellte sie sich ihrem Schmerz und tat ihr Bestes, ihn durchzustehen. Aber ihr Herz hatte sich noch nie so leer angefühlt.

Kevin fehlte ihr so sehr. Jede Nacht lag sie im Bett und erinnerte sich daran, wie es war in seinen Armen zu liegen. Es war weit mehr als nur der Sex gewesen. Er verstand sie besser, als sie sich bisher selbst verstanden hatte. Und er war ihr in jeder Hinsicht seelenverwandt. Bis auf die eine, alles entscheidende Frage. Er liebte sie nicht.

Mit einem Seufzer, der aus ihrem tiefsten Innersten kam, legte sie ihre Handtasche beiseite, zog die Gartenhandschuhe an, die sie zusammen mit der Falle gekauft hatte, und tastete unter der Spüle vorsichtig nach dem Griff des kleinen Käfigs. Wenigstens hoppelte ihr Häschen frei und glücklich im Cyberspace herum. Was man von dem kleinen Nager vor ihr nicht behaupten konnte.

Sie kreischte kurz auf, als die verängstigte Maus anfing, in ihrem Käfig herumzurennen. »Bitte lass das sein. Sei ganz ruhig, und ich verspreche, dass ich dich in den Park schaffe, bevor du weißt, wie dir geschieht.« Wo waren die Männer, wenn man sie brauchte?

Ihr Herz krampfte sich noch einmal schmerzhaft zusammen. Das Paar, das Kevin mit der Leitung der Ferienanlage betrauen wollte, hatte mittlerweile bestimmt die Arbeit aufgenommen. Also war er wahrscheinlich wieder in der Stadt und vergnügte sich in internationaler Gesellschaft. *Bitte, Gott, lass ihn mit keiner schlafen. Noch nicht.*

Lilly hatte ihr mehrmals auf den Anrufbeantworter gesprochen. Sie wollte wissen, ob mit Molly alles in Ordnung war, aber Molly hatte sie noch nicht zurückgerufen. Was sollte sie sagen? Dass sie ihr Apartment verkaufen musste? Dass sie ihren Verlag verloren hatte? Dass ihr Herz einen dauerhaften Sprung bekommen hatte? Wenigstens konnte sie sich jetzt einen Rechtsanwalt leisten und versuchen, aus ihrem Vertrag mit Birdcage herauszukommen, um das nächste Daphne-Buch an einen anderen Verlag verkaufen zu können.

Sie hielt den Käfig so weit von sich weg, wie nur möglich, und griff nach ihren Schlüsseln. Sie war auf dem Weg zur Tür, als die Klingel ertönte. Die Maus hatte ihr Nervenkostüm bereits stark strapaziert und so fuhr sie vor Schreck zusammen.

»Einen Moment bitte.«

Sie hielt den Käfig am ausgestreckten Arm, suchte sich einen Weg um einen Umzugskarton herum und öffnete die Tür. Helen kam hereingestürmt. »Molly, Sie sind einfach weggelaufen, bevor wir reden konnten. Oh, Gott!«

»Helen, darf ich Ihnen Mickey vorstellen?«

Helen presste sich die Hand aufs Herz, die Farbe wich aus ihrem Gesicht. »Ein Haustier?«

»Nicht wirklich.« Molly stellte den Käfig auf einen Umzugskarton, aber das gefiel Ruh nicht. »Still, du Nervensäge! Ich fürchte, es ist nicht der beste Moment für einen Besuch, Helen. Ich muss in den Park gehen.«

»Sie führen das Tier spazieren?«

»Ich lasse es frei.«

»Ich – ich komme mit Ihnen.«

Molly hätte es eigentlich genießen müssen, ihre elitäre frühere Lektorin so aus dem Konzept gebracht zu haben, aber die Maus hatte sie ebenfalls aus dem Konzept gebracht. Den Käfig so weit entfernt von sich wie möglich, ging sie voran durch die kleinen Straßen und Hinterhöfe von Evanston bis zum Park am See. Helen war in ihrem schwarzen Kostüm und den hochhackigen Schuhen weder für die Hitze noch für die holprigen Fußwege gerüstet, aber Molly hatte sie nicht aufgefordert mitzukommen und weigerte sich daher, sie zu bemitleiden.

»Ich wusste gar nicht, dass Sie umgezogen sind«, rief Helen irgendwo hinter ihr. »Glücklicherweise bin ich einem Ihrer Nachbarn begegnet, der mir Ihre neue Adresse gegeben hat. K-könnten Sie die Maus nicht irgendwo in der Nähe aussetzen?«

»Ich will nicht, dass sie den Weg zurück findet.«

»Oder wie wär's mit einer endgültigeren Lösung?«

»Auf keinen Fall.«

Obwohl es ein Werktag war, war der Park voller Fahrradfahrer, Studenten auf Rollerblades und Kinder. Molly fand eine Rasenfläche und setzte den Käfig ab, dann griff sie zögernd nach dem Haken. Sobald sie ihn löste, raste Mickey seiner Freiheit entgegen.

Direkt auf Helen zu.

Die Lektorin gab einen erstickten Schrei von sich und sprang auf eine Picknickbank. Mickey verschwand im Gebüsch.

»Unangenehme Tiere.« Helen sank auf den Tisch nieder.

Auch Molly hatte etwas weiche Knie und setzte sich auf die Bank. Hinter dem Park erstreckte sich der Lake Michigan bis zum Horizont. Sie schaute hinaus, und ihre Gedanken wanderten zu einem kleineren See mit einem Felsen zum Springen.

Helen zog ein Papiertaschentuch aus ihrer Handtasche und tupfte sich damit die Stirn. »Mäuse haben einfach so etwas an sich.«

Im Nachtigallenwald gab es keine Mäuse. Molly würde noch eine dazuerfinden müssen, wenn sie jemals einen neuen Verlag für ihre Bücher fand.

Sie schaute ihre alte Lektorin an. »Wenn Sie hergekommen

sind, um mir mit einer Klage zu drohen, dann werden Sie nicht viel erreichen.«

»Warum sollten wir unsere beste Autorin verklagen?« Helen zog den Umschlag mit Mollys Scheck heraus und legte ihn auf die Bank. »Ich gebe Ihnen das hier zurück. Und wenn Sie hineinschauen, werden Sie noch einen Scheck für den Rest ihres Voraushonorars darin finden. Wirklich, Molly, Sie hätten mir sagen sollen, wie sehr Ihnen die Änderungen gegen den Strich gingen. Ich hätte nie von Ihnen verlangt, sie zu machen.«

Molly versuchte nicht einmal, auf dieses Slytherin-Geschwätz einzugehen. Auch den Umschlag rührte sie nicht an.

Helens Tonfall wurde eindringlicher. »Wir werden *Trubel um Daphne* in der ursprünglichen Fassung veröffentlichen. Ich bringe es im Herbstprogramm unter, dann haben wir genug Zeit für eine Werbekampagne. Wir planen eine ausgedehnte Marketing Kampagne mit ganzseitigen Anzeigen in allen großen Elternzeitschriften, und wir schicken Sie auf Lesereise.«

Molly fragte sich, ob sie zu viel Sonne abgekriegt hatte. »*Trubel um Daphne* ist bereits im Internet verfügbar.«

»Wir möchten Sie bitten, die Seite rauszunehmen, aber die Entscheidung bleibt ganz bei Ihnen. Selbst wenn Sie die Website aufrecht erhalten, werden die meisten Eltern doch das Buch kaufen und bei ihren Kindern in den Bücherschrank stellen wollen.«

Molly konnte sich nicht vorstellen, durch welches Wunder sie plötzlich vom kleinen Menschen zur wichtigen Autorin geworden war. »Ich fürchte, das wird nicht reichen, Helen.«

»Wir sind bereit, ihren Vertrag neu zu verhandeln. Ich bin sicher, dass Ihnen die Bedingungen zusagen werden.«

Molly hatte nach einer Erklärung gefragt, nicht nach mehr Geld, aber irgendwie wurde plötzlich der Tycoon in ihr wach. »Das werden Sie mit meinem neuen Agenten aushandeln müssen.«

»Natürlich.«

Molly hatte keinen Agenten, weder einen neuen noch einen alten. Ihre schriftstellerische Tätigkeit war bisher so geringfügig gewesen, dass sie keinen gebraucht hatte, aber das hatte sich eindeutig verändert. »Nun sagen Sie mal, was eigentlich passiert ist, Helen.«

»Die Publicity ist die Ursache von allem. Die neuen Verkaufszahlen sind vor zwei Tagen rausgekommen. Die Presseberichte über ihre Hochzeit und die GKFEGA-Angriffe haben Ihre Verkaufszahlen in die Höhe schnellen lassen.«

»Aber ich habe doch schon im Februar geheiratet und GKFEGA hat mich im April aufs Korn genommen. Und Sie haben es jetzt erst bemerkt?«

»Den ersten Anstieg konnten wir schon im März feststellen, dann einen weiteren im April. Aber die Zahlen waren nicht so ungewöhnlich, bis wir den abschließenden Monatsbericht für Mai bekamen. Und die vorläufigen Zahlen für Juni sind noch besser.«

Wie Molly feststellte, war es gut, dass sie bereits saß, denn ihre Beine hätten sie nicht mehr gehalten. »Aber der Presserummel war doch schon abgeebbt. Warum schießen die Zahlen jetzt in die Höhe?«

»Das wollten wir auch herausfinden und haben eine Reihe von Gesprächen mit Buchhändlern geführt. Sie haben uns gesagt, dass ursprünglich Erwachsene aus Neugier eines der Daphne Bücher gekauft haben – entweder hatten sie von Ihrer Hochzeit gehört oder sie wollten sehen, worüber sich die GKFEGA-Leute so ereiferten. Aber als sie die Bücher dann nach Hause geschleppt hatten, haben sich ihre Kinder in die Figuren verliebt, jetzt kommen sie in die Läden und kaufen die restlichen Bücher der Serie.«

Molly war sprachlos. »Ich kann's nicht fassen.«

»Die Kinder zeigen die Bücher ihren Freunden. Wir haben gehört, dass selbst Eltern, die anderen Boykottaufrufen von GKFEGA gefolgt sind, die Daphne-Bücher kaufen.«

»Es fällt mir schwer, das alles zu begreifen.«

»Das kann ich verstehen.« Helen schlug die Beine übereinander und lächelte. »Nach all den Jahren dieser plötzliche Erfolg. Herzlichen Glückwunsch, Molly.«

Janice und Paul Hubert waren das ideale Pächterehepaar für ein Gästehaus. Mrs Huberts Eier waren niemals kalt, und ihre Kekse waren nie auf der Unterseite verbrannt. Mr Hubert machte es sogar Spaß, verstopfte Klos zu reparieren, und er konnte stundenlang mit den Gästen reden, ohne sich zu langweilen. Kevin schmiss sie nach anderthalb Wochen wieder raus.

»Brauchst du Hilfe?«

Er zog den Kopf aus dem Gefrierschrank und sah Lilly in der Küchentür stehen. Es war elf Uhr abends, zwei Wochen und einen Tag, nachdem Molly abgereist war. Es war außerdem vier Tage, nachdem er die Huberts rausgeschmissen hatte, und alles war ein einziges Kuddelmuddel.

In ein paar Wochen begann das Trainingslager, und er hatte sich nicht darauf vorbereitet. Er war sich bewusst, dass er Lilly sagen müsste, wie froh er war, dass sie geblieben war, um zu helfen, aber er hatte es bislang nicht über sich gebracht und hatte ein schlechtes Gewissen deswegen. Sie hatte so etwas Trauriges an sich, seit Liam Jenner nicht mehr zum Frühstück ins Gästehaus kam. Einmal hatte er sogar den Versuch unternommen, etwas darüber zu sagen, aber er hatte sich ungeschickt angestellt und sie hatte vorgegeben, ihn nicht zu verstehen.

»Ich suche nach Expresshefe. Amy hat mir eine Notiz hinterlassen, dass sie möglicherweise welche braucht. Was zum Teufel ist Expresshefe?«

»Ich habe keine Ahnung«, erwiderte sie. »Meine Backkünste sind weitgehend auf Fertigmischungen beschränkt.«

»Ach verdammt, vergiss es.« Er schloss die Tür.

»Vermisst du die Huberts?«

»Nein. Nur ihre Kochkünste und die Art, wie er sich um alles gekümmert hat.«

»Aha.« Sie betrachtete ihn amüsiert und vergaß für einen kleinen Moment ihre Traurigkeit.

»Es hat mir nicht gefallen, wie sie die Kinder behandelt hat«, murmelte er. »Und er hat Troy fast verrückt gemacht. Wen kümmert es schon, ob das Gras im Uhrzeigersinn oder dagegen gemäht wird?«

»Sie hat die Kinder nicht wirklich ignoriert. Sie hat nur nicht an jeden Dahergelaufenen, der sich an der Küchentür blicken ließ, Kekse verteilt wie Molly.«

»Die alte Hexe hat sie weggescheucht wie Küchenschaben. Und keine Rede von ein paar Minuten Zeit, um den Kindern eine Geschichte zu erzählen. Ist das denn zu viel verlangt? Wenn ein Kind eine Geschichte hören will, kann sie doch, verdammt nochmal, die Flasche mit Möbelpolitur einmal aus der Hand legen, oder?«

»Ich habe nie gehört, dass eines der Kinder Mrs Hubert gebeten hat, ihnen eine Geschichte zu erzählen.«

»Aber Molly haben sie sehr wohl danach gefragt!«

»Stimmt.«

»Was soll das jetzt wieder heißen?«

»Nichts.«

Kevin öffnete den Deckel der Keksdose, verschloss ihn aber wieder, als ihm einfiel, dass nur fertig gekaufte Kekse darin waren. Er griff sich stattdessen ein Bier aus dem Kühlschrank. »Ihr Mann war noch schlimmer.«

»Als ich gehört habe, wie er den Kindern verboten hat, auf der großen Wiese Fußball zu spielen, weil das den Rasen ruiniert, wurde mir klar, dass er nicht lange bleiben würde.«

»Slytherin.«

»Die Gäste im Haus waren mit den Huberts allerdings sehr zufrieden«, wandte sie ein.

»Das liegt daran, dass sie keine Kinder haben, wie die Mieter der Ferienhäuschen.«

Er bot ihr ein Bier an, aber sie schüttelte den Kopf und nahm sich stattdessen ein Wasserglas aus dem Schrank. »Ich bin froh, dass die O'Brians noch eine Woche bleiben«, sagte sie, »aber ich vermisse Cody und die Kramer Mädchen. Aber die neuen Kinder sind auch nett. Ich habe gesehen, dass du noch mehr Fahrräder gekauft hast.«

»Ich hatte die kleinen Kröten vergessen. Wir brauchten noch was mit Stützrädern.«

»Die älteren Kinder scheinen alle ihre Freude an dem Basketballkorb zu haben, und es war gut, dass du einen Schwimmmeister eingestellt hast.«

»Einige Eltern sind ein bisschen zu lässig.« Er trug sein Bier an den Küchentisch hinüber und setzte sich, dann zögerte er. Aber er hatte es schon lange genug vor sich her geschoben. »Ich weiß es wirklich zu schätzen, dass du hier geblieben bist, um zu helfen.«

»Das macht mir nichts aus, aber ich vermisse Molly wirklich. Alles macht mehr Spaß, wenn sie dabei ist.«

Er spürte, dass er in Abwehrhaltung ging. »Das finde ich nicht. Wir haben doch sehr viel Spaß ohne sie.«

»Ist nicht wahr. Die O'Brian Jungs jammern ständig rum, die älteren Leute vermissen sie und du bist missmutig und launisch.« Sie lehnte sich gegen die Spüle. »Kevin, es sind jetzt über zwei Wochen. Meinst du nicht, dass es an der Zeit ist, hinter ihr herzufahren? Amy und Troy können sich hier ein paar Tage lang um alles kümmern.«

War ihr denn nicht klar, dass er die Lage schon aus hundert verschiedenen Winkeln betrachtet hatte? Nichts hätte er lieber getan, aber er konnte ihr nicht hinterherfahren, bevor er nicht bereit war, sich als verheirateter Mann zu binden, und das konnte er nicht tun. »Es wäre nicht fair.«

»Fair gegenüber wem?«

Er pulte mit dem Daumennagel am Etikett der Flasche herum. »Sie hat mir gesagt … Sie hat Gefühle.«

»Ach so. Und du hast keine?«

Er hatte so viele Gefühle, dass er nicht wusste, wohin mit ihnen, aber er würde darüber nicht den Blick auf das verlieren, was ihm wirklich wichtig war.

»Vielleicht liegen die Dinge in fünf oder sechs Jahren anders, aber im Moment habe ich außerhalb meines Berufes für nichts anderes Zeit. Und seien wir realistisch – würdest du Molly und mir auf lange Sicht eine Chance geben?«

»Auf jeden Fall.«

»Komm schon!« Er schoss aus seinem Stuhl hoch. »Ich bin ein Kerl! Ich bin gerne aktiv, und sie hasst Sport.«

»Für jemanden, der Sport hasst, ist sie aber ziemlich sportlich.«

»Ich gebe zu, sie ist ganz okay.«

»Sie schwimmt wunderbar und springt wie ein Weltmeister.«

»Das kommt nur vom Ferienlager.«

»Sie spielt hervorragend Softball.«

»Ferienlager.«

»Sie weiß alles über Football.«

»Das liegt nur an …«

»Sie spielt Fußball.«

»Nur mit Tess.«

»Sie beherrscht Kampfsportarten.«

Er hatte den Kung Fu Griff vergessen, mit dem sie ihn im letzten Winter empfangen hatte.

»Und sie hat mir erzählt, dass sie auf der Highschool Mitglied der Tennismannschaft war.«

»Da hast du's. Ich hasse Tennis.«

»Vermutlich, weil du nicht gut bist.«

Woher wusste Lilly das?

Lillys Lächeln sah gefährlich mitleidig aus. »Ich fürchte, es wird dir schwer fallen, eine Frau zu finden, die ebenso sportlich und abenteuerlustig ist wie Molly Somerville.«

»Ich wette, sie würde nicht Fallschirm springen.«

»Ich wette, das würde sie.«

Selbst in seinen eigenen Ohren klangen die Argumente albern. Und was das Fallschirm springen anbetraf, hatte Lilly Recht. Er konnte fast Mollys Schrei hören, wenn er sie aus dem Flugzeug schubste. Er wusste, sie würde es genießen, sobald ihr Fallschirm aufging.

Die Tatsache, dass sie sich in ihn verliebt hatte, bereitete ihm noch immer Unbehagen. Und machte ihn wütend. Das alles war von Anfang an befristet gedacht, es war keineswegs so, dass er sie hinters Licht geführt hätte. Und er hatte gewiss keine Versprechungen gemacht. Die meiste Zeit hatte er mit Müh und Not die Regeln der Höflichkeit beachtet.

Es war der Sex. Bis dahin war alles prima gewesen. Wenn er seine Hosen an- und seine Hände bei sich behalten hätte, hätte sie keine Probleme gehabt. Aber das hatte er nicht geschafft, nicht solange sie Tag für Tag beieinander waren. Und wer hätte ihm das ernsthaft zum Vorwurf machen können?

Er dachte an ihre Art zu lachen. Welcher Mann hätte dieses Lachen nicht unter seinen Lippen spüren wollen? Und diese blaugrauen Augen mit dem verführerischen Aufschlag, waren eine bewusste sexuelle Herausforderung. Wie hätte er an etwas anderes als an Sex mit ihr denken können, solange diese Augen auf ihn gerichtet waren?

Molly kannte die Regeln, und toller Sex konnte heutzutage nicht mehr als Versprechen gelten. Der ganze Mist, den sie ihm aufgetischt hatte, dass er nicht in der Lage wäre, gefühlsmäßige Bindungen einzugehen, war absolut falsch. Er hatte schon seine Beziehungen. Wichtige Beziehungen. Er hatte Cal und Jane Bonner.

Mit denen er seit Wochen nicht mehr gesprochen hatte.

Er schaute Lilly an. Vielleicht lag es an der späten Stunde, dass er plötzlich seine Verteidigungshaltung ablegte, jedenfalls erzählte er ihr auf einmal mehr, als er eigentlich wollte. »Molly hat einige Ansichten bezüglich meiner Person, die ich nicht teile.«

»Was für Ansichten?«

»Sie findet ...« Er stellte seine Bierflasche ab. »Sie findet mich emotional oberflächlich.«

»Das bist du nicht!« Lilly Augen blitzten. »Wie kann man nur so etwas Schreckliches sagen?«

»Ja, aber es ist so, dass ...«

»Du bist ein sehr komplizierter Mann. Mein Gott, wenn du oberflächlich wärst, hättest du mich gleich zum Teufel geschickt.«

»Ich habe es versucht ...«

»Du hättest mir die Schulter getätschelt und versprochen, mir eine Weihnachtskarte zu schicken. Ich wäre zufrieden gewesen und wäre dem Sonnenuntergang entgegengefahren. Aber du bist viel zu ehrlich mit deinen Gefühlen, um so etwas zu tun, deswegen war meine Gegenwart hier so schmerzhaft für dich.«

»Es ist nett von dir, dass du das sagst, aber ...«

»Oh, Kevin ... du darfst dich niemals für oberflächlich halten. Ich halte viel von Molly, aber wenn ich noch einmal höre, dass sie so etwas sagt, dann werde ich ein ernstes Wörtchen mit ihr reden.«

Kevin wollte loslachen, doch seine Augen juckten, seine Füße bewegten sich, und ehe er sich's versah, breiteten sich seine Arme einfach aus. Es ging doch nichts über die eigene Mutter, wenn ein Mann Unterstützung brauchte, auch wenn er es eigentlich nicht verdient hatte.

Er drückte sie heftig und Besitz ergreifend an sich. Sie gab einen Laut von sich, der an das Miauen eines neugeborenen Kätzchens erinnerte.

Er zog sie noch näher an sich. »Es gibt da ein paar Dinge, die ich dich schon lange fragen wollte.«

Ein zittriges Schluchzen erklang an seiner Brust.

Er räusperte sich. »Musstest du auch Musikunterricht nehmen und warst eine Null am Klavier?«

»Oh, Kevin ... ich kann heute die Noten noch nicht auseinander halten.«

»Und kriegst du auch einen Ausschlag am Mund, wenn du Tomaten isst?«

Sie drückte sich noch fester an ihn. »Wenn ich zu viele esse.«

»Was ist mit Süßkartoffeln?« Er vernahm einen schluchzenden Schluckauf. »Alle außer mir mögen sie, also habe ich mich gefragt ...« Er hielt inne, weil ihm das Sprechen zunehmend schwer fiel. Zur gleichen Zeit rückten Stücke in seinem Inneren, die nie so recht gepasst hatten, auf einmal zusammen.

Eine Weile hielten sie sich einfach im Arm. Schließlich begannen sie zu reden. Die Worte überschlugen sich geradezu bei dem Versuch, alle Leerstellen zu füllen und drei Jahrzehnte in einer Nacht aufzuholen. Dabei vermieden sie in unausgesprochener Übereinkunft nur zwei Themen: Molly und Liam Jenner.

Als sie gegen drei Uhr früh schließlich am Treppenabsatz auseinander gingen, streichelte Lilly ihm über die Wange. »Gute Nacht, mein Liebling.«

»Gute Nacht ...« *Gute Nacht, Mutter.* Das hätte er am liebsten gesagt, aber er hatte das Gefühl damit Maida Tucker zu verraten, und das konnte er nicht tun. Maida war vielleicht nicht die Mutter seiner Träume gewesen, aber sie hatte ihn von ganzem Herzen geliebt und er hatte sie ebenfalls geliebt. Er lächelte. »Gute Nacht, Lilly Mom.«

Jetzt öffneten sich die Schleusen wirklich. »Oh, Kevin … mein lieber, süßer Junge.«

Mit einem Lächeln auf den Lippen schlief er ein.

Als der Wecker ihn ein paar Stunden später aus dem Bett klingelte, dachte er an die vergangene Nacht und daran, dass Lilly nun auf Dauer ein Teil seines Lebens sein würde. Es war ein gutes Gefühl. Genau richtig.

Aber alles andere war gar nicht gut.

Auf dem Weg nach unten in die graue, leere Küche, versuchte er sich klar zu machen, dass er wegen Molly kein schlechtes Gewissen haben musste, aber sein Gewissen wollte nicht auf ihn hören. Solange er keinen Weg gefunden hatte, es wieder gutzumachen, würde er sie nie aus seinen Gedanken verbannen können. Dann fiel sie ihm ein. Die perfekte Lösung.

Molly starrte Kevins Rechtsanwalt ungläubig an. »Er schenkt mir den Ferienpark?«

Der Rechtsanwalt stand eingeengt zwischen Umzugskisten. »Er hat mich gestern Morgen in der Früh angerufen. Ich bin gerade dabei, den letzten Papierkram zu erledigen.«

»Das will ich aber nicht! Ich nehme nichts von ihm an.«

»Er muss gewusst haben, dass Sie so reagieren würden, weil er mir aufgetragen hat, Ihnen Folgendes zu sagen: Falls Sie sich weigern sein Angebot anzunehmen, wird er Eddie Dillard das Gelände platt machen lassen. Ich glaube, er meinte es ziemlich ernst.«

Sie hätte schreien können, aber es war nicht die Schuld des Rechtsanwalts, dass Kevin so überheblich und bestimmend war, also hielt sie ihren Ärger zurück. »Gibt es etwas, das mich daran hindern könnte, die Anlage zu verschenken.«

»Nein.«

»Gut, dann nehme ich an. Und dann gebe ich die Anlage weg.«

»Ich glaube nicht, dass er darüber allzu glücklich sein wird.«

»Kaufen Sie ihm eine Großpackung Tempotücher.«

Der Rechtsanwalt war jung, und sein Lächeln hatte etwas Schelmisches an sich, als er seine Aktentasche nahm und sich einen Weg zwischen den Möbeln hindurch zur Tür suchte. Wegen der Julihitze trug er kein Jackett, ihre Wohnung war nicht klimatisiert, und ein feuchter Fleck prangte auf seinem Rücken. »Am besten fahren Sie möglichst bald da hoch. Kevin ist weg, und keiner kümmert sich um den Laden.«

»Ich bin sicher, dass jemand da ist. Er hat Pächter eingestellt.«

»Mit denen schien es nicht zu funktionieren.«

Molly neigte nicht zu Kraftausdrücken, aber jetzt konnte sie sich kaum zurückhalten. Seit achtundvierzig Stunden versuchte sie mühsam, sich daran zu gewöhnen, dass sie eine erfolgreiche Autorin war, und jetzt das hier.

Sobald der Rechtsanwalt gegangen war, krabbelte sie über das Sofa, um an ihr Telefon zu kommen und ihre neue Agentin anzurufen, die beste Verhandlungsführerin der Stadt. »Phoebe, ich bin's.«

»Hey, du Großautorin! Die Gespräche laufen gut, aber ich bin noch nicht zufrieden mit der Abschlagszahlung, die sie uns bieten.«

Sie hörte das diebische Vergnügen in der Stimme ihrer Schwester. »Treibe sie nicht in den Ruin.«

»Es wäre zu verlockend.«

Sie unterhielten sich noch ein Weilchen über die Vertragsverhandlungen, bevor Molly zum eigentlichen Grund ihres Anrufes kam. Sie bemühte sich, nicht an ihren Worten zu ersticken. »Kevin hat etwas so Süßes getan.«

»Sich blind auf die Hauptverkehrsstraße begeben?«

»Sei doch nicht so, Phoebe.« Sie würde bestimmt noch ersticken. »Er ist ein netter Kerl. Er hat mir doch tatsächlich den Ferienpark geschenkt.«

»Du machst Witze.«

Molly packte den Hörer fester. »Er weiß, wie sehr es mir dort gefällt.«

»Das verstehe ich, aber …«

»Ich werde morgen da hoch fahren und ich weiß nicht, wie lange ich bleiben werde.«

»Dann kommst du wenigstens aus diesem Loch von Wohnung raus, bis wir mit den Verhandlungen über deinen Vertrag fertig sind. Dafür sollte man eigentlich dankbar sein.«

Es war erniedrigend gewesen, Phoebe zu gestehen, dass sie ihr Apartment hatte verkaufen müssen. Sie rechnete es Phoebe hoch an, dass sie nicht angeboten hatte, ihr aus der Patsche zu helfen, aber das bedeutete noch lange nicht, dass Phoebe ihr nicht die Meinung gesagt hatte.

Molly beendete das Gespräch so rasch wie möglich und schaute zu Ruh hinüber, der unter dem Küchentisch nach etwas Abkühlung suchte. »Nun sag's schon. Meine Zeitplanung ist eine Katastrophe. Wenn ich noch zwei Wochen gewartet hätte, wären wir noch in unserer alten Wohnung und könnten uns an den Vorzügen der Klimaanlage erfreuen.«

Vielleicht war es nur Einbildung, aber Ruh sah missbilligend aus. Der Verräter vermisste Kevin.

»An die Arbeit, Kumpel. Morgen früh geht's ab Richtung North Woods.«

Ruh spitzte die Ohren.

»Freu dich nicht zu früh, wir werden nicht dort bleiben, Ruh. Ich meine es ernst, ich gebe die Anlage weg.«

Würde sie das wirklich tun? Sie trat mit dem Fuß nach einer Geschirrkiste und wünschte, es wäre Kevins Kopf. Er hatte das getan, um seine Schuldgefühle zu bekämpfen. Es war seine Art der Wiedergutmachung, weil sie sich in ihn verliebt hatte, aber er sie nicht liebte.

Ein riesengroßes Mitleidsgeschenk.

25

> Daphne redete nicht mit Benny, Benny war das ganz egal, Melissa konnte ihre Filmstarsonnenbrille nicht finden, und es hatte angefangen zu regnen.
>
> Alles war ein einziges großes Durcheinander!
>
> *Daphne im Ferienlager*

Lilly blieb in der Küchentür des Gästehauses stehen. Molly war am Tisch eingeschlafen. Der Kopf ruhte auf ihrem Arm, die Hand lag neben dem Zeichenblock, und ihre Haare flossen über den alten Eichentisch wie verschütteter Sirup. Wie hatte Lilly nur jemals glauben können, ihre Arbeiten seien dilettantisch?

Seit Molly in die Ferienanlage zurückgekehrt war, hatte sie die Illustrationen zu *Daphne im Ferienlager* fertig gestellt, ein neues Buch angefangen und einen Artikel für *Chik* geschrieben, all das neben dem Kochen und der Betreuung der Gäste. Sie konnte sich nicht entspannen, obwohl ihr der neue Vertrag, wie sie Lilly erzählt hatte, endlich finanzielle Sicherheit gab. Lilly wusste, dass sie versuchte, nicht an Kevin zu denken und verstand ihr stilles Leiden. Sie hätte ihren Sohn erwürgen können.

Molly regte sich, blinzelte, schaute auf und lächelte. Sie hatte Schatten unter den Augen, die vermutlich genau den Schatten unter Lillys Augen entsprachen. »Hattest du einen schönen Spaziergang?«

»Hatte ich.«

Sie setzte sich auf und strich sich die Haare hinter die Ohren. »Liam war hier.«

Lillys Herz setzte für einen Schlag aus. Seit er sein Ultimatum ausgesprochen hatte, hatte sie ihn nur einmal ein paar Tage später von weitem in der Stadt gesehen und dann gar nicht mehr. Die Trennung fiel ihr mit der Zeit nicht leichter, sie wurde sogar von Tag zu Tag schmerzhafter.

»Er hat etwas für dich gebracht«, sagte Molly. »Ich habe ihm gesagt, er soll es in dein Zimmer stellen.«

»Was ist es denn?«

»Du solltest es dir lieber selbst anschauen.« Sie hob einen Stift auf, der auf den Boden gefallen war, und begann damit herumzuspielen. »Er hat mich gebeten, dir Auf Wiedersehen von ihm zu sagen.«

Lilly fröstelte, obwohl es in der Küche sehr warm war. »Er geht weg?«

»Heute. Er will eine Weile in Mexiko leben, um dort mit dem Licht zu experimentieren.«

Sie hätte damit rechnen müssen. Hatte sie erwartet, dass er herumsitzen und darauf warten würde, dass sie ihre Meinung änderte? Alle, die Liam Jenners Kunst verstanden hatten, wussten, dass er in erster Linie ein Mann der Tat war. »Ach so.«

Molly stand auf und lächelte sie mitfühlend an. »Du hast das ganz schön vermasselt. Ich könnte zwar ohne dich hier nicht überleben, aber warum bist du eigentlich noch hier, jetzt wo Kevin fort ist?«

Lilly hatte vor, Kevin demnächst in Chicago zu besuchen. Keiner von ihnen wollte ihre Beziehung geheim halten, und Kevin war bereits nach North Carolina geflogen, um seinen Freunden, den Bonners, die Neuigkeiten zu erzählen. Er hatte außerdem Cals Brüdern, ihren Frauen und seinem Sitznachbarn im Flugzeug davon erzählt, wie er ihr bei ihrem letzten Telefongespräch berichtet hatte.

Lilly sehnte sich danach, ihn wieder zu sehen, aber sie brachte es noch nicht über sich, den Ferienpark zu verlassen.

Sie redete sich selbst ein, dass sie Molly zuliebe noch immer dort war. »Ich bin noch hier, um dir zu helfen, du undankbare kleine Kröte.«

Molly trug ihr Wasserglas zur Spüle hinüber. »Und außerdem?«

»Weil es hier so friedlich ist und ich Los Angeles hasse.«

»Oder vielleicht, weil du es nicht über dich bringst, von Liam Jenner wegzugehen, obwohl du ihn wie den letzten Dreck behandelt hast und ihn nicht verdienst.«

»Wenn du ihn so toll findest, nimm ihn doch selber. Du hast keine Ahnung, wie es ist, mit einem alles bestimmenden Mann verheiratet zu sein.«

»Als ob er dir nicht aus der Hand fressen würde, wenn du nur wolltest.«

»Du solltest nicht in diesem Ton mit mir reden, junge Dame.«

»Du bist so ein Dummerjan.« Molly lächelte. »Geh hoch und sieh nach, was er dir dagelassen hat.«

Lilly versuchte wie eine beleidigte Diva aus der Küche zu rauschen, aber sie wusste, dass Molly ihr das nicht abnahm. Die Frau ihres Sohnes hatte den gleichen offenherzigen, ehrlichen Charme wie Mallory. Warum merkte Kevin denn nicht, wem er da den Rücken gekehrt hatte?

Und was war mit dem Mann, dem sie den Rücken gekehrt hatte? Sie konnte noch immer nicht an ihrem Quilt weiterarbeiten. Wenn sie ihn jetzt betrachtete, sah sie nichts als Stofffetzen. Es gab keine Kreativitätsschübe mehr und keine noch so kleinen Einsichten in die Geheimnisse des Lebens.

Sie stieg in den zweiten Stock hinauf und ging dort zu der schmaleren Treppe, die auf den Dachboden hinaufführte. Kevin hatte sie zu überreden versucht, in eines der größeren Zimmer umzuziehen, aber Lilly gefiel es dort oben.

Sie schlüpfte in ihr Zimmer und sah eine große Leinwand, etwas breiter als hoch, die ans Fußende ihres Bettes gelehnt war. Obwohl das Bild noch in Packpapier eingehüllt war, wusste sie genau, was es war. Die Madonna, die sie an jenem Nachmittag in seinem Atelier so bewundert hatte. Sie fiel auf dem Flickenteppich auf die Knie, hielt den Atem an und zog das Papier weg.

Aber es war gar nicht die Madonna. Es war das Porträt, das Liam von ihr gemalt hatte.

Ein Schluchzer entfuhr ihrer Brust. Sie hielt die Hand vor den Mund gepresst und wich zurück. Seine Darstellung ihres Körpers war gnadenlos. Er zeigte jede Falte, jedes abgesackte Körperteil, jede Vorwölbung, die eigentlich flach hätte sein müssen. Das Fleisch des einen Oberschenkels quoll über den Rand des Stuhles, auf dem sie saß, hinaus; ihre Brüste hingen schwer herab.

Und doch war sie grandios. Ihre Haut leuchtete in einem Glanz, der aus ihrem tiefsten Innersten zu kommen schien, ihre Rundungen waren stark und fließend, ihr Gesicht von majestätischer Schönheit. Sie war zugleich sie selbst und die Frau an sich, weise durch ihr Alter.

Dies war Liam Jenners endgültiger Liebesbrief an sie. Eine kompromisslose Darstellung von Gefühlen, die wahrhaftig und furchtlos waren. Dies war ihre Seele, offenbart von dem genialen Mann, den sie nicht für sich hatte gewinnen können, weil ihr der Mut dazu gefehlt hatte. Und jetzt war es dafür vielleicht zu spät.

Sie griff nach ihren Schlüsseln, flog die Treppen hinunter und rannte nach draußen zu ihrem Wagen.

Eines der Kinder hatte ein kunstvolles Häschen in die Staubschicht auf ihrem Kofferraum gemalt. Dann wurde ihr klar, dass die Zeichnung zu perfekt war. Diese Molly und ihre Streiche!

Zu spät, zu spät, zu spät … Die Reifen quietschten, als sie aus der Ferienanlage in Richtung seines Glashauses davonraste. Während sie sich seit Jahren vor einem toten Ehemann, den sie nie geliebt hatte, verschanzte, hatte er das getan, was er wollte.

Zu spät, zu spät, zu spät … Der Wagen holperte über die Furchen am Ende des Weges und fuhr wieder ruhiger, als das Haus in Sichtweite kam. Es sah leer und verlassen aus.

Sie sprang hinaus, rannte zur Tür hinüber und drückte mit dem ganzen Gewicht ihres Körpers auf die Klingel. Keine Antwort. Sie trommelte mit den Fäusten gegen die Tür und rannte dann zur Rückseite des Hauses. *Er geht nach Mexiko …* Das gläserne Studio erhob sich über ihr, ein Baumhaus für ein Genie. Sie konnte keine Zeichen von Leben darin erkennen und auch nicht im übrigen Teil des Hauses.

Hinter ihr glitzerte der See in der Sonne, und der Himmel spannte sich blau und wolkenlos darüber, ein perfekter Tag, der sich über sie lustig zu machen schien. Sie entdeckte eine Tür an der Seite und eilte darauf zu. Sie rechnete nicht damit, dass sie offen war, doch als sie den schweren Türgriff betätigte, gab die Tür langsam nach.

Drinnen war alles ruhig. Sie ging durch den hinteren Teil des Hauses in die Küche und von dort ins Wohnzimmer. Hier stieg sie zum Steg hinauf.

Der Bogen an seinem Ende lockte sie in sein Heiligtum. Sie hatte kein Recht dort einzudringen, aber sie ging dennoch weiter.

Er stand mit dem Rücken zur Tür und war damit beschäftigt, Farbtuben in eine Transportkiste zu packen. Wie bei ihrem ersten Besuch hier, war er ganz in Schwarz gekleidet – maßgeschneiderte Hosen und ein langärmliges Hemd. Reisekleidung.

»Willst du etwas Bestimmtes?«, knurrte er ohne aufzuschauen.

»Oh ja«, hauchte sie atemlos.

Endlich wandte er sich um, aber sie merkte am störrischen

Ausdruck seiner Kinnpartie, dass er es ihr nicht leicht machen würde.

»Ich will dich«, sagte sie.

Sein Gesicht nahm nur noch arrogantere Züge an. Sie hatte seinem Stolz schwer zugesetzt, und er verlangte nach mehr. Sie ergriff den Saum ihres sommerlichen Leinenkleides, zog es über den Kopf und warf es zur Seite. Sie öffnete den BH und legte ihn ab, sie fuhr mit den Daumen unter das Taillengummi ihres Höschens, zog es herab und stieg hinaus.

Er schaute ihr wortlos zu, sein Gesicht verriet nichts.

Sie hob die Arme und fuhr sich mit den Händen in die Haare, sodass ihr Hals frei war. Sie winkelte ein Bein an, drehte sich leicht in der Taille und blieb in der Haltung stehen, die sich als Poster millionenfach verkauft hatte.

Ihr Alter und ihr Gewicht hätten dieses Posieren vor ihm ins Lächerliche ziehen können. Stattdessen fühlte sie sich kraftvoll und voll sexueller Energie, genau wie er sie gemalt hatte.

»Und du glaubst, das reicht schon, um mich zurückzugewinnen?«, blaffte er.

»Ja, das glaube ich.«

Er wies mit dem Kopf auf ein altes Samtsofa, das früher noch nicht da gewesen war. »Leg dich da hin.«

Sie fragte sich, ob er ein anderes Modell darauf drapiert hatte, aber an Stelle von Eifersucht verspürte sie nur einen Anflug von Mitleid. Wer auch immer diese Frau gewesen sein mochte, sie besaß nicht Lillys Kräfte.

Mit einem sanften, selbstsicheren Lächeln begab sie sich auf das Sofa. Es stand genau unter einem der Dachfenster des Studios, und ihre Haut wurde vom Licht überflutet, als sie sich darauflegte.

Sie war nicht überrascht, als er eine Palette und Farbtuben aus der Kiste nahm. Wie hätte er der Gelegenheit widerstehen können, sie zu malen? Sie stützte den Kopf auf eine der

Rollen, die als Armlehnen dienten und ließ sich vollkommen zufrieden in den weichen Samt sinken, während er arbeitete und die Farben herausquetschte. Schließlich nahm er alle Pinsel zusammen und kam zu ihr herüber.

Sie hatte bereits seinen beschleunigten Atem bemerkt. Jetzt sah sie das Feuer des Verlangens hinter dem Genie in seinen Augen. Er kniete vor ihr nieder. Sie wartete. Zufrieden.

Er fing an zu malen. Kein Bild auf Leinwand. Er bemalte ihren Körper.

Er zog einen weichen Pinsel getränkt mit cadmiumroter Farbe über ihre Rippen, dann fügte er Marsviolett und Preußischblau auf ihrer Hüfte hinzu. Er betupfte ihre Schulter und ihren Bauch mit Orange, Kobaltblau und Smaragdgrün, klemmte sich einen ausrangierten Pinsel zwischen die Zähne wie einen Piratendolch und tupfte Ultramarinblau und Limonengrün auf ihre Brust. Ihre Brustwarzen richteten sich auf, während er sie mit Türkis und Magenta umkreiste. Er drückte ihre Oberschenkel auf und schmückte sie mit aggressiven Mustern in Chromgrün und Blauviolett.

Sie fühlte wie seine Frustration zusammen mit seinem Verlangen wuchs und war nicht überrascht, als er plötzlich die Pinsel beiseite warf und anfing, mit den Händen an ihr zu arbeiten. Er wirbelte die Farben ineinander und nahm Besitz von ihrem Fleisch, bis sie es nicht länger ertragen konnte. Sie sprang auf die Füße und zerrte an den Knöpfen seines Hemdes. Dabei verschmierte sie es mit den Wundmalen in Renaissancegold, die er in ihre Handflächen getupft hatte. Sie war nicht mehr länger damit zufrieden, seine Schöpfung zu sein, sie musste ihn ebenfalls neu erschaffen nach ihrem Bild, und als er nackt war, presste sie sich an seinen Körper.

Die heißen Pigmente vermischten sich und verbanden sich, als sie sich wie ein Stempel auf ihn drückte. Wieder hatten sie kein Bett, also zog sie die Kissen vom Sofa und küsste ihn, bis sie beide atemlos waren. Schließlich zog er sich so weit zurück, dass sie sich ihm öffnen konnte. »Lilly, meine Geliebte …« Er drang in sie ein so leidenschaftlich und kraftvoll, wie er malte.

Durch die Farbe rutschten seine Hüften an der Innenseite ihrer Oberschenkel ab, er packte sie fester. Er stieß kräftiger und schneller zu. Ihre Münder verschmolzen wie ihre Körper bis sie nicht länger zwei Personen waren. Zusammen taumelten sie über den Rand der Welt.

Hinterher spielten sie mit der Farbe herum und tauschten tiefe Küsse mitsamt allen zärtlichen Wörtern, die zwischen ihnen gesagt werden mussten. Erst als sie unter der Dusche standen, gestand Lilly ihm, dass sie ihn nicht heiraten würde.

»Hat dich denn jemand gefragt?«

»Nicht gleich jedenfalls«, fügte sie noch hinzu und ignorierte seinen Einwand. »Ich will erst eine Weile so mit dir zusammenleben. In vollkommener bohemienhafter Sünde.«

»Solange ich keine Wohnung mit fließend kalt Wasser irgendwo in Lower Manhattan dazu mieten muss.«

»Nein. Aber auch nicht in Mexiko. In Paris. Wäre das nicht wunderbar? Ich könnte deine Muse sein.«

»Meine geliebte Lilly, als ob du das nicht jetzt schon wärest.«

»Oh, Liam, ich liebe dich so. Wir zwei … ein Atelier im Sechsten Arrondissement, dessen Besitzerin – eine alte Dame – in alten Chanelkostümen herumläuft. Du und dein Genie und dein wundervoller Körper. Ich und meine Quilts. Wein und Farbe und Paris.«

»Sie gehören uns.« Er lachte sein lautes, herzhaftes Lachen und knetete ihre Brüste. »Habe ich schon daran gedacht, dir zu sagen, dass ich dich liebe?«

»Hast du.« Sie lächelte und verlor sich in seinen dunklen, eindringlichen Augen. »Ich werde ein Windspiel an den Fenstersims hängen.«

»Das mich am Schlafen hindern wird, so dass ich mich die ganze Nacht mit dir vergnügen werde.«

»Ich liebe Windspiele.«

»Und ich liebe dich.«

Fast abwesend beobachtete Kevin, wie der Geschwindigkeitsanzeiger am Tacho des Ferraris immer höher kletterte. *220 Kilometer pro Stunde.* Er schoss westwärts auf der Autobahn vorbei an den Vororten Chicagos. Er würde ganz bis nach Iowa fahren, nur damit diese Unruhe aufhörte und er sich wieder auf das konzentrieren konnte, was wichtig war.

Morgen früh begann das Trainingslager. Bis dahin würde er herumfahren.

Er brauchte es, die Geschwindigkeit zu spüren. Den Nervenkitzel. *240 … 260.*

Neben ihm rutschten die Scheidungspapiere, die am Morgen von Mollys Anwalt eingetroffen waren, vom Sitz. Warum hatte sie nicht mit ihm gesprochen, bevor sie das getan hatte? Er versuchte, zur Ruhe zu kommen, indem er sich ins Gedächtnis rief, was für ihn wichtig war.

Er hatte nur noch fünf oder sechs gute Jahre vor sich … Bei den Stars zu spielen, war alles, was zählte …

Er konnte sich die Ablenkung nicht leisten, die eine pflegeintensive Frau mit sich brachte …

Und so weiter und so weiter, bis er es so leid war, sich selbst zuzuhören, dass er noch stärker aufs Gaspedal trat. Es war jetzt einen Monat und vier Tage her, dass er Molly zuletzt gesehen hatte, also konnte er ihr nicht die Schuld daran geben, dass er nicht wie geplant mehr trainiert oder alle Spielaufzeichnungen, die er sehen wollte, angeschaut hatte. Stattdessen war er zum Klettern und zum Canyoning gegangen und war beim Gleitschirmfliegen gewesen.

Aber nichts davon hatte ihn zufrieden gestellt.

Er war nur ein einziges Mal annähernd zufrieden gewesen,

als er vor ein paar Tagen mit Lilly und Liam gesprochen hatte. Die beiden klangen so glücklich.

Das Steuer vibrierte unter seinen Händen, aber er hatte einen stärkeren Kick verspürt, als er mit Molly vom Felsen in den See gesprungen war.

270. Oder an dem Tag, als sie das Kanu zum Kentern gebracht hatte. *290.* Oder als er hinter Marmie her in den Baum geklettert war. *300.* Oder wenn er einfach den Schalk in ihren Augen aufblitzen sah.

Und wenn sie sich geliebt hatten. Das war der größte Kick seines Lebens gewesen.

Jetzt war der ganze Spaß vorbei. Der Nervenkitzel mit dem Fahrrad im Ferienpark neben Molly herzufahren war größer gewesen als der im Ferrari Spider bei 190.

Der Schweiß rann ihm den Rücken hinunter. Wenn jetzt ein Reifen platzte, würde er sie niemals wiedersehen, hätte keine Möglichkeit mehr, ihr zu sagen, wie Recht sie hatte mit der Einschätzung seiner Person. Er hatte genauso viel Angst, wie sie gesagt hatte.

Er hatte sich in sie verliebt.

Plötzlich füllten sich all die leeren Stellen in seinem Inneren und er nahm den Fuß vom Gaspedal. Er ließ sich in den Sitz zurückfallen und fühlte alles über sich zusammenbrechen. Lilly hatte versucht, es ihm zu sagen, Jane Bonner ebenso, aber er hatte nicht zuhören wollen. Molly hatte Recht. Er hatte insgeheim befürchtet, als Mensch nicht ebenso erfolgreich zu sein wie als Footballspieler, also hatte er es gar nicht erst versucht. Aber er war viel zu alt, um sein Leben noch länger zu verschwenden.

Er lenkte auf die rechte Fahrbahn hinüber. Zum ersten Mal seit Monaten fühlte er sich ruhig. Sie hatte ihm gesagt, dass sie ihn liebte, und jetzt erst wusste er genau, was das bedeutete. Er wusste auch, was er jetzt zu tun hatte. Diesmal würde er alles richtig machen.

Eine halbe Stunde später klingelte er an der Tür der Calebows. Andrew öffnete ihm in Jeans und mit einem orangefarbenen Schwimmring um den Bauch. »Kevin! Willst du mit mir schwimmen gehen?«

»Sorry, Kumpel, heute nicht.« Kevin schob sich an ihm vorbei. »Ich muss mit deiner Mom und deinem Dad reden.«

»Ich weiß nicht, wo Dad ist, aber Mom ist in ihrem Arbeitszimmer.«

»Danke.« Er fuhr Andrew durch die Haare und ging allein durchs Haus zum Arbeitszimmer, das nach hinten hinaus lag. Die Tür stand offen, dennoch klopfte er an. »Phoebe?«

Sie wandte sich um und starrte ihn an.

»Tut mir Leid, dass ich hier so reinplatze, aber ich muss mit dir sprechen.«

»Ach?« Sie schob ihren Stuhl zurück und streckte die langen Chorus-Girl-Beine aus – länger noch als Mollys, aber nicht halb so hübsch. Sie trug weiße Shorts und pinkfarbene Plastiksandalen, die mit weißen Dinosauriern bedruckt waren. Trotzdem sah sie Ehrfurcht gebietender als der Herrgott selbst aus, und was die Welt der Stars anlangte, hatte sie auch so viel Macht.

»Es geht um Molly.«

Einen Moment lang vermeinte er etwas Abschätzendes in ihrem Blick zu erkennen. »Was ist mit ihr?«

Er betrat das Zimmer und wartete auf die Aufforderung sich zu setzen. Sie kam nicht.

Er sah keine Möglichkeit, sich langsam an das Thema heranzutasten und er hatte auch keinen Grund dazu. »Ich will sie heiraten. Richtig. Und ich will dazu deinen Segen.«

Er erhielt nicht das Lächeln, das er erwartet hatte. »Warum der plötzliche Meinungswechsel?«

»Weil ich sie liebe und für immer Teil ihres Lebens sein will.«

»Ach so.«

Sie hatte eine vollkommen undurchdringliche Miene aufgesetzt. Vielleicht wusste sie nicht, was Molly für ihn empfand. Es wäre typisch für Molly gewesen, wenn sie versucht hätte, ihre Gefühle vor ihrer Schwester zu verbergen, um ihn zu schützen. »Sie liebt mich.«

Phoebe sah nicht beeindruckt aus.

Er versuchte es noch einmal: »Ich bin ziemlich sicher, dass sie glücklich darüber sein wird.«

»Oh, das wird sie sicher. Zu Anfang wenigstens.«

Die Temperatur im Raum fiel um zehn Grad. »Was meinst du damit?«

Sie erhob sich von ihrem Schreibtisch und sah dabei viel strenger aus, als man von jemandem mit Dinosauriersandalen an den Füßen erwartet hätte. »Du weißt, dass wir uns eine richtige Ehe für Molly wünschen.«

»Das wünsche ich auch. Deswegen bin ich schließlich hier.«

»Einen Ehemann, für den sie an erster Stelle steht.«

»Den wird sie bekommen.«

»Der Tiger wechselt seine Streifen allzu schnell.«

Er versuchte gar nicht erst, so zu tun, als verstünde er nicht, was sie meinte. »Ich gebe zu, dass ich eine Weile gebraucht habe, herauszufinden, dass in meinem Leben außer Football noch mehr eine Rolle spielen muss, aber die Liebe zu Molly hat mir die Augen geöffnet.«

Als sie nun seitlich um den Schreibtisch herumkam, war der ebenso kühle wie skeptische Ausdruck auf ihrem Gesicht nicht gerade ermutigend. »Und was ist mit der Zukunft? Alle wissen, wie wichtig dir die Mannschaft ist. Du hast sogar schon mal mit Dan darüber gesprochen, dass du gerne Trainer sein würdest, wenn du dich aus dem aktiven Sport zurückziehst. Und er hatte den Eindruck, dass du dich auch für den Posten des Managers interessierst. Ist das noch immer so?«

Er wollte nicht lügen. »Wenn ich neue Maßstäbe an mein Leben anlege, so heißt das noch lange nicht, dass ich alles bisherige über Bord werfe.«

»Das ist wohl tatsächlich so.« Sie verschränkte die Arme. »Seien wir mal ehrlich – geht es dir um Molly oder um die Stars?«

In ihm wurde es vollkommen still. »Ich hoffe, dass du nicht ernst meinst, was ich da gehört habe.«

»Dauerhaft in die Familie einzuheiraten scheint mir ein sehr effizienter Weg zu sein, Manager zu werden.«

Kälte durchdrang ihn bis in die Knochen. »Ich hatte um deinen Segen gebeten. Das heißt allerdings nicht, dass ich ihn auch brauche.« Er trat den Rückzug an, woraufhin ihn Phoebes letzte Worte hinterrücks trafen.

»Wenn du dich noch einmal an sie heranmachst, kannst du die Stars vergessen.«

Er wandte sich um, konnte nicht glauben, was er soeben gehört hatte.

Ihre Augen waren kalt und entschlossen. »Ich meine es ernst, Kevin. Meine Schwester hat schon genug Verletzungen erlitten, und ich werde nicht zulassen, dass du sie benutzt, um deine langfristigen Pläne zu sichern. Halte dich von ihr fern. Du kannst die Mannschaft haben oder du kannst Molly haben, aber beides zusammen geht nicht.«

26

Daphne hatte sehr schlechte Laune. Daran änderte sich auch nichts, als sie ihre Lieblings-Erdbeer-Hafer-Kekse backte oder als sie etwas später mit Murphy Maus sprach, der vor einigen Wochen in den Nachtigallenwald gezogen war. Nicht einmal der kleine Berg klingender Münzen in ihrem pinkfarbenen Rucksack vermochte ihre Stimmung zu heben. Sie wollte zu Melissas Haus laufen, um sich von ihr aufheitern zu lassen, doch Melissa steckte mitten in den Reisevorbereitungen für ihren Kurzurlaub in Paris mit ihrem neuen Freund Leo dem Ochsenfrosch.

Der Hauptgrund für ihre schlechte Laune war, dass sie Benny vermisste. Auch wenn er sie manchmal zur Weißglut trieb, war er doch immer noch ihr bester Freund. Leider war sie nicht mehr seine beste Freundin. Sie liebte Benny, aber er liebte sie nicht. Sie schniefte und wischte sich über die Augen. Heute ging er zum ersten Mal in seine neue Schule, und er würde so viel Spaß haben, dass er nicht einmal an sie denken würde. Stattdessen hatte er sicher nur Touchdowns im Kopf und all die Hasenmädchen mit ihren engen Sonnentops, die vor dem Zaun herumhingen und versuchten, ihn mit fremdsprachigen Sätzen, Schmollmündchen und wippenden Brüsten zu umgarnen. Diese Mädchen, die ihn längst nicht so gut verstanden wie sie, die nur seinen Ruhm, sein Geld und seine grünen Augen sahen und nicht wussten, dass er Katzen liebte, manchmal unterhalten werden musste, dass er Pudel längst nicht so verabscheute wie er sich einbildete, dass er gerne eng an sie gekuschelt einschlief, seine Hand auf –

Molly riss das Papier von ihrem gelben Block. Das hier sollte *Daphnes schlechte Laune* werden und nicht *Daphne spielt Dallas.* Sie sah hinaus auf den Bobolink Meadow und fragte sich, wie ein Teil ihres Lebens so glücklich, der andere dagegen so traurig sein konnte.

Sie glättete das Sweatshirt, das sie unter ihren Beinen im Gras ausgebreitet hatte. Es war Kevins. Sie versuchte, sich auf die positiven Seiten ihres Lebens zu konzentrieren.

Dank ihres neuen Vertrages war sie zum ersten Mal seit sie ihr Vermögen verschenkt hatte, finanziell abgesichert, und sie sprühte nur so vor neuen Ideen für ihre Bücher. Die Ferienhäuser und das Gästehaus waren voll ausgebucht, und je mehr Verantwortung sie ihnen übertrug, desto mehr schienen Amy und Troy mit ihren Aufgaben zu wachsen. Genau wie sie fühlten sich die beiden mittlerweile für die Anlage so verantwortlich, als wäre es ihre eigene. Sie hatten sogar vorgeschlagen, den Dachboden des Gästehauses in eine Wohnung zu verwandeln, in der sie das ganze Jahr über leben könnten. Sie wollten das Gästehaus auch im Winter geöffnet halten für Skiwanderer und Urlauber aus der Stadt, die gerne ein romantisches Winterwochenende im Schnee verbringen wollten. Molly gefiel die Idee. Kevin hätte gar nicht so weit suchen müssen, als er versucht hatte, jemanden einzustellen, der sich das ganze Jahr über um den Ferienpark kümmerte.

Es ärgerte sie, wie sehr sie ihn vermisste, während er wahrscheinlich keinen einzigen Gedanken an sie verschwendete. Sie hatte ihm das Wertvollste angeboten, was sie besaß, und anstatt es festzuhalten, hatte er es achtlos weggeworfen.

Sie griff nach ihrem Schreibblock. Wenn sie es schon nicht schaffte, sich auf *Daphnes schlechte Laune* zu konzentrieren, könnte sie wenigstens die Einkaufsliste für Troy zusammenstellen. Amy backte gerade ihre neueste Spezialität zum Nachmittagstee: kleine Schokoladenkuchen mit grünem Kokosnussguss und Gummibärchen verziert. Molly vermisste schon jetzt Lillys Unterstützung bei der Betreuung der Gäste, noch mehr aber fehlte ihr ihre Gesellschaft. Ihre Stimmung hob sich ein wenig, als sie daran dachte, wie glücklich Lilly und Leo der Ochsenfrosch waren.

Sie hörte hinter sich eine Bewegung und legte ihren Block beiseite. Einer der Gäste musste ihr Versteck ausfindig gemacht haben. Dabei hatte sie schon den ganzen Morgen Tische in Restaurants reserviert, Wegbeschreibungen zu Antiquitätenhändlern und Golfplätzen gezeichnet, eine verstopfte Toilette repariert, eine zerbrochene Fensterscheibe geklebt und den älteren Kindern geholfen, eine Schnitzeljagd zu organisieren.

Sie stellte sich dem Unvermeidlichen und drehte sich um – und sah Kevin am unteren Ende der Wiese um den Zaun biegen. Vor lauter Schreck vergaß sie zu atmen. Der silberne Rahmen seiner Revos glänzte in der Sonne, eine leichte Brise zerzauste sein Haar. Er trug eine kakifarbene Hose, dazu ein hellblaues T-Shirt. Als er näher kam, erkannte sie, dass ein Bild von Daphne auf der Brust aufgedruckt war.

Kevin blieb stehen, als er Molly erblickte, die immer noch im Schneidersitz auf der Wiese hockte. Die Sonne schien auf ihre nackten Schultern, ein paar gelbe Schmetterlinge umtanzten wie kleine Schleifen ihr Haar. Sie war der Inbegriff seiner Träume, verkörperte etwas, von dem er lange nicht geahnt hatte, dass er es brauchte. Sie war seine Freundin und Vertraute, die Geliebte, die sein Blut in Wallung brachte, die Mutter seiner Kinder, die Gefährtin, die er im Alter an seiner Seite wissen wollte.

Sie zog ein Gesicht, als sähe sie gerade ein Stinktier aus dem Wald kommen.

»Was willst du?«

Was war geschehen mit *Küss mich, du Dummkopf*? Nun denn ... Er nahm seine Sonnenbrille ab und setzte versuchsweise sein altes Playboy-Grinsen auf. »Na, wie läuft's?«

Hatte sie richtig gehört? Hatte er tatsächlich »wie läuft's?« gesagt? Er verdiente wirklich, dass sie ihm alles an den Kopf warf, was ihr zwischen die Finger kam.

»Könnte nicht besser sein. Hübsches T-Shirt. Und jetzt mach, dass du von meinem Grundstück kommst.«

So viel zu der Frau, die ihm alles Gute gewünscht hatte, als sie sich das letzte Mal gesehen hatten. »Ich, äh ... habe gehört, du willst vielleicht verkaufen.«

»Wenn ich dazu komme.«

»Vielleicht werde ich es zurückkaufen.«

»Vielleicht auch nicht.« Sie stand auf, ein paar Grashalme klebten an diesen Beinen, die er so gern berührte. »Warum bist du nicht im Trainingslager?«

»Trainingslager?« Er schob die Sonnenbrille in seine Hemdtasche.

»Die Veteranen sollten sich doch heute Morgen melden.«

»Verdammt, dann bin ich wohl in Schwierigkeiten.«

»Hat Phoebe dich geschickt?«

»Nicht direkt.«

»Also, was ist los?«

»Ich wollte dir etwas sagen, das ist alles.«

»Aber du sollst doch im Trainingslager sein.«

»Danke, du erwähntest es bereits.«

»Ein Anruf genügt und ich finde heraus, warum du nicht da bist.«

Eigentlich wollte er es ihr noch nicht gleich sagen, er vergrub die Hände in seinen Hosentaschen. »Es ist besser, du hörst dir erst einmal an, was ich zu sagen habe.«

»Gib mir dein Handy.«

»Ist im Wagen.«

Sie nahm das Sweatshirt, das ihm irgendwie bekannt vorkam, und ging auf den Zaun am anderen Ende der Wiese zu. »Dann werde ich eben vom Haus aus anrufen.«

»Ich soll verkauft werden.«

Sie wirbelte herum. »Verkauft? Das können sie doch nicht machen!«

»Sie sind verrückt, und sie können so ziemlich alles machen, was sie wollen.«

»Dann können sie aber die nächste Spielsaison vergessen.« Sie knotete sich das Sweatshirt um den Bauch und trat ihm entgegen. »Erzähl mir genau, was passiert ist, Wort für Wort.«

»Ich will jetzt nicht darüber reden.« Seine Kehle war wie zugeschnürt, es fühlte sich an, als hätte er einen Knoten in der Zunge. »Ich möchte dir lieber sagen, wie schön du bist.«

Sie blinzelte ihn misstrauisch an. »Ich sehe noch genauso aus, wie beim letzten Mal, als wir uns gesehen haben. Außer dass ich jetzt einen Sonnenbrand auf der Nase habe.«

»Du bist wunderschön.« Er trat einen Schritt näher. »Und ich möchte dich heiraten. Diesmal richtig. Für immer.«

Sie kniff die Augen zusammen. »Warum?«

So hatte er es sich eigentlich nicht vorgestellt. Er wollte sie berühren, doch die kritische Falte zwischen ihren Augenbrauen hielt ihn davon ab. »Weil ich dich liebe. Wirklich. Mehr als ich mir jemals hätte träumen lassen.«

Totenstille.

»Molly, hör mir bitte zu. Es tut mir Leid, was passiert ist, und dass ich so lange gebraucht habe, um herauszufinden, was ich wirklich will. Aber wenn ich mit dir zusammen war, hat es mir so viel Spaß gemacht, dass ich kaum zum Nachdenken gekommen bin. Doch als du gegangen warst, sah plötzlich alles anders aus, und mir ist klar geworden, dass du mit allem, was du über mich gesagt hast, Recht hattest. Ich hatte Angst. Deshalb bestand mein ganzes Leben nur aus Football. Es war das Einzige, dessen ich mir sicher sein konnte, und deshalb habe ich dieses Jahr auch so sehr mit dem Risiko gespielt. In mir war eine Leere, die ich mit irgendetwas füllen wollte, aber ich habe es falsch angefangen. Ich weiß nur, dass ich diese Leere jetzt nicht mehr spüre, weil du da bist.«

Mollys Herz klopfte so laut, dass sie Angst hatte, er könne es hören. Meinte er es ernst? Zumindest machte er den Eindruck: besorgt, aufgeregt, ernster, als sie ihn je erlebt hatte. Was, wenn es ihm tatsächlich ernst war?

Doch sie war ein gebranntes Kind, was falsche Versprechungen anging, und sofort schaltete sich ihr Überlebenswille ein. »Erzähl mir mehr von dem Verkauf.«

»Darüber möchte ich jetzt nicht sprechen. Lass uns lieber über uns reden. Über unsere Zukunft.«

»Aber ich kann nicht über die Zukunft sprechen, wenn ich das Hier und Jetzt nicht verstehe.«

Er hatte schon geahnt, dass sie nicht locker lassen würde, trotzdem versuchte er ein erneutes Ablenkungsmanöver. »Du hast mir sehr gefehlt. Ohne dich war ich einfach nicht glücklich.«

Wie lange hatte sie darauf gewartet, das aus seinem Mund zu hören! Und doch … »Ich brauch nur meine Schwester anzurufen.«

»Also gut, wenn du es nicht anders willst.« Er lehnte sich an den Zaun. »Ich wollte die Dinge mit Phoebe und Dan ein für alle Mal klären, also fuhr ich zu ihnen nach Hause. Dan war nicht da, aber ich habe mit Phoebe gesprochen. Ich habe ihr gesagt, dass ich dich liebe und dass ich dich fragen werde, ob du meine Frau werden willst – und diesmal meine ich es ernst. Ich habe sie um ihren Segen gebeten.«

Vergeblich suchte Molly nach irgendetwas, an dem sie sich hätte festhalten können. Sie ließ sich ins Gras fallen und zog die Beine an. Sie versuchte tief und entspannt zu atmen.

Er blickte auf sie herab. »Na, ein bisschen glücklicher könntest du ruhig aussehen.«

»Erzähl weiter.«

»Phoebe gefiel das Ganze überhaupt nicht.« Er stieß sich vom Zaun ab, die Linien um seinen Mund verschärften sich. »Sie war schlichtweg dagegen und warf mir vor, ich würde dich nur benutzen, um meine Rente zu sichern.«

»Wie kommt sie darauf?«

»Es ist kein Geheimnis, dass ich gern Trainer werden möchte, und ich habe schon mit Dan über eine Arbeit in der Zentrale gesprochen.«

Plötzlich wurde ihr einiges klar. »Sie meinte also, du würdest mich nur benutzen, um deine Zukunft bei den Stars zu sichern.«

Er explodierte. »So was habe ich nicht nötig. Dass ich gut bin, muss ich wohl nicht mehr beweisen. Und im ganzen Footballverband gibt es keinen, der mehr über das Spiel weiß als ich. Aber sie hat mich angesehen, als wäre ich irgendein namenloser Schmarotzer. Molly, ich weiß, wie sehr du deine Schwester liebst, aber im Football geht es nun mal ums Gewinnen, und ich muss dir leider sagen, dass ich jeglichen Respekt vor ihr verloren habe.«

Sie stand auf. »Aber das ist noch nicht alles, oder?«

In seinem Gesicht spiegelte sich eine Mischung aus Wut und Verwirrung, so als könnte er nicht begreifen, wie ein strahlender Stern wie er so plötzlich seinen Glanz verlieren konnte. »Sie sagte, ich könne entweder dich bekommen oder die Stars, aber nicht beides. Und wenn ich dich je wiedersehen würde, wäre damit meine Karriere im Team beendet. Nur wenn ich die Finger von dir ließe, könnte ich weiter für die Stars arbeiten.«

Eine wohlige Wärme durchströmte Mollys Herz. »Und das hast du ihr geglaubt?«

»Ich sehe keinen Grund, warum ich ihr nicht glauben sollte. Aber sie ist selbst schuld. Ich brauche die Stars nicht. Ich werde auch nicht mehr für sie spielen.«

Ihre liebende Schwester, die sich immer in alles einmischen musste … »Sie wollte dich auf die Probe stellen, Kevin. Das Ganze ist doch nur ein Test.«

»Wovon redest du überhaupt?«

»Sie hat sich immer gewünscht, dass ich endlich auch die große Liebe finden würde, so wie sie damals Dan.«

»Ich habe ihr Gesicht gesehen. Das war kein Test.«

»Sie ist eben eine hervorragende Schauspielerin.«

»Aber das macht doch alles keinen Sinn. Was soll das heißen, sie möchte, dass du die große Liebe findest. Dass ich dich liebe, hatte ich ihr doch schon gesagt.«

»Sie ist eine Romantikerin. Fast so schlimm wie ich. Eine normale alltägliche Liebesgeschichte reicht ihr eben nicht. Für sie muss es etwas ganz Besonderes sein, etwas, an das ich mich mein Leben lang erinnern werde, das ich mir immer ins Gedächtnis rufen kann, falls du mal vergisst, mir an unserem Hochzeitstag Blumen zu schenken, oder wütend bist, weil ich eine Beule ins Auto gefahren habe.«

»Ich bin sicher, du weißt, worüber du sprichst, aber ich habe nicht den leisesten Schimmer.«

»Wenn du eine Frau wärst, würdest du es verstehen.«

»Wäre es dir lieber, ich hätte keinen …«

»Nichts gegen schöne Worte, aber ab und zu haben Frauen das Glück, etwas mehr zu bekommen, etwas Unvergessliches.« Die Sache war ihr so wichtig, sie musste einfach versuchen, es ihm zu erklären. »Verstehst du nicht? Dan hat ihr das Leben gerettet! Er war bereit, alles für sie aufzugeben. Deshalb weiß Phoebe, dass sie bei ihm immer an erster Stelle stehen wird, vor dem Football, vor seinem Ehrgeiz, einfach vor allem. Und sie wollte, dass ich mit dir das Gleiche habe. Deshalb hat sie dir eingeredet, du müsstest dich entscheiden.«

»Und das soll ich dir glauben? Dass sie das gesamte Team

gefährdet, nur weil sie mich dazu bringen will, einen romantischen Kniefall zu machen?« Jetzt wurde er richtig laut. »Das soll ich glauben?«

Kevin liebte sie. Sie sah es in seinen Augen, hörte es aus seiner Wut heraus. Er war bereit gewesen, den Football für sie aufzugeben. Ihr Herz jubilierte. Doch es ging beinahe unter in einem anderen ebenso unerwarteten wie unvermeidlichen Geräusch.

Dem Schrillen eines Feueralarms.

Sie versuchte es zu überhören. Im Gegensatz zu ihr wusste Kevin nicht, dass seine Karriere bei den Stars nie in Gefahr gewesen war, und er war bereit gewesen, ein großes Opfer zu bringen.

Ja, ihr Herz machte Freudensprünge. Ja, dies war der Moment, von dem sie ihr ganzes Leben lang zehren konnte. Alles schien perfekt.

Abgesehen von dem Feueralarm.

Sie versuchte ihn zu ignorieren. »Du klingst etwas verärgert.«

»Verärgert? Wieso sollte ich verärgert sein?«

»Weil du gedacht hast, Phoebe würde dich aus dem Team werfen.«

»Du vergisst, dass mich die Stars nicht mehr interessieren. Du vergisst, dass ich nicht für eine Mannschaft spielen werde, deren Besitzerin nicht versteht, dass es darum geht, das Spiel zu gewinnen und nicht Millionen Dollar Einnahmen aufs Spiel zu setzen, nur damit ihr Quarterback einen ritterlichen Kniefall machen kann.«

Der Feueralarm schrillte immer lauter.

»Dann hast du kein allzu großes Opfer gebracht.«

Er sah sie argwöhnisch an. »Ist das wirklich so wichtig für dich? Dieser ganze romantische Kram?«

Es dröhnte in ihren Ohren. »Ich muss jetzt den Nachmittagstee vorbereiten.«

»Habe ich noch nicht genug getan? Willst du noch mehr?«

»Nein, bestimmt nicht.«

Er unterdrückte ein Fluchen, hob sie kurzerhand mit beiden Armen hoch und trug sie Richtung Wald. »Ist das jetzt romantisch genug?«

Sie verschränkte die Arme über ihrer Brust, schlug die Beine übereinander und sah aus wie der Prototyp eines verstockten Kindes. Dabei war ihr ganz schlecht. »Wenn es mit nackten Körpern zu tun hat, ist es keine Romantik, sondern Sex.«

Anstatt sie zu küssen, bis ihr jeder Feueralarm egal gewesen wäre, ließ er sie leider wieder herunter. »Du glaubst also, ich kenne nicht den Unterschied zwischen Romantik und Sex? Du hältst mich für begriffsstutzig, nur weil ich ein Mann bin?«

Ihre große Liebesgeschichte drohte soeben den Bach hinunterzugehen, denn die Alarmglocke schrillte so laut, dass sie sich am liebsten die Ohren zugehalten hätte. »Ich denke, diese Frage kannst du besser beantworten als ich.«

»Also gut, ich werde etwas für dich tun.« Er holte tief Luft und blickte sie durchdringend an. »Ich werde den Super Bowl für dich gewinnen.«

Da wusste sie plötzlich, dass er es wirklich ernst meinte, und tausend kleine Freudenfeuerwerke explodierten in ihr. Sie wusste, dass sie vor der entscheidensten Frage ihres Lebens stand, einer Frage, die tief im Herzen des kleinen Mädchens verankert saß, das schon früh emotional vernachlässigt worden war. Sicher war Kevin Tucker stark genug, um einen Drachen für sie zu töten, stark genug, um den Super Bowl für sie zu gewinnen, doch wäre er auch stark genug, sie zu lieben, wenn sie nicht mehr so liebenswert wäre? Sie brauchte eine Antwort, die den Feueralarm in ihrem Kopf ein für alle Mal zum Schweigen bringen konnte.

»Wir haben gerade erst Juli«, spottete sie. »Bis zum Super Bowl habe ich längst deinen Namen vergessen.«

»Das wage ich zu bezweifeln.«

»Wie auch immer.« Sie kratzte an ihrem Mückenstich, sah möglichst gelangweilt drein und sprach den hässlichsten Satz aus, den sie je gesagt hatte. »Mein Fehler. Ich denke, ich liebe dich doch nicht.«

Entsetzt biss sie sich auf die Lippen, wollte schon alles wieder zurücknehmen, doch er schien wenig beeindruckt, sondern sah sie nur berechnend an.

»Lügnerin. Schon mal von der Saxetenschlucht gehört?«

»Nicht, dass ich wüsste.« War die Alarmglocke etwa leiser geworden? »Klingt nicht besonders aufregend. Hast du gehört, dass ich gesagt habe, ich liebe dich nicht?«

»Ja, ja. Ist auch egal, auf jeden Fall liegt diese Schlucht in der Schweiz und sie ist so gefährlich, wie man sich nur vorstellen kann. Aber ich bin bereit, in ihre Tiefen hinunterzusteigen, und wenn ich es geschafft habe, werde ich dort deinen Namen in den Felsen ritzen.«

Ja, der Alarm war tatsächlich etwas leiser geworden. Sie trat mit dem Fuß ein paar Grashalme platt. »Rührend, aber die Schweiz ist fast genauso weit weg wie der Super Bowl. Außerdem, wenn man es genau betrachtet, was ist schon ein bisschen Graffiti?«

»Es gibt da eine Sportart, Parapenting. Man springt mit dem Fallschirm von einem Berggipfel …«

»Wenn du es nicht schaffst, beim Abflug meinen Namen in den Himmel zu schreiben, lass es lieber.«

Seine Augen blitzten verschlagen.

»Und noch etwas«, sagte sie schnell. »Du würdest ihn wahrscheinlich sowieso falsch schreiben. Und die nächsten Berge sind von hier aus am anderen Ende des Staates, aber was ist hier und jetzt? Okay, vielleicht liebe ich dich, aber um ehrlich zu sein, Champion, dieses ganze Iron-Man-Zeug beeindruckt vielleicht deine Kumpel im Umkleideraum, aber damit bekommst du weder Babys noch ein Zuhause, wo deine Ehefrau dir liebevoll zubereitete Mahlzeiten serviert.«

Babys und ein eigenes Zuhause! Eine eigene Familie. Und ein Mann, der ihre geheimsten Bedürfnisse befriedigte.

Die Alarmglocke war mit einem Schlag verstummt. »Sieht ganz so aus, als müssten wir doch mit harten Bandagen kämpfen«, stellte er fest.

Kevin verstand sie besser als irgendjemand sonst auf der Welt. Er verstand sie immerhin so gut, dass er nicht schon längst verzweifelt aufgegeben hatte und wütend von dannen gestampft war. Sie lauschte auf die wunderbare Stille in ihr, am liebsten hätte sie vor Freude losgeheult, so dankbar war sie, dass sie sich die Liebe dieses Mannes nicht mit permanentem guten Benehmen verdienen musste.

»Ich war bereit, die Stars für dich aufzugeben«, erinnerte er sie mit verschlagenem Blick. »Aber ich habe das dumpfe Gefühl, es reicht dir noch nicht.«

»Oh, ja …« Kevin ohne die Stars war einfach undenkbar.

Er durchbohrte sie mit seinem Blick. »Dann muss ich dir wohl noch etwas mehr geben.«

»Nicht nötig.« Ihre ganze Liebe lag in ihrem Lächeln. »Du hast den Test bestanden.«

»Zu spät.« Er packte ihre Hand und zog sie in Richtung Ferienpark. »Komm schon, Schätzchen.«

»Nein, wirklich, Kevin. Es ist in Ordnung. Ich wollte nur – es war wieder diese verdammte Alarmglocke – Ich weiß, es ist neurotisch, aber ich wollte sicher sein, dass du mich auch wirklich liebst. Ich …«

»Könntest du ein bisschen schneller gehen? Ich will das hier endlich erledigt haben, so dass wir an einem von diesen Babys arbeiten können, die du vorhin erwähnt hast.«

Ein Baby – Und dieses Mal würde alles gut gehen. Sie merkte, dass er sie in Richtung Strand zerrte. »Du musst nicht …«

»Wir nehmen wohl besser eins der Ruderboote. Nicht,

dass ich dir im Kanu nicht vertrauen würde, aber du hast da schon ein kleines Sündenregister.«

»Du willst hinaus auf den See? Jetzt?«

»Wir müssen die Sache doch zu Ende bringen.« Er führte sie auf den Steg. »Du wartest doch immer noch auf die große romantische Geste.«

»Nein, jetzt nicht mehr. Glaub mir! Du hast schon das Romantischste getan, was du tun konntest. Du warst bereit, meinetwegen die Stars aufzugeben.«

»Was dich vorhin nicht besonders beeindruckt hat.«

»Mehr als du es dir vorstellen kannst.«

»Du kannst mir nichts vormachen.« Er stieg in ein Ruderboot, das am Ende des Stegs fest gemacht war, und zog sie mit hinein. »Offenbar habe ich den von Dan Calebow gesetzten Standard noch nicht erreicht.«

»Oh doch, das hast du.« Sie setzte sich ins Boot. »Ich wollte nur ... vorsichtig sein.«

»Du warst völlig neurotisch.« Er machte das Boot los und griff zu den Rudern.

»Ja, sicher. Aber müssen wir das wirklich auf hoher See klären?«

»Ich bestehe darauf.« Er begann zu rudern.

»Ich habe es nicht so gemeint. Als ich gesagt habe, dass ich dich nicht liebe.«

»Meinst du, ich weiß das nicht? Und du kannst mir sagen, wie romantisch ich bin, wenn wir in der Mitte des Sees angekommen sind.«

»Ich will ja nicht meckern, aber ich kann mir nicht vorstellen, dass du ausgerechnet dort etwas besonders Romantisches anstellen kannst.«

»Das denkst du.«

Sie liebte ihn so sehr, dass es ihr nicht schwer fiel, auf sein Spiel einzugehen. »Du hast Recht. Auf den See hinausrudern ist schon ungemein romantisch.«

»Mit Romantik kenne ich mich eben aus.«

Er hatte zwar keine Ahnung, was Romantik bedeutete, aber dieser Süßholz raspelnde Pfarrerssohn wusste, was Liebe war. Während er ruderte, ließen die Muskeln auf seiner Brust Daphne erzittern. »Dein T-Shirt gefällt mir.«

»Wenn du Recht haben solltest, was deine Schwester angeht – obwohl ich große Lust hätte, sie beim Vorstand anzuschwärzen –, werde ich für das ganze Team welche machen lassen.«

»Vielleicht keine deiner besten Ideen.«

»Sie werden sie tragen, verlass dich drauf.« Er grinste. »Für die Verteidigung werde ich ein Zugeständnis machen und auf ihre T-Shirts vielleicht lieber Benny drucken lassen. Gratuliere übrigens, dass du deine Bücher gerettet hast. Lilly hat mir alles am Telefon erzählt. Tut mir Leid, dass du deine Wohnung verkaufen musstest, aber sie wäre für uns beide ohnehin zu klein gewesen.«

Molly dachte an das alte viktorianische Bauernhaus am Rande des Du Page County, das laut Phoebe zum Verkauf stand. Dort wäre reichlich Platz für sie.

»Ich glaube, wir sind jetzt fast in der Mitte«, sagte sie.

Er blickte zurück zum Ufer. »Ein kleines Stückchen noch. Habe ich dir eigentlich gesagt, wie tief der See hier draußen ist?«

»Ich glaube nicht.«

»Sehr tief.«

Sie strahlte übers ganze Gesicht. »Ich habe mich hoffnungslos in dich verliebt.«

»Das weiß ich. Doch es wurde soeben bezweifelt, dass ich ebenso hoffnungslos in dich verliebt bin.«

»Ich schwöre, ich werde es nie wieder in Frage stellen.«

»Lass uns da ganz sichergehen.« Er legte die Ruder ein, und sie glitten eine Weile übers Wasser. Er lächelte sie an. Sie grinste zurück.

Ihr schlug das Herz bis zum Hals. »Du bist der standhafteste Mann, den ich je getroffen habe, Kevin Tucker. Wie konnte ich auch nur für eine Sekunde glauben, ich müsse dich auf die Probe stellen.«

»Es gibt eben Momente, da bist du nicht ganz bei Verstand.«

»Phoebe spricht dann immer von ›Vorfällen‹. Und heute gab es den letzten. Beinahe hätte ich das Beste, was mir im Leben je passiert ist, weggeworfen, aber den Fehler werde ich nicht noch einmal machen.« Sie hatte Tränen in den Augen. »Du wolltest die Stars für mich aufgeben.«

»Und ich würde es wieder tun. Auch wenn ich ehrlich gesagt hoffe, dass es nicht nötig sein wird.«

Sie lachte. Er lächelte auch, wurde dann aber sofort wieder ernst. »Ich weiß, dir liegt nicht so viel am Football wie mir. Doch auf dem Weg hierher, habe ich mir vorgestellt, wie es wäre, aus der *huddle* herauszukommen und über die Fünfundvierzig-Meter-Linie hinauszublicken.« Er strich über ihre Wange. »Und ich sah dich dort sitzen, nur für mich.«

Molly konnte es auch sehen.

»Der Wind hat etwas aufgefrischt«, stellte er fest. »Es wird kühler.«

Am Himmel schien die Sonne mindestens so hell wie in ihrem Herzen, und sie wusste, dass sie Zeit ihres Lebens nie wieder frieren würde. »Ich finde es angenehm. Gerade richtig.«

Er wies auf das Sweatshirt, das sie um die Schultern geschlungen hatte. »Du solltest es lieber anziehen.«

»Ich brauche es nicht.«

»Du zitterst doch.«

»Das ist die Aufregung.«

»Man kann nicht vorsichtig genug sein.« Das Boot schwankte etwas, als er aufstand und sie ebenfalls hoch zog. Er band das Sweatshirt los und streifte es ihr über den Kopf.

Es reichte ihr fast bis zu den Knien. Er strich ihr eine Haarsträhne hinters Ohr. »Weißt du eigentlich, wie viel mir an dir liegt?«

»Ja, das weiß ich.«

»Gut.« Blitzschnell kreuzte er die leeren Ärmel vor ihrer Brust und band sie wie bei einer Zwangsjacke auf dem Rücken zusammen.

»Was machst du da?«

»Ich liebe dich.« Er hauchte einen Kuss auf ihre Lippen, nahm sie hoch und warf sie über Bord.

Vor Staunen blieb ihr der Mund offen stehen, und sie schluckte erstmal einen halben Liter Wasser, bevor sie anfing verzweifelt zu strampeln, um wieder an die Oberfläche zu kommen. Ohne Arme war das gar nicht so leicht.

»Da bist du ja wieder«, sagte er, als sie prustend auftauchte. »Ich habe mir schon Sorgen gemacht.«

»Was soll das?«

»Ich warte, bis du kurz davor bist zu ertrinken.« Er lächelte und machte es sich auf der Bank bequem. »Und dann werde ich dir das Leben retten. Was Dan für Phoebe getan hat, werde ich jetzt für dich tun.«

»Dan hat aber nicht versucht, sie vorher umzubringen!«, schrie sie außer sich.

»Ich setze eben noch einen drauf.«

»Das ist doch das Blödeste, das ich …« Wieder schluckte sie Wasser, hustete und wollte noch etwas sagen, doch sie kam nicht wieder hoch.

Er wartete schon im Wasser, als sie wieder auftauchte – das Wasser tropfte ihm aus den Haaren, Daphne klebte an seiner Brust und seine grünen Augen strahlten vor Vergnügen über das Leben und die Liebe, noch dazu, wenn es so viel Spaß machte. Mit keiner Frau der Welt hätte er sich so gut unterhalten wie mit ihr. Und keine Frau der Welt würde ihn je so lieben wie sie.

Was nicht hieß, dass sie sich ihm kampflos ergeben würde. »Wenn du mich dann endlich gerettet hast, bin ich viel zu müde, um etwas anderes zu tun als zu schlafen«, betonte sie.

Im nächsten Moment sah sie, wie das Sweatshirt ohne sie auf den Grund des Sees sank.

»Das hat Spaß gemacht.« Er lächelte sein breitestes Lächeln und das, was in seinen Augen glänzte, war kein Seewasser.

»Nicht vor den Kindern.« Auch ihre Augen glänzten, als sie ihm das Daphne-T-Shirt auszog.

Sie liebten sich im Schatten des Ruderbootes, klammerten sich gleichzeitig aneinander, hustend und prustend tauchte der eine, dann der andere unter Wasser, zwei tollkühne Herzen, die in wildem Taumel zueinander fanden. Hinterher sahen sie sich in die Augen, ohne ein Wort, erfüllt von einem Gefühl unendlicher Ruhe und grenzenlosen Glücks.

Epilog

Notizen, die unter einer Gartenlaube im Wind Lake Ferienpark gefunden wurden. Autor unbekannt – obwohl es nahe liegende Vermutungen gibt.

Alle Tiere des Nachtigallenwaldes waren zur Taufe erschienen. Daphne trug ihr zweitbestes Rheinkieseldiadem (ihr schönstes hatte sie bei einer Straßenkundgebung verloren). Benny polierte sein Mountain Bike, bis es glänzte. Melissa beeindruckte mit einem Schal aus der Rue Faubourg Saint-Honoré und ihr neuer Ehemann Leo der Ochsenfrosch hatte zu dem feierlichen Anlass ein wunderbares Gemälde geschaffen.

Nach der Zeremonie, die unter dem Blätterdach eines großen Baumes stattfand, huschten die Tiere aus dem Schatten der kleinen Hexenhauscottages hervor und mischten sich unter die Gäste. Nur für die Jüngsten unter ihnen waren sie sichtbar.

Victoria Phoebe Tucker blinzelte von der Schulter ihres Vaters zu Benny herab. *Hey, Mann, was ist los?*

»Was soll los sein?«

Hey, du kommst mir bekannt vor.

»Ich kenne deinen Vater ziemlich gut.«

Daphne hoppelte nach vorn. »Bonjour, Victoria Phoebe, willkommen im Nachtigallenwald.« Sie warf einen bewundernden Blick auf die duftige Kreation aus Spitze und rosa Schleifen, die das Baby umhüllte und vom sonnengebräunten Arm des Vaters herabhing. Victoria Phoebe hatte offenbar bereits einen ausgeprägten Sinn für modische Outfits. »Ich bin Daphne, und das ist Benny. Wir wollten uns nur kurz vorstellen.«

»Vielleicht wollt ihr ja auch ein bisschen Football spielen«, fügte Benny hinzu.

Victoria Phoebe zog eines der rosa Schleifenbänder aus ihrem Taufmützchen in den Mund. »Wie ihr seht, bin ich hier gerade etwas angebunden.«

»Schon genauso sarkastisch wir ihre Mutter«, bemerkte Murphy Maus.

Victoria Phoebes Vater zog ihr das Band wieder aus dem Mund. Sie nutzte die Gelegenheit, um an seiner Hand und an ihrem Lieblingsschnuller zu nuckeln, seinem neuen Superbowl-Ring. Er gab ihr einen Kuss auf die Stirn und wechselte einen lächelnden Blick mit ihrer Mutter, die an seiner Seite stand. Daneben betrachtete Tante Phoebe glückstrahlend die junge Familie, die dank ihres speziellen Talentes für Täuschungsmanöver entstanden war.

»Von den großen Menschen erkenne ich nicht viele wieder«, sagte Leo der Ochsenfrosch, »aber die Kleinen kenne ich fast alle – die Calebows und Bonners, die Denton-Kinder aus Telarosa, und ist das da drüben nicht Traveler?«

Victoria Phoebe genoss es, zum Kreis der Eingeweihten zu gehören, und sie ließ von ihrem Superbowl-Ring ab, um auf einige der erwachsenen Gäste hinzuweisen. *All diese riesigen Männer gehören zu Daddys Footballteam. Und da drüben sind Onkel Cals Brüder mit den Mamas und den Kindern. Tante Jane spricht gerade mit Onkel Dan. Sie ist ganz nett, aber gestern Abend, als sie mich auf dem Arm hatte, wollte sie etwas auf mein Bein schreiben, und Daddy musste ihr den Stift wegnehmen.*

»Ja, wir haben schon öfter Klagen über sie gehört«, sagte Daphne. »Deine Mutter sieht besonders reizend aus.«

Und wie sie duftet – nach Blumen und Vanilleplätzchen. Ich liebe meine Mom. Sie kann die besten Geschichten erzählen.

»Was du nicht sagst«, bemerkte Benny.

Daphne stieß ihn mit dem Ellenbogen in die Seite, doch Victoria Phoebe schmiegte sich an den Hals ihres Vaters und hörte es nicht. Sie blickte nach oben. *Dies ist mein allerliebster Daddy. Er sagt immer, ich bin sein absoluter Liebling, aber ich soll es Mom nicht hören lassen. Doch er sagt es meist, wenn sie dabei ist, und dann lachen die beiden.*

»Du hast wirklich sehr nette Eltern«, bemerkte Melissa höflich.

Ich weiß, aber sie küssen mich ein bisschen viel auf die Wangen. Meine Haut wird davon schon ganz spröde.

»Darüber hat sich Rosie Bonner auch immer beschwert.«

Rosie Bonner! Victoria Phoebe wurde ungehalten. *Gestern Abend hat sie versucht, mich in der Altpapierkiste zu verstecken, weil sie meinte, ich bekäme zu viel Aufmerksamkeit. Hannah musste sie erst mit einem Keks ablenken. Ich liiiebe Hannah!*

»Sie war auch immer unsere beste Freundin«, sagte Daphne. »Als sie so alt war wie du, haben wir viel mit ihr gespielt.«

Spielt ihr denn jetzt nicht mehr mit ihr?

Die Tiere wechselten einen Blick. »Nicht mehr so wie früher«, sagte Benny. »Es passiert viel, die Dinge ändern sich.«

Victoria Phoebe hatte nicht umsonst den Intelligenzquotienten ihrer Mutter geerbt, ihr entging so leicht nichts. *Was für Dinge?*

»Die Kinder können uns nur sehen, solange sie noch klein sind«, erklärte Melissa vorsichtig. »Wenn sie älter werden, verlieren sie die Kraft, uns zu sehen.«

Das ist aber schade.

»Dafür können sie dann Bücher über uns lesen«, fügte Murphy Maus hinzu. »Das ist beinahe ebenso gut.«

»Bücher, die deiner Mom eine Menge Geld einbringen«, betonte Leo. »Allerdings längst nicht so viel wie meine Gemälde.«

Victoria Phoebe war beleidigt. *Es tut mir Leid, aber Lesen ist im Moment nicht mein Ding. Ich habe mit meinem wunden Po genug zu tun.*

»Sarkastisch wie ihre Mutter«, gackerte Celia die Henne.

Daphne, die selbst eine Schwäche für Sarkasmus hatte, fand, es war Zeit für eine etwas genauere Erklärung. »Auch wenn du uns nicht mehr sehen kannst, wenn du älter wirst, Victoria Phoebe, werden wir immer da sein und über dich und alle deine Brüder wachen.«

Brüder?!

»Wir sind so eine Art Schutzengel«, warf Melissa hastig ein.

»Aus Plüsch«, fügte Benny hinzu.

»Tatsache ist«, sagte Daphne, »du wirst nie allein sein.«

Wie viele Brüder genau?, wollte Victoria Phoebe wissen. *Oh! Ich muss gehen!*, unterbrach sie, als ihr Vater sie ihrer Mutter übergab.

Die kleinen Wesen sahen zu, wie Kevin ein Glas Limonade von dem Tisch unter den Bäumen nahm. »Ich möchte mit euch anstoßen«, sagte er. »Auf all unsere Freunde und die Familie, die mir sehr viel bedeutet. Besonders auf meine Mutter Lilly, die gerade zum rechten Zeitpunkt in mein Leben getreten ist. Und meine Schwägerin Phoebe, die sich als Ehestifterin ebenso gut bewährt hat wie als Managerin einer Football mannschaft.« Er drehte sich um, räusperte sich und klang etwas verschnupft. »Und auf meine Frau ... die Liebe meines Lebens.«

Victoria Phoebe spähte über den Arm ihrer Mutter. *Jetzt geht die Küsserei schon wieder los. Erst die beiden, und dann bekomme ich wieder die feuchten Schmatzer auf die Backe.*

Und genauso kam es.

Daphne gab einen wonnigen Seufzer von sich. »Und jetzt sind wir beim schönsten Teil eines Buches angelangt.«

»Dem Happyend«, sagte Melissa und wackelte zustimmend mit dem Kopf.

»Viel zu viel Küsserei«, grummelte Benny. Dann hellte seine Miene sich auf. »Ich habe eine Idee. Lasst uns ein bisschen Football spielen!«

Und das taten sie. Kurz vor dem *Und wenn sie nicht gestorben sind …*